I0595703

TEA
BOOKS

Naslov originala
Jeffrey Archer
Kane and Abel

Za izdavača
Tea Jovanović
Nenad Mladenović

Glavni i odgovorni urednik
Tea Jovanović

Lektura
Agencija Ortograf

Korektura
Agencija TEA BOOKS

Prelom
Agencija TEA BOOKS

Dizajn korica
Agencija PROCES DIZAJN

Izdavač
TEA BOOKS d.o.o.
Por. Spasića i Mašere 94
11134 Beograd
Tel. 069 4001965
info@teabooks.rs
www.teabooks.rs

ISBN 978-86-6142-245-4

DŽEFRI ARČER

KAIN I AVELJ

Kain i Avelj 1

Sa engleskog preveo
Danko Ješić

Majklu i Džejn

Slovo autora

Dragi čitaoče,

Da mi je neko rekao 1979, kad je roman *Kain i Avelj* prvi put objavljen, da će četrdeset godina kasnije biti preveden na sedamnaest jezika, objavljen u više od sedamdeset zemalja, i da će ga pročitati preko sto miliona ljudi, rekao bih, kamo sreće! Neverovatno!

Vilijam Louel Kejn i Avelj Rosnovski doslovno su mi promenili život. Napustio sam Oksford želeći da postanem političar, ali morao sam da napustim Donji dom posle svega pet godina, jer sam napravio nepromišljeno ulaganje i suočio sam se s bankrotom.

Hirom sudbine, koji sam tad smatrao surovim, otisnuo sam se u drugu karijeru – karijeru pripovedača. A kakvo je to putovanje bilo, zato što nema veće povlastice od mogućnosti da zabaviš ljude i skreneš im pažnju na nekoliko sati, u ovom slučaju jednostavnom pričom o dva muškarca, rođena istog dana – jedan ima sve, drugi ništa – čiji životi se nepovratno promene kad se sretnu prvi i poslednji put.

Kako da počnem da im se zahvaljujem, što su me nadahnuli da iznova uzimam olovku u neveštim pokušajima da vas nateram da okrećete stranice knjige?

Beskrajno zahvalan,
Džefri Arčer

Novembar 2019.

Prvi deo

1906–1923.

1.

18. april 1906, Slonim, Poljska

Prestala je da vrišti tek kad je umrla. A onda je on počeo da vrišti.

Dečak koji je lovio zečeve u šumi nije bio siguran da li su mu mlade uši prvo čule ženin poslednji krik ili detetov prvi. Okrenuo se, osećajući moguću opasnost, i pogledom je tražio neku životinju koja je očigledno trpela bol. Ali nikad ranije nije video životinju koja tako vrišti. Oprezno je krenuo prema vrisku; vrištanje se sad pretvorilo u cviljenje, ali i dalje nije zvučalo kao ijedna poznata životinja. Nadao se da je dovoljno mala da može da je ubije; barem za promenu neće večerati zečetinu.

Oprezno je krenuo ka reci, odakle je dopirala neobična buka, trčeći od drveta do drveta, osećajući zaštitu kore na lopaticama, nešto što može da dodirne. Nikad ne ostaj na otvorenom, naučio ga je otac. Kad je stigao do ivice šume, imao je jasan pogled sve do doline reke, i čak i tad mu je bilo potrebno malo vremena da shvati kako te piskave krike ne ispušta obična životinja. Polako se približavao cviljenju, iako je sad bio na otvorenom.

Zatim je video ženu, s haljinom podignutom iznad struka, raširenih golih nogu. Nikad ranije nije video neku ženu u takvom položaju. Brzo je otrčao do nje i zagledao se u njen stomak, suviše uplašen da je dodirne. Između ženinih nogu nalazila se mala, ružičasta životinja, prekrivena krvlju i privezana za nju nečim što je ličilo na konopac. Mladi lovac je spustio tek ulovljene zečeve i pao na kolena kraj tog stvorenjca.

Gledao ga je dugo i zaprepašćeno, a onda pogledao ženu. Odmah je zažalio zbog svoje odluke. Bila je već poplavela od hladnoće; njeno umorno mlado lice dečaku je izgledalo kao sredovečno. Niko nije morao da mu kaže da je mrtva. Podigao je klizavo malo telo koje je ležalo na travi između njenih nogu. Da ste ga pitali zašto, a niko ga nije pitao, rekao bi vam da su ga brinuli noktići koji su grebali smežurano lice.

Majka i dete bili su povezani ljigavim kanapom. Dečak je gledao rođenje jagnjeta pre nekoliko dana i pokušao je da se seti. Da, to je ono što je pastir uradio. Ali sme li on, s detetom? Jecanje je iznenada prestalo, i osetio je kako mora hitno da odluči. Izvadio je nož, onaj kojim je drao zečeve, obrisao ga o rukav i, oklevajući samo na tren, presekao kanap blizu detetovog tela. Krv je potekla iz presečenih krajeva. Šta je onda pastir uradio kad se jagnje ojagnjilo? Vezao je čvor da prekine krvarenje. Naravno, naravno. Dečak je iščupao neke dugačke travke kraj sebe i brzo vezao grub čvor na vrpci. Polako je ustao iz klečećeg položaja, ostavljajući iza sebe tri mrtva zeca i mrtvu ženu koja je rodila ovo dete. Pre nego što je okrenuo leđa majci, spojio joj je noge i navukao haljinu preko kolena. To mu je izgledalo kao ispravna stvar.

– Sveti Bože – rekao je naglas, a to je uvek govorio kad bi uradio nešto veoma dobro ili veoma loše. Nije bio siguran u šta ovo spada.

Mladi lovac je potrčao prema kolibi gde je njegova majka spremala večeru, čekajući samo njegove zečeve; sve ostalo je spremno. Pitaće se koliko li ih je ulovio danas; pošto je morala da nahrani osmoro, bila su joj potrebna najmanje tri. Ponekad je uspevao da ulovi patku, gusku ili čak fazana koji je dolutao s baronovog imanja, na kojem je radio njegov otac. Večeras je ulovio drugačiju životinju.

Kad je stigao do kolibe, nije se usudio da pusti svoj ulov, čak ni da skloni jednu ruku s njega, i zato je šutirao vrata bosom nogom dok majka nije otvorila. Nije se odmah pomerila da uzme stvorenje iz njegovih ruku nego je stajala, s jednom rukom na ustima, gledajući nesrećni prizor.

– Sveti Bože – kazala je, i prekrstila se. Dečak je na njenom licu potražio neki znak zadovoljstva ili gneva, a ugledao je oči kako joj sijaju nežnošću koju ranije nije video. Znao je tad da je postupio dobro.

– To je dečak – kazala je majka, uzimajući dete u naručje. – Gde si ga pronašao?

– Kraj reke, matka – rekao je.

– A majka?

– Mrtva.

Ponovo se prekrstila.

– Brzo, otrči i reci ocu šta se dogodilo. On će pronaći Uršulu Vojnak na imanju, i moraš ih oboje odvesti kod majke. Onda se pobrini da oboje dođu ovamo.

Dečak je obrisao ruke o pantalone, zadovoljan što nije ispustio klizavo stvorenje, i otrčao je da potraži oca.

Majka je zatvorila vrata ramenom i doviknula Florentini, najstarijem detetu, da stavi vodu da se greje. Sela je na drveni tronožac, raskopčala bluzu i prinela umornu bradavicu napućenim ustašcima. Sofija, najmlađa ćerka, stara svega šest meseci, moraće večeras da preskoči večeru. Kad bolje razmisli, preskočiće je cela porodica.

– A zbog čega? – kazala je žena naglas, obavijajući dete šalom. – Sirota mrvica biće mrtva do jutra.

Nije ponovila te reči Uršuli Vojnak kad je stigla dva sata kasnije. Stara babica je oprala malo telo i pobrinula se za pupčanu vrpcu. Muž je ćutke stajao kraj ognjišta, posmatrajući sve.

– Gost u kući, Bog u kući – izjavila je žena, citirajući staru poljsku poslovicu.

Muž je pljunuo. – Kuga ga odnela. Imamo dovoljno svoje dece.

Žena se pretvarala da ga ne čuje dok je mazila retku crnu kosu na bebinoj glavici.

– Kakvo ime da mu damo? – pitala je.

Muž je slegnuo ramenima. – Kakve veze ima? Neka ode bezimen u grob.

2.

18. april 1906, Boston, Masačusets

Doktor je uhvatio novorođenče za gležnjeve i pljesnuo ga po zadnjici. Beba je počela da plače.

U Bostonu, u Masačusetsu, postoji bolnica koja prima samo pacijente koji pate od bogataških bolesti, a u posebnim prilikama, tamo je dozvoljeno rađanje novog bogataša. Majke retko vrište, i sigurno se ne porađaju odevene.

Jedan mladić je hodao tamo-amo ispred sale za porođaje; unutra su bila dva akušera i porodični lekar. Otac nije verovao u rizikovanje s prvorođenim detetom. Akušerima će biti plaćena visoka naknada da stoje i posmatraju porođaj. Jedan od njih, odeven u večernju odeću ispod dugačkog belog mantila, kasnio je na neku večeru, ali nije mogao da dozvoli sebi da ne prisustvuje ovom porođaju. Njih trojica su ranije izvlačili slamke da odrede ko će obaviti porođaj, a pobedio je doktor Makenzi, porodični lekar. Razuman, pouzdan čovek, mislio je otac, dok se nervozno šetkao hodnikom.

Mada, nije postojao nijedan razlog za zabrinutost. Roberts je ranije tog jutra odvezao mladićevu suprugu u bolnicu u lepoj kočiji, zato što je lekar izračunao da je to dvadeset osmi dan devetog meseca trudnoće. En je dobila trudove odmah posle doručka, a lekari su ga uverili da se porođaj neće odigrati pre zatvaranja njegove banke tog popodneva. Otac je bio disciplinovan čovek i nije video nijedan razlog zašto bi rođenje deteta poremetilo njegov dobro organizovani život. Bez obzira na to, nastavio je da se nervozno šetka. Bolničarke i lekari su jurili kraj njega, utišavajući glasove kad bi mu se približili i ponovo ih podižući kad se udalje. Nije primećivao to, jer su se svi uvek tako ponašali u njegovom prisustvu. Većina bolničkog osoblja nikad ga nije videla uživo, ali svi su znali ko je. Kad se njegov sin rodi – nikad mu nije palo na pamet, ni na tren, da bi mogao da dobije ćerku – izgradiće novo dečje krilo bolnice koje im je neophodno. Njegov deda je već izgradio biblioteku, a otac školu za lokalnu zajednicu.

Budući otac je pokušao da čita večernje novine, gledajući reči, ali ne shvatajući značenje. Bio je nervozan, čak zabrinut. Oni nikad neće znati (gotovo sve ostale je nazivao „oni") koliko je važno da mu prvo dete bude dečak, dečak koji će jednog dana zauzeti njegovo mesto predsednika i direktora banke. Pogledao je sportske stranice *Ivning transkripta*. Bostonski *Red soksi* su pobedili njujorške *Hajlenderse* – ostali ljudi će slaviti. Zatim je video naslov na naslovnoj strani: najgori zemljotres u istoriji Amerike. Razaranje u San Francisku, poginulo najmanje četiristo ljudi... ostali ljudi će žaliti. Mrzeo je to. To će skrenuti pažnju s rođenja njegovog sina. Ljudi će se sećati da se nešto drugo dogodilo tog dana.

Pogledao je finansijske strane i proverio berzanski izveštaj: akcije su pale za nekoliko procenata; taj prokleti zemljotres mu je umanjio vrednost banke za gotovo sto hiljada dolara, ali njegovo lično bogatstvo i dalje je bilo više od šesnaest miliona, i bilo je potrebno više od zemljotresa u Kaliforniji da ga uzdrma. Napokon, mogao je da živi od kamate na kamatu, tako da kapital od šesnaest miliona ostane netaknut, spreman za njegovog nerođenog sina. Nastavio je da nervozno hoda pretvarajući se da čita novine.

Akušer u večernjem odelu prošao je kroz pokretna vrata sale za porođaje da mu prenese vesti. Osećao je da mora da uradi nešto kako bi opravdao svoj visoki honorar i bio je veoma prikladno odeven za tu objavu. Dva muškarca su gledala jedan drugog na tren. Doktor je takođe bio pomalo nervozan, ali nije to hteo da pokaže pred ocem.

– Čestitam, gospodine, dobili ste sina. Zgodan mališa.

Kakve gluposti govore ljudi kad se dete rodi, pomislio je otac, *kako bi mogao da bude išta drugo do mali?* A onda mu je sinulo... sin. Mislio je da se zahvali Bogu, u koga nije verovao. Akušer se usudio da postavi pitanje kako bi prekinuo tišinu.

– Jeste li odlučili koje ime ćete mu dati?

Otac je odgovorio bez oklevanja: – Vilijam Louel Kejn.

<h1 style="text-align:center">3.</h1>

Dugo nakon što je minulo uzbuđenje zbog rođenja bebe i ostatak porodice otišao na spavanje, majka je ostala budna, držeći dete u rukama. Helena Koskjevič verovala je u život, a dokaz za to bilo je devetoro dece koje je rodila. Mada je izgubila troje dece, nijednog se nije lako odrekla.

U trideset petoj godini, znala je da joj nekad pohotni Jasio neće podariti više sinova ili ćerki. Bog joj je ponudio ovo dete; sigurno želi da ono preživi. Helena je imala jednostavan pristup veri, što je bilo dobro, jer sudbina joj nikad ne bi dozvolila išta drugo do jednostavnog života. Mada je imala tek trideset pet godina, loša hrana i težak rad učinili su da izgleda znatno starije. Bila je seda i mršava, i nijednom u životu nije nosila novu odeću. Nikad joj nije palo na pamet da se žali na svoju sudbinu, ali zbog bora na licu više je ličila na babu nego na majku.

Mada je snažno stiskala dojke, ostavljajući crvene tragove oko bradavica, štrcale su samo kapljice mleka. S trideset pet godina, na pola životnog puta, svi imamo neka korisna znanja koja možemo da prenesemo, a Helena Koskjevič je sad bila na vrhuncu.

– Matkin najmanji – šaputala je nežno detetu, i prevukla je bradavicu preko njegovih stisnutih usana. Kapci su se otvorili kad je pokušao da sisa. Na kraju je majka nevoljno utonula u dubok san.

Jasio Koskjevič, zdepast, trom muškarac bujnih brkova, koji su bili njegov jedini čin samoisticanja u inače sluganskom postojanju, zatekao je svoju ženu i bebu kako spavaju u stolici za ljuljanje kad se probudio u pet ujutro. Nije primetio kad je tokom noći ustala iz kreveta. Zagledao se u kopile koje je, hvala bogu, makar prestalo da plače. Da li je mrtvo? Nije mario. Neka se žena brine o životu i smrti: najvažnije za njega bilo je da bude na baronovom imanju u zoru. Popio je nekoliko velikih gutljaja kozjeg mleka i obrisao brkove rukavom. Uzeo je komad hleba jednom rukom, a zamke drugom, pre nego što je bešumno izašao iz kolibe, u strahu da će probuditi dete i da će se ono ponovo rasplakati. Otišao je prema šumi, ne razmišljajući mnogo o malom uljezu, osim pretpostavke da ga možda vidi poslednji put.

Florentina je sledeća ušla u kuhinju, neposredno pre nego što je stari sat, koji je godinama pokazivao neko svoje vreme, otkucao šest. Bio je tek neodređeni podsetnik onima koji su želeli da znaju da li je vreme za ustajanje ili odlazak u krevet. Među njenim svakodnevnim dužnostima bilo je pripremanje doručka, jednostavan zadatak podele kozjeg mleka iz mešine i vekne ražanog hleba na osam delova. Ipak, bila je potrebna solomonska mudrost da se to sprovede tako da se niko ne žali što je dobio manju porciju.

Florentina je na prvi pogled izgledala kao lepa, krhka i neuredna devojčica. Mada je poslednje dve godine imala svega jednu haljinu, oni koji su mogli da odvoje utisak o detetu od njenog okruženja, razumeli su zašto se Jasio zaljubio u njenu majku. Florentinina duga plava kosa i smeđe oči blistali su uprkos njenom poreklu i vaspitanju.

Oprezno je prišla stolici za ljuljanje i pogledala svoju majku i dečačića, koga je zavolela na prvi pogled. Nikad za svojih osam godina nije imala lutku. U stvari, videla je samo jednu lutku, kad je njena porodica bila pozvana na gozbu za Svetog Nikolu u baronov dvorac. Čak ni tad nije dodirnula taj predivni predmet, ali sad je imala neobjašnjivu potrebu da drži ovu bebu u naručju. Sagnula se i uzela dete od svoje majke, i zagledana u njegove plave oči – toliko plave – počela je da pevuši. Promena temperature od topline majčinih grudi do hladnoće detetovih šaka rasplakala je bebu. To je probudilo majku, čija je jedina reakcija bila krivica jer je zaspala.

– Sveti Bože, živ je, Florcija – kazala je. – Moraš da spremiš doručak za dečake dok ja ponovo pokušam da ga nahranim.

Florentina je nevoljno vratila bebu majci i gledala kako ova ponovo pritiska bolne grudi. Devojčica je bila opčinjena.

– Ne gubi vreme, Florcija – prekorila ju je majka. – I ostatak porodice mora da jede.

Florentina je nevoljno poslušala kad su njena četiri brata počela da se pojavljuju s tavana na kojem su spavali. Poljubili su majci ruke i zadivljeno se zagledali u uljeza. Svi su znali da ova beba nije došla iz matkinog stomaka. Florentina je bila suviše uzbuđena da bi doručkovala tog jutra, tako da su dečaci podelili njenu porciju bez imalo oklevanja, ostavljajući majčin deo na stolu. Niko nije primetio da ona nije ništa jela od dolaska bebe.

Helena Koskjevič je bila zadovoljna što su njena deca rano naučila da se brinu o sebi. Umeli su da nahrane životinje, da pomuzu koze i održavaju povrtnjak bez pomoći ili podsećanja.

Kad se Jasio vratio kući te večeri, Helena mu nije spremila večeru. Florentina je uzela tri zeca koja je njen brat Frank, lovac, uhvatio prethodnog dana, i počela je da ih dere. Florentina je bila ponosna što je zadužena za spremanje večere, a tu je odgovornost preuzimala samo kad joj je majka bila bolesna, a Helena je retko dozvoljavala sebi takav luksuz. Otac je doneo kući šest pečuraka i tri krompira: večeras će imati pravu gozbu.

Nakon večere, Jasio Koskjevič je seo na svoju stolicu kraj vatre i prvi put propisno pogledao dete. Dok ga je držao ispod miški, raširenim prstima mu pridržavajući nemoćnu glavu, lovačkim okom je osmotrio dete. Smežurano i bezubo lice ulepšavale su samo lepe, plave, neusredsređene oči. Dok je gledao prema mršavom telu, nešto mu je privuklo pažnju. Namrštio se i protrljao nežne grudi palcem.

– Jesi li primetila ovo, ženo? – rekao je, pipkajući detetove grudi. – Malo kopile ima samo jednu bradavicu.

Njegova žena se namrštila dok je trljala kožu palcem, kao da bi nestala bradavica mogla čudesno da se pojavi nakon toga. Njen muž je bio u pravu: mala i bezbojna leva bradavica je bila tu, ali na desnoj strani, gde je trebalo da se nalazi istovetna, koža je bila potpuno glatka.

Ženino sujeverje se odmah probudilo. – Dao nam ga je Bog – uskliknula je. – Vidi Njegov beleg na njemu.

Muškarac joj je ljutito vratio dete. – Budala si, ženo. To dete je njegovoj majci napravio muškarac loše krvi. – Pljunuo je u vatru da bi naglasio svoje mišljenje o detetovim roditeljima. – U svakom slučaju, ne bih se kladio ni u krompir da će malo kopile preživeti još jednu noć.

Jasio Koskjevič nije ni najmanje mario da li će to dete preživeti. Nije bio bezosećajan po prirodi, ali taj dečak nije bio njegov, a još jedna usta koja treba nahraniti samo bi mu povećala probleme. Ali nije bilo njegovo da preispituje Svemogućeg, i ne misleći više o detetu, utonuo je u dubok san.

Kako su dani prolazili, čak je i Jasio Koskjevič počeo da veruje kako će dete možda preživeti, i da se kladio, izgubio bi krompir. Njegov najstariji sin Frank, lovac, napravio je detetu kolevku od drveta koje je skupio u baronovoj šumi. Florentina je odsekla komadiće svojih starih haljina i sašila od njih šarenu odeću za bebu. Zvali bi ga harlekin da su znali šta znači ta reč. U stvari, davanje imena bebi izazvalo je više nesuglasica u domaćinstvu nego išta drugo poslednjih meseci;

samo otac nije hteo da se bavi tim. Na kraju su se dogovorili da ga nazovu Vladek.

Naredne nedelje, u kapeli na velikom baronovom imanju, dete je kršteno Vladek Koskjevič, majka se zahvalila Bogu što mu je spasao život, otac se pomirio s tim da će imati još jedna usta koja treba nahraniti.

Te večeri su imali malu gozbu da proslave krštenje, a tome je doprinela guska s baronovog imanja. Jeli su sa uživanjem.

Od tog dana, Florentina je morala da deli hranu na devet delova.

4.

En Kejn je mirno prespavala noć. Nakon lakog doručka, bolničarka je donela njenog sina Vilijama u privatnu sobu. Jedva je čekala da ga ponovo drži.

– Dobro jutro, gospođo Kejn – kazala je žustro bolničarka u beloj uniformi – vreme je da podojite bebu.

En je sela, bolno svesna nabreklih dojki. Bolničarka je pokazala postupak novajlijama. En, svesna da bi zbog zbunjenog nastupa izgledala nematerinski, netremice je posmatrala Vilijamove plave oči, plavlje od očevih. Osmehnula se zadovoljno. Imala je dvadeset jednu godinu i bila je svesna da joj ništa ne nedostaje. Rođena kao Kabotova, udala se u jedan ogranak porodice Louel, i sad je rodila sina koji će nastaviti tradiciju tako sažeto izraženu na čestitki koju joj je poslala Mili Preston, njena stara školska drugarica:

Ovo je dobri stari Boston,
Dom pasulja i bakalara,
Gde Louelovi razgovaraju samo s Kabotovima,
A Kabotovi samo s Bogom.

En je provela pola sata razgovarajući s Vilijamom, ali je dobijala malo odgovora. Glavna sestra ga je tad odnela, podjednako efikasno kako ga je i donela. En je dostojanstveno odbila voće i slatkiše koje je dobila od prijatelja i poznanika, jer je bila odlučna da ponovo obuče stare haljine pred letnju sezonu, i zauzme mesto koje joj pripada na stranicama modnih časopisa. Zar joj nije princ od Garone rekao da je jedina lepa stvar u Bostonu? Njena dugačka zlatna kosa, lepe crte lica i vitka figura izazivali su uzbuđeno divljenje u gradovima koje nikad nije posetila. En se pogledala u ogledalu, i bila je zadovoljna viđenim: ljudi ne bi poverovali da je majka živahnog dečaka. *Hvala bogu što je dečak*, mislila je, shvatajući prvi put kako se Ana Bolen sigurno osećala.

Pojela je lagan ručak pre nego što se spremila za posetioce koji će se pojavljivati u redovnim razmacima tokom popodneva. Oni koji će je posećivati tokom prvih nekoliko dana biće ili rođaci ili pripadnici najboljih porodica u Bostonu; ostalima će biti rečeno da još nije spremna da ih primi. Ali pošto je Boston bio jedini grad u Americi gde su svi tačno znali svoje mesto, verovatno neće biti neočekivanih uljeza.

Soba u kojoj se nalazila mogla je da primi još najmanje pet kreveta da nije bila ispunjena cvećem. Da nije bilo mlade majke koja sedi na krevetu, nekom neupućenom prolazniku moglo se oprostiti ako bi pomislio da se tu održava mala izložba cveća. En je isključila električno svetlo, i dalje novinu u Bostonu; njen muž je čekao da Kabotovi ugrade svetlo, što su Bostonci smatrali proročanskim znakom da je elektromagnetna indukcija društveno prihvatljiva.

Enina prva posetiteljka bila je svekrva, supruga Tomasa Louela Kejna, glava porodice nakon prerane muževljeve smrti. U otmenim kasnim srednjim godinama, gospođa Kejn ovladala je tehnikom ulaska u sobu na svoje potpuno zadovoljstvo, i na nesumnjivo nezadovoljstvo onog ko je u sobi. Bila je odevena u dugačku svilenu haljinu koja joj je prekrivala gležnjeve; jedini muškarac koji ih je video sad je bio mrtav. Uvek je bila vitka. Prema njenom mišljenju – često isticanom – debela žena značila je lošu ishranu i nisko poreklo. Sad je bila najstarija od Louelovih; a i najstarija od Kejnovih. Stoga je očekivala, i bilo je očekivano, da ona stigne prva u svim značajnim prilikama. Napokon, zar nije ona bila ta koja je upoznala En i Ričarda?

Ljubav nije bila previše važna za gospođu Kejn. Bogatstvo, položaj i prestiž je dobro razumela. Ljubav je bila u redu, ali retko se pokazivalo da je trajna roba; ostale tri stvari nesumnjivo jesu bile.

Poljubila je snahu u čelo, sa odobravanjem. En je pritisnula dugme na zidu i začulo se tiho zujanje. Ta buka je iznenadila gospođu Kejn jer još nije bila ubeđena da će struja zaživeti. Bolničarka se ponovo pojavila noseći sina i naslednika. Gospođa Kejn ga je pregledala, onjuškala sa odobravanjem i onda mahnula bolničarki da ode.

– Vrlo dobro, En – kazala je, kao da je njena snaha osvojila neku nagradu na regati. – Svi smo ponosni na tebe.

Enina majka, supruga Edvarda Kabota, stigla je nekoliko minuta kasnije. Tako se malo razlikovala po izgledu od gospođe Kejn da bi neko ko ih gleda izdaleka lako mogao da ih pomeša. Ali da budemo pošteni prema gospođi Kabot, znatno se više zanimala za svog unuka i ćerku nego gospođa Kejn. Sad je počela da pregleda cveće.

– Baš lepo od Džeksonovih što su se setili – promrmljala je gospo-
đa Kabot, koja bi se zaprepastila da nisu.

Gospođa Kejn je ovlaš pogledala cveće. Samo je prešla pogledom
preko nežnog cveća pre nego što se zagledala u čestitke. Šaputala je
utešna prezimena sebi u bradu: Adamsovi, Lorensovi, Lodžovi, Hi-
ginsonovi. Nijedna baba nije komentarisala prezimena koja nije pre-
poznavala; davno su prošle godine kad su želele da upoznaju nešto ili
nekog novog. Otišle su zajedno, vrlo zadovoljne; naslednik je rođen, i
na prvi pogled izgledao je sasvim zadovoljavajuće. Obe su smatrale da
je njihova konačna porodična obaveza završena, mada posredno, i da
sad mogu da se povuku u pozadinu.

Obe su pogrešile.

Enini i Ričardovi bliski prijatelji i rođaci dolazili su čitavog po-
podneva donoseći darove i najlepše želje, prve od zlata i srebra, druge
izgovorene odsečnim glasom bostonske elite.

Kad je njen muž stigao nakon radnog vremena, En je bila iscrplje-
na. Ričard je izgledao malo manje ukočeno nego obično. Popio je čašu
šampanjca za vreme ručka, prvi put u životu – stari Ejmos Kerbes je
insistirao, a pošto ga je čitav *Samersetski klub* posmatrao, nije mogao
da se buni. Bio je u dugačkom crnom fraku i prugastim pantalonama,
visok metar i osamdeset dva, a tamna kosa, s razdeljkom na sredini,
blistala je na svetlosti električne sijalice. Mladost mu nikad nije bila
toliko važna; neke šaljivdžije su čak govorile da je rođen sredovečan.
To ga nije brinulo: samo su mu ozbiljnost i ugled bili važni. Ponovo je
Vilijam Louel Kejn bio donet i pregledan, kao da njegov otac pregleda
bilans na kraju dana u banci. Izgledalo je da je sve u redu. Dečak je
imao dve noge, dve ruke, deset prstiju na rukama i nogama. Ričard
nije video ništa što bi moglo da ga osramoti, tako da je Vilijam odnet.

– Poslao sam telegram direktoru *Sent Pola* juče uveče – obavestio
je ženu. – Vilijam je upisan za septembar 1918.

En nije ništa rekla; Ričard je očigledno počeo da planira Vilijamo-
vu budućnost davno pre nego što je ovaj rođen.

– Dobro, draga, nadam se da si se potpuno oporavila – rekao je,
pošto je proveo samo prva tri dana života u bolnici.

– Da... ne... valjda – odgovorila je stidljivo njegova žena, skrivajući
sva osećanja za koja je mislila da bi mu izazvala nezadovoljstvo. Polju-
bio ju je nežno u obraz i otišao bez reči. Roberts ga je odvezao do *Red
hausa*, porodične kuće na Luisburg skveru. Uz bebu i dadilju koja će se
pridružiti postojećem osoblju, moraće da hrani devet usta. Ričard nije
ni na tren razmišljao o tome.

*   *   *

Vilijam Louel Kejn je kršten u Protestantskoj episkopalnoj katedrali Svetog Pavla, u prisustvu svih važnih ljudi u Bostonu, i nekolicine nevažnih. Obred je obavio biskup Vilijam Lorens, a Džej Pi Morgan i Ej Džej Lojd, bankari besprekornog ugleda, stajali su kraj Enine školske drugarice Mili Preston kao odabrani kumovi. Njegova milost je poškropila Vilijamovu glavicu svetom vodicom, i izgovorila reči: – Vilijam Louel Kejn. – Dečak nije ni zucnuo. Već je naučio da prihvati elitistički pristup životu. En se zahvalila Bogu za bezbedno rođenje sina, a Ričard je pognuo glavu – smatrao je Svemoćnog za malo više od računovođe čiji je posao da beleži rođenja i smrti članova porodice Kejn. Ipak, mislio je, bolje je da za svaki slučaj imaju i drugog dečaka – kao britanska kraljevska porodica, onda će imati naslednika i zamenika. Osmehnuo se svojoj ženi, veoma zadovoljan njom.

<h1 style="text-align:center">5.</h1>

Vladek Koskjevič je rastao sporo. Uskoro je njegovoj pomajci postalo jasno da će dečakovo zdravlje uvek biti problem. Razbolevao se od bolesti koje deca obično dobijaju, i mnogih koje većina ne dobija. Onda ih je prenosio ostatku porodice, bez izuzetka.

Helena se ponašala prema Vladeku kao prema svom detetu, i žustro ga je branila kad god bi Jasio počeo da krivi đavola, a ne Boga, za detetovo prisustvo u kolibici. Florentina se takođe brinula za Vladeka kao da je njeno dete. Volela ga je od prvog trenutka kad ga je ugledala, sa žestinom koja se pojačavala iz straha da niko neće želeti da se oženi njom, siromašnom lovčevom ćerkom, i da će stoga ostati bez dece. Vladek je bio njeno dete.

Najstariji brat, Frank, koji je pronašao Vladeka na obali reke, ponašao se prema njemu kao prema igrački. Nikad nije priznao da mu je drago to krhko dete, a otac mu je rekao da su deca ženska briga. U svakom slučaju, sledećeg januara će napustiti školu i početi da radi na baronovom imanju. Tri mlađa brata, Stefan, Jozef i Jan, nisu se previše zanimali za Vladeka, dok je preostala članica porodice, Sofija, svega šest meseci starija, volela da ga mazi. Helena nije bila spremna na detetov karakter i um koji su se toliko razlikovali od njene dece.

Svi su morali da primete fizičke ili intelektualne razlike. Deca Koskjevičevih bila su visoka, krupna, riđokosa i, osim Florentine, imala su sive oči. Vladek je bio nizak i zdepast, tamnokos i plavook. Koskjeviči nisu voleli obrazovanje i napustili su seosku školu čim su uzrast ili potreba tako zahtevali. Vladek je, s druge strane, mada je kasno propuzio, progovorio sa osamnaest meseci, čitao pre trećeg rođendana – ali i dalje nije umeo da se samostalno obuče – i pisao je smislene rečenice s pet godina – ali nastavio je da mokri u krevet. Otac je očajavao zbog njega, a majka se ponosila. Prve četiri godine života bile su zapamćene uglavnom po tome koliko puta mu je život bio u opasnosti zbog bolesti; sigurno bi umro da nije bilo stalnih Heleninih i Florentininih napora. Trčao je po drvenoj kolibici bosonog, obično odeven u svoju harlekinsku odeću, korak iza majke. Kad bi se Florentina vratila iz škole, on bi se posvetio njoj, i ne bi se odvajao od nje dok ga ne bi smestila u krevet. Prilikom podele hrane, Florentina je često žrtvovala pola svog dela zbog Vladeka, a kad je bio bolestan, po čitavu porciju. Vladek je nosio odeću koju mu je ona pravila, pevao pesme koje ga je ona naučila i delio s njom ono malo igračaka i poklona koje je imala.

Pošto je Florentina provodila veći deo dana u školi, Vladek je želeo da ide s njom. Čim mu je dozvoljeno, išao je stazom dugačkom osamnaest kilometara kroza šumu, punu mahovinom prekrivenih breza i čempresa, do male škole u Slonimu, čvrsto je držeći za ruku dok ne bi stigli do kapije.

Za razliku od svoje braće, Vladek je uživao u školi od prvog zvona; za njega je to bilo bekstvo iz kolibice koja mu je dotad bila ceo svet. Škola ga je takođe učinila bolno svesnim da su Rusi okupirali njegovu domovinu. Naučio je da se njegov maternji poljski govori samo u privatnosti doma, i da će mu u školi ruski biti maternji jezik. Postao je svestan jakog ponosa prema potisnutom jeziku i kulturi, i počeo je da oseća isto.

Na svoje iznenađenje, Vladek je shvatio da ga gospodin Kotovski, učitelj, ne ponižava kao što je to radio otac kod kuće. Mada je i dalje bio najmlađi, kao i kod kuće, ubrzo se uzdigao iznad školskih drugova po svemu osim po visini. Njegov nizak rast pogrešno je navodio vršnjake da ga potcenjuju: deca često misle da je najveće najbolje. Do pete godine Vladek je bio najbolji u odeljenju iz svakog predmeta osim drvodeljstva.

Noću, u kolibici, dok su ostala deca negovala ljubičice koje su cvetale tako mirisne u prolećnom vrtu, brala bobice, sekla drva, lovila zečeve ili šila odeću, Vladek je čitao i čitao, dok nije pročitao neotvorene knjige svog najstarijeg brata, a onda i starije sestre. Helena je polako počela da shvata da je dobila više nego što se nadala kad je Frank doneo kući tu životinjicu umesto tri zeca. Vladek je već postavljao pitanja na koja ona nije mogla da odgovori. Znala je da ubrzo neće moći da se nosi s njim i nije znala šta da radi. Ali čvrsto je verovala u sudbinu, tako da se nije iznenadila kad joj je ta odluka uzeta iz ruku.

Prva velika prekretnica u Vladekovom životu došla je u jesen 1911. Porodica je završila uobičajenu večeru – supu od cvekle sa zečetinom. Jasio je hrkao kraj vatre, a Helena je šila dok su se deca igrala. Vladek je sedeo kraj majčinih nogu, čitajući, kad su, uprkos galami koju su pravili Stefan i Jozef, koji su se natezali oko nekih tek obojenih borovih šišarki, začuli glasno kucanje na vratima. Svi su zaćutali. Kucanje je uvek iznenađivalo porodicu Koskjevič, jer gotovo da niko nije dolazio u kolibicu.

Cela porodica je bojažljivo pogledala ka vratima. Kao da se ništa nije dogodilo, čekali su da se ponovo začuje kucanje. I jeste – malo glasnije nego prvog puta. Jasio je pospano ustao sa stolice, otišao do vrata i oprezno ih otvorio. Kad su videli ko stoji tamo, svi su skočili i pognuli glave osim Vladeka, koji je zurio u lepu aristokratsku figuru širokih ramena, odevenu u debeo kaput od medveđe kože, čije prisustvo je odmah uplašilo oca. Ali posetiočev ljubazan osmeh odmah je odagnao svu zabrinutost, i Jasio se brzo pomerio u stranu kako bi dozvolio baronu Rosnovskom da uđe u njegov dom. Niko nije govorio. Baron nikad dotad nije posetio kolibu, tako da nisu znali šta da urade.

Vladek je spustio knjigu, ustao, otišao do neznanca i pružio ruku pre nego što je otac uspeo da ga spreči.

– Dobro veče, gospodine.

Baron se rukovao s njim, i zagledali su se jedan drugom u oči. Kad ga je baron pustio, Vladek je pogledao veličanstvenu srebrnu narukvicu oko njegovog zglavka, s natpisom koji nije mogao da pročita.

– Ti mora da si Vladek.

– Da, gospodine – odgovorio je dečak, naizgled nimalo iznenađen što baron zna njegovo ime.

– Ti si razlog zbog koga sam došao kod tvog oca – rekao je baron.

Jasio je mahanjem rukom dao do znanja drugoj deci da ga ostave samog s gospodarem, tako da su se dve devojčice spustile u kniks, četiri dečaka naklonila, i sve šestoro je ćutke napustilo sobu. Vladek je ostao, jer niko nije rekao da treba da se pridruži drugoj deci.

– Koskjeviču – počeo je baron, i dalje stojeći, jer mu niko nije ponudio da sedne, prvo jer su bili previše uplašeni, a drugo jer su pretpostavili da je došao da ih prekori. – Došao sam da te zamolim za uslugu.

– Sve što želite, gospodine, sve – rekao je otac, pitajući se šta li bi mogao da učini za barona što ovaj već nema.

Baron je nastavio. – Moj sin, Leon, sad ima šest godina, i u zamku ga podučavaju dva učitelja, jedan iz Poljske, drugi iz Nemačke. Kažu mi da je pametno dete, ali mu nedostaje konkurencija, jer treba da nadmaši samo sebe. Gospodin Kotovski iz seoske škole kaže mi da je Vladek jedini dečak ovde koji može da mu obezbedi takvu konkurenciju. Došao sam da te pitam da li bi dozvolio svom sinu da napusti seosku školu i pridruži se Leonu i njegovim učiteljima u zamku.

Pred Vladekovim očima pojavila se čudesna vizija knjiga i učitelja znatno mudrijih od gospodina Kotovskog. Pogledao je majku. Ona je gledala barona, lica ispunjenog mešavinom čuđenja i tuge. Otac se okrenuo ka njoj i trenutak ćutljive komunikacije među njima izgledao je detetu kao večnost.

Lovac se mrzovoljno obratio grofovim stopalima. – Bili bismo počastvovani, gospodine.

Baron se okrenuo prema Heleni.

– Blažena Bogorodica zabranjuje da stanem na put svom detetu – kazala je tiho – mada samo ona zna koliko će mi nedostajati.

– Budite uvereni, gospođo Koskjevič, da će vaš sin moći da se vrati kući kad god poželi.

– Da, gospodine. Očekujem da će to raditi, na početku. – Nameravala je da ga zamoli nešto, ali se predomislila.

Baron se osmehnuo. – Dobro. Onda smo se dogovorili. Molim vas, dovedite ga u zamak sutra ujutro u sedam sati. Tokom školske godine će živeti s nama, a za Božić može da se vrati kod vas.

Vladek se rasplakao.

– Neću te ostaviti – rekao je Vladek, okrećući se ka majci, mada je želeo da ide.

– Tiho, momče – rekao je lovac, ovog puta malo glasnije.

– Zašto ne? – pitao je baron.

– Nikad ne bih mogao da ostavim Florciju... nikad.

– Florciju? – pitao je baron.

– To je moja najstarija ćerka, gospodine – ubacio se lovac. – Ne brinite se za nju, gospodine. Dečak će uraditi šta mu se kaže.

Niko nije govorio. Baron je ćutao neko vreme, dok je Vladek tiho plakao. – Koliko godina ima devojčica? – upitao je konačno.

– Četrnaest – odgovorio je lovac.

– Ume li da radi u kuhinji? – pitao je baron, osećajući olakšanje jer je izgledalo da se Helena Koskjevič neće rasplakati.

– O, da, barone – odgovorila je. – Florcija ume da kuva, ume da šije i ume...

– Dobro, dobro, onda i ona može da pođe. Očekujem ih oboje sutra ujutro u sedam.

Baron je otišao do vrata, pogledao dečaka i osmehnuo se. Ovog puta mu je Vladek uzvratio osmeh. Napravio je prvu pogodbu, i dozvolio je majci da ga zagrli nakon što je baron otišao. Čuo ju je kako šapuće: – O, matkin najmlađi, šta će sad biti s tobom?

Vladek je jedva čekao da sazna.

* * *

Helena je spakovala Vladeka i Florentinu pre nego što je otišla na spavanje te večeri, mada nije bilo potrebno mnogo vremena da se spakuju sve njihove stvari. U šest ujutro ostatak porodice stajao je na vratima i gledao ih kako idu ka zamku, držeći papirni zamotuljak ispod miške. Florentina, visoka i otmena, stalno se okretala da ih pogleda, plačući i mašući; ali Vladek, nizak i trapav, nijednom se nije osvrnuo. Florentina ga je čvrsto držala za ruku tokom čitavog putovanja. Njihove uloge su se zamenile: od danas, ona će zavisiti od njega.

Kad su stidljivo pokucali na velika hrastova vrata, otvorio im je veličanstveni sluga u zelenoj livreji sa zlatnim dugmićima, koji ih je očigledno očekivao. Oboje su često s divljenjem gledali sive uniforme vojnika koji su čuvali rusko-prusku granicu, ali nikad nisu videli ništa tako blistavo kao što je džin koji se nadvijao nad njima, za koga su mislili da je sigurno veoma važan. U predvorju se nalazio debeo tepih, i Vladek je zurio u zeleno-crvenu šaru, zadivljen njenom lepotom, pitajući se da li da se izuje, iznenadio se kad mu se koraci nisu čuli dok je hodao preko tepiha.

To veličanstveno biće odvelo ih je do njihovih spavaćih soba u zapadnom krilu. Odvojene sobe – kako će ikad zaspati? Makar imaju zajednička vrata, tako da nikad neće biti previše daleko, i u stvari, mnoge noći su spavali u jednom krevetu.

Kad su se raspakovali, Florentinu su odveli u kuhinju, a Vladeka u igraonicu u južnom krilu zamka, gde je upoznao baronovog sina. Leon Rosnovski bio je visok za svoje godine, zgodan dečak koji je bio toliko šarmantan i ljubazan da je Vladek zaboravio svoj spremljeni ratoborni stav čim ga je upoznao. Vladek je brzo otkrio da je Leon usamljeno dete, koje nije imalo društvo za igru osim *njanje*, posvećene Litvanke koja ga je dojila i ispunjavala mu sve želje nakon prerane majčine smrti. Taj izdržljivi dečak iz šume obećavao je društvo. I makar su u jednom smislu smatrani jednakima.

Leon je odmah ponudio Vladeku da mu pokaže zamak – u kojem je svaka soba bila veća od cele kolibe. Ta avantura ispunila je ostatak jutra, a Vladek je bio zaprepašćen veličinom zamka, bogatstvom nameštaja i tkanina – i tih tepiha u svakoj sobi. Vladek je priznao samo da je pomalo zadivljen. Glavni deo zgrade, rekao mu je Leon, bio je ranogotički, kao da je Vladek znao šta znači *gotički*. Klimnuo je glavom. Zatim je Leon odveo novog prijatelja kamenim stepenicama do velikih podruma, s nizovima vinskih boca prekrivenih prašinom i paučinom. Ali Vladekova omiljena soba bila je ogromna trpezarija, s velikom nadsvođenom tavanicom i stubovima, popločanim podom i najvećim stolom koji je ikad video. Zurio je u punjene glave okačene na zidove. Leon mu je rekao da su to bizon, medved, jelen, divlja svinja i žderavac koje je njegov otac ulovio tokom godina. Iznad kamina nalazio se baronov grb. Moto porodice Rosnovski je glasio: „Sreća prati hrabre.“

U dvanaest sati, oglasio se gong i livrejisane sluge su poslužile ručak. Vladek je jeo vrlo malo dok je pažljivo gledao Leona, trudeći se da zapamti koji pribor je koristio iz zbunjujuće ponude pribora za jelo. Nakon ručka upoznao je svoja dva učitelja, koji ga nisu dočekali kao Leon. Te večeri je legao u najveći krevet koji je video, i ispričao Florentini o svojim avanturama. Njene oči pune neverice nikad nisu napuštale njegovo lice, niti je zatvarala usta, razjapljena od čuđenja, posebno kad je čula za noževe i viljuške.

Predavanja su počela sutra ujutro tačno u sedam, pre doručka, i nastavila su se tokom dana, uz kratke pauze za užinu. Kao prvo, Leon je očigledno bio daleko ispred svog novog školskog druga, ali Vladek se muški borio s knjigama, i kako su nedelje prolazile, jaz se smanjivao. Prijateljstvo i suparništvo dva dečaka razvijalo se istom brzinom. Učitelji su imali teškoće u ophođenju prema dvojici učenika – jedan je bio baronov sin, drugi vanbračni sin ko zna koga – kao jednakim, mada su nevoljno priznali baronu da je napravio dobar akademski izbor. Njihov nepopustljiv stav nikad nije brinuo Vladeka, jer se Leon uvek ponašao prema njemu kao prema jednakom.

Baron je objavio da je zadovoljan napretkom koji dečaci prave, i da će ponuditi Vladeku nagradu u vidu odeće i igračaka. Vladekovo prvobitno oprezno i nezainteresovano divljenje prema baronu brzo se pretvorilo u poštovanje.

Kad je došlo vreme da se Vladek vrati u kolibicu u šumi za Božić, bio je uznemiren što mora da napusti Leona. Uprkos početnoj sreći što vidi majku, tri kratka meseca provedena u baronovom zamku pokazala su mu mnogo uzbudljiviji svet. Radije bi bio sluga u zamku nego gospodar u kolibi.

Kako se raspust razvlačio, Vladek je osećao da mu smeta kolibica s jednom sobom i prepunim tavanom, i bio je nezadovoljan hranom koja je deljena u tako bednim količinama i jedena rukama: u zamku niko nije delio hranu na devet porcija. Nakon nekoliko dana, Vladek je poželeo da se vrati i bude s Leonom i baronom. Svakog popodneva je hodao šest kilometara do zamka i sedeo i zurio u velike zidove koji okružuju imanje, ali nije razmišljao da uđe bez dozvole. Florentina, koja je živela među kuhinjskim sluškinjama, lakše se prilagodila povratku na svoj raniji jednostavni život, i nije mogla da shvati kako koliba više nikad neće biti Vladekov dom.

Jasio nije bio siguran kako da se ponaša prema šestogodišnjaku, koji je sad bio tako dobro odeven i govorio je otmeno, i pričao o stvarima koje njegov otac nije mogao da shvati; niti je želeo. A da sve bude još gore, Vladek je izgleda traćio po čitave dane na čitanje. Šta li će biti s njim, pitao se lovac, ako ne bude umeo da zamahne sekirom ili ulovi zeca? Kako može da se nada da će zaraditi za pošten život? I on se molio da raspust prođe brzo.

Helena je bila ponosna na Vladeka, i prvo je odbijala da prizna čak i sebi da se stvorio jaz između njega i ostale dece. Ali ubrzo je to postalo očigledno. Kad su se jedne večeri igrali vojnika, Stefan i Frank, generali suprotstavljenih vojski, odbili su da prime Vladeka u svoje redove.

– Zašto me stalno izostavljate? – zakukao je Vladek. – Želim da učestvujem u bici.

– Jer više nisi jedan od nas – izjavio je Stefan. – A ionako nam nisi pravi brat.

Usledila je duga ćutnja pre nego što je Frank dodao: – Otac te nikad nije želeo; samo ti je matka dozvolila da ostaneš.

Vladek je pogledao krug dece, tražeći Florentinu. – Šta to Stefan govori, da nisam vaš brat? – odlučno je pitao.

I tako je Vladek saznao za svoje rođenje, i razumeo zašto se uvek osećao drugačijim od braće i sestara. Bio je potajno zadovoljan što je otkrio da je, bez imalo zlobe iz lovčeve krvi, potekao iz nepoznatog izvora, i da sadrži klicu duha koja će učiniti sve stvari mogućim.

Kad se nesrećni raspust konačno završio, Vladek se vratio u zamak pre zore, a neraspoložena Florentina išla je nekoliko koraka iza. Leon ga je dočekao raširenih ruku; za njega, izolovanog očevim bogatstvom kao što je Vladek lovčevim siromaštvom, nije bilo mnogo razloga za slavlje tokom Božića. Od tog trenutka dečaci su postali najbliži prijatelji i bili su nerazdvojni.

Kad je došao letnji raspust, Leon je preklinjao oca da dozvoli Vladeku da ostane u zamku. Baron je pristao, jer se i on vezao za lovčevog sina. Vladek je bio oduševljen. Vratiće se u drvenu kolibu samo još jednom u životu.

<h1 style="text-align:center">6.</h1>

Vilijam Kejn je rastao brzo, i svi koji su dolazili u kontakt s njim smatrali su ga divnim detetom; u prvim godinama života to su uglavnom bili oduševljeni rođaci ili brižne sluge.

Najviši sprat kuće Kejnovih iz osamnaestog veka, na Luisburg skveru, pretvoren je u dečje sobe prepune igračaka. Spavaća i dnevna soba odvojene su za novounajmljenu dadilju. Dečja soba bila je dovoljno udaljena od Ričarda Kejna da bi bio nesvestan problema kao što su nicanje zuba, mokre pelene ili neredovni i nedisciplinovani zahtevi za još hrane. Prvi osmeh, prvi zub, prvi korak i prvu reč u porodičnu knjigu zabeležila je Vilijamova majka, uz podatke o napredovanju u visini i težini. En se iznenadila kad je videla da se ta statistika razlikovala vrlo malo od one kod jedinog drugog deteta s kojim je bila u kontaktu na Bikon hilu.

Dadilja, uvezena iz Engleske, odgajila je dečaka po režimu na kojem bi joj pozavideo neki pruski konjički oficir. Vilijama je otac posećivao svake večeri u šest. Kako je odbijao da se obraća bebi na bebećem jeziku, na kraju nije uopšte razgovarao s njim; njih dvojica su samo zurili jedan u drugog. Ponekad bi Vilijam uhvatio očev kažiprst, onaj kojim je listao obračune, i Ričard bi dozvolio sebi da se osmehne.

Do kraja prve godine ta kolotečina je neznatno promenjena i dečaka bi nosili u prizemlje da vidi oca. Ričard bi sedeo u kestenjastoj kožnoj fotelji visokog naslona, gledajući svog prvenca kako se, na sve četiri, provlači između nogara nameštaja, pojavljujući se tamo gde je najmanje očekivan, što je navelo Ričarda da pomisli kako će sigurno postati političar. Vilijam je napravio prve korake s trinaest meseci, držeći se za zadnji deo očevog fraka. Njegova prva reč bila je *dada*, što je zadovoljilo sve, uključujući i babu Kejn i babu Kabot, koje su redovno dolazile. Nisu gurale dečja kolica u kojima se Vilijam vozio po Bostonu, ali udostojavale su se da hodaju korak iza dadilje prilikom izlaska četvrtkom po podne, mrko gledajući decu s manje disciplinovanim rasporedom. Dok su ostala deca hranila patke u javnim parkovima,

Vilijam je uspešno šarmirao labudove kraj jezera veličanstvene venecijanske palate gospodina Džeka Gardnera.

Nakon dve godine babe su počele da nagoveštavaju kako je krajnje vreme za još jednog potomka, Vilijamovog brata. En im je udovoljila tako što je zatrudnela, ali počela je da se oseća loše kad je ušla u četvrti mesec. Kad je En imala pobačaj nakon šesnaest nedelja, doktor Makenzi joj nije dozvolio da se opusti. U beleškama je zapisao „preeklampsija?", a njoj je rekao: – Gospođo Kejn, razlog što se niste osećali dobro jeste što vam je krvni pritisak bio previsok i verovatno bi postao još viši kasnije u trudnoći. Nažalost, lekari nisu pronašli lek za visok pritisak; u stvari, znamo vrlo malo o tom problemu, osim da je to opasno stanje, posebno za trudnice.

En se trudila da ne zaplače dok je razmatrala posledice budućnosti bez još dece.

– Sigurno se to ne bi ponovilo ako bih ponovo zatrudnela? – pitala je, postavljajući pitanje tako da omogući doktoru pozitivan odgovor.

– Iskreno, bio bih vrlo iznenađen ako se ne bi ponovilo, gospođo Kejn. Žao mi je što moram da vam kažem ovo, ali odlučno vam preporučujem da nemate više dece.

– Ali ne smeta mi da se osećam loše nekoliko meseci ako to znači...

– Ne govorim o tome da ćete se osećati loše, gospođo Kejn. Govorim o tome da ne rizikujete život bez potrebe.

Bio je to užasan udarac za En i Ričarda, koji je pretpostavio da će napraviti toliko dece da obezbedi da prezime Kejn živi zauvek. Sad je ta odgovornost prebačena na Vilijama.

Ričard je, nakon šest godina u odboru, postao predsednik *Kejn i Kabot banke i zadužbine*. Ta banka, koja je dominirala uglom Stejt strita, bila je bastion arhitektonske i fiskalne solidnosti i imala je ogranke u Njujorku, Londonu i San Francisku. Ogranak u San Francisku predstavljao je problem za Ričarda na dan Vilijamovog rođenja kad je, uz *Krokerovu nacionalnu banku, Vels Fargo* i *Kalifornijsku banku*, srušena do temelja, ne finansijski nego bukvalno, tokom velikog zemljotresa iz 1906. Ričard, oprezan po prirodi, bio je sveobuhvatno osiguran kod londonskog *Lojda*. Kao prava gospoda, platili su sve do poslednjeg novčića, omogućivši Ričardu da zadrži nedirnuto bogatstvo. Međutim, Ričard je proveo neprijatnu godinu u četvorodnevnim putovanjima vozom tamo-amo preko Amerike između Bostona i San

Franciska kako bi nadgledao obnovu. Otvorio je novu zgradu na Junion skveru u oktobru 1907, na vreme da posveti pažnju problemima
koji su se pojavljivali na Istoku. Došlo je do manjeg talasa podizanja
novca u njujorškim bankama; mnoge manje banke nisu mogle da se
nose s neočekivano visokim isplatama, a u nekim slučajevima morale
su da zatvore svoja vrata. Džej Pi Morgan, legendarni direktor istoimene banke, pozvao je Ričarda da se pridruži konzorcijumu koji bi
sarađivao tokom krize. Ričard je pristao. Hrabrost se isplatila, i život
je počeo da se vraća u normalu, ali ne pre nego što je Ričard proveo
nekoliko besanih noći.

Vilijam je, s druge strane, spavao čvrsto, nesvestan značaja zemljotresa ili banaka koje propadaju; napokon, trebalo je hraniti labudove, ići na beskrajna putovanja do i od Miltona, Bruklajna i Beverlija
kako bi bio pokazan obožavanim rođacima.

U oktobru naredne godine Ričard Kejn je kupio novu igračku u
zamenu za opreznu investiciju u čoveka po imenu Henri Ford, koji
je tvrdio kako može da proizvede motorno vozilo za narod. Banka je
organizovala ručak s gospodinom Fordom i Ričard je ubeđen da kupi
model T za izdašnu svotu od osamsto dvadeset pet dolara. Ford ga je
uverio da će cena, ako ga banka podrži, pasti na trista pedeset dolara, i
svi će želeti da kupe njegova kola, što će obezbediti veliki profit finansijerima. Ričard ga je finansirao: bio je to prvi put da je uložio mnogo
novca u nekog ko se nadao da će njegov proizvod koštati upola manje.

Ričard je prvo bio zabrinut da njegovo motorno vozilo, iako je bilo
ozbiljne crne boje, neće možda biti smatrano dovoljno ozbiljnim prevoznim sredstvom za predsednika i direktora vodeće banke, ali razuverili su ga pogledi puni divljenja s trotoara, koje je ta mašina privlačila. S brzinom od petnaest kilometara na sat bio je bučniji od konja,
ali nije ostavljao balegu nasred Maunt Vernon strita. Njegova jedina
zamerka gospodinu Fordu bila je što nije prihvatao predlog da *model T*
bude dostupan u različitim bojama. Ford je insistirao da sva kola treba
da budu crna kako bi cena bila niža. En, mnogo osetljivija od muža na
odobravanje učtivog društva, odbila je da putuje na zadnjem sedištu
dok Kabotovi nisu kupili kola.

Vilijam je, međutim, obožavao „automobil“, kako ga je štampa
opisala, i odmah je pretpostavio da je nabavljen da zameni njegova
zastarela i nemehanizovana kolica. Takođe je više voleo šofera – sa

zaštitnim naočarima i kačketom – od dadilje. Baba Kejn i baba Kabot rekle su da nikad ne bi putovale u toj paklenoj napravi, i nikad i nisu, mada je, mnogo godina kasnije, baba Kejn odvezena na sopstvenu sahranu u motornom vozilu, iako nije bila svesna te činjenice.

Tokom naredne dve godine banka je dobijala na snazi i veličini, kao i Vilijam.

Amerikanci su ponovo počeli da investiraju i velike količine novca pronalazile su svoj put do *Kejn i Kabota*, gde su investirane u projekte kao što je širenje *Louelove fabrike kože* u Louelu, u Masačusetsu. Ričard je posmatrao rast i banke i sina s neobuzdanim zadovoljstvom.

Na Vilijamov peti rođendan uzeo je dete iz ženinih ruku i angažovao gospodina Manroa, za četiristo pedeset dolara godišnje, da mu bude privatni učitelj. Ričard je lično odabrao Manroa sa spiska od osam kandidata koji su ranije razmatrani za njegovog privatnog sekretara. Jedini cilj bio mu je da spremi Vilijama za upis u *Sent Pol* do dvanaeste godine. Vilijam je odmah prihvatio učitelja, za koga je smatrao da je veoma star i veoma mudar. Imao je, u stvari, dvadeset tri godine i diplomirao je engleski, s prosečnim ocenama, na Edinburškom univerzitetu.

Vilijam je brzo naučio da čita i piše, ali najviše je uživao u brojevima. Njegova jedina primedba bila je što je, od šest časova dnevno, samo jedan bio posvećen aritmetici. Brzo je naglasio ocu da jedna šestina radnog dana nije dovoljna za nekog ko će jednog dana biti predsednik i direktor banke.

Da bi nadoknadio učiteljev propust, Vilijam je pratio sve raspoložive rođake, tražeći od njih da mu daju zadatke koje će računati u glavi. Baka Kabot, koja nikad nije bila uverena da će podela nekog celog broja sa četiri dati isti rezultat kao njegovo množenje jednom četvrtinom, brzo je počela da zaostaje za unukom; međutim, baba Kejn, koja je bila znatno učenija nego što je priznavala, uhvatila se ukoštac s vulgarnim razlomcima, kamatom na kamatu i podelom osam kolača na devetoro dece.

– Baba – rekao je Vilijam ljubazno ali odlučno kad nije mogla da pronađe odgovor na njegovo poslednje pitanje – možeš da mi daš logaritmar, i onda te neću zamarati.

Baba Kejn je bila zaprepašćena starmalošću svog unuka, ali kupila mu je logaritmar, pitajući se da li zna kako da ga koristi.

U međuvremenu, Ričardovi problemi počeli su da imaju sve više veze sa istokom. Kad je direktor londonske filijale umro od infarkta, za svojim stolom, Ričard je morao da ode u Lombard strit. Predložio je En da ona i Vilijam pođu s njim, osećajući da će to putovanje doprineti detetovom obrazovanju. Napokon, moći će da poseti mesta o kojima mu je govorio gospodin Manro. En, koja nikad nije bila u Evropi, bila je oduševljena tom mogućnošću, i ispunila je tri kofera otmenom i skupom novom odećom u kojoj će se suočiti sa Starim kontinentom. Vilijam je smatrao kako je nepravedno što ne sme da ponese podjednako važno pomagalo, svoj bicikl.

Kejnovi su otputovali vozom u Njujork, i ukrcali se na *Akvitaniju*, koja je putovala za Sauthempton. En je bila zaprepašćena kad je videla prodavce imigrante koji glasno nude svoju robu na trotoarima. Vilijam je, s druge strane, bio zaprepašćen veličinom Njujorka; do tog trenutka je mislio da je očeva banka najveća zgrada u Americi, ako ne i na svetu. Želeo je da kupi ružičasto-žuti sladoled od čoveka s malim kolicima, ali otac nije hteo ni da čuje za to; u svakom slučaju, nije imao sitninu.

Vilijam se oduševio velikim putničkim brodom čim ga je ugledao, i brzo se sprijateljio sa sedobradim kapetanom, koji mu je preneo sve tajne ponosa brodske kompanije *Kjunard*. Nedugo po isplovljavanju broda, Ričard i En, koji su sedeli za kapetanovim stolom, imali su potrebu da se izvine zbog vremena koje je posada morala da posvećuje njihovom sinu.

– Nema razloga – odgovorio je kapetan. – Vilijam i ja smo već dobri prijatelji. Samo bih voleo da mogu da odgovorim na sva njegova pitanja o vremenu, brzini i udaljenosti. Moram svake večeri da razgovaram s glavnim mašinistom u nadi da ću naslutiti pitanja i preživeti naredni dan.

Kad je *Akvitanija* uplovila u Sauthempton nakon desetodnevne plovidbe, Vilijam je nevoljno napustio brod, i suze bi bile neizbežne da nije bilo veličanstvenog prizora rols-rojs silver gousta sa šoferom, parkiranog na obali, spremnog da ih odveze u London. Ričard je naprasno odlučio da će na kraju putovanja prebaciti ta kola u Njujork, a ta odluka je bila najmanje nalik njemu od svih koje će doneti do kraja života. Obavestio je En da želi da ga pokaže Henriju Fordu. On ga nikad nije video.

Porodica je, kad je boravila u Londonu, uvek odsedala u hotelu *Savoj* na Strandu, koji se nalazio blizu Ričardove kancelarije u Sitiju.

Tokom večere, dok je gledao reku Temzu, Ričard je saznao, iz prve ruke, od novog direktora, ser Dejvida Simora, bivšeg diplomate, kako posluje londonska filijala. Mada nikad ne bi londonsku banku opisao kao „filijalu" *Kejn i Kabota* dok je na ovoj strani Atlantika.

Ričard je uspeo da vodi diskretan razgovor sa ser Dejvidom, dok je njegova žena bila zauzeta slušanjem saveta Lavinije Simor o tome kako da najbolje provede vreme dok je u Londonu. En se oduševila kad je saznala da Lavinija ima sina, koji je jedva čekao da upozna prvog Amerikanca.

Narednog jutra se Lavinija ponovo pojavila u *Savoju*, u pratnji Stjuarta Simora. Nakon što su se rukovali, Stjuart je upitao Vilijama:

– Jesi li ti kauboj?

– Samo ako si ti crveni mundir – odmah je odgovorio Vilijam. Dva šestogodišnjaka su se ponovo rukovala.

Tog dana, Vilijam, Stjuart, En i ledi Simor posetili su Tauer i gledali smenu straže u Bakingemskoj palati. Vilijam je rekao Stjuartu da je sve bilo „izvrsno" osim Stjuartovog naglaska, koji mu je bio teško razumljiv.

– Zašto ne govorite kao mi? – odlučno je pitao, i iznenadio se kad mu je majka rekla da je bolje postaviti obrnuto pitanje, jer su „oni" bili prvi.

Vilijam je uživao gledajući vojnike u jarkocrvenim uniformama, s velikim, sjajnim mesinganim dugmićima, koji su stražarili ispred Bakingemske palate. Pokušao je da razgovara s njima, ali samo su zurili u prazno i kao da nisu treptali.

– Možemo li da povedemo jednog kući? – pitao je Vilijam majku.

– Ne, dušo, moraju da ostanu u Londonu i čuvaju kralja.

– Ali ima ih tako mnogo. Zar ne mogu da dobijem bar jednog? Izgledao bi izvrsno ispred naše kuće na Luisburg skveru.

Kao „poseban ustupak" – po Eninim rečima – Ričard je dozvolio sebi da jednog popodneva ode s Vilijamom, Stjuartom i En na Vest end da vidi tradicionalnu englesku pantomimu *Džek i čarobni pasulj*, koja se igrala u pozorištu *Hipodrom*. Vilijamu se svideo Džek, mada je bio zbunjen što je imao duge noge i nosio čarape. Uprkos tome, želeo je da poseče svako drvo koje je ugledao, misleći da sva ona skrivaju zlog džina. Nakon što se zavesa spustila, popili su čaj u *Fortnam i Mejsonu* na Pikadiliju, a En je dozvolila Vilijamu da pojede dve pogačice punjene kremom i nešto što je Stjuart nazvao krofna. Nakon toga, Vilijam je morao svakog dana da ide u čajdžinicu u *Fortnamu* da bi pojeo još jednu „krofnačicu", kako ih je nazvao.

Vreme u Londonu prošlo je prebrzo za Vilijama i njegovu majku, ali Ričard, zadovoljan što je sve u redu u Lombard stritu, i zadovoljan novoimenovanim direktorom, već je planirao povratak u Ameriku. Telegrami su stizali svakodnevno iz Bostona, zbog čega je jedva čekao da se vrati u svoju kancelariju. Kad ga je jedna poruka obavestila da je dve hiljade petsto radnika u jednoj fabrici za preradu pamuka u Lorensu, u Masačusetsu, u koju je njegova banka uložila novac, stupilo u štrajk, promenio je datum povratnog putovanja.

Vilijam se takođe radovao povratku u Boston kako bi mogao da prenese gospodinu Manrou sva zadivljujuća iskustva koja je stekao u Engleskoj, a jedva je čekao da vidi i svoje dve babe. Bio je siguran da nikad nisu doživele nešto tako uzbudljivo kao poseta pravom pozorištu sa običnim svetom. En se takođe radovala povratku kući, mada je uživala u putovanju gotovo koliko i Vilijam, jer su se obično uzdržani Englezi divili njenoj odeći i lepoti.

Kao poslasticu za poslednji dan pre isplovljavanja, Lavinija Simor je pozvala Vilijama i En u svoju kuću na Iton skveru, na čajanku. Dok su En i Lavinija razgovarale o najnovijoj londonskoj modi, Vilijam je učio o kriketu od Stjuarta, i pokušao da objasni pravila bejzbola svom novom prijatelju. Zabava se, međutim, završila ranije kad je Stjuartu pozlilo. Vilijam je, iz saosećanja, izjavio da i njemu nije dobro, tako da su se on i En vratili u *Savoj* ranije nego što su nameravali. En nije bila previše razočarana, jer joj je to dalo više vremena da nadgleda pakovanje velikih sanduka punih stvari koje je kupila u Londonu, mada je bila uverena da Vilijam samo glumata da bi zadovoljio Stjuarta. Ali kad ga je te večeri stavila u krevet, En je videla da ima povišenu temperaturu. Rekla je to Ričardu tokom večere.

– Verovatno je samo uzbuđen zbog povratka kući – kazao je, zvučeći nimalo zabrinuto.

– Nadam se – odgovorila je En. – Ne želim da bude bolestan tokom puta.

– Biće mu dobro sutra – pokušao je da je umiri Ričard.

Ali kad je En otišla da probudi Vilijama narednog jutra, videla je da je prekriven crvenim tačkicama i ima temperaturu trideset devet sa pet. Hotelski lekar je dijagnostikovao male boginje, i učtivo je insistirao da dečak nikako ne sme da krene na plovidbu, ne samo zbog sebe nego i zbog ostalih putnika.

Ričard nije mogao da duže odsustvuje, i odlučio je da isplovi kako je planirao. En je nevoljno pristala da ona i Vilijam ostanu u Londonu dok se brod ne vrati nakon tri nedelje. Vilijam je preklinjao oca da mu dozvoli da pođe, ali Ričard je bio odlučan, i unajmio je bolničarku da se brine o Vilijamu dok se potpuno ne oporavi. En je otputovala do Sauthemptona s Ričardom, u novom rols-rojsu, da ga isprati.

– Biću usamljena u Londonu bez tebe, Ričarde – nesigurno je rekla dok su se rastajali, rizikujući njegovo neodobravanje zbog nagoveštaja sentimentalnosti.

– Dobro, draga, usuđujem se da kažem da ću i ja biti ponešto usamljen u Bostonu bez tebe – kazao je, misleći na dve i po hiljade radnika u štrajku.

En se vratila vozom u London, pitajući se šta će raditi naredne tri nedelje.

Vilijamu se stanje poboljšalo tokom noći, a ujutro su ospice izgledale manje zastrašujuće. Međutim, lekar i bolničarka su nastavili da insistiraju da ostane u krevetu. En je provela naredna četiri dana pišući duga pisma porodici. Petog dana Vilijam se probudio rano i ušunjao u majčinu sobu. Legao je u krevet kraj nje, i njegove hladne šake odmah su je probudile. Osetila je olakšanje kad je videla da se naizgled potpuno oporavio, i naručila je da im donesu doručak u sobu, što Vilijamov otac nikad ne bi odobrio.

Nekoliko minuta kasnije, neko je tiho pokucao na vrata, i muškarac u zlatno-crvenoj livreji ušao je sa srebrnim poslužavnikom: jaja, slanina, paradajz, dvopek i marmelada – prava gozba. Dok je Vilijam izgladnelo gledao hranu, kao da se ne seća kad je poslednji put jeo, En je nehajno čitala jutarnje novine. Ričard je uvek čitao *Tajms* kad je bio u Londonu, a uprava hotela nastavila je da ga dostavlja.

– O, pogledaj – rekao je Vilijam, zureći u fotografiju na unutrašnjoj strani – slika tatinog broda. Šta je to ne-sre-ća, mamice?

7.

Kad bi Vladek i Leon završili rad u učionici, provodili bi slobodno vreme pre večere igrajući se. Omiljena igra bila im je *hovanego*, neka vrsta žmurke, i pošto je zamak imao sedamdeset dve sobe, bili su mali izgledi da im bude dosadno. Vladekovo omiljeno mesto za skrivanje bilo je u tamnici, gde je jedino svetlo dopiralo kroz malu rešetku visoko u zidu i čoveku je bila potrebna sveća da bi se tuda kretao. Vladek nije bio siguran koja je bila svrha tamnice, jer godinama niko nije boravio u njoj.

Reka Ščara, koja je tekla kraj imanja, postala je deo njihovog igrališta. U proleće su pecali, leti plivali, a zimi su navlačili drvene klizaljke i jurili jedan drugog preko leda, dok je Florentina sedela na obali i zabrinuto ih upozoravala da je led tanak. Vladek nikad nije slušao njene savete, i uvek je prvi upadao u vodu.

Leon je porastao visok i snažan; mogao je da trči brzo, pliva dobro i kao da se nije umarao i nikad nije bio bolestan. Vladek je znao da ne može biti ravan prijatelju ni u jednom sportu, iako su bili jednaki u učionici. Još gore, ono što je Leon nazivao pupkom bilo je gotovo neprimetno, a Vladekov je bio nalik na ružan patrljak, i virio mu je iz sredine punačkog tela. Vladek je provodio duge sate u privatnosti svoje sobe proučavajući sebe u ogledalu, pitajući se zašto ima samo jednu bradavicu kad su svi dečaci koje je video imali dve, kako je simetrija zahtevala. Ponekad je ležao budan noću i dodirivao gole grudi, a suze samosažaljenja natapale su mu jastuk. Molio se da mu, kad se bude probudio ujutro, naraste druga bradavica. Molitve su mu ostale neuslišene.

Vladek je svake večeri ostavljao vreme za fizičke vežbe. Nije dozvoljavao nikom da ga posmatra, čak ni Florentini. Pomoću čiste odlučnosti naučio je da se drži tako da izgleda više. Ojačao je ruke sklekovima, i visio je s grede u spavaćoj sobi u nadi da će se tako istegnuti. Ali Leon je nastavio da još raste, i Vladek je morao da prihvati kako će uvek biti za glavu niži od baronovog sina, i da ništa, *ništa* neće nadoknaditi nedostajuću bradavicu. Leon, koji je obožavao Vladeka bez zamerke, nikad nije komentarisao razlike među njima.

Baron Rosnovski je takođe zavoleo žustrog, tamnokosog lovčevog sina koji je zamenio mlađeg brata koga je Leon izgubio kad je baronica umrla na porođaju.

Kad je Leon proslavio osmi rođendan, dva dečaka su počela da svake večeri obeduju s baronom u velikoj kamenoj trpezariji. Treperave sveće bacale su zlokobne senke prepariranih životinjskih glava na zidu. Sluge su bešumno dolazile i odlazile, noseći velike srebrne poslužavnike i zlatne tanjire s guščetinom, šunkom, rakovima, voćem i ponekad *mazurekom*, koji je Vladek posebno zavoleo. Kad se večera završi, baron bi raspustio sluge i zabavljao dečake pričama iz poljske istorije, dozvoljavajući im da pijuckaju votku iz Gdanjska, u kojoj su zlatni listići svetlucali na svetlosti sveća. Vladek je, onoliko često koliko se usuđivao, tražio da mu priča priču o Tadeušu Košćušku.

– Veliki patriota i junak – odgovorio bi baron. – Simbol naše borbe za nezavisnost, obučavan u Francuskoj...

– ... čijem se narodu divimo i volimo ga baš kao što mrzimo Ruse i Austrijance – ubacio se Vladek, čije je uživanje u priči bilo pojačano savršenim pamćenjem.

– Ko priča ovu priču, Vladeče? – Baron se nasmejao. – ... a onda, nakon što se Košćuško borio pored Džordža Vašingtona u Americi, za slobodu i demokratiju, godine 1792, vratio se u rodnu zemlju da povede Poljake u borbu kod Dubjenke. Kad je naš nesrećni kralj, Stanislav Avgust, napustio svoj narod kako bi se pridružio Rusima, Košćuško se vratio u voljenu domovinu da zbaci carski jaram. Pobedio je u kojoj bici, Leone?

– Kod Raclavica, tata – odgovorio je Leon. – A onda je krenuo da oslobodi Varšavu.

– Dobro, sine moj. Ali avaj, Rusi su skupili veliku silu kod Maćejovica, gde je konačno poražen i zarobljen. Moj pra-pra-pradeda borio se s Košćuškom tog dana, a kasnije s legijama Dombrovskog za moćnog Napoleona Bonapartu.

– Za službu Poljskoj dobio je titulu barona Rosnovskog, koju će vaša porodica zauvek nositi u spomen na te slavne dane – kazao je Vladek.

– Da. I kad Bog zapovedi – rekao je baron – tu titulu će naslediti moj sin, i postati baron Leon Rosnovski.

* * *

Za Božić su seljaci sa imanja dovodili svoje porodice u zamak na večernju službu. Na Badnje veče su postili, a deca su zurila kroz prozore tražeći prvu zvezdu, koja je bila znak da gozba može da počne.

Kad bi svi seli, baron bi izgovorio molitvu dubokim baritonom: – *Benedicte nobis, Domine Deus, et hic donis quae ex liberalitate tua sumpturi sumus.* – Vladek se osećao postiđeno zbog krupne figure Jaseka Koskjeviča, koji je probao svako od trinaest jela, od boršča do kolača i šljiva, i sigurno će se, kao i prethodnih godina, ispovraćati u šumi na povratku kući.

Nakon gozbe, Vladek je uživao u deljenju poklona sa božićne jelke, prepune sveća i voća, zaprepašćenoj seljačkoj deci – lutka za Sofiju, lovački nož za Jozefa, nova haljina za Florentinu – prvi poklon koji je Vladek ikad tražio od barona.

– Da li je istina – pitao je Jozef svoju majku kad je dobio poklon od Vladeka – da on nije naš brat, matka?

– Istina je – odgovorila je – ali će uvek biti moj sin.

Kako su godine prolazile, Leon je postajao sve viši, Vladek sve jači, a obojica mudriji. Ali onda, u julu 1914, bez upozorenja ili objašnjenja, nemački učitelj napustio je zamak bez pozdrava. Nikad nisu pomislili da povežu njegov odlazak s nedavnim atentatom na nadvojvodu Franca Ferdinanda u Sarajevu, koji je izvršio neki student anarhista, o čemu im je učitelj pričao ozbiljnim glasom. Baron je postao ćutljiv, ali nije ništa objašnjavao. Mlađe sluge, koje su deca najviše volela, počele su da nestaju jedan po jedan; a dečaci i dalje nisu znali zašto.

Jednog jutra u avgustu 1915, kad su dani bili topli i sparni, baron je krenuo na dugačko putovanje do Varšave da dovede, kako je rekao, stvari u red. Bio je odsutan tri i po nedelje, dvadeset pet dana koje je Vladek obeležavao na kalendaru u svojoj sobi svake večeri. Na dan kad je trebalo da se vrati, dečaci su otišli do železničke stanice u Slonimu da ga dočekaju. Vladek se iznenadio i zabrinuo kad je video da baron izgleda umorno i skrhano, i mada je želeo da mu postavi mnogo pitanja, njih trojica su se ćutke vratili u zamak.

Tokom naredne nedelje, baron je vodio dugačke, napete razgovore s majordomom koje je prekidao kad god bi Leon ili Vladek ušli u prostoriju, osećajući nelagodu zbog mogućnosti da ga nekako nesvesno uznemiravaju. Vladek se čak bojao da bi baron mogao da ga vrati u lovčevu kolibu – uvek je bio svestan da je gost u baronovoj kući.

Jedne večeri je baron pozvao dva dečaka da mu se pridruže u velikoj dvorani. Ušli su oprezno, bojeći se te promene u kolotečini. Vladek se do kraja života sećao kratkog razgovora koji je usledio.

– Draga moja deco – počeo je baron tihim, nesigurnim glasom – ratni huškači iz Nemačke i Austrougarske ponovo kidišu na Varšavu, i uskoro će nam biti pred vratima.

Vladek se setio šta je rekao poljski učitelj nakon što je njegov nemački kolega pobegao bez objašnjenja. – Da li to znači da je konačno kucnuo čas za pokorene narode Evrope? – upitao je.

Baron je nežno pogledao Vladekovo nedužno lice. – Naš nacionalni duh nije slomljen tokom sto pedeset godina ugnjetavanja – odgovorio je. – Možda je sudbina Poljske u opasnosti, ali ne možemo da utičemo na istoriju. Prepušteni smo na milost i nemilost trima carstvima koja nas okružuju, i stoga moramo da prihvatimo svoju sudbinu.

– Obojica smo jaki i borićemo se – rekao je Leon.

– Imamo mačeve i štitove – dodao je Vladek. – Ne bojimo se Nemaca i Rusa.

– Dečaci moji, vaše oružje je napravljeno od drveta, i vi ste se samo igrali rata. Ovu bitku neće voditi deca. Moramo da pronađemo mirnije mesto za život, dok istorija ne odluči o našoj sudbini. Moramo da odemo što je pre moguće. Samo se molim da ovo nije kraj vašeg detinjstva.

Leon i Vladek su bili zbunjeni baronovim rečima. Rat im je zvučao kao još jedna uzbudljiva avantura, koju će sigurno propustiti ako napuste zamak.

Slugama je bilo potrebno nekoliko dana da spakuju baronove stvari, a Vladek i Leon su obavešteni da će otići u mali porodični letnjikovac severno od Grodna, narednog ponedeljka. Dečaci su nastavili, često bez nadzora, da rade i igraju se, jer niko u zamku izgleda nije bio spreman da odgovara na njihova brojna pitanja.

Subotom su imali predavanja ujutro. Prevodili su *Pana Tadeuša* Adama Mickjeviča na latinski kad su čuli pucnjeve. Prvo su mislili da je taj poznati zvuk proizveo neki lovac koji puca na imanju, tako da su se vratili Bardu iz Čarnotaša. Druga salva pucnjeva, mnogo bliža, naterala ih je da podignu glave, i onda su čuli vriske odozdo. Dva dečaka su izbezumljeno zurili jedan u drugog, ali i dalje se nisu bojali, jer nikad nisu u kratkim životima iskusili nešto što bi im uteralo strah u kosti. Učitelj je pobegao, ostavljajući ih same, i kad je zatvorio vrata, začuo se još jedan hitac, ovog puta u hodniku ispred učionice. Sad užasnuti, dečaci su se sakrili ispod stolova, ne znajući šta da rade.

Iznenada su se vrata otvorila uz tresak, i muškarac nimalo stariji od njihovog učitelja, u sivoj uniformi, sa čeličnim šlemom i puškom u ruci, stao je iznad njih. Leon se uhvatio za Vladeka, a Vladek je zurio u uljeza. Vojnik im je viknuo na nemačkom, pitajući ih ko su, ali nijedan dečak nije odgovorio, iako su obojica govorila taj jezik kao maternji. Pojavio se još jedan vojnik, uhvatio dečake za vratove kao piliće i izvukao ih u hodnik. Odvučeni su pored leša svog učitelja, niz kamene stepenice ispred zamka i u vrt, gde su zatekli Florentinu kako histerično vrišti. Nizovi leševa, uglavnom slugu, ležali su na travi. Leon nije mogao da gleda, i spustio je glavu na Vladekovo rame. Vladek je kao opčinjen gledao u jedan leš, krupnog muškarca raskošnih brkova. Bio je to lovac. Vladek ništa nije osetio. Florentina je nastavila da vrišti.

– Da li je tata tu? – pitao je Leon. – Da li je tata tu?

Vladek je ponovo pogledao leševe. Zahvalio se Bogu što nije bilo ni traga baronu, i nameravao je da prenese Leonu dobre vesti, kad se jedan vojnik pojavio kraj njih.

– *Wer hat gesprochen?*[1] – glasno je pitao.

– *Ich*[2] – prkosno je rekao Vladek.

Vojnik je podigao pušku i udario Vladeka kundakom u stomak. Noge su mu zaklecale, i pao je na kolena. Gde je baron? Šta se događa? Zašto se ponašaju ovako prema njima u njihovoj kući?

Leon je brzo skočio na Vladeka, trudeći se da ga zaštiti od drugog udarca koji je vojnik usmerio na Vladekovu glavu, ali kad je kundak krenuo nadole, udario je svom silinom u Leonov vrat.

Oba dečaka su ležala nepomično, Vladek jer je bio ošamućen udarcem i težinom Leonovog tela na sebi, a Leon jer je bio mrtav.

Vladek je čuo kako neki drugi vojnik kori njihovog mučitelja što ih je udario. Pokušali su da podignu Leona, ali Vladek se držao za njega. Bila su potrebna dva vojnika da pomere telo njegovog prijatelja i bace ga nehajno kraj drugih, lica okrenutog ka travi. Vladekove oči nisu napuštale nepomično telo jedinog prijatelja dok su ga uvodili u zamak i, uz nekoliko zbunjenih preživelih, vodili u tamnicu.

---

[1] Nem.: Ko je govorio? (Prim. prev.)

[2] Nem.: Ja. (Prim. prev.)

Niko nije govorio, iz straha da će se pridružiti nizu leševa na travi, sve dok vrata tamnice nisu zaključana, a glasovi vojnika nestali u daljini. Onda je Vladek promrmljao: – Sveti Bože – jer se u uglu, omlitaveo, nalazio baron, koji je zurio u prazno, živ i nepovređen samo zato što je Nemcima bio potreban da se brine o zarobljenicima.

Vladek je otpuzao do njega, dok su sluge sedele što su dalje mogle od gospodara. Njih dvojica su se pogledali kao kad su se tek upoznali. Vladek je ponovo pružio ruku, a baron ju je prihvatio. Ispričao mu je šta se dogodilo Leonu. Suze su potekle niz baronovo ponosno lice. Nijedan nije govorio. Obojica su izgubila osobu koju su voleli najviše na svetu.

8.

Kad je En Kejn prvi put pročitala izveštaj o potapanju *Titanika* u *Tajmsu*, jednostavno je odbila da poveruje. Njen muž mora da je živ.

Nakon što je pročitala članak po treći put, briznula je u nekontrolisan plač, što Vilijam dotad nikad nije video, i nije bio siguran šta da radi.

Pre nego što je mogao da je pita šta je izazvalo to neuobičajeno ponašanje, majka ga je zagrlila i čvrsto stegla. Kako da mu kaže da su oboje izgubili osobu koju su voleli najviše na svetu?

Ser Dejvid Simor je stigao u *Savoj* nekoliko minuta kasnije, u pratnji svoje supruge. Čekali su u salonu dok udovica nije obukla jedinu crnu odeću koju je imala. Vilijam se obukao sâm, i dalje ne znajući šta je tačno nesreća. En je zamolila ser Dejvida da njenom sinu objasni sve posledice tragedije.

Kad mu je rečeno da je veliki putnički brod udario u ledeni breg i potonuo, Vilijam je samo rekao: – Želeo sam da budem na tom brodu s taticom, ali mi nisu dozvolili. – Nije plakao, jer je odbio da poveruje da bi išta moglo da ubije njegovog oca. Sigurno je među preživelima.

U dugoj karijeri političara, diplomate i direktora *Kejn i Kabota* u Londonu ser Dejvid nikad nije video takvu pribranost kod nekog tako mladog. – Prisustvo duha je dar koji imaju retki – rekao je nekoliko godina kasnije. – Imao ga je Ričard Kejn, a nasledio ga je i njegov jedini sin.

U četvrtak te nedelje, Vilijam je napunio šest godina, ali nije otvarao poklone.

En je više puta čitala imena preživelih, objavljivana u *Tajmsu* svakog jutra. Ričard Louel Kejn se i dalje vodio kao nestao na moru, a pretpostavljalo se da se utopio. Ali prošla je još jedna nedelja pre nego što je Vilijam izgubio nadu u očevo preživljavanje. Petnaestog dana, Vilijam je zaplakao.

En je bilo teško da se ukrca na *Akvitaniju*, ali Vilijam je izgledao neobično nestrpljiv da isplovi. Satima je sedeo na palubi, gledajući sivu okeansku vodu.

– Sutra ću ga pronaći – neprestano je obećavao majci, prvo samouvereno, a kasnije glasom koji je jedva prikrivao njegovu nevericu.

– Vilijame, niko ne može da preživi tri nedelje u severnom Atlantiku.

– Čak ni moj otac?

– Čak ni tvoj otac.

Kad su se En i Vilijam vratili u Boston, obe babe su ih čekale u *Red hausu*, svesne dužnosti koja im je zapala. En je krotko prihvatila njihovo posedničko ponašanje. U životu nije imala drugih radosti osim Vilijama, čiji su život babe izgleda nameravale da kontrolišu. Vilijam je bio učtiv, ali nije sarađivao. Tokom dana je ćutke sedeo na časovima gospodina Manroa, a uveče je držao majku za ruku, ali nijedno nije govorilo.

– Potrebno mu je da bude s drugom decom – izjavila je baba Kabot. Baba Kejn se saglasila. Narednog dana su otpustile gospodina Manroa i dadilju i poslale Vilijama u Akademiju Sejr, u nadi da će ga susret sa stvarnim svetom i stalno prisustvo druge dece možda vratiti na staro.

Ričard je ostavio veći deo imovine Vilijamu, koja je trebalo da ostane u zadužbini do njegovog dvadeset prvog rođendana. Postojao je dodatak testamentu. Ričard je očekivao da njegov sin postane predsednik upravnog odbora i direktor *Kejn i Kabota* na osnovu sposobnosti. To je bio jedini deo očevog testamenta koji je nadahnuo Vilijama, jer ostalo je bilo ono što mu je sledovalo po rođenju. En je dobila iznos od petsto hiljada dolara i doživotni prihod od sto hiljada dolara godišnje nakon oporezivanja, što će prestati samo ako se ponovo uda. Takođe je nasledila kuću na Bikon hilu, letnjikovac na Severnoj obali, letnjikovac u Hemptonu i ostrvce nedaleko od Kejp Koda, što će ostati Vilijamu nakon njene smrti. Obe babe dobile su po dvesta pedeset hiljada dolara, a u pismima nije bilo neizvesnosti oko njihovih obaveza ako Ričard umre pre njih. Zadužbinom će upravljati banka, a Vilijamovi kumovi će biti poverenici. Prihod je trebalo da se svake godine ulaže u konzervativna preduzeća.

Prošla je čitava godina pre nego što su babe svukle crninu, i mada je En imala tek dvadeset osam godina, izgledala je znatno starije.

Babe su, za razliku od En, skrivale tugu od Vilijama, sve dok ih konačno nije prekorio.

– Zar ti ne nedostaje moj otac? – odlučno je pitao, gledajući babu Kejn, a njegove plave oči podsetile su je na sina.

– Da, dete. Ali on ne bi želeo da sedimo ovde i sažaljevamo sebe.

– Ali želim da ga se uvek sećamo... uvek – rekao je Vilijam, nesigurnim glasom.

– Vilijame, prvi put ću ti se obratiti kao da si odrastao. Uvek ćemo čuvati uspomenu na njega, a ti ćeš odigrati svoju ulogu tako što ćeš postati ono što je otac očekivao od tebe. Ti si sad glava porodice i naslednik njegove imovine. Stoga moraš da se spremiš, kroz marljiv i naporan rad, da budeš spreman za takvu odgovornost, da bi obavljao dužnosti kao što ih je obavljao tvoj otac.

Vilijam nije odgovorio, ali je odmah počeo da se ponaša u skladu s babinim savetom. Naučio je da tuguje bez prigovaranja, i od tog trenutka počeo je marljivo da uči i bio zadovoljan samo ako je baba Kejn bila zadivljena. Iz svakog predmeta je imao najviše ocene, a u matematici je bio ne samo najbolji u odeljenju nego i daleko ispred vršnjaka. Sve što je njegov otac postigao, nameravao je da uradi bolje. Postajao je sve bliži s majkom i sumnjao je u svakog ko nije član porodice, tako da su ga vršnjaci često smatrali usamljenim detetom, usamljenikom i, nepravedno, snobom.

Babe su odlučile, na Vilijamov osmi rođendan, da je došlo vreme da dečak nauči vrednost novca. Imajući to na umu, davale su mu po dolar nedeljno kao džeparac, ali insistirale su da beleži svaki potrošeni cent. Baba Kejn mu je poklonila zelenu glavnu knjigu u kožnom povezu, koja je koštala devedeset pet centi, što mu je odbila od prvog džeparca. Otad su mu babe davale dolar svake subote ujutro. Vilijam je mogao da uloži pedeset centi, potroši dvadeset centi, pokloni deset centi u humanitarne svrhe i zadrži dvadeset centi za rezervu. Na kraju svakog tromesečja pregledale su glavnu knjigu i njegov pisani izveštaj o neuobičajenim transakcijama.

Nakon prva tri meseca, Vilijam je bio spreman da vodi računovodstvo. Dao je dolar i trideset centi novoosnovanom Udruženju mladih izviđača Amerike, uložio je pet dolara i pedeset pet centi, za koje je zamolio babu Kejn da ih položi na štedni račun u banci kuma, Džej Pi Morgana. Potrošio je dva dolara i šezdeset centi na bicikl, i zadržao je dolar i šezdeset centi u rezervi. Glavna knjiga je bila izvor velikog zadovoljstva za babe, iako nisu bile sigurne po pitanju bicikla: ali nije bilo sumnje da je Vilijam sin Ričarda Kejna.

*   *   *

Vilijam je u školi stekao malo prijatelja, delimično zato što se uzdržavao da se druži s nekim ko nije Kabot, Louel ili dete iz porodice bogatije od njegove. To je pomalo ograničilo njegov izbor i postao je prilično zamišljeno dete, što je brinulo njegovu majku. Nije odobravala glavnu knjigu ili program investiranja, i više je volela da Vilijam vodi normalniji život: da ima mnogo mladih prijatelja, a ne dve starije savetnice; da se prlja i dobija modrice, a ne da bude uvek uredan i besprekoran; da skuplja žabe i kornjače umesto akcija i bilansa kompanija – ukratko, da bude kao svi ostali dečaci. Ali nikad nije imala hrabrosti da prenese svoju zabrinutost babama, a u svakom slučaju, njih nisu zanimali drugi dečaci.

Na svoj deveti rođendan, Vilijam je dao glavnu knjigu babama da izvrše godišnju kontrolu. Zelena kožna knjiga pokazala je da je tokom prošle godine uštedeo više od dvadeset pet dolara. Bio je posebno ponosan da pokaže babama unos označen sa „B6“, koji je pokazivao da je podigao novac iz banke Džej Pi Morgana odmah čim je čuo za smrt velikog finansijera, jer je primetio da su akcije očeve banke izgubile vrednost nakon objave smrti. Vilijam je uložio isti iznos tri meseca kasnije, ostvarujući priličan profit.

Babe su bile odgovarajuće zadivljene, i dozvolile su Vilijamu da proda stari bicikl i kupi nov. Na njegov zahtev, baba Kejn je uložila preostali kapital u *Standard oil* iz Nju Džerzija. Cena nafte, tvrdio je Vilijam, može samo da raste sad kad je gospodin Ford prodao preko milion *modela T*. Uredno je vodio glavnu knjigu do svog dvadeset prvog rođendana. Da su njegove babe tad i dalje bile žive, bile bi ponosne na poslednji unos u desnoj koloni pod naslovom IMOVINA.

U septembru 1915, nakon opuštenog letnjeg odmora u porodičnoj kući u Hemptonu, Vilijam se vratio u Akademiju Sejr. Vrativši se u školu, počeo je da traži konkurenciju među starijim učenicima. Čime god da je počeo da se bavi, nije bio zadovoljan dok ne bude odličan u tome, a nije mu predstavljalo zadovoljstvo da nadmaši svoje vršnjake. Počeo je da shvata da većina ljudi iz bogatih porodica kao što je njegova, nema dovoljno motiva za nadmetanje, i da se oštrija konkurencija može pronaći kod momaka koji nisu rođeni s njegovim povlasticama.

Godine 1915. ludilo sa sakupljanjem etiketa sa kutija šibica stiglo je u Akademiju Sejr. Vilijam je posmatrao tu groznicu nekoliko dana, ali se nije pridruživao. Za dve nedelje uobičajene etikete prodavane su za deset centi, a ređi primerci čak za pedeset. Vilijam je pratio situaciju još nedelju dana, i mada ga nije zanimalo sakupljanje, odlučio je kako je to trenutak da počne da se bavi prodajom.

Naredne subote posetio je *Levit i Pirs*, jednu od najvećih prodavnica duvana u Bostonu, i proveo je popodne beležeći imena i adrese glavnih proizvođača šibica širom sveta, posebno označavajući one iz zemalja koje nisu u ratu. Uložio je pet dolara u papir za pisanje, koverte i marke, i pisao je predsedniku ili direktoru svake kompanije sa spiska. Njegovo pismo bilo je jednostavno i konkretno, uprkos tome što ga je prepravljao nekoliko puta.

> *Gospodine predsedniče,*
> *Ja sam posvećeni sakupljač etiketa sa kutija šibica, ali ne mogu da priuštim sebi da kupim sve kutije. Moj džeparac je samo dolar nedeljno, ali prilažem marku od tri centa za povratno pismo kako bih dokazao da ozbiljno shvatam svoj hobi. Žao mi je što vas gnjavim lično, ali vaše ime je jedino koje sam pronašao.*
> *Vaš prijatelj,*
> *Vilijam Kejn (star devet godina)*
> *P. S. Vi ste mi jedni od omiljenih.*

U roku od dve nedelje, Vilijam je imao procenat odgovora od pedeset pet odsto, što mu je obezbedilo sedamdeset osam različitih etiketa. Gotovo svi koji su mu odgovorili vratili su i marku od tri centa, kao što se i nadao.

Vilijam je odmah otvorio berzu etiketa u školi, uvek proveravajući šta može da proda pre nego što obavi kupovinu ili nabavku. Primetio je da neke dečake ne zanima retkost etiketa, samo njihov izgled, i njima je nudio po nekoliko primeraka da bi obezbedio retke trofeje za prefinjenije sakupljače. Nakon još dve nedelje kupovine i prodaje, naslutio je da je tržište dostiglo vrhunac, da bi, ako ne bude pažljiv, zbog Božića koji se brzo približava, mogao da završi s neprodatim zalihama. Uz mnogo reklame u vidu odštampanih letaka koji su ga koštali pola centa po komadu – i koje je spustio na klupu svakog dečaka – Vilijam je najavio da će održati aukciju za prodaju svojih etiketa, ukupno dvesta jedanaest. Aukcija je održana u školskom toaletu za vreme velikog odmora, i bila je bolje posećena nego većina školskih hokejaških utakmica.

Nakon što je poslednji put udario čekićem, Vilijam je prihodovao pedeset šest dolara i trideset dva centa, uz dobit od pedeset jednog dolara i trideset dva centa u odnosu na prvobitno ulaganje. Uložio je dvadeset pet dolara u banku uz kamatnu stopu od dva i po odsto, kupio sebi foto-aparat za deset dolara, dao pet Udruženju hrišćanske omladine, koje je proširilo svoje aktivnosti na pomaganje imigrantima koji su dolazili u Ameriku iz ratom zahvaćene Evrope, kupio majci buket cveća i uplatio preostalih sedam dolara na tekući račun. Tržište etiketa s kutija šibica propalo je nekoliko dana pre kraja polugodišta. Vilijam je izašao kad je bilo na vrhuncu. Babe su mudro klimale glavom kad su saznale pojedinosti: to nije bilo mnogo različito od načina na koji su njihovi muževi zaradili bogatstvo tokom panike 1873.

Tokom raspusta Vilijam nije mogao da odoli kad je saznao da je moguće dobiti višu kamatu na štednju od dva i po odsto. Naredna tri meseca je uložio – ponovo preko babe Kejn – u akcije koje je preporučio *Vol strit žurnal*. Tokom tog vremena izgubio je više od pola novca koji je zaradio na etiketama sa kutija šibica. Nikad se više nije u potpunosti oslanjao na savete *Vol strit žurnala*. *Ako su njihovi saradnici tako dobro obavešteni, zašto moraju da rade u novinama?*, zaključio je.

Iznerviran što je izgubio gotovo trideset dolara, Vilijam je odlučio da mora da ih povrati tokom letnjeg raspusta. Nakon što je saznao na koje je zabave i okupljanja njegova majka odredila da on ide, video je da mu je ostalo svega četrnaest slobodnih dana, dovoljno da se upusti u novi poslovni poduhvat. Prodao je sve svoje preostale akcije koje je preporučio *Vol strit žurnal*, i zaradio svega dvanaest dolara. Tim novcem je kupio dasku, komplet točkića za kolica za bebe i komad kanapa, po ceni, nakon malo cenkanja, od pet dolara. Onda je obukao staro odelo koje je prerastao, stavio kačket i otišao do glavne železničke stanice. Vilijam je stajao ispred izlaza, izgledajući gladno i umorno. Obavestio je odabrane putnike da su glavni hoteli u Bostonu blizu železničke stanice, i da nema potrebe da traće novac na taksi ili jedan od retkih preostalih fijakera, jer može da im preveze prtljag na pokretnoj dasci za svega petinu cene taksija; dodao je da će im i šetnja prijati. Ako radi šest sati dnevno, video je da može da zaradi otprilike četiri dolara.

Pet dana pre početka nove školske godine, Vilijam je povratio sve ono što je izgubio i ostvario dobit od devet dolara. Zatim je naišao na problem. Taksisti su počeli da gube živce zbog njega. Uverio ih je da će se penzionisati, u desetoj godini, ako mu svako od njih da po pedeset centi da pokrije troškove kolica koja je napravio. Pristali su, i zaradio je još osam dolara i pedeset centi. Dok se vraćao kući, na Bikon hil, prodao je kolica školskom drugu za dva dolara, obećavajući mu da se neće vratiti na svoje staro mesto na stanici. Prijatelj je brzo otkrio da ga taksisti čekaju u zasedi; štaviše, nije pomoglo ni to što je padala kiša do kraja nedelje. Prvog dana školske godine, Vilijam je uložio novac u banku, s kamatom od dva i po odsto.

Tokom naredne godine gledao je kako mu štednja polako raste. Predsednik Vilson je objavio rat Nemačkoj u aprilu 1917, ali to nije brinulo Vilijama. Niko i ništa ne može da porazi Ameriku, uveravao je svoju majku. Čak je uložio deset dolara u državne deonice kako bi potvrdio svoj stav.

Do Vilijamovog jedanaestog rođendana, kolona s potraživanjima pokazivala je dobit od četiristo dvanaest dolara. Poklonio je majci nalivpero za rođendan, a babama broševe iz lokalne zlatare. Nalivpero je bilo marke *parker*, a nakit je babama dostavio u *šriv, kramp i lou* kutijama, koje je pronašao dok je pretraživao kante za smeće iza te poznate prodavnice. Nije želeo da zavara babe, ali je već naučio iz svog iskustva sa etiketama sa kutija šibica da dobro pakovanje poboljšava proizvod.

Babe su primetile da nema žiga *šriv, kramp i lou*, ali su i dalje s ponosom nosile broševe. Odavno su zaključile da je Vilijam više nego spreman da nastavi školovanje u *Sent Polu* u Konkordu, Nju Hempšir, narednog septembra. Kao da to nije bilo dovoljno, osvojio je matematičku stipendiju, nepotrebno štedeći svojoj porodici nekih trista dolara godišnje. Prihvatio je stipendiju, ali su babe prepustile taj novac „nekom manje srećnom detetu".

En je mrzela pomisao da će Vilijam otići u internat, ali babe su insistirale i, što je važnije, znala je da je to ono što je Ričard želeo. Zašila je trake s Vilijamovim imenom na odeću, obeležila mu cipele, odabrala odeću i spakovala je u kofer, odbijajući pomoć slugu. Kad je došlo vreme da krene, pitala ga je koliko džeparca će mu biti potrebno tokom narednog polugodišta.

– Ništa, hvala, mama – odgovorio je bez objašnjenja.

Vilijam je poljubio majku u obraz i otišao stazom odeven u svoje prve dugačke pantalone, kratko ošišane kose, s malim koferom. Nije se osvrtao. Majka mu je mahala i mahala, a kasnije je plakala. Vilijam je želeo da zaplače, ali znao je da njegov otac to ne bi odobrio.

Prvo što je Vilijamu Kejnu bilo neobično u vezi s novom školom bilo je što ostali dečaci izgleda nisu znali ko je on. Nije video zadivljene poglede i tiho prihvatanje njegovog položaja. Jedan dečak ga je čak pitao kako se zove i, još gore, nije reagovao kad mu je rekao. Neki su ga čak zvali „Bil", a ispravljao ih je rečima da niko nikad nije zvao njegovog oca „Dik".

Vilijamov novi zamak bila je mala soba s drvenim policama za knjige, dva stola, dve stolice, dva kreveta i udobnom ofucanom kožnom sofom. Jedna stolica, sto i krevet pripadali su dečaku iz Njujorka po imenu Metju Lester, čiji otac je bio predsednik banke *Lester i kompanija*, još jedne stare porodične banke.

Vilijam se brzo navikao na školsku kolotečinu: ustajanje u sedam i trideset, umivanje, doručak u glavnoj menzi sa ostalim učenicima – dvesta dvadeset dečaka koji žvaću ovsenu kašu, jaja i slaninu. Nakon doručka, crkva, tri četrdesetpetominutna časa pre ručka i dva posle, zatim čas muzičkog, koji je Vilijam prezirao jer nije imao nimalo sluha, i nije imao želju da svira nijedan muzički instrument. Fudbal u jesen, hokej i reketbol zimi, veslanje i tenis u proleće, ostavljali su mu malo slobodnog vremena. Kao matematički stipendista, imao je konsultacije iz tog predmeta triput nedeljno sa svojim nastojnikom đačkog doma, uvaženim gospodinom Dž. Raglanom, poznatim kao Dronjavi, zbog neurednog izgleda.

Tokom prve godine Vilijam je opravdao dodeljenu stipendiju i uvek je bio među najboljim učenicima iz svih predmeta, a briljirao je iz matematike. Samo mu je novi prijatelj Metju Lester bio prava konkurencija, i to gotovo sigurno zbog toga što su delili sobu. Vilijam je stekao ugled finansijskog stručnjaka. Mada se njegova prva kupovina akcija pokazala kao neuspešna, nije napustio uverenje da je značajna kapitalna dobit na berzi ključna za sticanje velike svote novca. Nastavio je da oprezno prati *Vol strit žurnal* i izveštaje o kompanijama, i počeo je da eksperimentiše sa zamišljenim investicionim portfeljom. Beležio je sve svoje zamišljene kupovine i prodaje, dobre i ne tako dobre, u svoju novokupljenu glavnu knjigu druge boje. Upoređivao je svoje rezultate na kraju meseca sa ostatkom tržišta. Nije se bavio vodećim akcijama, usredsredio se na manje poznate kompanije, od kojih su se neke prodavale samo direktnom pogodbom stranaka, tako da je bilo nemoguće kupiti više od nekoliko odjednom. Vilijam je tražio četiri stvari od svojih ulaganja: nisku višestruku zaradu, visoku stopu rasta, solidnu imovinu i povoljnu tržišnu prognozu. Retko je pronalazio akcije koje su ispunjavale te stroge kriterijume, ali kad bi ih pronašao, gotovo uvek su mu donosile dobit.

Onog trenutka kad je dokazao da je redovno nadmašivao indeks *Dau Džouns* svojim zamišljenim investicionim programom, Vilijam je odlučio da uloži pravi novac: sopstveni novac. Počeo je sa sto dolara, i tokom naredne godine stalno je usavršavao sistem. Uvek je imao dobit i umanjivao je gubitke. Kad bi neka akcija udvostručila cenu, prodavao bi pola portfelja, ostavljajući preostale akcije kao bonus. Neke od kompanija koje je pronašao na početku, kao *Istman Kodak* i *Standard oil*, postale su nacionalni lideri. Takođe je kupio akcije *Sirsa*, kompanije za katalošku prodaju, uveren da će taj trend zaživeti.

Do kraja prve godine savetovao je nekoliko profesora, pa čak i neke roditelje.

Vilijam Kejn je bio srećan u školi.

9.

Vladek je bio jedina živa osoba koja je znala da se snađe u tamnici. Tokom tih bezbrižnih dana igranja žmurke s Leonom, proveo je mnoge srećne sate skriven u kamenim sobicama, bezbedan zbog spoznaje da uvek može da se vrati u zamak kad god poželi.

Ukupno su postojale četiri tamnice. Dve su bile u suterenu. Manja od te dve bila je nejasno osvetljena tankim zrakom sunčeve svetlosti koji je prolazio kroz rešetku visoko u kamenom zidu. Pet stepenika ispod nalazile su se još dve kamene prostorije koje su bile u stalnoj tami, s malo vazduha. Vladek je poveo barona do manje gornje tamnice, gde se ovaj odmah svalio u ugao, zureći ćutke i netremice u prazno; dečak je rekao Florentini da ga pričuva.

Kako je Vladek bio jedina osoba koja se usuđivala da bude u istoj prostoriji sa baronom, preostale dvadeset četiri sluge nikad nisu dovodile u pitanje njegov autoritet. Stoga je, s devet godina, preuzeo svakodnevnu odgovornost za ostale zatvorenike. Novi stanovnici tamnice, svedeni na bednu otupelost zbog zarobljeništva, izgleda da nisu videli ništa čudno u tome što im je jedan mali dečak kontrolisao živote. Vladek je u tamnici postao njihov gospodar. Podelio je sluge na tri grupe po osmoro, trudeći se da zadrži porodice zajedno kad god je bilo moguće. Organizovao im je smene: osam sati u gornjoj tamnici zbog svetlosti, vazduha, hrane i vežbanja, osam sati rada u zamku za okupatore, i osam sati spavanja u jednoj od donjih tamnica.

Niko osim barona i Florentine nije znao kad je Vladek spavao, jer je uvek bio tu na kraju svake smene da nadgleda kretanje slugu. Hrana je deljena na svakih dvanaest sati. Stražari su im davali mešinu kozjeg mleka, crni hleb, proso i povremeno orahe, a Vladek je to delio na dvadeset osam porcija, dajući dve baronu, ne obaveštavajući ga nikad o tome.

Kad bi Vladek organizovao novu smenu, vratio bi se u manju tamnicu kod barona. Na početku je očekivao uputstva od njega, ali ukočeni pogled njegovog gospodara bio je nedokučiv i neutešan kao hladni pogledi nemačkih stražara koji su se stalno smenjivali. Baron nije progovorio otkako je zarobljen u sopstvenom zamku. Brada mu je postala duga i prljava, a krupna figura je počela da propada u krhkost. Nekad ponosan, sad je bio pomiren sa sudbinom. Vladek je jedva mogao da se seti njegovog tihog baritona i navikao se na pomisao da ga više nikad neće čuti. Nakon nekog vremena, prilagodio se onom što je izgledalo kao baronove neizgovorene želje, i uvek je ćutao u njegovom prisustvu.

Dok je živeo u zamku pre dolaska nemačkih vojnika, Vladek je bio toliko zauzet da nije imao vremena da misli o prethodnom danu. Sad nije mogao da se seti ni prethodnog sata, jer ništa se nije menjalo. Beznadežni minuti pretvarali su se u sate, sati u dane, dani u mesece. Samo su promene smena posluge, dostava hrane, mrak ili svetlo, ukazivali na prolazak vremena, dok su skraćivanje dana, i pojava leda na zidovima tamnice, nagoveštavali promenu godišnjeg doba. Tokom dugih noći Vladek je postao svestan smrada smrti koji je prožimao i najskrovitije kutke tamnice, tek malo ublaženog jutarnjim suncem, povetarcem ili najblaženijem olakšanju od svih, zvuku kiše koja pada.

Na kraju jednog olujnog dana Vladek i Florentina su iskoristili kišu i oprali se u barici koja se stvorila u pukotinama kamenog poda. Nijedno od njih nije primetilo da su Baronove oči zablistale kad je Vladek svukao ofucanu košulju i ispljuskao telo hladnom vodom. Bez upozorenja, baron je progovorio.

– Vladeče... – ta reč je bila jedva čujna – ne vidim te jasno. – Glas mu je bio promukao. – Priđi, dete.

Nakon tako duge ćutnje, Vladeka je iznenadio baronov glas i uplašio se da je to prethodnik ludila koje je već uhvatilo dvoje slugu.

– Priđi, dete – ponovio je baron.

Vladek je bojažljivo poslušao, i stao je pred barona, koji je začkiljio oslabljenim očima, veoma usredsređeno. Pružio je ruku prema dečaku i prešao prstom preko Vladekovih grudi, pre nego što ga je odmerio pogledom.

– Vladeče, možeš li objasniti ovaj deformitet?

– Ne, gospodine – odgovorio je Vladek, postiđeno. – Imam ga od rođenja. Otac mi je rekao da je to đavolji beleg.

– Glupak. Ali opet, on ti nije bio otac – kazao je tiho baron, i ponovo zaćutao. Vladek je ostao da stoji ispred njega, ne mrdajući se. Kad je baron ponovo progovorio, glas mu je bio odlučniji. – Sedi, dečko.

Dok je to radio, Vladek je ponovo primetio debelu srebrnu narukvicu, koja je sad visila labavo s baronovog zglavka. Zrak svetlosti je učinio da veličanstveni izgravirani grb Rosnovskih zablista u tami tamnice.

– Ne znam koliko dugo Nemci nameravaju da nas drže zatočene – nastavio je baron. – Prvo sam mislio da će se rat završiti za nekoliko nedelja. Pogrešio sam, i moramo sad da razmotrimo mogućnost da će trajati vrlo dugo. Imajući to u vidu, moramo da koristimo vreme konstruktivnije, jer znam da mi se život bliži kraju.

– Ne, ne – Vladek je počeo da se buni, ali baron je nastavio kao da ga nije čuo.

– Tvoj, dete moje, tek počinje. Stoga ću nastaviti da te obrazujem.

Baron nije ponovo govorio tog dana. Kao da je razmišljao o svim posledicama svoje izjave. Ali tokom narednih nedelja, Vladek je video da je dobio novog učitelja. Kako nisu imali materijale za čitanje i pisanje, lekcije su mu se sastojale od ponavljanja svega što je baron govorio. Naučio je dugačke delove iz pesama Adama Mickjeviča i Jana Kohanovskog, kao i duge odlomke iz *Enejide*. U toj jednostavnoj učionici, Vladek je učio geografiju i matematiku, i dodatno savladavao jezike – ruski, nemački, francuski i engleski. Ali kao i pre, najviše je voleo lekcije iz istorije. Priča o njegovoj naciji tokom sto godina podeljenosti, razočarane nade u ujedinjenu Poljsku, tuga njegovih zemljaka nakon Napoleonovog poraza od Rusa 1812. Naučio je hrabre priče o srećnijim vremenima, kad je kralj Jan Kazimir posvetio Poljsku Blaženoj Devici nakon što je porazio Šveđane kod Čenstohove, i kako je moćni princ Rađivil, učenjak, zemljoposednik i ljubitelj lova, održavao suđenja u svom zamku blizu Varšave.

Vladekova završna lekcija svakog dana bila je o porodičnoj istoriji Rosnovskih. Iznova mu je govoreno – nikad mu nije dosadila ta priča – kako je baronov čuveni predak, koji je služio pod generalom Dombrovskim 1794, i onda pod Napoleonom 1809, dobio od cara veliko imanje i titulu barona. Saznao je da je baronov deda sedeo u Varšavskom veću, a njegov otac odigrao ulogu u izgradnji nove Poljske. Ponovo je vreme prolazilo brzo, uprkos užasnom okruženju nove učionice.

Baron je nastavio da ga podučava uprkos sve lošijem vidu i sluhu. Svakog je dana Vladek morao da mu sedi sve bliže.

Stražari na ulazu u tamnicu smenjivali su se na četiri sata, a razgovori među njima i zatvorenicima bili su *strengstent verboten*.[3] Međutim, kroz kratke razmene, Vladek je saznavao o napredovanju rata, akcijama

---

[3] Nem.: strogo zabranjeno. (Prim. prev.)

Hindenburga i Ludendorfa, novembarskoj revoluciji u Rusiji i njenom povlačenju iz rata nakon Brest Litovskog mirovnog sporazuma.

Vladek je počeo da veruje da je smrt jedini način bekstva iz tamnice. Pitao se da li stiče znanje koje će biti beskorisno jer nikad neće izaći na slobodu.

Florentina – Vladekova sestra, majka i najbolja prijateljica – neprestano se trudila da održava baronovu ćeliju čistom. Povremeno su joj stražari davali kofu peska ili slamu kojom je prekrivala isprljani pod, a smrad bi nekoliko dana bio manje oštar. Štetočine su jurcale po tami u potrazi za ostacima hleba ili krompira, donoseći sa sobom bolest i razlog za nespavanje. Kiseli miris ustajalog ljudskog i životinjskog urina i izmeta napadao im je nozdrve, redovno izazivajući mučninu Vladeku. Žudeo je da ponovo bude čist i provodio je sate gledajući kroz mali prorez u zidu, sećajući se toplih kupki i grubog, mirisnog sapuna kojim mu je *njanja*, nedaleko odavde, ali tako davno, skidala prljavštinu od dnevne zabave, uz mnogo coktanja jezikom zbog njegovih i Leonovih blatnjavih kolena ili prljavih noktiju.

Do proleća 1918, samo petnaestoro od dvadeset sedmoro zarobljenika bilo je i dalje živo. Barona su svi i dalje doživljavali kao gospodara, a Vladek je bio prihvaćen kao njegov zastupnik. Vladek je bio najtužniji zbog voljene Florentine, koja je sad imala dvadeset godina. Ona je dugo očajavala. Vladek nikad nije priznao u njenom prisustvu da je odustao od nade, ali iako je imao svega dvanaest godina, i on je počeo da se pita ima li budućnosti van tamnice.

Jedne večeri, početkom jeseni, Florentina je došla do Vladeka, koji je bio u gornjoj tamnici.

– Baron te zove.

Vladek je brzo ustao, ostavljajući raspodelu hrane jednom pouzdanom slugi, i otišao kod starca. Baron je trpeo jake bolove i Vladek je veoma jasno video kako mu je bolest nagrizla čitave delove mesa, ostavljajući zelenu smežuranu kožu preko koščatog lica. Baron je zatražio vodu, i Florentina mu je dala malo iz napola pune šolje kišnice koja je virila kroz rešetku u zidu. Kad je baron završio s pićem, govorio je polako i s velikim teškoćama.

– Video si smrt mnogih ljudi, Vladeče, tako da ti još jedna neće predstavljati problem. Priznajem da se više ne bojim napuštanja ovog sveta.

– Ne, ne, to je nemoguće! – zakukao je Vladek, grleći starca prvi put u životu. – Ne odustajte, barone. Čuo sam stražare kako govore da se rat bliži kraju. Uskoro će nas osloboditi.

– Govore to mesecima, Vladeče. U svakom slučaju, nemam želju da živim u tom novom svetu koji stvaraju. – Zastao je kad se dečak rasplakao prvi put tokom trogodišnjeg zatočeništva, a onda rekao: – Pozovi mog majordoma i prvog slugu.

Vladek je odmah poslušao, ne znajući zašto ih poziva.

Dvojica slugu, probuđena iz sna, došla su i ćutke stala ispred barona, čekajući da progovori. I dalje su na sebi imali izvezene uniforme, ali više nije bilo nikakvog znaka da su nekad nosile ponosne boje Rosnovskih, zelenu i zlatnu.

– Jesu li tu, Vladeče? – pitao je baron.

– Da, gospodine. Zar ih ne vidite? – Vladek je prvi put shvatio da je baron slep.

– Dovedi ih bliže kako bih mogao da ih dodirnem.

Vladek mu je doveo dvojicu muškaraca, a baron im je dodirnuo lica.

– Sedite, obojica. Čujete li me, Ludviče i Alfonse?

– Da, gospodine – odgovorili su.

– Zovem se baron Rosnovski.

– Znamo, gospodine – odgovorio je majordom nedužno.

– Ne prekidaj me – kazao je baron. – Uskoro ću umreti.

Smrt je postala tako uobičajena u tamnici da se dvojica muškaraca nisu pobunila.

– Ne mogu da sastavim novi testament, jer nemam papir, pero ili mastilo. Stoga ću izdiktirati svoj testament u vašem prisustvu, a vi ćete biti svedoci, kako nalaže drevni poljski zakon. Razumete li šta vam govorim?

– Da, gospodine – odgovorili su uglas.

– Moj prvorođeni sin, Leon, sad je mrtav – baron je zastao – i zato ostavljam svoje imanje i imovinu dečaku po imenu Vladek Koskjevič.

Vladek nije čuo svoje prezime mnogo godina, i nije odmah shvatio značaj baronovih reči.

– Kao dokaz svoje rešenosti – nastavio je baron – dajem mu porodičnu narukvicu.

Starac je polako podigao desnu ruku, skinuo srebrnu narukvicu sa zglavka i pružio je zaprepašćenom Vladeku. Čvrsto je zagrlio dečaka. – Moj sin i naslednik – izjavio je kad mu je stavio srebrnu narukvicu na ruku.

Vladek je ležao u baronovom zagrljaju čitave noći, sve dok srce nije prestalo da mu kuca, a ruke postale hladne i ukočene oko njega. Ujutro su stražari odneli baronovo telo, i dozvolili su Vladeku da napusti tamnicu i sahrani ga pored sina, Leona, na porodičnom groblju. Kad je spuštao telo u plitak grob koji je iskopao golim rukama, baronova ofucana svilena košulja se otvorila. Vladek se zagledao u mrtvačeve grudi. Imao je samo jednu bradavicu.

Jednog blagog, suvog dana, krajem jeseni 1918, zatvorenici su čuli nekoliko salvi hitaca i zvuk kratkog okršaja. Vladek je bio siguran da je poljska vojska došla da ih oslobodi, i da će moći da preuzme svoje nasledstvo. Kad su nemački stražari napustili svoja mesta na ulazu u tamnicu, ostali zatvorenici ostali su šćućureni u prestrašenoj tišini donjih prostorija. Vladek je ostao na vratima, okrećući srebrnu narukvicu oko zglavka, čekajući da ga osloboditelji puste kako bi mogao da uzme ono što mu s pravom pripada.

Na kraju su se pojavili ljudi koji su porazili neprijatelja i obratili se Vladeku grubim slovenskim jezikom koji je u školskim danima prezirao više nego nemački. Novi osvajači izgleda nisu znali da je taj dvanaestogodišnjak gospodar zemlje na kojoj se neovlašćeno nalaze. Nisu govorili njegov jezik. Njihova naređenja su bila jasna i neumoljiva: ubiti svakog ko ne priznaje Brest Litovski mirovni sporazum, po kojem je taj deo Poljske pripao Rusiji, i poslati ostale u Logor 201 u Sibiru. Nemci su se povukli, uz nešto malo otpora, iza svoje nove granice, dok su Vladek i njegovi sledbenici čekali, nesvesni svoje sudbine.

Nakon još dve noći, Vladek je počeo da veruje da će ostati u tamnici do kraja života. Novi stražari nisu razgovarali s njim, i počeo je da misli kako je nemačko čistilište zamenio ruski pakao.

Trećeg dana, ruski vojnici su upali u tamnicu i izvukli četrnaest izmršavelih, prljavih tela na travu ispred zamka. Dvoje slugu se onesvestilo na jakoj svetlosti podnevnog sunca. Vladek je morao da zakloni oči dok su stajali ćutke i čekali šta će vojnici uraditi. Da li će to biti metak ili sloboda?

Stražari su ih naterali da se svuku i naredili im da odu do reke i operu se. Vladek je sakrio srebrnu narukvicu u odeću pre nego što je otišao do obale reke, a noge su mu zaklecale pre nego što je stigao do vode. Uskočio je, boreći se za vazduh zbog iznenadne hladnoće vode, mada je prijala njegovoj skoreloj, sasušenoj koži. Ostali zatvorenici su mu se pridružili, trudeći se da skinu sa sebe tri godine prljavštine i bede.

Dok se Vladek kupao, primetio je da se vojnici smeju i pokazuju na Florentinu. Nijedna od ostalih žena nije izazivala toliko pažnje. Jedan od Rusa, krupna, nakazna volina, uhvatila je Florentinu za ruku dok je prolazila kraj njega na putu do reke. Bacio ju je na zemlju i brzo svukao pantalone. Vladek je s neverisom zurio u njegov nabrekli, ukrućeni penis. Iskočio je iz vode i potrčao prema vojniku, koji je sad pribio Florentinu na zemlju. Vladek je udario vojnika glavom u stomak i mlatio ga je pesnicama. Zaprepašćeni muškarac je pustio Florentinu, ali drugi vojnik je uhvatio Vladeka, bacio ga na zemlju i pritisnuo mu leđa kolenom. Ta halabuka je privukla pažnju ostalih vojnika i prišli su da gledaju. Vojnik koji je držao Vladeka sad se smejao, glasno, bez imalo radosti.

– Evo velikog zaštitnika – kazao je jedan.

– Došao je da brani čast svoje nacije – rekao je drugi.

– Hajde da mu obezbedimo neometan pogled – dodao je onaj koji ga je držao na zemlji.

Još smeha čulo se između opaski koje Vladek nije uvek mogao da razume. Gledao je kako se goli vojnik polako približava Florentini, koja je bila zanemela od straha. Vladek je pokušao očajnički da se oslobodi, ali bio je bespomoćan. Goli muškarac je nespretno pao na Florentinu i počeo da je udara. Kad ju je ošamario, pokušala je da mu uzvrati i okrene se; na kraju je prodro u nju. Ispustila je krik kakav Vladek dotad nije čuo. Ostali vojnici su nastavili da govore i smeju se, a neki nisu ni gledali.

– Prokleta devica – rekao je vojnik kad je izvukao okrvavljeni penis.

Svi su se nasmejali.

– Onda si malo olakšao za mene – kazao je drugi muškarac.

Još smeha. Dok je Florentina zurila u Vladekove oči, počeo je da povraća. Vojnik koji ga je držao nije se mnogo uzbudio, samo se pobrinuo da dečakova bljuvotina ne završi na njegovoj uniformi ili uglancanim čizmama. Prvi vojnik je, i dalje okrvavljenog penisa, otrčao do reke, pobedonosno urlajući kad je ušao u vodu. Drugi je počeo da raskopčava pojas, a treći je držao Florentinu. Drugi vojnik se malo duže zadovoljavao, i izgleda da je uživao u udaranju Florentine pre nego što je prodro u nju. Ponovo je vrisnula, ali ne tako glasno kao ranije.

– Hajde, Vladi, dovoljno si se zabavljao.

Muškarac je izašao iz nje i pridružio se saborcu u reci. Vladek je naterao sebe da gleda Florentinu. Bila je modra, i krvarila je između nogu. Vojnik koji ga je držao je ponovo progovorio.

– Dođi i pobrini se za malo kopile, Borise. Sad je red na mene.

Prvi vojnik je držao Vladeka. Ponovo je pokušao da zamahne ka njemu, ali vojnik se samo nasmejao.

– Sad znamo punu snagu poljske vojske.

Taj nepodnošljivi smeh nastavio se kad je još jedan stražar počeo da siluje Florentinu, koja je sad ležala nezainteresovana za njega.

– Mislim da je počela da uživa – rekao je kad je završio. Četvrti vojnik krenuo je ka Florentini. Kad je stigao do nje, okrenuo ju je i raširio joj noge što je više mogao, brzo joj prelazeći velikim šakama preko krhkog tela. Vrisak kad je prodro u nju pretvorio se u stenjanje. Vladek je izbrojao šesnaest vojnika koji su mu silovali sestru. Kad je poslednji završio, opsovao je i viknuo: – Mislim da sam upravo vodio ljubav s mrtvom ženom. – To je izazvalo još glasniji smeh.

Kad je vojnik konačno pustio Vladeka, otrčao je do Florentine dok su vojnici ležali na travi pijući vino i votku opljačkane iz baronovog podruma, i ždrali hleb i meso iz kuhinje.

Uz pomoć dvojice slugu, Vladek je odneo Florentinu na obalu reke, i plakao je dok je pokušavao da opere krv i prljavštinu. Pokrio ju je svojim kaputom, držao je u naručju i ljubio je nežno u usta, i to je bila prva žena koju je poljubio. Dok su mu suze tekle niz lice na njeno isprebijano telo, osetio je kako je omlitavila. Ponovo je zaplakao dok je nosio njen leš uzbrdo. Vojnici su zaćutali kad su ga gledali kako ide prema kapeli. Spustio ju je u travu pored baronovog groba i ponovo počeo da kopa golim rukama. Zalazeće sunce bacilo je dugu senku preko groba kad ju je sahranio. Napravio je mali krst od dva štapa, i spustio ga iznad njene glave. Zatim je pao na zemlju i odmah zaspao, ne mareći da li će se ponovo probuditi.

10.

En Kejn je bila usamljena kad je Vilijam otišao u *Sent Pol*, a porodični krug sastojao se samo od dve babe, sad prilično ostarele.

Kad je napunila trideset godina, En je počela da primećuje da se muškarci više ne zanimaju za nju. Odlučila je da obnovi veze prekinute nakon Ričardove smrti kroz odnose sa starim prijateljicama. Mili Preston, Vilijamova kuma, koju je poznavala čitavog života, počela je da je poziva na večere i u pozorište, uvek uz nekog samog muškarca, u nadi da će En pronaći novog partnera. Milini izbori su gotovo uvek bili neprikladni, i En se glasno smejala njenim pokušajima provodadžisanja, sve dok jednog dana, u januaru 1919, nakon što se Vilijam vratio u školu za početak drugog semestra, nije pozvana na još jednu večeru za četvoro. Mili joj je priznala da nije upoznala drugog gosta, Henrija Ozborna, ali mislila je da je bio na Harvardu u isto vreme kad i njen muž Džon.

– U stvari – priznala je Mili preko telefona – Džon ne zna mnogo o njemu, draga, osim da je prilično zgodan.

Henri Ozborn je sedeo kraj vatre kad je En ušla u salon. Odmah je ustao da omogući Mili da ih upozna. Nešto viši od metar i osamdeset, tamnih, gotovo crnih očiju, i talasaste crne kose, bio je vitak i atletski građen. En je osetila tračak zadovoljstva što je te večeri uparena s tako energičnim i zgodnim muškarcem, a Mili je morala da se zadovolji mužem koji je bio sredovečan i trbušast u poređenju sa svojim zanosnim školskim drugom. Henri Ozborn je držao ruku u povezu, koji mu je gotovo potpuno prekrivao harvardsku kravatu.

– Ratna rana? – upitala je saosećajno En.

– Ne, nesreća na skijanju; pokušavao sam da se prebrzo spustim niz jednu od vermontskih padina – kazao je, smejući se.

Bila je to jedna od onih večera, u poslednje vreme tako neuobičajenih za En, kad je vreme srećno prohujalo. Henri je odgovorio na sva njena radoznala pitanja. Nakon što je napustio Harvard, radio je u jednoj firmi za nekretnine u Čikagu, svom rodnom gradu, ali kad je objavljen rat, morao je da se prijavi i bori protiv Nemaca. Imao je obilje zabavnih priča o Evropi i životu koji je vodio kao mlad poručnik, čuvajući američku čast na Marni. Mili i Džon nisu videli En toliko veselu od Ričardove smrti, i iskusno su se osmehivali jedno drugom kad je Henri pitao sme li da je odveze kući.

– Šta ćete da radite sad kad ste se vratili u zemlju dostojnu junaka? – pitala je kad je on izvezao svoj *stuc* na Čarls strit.

– Nisam odlučio – odgovorio je. – Srećom, imam malo svog novca, tako da ne moram da žurim. Možda čak otvorim ovde svoju firmu za nekretnine. Uvek sam se osećao prijatno u Bostonu, još od Harvarda.

– Dakle, ne vraćate se u Čikago?

– Ne, tamo me ništa ne drži. Roditelji su mi mrtvi, a ja sam jedinac, tako da mogu da počnem iznova gde god poželim. Gde da skrenem?

– O, prva desno – kazala je En. – To je ona crvena kuća na uglu.

Henri je parkirao kola i otpratio En do ulaznih vrata. Rekao joj je laku noć, i otišao je pre nego što je imala vremena da mu se zahvali na prevozu do kuće. Gledala je kako se njegova kola polako spuštaju niz Bikon hil, znajući da želi ponovo da ga vidi.

Bila je oduševljena, mada ne i potpuno iznenađena, kad ju je pozvao telefonom narednog jutra.

– Bostonski simfonijski orkestar, Mocart, dirigent je njihov živopisni novi maestro, sledeći ponedeljak... mogu li da vas ubedim?

En je bila pomalo zaprepašćena kad je shvatila koliko se raduje tom koncertu. Izgledalo joj je da je prošlo mnogo vremena otkako joj se udvarao neki zgodan muškarac.

Henri je stigao u *Red haus* nekoliko minuta nakon dogovorenog vremena. Rukovali su se prilično zvanično, pre nego što mu je ponudila viski. Da li je primetio da je zapamtila koje mu je omiljeno piće?

– Mora da je prijatno živeti na Luisburg skveru. Imate sreće.

– Da, pretpostavljam da imam... Nikad nisam mnogo razmišljala o tome. Rođena sam i odrasla u Aveniji Komonvelt. U stvari, ova kuća mi deluje tesno.

– Mogao bih da kupim kuću na Hilu ako odlučim da se skrasim u Bostonu.

– Nema ih tako često u ponudi – kazala je En – ali možda vam se posreći. Zar nije bolje da pođemo? Mrzim da kasnim na koncerte i da gazim ljude u mraku.

Henri je pogledao na sat. – Da, tako je... ne bih voleo da propustim dirigentov uvod. Ali ne morate da brinete da ćete zgaziti ikog osim mene. Sedimo kraj prolaza.

Nakon koncerta, izgledalo je sasvim prirodno da je Henri uhvati podruku dok su izlazili iz sale i hodali do Granda. Jedina druga osoba koja je to radila nakon Ričardove smrti bio je Vilijam, a tu je bilo potrebno mnogo ubeđivanja, jer je on to smatrao ženskastim. Vreme je ponovo proletelo za En: da li je to bilo zbog predivne muzike, sjajne hrane ili jednostavno Henrijevog društva? Ovog puta ju je zasmejavao pričama o Harvardu, i rasplakao sećanjima iz rata. Mada je bila sasvim svesna da je izgledao mlađe, uradio je toliko toga u životu da se osećala prijatno mlado i neiskusno u njegovom društvu. Ispričala mu je za smrt svog muža, i prolila još nekoliko suza. Uhvatio ju je za ruku kad je govorila o svom sinu s velikim ponosom i naklonošću. Rekao je da je uvek želeo sina. Mada je jedva pominjao Čikago ili sopstveni porodični život, En je bila sigurna da mu nedostaje porodica. Kad ju je odvezao do Luisburg skvera te večeri, ostao je da popije piće i poljubio ju je nežno u obraz pre nego što je otišao. En je razmišljala o svakom minutu te večeri, nadajući se da je on uživao koliko i ona.

Otišli su u pozorište u utorak, posetili su Enin letnjikovac na Severnoj obali u sredu, vozili se do snegom prekrivenih padina Masačusetsa u četvrtak, kupovali antikvitete u petak, i vodili ljubav u subotu. Nakon nedelje, retko su se razdvajali. Mili Preston je bila „apsolutno oduševljena" što se njeno provodadžisanje pokazalo kao uspešno, i išla je po Bostonu govoreći svima da je odgovorna za spajanje njih dvoje.

Objava njihove veridbe tog leta iznenadila je samo Vilijama. Intenzivno je mrzeo Henrija Ozborna od trenutka kad ih je En, uz sasvim utemeljene zle slutnje, upoznala. Njihov prvi razgovor vođen je u formi ispitivanja, kad je Henri pokušao da dokaže da želi da budu prijatelji, a jednosložni Vilijamovi odgovori pokazivali su da on to ne želi. I nije se predomislio. En je pripisala sinovljevu mržnju razumljivom osećanju ljubomore; Vilijam je bio u centru njenog života od Ričardove smrti. Štaviše, bilo je sasvim prikladno da, prema Vilijamovoj proceni, niko ne zauzme mesto njegovog oca. En je pokušala da ubedi Henrija da će ga, nakon nekog vremena, Vilijam prihvatiti.

En Kejn postala je supruga Henrija Ozborna u oktobru te godine. Izgovorila je zavete u Episkopalnoj katedrali Svetog Pavla, baš kad je zlatno i crveno lišće počelo da opada, nešto više od devet meseci nakon što je upoznala Henrija. Vilijam se pretvarao da je bolestan kako bi izbegao obred i ostao je u školi. Babe su došle, ali nisu mogle da sakriju razočaranje što se En ponovo udala, posebno za nekog ko je izgledao toliko mlađe od nje.

– To će se završiti suzama – predvidela je baba Kejn.

Mladenci su otišli u Grčku narednog dana i nisu se vratili u *Red haus* na Hilu do polovine decembra, baš pred početak Vilijamovog božićnog raspusta. Vilijam se užasnuo kad je video da je kuća preuređena, i da gotovo da nije ostao nikakav trag njegovog oca. Tokom Božića, njegov stav prema očuhu nije se nimalo ublažio, uprkos poklonu – ili kako je Vilijam to video, mitu – u vidu novog bicikla. Henri je prihvatio to odbijanje s nadurenom pomirenošću. En je bila tužna što se njen predivni novi muž tako malo trudio da zadobije naklonost njenog sina.

Vilijam se više nije osećao prijatno u svom domu, a kako je izgledalo da Henri nema posao na koji bi mogao da ide, dečak je često izbivao tokom dana. Kad god ga je En pitala kuda ide, dobijala je nezadovoljavajuća objašnjenja: sigurno nije išao kod neke od baba, jer su se obe žalile da ga ne viđaju. Kad se raspust završio, Vilijam je jedva čekao da se vrati u internat, a Henri nije bio tužan što ga ispraća.

En je, međutim, počela da se brine zbog dvojice muškaraca u svom životu.

11.

– Ustaj, dečko! Ustaj, dečko!

Jedan od vojnika je zarivao kundak puške u Vladekova rebra. Preplašeno se uspravio, pogledao sveže iskopane grobove svoje sestre i barona, pre nego što se okrenuo ka vojniku.

– Doživeću da te ubijem – rekao je na poljskom. – Ovo je moj dom, a ti si neovlašćeno na mojoj zemlji.

Vojnik je pljunuo Vladeka i gurnuo ga prema ulazu u zamak, gde su preživele sluge čekale u redu. Vladek se zaprepastio kad ih je video, bolno nesvestan šta će mu se uskoro dogoditi. Naterali su ga da klekne i pogne glavu. Osetio je kako mu tup brijač prelazi preko glave dok mu gusta crna kosa pada na travu. U deset krvavih poteza, kao kad se striže ovca, posao je bio obavljen. Kad su mu obrijali glavu, naredili su mu da obuče novu uniformu, sivu *rubašku* i pantalone. Vladek je uspeo da sačuva srebrnu narukvicu skrivenu u stisnutoj pesnici dok su ga grubo gurali ka ostalim zarobljenicima.

Dok su stajali tamo – brojevi, ne imena – čekajući zabrinuto šta će im se dogoditi, Vladek je postao svestan čudnog zvuka u daljini. Velika gvozdena kapija se otvorila, i ušla je jedna mašina nimalo nalik na bilo šta što je Vladek dotad video. Bilo je to veliko vozilo, ali nisu ga vukli konji ili volovi. Svi zatvorenici su zurili s nevericom u taj pokretni predmet. Zaustavio se, a vojnici su odvukli nevoljne zatvorenike do njega i naterali ih da se ukrcaju. Zatim su kola bez konja napravila krug, vratila se stazom i izašla kroz gvozdenu kapiju. Niko se nije usudio da progovori. Vladek je sedeo u zadnjem delu kamiona i zurio u zamak, sve dok mu nasledstvo nije izašlo iz vidnog polja.

Kola bez konja nekako su prošla kroz selo Slonim. Vladek bi više razmišljao o tome kako se to vozilo kreće da nije bio još više zabrinut za to kuda ih vode. Prepoznao je put iz svojih školskih dana, ali sećanje mu je bilo zamagljeno zbog godina provedenih u tamnici, i više nije mogao da se seti kuda vodi. Nakon nekoliko kilometara, kamion se zaustavio i svi su izvedeni na lokalnu železničku stanicu. Vladek ju je video samo jednom u životu, kad su on i Leon išli da dočekaju barona koji se vraćao kući iz Varšave. Stražar ih je pozdravio kad su ušli u kancelariju za prodaju karata. Ovog puta ih niko nije pozdravio.

Zarobljenicima je rečeno da sednu na peron, i dali su im kozje mleko, kuvani kupus i crni hleb. Od prvobitnih dvadeset petoro slugu koji su ušli u tamnicu, preživelo je dvanaestoro: deset muškaraca i dve žene. Vladek je preuzeo komandu i raspodelio im je hranu. Pretpostavio je da sigurno čekaju neki voz, ali noć je pala i spavali su pod zvezdama. To je bio raj u poređenju s tamnicom. Vladek se zahvalio bogu što je vreme bilo toplo.

Proveli su naredni dan čekajući voz koji nije došao, i usledila je još jedna besana noć, hladnija od prethodne. Došlo je jutro, a oni su i dalje čekali. Na kraju je jedna lokomotiva ušla u stanicu. Vojnici su se iskrcali, govoreći mrskim jezikom, ali voz je otišao bez Vladekove žalosne vojske. Proveli su još jednu noć na peronu.

Vladek je ležao budan razmišljajući kako može da pobegne, ali tokom noći je jedan od dvanaest zatvorenika pokušao da pobegne preko pruge i upucao ga je stražar i pre nego što je stigao do perona na drugoj strani. Bio je to baronov majordom, Ludvik – jedan od svedoka baronovog testamenta, i Vladekovog nasledstva. Telo su mu ostavili na šinama kao upozorenje svakom ko bi pokušao nešto slično.

Trećeg dana uveče, još jedan voz je stigao u stanicu, velika parna lokomotiva koja je vukla putničke vagone i otvorene teretne vagone s rečju *Stoka* ispisanom sa strane, poda prekrivenog slamom. Nekoliko vagona već je bilo puno putnika, ali Vladek nije znao odakle. On i njegova grupica su ubačeni u jedan od njih da bi otputovali... ali kuda? Nakon nekoliko sati čekanja, voz je počeo da napušta stanicu, u smeru za koji je Vladek, prema kretanju sunca, zaključio da je istok.

Naoružani stražari sedeli su prekrštenih nogu na krovovima putničkih vagona. Tokom beskrajnog putovanja, povremena salva hitaca odozgo prethodila je bacanju još jednog leša na prugu, označavajući uzaludnost razmišljanja o bekstvu.

Kad se voz zaustavio u Minsku, dobili su prvi pravi obrok – crni hleb, vodu, orahe i proso – ali onda se putovanje nastavilo. Ponekad su putovali po tri dana a da nisu videli nijednu stanicu. Mnogi od nevoljnih putnika umrli su od žeđi ili gladi i bili su izbačeni iz voza u pokretu, ostavljajući malo više prostora preživelima. Kad bi se voz zaustavio, često su čekali nekoliko dana da bi neki drugi voz koji ide na zapad mogao da koristi šine. Ti vozovi koji su im sprečavali napredovanje bili su neizostavno puni vojnika i Vladek je brzo shvatio da vojni vozovi imaju prednost nad svim ostalim.

Vladek je uvek razmišljao o bekstvu, ali dve stvari su ga sprečavale da rizikuje. Prvo, sa obe strane pruge kilometrima se protezala divljina; a drugo, oni koji su preživeli tamnicu zavisili su od njega. Možda je bio najmlađi, ali je on delio hranu i piće, i pokušao da im održi volju za životom. Bio je jedini koji je i dalje verovao u budućnost.

Svakog sledećeg dana išli su dalje na istok, a temperatura je padala, često i do trideset stepeni ispod nule. Ležali su jedni kraj drugih na podu vagona, pokušavajući da svojim telom zagreju jedni druge. Vladek je tiho recitovao *Enejidu* dok je pokušavao da zaspi. Bilo je nemoguće i okrenuti se osim ako se svi ne bi saglasili, tako da je Vladek povremeno udarao rukom u stranu vagona, i svi bi se okrenuli na drugu stranu. Jedne noći se jedna od žena nije pomerala. Vladek je obavestio stražara, i njih četvorica su podigli leš i izbacili ga iz voza u pokretu. Stražari su onda pucali u nju da bi se uverili da ne glumi smrt kako bi pobegla.

Trista pedeset kilometara iza Minska, stigli su u grad Smolensk, gde su dobili toplu čorbu od kupusa i crni hleb. Gomila novih zatvorenika, koji su izgleda govorili isti jezik kao stražari, ubačena je u njihov vagon. Njihov vođa bio je osetno stariji od Vladeka. Vladek i njegova jedanaestorka preživelih, deset muškaraca i žena, odmah su posumnjali u pridošlice, i zato su podelili vagon napola, a svaka grupa se držala zasebno.

Jedne noći, dok je Vladek ležao budan i gledao u zvezde, pokušavajući da se zagreje, video je kako se vođa ljudi iz Smolenska šunja prema poslednjem čoveku u njegovoj grupi. Imao je u ruci kratak kanap, koji je obmotao oko vrata Alfonsa, baronovog sluge, koji je spavao. Vladek je znao da će ga, ako se pomeri prebrzo, mladić čuti i vratiti se pod zaštitu svojih drugova. Puzio je na stomaku pored niza poljskih tela. Ljudi su zurili u njega dok je prolazio, ali niko nije govorio. Kad je stigao do kraja niza, skočio je na napadača, budeći sve u vagonu. Obe grupe su se povukle unazad, svi osim Alfonsa, koji je ležao nepomično pred njima.

Vođa ljudi iz Smolenska bio je viši i pokretljiviji od Vladeka, ali to mu nije koristilo dok su se komešali na podu. Borba je trajala nekoliko minuta, što je privuklo pažnju stražara, koji su se smejali i kladili na ishod. Jedan stražar, koji se dosađivao zbog nedostatka krvi, bacio je bajonet u vagon. Oba momka su se bacila ka blistavom sečivu, a onaj iz Smolenska ga je zgrabio prvi. Njegovi ljudi su zaklicali kad ga je zario u Vladekovu nogu, izvukao okrvavljeno sečivo i ponovo napao. Ovog puta se bajonet čvrsto zario u drveni pod vagona koji poskakuje, kraj Vladekovog uva. Kad je momak iz Smolenska pokušao da ga iščupa,

Vladek ga je šutnuo u međunožje svom snagom, i njegov protivnik je pao, ispuštajući bajonet. Vladek ga je zgrabio, skočio na momka iz Smolenska, i zario mu sečivo u usta. Momak je bolno kriknuo i probudio sve u vozu. Vladek je izvukao sečivo, okrećući ga pritom, i ponovo ga zarivao, dugo nakon što je momak prestao da se pomera. Konačno je Vladek kleknuo pored njega, teško dišući, podigao telo i izbacio ga iz vagona. Čuo je tresak kad je palo na zemlju, a onda hice koje su stražari besmisleno ispalili u njega.

Vladek je othramao prema Alfonsu i kleknuo, iznenada svestan hladnog, jakog bola u nozi. Protresao je beživotno telo: drugi svedok je bio mrtav. Ko će mu sad verovati da ga je baron imenovao za naslednika? Da li mu je ostao neki razlog za život? Uhvatio je bajonet obema rukama i naslonio ga na stomak. Jedan stražar je odmah skočio u vagon i oduzeo mu je oružje.

– O, nećeš – progunđao je. – Potrebni su nam takvi živahni za logore. Ne očekuješ valjda da mi sve radimo.

Vladek je zario lice u šake. Izgubio je nasledstvo i dobio desetak ljudi iz Smolenska bez prebijene pare.

Čitav vagon je sad bio pod Vladekovom upravom, i morao je da se brine za dvadeset zarobljenika. Podelio ih je tako da je kraj svakog Poljaka spavao jedan iz Smolenska, za šta se nadao da će umanjiti izglede za buduće sukobe suprotstavljenih grupa.

Provodio je veliki deo svakog dana učeći neobičan jezik ljudi iz Smolenska. Nekoliko dana nije shvatao da je to ruski, jer se toliko mnogo razlikovao od standardnog jezika kojem ga je učio baron. Ali onda je shvatio pravo značenje tog otkrića kad je dokučio kuda voz ide.

Tokom dana Vladek je angažovao dvojicu iz Smolenska da ga poučavaju, a kad bi se umorili, birao je drugu dvojicu, i tako dok se svi ne umore. Ubrzo je mogao tečno da razgovara sa svojim novim podređenima. Saznao je da su neki od njih ruski vojnici, zarobljeni nakon repatrijacije samo zato što su bili nemački zarobljenici. Ostali su bili beli Rusi – seljaci, rudari, radnici – svi veliki neprijatelji Revolucije.

Voz je nastavio da juri kroz najpustiju oblast koju je Vladek video, i kroz gradove za koje nikad nije čuo – Omsk, Novosibirsk, Krasnojarsk: ta imena su mu zlokobno odjekivala u ušima. Na kraju, nakon dva meseca i više od pet hiljada kilometara, stigli su do Irkutska, gde se pruga završavala.

Svi zatvorenici su isterani iz voza, nahranjeni su i date su im sive uniforme s brojevima na leđima, postavljene čizme, bluze i debeli kaputi. Mada su se ljudi tukli oko najtoplije odeće, čak i ona najtraženija obezbeđivala je slabu zaštitu od vetra i snega.

Kola bez konja, kao ona koja su odvela Vladeka od njegovog zamka, pojavila su se i stražari su izbacili dugačke lance. Zarobljenicima je onda vezana po jedna ruka; pedeset njih na svaki lanac. Hodali su iza kamiona, dok su se stražari vozili pozadi. Nakon dvanaest sati dobili su dva sata odmora, kako bi mrtvi i umirući mogli da budu odvezani pre nego što živi nastave.

Nakon tri dana, Vladek je mislio da će umreti od hladnoće i iscrpljenosti, ali kad su napustili naseljenu oblast, putovali su samo danju i spavali su noću. Poljska kuhinja u kojoj su radili zarobljenici iz logora obezbeđivala im je čorbu od repe koja je postajala hladnija, i hleb koji je postajao bajatiji, svakog sledećeg dana. Vladek je saznao od tih zarobljenika da su uslovi u logoru još gori, te su se stoga dobrovoljno javili za poljsku kuhinju.

Tokom te prve nedelje, nikad im nisu skidali lance, ali kasnije, kad nije bilo ni pomisli na bekstvo, oslobađani su noću da bi spavali, kopali su rupe u snegu da bi se ugrejali. Ponekad, tokom dobrih dana, pronašli bi neku šumu u kojoj mogu da spavaju: luksuz je počeo da dobija čudne oblike. Stalno su marširali, pored velikih jezera i preko zaleđenih reka, uvek ka severu, šibani ledenim vetrovima i kroz sve dublje snežne smetove. Vladeka je stalno bolela ranjena noga, ali uskoro je zaboravio taj bol zbog agonije promrzlih prstiju na nogama i rukama i ušiju. Stari i bolesni su umirali. Oni srećni, mirno i u snu. Oni nesrećni, koji nisu mogli da drže korak, odvezivani su s lanca i ostavljani da umru. Vladek je izgubio predstavu o vremenu i bio je svestan samo povlačenja lanca, ne znajući kad je kopao rupu u snegu uveče da li će se sutra probuditi. Oni koji se nisu budili, kopali su svoje grobove.

Nakon puta od hiljadu petsto kilometara, preživele su dočekali Ostjaci, stepski nomadi, u saonicama koje vuku irvasi. Zarobljenici su onda vezani za sanke i hodali su dalje. Kad ih je mećava naterala da stoje gotovo čitava dva dana, Vladek je iskoristio priliku da pokuša da razgovara s mladim Ostjakom za čije je saonice bio vezan. Otkrio je da Ostjaci mrze Ruse s juga i zapada, koji su se prema njima ponašali gotovo podjednako loše kao prema zarobljenicima. Ostjaci su osećali izvesno saosećanje prema tužnim zarobljenicima bez budućnosti, „nesrećnicima“, kako su ih zvali.

12.

En se brinula zbog budućnosti. Prvih nekoliko meseci braka proteklo je srećno, pokvareno samo njenom zabrinutošću zbog toga što je Vilijam osećao sve veću netrpeljivost prema njenom mužu, i Henrijevom prividnom nesposobnošću da pronađe posao. Henri je nerado pričao o tome, objašnjavao je da je i dalje zbunjen zbog rata, i nije bio spreman da uleti u nešto zbog čega bi kasnije mogao da zažali. Bilo joj je teško da razume to, i na kraju je došlo do njihove prve svađe.

– Ne razumem, Henri, zašto nisi pokrenuo onaj svoj posao s nekretninama o kojem si toliko pričao pre braka.

– Vreme nije idealno, draga. Tržište nekretnina ne izgleda obećavajuće.

– Govoriš to gotovo godinu dana. Pitam se da li će ikad biti dovoljno obećavajuće.

– Sigurno je da hoće. Istina je da mi je potrebno još malo kapitala. Eto, ako bi mi pozajmila malo novca, mogao bih da krenem.

– To nije moguće, Henri. Znaš uslove Ričardovog testamenta. Moj mesečni prihod je obustavljen kad smo se venčali, i imam samo kapital.

– Malo toga bilo bi sasvim dovoljno. I ne zaboravi da tvoj dragi sin ima preko dvadeset miliona u porodičnoj zadužbini.

– Izgleda da znaš mnogo o Vilijamovoj zadužbini – kazala je En.

– Ma daj, En, daj mi priliku da ti budem muž. Ne teraj me da se osećam kao gost u svojoj kući.

– Šta se dogodilo s tvojim novcem, Henri? Uvek si me držao u uverenju da imaš dovoljno za započinjanje posla.

– Uvek si znala da nisam finansijski na Ričardovom nivou, a nekad si, En, govorila da to nije važno: „Udala bih se za tebe, Henri, i da si bez prebijene pare“ – rugao joj se.

En se rasplakala, a Henri je pokušao da je uteši. Provela je ostatak večeri u njegovom zagrljaju, a nijedno od njih više nije pominjalo tu temu. Uspela je da uveri sebe kako je bila nepoštena i bez razumevanja. Imala je više novca nego što joj je potrebno. Zar ne bi mogla da malo poveri muškarcu kojem je bila spremna da posveti ostatak života?

Sledećeg jutra pristala je da pozajmi Henriju sto hiljada dolara da pokrene posao s nekretninama u Bostonu. U roku od mesec dana iznajmio je otmenu kancelariju u pomodnom delu grada, unajmio šest saradnika i krenuo s radom. Uskoro je počeo da se druži sa uticajnim bostonskim gradskim političarima i iskusnim agentima za nekretnine. Pili su s njim u svojim klubovima i razgovarali o porastu potražnje za obradivom zemljom. Rekli su mu za investicije koje su potpuno sigurne, i išli s njim na konjske trke. Vodili su ga u skupe kantri klubove gde je upoznavao buduće klijente. Uskoro je Eninih sto hiljada dolara isparilo.

Kad je Vilijam proslavio petnaesti rođendan, bio je već tri godine u *Sent Polu*, šesti po uspehu u razredu i prvi iz matematike. Takođe je postao zvezda debatnog kluba, mada ne i na sportskom terenu.

Pisao je majci jednom nedeljno, obaveštavajući je o svom napretku, uvek adresirajući pisma na suprugu Ričarda Kejna, odbijajući da prizna kako Henri Ozborn postoji. En nije bila sigurna da li da s njim razgovara o tome i trudila se da krije koverte od Henrija. Nastavila je da se nada kako će Vilijam zavoleti njenog muža, ali kako su meseci prolazili, postalo je jasno da je takva nada neutemeljena. Vilijam je mrzeo Henrija Ozborna, i to strastveno, mada nije bio siguran šta može da uradi povodom toga. Bio je zahvalan što Ozborn nikad nije bio sa En kad ga je posećivala u školi; ne bi podneo da ostali dečaci vide njegovu majku s tim čovekom. Bilo je dovoljno loše što je morao da živi s njim u Bostonu.

U jednom pismu Vilijam je tražio da provede leto s prijateljem Metjuom Lesterom, prvo u nekom kampu u Vermontu, a onda s Lesterovom porodicom u Njujorku. Taj zahtev je bio bolan udarac za En, ali išla je linijom manjeg otpora i dozvolila mu je. Henri je prilično zadovoljno prihvatio njenu odluku.

Prvi put otkako mu se majka preudala, Vilijam se radovao letnjem raspustu.

Vozač Lesterovih je bešumno odvezao Vilijama i Metjua u porodičnom pakardu do letnjeg kampa u Vermontu. Tokom putovanja, Metju je nehajno pitao Vilijama šta namerava da radi kad napusti *Sent Pol*.

– Kad dođe to vreme, biću učenik generacije, predsednik odeljenske zajednice, i dobiću *Hamiltonovu memorijalnu matematičku stipendiju* za Harvard – odgovorio je Vilijam bez oklevanja.

– Zašto ti je to toliko važno? – pitao je nedužno Metju.

– Moj otac je postigao sve to.

– Kad završiš nadmetanje sa svojim ocem, upoznaćeš mog.

Vilijam se osmehnuo.

Dva dečaka su provela živih i prijatnih šest nedelja u Vermontu, igrajući sve igre, od šaha do fudbala. Kad su se deca konačno razišla, spakovali su stvari i ukrcali se u voz za Njujork, gde će provesti poslednji mesec raspusta s porodicom Lester.

Na vratima ih je dočekao batler, koji se obratio Metjuu s „gospodine", i dvanaestogodišnjakinja s pegicama koja ga je nazvala „Bucko". To je zasmejalo Vilijama, jer je njegov prijatelj bio toliko mršav, a ona je bila gojazna. Devojčica se osmehnula, otkrivajući zube gotovo potpuno prekrivene protezom.

– Ne bi se reklo da mi je Suzan sestra, zar ne? – prezrivo je rekao Metju.

– Ne – kazao je Vilijam, osmehujući se Suzan. – Mnogo je lepša od tebe.

Suzan je od tog trenutka obožavala Vilijama.

Vilijam je obožavao Metjuovog oca otkako ga je upoznao; na mnogo načina ga je podsećao na Ričarda, i preklinjao je gospodina Lestera da mu dozvoli da poseti veliku banku čiji je bio predsednik. Čarls Lester je pažljivo razmislio o tom zahtevu. Nijedno dete dotad nije ušlo u urednu kancelariju u Broud stritu 17, čak ni njegov sin. Napravio je kompromis, što bankari često rade, i provodao je dečaka po zgradi u Vol stritu jednog nedeljnog popodneva.

Vilijam je bio zadivljen velikim kancelarijama na toliko spratova, sefovima, menjačnicom, salom za sastanke, ali najviše direktorovom kancelarijom. Aktivnosti *Lester banke* bile su znatno šire nego *Kejn i Kabota*, a Vilijam je znao na osnovu skromnog ličnog portfelja akcija, u kojem je dobijao primerak godišnjeg izveštaja, da *Lester* ima znatno veći osnovni kapital od *Kejn i Kabota*. Ćutao je dok su se vraćali u kuću Lesterovih.

– Dobro, Vilijame, da li si uživao u obilasku? – pitao je konačno Čarls Lester.

– O, da, gospodine – odgovorio je Vilijam. – Bez ikakve sumnje. – Zaćutao je na tren pre nego što je dodao: – Ali moram da vas upozorim, gospodine, nameravam da jednog dana budem predsednik upravnog odbora vaše banke.

Čarls Lester se osmehnuo. Za vreme večere je pričao svojim gostima o poseti mladog Vilijama Kejna banci *Lester i kompanija*, i činjenici da momak želi njegov posao. Gosti su se nasmejali. Ali Vilijam se nije šalio.

En se zaprepastila kad je Henri zatražio još jednu pozajmicu.

– Posao je potpuno siguran – uveravao ju je. – Pitaj Alana Lojda. Kao predsednik upravnog odbora banke, sigurno misli na tvoje interese.

– Ali dvesta pedeset hiljada? – pitala je En.

– To je jedinstvena prilika, draga. Gledaj na to kao na investiciju koja će se udvostručiti za dve godine.

Nakon još jedne, dugačke svađe, s nekoliko pominjanja Ričarda i Vilijama, En je ponovo popustila, i život se vratio u normalu. Kad je proverila svoj investicioni portfelj u banci, videla je kapital vredan samo sto pedeset hiljada dolara. Međutim, Henri se izgleda sastajao s pravim ljudima, i stalno je ponavljao da je na pragu posla „u kojem ne može da izgubi pare". Razmišljala je da razgovara o svojoj situaciji sa Alanom Lojdom iz *Kejn i Kabota*, ali odustala je; napokon, to bi značilo sumnju u muževljevu procenu. A sigurno Henri ne bi to predložio da nije bio siguran da će Alan to odobriti.

En je ponovo počela da ide kod doktora Makenzija kako bi saznala ima li mogućnosti da dobije još jednu bebu, ali on je i dalje bio protiv toga. Nakon visokog krvnog pritiska koji je izazvao prethodni pobačaj, nije smatrao da je trideset šest godina razumno doba da En počne da razmišlja o rađanju. En je pomenula tu ideju babama, ali one su se potpuno saglasile s dobrim doktorom. Nijedna od njih nije previše marila za Henrija, a još manje su marile za ideju da će Ozbornov potomak polagati pravo na imanje porodice Kejn nakon njihove smrti. En se pomirila s tim da će imati samo jedno dete, ali Henri je počeo glasno da se buni oko onog što je opisao kao izdaju, govoreći joj da bi sigurno pokušala da je Ričard živ. *Koliko su njih dvojica različiti*, mislila je, i nije mogla da objasni zašto ih je volela obojicu. Pokušala je da umiri Henrija, moleći se da njegovi poslovni poduhvati uspeju i drže ga zaokupljenim, dok istovremeno dopunjava njene sve manje zalihe novca. U svakom slučaju, počeo je da radi dokasno.

13.

Devet dana kasnije, u polumraku arktičke zimske noći, Vladek i njegovi ljudi su stigli do Logora 201. Vladek nikad ne bi poverovao da će mu biti drago da vidi takvo mesto: nizovi drvenih koliba usred divlje pustoši. Kolibe su, kao i zatvorenici, imale brojeve. Vladekova koliba bila je broj trideset tri. Nasred sobe nalazila se mala crna peć, a duž zidova poređani drveni kreveti s tvrdim slamaricama i po jednim ćebetom. Malo zatvorenika je spavalo te noći, jer su bili naviknuti na spavanje u snegu. Stenjanje i urlici koji su dopirali iz Kolibe 33 često su bili glasniji od zavijanja vukova napolju.

Mnogo pre izlaska sunca probudio ih je zvuk udaranja čekićem u gvozdeni triangl. Debeo sloj inja prekrivao je unutrašnjost prozora, i Vladek je mislio da će sigurno umreti od hladnoće. Doručak u ledenoj trpezariji trajao je deset minuta, i sastoja se od zdele retke mlake kaše s komadićima trule ribe i nagoveštajem listića kupusa. Pridošlice su pljuvale riblje kosti na sto, a oni iskusniji zatvorenici su gutali kosti i jeli riblje oči.

Nakon doručka glave novih zatvorenika su ponovo grubo obrijane i dodeljeni su im zadaci. Vladek je postao drvoseča. Vodili su ga nekoliko kilometara kroz bezličnu stepu do neke šume gde su mu naredili da svakog dana obori deset stabala. Stražar bi ostavio njega i njegovu šestočlanu grupicu sa sledovanjem hrane, bezukusnom kašom od prosa i hlebom. Nisu se bojali da će zatvorenici pokušati da pobegnu, najbliži grad je bio udaljen više od hiljadu petsto kilometara – čak i da su znali kuda da krenu.

Na kraju dana, stražar bi se vratio i prebrojao oborena stabla: ako nisu ostvarili plan, narednog dana su dobijali manje hrane. Kad je stražar stigao uveče u sedam, već je bio mrak, i nije uvek mogao da bude siguran koliko su novih stabala oborili. Vladek je naučio članove svog tima da provedu poslednji deo popodneva raščišćavajući sneg s dva ili tri stabla koja su oborili prethodnog dana i poređaju ih uz ona koja su oborili tog dana. Taj plan je uvek funkcionisao, i Vladekova grupa nikad nije imala smanjena sledovanja hrane. Ponekad su uspevali da se vrate u logor s komadićem drveta, vezanog za unutrašnju stranu butine, da bi noću ložili vatru. Morali su da budu oprezni, jer je uvek postojala opasnost da će biti pretresani na ulasku u logor, i često su morali da izuju jednu ili obe cipele dok stoje u ledenom snegu. Ako ih uhvate, kazna je bila tri dana bez hrane.

Kako su nedelje prolazile, Vladekova noga je postala ukočena i bolna. Žudeo je za danima kad je temperatura padala na četrdeset ispod nule i rad napolju otkazivan, iako su taj izgubljeni dan nadoknađivali naredne nedelje, kad su obično smeli da leže čitav dan u krevetima.

Jedne večeri, kad je Vladek vukao debla preko pustoši, noga je počela da ga neizdrživo boli. Pogledavši ožiljak, video je da je postao crven i upaljen. Pokazao ga je stražaru, koji mu je naredio da se javi logorskom lekaru pre zore. Vladek je sedeo čitave noći s nogom koja je gotovo dodirivala peć, ali toplota je bila tako slaba da nije ublažila bol.

Sledećeg jutra je Vladek ustao ranije nego obično. Ako ne ode kod lekara pre početka rada, moraće da čeka do sutra. Vladek nije mogao da izdrži još jedan dan takvog nepodnošljivog bola. Javio se lekaru, govoreći mu svoje ime i broj. Lekar je bio neki saosećajan starac, veoma pogrbljen – Vladek je mislio da izgleda starije od barona na samrti. Ćutke je pregledao Vladekovu nogu.

– Hoće li rana zarasti, doktor? – pitao je Vladek.

– Govoriš ruski?

– Da, gospodine.

– Nema potrebe da me zoveš gospodine. Zovem se Dibjen. Ja sam zatvorenik kao i ti. – Vladek je izgledao iznenađeno. – Iako ćeš uvek hramati, mladiću – nastavio je – noga će ti se oporaviti. Ali zbog čega? Zbog života provedenog u sečenju drva u ovoj bestragiji?

– Ne, doktore. Nameravam da pobegnem i vratim se u Poljsku – rekao je Vladek.

Doktor ga je oštro pogledao. – Govori tiho, glupi dečače... Sigurno si dosad shvatio da je bekstvo nemoguće. Ovde sam petnaest godina, i nema dana da nisam sanjao o bekstvu. Nemoguće je; niko nije pobegao i preživeo, a čak i razgovor o tome znači deset dana u samici, gde te hrane svakog trećeg dana, i nema peći. Ako izađeš živ odatle, poželećeš da si mrtav.

– Pobeći ću. Hoću, hoću – rekao je Vladek, zureći u starca.

Doktor je pogledao u Vladekove oči. – Prijatelju, ne pominji više te reči, ili će te ubiti. Vrati se na posao, dobro zamotaj nogu i javi mi se ponovo sutra ujutro.

Vladek se vratio u šumu, ali bol je bio tako jak da nije mogao mnogo da radi. Narednog jutra lekar mu je pažljivije pregledao nogu.

– Izgleda još gore – kazao je. – Koliko ti je godina, dečače?

– Koja je godina, doktore Dibjene? – pitao je Vladek.

– Godina 1919.

– Onda imam trinaest. Koliko je vama godina, doktore?

Taj čovek je izgledao iznenađen pitanjem. – Trideset osam – kazao je tiho.

– Bože sačuvaj – rekao je Vladek.

– I ti bi izgledao ovako da si petnaest godina zatvorenik, dečače – rekao je ozbiljno lekar.

– Zašto ste ovde? – pitao je Vladek. – Zašto vas nisu pustili nakon toliko vremena?

– Da puste jedinog lekara koga imaju? – Nasmejao se. – Zarobljen sam u Moskvi, 1904, ubrzo nakon što sam doktorirao u Parizu. Radio sam u francuskoj ambasadi, rekli su da sam špijun i zatvorili su me. Nakon Revolucije, poslali su me, bez suđenja, u ovaj pakao. Čak su i Francuzi zaboravili da postojim. U svakom slučaju, niko ne veruje da postoji ovakvo mesto. Niko nije odslužio kaznu u Logoru 201, i umreću ovde, kao svi ostali, i jedva čekam da se to dogodi.

– Ne, ne smete izgubiti nadu, doktore.

– Nadu? Izgubio sam nadu za sebe odavno. Možda ću se nadati za tebe. Ali zapamti da tu reč ne pominješ nikad nikome; ima zatvorenika koji će te prijaviti samo za dodatni komad hleba ili deblje ćebe. Dobro, Vladeče, staviću te na kuhinjsku dužnost mesec dana, ali moraš da dolaziš svakog jutra na kontrolu. To ti je jedina šansa da ne izgubiš nogu, i ne bih voleo da budem čovek koji ti ju je odsekao. Nemamo najnovije hirurške instrumente ovde – dodao je, gledajući veliki mesarski nož na zidu. Vladek se stresao.

Doktor Dibjen je napisao Vladekovo ime na cedulju i narednog jutra on se javio u kuhinju, gde je prao sudove ledenom vodom i pomagao u pripremi onog što su ovde smatrali hranom. To je bila dobrodošla promena u odnosu na celodnevno obaranje stabala; dodatna porcija riblje čorbe, težak crni hleb s koprivom i prilika da ostane unutra, na toplom. Jednom prilikom je kuvar podelio pola jajeta s njim, mada nijedan od njih nije bio siguran koja divlja ptica ga je snela. Vladekova noga se konačno oporavila, ali ostalo mu je izraženo hramanje. Doktor Dibjen nije mogao da uradi mnogo bez pravih lekova, osim da ga nadgleda.

Kako su dani prolazili, doktor i Vladek su postali prijatelji. Razgovarali su na različitim jezicima svakog jutra, ali Dibjen je najviše uživao da razgovara na francuskom, svom maternjem jeziku; nešto što nije radio petnaest godina.

– Za sedam dana, Vladeče, vratićeš se na dužnost u šumi; stražari će ti pregledati nogu i neću više moći da te zadržim u kuhinji. Slušaj me pažljivo, jer sam smislio plan za tvoje bekstvo.

– Naše, doktore – rekao je Vladek. – Naše.

– Ne, samo tvoje. Previše sam star za takvo dugo putovanje, i mada sanjam o bekstvu, samo bih te usporavao. Biće mi dovoljno da znam da je neko uspeo, a ti si prva osoba koju sam upoznao i koja me je uverila da bi mogla uspeti.

Vladek je ćutke slušao doktorov plan.

– Uštedeo sam, tokom poslednjih petnaest godina, dvesta rubalja – ne plaćaju ti prekovremeno kad radiš za Ruse. – Vladek je pokušao da se nasmeje najstarijoj logoraškoj šali. – Držim novac skriven u bočici od leka, četiri novčanice od po pedeset rubalja. Kad dođe vreme da kreneš, sakriću ti novac u odeću.

– Koju odeću? – pitao je Vladek.

– Imam odelo, košulju i kapu. Dobio sam ih od jednog stražara u zamenu za lek, pre dvanaestak godina, kad sam i dalje verovao da ću jednog dana pobeći. Nije po najnovijoj modi, ali poslužiće svrsi.

Petnaest godina je skupljao dvesta rubalja, košulju, odelo i kapu, i bio je spreman da žrtvuje svoje obilje da bi Vladek pobegao. Nikad u životu Vladek nije video takvu nesebičnost.

– Sledeći utorak će ti se ukazati prilika – nastavio je lekar. – Novi zatvorenici treba da stignu vozom iz Irkutska, a stražari uvek povedu četvoricu iz kuhinje da spreme hranu za pridošlice. Već sam se dogovorio sa Stanislavom, šefom kuhinje – nasmejao se na te reči – da te, u zamenu za neke lekove, ubaci u kamion s hranom. Niko ne želi da ode tamo i vrati se... ali ti ćeš ići samo u jednom smeru.

Vladek je napeto slušao.

– Kad stigneš do stanice, sačekaj dolazak voza. Kad se novi zatvorenici iskrcaju na peron, pređi prugu i uđi u voz za Moskvu, koji ne može da krene dok ne ode voz sa zatvorenicima, jer postoji samo jedan kolosek. Moraš da se moliš da stražari, uz stotine novih zatvorenika, neće primetiti tvoje odsustvo. Otad ćeš biti prepušten sebi. Ako te primete, upucaće te bez oklevanja. Postoji samo još jedan način da ti pomognem. Pre petnaest godina, kad sam bio u tom vozu, nacrtao sam, po sećanju, mapu puta od Moskve do Turske. Možda nije potpuno tačna, pa obavezno proveri da Rusi nisu osvojili i Tursku. Bog zna šta su nedavno radili. Koliko znam, možda već kontrolišu i Francusku.

Doktor je otišao do ormarića s lekovima i izvadio veliku bocu koja je izgledala puna nečeg smeđeg. Skinuo je čep i izvadio stari komad pergamenta. Crno mastilo je izbledelo tokom godina. Datum je bio *oktobar 1904*, i video se put od logora do Moskve, od Moskve do Odese, od Odese do Turske: dve i po hiljade kilometara do slobode.

– Ove nedelje dolazi na kontrolu svakog jutra i ponovo ćemo razgovarati o planu. Ako doživiš neuspeh, to ne sme da bude zbog loše pripreme.

Vladek je ostajao budan svake noći, gledajući kroz prozor u pun mesec. Spremajući se za sve što može da se dogodi, razmišljao je šta da uradi u svakoj situaciji.

Svakog dana je razmatrao plan s doktorom. Veče pred dolazak voza, doktor je presavio mapu na šest delova, i stavio četiri novčanice od po pedeset rubalja u koverat koji je zašio u rukav odela. Vladek je obukao košulju i odelo. Toliko je smršao da je odeća visila na njemu kao na vešalici. Dok je oblačio uniformu preko odela, doktor je video baronovu srebrnu narukvicu, koju je Vladek uvek držao iznad lakta, iz straha da će je stražari videti i ukrasti je.

– Šta je to? – pitao je. – Izgleda veličanstveno.

– To je poklon od mog oca – rekao je Vladek. – Da vam je možda dam, u znak zahvalnosti? – Svukao ju je s ruke i dao doktoru.

Doktor je nekoliko trenutaka gledao srebrnu narukvicu, a onda pognuo glavu. – Nikad – kazao je. – To može da pripada samo jednoj osobi.

Vratio je narukvicu Vladeku i srdačno se rukovao s njim.

– Srećno, Vladeče. Nadam se da se nećemo ponovo videti.

Zagrlili su se, i Vladek je otišao da, nadao se, poslednji put prenoći u Kolibi 33. Nije mogao da spava te noći iz straha da će neko od ostalih zatvorenika primetiti odelo ispod zatvorske uniforme i prijaviti ga stražarima. Kad je čekić udario u triangl narednog jutra, prvi je stigao u kuhinju. Stariji zatvorenik ga je gurnuo napred kad su stražari došli da izaberu četiri zatvorenika za podelu hrane. Vladek je bio najmlađi.

– Zašto ovaj? – pitao je stražar, pokazujući na Vladeka.

Vladek se ukočio. Doktorov plan će propasti i pre nego što napusti logor, a novi zatvorenici će stići tek za tri meseca. Tad više neće raditi u kuhinji.

– On je sjajan kuvar – kazao je Stanislav. – Obučavan je u baronovom zamku. Samo najbolje za stražare.

– Dobro – kazao je stražar, jer mu je pohlepa nadjačala sumnjičavost. – Krenite, onda.

Četvorica zatvorenika su otrčala do kamiona i konvoj je krenuo. Putovanje je bilo sporo i naporno, ali makar Vladek nije morao da hoda. I bilo je leto, gotovo jedan stepen iznad nule.

Konvoj je stigao u Irkutsk šesnaest dana ranije. Voz za Moskvu je već stajao na stanici. Bio je tu nekoliko sati, ali nije mogao da krene dok voz sa zatvorenicima ne ode. Vladek je sedeo na ivici perona, s trojicom zatvorenika iz poljske kuhinje. Otupeli od onog što su doživeli, nijedan od njih nije pokazivao zanimanje za stvari oko sebe. Ali on je pratio svaki pokret, dok je gledao voz na drugoj strani perona. Bilo je nekoliko otvorenih vrata i Vladek je pažljivo odabrao ona kroz koja će ući kad dođe vreme.

– Hoćeš li pokušati da pobegneš? – pitao je iznenada glavni kuvar.

Vladek je počeo da se preznojava. Ništa nije rekao. Stanislav je zurio u njega. – Hoćeš. – Vladek je i dalje ćutao. Stari kuvar je nastavio da zuri u trinaestogodišnjaka; a onda se, nakon duge pauze, osmehnuo. – Srećno. Pobrinuću se da ne shvate da te nema, što duže budem mogao.

Stanislav mu je dodirnuo ruku, i pokazao prstom. Vladek je u daljini video voz sa zatvorenicima kako se polako približava. Napeto je iščekivao, dok mu je srce udaralo kao ludo, a oči pratile pokrete svih vojnika. Napokon se voz zaustavio, a on je gledao stotine iscrpljenih, anonimnih zatvorenika kako izlaze na peron. Kad se stanica pretvorila u haos ljudi i stražari bili potpuno zaokupljeni, Vladek se provukao ispod voza sa zatvorenicima, pretrčao preko šina i uskočio u voz za Moskvu. Niko nije obraćao pažnju na njega kad je ušao u toalet na kraju vagona. Zaključao se unutra, čekao i molio se, očekujući da neko pokuca na vrata. Izgledalo je kao da je prošlo sto godina pre nego što je voz napustio stanicu. Prošlo je, u stvari, četrdeset sedam minuta.

– Napokon, napokon – kazao je glasno. Gledao je kroz prozorčić toaleta kako stanica u daljini postaje sve manja i manja. Gomila novih zatvorenika vezivana je za putovanje do Logora 201, a stražari su se smejali dok su im stavljali lisice. Koliko njih će živo stići do logora? Koliko će biti bačeno vukovima? Koliko će proći pre nego što primete da ga nema?

Vladek je sedeo u toaletu još nekoliko minuta, plašeći se da se pomeri, ne znajući šta da radi. Iznenada je neko pokucao na vrata. Vladek je brzo pomislio... stražar? Kondukter? Vojnik? Razne slike prošle su mu kroz glavu, svaka strašnija od prethodne. Kucanje se nastavilo.

– Završi s tim – rekao je neki dubok, grub glas.

Vladek nije imao mnogo izbora. Ako je to neki vojnik, nema izlaza... ni patuljak ne bi mogao da se provuče kroz taj prozorčić. Ako nije vojnik, samo će privući pažnju na sebe ako ostane u toaletu. Svukao je zatvorsku odeću, zgužvao je i izbacio kroz prozor. Zatim je izvadio kapu iz džepa sakoa i pokrio obrijanu glavu, pre nego što je otvorio vrata. Neki iznerviran muškarac je uleteo, spuštajući pantalone i pre nego što je Vladek izašao.

Kad se našao u hodniku, Vladek se osećao izolovano i užasno sumnjivo u svom zastarelom odelu, kao baba među žabama. Otišao je da potraži drugi slobodan toalet. Kad ga je pronašao, zaključao se unutra i izvadio novčanice od pedeset rubalja iz koverta u rukavu. Vratio se u hodnik, potražio najpuniji vagon i smestio se u ugao. Neki muškarci na sredini vagona igrali su krajcarice u nekoliko rubalja. Vladek je često pobeđivao Leona kad su igrali tu igru u zamku, i želeo je da se pridruži, ali se bojao da će privući pažnju na sebe. Kako se igra nastavljala, međutim, Vladek je primetio da jedan od kockara stalno dobija, čak i kad su izgledi protiv njega. Pažljivije je osmotrio tog čoveka i uskoro je shvatio da vara.

Jedan od kockara, koji je izgubio mnogo novca, opsovao je i napustio igru kad je ostao bez para. Vladek je osetio toplinu čovekovog debelog kaputa od ovčije kože, kad je ovaj seo kraj njega.

– Sreća vas je napustila – kazao je Vladek.

– O, nije to sreća – rekao je kockar. – Većinu dana mogu da pobedim te seljake, ali ponestalo mi je para.

– Želite li da prodate kaput?

Kockar se zagledao u Vladeka.

– Nemaš ti para za to, dečko. – Vladek je video po čovekovom glasu da se nada suprotnom. – Ne bih prihvatio manje od sedamdeset pet rubalja.

– Daću vam četrdeset – kazao je Vladek.

– Šezdeset – rekao je kockar.

– Pedeset – kazao je Vladek.

– Ne. Šezdeset je najniža cena; koštao me je više od sto.

– To mora da je bilo davno – rekao je Vladek. Nije želeo da rizikuje i vadi još novca iz koverta u rukavu kako ne bi privukao pažnju na

sebe. Dodirnuo je okovratnik kaputa i rekao, s neskrivenim prezirom:
– Platili ste ga previše, prijatelju. Pedeset rubalja, ni kopejku više. –
Vladek je ustao kao da će otići.

– Čekaj, čekaj – rekao je kockar. – Dobro, daću ti ga za pedeset.

Vladek je izvadio prljavu novčanicu od pedeset rubalja iz džepa
i platio kaput. Bio je prevelik za njega, gotovo se vukao po zemlji, ali
upravo to mu je bilo potrebno da sakrije svoje neprikladno i upadljivo
odelo. Nekoliko trenutaka je posmatrao kockara, koji se vratio u igru
i ponovo je gubio. Naučio je dve lekcije: nikad se ne kockaj kad su
izgledi protiv tebe; i uvek budi spreman da odustaneš kad ostaneš bez
novca.

Vladek je izašao iz vagona, osećajući se malo bezbednije, zaštićen
novim-starim kaputom, i počeo je da obilazi voz. Vagoni su izgleda
bili podeljeni u dve klase, ekonomsku, u kojoj su putnici stajali ili se-
deli na drvenim klupama, i luksuznu, s tapaciranim sedištima. Svi
vagoni su bili puni osim luksuznog, u kojem je, neobjašnjivo, sedela
samo jedna žena. Bila je sredovečna i odevena otmenije od drugih put-
nika. Na sebi je imala tamnoplavu haljinu, a na glavi šal. Dok je stajao i
gledao je, oklevajući, ona mu se osmehnula, dajući mu samopouzdanje
da uđe u vagon.

– Smem li da sednem?

– Molim te – kazala je žena, gledajući ga pažljivo.

Vladek nije ponovo govorio, ali je gledao ženu i njene stvari kad
god je imao priliku. Imala je žućkastu kožu prekrivenu borama, bila
je gojazna – onoliko koliko čovek može da se ugoji od ruske hrane.
Kratka crna kosa i smeđe oči nagoveštavali su da je možda nekad bila
privlačna. Na polici iznad nalazile su se dve velike platnene torbe, i
mala putna torba kraj sebe. Uprkos opasnosti svog položaja, Vladek
je iznenada postao svestan užasnog umora. Upravo se pitao sme li da
zaspi, kad je žena progovorila.

– Kuda putuješ?

To pitanje ga je iznenadilo. – U Moskvu.

– I ja – kazala je.

Vladek je već zažalio zbog otkrivanja te informacije, koliko god
bila neodređena. „Ne pričaj ni s kim“, upozorio ga je doktor. „Zapamti,
ne veruj nikom. Svi u Rusiji su špijuni.“

Na Vladekovo olakšanje, žena nije postavljala još pitanja. Ali baš
kad je počeo da vraća samopouzdanje, pojavio se kondukter. Vladek
je počeo da se znoji, uprkos temperaturi od minus pet. Kondukter je

uzeo ženinu kartu, probušio ju je, i vratio joj je, a onda se okrenuo ka Vladeku.

– Kartu, druže – rekao je monotonim glasom.

Vladek je počeo da bespomoćno petlja po džepu kaputa.

– On je moj sin – kazala je odlučno žena.

Kondukter ju je pogledao, onda ponovo Vladeka, a onda se naklonio toj ženi i izašao bez reči.

Vladek je zurio u nju. – Hvala vam – promucao je, ne znajući šta drugo da kaže.

– Videla sam te kako se šunjaš ispod voza sa zatvorenicima – tiho je rekla žena. Vladeku se smučilo. – Ali ne brini, neću te odati. Imam mladog rođaka u jednom od tih zlih logora, i svi se bojimo da bismo jednog dana mogli da završimo tamo. – Gledala je Vladeka neko vreme pre nego što je pitala: – Šta imaš ispod tog kaputa?

Vladek je razmišljao da li je bolje da izjuri iz vagona ili otkopča kaput. Ako izjuri, neće imati gde da se sakrije. Raskopčao je kaput.

– Nije tako strašno kao što sam mislila – kazala je. – Šta si uradio sa zatvorskom uniformom?

– Bacio sam je kroz prozor.

– Nadajmo se da je neće naći pre nego što stignemo do Moskve. – Vladek nije ništa rekao. – Imaš li kod koga da boraviš u Moskvi?

Ponovo je razmišljao o doktorovom savetu da nikom ne veruje, ali morao je da veruje njoj.

– Nemam kuda da odem.

– Onda ostani kod mene dok ne smisliš nešto. Moj muž je upravnik stanice u Moskvi, a ovaj vagon je samo za vladine zvaničnike – objasnila je. – Ako ikad ponoviš tu grešku, ići ćeš narednim vozom u Irkutsk.

Vladek je progutao knedlu. – Da odem sad?

– Ne, ne sad kad te je kondukter video. Bićeš bezbedan sa mnom. Imaš li neka dokumenta?

– Ne. Šta je to?

– Od Revolucije, svaki ruski građanin mora da nosi ličnu kartu koja pokazuje ko je, gde živi i gde radi; inače će završiti u zatvoru dok je ne pokaže. A kako ne može da je pokaže u zatvoru, ostaje tamo zauvek – dodala je ozbiljno. – Moraćeš da budeš blizu mene kad stignemo do Moskve. I trudi se da ne otvaraš usta.

– Vrlo ste ljubazni prema meni – rekao je sumnjičavo Vladek.

– Sad kad je car mrtav, niko nije bezbedan. Srećna sam što sam udata za pravog čoveka. Ali ne postoji građanin Rusije, uključujući i vladine zvaničnike, koji ne živi u stalnom strahu od hapšenja i logora. Kako se zoveš?

– Vladek.

– Dobro. Sad spavaj, Vladeče, jer izgledaš iscrpljeno, a putovanje je dugo i nisi još bezbedan.

Vladek je zaspao.

14.

Bilo je to jednog ponedeljka u oktobru, vikend nakon proslave druge godišnjice braka, kad je En počela da dobija pisma od nepotpisane „prijateljice", koja ju je obaveštavala da je Henri viđen s drugim ženama u Bostonu, i posebno s jednom damom, koju autorka pisma nije htela da imenuje.

En je, na početku, spalila pisma, i mada su je zabrinula, nije ih pomenula Henriju, moleći se da svako sledeće bude poslednje. Nije mogla da skupi hrabrost da razgovara s njim o tome kad ju je zamolio da se rastane od poslednjih sto pedeset hiljada dolara.

– Izgubiću sve ako ne budem odmah dobio novac, En.

– Ali to je sve što imam, Henri. Ako ti dam još novca, ništa mi neće ostati.

– Samo ova kuća vredi sigurno više od dvesta hiljada. Možeš sutra da podigneš hipoteku.

– Ova kuća pripada Vilijamu.

– Vilijam, Vilijam, Vilijam. Uvek Vilijam stoji na putu mom uspehu – povikao je Henri i izjurio iz sobe.

Vratio se kući nakon ponoći, pokajnički, i rekao da bi više voleo da ona zadrži novac a on propadne. Makar bi tako i dalje imali jedno drugo. En je bila utešena njegovim rečima i kasnije su vodili ljubav. Sutra ujutro je potpisala ček na sto pedeset hiljada dolara, trudeći se da zaboravi da će ostati bez prebijene pare ako Henri ne dovrši svoj posao veka. Morala je da se zapita da li je slučajno što joj je tražio tačan iznos koji joj je preostao od nasledstva.

Narednog meseca je En izostao mesečni ciklus.

Doktor Makenzi je bio zabrinut, ali trudio se da ne pokaže to; babe su bile užasnute, a Henri je bio oduševljen i uverio je En da je to najbolja stvar koja mu se dogodila u životu. Čak je pristao da izgradi novo dečje krilo bolnice, koje je Ričard planirao da izgradi pre smrti.

Kad je Vilijam primio vesti u majčinom pismu, sedeo je čitave večeri sâm u radnoj sobi, i nije čak ni Metjuu rekao šta ga muči. Narednog petka, pošto je dobio posebnu dozvolu od nastojnika đačkog doma Dronjavog Raglana, ukrcao se u voz za Boston i, kad je stigao, podigao sto dolara sa svog štednog računa. Zatim je otišao u advokatsku kancelariju advokata *Koen i Jablons* u Džeferson stritu. Gospodin Tomas Koen, stariji partner, visok, koščat čovek tamnih obraza i usana koje se nikad ne osmehuju, nije mogao da sakrije iznenađenje kad je Vilijam uveden u njegovu kancelariju.

– Nikad ranije nisam imao šesnaestogodišnjeg klijenta – počeo je gospodin Koen. – To će biti novost za mene – oklevao je – gospodine Kejne. Posebno jer vaš otac nije – kako da se izrazim? – bio sklon mojoj veri.

– Moj otac – odgovorio je Vilijam – bio je veliki poštovalac dostignuća hebrejske rase, i gajio je veliko poštovanje prema vašoj firmi kad ste radili za njegove suparnike. Čuo sam njega i gospodina Lojda kako pominju vaše ime s mnogo poštovanja u nekoliko prilika. Zato sam odabrao vas, gospodine Koene, a ne vi mene.

Gospodin Koen je brzo zanemario Vilijamove godine. – Uistinu, uistinu. Siguran sam da možemo da napravimo izuzetak za sina Ričarda Kejna. Dobro, šta mogu da uradim za vas?

– Moram da dobijem odgovore na tri pitanja, gospodine Koene. Prvo, želim da znam, da li će, ako moja majka, supruga Henrija Ozborna, rodi sina ili ćerku, to dete imati ikakva zakonska prava na porodičnu zadužbinu Kejnovih. Drugo, imam li ikakve zakonske obaveze prema gospodinu Henriju Ozbornu samo zato što je oženjen mojom majkom? I treće, s koliko godina mogu da zahtevam da gospodin Henri Ozborn napusti moju kuću na Luisburg skveru?

Olovka gospodina Koena jurila je grozničavo preko žutog papira na stolu, ostavljajući plave tačkice na već mastilom umrljanom upijaču.

Vilijam je spustio sto dolara na sto. Advokat je bio zaprepašćen, ali uzeo je novčanice i prebrojao ih.

– Koristite taj novac mudro, gospodine Koene. Biće mi potreban dobar advokat kad napustim Harvard i zaposlim se u očevoj banci.

– Već vam je ponuđeno mesto na Harvardu, gospodine Kejne? Čestitam. Nadam se da će i moj sin biti primljen.

– Ne, nije – odgovorio je Vilijam – ali je samo pitanje vremena. – Zaćutao je. – Vratiću se za nedelju dana, gospodine Koene. Ako ikad čujem ijednu reč o ovoj temi od bilo koga osim od vas, možete smatrati da je saradnja prekinuta. Prijatan dan vam želim, gospodine.

Gospodin Koen bi takođe poželeo prijatan dan... da je stigao da izgovori te reči pre nego što je Vilijam zatvorio vrata za sobom.

* * *

Vilijam se vratio u advokatsku kancelariju *Koen i Jablons* sedam dana kasnije.

– O, gospodine Kejne – rekao je Koen – drago mi je što vas opet vidim. Hoćete li kafu?

– Ne, hvala.

– Možda koka-kolu?

Vilijamov izraz lica ostao je nepromenjen.

– Na posao, na posao – kazao je gospodin Koen, pomalo postiđen. – Raspitali smo se u vaše ime, gospodine Kejne, uz pomoć vrlo ugledne firme privatnih istražitelja. Mislim da mogu pouzdano da vam kažem kako imamo odgovore koje ste tražili. Pitali ste da li potomak gospodina Ozborna i vaše majke, ako ga bude, ima ikakva prava na imovinu Kejnovih, posebno zadužbinu koju vam je ostavio otac. Ne, to je jednostavan odgovor, ali gospođa Ozborn može da ostavi petsto hiljada dolara koje joj je prepisao vaš otac kome god želi. Međutim, možda će vas zanimati, gospodine Kejne, da je vaša majka podigla sav svoj ulog iz *Kejn i Kabota* u poslednjih osamnaest meseci, mada nismo mogli da utvrdimo na šta je potrošila novac. Moguće je da ga je prebacila u drugu banku.

Vilijam je izgledao zaprepašćeno, i to je bio prvi znak gubitka samokontrole koji je Koen primetio.

– Ne postoji razlog zbog koga bi uradila to – kazao je Vilijam. – Novac je mogao da ode samo jednoj osobi.

Advokat je nastavio da ćuti, očekujući da sazna ko je ta osoba, ali Vilijam se pribrao i nije ništa rekao. Gospodin Koen je nastavio: – Odgovor na drugo pitanje je da nemate lične ili zakonske obaveze prema gospodinu Henriju Ozbornu. Na osnovu odredaba testamenta vašeg oca, vaša majka je izvršilac testamenta uz gospodina Alana Lojda i gospođu Mili Preston, vaše preživele kumove, dok ne napunite dvadeset jednu godinu.

Vilijamovo lice bilo je potpuno bezizražajno. Koen je već shvatio da to znači kako treba da nastavi.

– A treće, gospodine Kejne, ne možete da iselite gospodina Ozborna s Bikon hila, sve dok je u braku s vašom majkom i nastavi da živi s njom. To imanje prelazi u vaš posed nakon njene smrti, ali ne pre toga. Ako on bude živ u to vreme, možete zahtevati da se iseli. – Koen je podigao pogled s papira ispred sebe. – Nadam se da su to odgovori na sva vaša pitanja, gospodine Kejne.

– Hvala vam, gospodine Koene – rekao je Vilijam. – Zahvalan sam vam na efikasnosti i diskretnosti u ovom slučaju. Možda možete da mi kažete koliko će me usluga koštati?

– Sto dolara ne pokriva troškove firme, gospodine Koene, ali verujemo u vašu budućnost...

– Ne želim da dugujem nikom, gospodine Koene. Morate se ponašati prema meni kao prema nekom s kim možda više nećete poslovati. Kad smo to razjasnili, koliko vam dugujem?

Koen je razmišljao na tren. – U tom slučaju, naplatili bismo vam dvesta dvadeset dolara, gospodine Kejne.

Vilijam je izvadio šest novčanica od po dvadeset dolara iz unutrašnjeg džepa i predao ih je Koenu. Ovog puta ih advokat nije prebrojao.

– Zahvalan sam vam na pomoći, gospodine Koene. Sigurno ćemo se ponovo videti. Želim vam prijatan dan, gospodine.

– Prijatan dan i vama, gospodine Kejne. – Oklevao je. – Smem li da kažem da nikad nisam imao čast da upoznam vašeg oca, ali nakon saradnje s njegovim sinom, samo mogu da žalim što nisam.

Vilijam se osmehnuo prvi put. – Hvala vam, gospodine Koene.

15.

Kad se Vladek probudio, napolju je već bio mrak. Pogledao je svoju zaštitnicu, koja mu se osmehnula. Uzvratio joj je osmeh, moleći se da neće reći policiji ko je on... ili je već to uradila? Izvadila je malo hrane iz jednog od svojih zavežljaja, i Vladek je proždro sendvič sa džemom, najukusniji obrok koji je pojeo u poslednje četiri godine. Kad su stigli do sledeće stanice, gotovo svi putnici su izašli, neki od njih da se vrate kućama, drugi da jednostavno protegnu ukočene udove, a većina da potraži neko osveženje.

Žena je ustala sa sedišta. – Kreni za mnom – kazala je.

Vladek je ustao i pratio ju je na peron. Da li namerava da ga prijavi? Pružila mu je ruku, a on ju je prihvatio, kao što bi svako dete uradilo kad ide kraj majke. Krenula je prema ženskom toaletu. Vladek je oklevao, ali ona je insistirala, i kad su ušli, kazala mu je da svuče odeću. Dok se svlačio, ona je otvorila slavinu, iz koje je nevoljno potekao mlaz hladne smeđe vode. Opsovala je, ali za Vladeka je to bilo znatno bolje nego u logoru. Oprala ga je vlažnom krpom, trgnuvši se kad je videla gadnu ranu na njegovoj nozi. Vladek nije ni pisnuo, uprkos bolu koji je osećao prilikom svakog dodira, koliko god se ona trudila da bude nežna.

– Kad stignemo kući, bolje ću se pobrinuti za te rane – kazala je. – Ovo će morati da bude dovoljno zasad.

Zatim je videla srebrnu narukvicu. Gledala je natpis i pažljivo pogledala Vladeka. – Od koga si je ukrao? – pitala je.

Vladek je bio ogorčen. – Nisam je ukrao. Moj otac mi ju je dao na samrti.

U očima joj se pojavio drugačiji pogled. Da li je to strah ili poštovanje? Pognula je glavu. – Budi oprezan, Vladeče. Neki ljudi bi te ubili za tako vrednu nagradu.

Klimnuo je glavom i brzo počeo da se oblači. Vratili su se u vagon. Kad je voz krenuo, Vladeku je bilo drago što točkovi ponovo kloparaju pod njim.

Voz je putovao još dvanaest i po dana do Moskve. Kad god bi se pojavio novi kondukter, Vladek i žena su radili isto: on je neuverljivo pokušavao da izgleda mlado i nevino, ona je bila uverljiva majka. Kondukteri su joj se uvek klanjali s poštovanjem, zbog čega je Vladek pomislio da su šefovi stanica važni ljudi u Rusiji.

Kad su okončali svoje putovanje dugo hiljadu petsto kilometara, Vladek je potpuno verovao toj ženi. Voz je stigao u poslednju stanicu jednog ranog popodneva. Uprkos svemu kroza šta je Vladek prošao, ponovo se bojao nepoznatog. Nikad nije bio u velikom gradu, a kamoli u glavnom gradu Rusije. Vladek nikad nije video toliko ljudi koji žure u svim pravcima. Žena je osetila njegovu zebnju.

– Idi za mnom, ne govori i ne skidaj kapu.

Vladek je uzeo njene torbe s police, navukao kapu na glavu – sad prekrivenu crnim čekinjama – i krenuo za njom ka peronu. Gomila ljudi je čekala da prođe kroz malu barijeru, stvarajući zastoj, jer su svi morali da pokažu svoja dokumenta stražaru. Dok su se približavali barijeri, Vladek je čuo svoje srce kako dobuje, ali stražar je samo ovlašno pogledao ženina dokumenta.

– Drugarice – kazao je i salutirao. Pogledao je Vladeka.

– Moj sin – objasnila je.

– Naravno, drugarice. – Ponovo je salutirao.

Vladek je stigao u Moskvu.

Uprkos poverenju u novu saputnicu, Vladekov prvi instinkt bio je da pobegne, ali znao je da sto pedeset rubalja nije dovoljno da preživi, pa je odlučio da ne žuri... može da pobegne kad god poželi. Konj i kočija čekali su ih ispred stanice, i odveli su ženu i njenog usvojenog sina u novi dom. Šef stanice nije bio tu kad su stigli, tako da je žena počela da sprema gostinski krevet za Vladeka. Zagrejala je malo vode na šporetu, sipala je u veliku limenu kadu i rekla mu da uđe. Bilo je to prvo pravo kupanje nakon mnogo godina. Zagrejala je još vode i upotrebila sapun, trljajući mu leđa. Ubrzo je voda počela da menja boju, a nakon dvadeset minuta bila je crna. Ali Vladek je znao da će biti potrebno još nekoliko kupanja da bi skinuo godine nataložene prljavštine. Kad se obrisao, žena mu je namazala neki melem na ruke i noge i previla delove tela koji su izgledali povređeno. Zagledala se u jednu njegovu bradavicu. Brzo se odenuo, zatim joj se pridružio u kuhinji. Već je spremila tanjir tople supe i dodala malo pasulja. Vladek je halapljivo jeo. Nijedno od njih nije govorilo. Kad je završio obrok, kazala je kako bi bilo pametno da legne i naspava se.

– Ne želim da te moj muž vidi pre nego što mu kažem kako si završio ovde – objasnila je. – Da li bi želeo da ostaneš s nama, Vladeče, ako moj muž pristane?

– Da, molim vas – rekao je jednostavno.

– Onda idi u krevet – kazala je.

Vladek se popeo uza stepenice, moleći se da mu suprug te žene dozvoli da živi s njima. Polako je svukao odeću i legao u krevet. Bio je previše čist, čaršavi su bili suviše dobro oprani, dušek je bio previše mek. Bacio je jastuk na pod, ali bio je toliko umoran da je zaspao uprkos udobnosti kreveta. Napolju je već bio mrak kad su ga probudili povišeni glasovi. Nije znao koliko je dugo spavao. Prišunjao se vratima, otvorio ih i slušao razgovor u kuhinji ispod.

– Glupačo – čuo je Vladek neki piskav glas. – Zar ne razumeš šta bi se dogodilo da su te uhvatili? Bila bi poslata u logor, a ja bih izgubio posao.

– Ali da si ga samo video, Pjotre. Bio je kao progonjena životinja.

– I odlučila si da nas pretvoriš u progonjene životinje – odgovorio je. – Da li ga je iko video?

– Ne – kazala je žena. – Ne bih rekla.

– Hvala bogu na tome. Mora da ode odmah, pre nego što iko otkrije da je bio ovde... to nam je jedina nada.

– Ali kuda može da ode, Pjotre? Nema nikog. A ja sam uvek želela sina.

– Baš me briga šta ti želiš, ili kuda će on da ide. On nije naša odgovornost. Moramo da ga se brzo otarasimo.

– Ali, Pjotre, mislim da je plemić. Mislim da mu je otac bio baron. Nosi srebrnu narukvicu, a na njoj su reči...

– To samo pogoršava stvari. Znaš kakav su proglas izdale naše nove vođe. Nema plemstva, nema povlastica. Ne bi nas poslali u logor... vlasti bi nas samo streljale.

– Uvek smo želeli sina, Pjotre. Zar ne možemo bar jednom da rizikujemo?

– Ti možda možeš, ali ja ne mogu. Kažem da mora da ode, i to odmah.

Vladek nije morao više da sluša. Jedini način da pomogne svojoj dobročiniteljki je da nestane bez traga. Brzo se obukao i zagledao se u krevet, nadajući se da neće proći još četiri godine pre nego što ponovo bude čvrsto spavao. Upravo je otvarao prozor kad su se vrata naglo otvorila i šef stanice je ušao u sobu. Bio je sitan čovek, ne viši od

Vladeka, s velikim stomakom i ćelav, osim nekoliko sedih pramenova koje je tašto začešljao preko ćele. Nosio je naočari bez okvira, koje su mu napravile male crvene polukrugove ispod očiju. Zagledao se u Vladeka. Vladek mu je uzvratio pogled.

– Siđi u kuhinju – naredio mu je muškarac.

Vladek je nevoljno pošao za njim u kuhinju. Žena je sedela za stolom i jecala.

– Slušaj me, dečko – kazao je muškarac.

– Zove se Vladek – prekinula ga je žena.

– Slušaj me, dečko – ponovio je muškarac. – Ti si u nevolji, i želim da što pre odeš odavde, što dalje možeš. Reći ću ti šta sam spreman da uradim da bih ti pomogao.

Vladek ga je gledao, svestan da čovek želi samo da pomogne sebi.

– Daću ti voznu kartu. Kuda želiš da ideš?

– U Odesu – rekao je Vladek, ne znajući gde je to ili koliko će koštati, znajući samo da je to naredni grad na doktorovoj mapi ka slobodi.

– Odesa je leglo zločina... prikladno odredište – prezrivo je rekao šef stanice. – Tamo ćeš biti među svojima.

– Dozvoli mu da ostane s nama, Pjotre. Ja ću se pobrinuti za njega, ja ću...

– Nikad. Radije bih platio tom prokletniku da ode.

– Ali kako može da utekne vlastima? – preklinjala je žena.

– Daću mu kartu i propusnicu do Odese. – Muškarac se okrenuo ka Vladeku. – Kad sedneš u taj voz, dečko, ako te ikad vidim ili čujem u Moskvi, reći ću im da te uhapse na licu mesta i bace u najbliži zatvor. Vratićeš se u taj zarobljenički logor prvim vozom... ako te ne streljaju na licu mesta.

Muškarac je pogledao u sat na kaminu: jedanaest i pet. Okrenuo se ka svojoj ženi. – Voz za Odesu polazi u ponoć. Odvešću ga na stanicu i lično ga uvesti u voz. Imaš li neki prtljag, dečko?

Vladek je hteo da kaže ne, ali žena je kazala: – Da, doneću ga.

Nije je bilo nekoliko minuta. Vladek i šef stanice su mrko i prezrivo gledali jedan drugog. Sat je otkucao jednom u njenom odsustvu, ali nijedan od njih nije govorio. Šef stanice je netremice gledao Vladeka. Kad se vratila, nosila je veliki paket umotan u smeđ papir, povezan uzicom. Vladek se zagledao u nju i nameravao je da se pobuni, ali kad su im se pogledi sreli, video je toliko straha u njenim očima da je samo procedio: – Hvala vam.

– Pojedi ovo pre nego što kreneš – kazala je, gurajući tanjir hladne supe ka njemu.

Poslušao ju je, i mada mu je smanjeni želudac sad bio pun, progutao je supu što je brže mogao, ne želeći da joj izaziva još nevolja.

– Životinja – promrmljao je muškarac.

Vladek ga je pogledao, očiju punih mržnje. Bilo mu je žao te žene, koja je do kraja života morala da ostane s tim muškarcem. Kao da je u nekoj vrsti zatvora.

– Hajde, dečko, vreme je da pođeš – rekao je šef stanice. – Ne želimo da propustiš voz, zar ne?

Vladek je krenuo za njim iz kuhinje. Oklevao je dok je prolazio kraj žene, i nakratko joj je dodirnuo ruku.

Šef stanice i begunac hodali su ulicama Moskve, ostajući u senci, dok nisu stigli do stanice. Šef stanice je nabavio kartu u jednom smeru za Odesu i dao crveni papirić Vladeku.

– Moja propusnica? – prkosno je upitao Vladek.

Iz unutrašnjeg džepa muškarac je izvukao obrazac zvaničnog izgleda, potpisao ga na brzinu i nevoljno dao. Stalno je gledao oko sebe, tražeći potencijalnu opasnost. Vladek je video takve oči mnogo puta u poslednje četiri godine: oči kukavice.

– Da te više nisam video niti čuo – rekao je šef stanice: glasom siledžije.

Vladek je nameravao da kaže nešto, ali šef stanice je već nestao u noćnim senkama, gde mu je i bilo mesto.

Vladek je gledao oči ljudi koji su žurili kraj njega. Iste oči, isti strah; da li je iko na svetu slobodan? Stavio je papirni smotuljak ispod miške, namestio kapu i krenuo prema barijeri. Stražar je pogledao njegovu kartu i uveo ga, bez komentara. Ukrcao se u voz. Mada je nikad više neće videti, uvek će se sećati ljubaznosti te žene, supruge šefa stanice, drugarice... nije joj znao ni ime.

<h1 style="text-align:center">16.</h1>

Spremajući se za porođaj, En je bila potpuno zauzeta; shvatila je da se brzo umara, i da mora mnogo da se odmara. Kad god je pitala Henrija kako ide posao, on je uvek imao neki uverljiv odgovor da je ubedi kako je sve u redu, bez ikakvih konkretnih pojedinosti.

Zatim su ona anonimna pisma ponovo počela da stižu. Ovog puta su sadržala više pojedinosti – imena uključenih žena i mesta na kojima su viđane s Henrijem. En ih je spalila pre nego što je mogla da zapamti ta imena ili mesta. Nije verovala da je njen muž neveran dok nosi njegovo dete. Neko je bio ljubomoran, ili ima nešto protiv Henrija. Mora da laže.

Ali pisma su nastavila da stižu, ponekad s novim imenima. En je nastavila da ih uništava, ali počela su da je opterećuju. Želela je da razgovara s nekim o njima, ali nije mogla da se seti nikog kome bi mogla da se poveri. Babe bi bile zgrožene, a i inače su bile protiv Henrija. Alan Lojd iz banke ne bi to razumeo, jer se nije ženio, a Vilijam je bio previše mlad. Niko joj nije izgledao prikladno. En je razmišljala da ode kod psihijatra nakon što je odslušala predavanje Sigmunda Frojda kad je bio u Bostonu, ali odlučila je da nikad ne bi mogla da razgovara o porodičnom problemu s nekim neznancem.

Taj problem se na kraju razrešio na način koji En nije mogla da predvidi. Jednog ponedeljka ujutro, dobila je tri pisma: uobičajeno od Vilijama, naslovljeno na suprugu Ričarda Kejna, u kojem je pita može li ponovo da provede letnji raspust s prijateljem Metjuom Lesterom; anonimno pismo u kojem se tvrdi da je Henri vara s, s... Mili Preston; i jedno od Alana Lojda, koji je pita da li bi bila ljubazna da ga pozove telefonom i zakaže sastanak s njim u banci.

En se svalila na stolicu, osećajući zadihanost i mučninu, i naterala je sebe da ponovo pročita sva tri pisma. Vilijamovo ju je zabolelo zbog uzdržanosti. Mrzela je što je znala da više voli da provodi letnji raspust s prijateljem nego kod kuće. Anonimno pismo koje je tvrdilo da je Henri vara s najboljom prijateljicom bilo je nemoguće ignorisati. En je morala da se seti da ju je Mili upoznala s Henrijem, i da je ona Vilijamova kuma. Treće, od Alana Lojda, ispunilo ju je dodatnom zebnjom. Jedino pismo koje je ikad dobila od njega bilo je kad joj je izrazio saučešće zbog Ričardove smrti. Zbog čega je sad želeo da joj izrazi saučešće?

Pozvala je banku. Sekretarica ju je odmah spojila.

– Alane, želeli ste da me vidite?

– Da, draga. Voleo bih da razgovaram s vama, ako imate vremena.

– Da li su vesti loše? – pitala je En.

– Ne baš, ali radije ne bih o tome preko telefona. – Pokušao je da je umiri. – Nema razloga za brigu. Da li ste slobodni u vreme ručka?

– Da, jesam.

– Dobro, nađimo se u *Grandu* u jedan. Radujem se što ću vas ponovo videti, draga moja.

U jedan sat, za tri sata. Misli su joj prešle sa Alana na Vilijama, a onda na Henrija, a na kraju je pomislila na Mili Preston. Da li je to istina? Odlučila je da se okupa i obuče novu haljinu. To joj nije pomoglo. Osećala se naduveno, a i počela je da izgleda tako. Gležnjevi i listovi, koji su uvek bili tako otmeni i vitki postajali su bezoblični. Bilo je zastrašujuće razmišljati koliko će se situacija pogoršati pre nego što se beba rodi. En je uzdahnula dok se gledala u ogledalu, i dala je sve od sebe da izgleda privlačno i samouvereno.

– Izgledate vrlo lepo, En. Da nisam stari neženja, besramno bih očijukao s vama – rekao je sedokosi bankar, pozdravljajući je poljupcem u oba obraza, kao da je neki francuski general. Odveo ju je do svog uobičajenog stola.

Bila je nepisana tradicija hotela *Grand* u Bostonu da je sto u uglu uvek rezervisan za predsednika upravnog odbora *Kejn i Kabota*, ako ne ruča u banci, ali ovo je prvi put da je En sedela tu. Konobari su lepršali oko njih kao nestrpljivi čvorci, znajući uvek kad da nestanu, a kad da se pojave, bez prekidanja razgovora.

– Kad beba treba da se rodi, En?

– O, tek za tri meseca.

– Nema komplikacija, nadam se.

– Pa... – priznala je En – doktor me pregleda jednom nedeljno i mršti se zbog mog krvnog pritiska, ali nisam previše zabrinuta.

– Tako se radujem, draga – kazao je, i nežno joj je dodirnuo ruku, kao neki stric. – Izgledate prilično umorno... nadam se da se ne iscrpljujete.

En nije odgovorila.

Alan Lojd je jedva podigao glavu, a konobar se stvorio kraj njega.

– Draga moja, želeo sam da se posavetujem s vama – rekao je Alan nakon što su naručili. En je bila svesna Alanovog dara za diplomatiju. Nije je pozvao na ručak da bi tražio njen savet. Sigurno je želeo da on nju posavetuje... ljubazno.

– Imate li predstavu kako napreduju Henrijevi poslovi s nekretninama?

– Ne, nemam – priznala je En. – Nikad se ne bavim poslom. Sećate se da to nisam radila ni s Ričardom. Zašto? Ima li razloga za zabrinutost?

– Ne, ne, bar koliko mi u banci znamo. Upravo obrnuto, znamo da je Henri dao ponudu za veliki ugovor s gradom za izgradnju nove bolnice. Samo sam pitao jer je podneo banci zahtev za kredit od petsto hiljada dolara.

En je ostala bez teksta.

– Vidim da vas je to iznenadilo – kazao je. – Dobro, znamo da na računu imate malo manje od dvadeset hiljada dolara rezerve, i da imate mali minus na ličnom računu od sedamnaest hiljada dolara.

En je ispustila kašiku. Nije znala da je u minusu. Alan je video da je uznemirena.

– Nisam vas zato pozvao na ručak, En – brzo je rekao. – Banka će vam rado dopunjavati lični račun do kraja života. Vilijam zarađuje milion dolara godišnje samo na osnovu kamate iz svoje zadužbine, tako da je minus beznačajan; kao i petsto hiljada dolara koje Henri traži, ako biste vi za to garantovali kao Vilijamov staratelj.

– Nisam znala da imam ikakav uticaj na novac iz Vilijamove zadužbine – kazala je En.

– Ne na glavnicu, ali zakonski gledano, kamata zarađena od nje može da se investira u svaki projekat koji mu koristi, i pod starateljstvom je vas i njegovih kumova, mene i Mili Preston, dok Vilijam ne napuni dvadeset jednu godinu. Dakle, kao izvršilac Vilijamove zadužbine, mogu da odobrim tih petsto hiljada dolara uz vaše odobrenje. Mili me je već obavestila da će rado potpisati.

– Mili je dala odobrenje?

– Da. Zar vam to nije pomenula?

En nije odmah odgovorila.

– Kakvo je *vaše* mišljenje? – upitala je, izbegavajući da odgovori.

– Pa, nisam video Henrijeve račune, jer je registrovao kompaniju pre svega osamnaest meseci i nema račun kod nas, tako da ne znam kakav mu je bilans za prethodnu godinu, i šta predviđa za 1923. Znam da je dao ponudu za izgradnju nove bolnice, a priča se da je ta ponuda shvaćena ozbiljno.

– Da li ste znali da sam u poslednjih osamnaest meseci dala Henriju petsto hiljada dolara? – pitala je En.

– Moj glavni blagajnik me obaveštava kad god se velika svota novca podigne s bilo kog računa. Nisam znao za šta koristite novac, i iskreno, to me se ne tiče, En. Taj novac vam je ostavio Ričard, i možete da ga trošite kako želite. Kad govorimo o kamati od porodične zadužbine, situacija je drugačija. Ako odlučite da podignete petsto hiljada dolara i uložite ih u Henrijevu firmu, banka će morati da mu pregleda knjige, jer će se novac smatrati još jednim ulaganjem iz Vilijamovog portfelja. Ričard nije dao izvršiteljima ovlašćenje da daju zajmove, samo da ulažu u Vilijamovo ime. Već sam objasnio situaciju Henriju. Ako odobrimo taj zajam, izvršitelji će morati da budu uvereni da je to dobra investicija.

– Vilijam je, naravno, uvek u toku s tim što radimo s njegovim prihodima od zadužbine, jer ne vidimo nikakav razlog da ne poštujemo njegov zahtev da dobija kvartalne izveštaje iz banke, kao i svi mi izvršitelji. Nema sumnje da će imati svoj stav u vezi s konkretnom investicijom, o kojoj će biti obavešten kad dobije naredni kvartalni izveštaj. Možda će vam biti zabavno da saznate da mi, od šesnaestog rođendana, šalje mišljenja o svim investicijama koje napravimo. Na početku sam gledao na njih s blagonaklonošću staratelja. U poslednje vreme, proučavao sam ih s velikim poštovanjem. Kad Vilijam zauzme svoje mesto u odboru *Kejn i Kabota*, može se ispostaviti da mu je ova banka premala.

– Nikad me ranije niste pitali za savet u vezi s Vilijamovom zadužbinom – kazala je bespomoćno En.

– Stvarno nismo, mada vam banka šalje izveštaje prvog dana svakog kvartala, a vi, kao izvršitelj, imate ovlašćenje da preispitate svako ulaganje koje pravimo u Vilijamovo ime. – Izvadio je komad papira iz unutrašnjeg džepa i nije više ništa rekao dok somelijer nije završio sipanje druge čaše vina. Kad se taj čovek udaljio, Alan je nastavio.

– Vilijam trenutno ima malo više od dvadeset jednog miliona dolara u našoj banci, uz kamatu od četiri i po odsto. U njegovo ime svakog kvartala ulažemo kamatu u akcije i deonice. Nikad dosad nismo ulagali u kompaniju koja nije na berzi. Možda će vas iznenaditi, En, što sad investiramo po principu pedeset-pedeset: pedeset odsto po odluci upravnog odbora banke, a pedeset odsto prema Vilijamovom predlogu. U ovom trenutku još poslujemo bolje od njega, na veliko zadovoljstvo gospodina Simonsa, našeg investicionog direktora, kojem je Vilijam obećao rols-rojs ako nadmaši njegove prihode za više od deset odsto tokom kalendarske godine.

– Ali odakle Vilijamu novac da kupi rols-rojs? Ne sme da dira novac iz svoje zadužbine dok ne napuni dvadeset jednu godinu.

– Nemam odgovor na to, En. Ali siguran sam da ne bi to obećao ako ne može da ispoštuje. Jeste li u poslednje vreme videli njegovu čuvenu glavnu knjigu?

– Onu koju su mu dale babe?

Alan Lojd je klimnuo glavom.

– Ne, nisam je videla otkako je otišao u *Sent Pol*. Nisam znala da i dalje postoji.

– I dalje postoji – rekao je bankar uz kikot – i dao bih mesečnu platu da saznam kakvo mu je stanje potraživanja. Pretpostavljam da ste svesni da sad novac drži kod *Lestera* iz Njujorka, a ne kod nas? Oni ne otvaraju lične račune s manje od deset hiljada dolara. Takođe sam prilično siguran da ne bi napravili izuzetak čak ni za sina Ričarda Kejna.

– Sin Ričarda Kejna – zamišljeno je kazala En.

– Izvinite, nisam hteo da budem nevaspitan, En.

– Ne, ne, nema sumnje da je sin Ričarda Kejna. Znate li da nikad nije tražio od mene ni novčić džeparca od dvanaestog rođendana? – Zaćutala je. – Mislim da bi trebalo da vas upozorim, Alane, da neće biti zadovoljan kad mu kažete da ćete uložiti petsto hiljada dolara njegovog novca u Henrijevu kompaniju.

– Ne slažu se dobro? – pitao je Alan, dižući obrve.

– Ne, nažalost – kazala je En.

– Žao mi je zbog toga. Sigurno bi transakcija bila komplikovanija ako bi Vilijam jasno rekao da se protivi tome. Mada nema ovlašćenje za korišćenje novca do dvadeset prve godine, saznali smo iz pouzdanih izvora da je spreman da ode kod nezavisnog advokata da bi saznao svoj zakonski položaj.

– Nebesa – rekla je En – niste valjda ozbiljni.

– Jesam, potpuno sam ozbiljan. Ali nema razloga za brigu. Da budem iskren, mi u banci smo prilično zadivljeni, a kad smo shvatili ko je naručio istragu, dali smo informacije koje bismo obično zadržali za sebe. Iz nekih privatnih razloga, Vilijam očigledno ne želi da nam se obrati direktno.

– Nebesa – ponovila je En. – Kakav li će biti kad napuni trideset?

– To će zavisiti – kazao je Alan – da li će imati dovoljno sreće da se zaljubi u nekog divnog kao njegova majka. To je uvek bila Ričardova snaga.

– Vi ste stari laskavac, Alane. Možemo li odložiti pitanje zajma od petsto hiljada dolara dok ne budem u prilici da razgovaram s Henrijem?

– Naravno da možemo, draga moja. Kao što sam vam rekao, ovde sam samo da vas pitam za savet.

Alan je naručio kafu, i nežno uhvatio En za ruku. – I zapamtite da se čuvate, En. Zdravlje vam je mnogo važnije od nekoliko hiljada dolara.

Kad se En vratila kući, počela je da brine o druga dva pisma koja je dobila tog jutra. Makar je sad bila sigurna u jedno, nakon onog što joj je Alan Lojd rekao o sinu: možda bi bilo pametno da velikodušno dozvoli da Vilijam provede predstojeći raspust s Metjuom Lesterom.

Mogućnost da su Henri i Mili u vezi predstavljala je problem za koji nije mogla da nađe jednostavno rešenje. Sedela je u kestenjastoj kožnoj fotelji, Ričardovoj omiljenoj, gledajući kroz prozor na divni ružičnjak, sa crvenim i belim ružama. Bila je zadubljena u misli i gledala je u prazno. En je uvek polako donosila odluke, ali kad bi je donela, retko se predomišljala.

Henri se te večeri vratio ranije nego obično, i ona je morala da se zapita zašto. Uskoro je saznala.

– Čuo sam da si danas ručala s Alanom Lojdom – rekao je kad je ušao u sobu.

– Ko ti je to rekao, Henri?

– Imam špijune svuda – nasmejao se.

– Da, Alan me je pozvao na ručak. Zanimalo ga je šta mislim o tome da banka uloži petsto hiljada dolar Vilijamovog novca u tvoju kompaniju.

– Šta si rekla? – pitao je Henri, trudeći se da ne zvuči zabrinuto.

– Rekla sam mu da ću razgovarati s tobom. Ali zašto me, zaboga, nisi obavestio da si se obratio banci, Henri? Osećala sam se kao budala kada sam to čula od Alana.

– Nisam mislio da te zanima moj posao, draga. Slučajno sam saznao da ste ti, Alan Lojd i Mili Preston izvršitelji testamenta, i da svako od vas može da glasa kako će se uložiti Vilijamov novac.

– Kako si to saznao – pitala je En – kad ni ja to nisam znala?

– Nikad ne čitaš sitna slova, draga. U stvari, nisam znao donedavno. Sasvim slučajno, Mili mi je rekla detalje o zadužbini. Ne samo što je Vilijamova kuma nego je i izvršiteljka. Dobro, da vidimo možemo li da iskoristimo tu situaciju i zaradimo Vilijamu još novca. Mili kaže da će me podržati ako ti pristaneš.

Na sâm pomen Milinog imena, En je osetila mučninu.

– Mislim da ne bi trebalo da diramo Vilijamov novac – kazala je. – Nikad nisam gledala na tu zadužbinu kao na nešto što ima veze sa mnom. Bila bih srećnija da zaboravimo na to i pustimo da banka ulaže kamatu kao u prošlosti.

– Zašto bi bila zadovoljna bančinim investicionim programom kad sam toliko uspešan s ponudom za izgradnju bolnice? Alan je sigurno mogao da potvrdi to?

– Nisam sigurna šta misli o tome. Bio je diskretan kao i uvek, mada je rekao da bi taj ugovor mogao da bude sjajna prilika, i da imaš dobre izglede da ga dobiješ.

– Upravo tako.

– Ali dodao je da mora da vidi tvoje knjige pre nego što donese konkretnu odluku, i pitao se šta se dogodilo s mojih petsto hiljada dolara.

– Naših petsto hiljada dolara, draga, još je tu, kao što ćeš uskoro saznati. Poslaću Alanu knjige sutra ujutro, kako bi mogao da ih pregleda. Uveravam te, biće zadivljen.

– Nadam se, Henri, zbog oboje – rekla je En. – Sačekajmo da vidimo šta će on misliti o tome... znaš koliko sam uvek verovala Alanu.

– Ali ne i meni – rekao je Henri.

– O, ne, Henri, nisam mislila...

– Samo te zadirkujem. Pretpostavljam da veruješ svom mužu.

– Nadam se – kazala je konačno. – Nikad ranije nisam morala da brinem zbog novca, i trenutno ne mogu da se bavim time. Zbog trudnoće sam tako umorna i depresivna.

Henri je pohitao da izgleda zabrinuto. – Znam, draga, i ne želim da zamaraš svoju glavicu poslovnim problemima... uvek mogu da se pobrinem za to. Slušaj, zašto ne odeš ranije u krevet, a ja ću ti doneti večeru u sobu? To će mi dati priliku da se vratim u kancelariju i donesem dokumente koje ću poslati Alanu ujutro.

En je pristala, ali kad je Henri otišao, nije pokušala da zaspi, koliko god da je bila umorna, nego je sedela u krevetu i čitala. Znala je da je

Henriju potrebno petnaestak minuta da stigne do kancelarije, tako da je čekala dvadeset i pozvala njegov privatni broj. Zvonjava je trajala gotovo minut.

En je ponovo pozvala dvadeset minuta kasnije; i dalje se niko nije javljao. Nastavila je da zove na svakih dvadeset minuta, ali niko se nije javljao. Henrijeva opaska o zadužbini počela je da joj gorko odjekuje u glavi.

Kad se konačno vratio kući, nekoliko minuta nakon ponoći, iznenadio se kad je video da je En i dalje budna.

– Nije trebalo da me čekaš.

Nežno ju je poljubio. En je mislila da je osetila parfem – ili je postala previše sumnjičava?

– Morao sam da ostanem malo duže nego što sam očekivao... prvo nisam mogao da nađem sva dokumenta koja su potrebna Alanu. Prokleta sekretarica mora da ih je pogrešno zavela.

– Mora da si bio usamljen dok si sedeo u kancelariji, sasvim sâm, usred noći – kazala je En.

– O, nije tako teško kad treba da obaviš važan posao – rekao je Henri, dok se peo na krevet i grlio En. – Makar mogu da kažem ovo: možeš da uradiš mnogo više kad te telefon ne prekida stalno.

Henri je otišao na posao odmah posle doručka... mada En više nije bila sigurna kuda ide. Pogledala je stranice u *Boston gloubu* koje nikad pre nije gledala. Bilo je nekoliko oglasa koji nude usluge koje su joj potrebne. Odabrala je jedan gotovo nasumično, uzela telefon i zakazala sastanak s gospodinom Rikardom, u podne.

En se zaprepastila prljavim ulicama i zapuštenim zgradama. Nikad ranije nije bila u južnom delu grada, a u normalnim okolnostima do kraja života ne bi znala da postoje takva mesta.

Male drvene stepenice bile su prekrivene šibicama, opušcima cigareta i drugim smećem, koje kao da je predstavljalo putokaz do vrata s mlečnim staklom na kojem je pisalo GLEN RIKARDO, velikim crnim slovima, a ispod:

PRIVATNI DETEKTIV
(*Registrovan u Masačusetsu*)

En je tiho pokucala.

– Uđite, otključano je – povikao je neki dubok pijan glas.

En je ušla. Taj čovek je sedeo za stolom, podignutih nogu, i pogledao ju je. Opušak cigare gotovo mu je ispao iz usta kad je video En. To je bio prvi put da žena u bundi od nerca ulazi u njegovu kancelariju.

– Dobro jutro – kazao je, brzo ustajući. – Ja sam Glen Rikardo. – Nagnuo se preko stola i pružio nikotinom umrljanu ruku En. Ona ju je prihvatila, srećna što nosi rukavice. – Imate li zakazano? – pitao je Rikardo, mada mu ne bi smetalo ni da nema. Uvek je bio na raspolaganju klijentima u bundama od nerca.

– Da, imam.

– A-ha, onda ste vi sigurno gospođa Ozborn. Smem li da vam uzmem bundu?

– Više volim da ostane na meni – kazala je En, gledajući ekser koji viri iz zida.

– Naravno, naravno.

En je potajno gledala Rikarda dok je sedao i palio novu cigaru. Nije joj se sviđalo njegovo svetlozeleno odelo, njegova šarena kravata ili masna kosa. Nije otišla samo iz uverenja da joj ne bi bilo bolje na nekom drugom mestu.

– Dobro, u čemu je problem? – pitao je Rikardo, oštreći već kratku olovku tupim nožem. Strugotina je pala svuda osim u korpu za otpatke. – Jeste li izgubili psa, nakit ili muža?

– Prvo, gospodine Rikardo, želim da budem sigurna u vašu potpunu diskreciju – počela je En.

– Naravno, naravno, to se podrazumeva – rekao je Rikardo, ne dižući pogled sa sve kraće olovke.

– Ipak, moram da imam garancije – kazala je En.

– Naravno, naravno.

En je pomislila da će vrisnuti ako taj čovek još jednom kaže „naravno". Duboko je udahnula. – Dobila sam anonimna pisma koja tvrde da me muž vara s bliskom prijateljicom. Želim da znam ko ih šalje i da li su te optužbe istinite.

Osetila je veliko olakšanje kad je prvi put otkrila svoje strahove. Rikardo ju je gledao nezainteresovano, kao da to nije prvi put da čuje takvo nešto. Provukao je ruku kroz dugu crnu kosu.

– Dobro – počeo je. – Muž neće biti problem. Ko je odgovoran za slanje pisama... to će biti mnogo teže. Sačuvali ste ih, naravno?

– Samo poslednje – kazala je En.

Glen Rikardo je uzdahnuo i umorno pružio ruku preko stola. En je nevoljno izvadila pismo iz torbe i oklevala na tren.

– Znam kako se osećate, gospođo Ozborn, ali ne mogu da radim posao s jednom rukom iza leđa.

– Naravno, gospodine Rikardo. Izvinite.

En nije mogla da poveruje da je rekla „naravno“.

Rikardo je pročitao pismo dva ili tri puta pre nego što je progovorio. – Da li su sva pisma bila napisana na istom papiru i poslata u istoj vrsti koverta?

– Da, mislim da je tako – kazala je En. – Koliko se sećam.

– Dobro, kad dobijete sledeće, potrudite se...

– Kako možete biti sigurni da će biti sledećeg? – pitala ga je En.

– Biće, verujte mi. Samo ga sačuvajte. Dobro, potrebni su mi neki podaci o vašem mužu. Imate li njegovu fotografiju?

– Da. – Ponovo je oklevala.

– Ne želim da traćim vreme prateći pogrešnog muškarca, zar ne, gospođo Ozborn? – rekao je Rikardo.

En je otvorila torbu i dodala mu izlizanu fotografiju Henrija u poručničkoj uniformi.

– Zgodan muškarac – kazao je detektiv. – Otkad je ova fotografija?

– Od pre pet godina, mislim – rekla je En. – Nisam ga poznavala kad je bio u vojsci.

Rikardo je ispitivao En nekoliko minuta o Henrijevoj dnevnoj kolotečini. Iznenadila se kad je shvatila koliko malo zna o njegovom načinu života, a još manje o njegovoj prošlosti.

– Nemam mnogo podataka, gospođo Ozborn, ali daću sve od sebe. Naplaćujem deset dolara dnevno, plus troškovi. Podnosiću vam pisani izveštaj jednom nedeljno. Dvonedeljni honorar unapred. – Pružio je ponovo ruku preko stola, nestrpljivije nego pre.

En je otvorila torbicu, izvadila dve novčanice od po sto dolara i dala mu ih. Pažljivo ih je pogledao. Bendžamin Frenklin je nepokolebljivo gledao Rikarda, koji očigledno nije video tog velikana neko vreme. Rikardo je vratio En šezdeset dolara u prljavim novčanicama od pet dolara.

– Vidim da radite nedeljom, gospodine Rikardo – kazala je En, zadovoljna mentalnom aritmetikom.

– Naravno – kazao je. – Napokon, to je najpogodniji dan za preljubu. Hoće li vam isto vreme naredne nedelje odgovarati, gospođo Ozborn? – dodao je, dok je stavljao novac u džep.

– Naravno – rekla je En, i brzo izašla, kao da želi da izbegne drugo rukovanje s tim čovekom.

17.

Vladek je pronašao slobodno sedište u vagonu za radnike.

Prvo što je uradio kad je voz krenuo bilo je da razveže paket koji mu je žena gurnula u ruke. Počeo je da pregleda sadržaj: jabuke, hleb, orasi, košulja, pantalone i par cipela. Presvukao se u novu odeću u najbližem toaletu, zadržavajući samo svoj topli kaput od pedeset rubalja. Nakon što se vratio na svoje mesto, zagrizao je jabuku i osmehnuo se. Sačuvaće ostatak hrane za dugo putovanje do Odese. Kad je pojeo jabuku, uključujući i semenke, pogledao je doktorovu mapu.

Odesa nije bila tako daleko od Moskve kao Irkutsk, samo jedan palac na doktorovom crtežu, oko hiljadu kilometara u stvarnosti. Dok je Vladek gledao tu primitivnu mapu, pažnju mu je privukla još jedna igra krajcarice koja se odigravala u vagonu. Presavio je pergament, bezbedno ga vratio u džep i počeo da pažljivije gleda igru. Događala se ista stvar, jedan od igrača je stalno dobijao, a ostali su gubili. Očigledno je postojala dobro organizovana banda koja je radila po vozovima. Vladek je odlučio da iskoristi svoje novo znanje.

Krenuo je napred i stao u krug kockara. Svaki put kad bi varalica izgubio dvaput zaredom, Vladek je ulagao po rublju na njega, udvostručavajući ulog dok ne pobedi. Varalica nije ni pogledao ka njemu. Kad su stigli do sledeće stanice, Vladek je osvojio četrnaest rubalja, a za dve je kupio sebi još jednu jabuku i šolju vruće supe. Zaradio je dovoljno za celo putovanje do Odese, i osmehnuo se, vraćajući se u voz, zbog pomisli da se ponovo pridruži igri.

Kad je stigao do gornjeg stepenika, pesnica ga je udarila u glavu i odleteo je u hodnik. Neko mu je zavrnuo ruku iza leđa i pritisnuo mu lice na prozor vagona. Nos mu je krvario, i osetio je vrh noža na ušnoj školjki. – Čuješ li me, dečko?

– Da – uplašeno je rekao Vladek.

– Ako se ponovo vratiš u moj vagon, odseći ću ti uvo. A onda nećeš moći da me čuješ, zar ne?

– Ne, gospodine – rekao je Vladek.

Vladek je osetio kako mu nož probija kožu iza uva i krv mu je potekla niz vrat.

– Neka ti ovo bude upozorenje, dečko.

Jedno koleno ga je iznenada udarilo u bubrege toliko jako da je Vladek pao na pod. Neko mu je pretražio unutrašnje džepove kaputa i izvadio nedavno zarađene rublje.

– Moje su, rekao bih – kazao je glas.

Krv je i dalje tekla iz Vladekovog nosa i iza uva. Kad je skupio hrabrost da pogleda, bio je sâm; nije bilo ni traga kockaru, a ostali putnici su se držali podalje. Pokušao je da ustane, ali telo je odbilo da ga sluša, i ostao je na podu hodnika nekoliko minuta. Na kraju, kad je uspeo da ustane, polako je otišao do drugog kraja voza, što je dalje moguće od kockarevog vagona, prenaglašeno hramljući. Seo je u vagon u kojem su se uglavnom nalazili žene i deca, i duboko zaspao.

Na sledećoj stanici, Vladek nije izlazio iz voza, a kad je krenuo, ponovo je zaspao. Jeo je, spavao, sanjao. Na kraju, nakon četiri dana i pet noći, voz je polako ušao u stanicu u Odesi. Ponovo su ga proverili na barijeri, ali dokumenta su mu bila u redu, tako da ga stražar nije zagledao. Vladek je sad bio prepušten sebi. I dalje je imao sto pedeset rubalja u postavi rukava, i nije nameravao da protraći nijednu.

Proveo je ostatak dana hodajući po gradu, pokušavajući da upozna okolinu, ali stalno su mu pažnju privlačili neviđeni prizori: velike stambene zgrade, prodavnice sa staklenim izlozima, trgovci koji prodaju šarene đinđuve na ulici, plinsko svetlo, čak i majmun na povocu. Hodao je dok nije stigao do luke. Da, tu je... more. Vladek je čežnjivo gledao u plavo prostranstvo: tamo se nalazi sloboda i bekstvo iz Rusije. Baron mu je pričao o velikim brodovima koji plove morima, prenoseći teret u strane zemlje, ali sad ih je prvi put video. Bili su mnogo veći nego što je zamišljao, i bilo ih je dokle pogled seže.

Kad je sunce nestalo iza visokih zgrada, odlučio je da potraži neko mesto gde će prenoćiti. Taj grad mora da su napadali mnogi osvajači, jer su ruševne kuće bile na sve strane. Krenuo je jednom sporednom ulicom i nastavio da hoda; mora da je bio čudan prizor, s kaputom od ovčije kože koji mu je dosezao gotovo do stopala i smeđim papirnim zamotuljkom ispod ruke. Nije pronašao nijedno bezbedno mesto dok nije stigao do jednog sporednog koloseka na kojem se nalazio neki spaljeni vagon. Oprezno je zavirio u njega: tama i tišina, nema nikog. Ubacio je papirni paket u vagon, podigao umorno telo na daske, otpuzao u ugao i brzo zaspao.

Probudio se naglo kad je osetio neko telo na sebi i dve šake na grlu. Nije mogao da diše.

– Ko si ti? – zarežao je iz tame glas nekog dečaka otprilike njegovih godina.

– Vladek Koskjevič.

– Odakle dolaziš?

– Iz Moskve.

– Pa, nećeš spavati u mom vagonu, Moskovljanine – rekao je taj glas.

– Izvini – zastenjao je Vladek. – Nisam znao.

– Imaš li novca? – Palčevi su pritisnuli Vladekovo grlo.

– Malo.

– Koliko?

– Sedam rubalja.

– Daj mi ih.

Vladek je pretražio prazne džepove kaputa. Dečak je takođe gurnuo ruku unutra, popuštajući pritisak na Vladekovo grlo.

Vladek je odmah udario dečaka kolenom u međunožje. Napadač je pao unazad u bolovima, držeći se za međunožje. Vladek je skočio na njega, udarajući ga svom snagom. Dečak iz Odese nije mogao da se meri s Vladekom – spavanje u napuštenom vagonu bilo je kao hotel s pet zvezdica u poređenju sa životom u tamnici i ruskom radnom logoru. Vladek je prestao kad je njegov protivnik pao na pod.

– Vrati se na drugi kraj vagona i ostani tamo – rekao je Vladek. – Ako se samo mrdneš, ubiću te.

Dečak se udaljio.

Vladek je sedeo i slušao nekoliko trenutaka – nije bilo pokreta – a onda je legao i ponovo čvrsto zaspao.

Kad se probudio, sunce je sijalo kroz rupe na krovu. Okrenuo se i pogledao svog sinoćnjeg protivnika. Ležao je sklupčan, zureći u njega s drugog kraja vagona.

– Dođi – naredio mu je Vladek.

Dečak se nije pomerio.

– Dođi – ponovio je Vladek, malo oštrije.

Dečak je ustao. Vladek je prvi put mogao da ga propisno pogleda. Bili su otprilike vršnjaci, ali drugi dečak je sigurno bio za glavu viši, mladalačkog lica i neuredne plave kose.

– Krenimo od najvažnijeg – rekao je Vladek. – Gde ćemo pronaći nešto za jelo?

– Kreni za mnom – kazao je dečak, i iskočio iz vagona bez ijedne reči. Vladek je hramajući otišao za njim, uzbrdo do gradskog trga, gde se nalazila jutarnja pijaca. Nije video takvo obilje hrane od onih veličanstvenih gozbi u baronovom zamku: nizovi tezgi prepunih voća, povrća, zeleniša i čak njegovih omiljenih oraha. Drugi dečak je video da je Vladek oduševljen tim prizorom.

– Sad ću ti reći šta ćemo da uradimo – kazao je. – Ja ću da odem do tezge na uglu i ukrašću pomorandžu, a onda ću pobeći. Ti poviči najglasnije što možeš: „Držite lopova!“ Vlasnik tezge će pojuriti za mnom, a kad uradi to, ti priđi i napuni džepove. Ne budi pohlepan – uzmi samo za jedan obrok. Sastaćemo se ovde. Jesi li shvatio?

– Da, rekao bih – kazao je Vladek, trudeći se da zvuči samouvereno.

– Dobro, da vidimo jesi li sposoban, Moskovljanine. – Dečak ga je prezrivo pogledao, pre nego što je otišao prema tezgi na uglu, uzimajući jednu pomorandžu s vrha piramide, govoreći nešto vlasniku tezge pre nego što je sporo počeo da trči. Pogledao je Vladeka, koji je potpuno zaboravio da vikne „Držite lopova!“, ali vlasnik tezge je ipak počeo da ga juri. Dok su svi gledali njegovog saučesnika, Vladek je krenuo brzo. Kad je izgledalo da će vlasnik tezge uhvatiti dečaka, ovaj je bacio pomorandžu na njega. Čovek se zaustavio da je podigne, opsovao, zamahnuo pesnicom i vratio se do tezge, usput se glasno žaleći ostalim trgovcima.

Vladek se tresao od smeha kad ga je neka ruka čvrsto uhvatila za rame. Okrenuo se, bojeći se da je uhvaćen.

– Jesi li uzeo išta, Moskovljanine, ili si došao samo da posmatraš?

Vladek se grohotom nasmejao od olakšanja i izvadio tri pomorandže, jabuku i krompir iz dubokih džepova kaputa. Dečak se osmehnuo.

– Kako se zoveš? – pitao je Vladek.

– Stefan.

– Ponovimo to, Stefane.

– Čekaj malo, Moskovljanine; nemoj da se zalećeš. Ako to ponovimo, moraćemo da odemo na drugi kraj pijace i sačekamo bar jedan sat. Radiš s profesionalcem, ali nemoj da misliš da nećeš ponekad biti uhvaćen.

Dva dečaka su otišla polako do drugog kraja pijace, Stefan se kretao s razmetljivošću za koju bi Vladek dao tri pomorandže, jabuku, krompir i čak svojih sto pedeset rubalja, dok je hramao iza njega. Pomešali su se s jutarnjim kupcima, a kad je Stefan odlučio da je došao pravi trenutak, ponovili su ludoriju. Zatim su se vratili u vagon da uživaju u plenu: šest pomorandži, pet jabuka, tri krompira, kruška, nekoliko vrsta oraha, i posebna nagrada, dinja. Stefan nikad nije imao dovoljno velike džepove da ukrade dinju.

– Nije loše – rekao je Vladek, dok je grizao krompir.

– Jedeš i koru? – pitao je novi drug.

– Bio sam na mestima gde je kora krompira luksuz – odgovorio je Vladek.

Stefan ga je pogledao s divljenjem.

– Naredni problem je kako da zaradimo novac – pitao je Vladek.

– Očekuješ sve prvog dana, zar ne? – kazao je Stefan. – Fizikalci na obali su nam najbolja opcija. Odnosno, ako si za pravi posao, Moskovljanine.

– Pokaži mi – rekao je Vladek.

Kad su pojeli pola voća i sakrili ostatak ispod slame u uglu vagona, Stefan je odveo Vladeka do luke.

– Vidiš li onaj zeleni brod tamo? – pitao je Stefan. – Tek se usidrio, tako da ćemo uzeti korpu, napuniti je žitom, popeti se na brod i onda istovariti teret u potpalublje. Dobićeš rublju za svake četiri ture koje napraviš. Pobrini se da dobro brojiš, Moskovljanine, jer će te prokleti nadzornik prevariti i strpati novac sebi u džep.

Njih dvojica su proveli ostatak popodneva noseći žito na brod i istovarujući ga u tovarni prostor. Zaradili su dvadeset šest rubalja. Nakon što su pojeli ukradene orahe, hleb i crni luk koji nisu nameravali da ukradu, srećno su zaspali na istom kraju vagona.

Kad se Stefan probudio narednog jutra, zatekao je Vladeka kako gleda mapu.

– Šta je to?

– To je mapa koja mi pokazuje kako da pobegnem iz Rusije.

– Zašto bi želeo da napustiš Rusiju, kad možeš da ostaneš ovde i sarađuješ sa mnom? – pitao je Stefan. – Mogli bismo da budemo partneri.

– Ne, moram da odem u Tursku, gde ću biti slobodan. Zašto ne pođeš sa mnom, Stefane?

– Nikad ne bih mogao da napustim Odesu. Ovo je moj dom, ovo su ljudi koje poznajem čitavog života. Nije tako dobro, ali u Turskoj bi moglo da bude gore. Ali ako to želiš, možda mogu da ti pomognem.

– Kako da pronađem brod koji plovi u Tursku? – pitao je Vladek.

– Lako... znam kako da saznam kuda plovi svaki brod. Pitaćemo Jednozubog Džoa, koji živi na kraju doka. Ali moraćeš da mu daš rublju.

– Kladim se da će podeliti novac s tobom.

– Pola-pola – rekao je Stefan. – Učiš brzo, Moskovljanine – dodao je, iskačući iz vagona.

Vladek je krenuo za njim, ponovo svestan koliko se lako kreću drugi dečaci dok on hramlje. Kad su stigli do kraja doka, Stefan ga je uveo u sobicu punu prašnjavih knjiga i starih rasporeda. Vladek nije video nikog, ali onda je čuo neki glas iza velike hrpe knjiga. – Šta želiš, derane? Nemam vremena za tebe.

– Neke informacije za mog druga, Džo. Kad je sledeće luksuzno krstarenje za Tursku?

– Novac unapred – kazao je starac čija se glava pojavila iza knjiga, a izborano, preplanulo lice ispod mornarske kape. Crne oči su gledale Vladeka.

– Jednozubi je bio sjajan mornar – rekao je Stefan, šapatom dovoljno glasnim da ga Džo čuje.

– To nema veze s tobom, dečko. Gde je rublja?

– Moj prijatelj ima novac – rekao je Stefan. – Pokaži mu rublju, Vladek.

Vladek mu je dao novčić. Džo ga je zagrizao preostalim zubom, polako otišao do police s knjigama i izvadio veliku zelenu glavnu knjigu. Prašina je poletela na sve strane. Počeo je da kašlje dok je listao prljave stranice, pomerajući kratak, zdepast, žuljevit prst niz dug spisak imena.

– U četvrtak dolazi *Renaska* da preveze ugalj... verovatno se vraća u Konstantinopolj u subotu. Ako utovare teret dovoljno brzo, možda čak isplovi u petak uveče i uštedi na lučkim taksama. Usidriće se na Sidrištu 17.

– Hvala, Jednozubi Džo – kazao je Stefan. – Potrudiću se da ubuduće dovedem još nekog od svojih bogatih saradnika.

Jednozubi Džo je podigao pesnicu, psujući, dok su Stefan i Vladek istrčali na kej.

Naredna tri dana dečaci su krali hranu, utovarivali žito i spavali. Kad se turski brod usidrio u četvrtak, Stefan je gotovo uverio Vladeka da treba da ostane s njim u Odesi. Ali Vladekov strah da će ga Rusi pronaći i vratiti u logor nadjačao je privlačnost novog života sa Stefanom.

Stajali su u luci, gledajući kako *Renaska* pristaje na Sidrište 17.

– Kako da se ukrcam? – pitao je Vladek.

– Jednostavno – rekao je Stefan. – Sutra ujutro ćemo se pridružiti fizičkim radnicima. Ja ću stati iza tebe, a kad tovarni prostor bude gotovo pun uglja, ti uskoči i sakrij se, a ja ću uzeti tvoju korpu i sići s druge strane.

– I uzeti moj deo novca, bez sumnje – rekao je Vladek, uz širok osmeh.

– Naravno – kazao je Stefan. – Mora da postoji neka finansijska nagrada za moje veliko znanje. Kako bih mogao da zadržim svoju veru u slobodno preduzetništvo?

Pridružili su se fizikalcima sutra ujutro u šest, unosili su ugalj na brod i ubacivali ga u tovarni prostor dok su imali snage, ali to nije bilo dovoljno. Tovarni prostor je bio tek dopola pun do večeri, mada je Vladek bio crnji nego ikad u zatvoru. Dva dečaka su čvrsto spavala te noći. Narednog jutra su ponovo počeli, i do popodneva, kad je tovarni prostor bio gotovo pun, Stefan je šutnuo Vladeka u gležanj.

– Sledeći put, Moskovljanine – rekao je odlučno.

Kad su stigli do vrha rampe, Vladek je ubacio teret, spustio korpu na palubu i preskočio preko otvora tovarnog prostora.

– Zbogom, prijatelju – rekao je Stefan – i srećno ti bilo s turskim nevernicima. – Uzeo je Vladekovu korpu i sišao s broda, zviždeći.

Vladek se sakrio u ugao tovarnog prostora dok je ugalj nastavljao da pristiže. Crna prašina nalazila se posvuda: u njegovom nosu i ustima, plućima i očima. S mukom je uspeo da izbegne kašljanje, u strahu da će ga čuti neko od posade. Baš kad je pomislio da više ne može da podnese prašnjav vazduh i odlučio da se vrati kod Stefana i pronađe neki drugi način bekstva, poklopac iznad njega se zatvorio. Glasno se nakašljao.

Nakon nekoliko trenutaka, osetio je kako mu nešto grize gležanj. Krv mu se zaledila kad je shvatio šta je to; morao je da se nosi sa štetočinama u tamnici. Bacio je komad uglja na to čudovište i ono je pobeglo, ali drugo ga je napalo, a onda još jedno i još jedno. Hrabriji su ga grizli za noge. Izgledalo je da se pojavljuju niotkud; crni, veliki i očajnički gladni. Počeo je da ih traži pogledom. Očajnički se uspentrao na vrh hrpe uglja i otvorio poklopac. Sunčeva svetlost je prodrla, i pacovi su odmah nestali u tunelima ispod uglja. Počeo je da izlazi, ali brod je već bio daleko od obale. Vratio se u tovarni prostor, užasnut. Ako ga otkriju, a kapetan odluči da se vrati u Odesu i preda ga, to bi značilo putovanje u jednom smeru za Logor 201 kod belih Rusa. Odabrao je da ostane sa crnim pacovima. Čim je zatvorio poklopac, ponovo su se pojavile crvene oči. Bacao je komade uglja, što je brže mogao, na te štetočine, ali nove su se stalno pojavljivale. Svakih nekoliko minuta morao je da otvara poklopac kako bi pustio malo svetlosti, jer je izgledalo da mu je svetlo jedini saveznik.

Dva dana i tri noći Vladek je vodio borbu s pacovima, ne spavajući ni tren. Kad je brod konačno uplovio u Konstantinopolj, a mornari otvorili poklopac, Vladek je bio crn od glave do kolena od ugljene prašine, a crven od krvi od kolena do nožnih prstiju. Mornar ga je izvukao. Vladek je pokušao da ustane, ali srušio se na palubu.

18.

Nakon što je Vilijam pročitao u kvartalnom izveštaju *Kejn i Kabota* da je Henri Ozborn – „Henri Ozborn", ponovio je to ime naglas kako bi se uverio da ne greši – zatražio petsto hiljada dolara da uloži u svoju kompaniju, smrklo mu se pred očima. Prvi put za četiri godine u *Sent Polu* bio je drugi na testu iz matematike. Metju Lester, koji ga je nadmašio, pitao ga je da li mu je dobro. Nije mu odgovorio.

Te večeri Vilijam je pozvao Alana Lojda na kućni broj. Predsednik upravnog odbora *Kejn i Kabota* nije bio iznenađen tim javljanjem nakon što mu je En pričala o nesrećnom odnosu s Henrijem.

– Vilijame, dragi dečače. Kako si, i kako je u *Sent Polu*?

– Ovde je sve dobro, hvala, gospodine, ali ne zovem vas zbog toga.

– Ne, nisam ni mislio – rekao je jetko Lojd. – Šta mogu da uradim za tebe?

– Voleo bih da se sastanem s vama sutra po podne.

– U nedelju, Vilijame?

– Da, to je jedini dan kad mogu da napustim školu, a moram da vas vidim što pre – rekao je, čineći da ta izjava zvuči kao ustupak s njegove strane, pre nego što je dodao – i moja majka nipošto ne sme da sazna za taj sastanak.

– Eto, Vilijame... – počeo je Lojd.

Vilijam je progovorio odlučnije. – Ne moram da vas podsećam, gospodine Lojde, da bi ulaganje novca iz moje zadužbine u očuhovu kompaniju, iako ne nezakonito, nesumnjivo bilo smatrano neetičkom.

Lojd je ćutao nekoliko trenutaka, pitajući se da li treba da umiri dečaka. Dečaka. Da li je on ikad bio dečak?

– Dobro, Vilijame. Zašto se ne bismo sutra našli na ručku u *Hant klubu*, recimo u jedan?

– Radujem se tom sastanku, gospodine. – Veza je prekinuta.

Makar će sukob biti na mom terenu, mislio je Alan Lojd dok je spuštao slušalicu, psujući gospodina Bela što je napravio prokletu spravu.

* * *

Lojd je odabrao *Hant klub* jer nije želeo da sastanak bude previše privatan. Čim je stigao, Vilijam je pitao da li mogu da igraju golf nakon ručka.

– Sa zadovoljstvom, dečače – rekao je Alan, i rezervisao mesto na prvom terenu u tri sata.

Iznenadio se kad Vilijam nije pomenuo Henrija Ozborna tokom ručka. Umesto toga, dečak je govorio obavešteno o stavovima predsednika Hardinga o carinskoj reformi i nesposobnosti Čarlsa Dž. Doza kao ministra finansija. Alan je počeo da se pita da li se Vilijam, nakon prospavane noći, predomislio u vezi s razgovorom o Ozbornovom zahtevu. *Pa, ako dečak tako želi*, mislio je Alan, *meni ne smeta*. Radovao se mirnom popodnevu i igranju golfa. Nakon prijatnog ručka i dosta vina – Vilijam je popio samo jednu čašu – presvukli su se u klupskim prostorijama i otišli do prvog terena.

– Da li vam je hendikep i dalje devet, gospodine? – pitao je Vilijam.

– Otprilike, dečače. Zašto?

– Hoće li vam odgovarati deset dolara po rupi?

Alan Lojd je oklevao, prisetivši se da je golf jedna od omiljenih Vilijamovih igara. – Da, u redu.

Ništa nisu rekli na prvoj rupi, gde je Alan ubacio lopticu u rupu s najmanjim mogućim brojem udaraca, a Vilijam je imao jedan udarac više. Alan je pobedio lako na drugoj i trećoj rupi, i počeo je da se opušta, osećajući zadovoljstvo svojom igrom. Kad su stigli do četvrte rupe, bili su oko osamsto metara od klupske zgrade. Vilijam je čekao dok Alan nije zamahnuo.

– Moram da budem jasan – počeo je Vilijam – ne postoje okolnosti pod kojima bih vam dozvolio da pozajmite petsto hiljada dolara mog novca bilo kojoj kompaniji ili osobi povezanoj s Henrijem Ozbornom.

Lojd je izveo loš udarac i lopta je odletela u visoku travu s leve strane. Jedina prednost toga bila je što se udaljio dovoljno od Vilijama, koji je izveo jednostavan udarac kroz sredinu, i imao je nekoliko minuta da razmisli šta da uradi s Vilijamovom primedbom i lopticom. Kad su se sastali na terenu, Lojd je izveo još tri udarca. Prepustio je rupu.

– Vilijame, znaš da, kao izvršitelj, imam samo jedan glas od tri, i takođe si svestan da nemaš uticaj na odluke izvršitelja testamenta pre dvadeset prvog rođendana. Takođe znaš da ne bi trebalo uopšte da razgovaramo o toj temi.

– Potpuno sam svestan zakonskih posledica, gospodine, ali kako obe izvršiteljke spavaju s mojim očuhom...

Lojdova naredna loptica završila je u jezeru.

– Nemojte mi reći da ste jedina osoba u Bostonu koja ne zna da je Mili Preston u vanbračnoj vezi s mojim očuhom?

Lojd je prepustio Vilijamu još jednu rupu.

Vilijam je nastavio: – Želim da budem siguran da imam vaš glas, i da ćete uraditi sve u svojoj moći da utičete na moju majku da odbije taj zajam, čak i ako to znači da joj kažete istinu o mom očuhu i gospođi Preston.

Vilijamov udarac završio je blizu šeste rupe. Alan je prošao gore nego kod prethodne rupe, i poslao je lopticu u pesak. Odapeo je narednu lopticu u žbunje za koje nije znao da je tu, i rekao je „Sranje“ drugi put za četrdeset tri godine. (I tom prilikom mu je isprašen tur.)

– Tražiš previše od mene – kazao je Alan, kad se pridružio Vilijamu kod rupe.

– To nije ništa u poređenju sa onim što ću uraditi ako ne budem mogao da računam na vašu podršku, gospodine.

– Ne mislim da bi tvoj otac odobrio pretnje, Vilijame – kazao je Alan dok je gledao Vilijama kako pogađa sa udaljenosti od pet metara.

– Jedino što moj otac ne bi odobrio je Henri Ozborn – uzvratio je Vilijam. Lojd je promašio rupu s pola metra.

– U svakom slučaju, gospodine Lojde, sigurno ste svesni da je moj otac uvrstio klauzulu da novac koji ulažu izvršitelji uvek treba da bude privatna stvar, a korisnik ne sme da zna da je porodica Kejn lično uključena. To je pravilo koje nikad nije prekršio kao bankar. Tako je uvek mogao da bude siguran da nema sukoba interesa između ulaganja banke i ulaganja iz porodične zadužbine.

– Možda tvoja majka misli da to pravilo može da se prekrši zbog člana porodice.

– Henri Ozborn nije član *moje* porodice, a kad budem upravljao novcem, to će biti pravilo koje ja, kao i moj otac, nikad neću prekršiti.

– Možda ćeš zažaliti zbog tako krutog stava, Vilijame. Možda ćeš na trenutak razmisliti o posledicama kad tvoja majka sazna za gospođu Preston i tvog očuha.

– Moja majka je već izgubila petsto hiljada dolara svog novca, gospodine. Zar to nije dovoljno za jednog muža? Zašto ja moram da izgubim petsto hiljada svojih dolara?

– Ne znamo da li će se to dogoditi, Vilijame. Ta investicija možda bude uspešna; nisam imao priliku da pažljivo pogledam Henrijeve knjige.

Vilijam se trgnuo kad je Lojd nazvao njegovog očuha Henri.

– Mogu da vas uverim, gospodine, da je potrošio gotovo svaki peni majčinog novca. Da budem precizan, na računu mu je ostalo trideset tri hiljade četiristo dvanaest dolara. Predlažem vam da ne obraćate pažnju na Ozbornove knjige i proverite njegovu prošlost, prethodne poslovne rezultate i saradnike. Da ne pominjem činjenicu da se kocka... mnogo.

Kod osme rupe Alen je u povratku ubacio lopticu u isto jezero. Ponovo je prepustio rupu Vilijamu.

– Kako si saznao te informacije? – pitao je Alan, prilično siguran da je to bilo posredstvom Tomasa Koena.

– Radije ne bih rekao, gospodine.

Alan nije odgovorio ništa; možda će morati da sačuva tog keca u rukavu za neki kasniji period Vilijamovog života.

– Ako su sve tvoje tvrdnje tačne, Vilijame, naravno da ću savetovati tvoju majku da ne ulaže u Henrijevu kompaniju, a biće moja dužnost da to raspravim s Henrijem.

– Neka bude tako, gospodine.

Alan je izveo bolji udarac, ali znao je da je prekasno da pobedi.

Vilijam je nastavio: – Možda će vas zanimati da je Ozbornu potrebno petsto hiljada dolara iz mog fonda ne za izgradnju bolnice nego da izmiri stari dug iz Čikaga. Verovatno niste znali ni za to, gospodine?

Alan nije ništa rekao; sigurno nije znao za to. Vilijam je pobedio na toj rupi.

Kad su stigli do osamnaeste rupe, Alan je zaostajao osam rupa, i upravo je završavao najgoru partiju golfa koje se sećao. Imao je udarac sa udaljenosti od metar koji će mu makar omogućiti da izjednači sa Vilijamom na poslednjoj rupi.

– Imaš li još šokova za mene? – pitao je.

– Pre ili posle udarca, gospodine?

Alan se nasmejao i odlučio da prihvati blef. – Pre, Vilijame – kazao je, oslanjajući se na štap.

– Ozborn neće dobiti ugovor za izgradnju bolnice. Ljudi koji odlučuju misle da je podmitio jednog člana komiteta za izgradnju. Ništa nije objavljeno, ali njegova kompanija je već uklonjena sa spiska. Ugovor će dobiti *Kirkbrajd i Karter*. Ta poslednja informacija je poverljiva, gospodine. Čak ni *Kirkbrajd i Karter* je neće saznati pre četvrtka, tako da moram da vas zamolim da to zadržite za sebe.

Alan je promašio rupu. Vilijam je ubacio svoju lopticu, prišao Lojdu i srdačno mu stegao ruku.

– Hvala vam na partiji, gospodine. Mislim da mi dugujete devedeset dolara.

Lojd je izvadio novčanik i dao mu novčanicu od sto dolara. – Vilijame, mislim da je vreme da prestaneš da me zoveš „gospodine“. Kao što znaš, zovem se Alan.

– Hvala vam, Alane. – Vilijam mu je dao deset dolara.

19.

Kad se Vladek osvestio, video je da je na krevetu u nekoj sobici s tri muškarca u belim mantilima koji ga pažljivo posmatraju, govoreći nekim nepoznatim jezikom. Koliko jezika postoji na svetu?

Pokušao je da sedne, ali najstariji od trojice, uskog, izboranog lica i kozje bradice, čvrsto ga je gurnuo na krevet. Obratio se Vladeku na tom stranom jeziku. Vladek je odmahnuo glavom. Tad je taj čovek pokušao na ruskom. Vladek je ponovo odmahnuo glavom – to je bio najbrži način da ga vrate odakle je došao. Naredni jezik je bio nemački, i Vladek je shvatio da bolje govori taj jezik nego lekar.

– Ah, vi niste Rus? – pitao je lekar.

– Nisam.

– Šta ste radili u Rusiji?

– Pokušavao sam da pobegnem.

– Ah. – Taj čovek se okrenuo svojim saradnicima i kao da je preveo razgovor na njihov jezik. Sva trojica su napustila sobu.

Jedna bolničarka je došla i oprala Vladeka, ne obraćajući pažnju na njegove bolne krike. Nije volela prljave stvari u svojoj bolnici. Na kraju mu je premazala noge nekim smeđim melemom i ostavila ga da spava. Kad se probudio drugi put, bio je sâm. Zagledao se u belu tavanicu, razmišljajući šta da radi.

Ustao je iz kreveta i otišao do prozora. Gledao je na neku tržnicu, sličnu onoj u Odesi, osim što su muškarci nosili dugačke bele odore i imali tamniju kožu. Takođe su na glavama nosili živopisne kape koje su izgledale kao male, prevrnute crvene saksije, i imali su sandale na nogama. Žene su bile odevene u crno; čak su im i lica bila prekrivena. Samo im je video crne oči. Vladek je gledao gužvu na tržnici dok su žene kupovale hranu; to je izgleda bilo isto u svim zemljama.

Nekoliko minuta kasnije, primetio je gvozdene požarne stepenice koje se spuštaju do zemlje. Oprezno je otišao do vrata, otvorio ih i provirio u hodnik. Ljudi su hodali tamo-amo, ali niko od njih se nije zanimao za njega. Zatvorio je tiho vrata, potražio svoje stvari, koje je pronašao u ormanu u uglu sobe, i brzo se obukao. Odeća mu je i dalje bila crna od ugljene prašine, i izgledala mu je prljavo na čistoj koži. Vratio se do prozora, otvorio ga je, izašao na požarne stepenice i počeo da se spušta prema slobodi. Prvo što je osetio bila je vrućina. Poželeo je da ne nosi taj debeli kaput.

Kad su mu stopala dodirnula zemlju, pokušao je da potrči, ali noge su mu bile tako slabe da je mogao samo da hoda polako. Molio se da se jednog dana probudi i shvati da mu je hramanje čudesno nestalo. Nije se osvrtao ka bolnici dok se nije pomešao s gomilom ljudi na pijaci.

Tezge su bile prepune izazovne hrane, i odlučio je da kupi pomorandžu i malo oraha. Opipao je postavu kaputa, ali novac više nije bio tamo. Još gore, shvatio je da je nestala i srebrna narukvica. Muškarci u belim mantilima mora da su mu ukrali stvari. Mislio je da se vrati u bolnicu i uzme ih, ali odlučio je da prvo nešto pojede. Možda i dalje ima neke novčiće u velikim džepovima kaputa. Potražio ih je i odmah pronašao tri novčanice od po pedeset rubalja i nešto novčića. Bili su umotani zajedno s doktorovom mapom i srebrnom narukvicom. Vladek je bio presrećan. Navukao je srebrnu narukvicu, i podigao je iznad lakta.

Odabrao je najveću pomorandžu koju je video, i šaku oraha. Vlasnik tezge rekao mu je nešto što nije razumeo. Vladek je mislio da je najbolji način za prevazilaženje nesporazuma da mu da novac. Vlasnik tezge je pogledao novčanicu od pedeset rubalja i podigao ruke. – Alah! – povikao je. Uzeo je orahe i pomorandžu od Vladeka i mahnuo mu da ode.

Vladek je otišao očajavajući: drugačiji jezik značio je i drugačiju valutu. U Rusiji je bio siromašan; ovde je bio bez prebijene pare. Moraće da ukrade hranu; ako bude postojala opasnost da ga uhvate, baciće je na vlasnika tezge. Otišao je do drugog kraja pijace samouvereno kao Stefan, ali nije mogao da oponaša razmetljiv hod, i sigurno nije osećao isto samopouzdanje. Odabrao je poslednju tezgu, a kad je bio siguran da ga niko ne gleda, uzeo je pomorandžu i potrčao. Iznenada se začula galama; izgledalo je da ga pola grada juri.

Jedan krupan, snažan muškarac je skočio na hramajućeg Vladeka i oborio ga na zemlju. Šest ili sedam drugih držali su ga za razne delove tela, a više ljudi ih je pratilo dok su ga vukli do tezge, gde ga je čekao policajac. Policajac i vlasnik tezge su počeli da viču i mlataraju rukama. Policajac se konačno okrenuo ka Vladeku i dreknuo i na njega, ali Vladek nije razumeo ni reč. Policajac je slegnuo ramenima i uhvatio

Vladeka za uvo. Ljudi su nastavili da viču na njega dok se udaljavao, a ostali su ga pljuvali.

Kad je Vladek stigao u policijsku stanicu, bacili su ga u malu ćeliju, u kojoj se već nalazilo dvadeset ili trideset kriminalaca – siledžija, lopova, svakakvih. Nije govorio, a oni nisu pokazali nikakvu želju da razgovaraju s njim. Čitav dan i noć je ostao naslonjen leđima na zid, bojeći se da se pomeri. Smrad izmeta naterao ga je da povraća dok nije ispraznio želudac. Nikad nije mislio da će doći dan kad će mu tamnica u baronovom zamku izgledati nenaseljeno i mirno.

Narednog jutra su dva stražara odvukla Vladeka iz podruma i odvela ga u sobu u kojoj se nalazilo još nekoliko zatvorenika. Svi su onda vezani jedan za drugog, oko struka, i izvedeni na ulicu. Okupila se gomila ljudi, i glasno klicanje reklo je Vladeku da su čekali neko vreme da se zatvorenici pojave. Gomila ih je pratila do tržnice, vrišteći, aplaudirajući i pevajući – ali Vladek nije znao zašto su toliko uzbuđeni. Zatvorenici su se zaustavili kad su stigli do pijace. Prvi čovek je odvezan i odveden nasred trga, koji je bio prepun ljudi željnih krvi.

Vladek je gledao taj prizor s nevericom. Kad je zatvorenik stigao do sredine trga, stražar ga je oborio na kolena. Jedan ogroman muškarac vezao mu je desnu šaku za drveni blok, a onda podigao veliki mač iznad glave i spustio ga užasnom silom, ciljajući zatvorenikov zglavak. U prvom pokušaju odsekao mu je samo vrhove prstiju. Zatvorenik je vrisnuo od bola kad se mač ponovo podigao. Ovog puta ga je pogodio u zglavak, ali nije dovršio posao kako treba, i šaka je visila sa zatvorenikove ruke, a krv liptala u prašinu. Mač je podignut i treći put, a kad je udario, zatvorenikova šaka je konačno pala na zemlju. Gomila je zadovoljno zaurlala. Zatvorenik je napokon pušten i onesvešćen se svalio na zemlju. Jedan nezainteresovan stražar ga je odvukao i ostavio malo dalje. Jedna uplakana žena – Vladek je pretpostavio da mu je to supruga – brzo je vezala prljavu maramu oko krvavog patrljka. Drugi zatvorenik umro je od šoka pre nego što je zadat četvrti udarac. Divovski mačevalac nije se interesovao za njegovu smrt, pa je nastavio zaduženje; plaćen je samo da seče šake.

Vladek je užasnuto pogledao oko sebe i želudac mu se zgrčio; povratio bi da je imao išta u želucu. Gledao je na sve strane u potrazi za pomoći ili načinom za bekstvo; niko ga nije upozorio da je po šerijatskom zakonu kazna za pokušaj bekstva odsecanje stopala. Gledao je gomilu lica, zaustavivši se kad je video muškarca u tamnom odelu, s belom košuljom i kravatom, kako stoji dvadesetak metara od Vladeka i gleda prizor sa očiglednim gađenjem. Nije pogledao prema Vladeku, niti je čuo njegove povike u galami koja bi usledila svaki put kad bi se mač spustio. Da li je Francuz, Nemac, Englez ili, možda, Poljak? Vladek nije znao, ali iz nekog razloga gledao je ovaj sumorni prizor.

Vladek se zagledao u njega, moleći se u sebi da ga pogleda. Mahnuo je slobodnom rukom, ali i dalje nije mogao da privuče neznančevu pažnju. Stražari su odvezali drugog čoveka od Vladeka i povukli ga prema bloku. Mač je ponovo podignut, gomila je zaklicala, a muškarac u tamnom odelu je zgroženo skrenuo pogled. Vladek je nastavio da mu panično maše.

Taj čovek se zagledao u Vladeka, onda se okrenuo ka nekom čoveku koga Vladek dotad nije primetio. Stražar je sad odvezivao zatvorenika tačno ispred Vladeka. Vezao mu je šaku za blok; mač se podigao i odsekao mu je jednim udarcem. Gomila je izgledala razočarano i nije mnogo klicala. Vladek je ponovo pogledao dvojicu stranaca, koji su ga sad pažljivije gledali. Molio ih je u sebi da preduzmu nešto, ali oni su samo nastavili da zure.

Stražar je prišao, svukao Vladekov kaput od pedeset rubalja i bacio ga na zemlju. Onda ga je odvezao i zavrnuo mu rukav. Vladek se bespomoćno odupirao dok su ga vukli preko trga. Nije mogao da se suprotstavi krupnom stražaru. Kad je stigao do bloka, šutnut je otpozadi u kolena i oboren je na zemlju. Vezali su mu remen preko desnog zglavka. Nije mogao ništa da uradi do da zatvori oči kad je mač podignut visoko. Čekao je preplašeno na taj užasni udarac, ali svi su naglo zaćutali kad mu je baronova srebrna narukvica pala s lakta do zglavka i na blok. Jeziva tišina pala je na prisutne dok se narukvica presijavala na suncu.

Dželat je oklevao, a onda polako spustio mač dok je gledao srebrnu narukvicu. Vladek je otvorio oči dok je stražar pokušavao da mu skine narukvicu sa zglavka, ali nije mogao da uradi to zbog kožnog remena. Jedan muškarac u uniformi je brzo pritrčao bloku. I on je gledao narukvicu i natpis, pre nego što je otrčao do drugog muškarca, koji je sigurno bio neko uticajniji, jer se polako približavao. Mač je i dalje bio na zemlji i gomila je počela da negoduje. Drugi oficir je takođe pokušao da svuče srebrnu narukvicu, ali nije mogao to da uradi, a nije imao ovlašćenje da skine remen. Povikao je na Vladeka, koji nije razumeo šta je rečeno, i odgovorio je na poljskom: – Ne govorim vaš jezik.

Oficir je izgledao iznenađeno i podigao je ruke u vazduh, vičući: „Alah!“, a onda je polako otišao prema dvojici muškaraca u zapadnjačkim odelima. Vladek se molio bogu – u takvoj situaciji svako bi se molio bilo kom bogu, bio musliman ili hrišćanin. Jedan od dvojice muškaraca pridružio se turskom oficiru i krenuli su prema bloku. Stranac je kleknuo na jedno koleno kraj Vladeka, pogledao srebrnu narukvicu, a onda i Vladeka. Vladek je čekao. Govorio je pet jezika, i molio se da taj čovek zna jedan od njih. Sneveselio se kad se taj čovek okrenuo prema oficiru i obratio mu se na njegovom jeziku. Gomila je sad negodovala i bacala trulo voće na blok. Oficir je klimnuo glavom. Stranac se okrenuo i kleknuo kraj Vladeka. – Govoriš li engleski?

Vladek je odahnuo. – Da, gospodine, pomalo. Ja sam poljski državljanin.

– Kako si došao u posed te srebrne narukvice?

– Pripadala je mom ocu, gospodine. Umro je u nemačkom zarobljeništvu u Poljskoj, a mene su zarobili i poslali u radni logor u Rusiji. Pobegao sam i došao ovamo brodom. Nisam jeo danima. Kad vlasnik tezge nije hteo da prihvati moje rublje za pomorandžu, uzeo sam jednu jer sam bio veoma, veoma gladan.

Englez je ustao, okrenuo se ka oficiru i odlučno mu se obratio. Ovaj potonji se obratio dželatu, koji je pogledao sumnjičavo, ali kad je oficir ponovio naređenje malo glasnije, sagnuo se i nevoljno razvezao remen. Vladek je ponovo osetio mučninu. Englez je dao svakom muškarcu po srebrni novčić, a gomila je nastavila da se buni. Uskraćeno im je odsecanje šake.

– Pođi sa mnom – rekao je Englez. – I to brzo, pre nego što se predomisle.

I dalje zbunjen, Vladek je uzeo kaput i krenuo za njim. Gomila je negodovala, nastavljajući da ga gađa trulim voćem i povrćem dok se udaljavao. Mačevalac je vezao šaku narednog zatvorenika za blok i odsekao mu je palac prvim udarcem. To je izgleda umirilo rulju.

Englez se kretao brzo kroz uznemirenu gomilu i udaljio se od trga, gde mu se pridružio saputnik.

– Šta se dogodilo, Edvarde?

– Dečak kaže da je Poljak i da je pobegao iz Rusije. Rekao sam oficiru da je Englez, tako da je sad naša odgovornost. Hajde da ga odvedemo u konzulat i vidimo da li njegova priča ima neke veze sa istinom.

Vladek se trudio da prati dvojicu muškaraca dok su žurili Ulicom sedam kraljeva. I dalje je čuo rulju iza, koja je vrištala oduševljeno svaki put kad bi se mač spustio.

Dva Engleza su odvela Vladeka kroz jedan prolaz i preko pošljunčanog dvorišta do velike sive zgrade. Na vratima su se nalazile prijatne reči, BRITANSKI KONZULAT. Kad je ušao u zgradu, Vladek je počeo prvi put da se oseća bezbedno. Pratio je dvojicu muškaraca niz dug hodnik sa zidovima prekrivenim slikama muškaraca u neobičnim uniformama. Na suprotnom kraju nalazio se veličanstven portret starca u plavoj uniformi ukrašenoj medaljama. Njegova lepa brada podsetila je Vladeka na barona. Neki vojnik se iznenada pojavio i salutirao.

– Odvedite ovog dečaka, razvodniče Smiderse, i pobrinite se da se okupa. Onda mu pronađite neku odeću i nahranite ga u kuhinji. Kad bude i sit i manje smrdeo kao hodajući svinjac, dovedite ga u moju kancelariju.

– Da, gospodine – kazao je razvodnik i ponovo salutirao. – Pođi sa mnom, momče.

Vladek je poslušno pošao za vojnikom, i gotovo je morao da trči kako bi ga pratio. Odveo ga je u malu spavaću sobu u suterenu. Imala je samo jedan prozorčić: nije mogao da pobegne. Razvodnik mu je kazao da se svuče, a onda ga je ostavio samog. Vratio se nekoliko minuta kasnije, i zatekao Vladeka kako sedi na ivici kreveta, potpuno odeven, zbunjeno okrećući srebrnu narukvicu oko zglavka.

– Požuri, momče. Nisi na godišnjem odmoru.

– Izvinite, gospodine – rekao je Vladek.

– Ne zovi me gospodine, momče. Ja sam razvodnik Smiders. Zovi me razvodnik.

– Ja sam Vladek Koskjevič. Zovite me Vladek.

– Ne šegači se sa mnom, momče. Imamo dovoljno šaljivdžija u britanskoj vojsci i bez tebe.

Vladek nije razumeo šta je vojnik mislio. Brzo se svukao.

– Brzo pođi za mnom.

Još jedna kupka u toploj vodi i peni podsetila ga je na rusku zaštitnicu i sina koji je mogao da joj postane, ali i njenog muža. Vojnik se vratio s neobičnom odećom, ali čistom i mirisnom. Čijem li je sinu pripadala?

Razvodnik Smiders je otpratio Vladeka do kuhinje i ostavio ga s punačkom, rumenom kuvaricom, s najljubaznijim licem koje je Vladek video otkako je napustio Poljsku. Podsetila ga je na *njanju*. Vladek je morao da se zapita šta bi se dogodilo s njenim strukom nakon nekoliko nedelja u Logoru 201.

– Zdravo – kazala je, ozareno. – Kako se zoveš?

Vladek joj je rekao.

– Dobro, Vladeče, izgleda da bi ti prijao obilan britanski obrok...
bez tih turskih koještarija. Počećemo toplom supom i govedinom. Biće
ti potrebna jaka hrana pre razgovora s gospodinom Prendergastom. –
Nasmejala se. – Samo zapamti, on laje, ali ne ujeda. Dobar je čovek,
iako je Englez.

– Vi niste Engleskinja, gospođo kuvarice? – pitao je iznenađeno
Vladek.

– Dragi bože, ne, momče, ja sam Škotlanđanka. To je velika razli-
ka. Mrzimo Engleze više nego Nemci – kazala je, smejući se. Spustila
je tanjir vrele supe, pune mesa i povrća, ispred Vladeka. Potpuno je
zaboravio da hrana ima tako dobar ukus i miris. Jeo je polako, bojeći
se da bi to mogao da mu bude poslednji dobar obrok u dužem periodu.

Razvodnik se ponovo pojavio. – Jesi li se najeo, momče?

– Jesam, hvala vam, gospodine razvodniče.

Razvodnik je sumnjičavo pogledao Vladeka, ali nije video nimalo
drskosti na dečakovom licu. – Dobro. Idemo onda. Ne možemo da
kasnimo kod gospodina Prendergasta.

Razvodnik je izašao iz kuhinje. Vladek je pogledao kuvaricu. Uvek
je mrzeo da se oprašta od osobe koju je tek upoznao, posebno kad je ta
osoba bila tako ljubazna.

– Idi, momče, ako nećeš nevolje.

– Hvala vam, gospođo kuvarice – rekao je Vladek. – Vaša hrana je
najbolja koje mogu da se setim.

Osmehnula mu se. Ponovo je morao da trčkara kako bi sustigao
razvodnika, koji se naglo zaustavio ispred jednih vrata i Vladek se go-
tovo zabio u njega.

– Gledaj kuda ideš, momče. – Razvodnik je kratko pokucao na
vrata.

– Uđite – kazao je neki glas.

Razvodnik je otvorio vrata i salutirao. – Poljski dečak, gospodine,
kako ste zahtevali, opran, oriban i nahranjen.

– Hvala vam, razvodniče. Budite ljubazni i zamolite gospodina
Granta da nam se pridruži.

Edvard Prendergast je podigao pogled sa stola. Mahnuo je Vladeku
da sedne i nastavio da gleda neke papire. Vladek je sedeo i gledao ga,
a onda je pogledao slike na zidu. Još muškaraca u uniformama, ali
onaj stari bradati gospodin i dalje je imao najveći portret, ovog puta u
svetlosmeđoj uniformi. Nekoliko minuta kasnije, drugi Englez, koga
je video na tržnici, ušao je u kancelariju.

– Hvala vam što ste došli, Hari. Sedite, staro momče. – Gospodin Prendergast se okrenuo ka Vladeku. – Dobro, dečko, da čujemo tvoju priču od početka, bez preterivanja, samo istinu. Razumeš?

– Da, gospodine.

Vladek je počeo od svojih dana u lovačkoj kolibi u Poljskoj. Bilo mu je potrebno neko vreme da pronađe prave engleske reči. Dva Engleza su ga povremeno zaustavljala i postavljala pitanja, klimajući glavom kad bi im odgovorio. Nakon sat vremena razgovora, Vladekova životna priča stigla je do trenutka kad se nalazio u kancelariji gospodina Edvarda Prendergasta, drugog konzula Velike Britanije u Turskoj.

– Mislim, Hari – rekao je Prendergast – da nam je dužnost da odmah obavestimo poljsku delegaciju, a onda im predamo mladog Koskjeviča. S obzirom na okolnosti, mora postati njihova odgovornost.

– Saglasan sam – rekao je čovek zvani Hari. – Znaš, dečko, danas si se izvukao za dlaku. Šerijatski zakon – odnosno, stari islamski zakon koji predviđa seču šake za krađu – u teoriji je zabranjen pre mnogo godina. U stvari, prema turskom Krivičnom zakoniku, kažnjivo je izreći takvu kaznu. Međutim, u praksi, ti varvari je i dalje primenjuju. – Slegnuo je ramenima.

– Zašto mi nisu odsekli šaku? – pitao je Vladek, držeći se za zglavak.

– Rekao sam im da mogu da seku sve muslimanske šake koje požele, ali ne i englesku – rekao je drugi konzul.

– Hvala bogu – rekao je tiho Vladek.

– Edvardu Prendergastu, u stvari – kazao je drugi konzul, osmehnuvši se prvi put. – Prenoćićeš ovde, a onda ćemo te sutra odvesti u tvoj konzulat. Poljski konzul je dobar momak, s obzirom na to da je stranac. – Pritisnuo je jedno dugme i razvodnik se odmah pojavio.

– Gospodine.

– Razvodniče, ispratite mladog Koskjeviča u njegovu sobu, a ujutro ga odvedite na doručak i dovedite mi ga tačno u devet.

– Gospodine. Ovuda, momče, brzo.

Razvodnik je odveo Vladeka. Nije imao vremena da se zahvali dvojici Engleza koji su mu spasli šaku – i možda život. Kad se vratio u čistu sobicu, sa uredno nameštenim malim krevetom, kao da je uvaženi gost, svukao se, bacio jastuk na pod i čvrsto spavao dok jutarnje svetlo nije ušlo kroz mali prozor.

– Ustani, momče, brzo.

Bio je to ponovo razvodnik, besprekorne, savršeno ispeglane uniforme, izgledajući kao da nije ni išao na spavanje. Vladek je, na trenutak, dok se budio, pomislio da je ponovo u Logoru 201, jer je razvodnikovo lupanje štapom u metalni krevetski okvir podsećalo na zvuk zatvorskog triangla koji je Vladek zamrzeo. Ustao je iz kreveta i počeo da se odeva.

– Prvo se umij, momče, prvo se umij. Ne želimo da tvoj užasni smrad nasekira gospodina Prendergasta od ranog jutra, zar ne?

Vladek nije bio siguran koji deo tela da opere, jer nikad u životu nije bio toliko čist. Primetio je da razvodnik zuri u njega.

– Šta nije u redu s tvojom nogom, momče?

– Ništa, ništa – kazao je Vladek, sklanjajući se od njegovog pogleda.

– Dobro. Vraćam se za tri minuta. Tri minuta, čuješ li, momče? Potrudi se da budeš spreman.

Vladek je umio ruke i lice i onda se brzo obukao. Sedeo je na ivici kreveta, držeći svoj dugi kaput od ovčije kože, kad se razvodnik vratio da ga odvede kod drugog konzula. Gospodin Prendergast ga je lepo dočekao, i činilo se da je postao ljubazniji nakon jučerašnjeg sastanka.

– Dobro jutro, Koskjeviču – kazao je.

– Dobro jutro, gospodine.

– Jesi li uživao u doručku?

– Nisam doručkovao, gospodine.

– Zašto nisi? – pitao je drugi konzul, gledajući prema razvodniku.

– Uspavao se, nažalost, gospodine. Nisam hteo da zakasni kod vas.

– Pa, moramo da vidimo šta možemo da uradimo povodom toga. Razvodniče, hoćete li zamoliti gospođu Henderson da mu obezbedi jabuku ili takvo nešto?

– Da, gospodine.

Vladek i drugi konzul su polako hodali hodnikom prema ulaznim vratima konzulata i preko pošljunčanog dvorišta do automobila koji je čekao, jednog od retkih u Turskoj. To je bilo Vladekovo prvo putovanje u takvom vozilu. Bilo mu je žao što napušta britanski konzulat. Bilo je to jedino mesto gde se osećao bezbedno nakon više godina. Pitao se da li će do kraja života ikad spavati više puta u istom krevetu. Razvodnik je sišao niza stepenice i seo za volan. Dodao je Vladeku jabuku i malo toplog svežeg hleba.

– Potrudi se da ne mrviš, momče. Kuvarica te je pozdravila.

Vožnja kroz vrele, prepune ulice odvijala se brzinom hoda, jer Turci nisu imali nameru da se sklone pred engleskom kamilom na točkovima. I pored otvorenih prozora, Vladek se znojio od velike vrućine. Gospodin Prendergast, koji je sedeo pozadi, ostao je smiren i staložen. Vladek je oborio glavu iz straha da ga ne prepozna neko ko je prisustvovao jučerašnjim događajima i ponovo ne razjari rulju. Kad se mali crni ostin zaustavio ispred male, oronule zgrade s natpisom KONSULAT POLSKI, Vladek je osetio uzbuđenje pomešano s razočaranjem.

Sva trojica su izašla.

– Gde je jezgro jabuke, momče? – pitao je razvodnik.

– Pojeo sam ga.

Razvodnik se nasmejao i pokucao na vrata. Jedan čovečuljak prijateljskog izgleda, tamne kose i snažne donje vilice otvorio je vrata. Bio je odeven samo u košulju, i preplanuo od turskog sunca. Obratio im se na poljskom, a to su bile prve reči koje je Vladek čuo na maternjem jeziku otkako je napustio radni logor. Vladek je odgovorio brzo, objašnjavajući svoje prisustvo. Njegov zemljak se okrenuo ka britanskom konzulu.

– Ovuda, gospodine Prendergaste – rekao je na savršenom engleskom. – Lepo od vas što ste lično doveli dečaka.

Nekoliko diplomatskih ljubaznosti razmenjeno je pre nego što su Prendergast i razvodnik otišli. Vladek ih je pogledao, tražeći neki prikladniji engleski izraz od „Hvala“.

Prendergast ga je potapšao po glavi kao nekog psića. A kad je razvodnik zatvorio vrata, okrenuo se i namignuo Vladeku. – Srećno, momče. Bog zna da zaslužuješ to.

Poljski konzul je rekao da se zove Pavel Zaleski. Vladek je ponovo morao da ispriča priču o svom životu, i uvideo je da mu je lakše da to uradi na poljskom nego na engleskom. Zaleski ga je ćutke slušao, tužno odmahujući glavom.

– Siroto dete – kazao je. – Tako mlad si poneo više patnje svoje zemlje nego što ti pripada. A sad, šta da radimo s tobom?

– Moram da se vratim u Poljsku i povratim svoj zamak – kazao je Vladek.

– Poljska – rekao je konzul. – Gde je to? Region u kojem si živeo i dalje je sporan, i vode se žestoke bitke između Poljaka i Rusa dok se dogovaraju oko granice. General Pilsudski radi sve što može da zaštiti teritorijalni integritet naše domovine. Ali bilo bi nepromišljeno da budemo optimisti. Ne, tvoj najbolji plan je da započneš novi život u Engleskoj ili Americi.

– Ali ne želim da idem u Englesku ili Ameriku. Ja sam Poljak.

– Uvek ćeš biti Poljak, Vladeče... niko to ne može da ti oduzme, gde god da se skrasiš. Ali moraš realno da sagledaš svoju budućnost dok si još mlad.

Vladek je očajno oborio glavu. Da li je prošao kroza sve to samo da bi mu rekli kako se nikad neće vratiti u domovinu, nikad ponovo videti svoj zamak? Trudio se da ne zaplače.

Konzul je spustio ruku na dečakovo rame. – Ne zaboravi da si jedan od srećnika koji su pobegli i preživeli. Samo treba da se setiš svog odanog prijatelja doktora Dibjena, da bi shvatio kako je život mogao da ti izgleda.

Vladek je ćutao.

– Sad moraš da zaboraviš prošlost i misliš samo na budućnost. Možda ćeš za života videti uspon Poljske, a to je više nego što se ja usuđujem da se nadam.

20.

Alan Lojd je stigao u banku u ponedeljak ujutro s malo više obaveza nego što je očekivao, pre sastanka s Vilijamom. Odmah je angažovao pet menadžera odseka da provere tačnost Vilijamovih navoda. Bojao se da već zna šta će njihova istraga otkriti, i zbog Eninog odnosa s bankom, pobrinuo se da nijedan odsek ne zna čime se bavi onaj drugi. Njegova uputstva menadžerima su bila jasna: svi izveštaji su strogo poverljivi i samo za njegove oči.

Do srede je imao svih pet preliminarnih izveštaja na stolu. Izgledalo je da svi potvrđuju Vilijamovu procenu, mada je svaki od menadžera tražio još vremena da proveri neke pojedinosti. Alan je odlučio da ne razgovara sa En dok ne bude imao više konkretnih dokaza. Najbolje što je sad mogao da uradi jeste da ode na večeru koju su Ozbornovi organizovali svakog petka, kad će moći da posavetuje En da ne žuri s odlukom o zajmu.

Kad je Alan stigao u Enin dom – nije mogao da misli o njemu kao o Ozbornovom – zaprepastio se kad je video koliko je umorna i bleda, zbog čega je odlučio da bude još oprezniji u razgovoru. Na kraju je uspeo da je uhvati nasamo, ali imali su svega nekoliko trenutaka za razgovor. *Da samo nije trudna dok se sve ovo događa*, mislio je.

En mu se osmehnula. – Baš je lepo što ste došli, Alane, iako znam da imate mnogo posla u banci.

– Nisam mogao da propustim jednu od vaših zabava, draga moja. I dalje su najprestižnije u Bostonu.

Osmehnula se. – Pitam se da li ste ikad kazali nešto neprikladno.

– Prečesto. En, jeste li imali vremena da razmislite o onom o čemu smo razgovarali prošle nedelje?

– Nisam, nažalost. Bila sam do guše u pripremama za ovu večeru, Alane. Kako izgledaju Henrijeve knjige?

– Dobro, ali imali smo podatke samo za jednu godinu, tako da mislim da bi trebalo da dodatno proverimo to. To je uobičajena bankarska praksa kad se radi s kompanijama koje posluju kraće od tri godine. Siguran sam da Henri razume naš položaj.

– En, draga, divna zabava – prekinuo ih je neki bučan glas iza Alanovog ramena. Nije prepoznao lice; verovatno neki od Henrijevih prijatelja političara. – Kako je buduća mamica? – nastavio je taj srdačni glas.

Alan se udaljio, nadajući se da je obezbedio banci malo vremena. Na zabavi je bilo mnogo gradskih odbornika, čak i dva kongresmena, zbog čega se zapitao da Vilijam možda nije pogrešio u vezi sa ugovorom za izgradnju bolnice. Mada banka nije nameravala da istraži to; uostalom, Gradsko veće bi trebalo da to zvanično objavi sledeće nedelje. Uzeo je svoj crni kaput iz garderobe i izašao.

– Kad bih mogao samo da otežem do naredne nedelje – rekao je naglas dok je išao niz Česnat strit prema svojoj kući.

Tokom zabave En je posmatrala Henrija kad god je stajao blizu Mili Preston. Sigurno nije bilo nikakvog spoljnog znaka ičeg među njima; u stvari, Henri je provodio mnogo više vremena s Džonom Prestonom. En je počela da se pita da li je pogrešno procenila svog muža, i pomislila kako bi trebalo da otkaže sastanak s Glenom Rikardom. Zabava se konačno završila dva sata kasnije nego što je En očekivala; samo se nadala da je to značilo kako su gosti uživali, a Henri će imati koristi.

– Sjajna zabava, En, hvala što si nas pozvala. – Opet onaj bučni glas, osobe koja je poslednja otišla. En nije mogla da se seti njegovog imena... imao je neke veze s Gradskim većem. Otišao je prema ulici.

En se polako popela uza stepenice i počela da raskopčava haljinu i pre nego što je stigla do sobe, obećavajući sebi da više neće organizovati zabave pre nego što se dete rodi, za deset nedelja.

Henri joj se pridružio nekoliko trenutaka kasnije. – Jesi li imala priliku da razgovaraš sa Alanom, draga? – pitao je, trudeći se da zvuči nehajno.

– Da, jesam – odgovorila je En. – Rekao je da knjige izgledaju dobro, ali da pošto kompanija ima podatke za samo jednu godinu, njihove računovođe moraju da sve provere još jednom. Izgleda da je to uobičajena bankarska praksa.

– Malo sutra je to uobičajena bankarska praksa. Zar ne osećaš Vilijamov uticaj iza svega toga? Pokušava da spreči zajam, En.

– Kako možeš da kažeš to? Alan nije pomenuo Vilijama.

– Zar nije? – pitao je Henri, dižući glas. – Nije se potrudio da ti kaže kako je ručao s Vilijamom u nedelju i da su igrali golf u klubu?

– Šta? – kazala je En. – Ne verujem u to. Vilijam ne bi došao u Boston a da ne svrati kod mene. Mora da si pogrešio, Henri.

– Draga moja, pola tvojih poznanika je bilo tamo, a ne verujem da je Vilijam putovao osamdeset kilometara da odigra partiju golfa sa Alanom. U nekom trenutku, En – vrlo skoro – moraćeš da odlučiš da li više veruješ Vilijamu nego svom mužu. Zar ne razumeš da moram da imam novac pre sledeće srede, jer ako ne pokažem Gradskom veću da imam dovoljno para, biću diskvalifikovan. Diskvalifikovan jer jedan školarac ne odobrava što si udata za nekog ko nije njegov otac. Molim te, En, moraš sutra da pozoveš Alana i kažeš mu da mi uplati novac.

Njegovo insistiranje odjekivalo je u Eninoj glavi, zbog čega je osetila vrtoglavicu.

– Ne, ne sutra, Henri. Zar ne možemo da sačekamo do ponedeljka?

Henri se osmehnuo i otišao da joj se pridruži dok je stajala naga, ogledajući se. Prešao je rukom preko njenog izbočenog stomaka. – Samo želim da ovaj momčić ima iste prilike kao Vilijam.

Narednog jutra, En je rekla sebi sto puta da neće ići kod Glena Rikarda, ali malo pre podneva, uhvatila je sebe kako poziva taksi. Dvadeset minuta kasnije, pela se škripavim drvenim stepenicama, bojeći se onog što će saznati. Oklevala je pre nego što je pokucala na vrata i razmišljala je da ode.

– Uđite.

Otvorila je vrata.

– O, gospođo Ozborn, drago mi je što vas ponovo vidim. Sedite.

En je ostala da stoji.

– Vesti, nažalost, nisu dobre – rekao je Rikardo, provlačeći ruku kroz dugu, tamnu kosu.

En se sneveselila i svalila na najbližu stolicu.

– Gospodin Ozborn nije viđen s gospođom Preston, niti nekom drugom ženom, tokom prošle nedelje.

– Ali rekli ste da vesti nisu dobre – kazala je En.

– Naravno, gospođo Ozborn. Pretpostavio sam da tražite osnov za razvod. Besne supruge obično ne dolaze kod mene nadajući se da su im muževi verni.

– Ne, ne – kazala je En sa olakšanjem. – To su najbolje vesti u poslednjih nekoliko nedelja.

– O, to je dobro – rekao je Rikardo pomalo iznenađeno. – Nadajmo se onda da se ni druge nedelje neće dogoditi ništa.

– Možete odmah da prekinete istragu, gospodine Rikardo. Uverena sam da nećete pronaći ništa značajno naredne nedelje.

– Mislim da to nije mudro, gospođo Ozborn. Donošenje konačne odluke na osnovu samo jedne nedelje je, prema mom iskustvu, u najmanju ruku preuranjeno.

– Dobro, ako mislite da ćete tako nešto dokazati, ali i dalje sam uverena da nećete otkriti ništa novo.

– U svakom slučaju – nastavio je Rikardo, pućkajući cigaru, koja je izgledala veća i mirisala je bolje od one koju je pušio na prethodnom sastanku – već ste platili za dve nedelje.

– Šta je s pismima? – pitala je En. – Pretpostavljam da ih je napisao neko ko je ljubomoran na dostignuća mog muža.

– Pa, rekao sam vam poslednji put, gospođo Ozborn, da nikad nije lako pronaći pošiljaoca anonimnih pisama. Međutim, uspeo sam da pronađem knjižaru gde je kupljen pribor za pisanje, jer je marka prilično neuobičajena. A opet, možda ću saznati nešto naredne nedelje. Jeste li dobili još pisama?

– Nisam.

– Dobro. Onda izgleda da sve ide kako treba. Nadajmo se, zbog vas, da će naš sledeći sastanak biti i poslednji.

– Da – kazala je srećno En – nadajmo se. Mogu li da platim vaše troškove za narednu nedelju?

– Naravno, naravno.

En je gotovo zaboravila tu reč, ali ovog puta se samo nasmejala. Pristala je da se vidi s Rikardom na, verovala je, poslednjem sastanku u četvrtak. Dok se vozila do kuće, En je zaključila da Henri mora da dobije petsto hiljada dolara i priliku da dokaže kako Vilijam i Alan greše. I dalje se nije oporavila od otkrića da je Vilijam bio u Bostonu i nije joj se javio. Mislila je da Henri ima pravo da smatra kako mu njen sin radi iza leđa.

Henri se oduševio kad mu je En rekla za večerom za odluku o zajmu, i izvadio je dokumenta da ih ona potpiše sutra ujutro. En je pomislila kako ih je pripremio pre izvesnog vremena, posebno jer ih je Mili Preston već potpisala. Ili je ponovo previše sumnjičava? Prestala je da misli o tome i potpisala se.

*　*　*

Bila je potpuno spremna za Alana Lojda kad ju je pozvao u ponedeljak ujutro.

– En, zašto niste sačekali do četvrtka? Onda bismo, makar, znali ko je dobio ugovor za izgradnju bolnice.

– Ne, Alane, odlučila sam. Henriju je potreban novac sad. Mora da dokaže Gradskom veću da je finansijski sposoban da ispuni ugovor, a već imate potpise dva izvršitelja, tako da se više ništa ne pitate.

– Banka uvek može da izda Henriju garanciju bez prebacivanja novca – kazao je Alan. – Siguran sam da će Gradsko veće prihvatiti to. U svakom slučaju, i dalje nisam imao dovoljno vremena da proverim račune kompanije.

– Ali imali ste dovoljno vremena da ručate i igrate golf s Vilijamom prošle nedelje a da mi to niste rekli.

Usledila je trenutna tišina na drugom kraju linije.

– En, ja...

– Ne govorite da niste imali priliku da me obavestite. Došli ste na našu zabavu u petak uveče i mogli ste to da mi pomenete tad. Odabrali ste da ne pomenete, mada ste imali dovoljno vremena da me savetujete da odložim odluku o zajmu za Henrija.

– En, žao mi je. Razumem kako vam ovo izgleda i zašto ste uznemireni, ali postoji razlog, verujte mi. Smem li da dođem i objasnim vam sve?

– Ne, Alane, ne možete. Udružili ste se protiv mog muža. Niko od vas ne želi da se on dokaže. Dobro, ja ću mu to omogućiti.

En je spustila slušalicu, zadovoljna sobom, osećajući da je bila odana Henriju na način kojim se potpuno iskupila za to što je uopšte sumnjala u njega.

Alan Lojd ju je ponovo pozvao, ali En je naložila služavki da kaže kako je izašla. Kad se Henri vratio kući te večeri, oduševio se kad je čuo kako je En oštro razgovarala s Alanom.

– Sve će biti dobro, draga, videćeš. U četvrtak ujutro ću dobiti ugovor i moći ćeš da se pomiriš s Alanom; ipak, bolje je da ga se kloniš dotad. Ako želiš, možemo da proslavimo ručkom u *Grandu* u četvrtak, i mahnemo mu s druge strane restorana.

En se osmehnula. Setila se kako tog dana u dvanaest treba da se sastane s Glenom Rikardom. Ipak, to će joj ostaviti dovoljno vremena da stigne u hotel *Grand* do jedan, kad će proslaviti obe pobede.

* * *

Alan je više puta pokušavao da pozove En, ali služavka je uvek imala neki izgovor. Kako su dokument o zajmu potpisala dva izvršitelja testamenta, nije mogao da zadržava isplatu duže od dvadeset četiri časa. Tekst je bio uobičajen za sve sporazume koje je sastavio Ričard Kejn; nije bilo nikakvih nejasnoća na koje je mogao da se pozove. Kad je poseban kurir poneo ček na petsto hiljada dolara iz banke, u utorak po podne, Alan je napisao dugačko pismo Vilijamu, objašnjavajući mu da nije imao izbora nego da prebaci novac, ne obaveštavajući ga samo o nepotvrđenim nalazima šefova odseka. Poslao je kopiju tog pisma svakom od direktora banke, svestan da je, mada se ponašao krajnje prikladno, izložio sebe optužbama za skrivanje.

Vilijam je dobio pismo Alana Lojda u četvrtak ujutro, dok je doručkovao s Metjuom u *Sent Polu*.

Doručak na Bikon hilu u četvrtak ujutro sastojao se od uobičajenih jaja i slanine, vrućeg dvopeka, hladne ovsene kaše i lončeta vrele kafe. Henri je istovremeno bio napet i veseo, brecao se na služavku, šalio se s nekim nižim gradskim činovnikom koji ga je pozvao da mu potvrdi kako će gradonačelnik u deset sati, na konferenciji za štampu, saopštiti ime kompanije koja je dobila ugovor za izgradnju bolnice.

En se gotovo radovala svom poslednjem susretu s Glenom Rikardom. Listala je *Vog*, trudeći se da ne gleda kako Henriju drhte ruke dok je čitao *Boston gloub*.

– Šta ćeš da radiš jutros? – pitao je Henri, trudeći se da zapodene razgovor.

– O, ništa posebno pre našeg slavljeničkog ručka. Nameravaš li i dalje da imenuješ dečje krilo bolnice po Ričardu? – pitala je En.

– Ne po Ričardu, draga moja. To će biti moje dostignuće, tako da ću mu dati ime po tebi. Krilo supruge Henrija Ozborna – dodao je galantno.

– Kako lepa ideja – kazala je En, spuštajući časopis i osmehujući mu se. – Ne smeš da mi dozvoliš da popijem previše šampanjca za ručkom. Imam sastanak s doktorom Makenzijem tokom popodneva i mislim da mu se ne bi svidelo da dođem pijana nekoliko nedelja pre porođaja. Kad ćeš sigurno znati da je ugovor tvoj?

– Već znam – rekao je Henri. – Službenik s kojim sam razgovarao sto odsto je uveren, ali zvanično će saopštiti u deset sati.

– Henri, prvo što moraš da uradiš jeste da pozoveš Alana i saopštiš mu lepe vesti. Počinjem da osećam krivicu zbog toga kako sam se ponašala prema njemu u ponedeljak.

– Nema potrebe da osećaš krivicu, draga. Napokon, nije te obavestio o svom sastanku s Vilijamom.

– Ne, ali je kasnije pokušao da mi objasni, Henri, a ja mu nisam pružila priliku.

– Dobro, dobro, kako ti kažeš. Ako te to čini srećnom, pozvaću ga u deset i pet, a onda možeš pismom da javiš Vilijamu da sam mu zaradio još jedan milion. – Pogledao je na sat. – Bolje da krenem. Poželi mi sreću.

– Mislila sam da ti nije potrebna sreća – kazala je En.

– Nije, nije, samo se tako kaže. Vidimo se u *Grandu* u jedan. – Poljubio ju je u čelo. – Večeras ćeš moći da se smeješ svemu tome oko Alana, Vilijama i ugovora, i ostaviš to iza sebe, veruj mi. Zbogom, draga.

Nepojeden doručak nalazio se ispred Alana Lojda. Čitao je finansijsku rubriku *Boston glouba*, primetivši mali članak desno o tome kako će u deset sati gradonačelnik objaviti koja kompanija je dobila ugovor od pet miliona dolara za izgradnju bolnice.

Alan je već odlučio šta će da uradi ako Henri ne obezbedi ugovor i ispostavi se da je tačno sve na šta ga je Vilijam upozorio. Uradiće ono što bi Ričard uradio u tim okolnostima: radiće u najboljem interesu banke. Najnoviji izveštaji o Henrijevim ličnim finansijama veoma su ga uznemirili. Ozborn je uistinu bio patološki kockar, i nije bilo dokaza da je petsto hiljada dolara iz zadužbine uplaćeno njegovoj kompaniji.

Alan je pijuckao sok od pomorandže, ne dirajući ostatak doručka. Izvinio se svojoj domaćici i otišao u banku. Dan je bio vedar i sunčan.

– Vilijame, da li ti se igra tenis po podne?

Metju je čekao da Vilijam odgovori, ali nastavio je da čita pismo koje je dobio od Alana Lojda.

– Šta si rekao?

– Jesi li gluv, ili već patiš od senilne demencije? – I dalje nije bilo odgovora. Metju je ponovo pokušao. – Hoće li mi biti dozvoljeno da te nalupam na teniskom terenu ovog popodneva?

– Ne, ne ovog popodneva, Metju. Imam važnija posla.

– Naravno, stari druže, zaboravio sam da ideš u nedeljnu posetu Beloj kući da savetuješ predsednika Hardinga o nacionalnim fiskalnim problemima. Podsećam te, ne bi mogao da budeš gori od te umišljene budale, Čarlsa Dž. Doza. – Vilijam nije odgovorio. – Kaži predsedniku da ćeš nastaviti da ga savetuješ ako imenuje Metjua Lestera za narednog ministra pravde.

Vilijam i dalje nije odgovarao.

– Znam da je ta šala prilično slaba, ali mislio sam da je makar zaslužila komentar – rekao je Metju, pažljivije gledajući ćutljivog prijatelja. – To je zbog jaja, zar ne? Imaju ukus kao da su doneta iz ruskog logora za ratne zarobljenike.

– Metju, potrebna mi je tvoja pomoć – rekao je Vilijam kad je vratio Alanovo pismo u koverat.

– Dobio si pismo od moje sestre, a ona misli da si seksepilniji od Rudolfa Valentina.

Vilijam je ustao. – Dosta je šale, Metju. Da je banka tvog oca opljačkana, da li bi sedeo i zbijao šale?

Izraz na Vilijamovom licu rekao je Metjuu da je stvar ozbiljna. – Ne, ne bih – kazao je tiho.

– Dobro. Hajdemo onda i objasniću ti sve usput – rekao je Vilijam.

– A kuda idemo? – pitao je nedužno Metju.

– U Boston.

En je napustila Bikon hil malo posle deset da ode u kupovinu pre nego što se sastane s Glenom Rikardom.

Telefon je zazvonio dok je hodala Česnat stritom. Služavka se javila, pogledala kroz prozor, ali gospodarica je već bila van vidokruga. Da se En javila, saznala bi odluku Gradskog veća o ugovoru za izgradnju bolnice; umesto toga je kupila svilene čarape i isprobala novi parfem. Stigla je u kancelariju Glena Rikarda malo posle dvanaest, nadajući se da će njen novi parfem nadjačati ustajali duvanski dim.

– Nadam se da ne kasnim, gospodine Rikardo – počela je žustro.

– Molim vas, sedite, gospođo Ozborn.

Rikardo nije izgledao posebno veselo, ali nikad i nije, pomislila je En. Primetila je da ne puši uobičajenu cigaru. Otvorio je otmenu smeđu fasciklu, jedinu novu stvar koju je En videla u kancelariji, i izvadio neke papire.

– Počnimo od anonimnih pisama, gospođo Ozborn.

En se nije svideo ton njegovog glasa.

– Da, dobro – procedila je.

– Poslala ih je gospođa Rubi Flauers.

– Ko? Zašto? – pitala je En, nestrpljiva da čuje neželjene odgovore.

– Pretpostavljam da je jedan od razloga to što gospođa Flauers trenutno tuži vašeg muža.

– Dobro, to objašnjava sve – kazala je En. – Mora da želi osvetu. Koliko tvrdi da joj Henri duguje?

– Ne traži novac, gospođo Ozborn.

– Šta onda traži?

Rikardo se odgurnuo dok je ustajao iz stolice, kao da mu je potrebna sva snaga obe ruke da podigne umorno telo. Otišao je do prozora i pogledao u prepunu bostonsku luku.

– Tuži ga zbog prekršenog obećanja, gospođo Ozborn.

– Ali to nije moguće – rekla je En.

– Izgleda da su bili vereni kad vas je gospodin Ozborn upoznao, i da je iznenada raskinuo veridbu, bez konkretnog razloga.

– Sponzoruša. Mora da je želela Henrijev novac.

– Ne, ne bih rekao. Vidite, gospođa Flauers je prilično imućna. Ne kao vi, naravno, ali svakako imućna. Njen pokojni muž je posedovao kompaniju za flaširanje bezalkoholnih pića i ostavio joj je sve.

– Njen pokojni muž? Koliko joj je godina?

Rikardo se vratio do stola i prelistao nekoliko stranica u fascikli pre nego što je počeo da pomera prst niz stranicu.

– Pedeset tri u julu.

– O bože – kazala je En. – Sirotica. Mora da me mrzi.

– Verovatno, gospođo Ozborn, ali to nam neće pomoći. Sad moram da vas obavestim o drugim aktivnostima vašeg muža.

Nikotinom umrljani prsti okrenuli su još stranica.

En je osetila mučninu. Zašto se vratila? Zašto nije zaboravila na sve? Nije morala da zna. Nije želela da zna. Želela je da ustane i ode. Koliko je želela da je Ričard kraj nje. Nije mogla da se pomeri, bila je opčinjena Rikardom i sadržajem njegove otmene fascikle.

– U dva navrata prošle nedelje gospodin Ozborn je proveo po tri sata s gospođom Preston.

– Ali to ne dokazuje ništa – počela je očajno En. – Znam da su razgovarali o važnoj finansijskoj transakciji.

– U malom hotelu u La Sal stritu, u osam uveče.

En ga nije ponovo prekidala.

– U oba navrata su viđeni kako ulaze u hotel, šapućući i smejući se. To nije dokaz, naravno, ali imamo fotografije njih dvoje kako ulaze i izlaze zajedno iz hotela.

– Uništite ih – kazala je tiho En.

Glen Rikardo je zatreptao. – Kako želite, gospođo Ozborn. Bojim se da ima još toga. Moja istraga je pokazala da gospodin Ozborn nije studirao na Harvardu, niti je bio oficir u američkoj vojsci. Postoji Henri Ozborn s Harvarda koji je, kako se ispostavilo, visok metar i šezdeset, plavokos i poreklom iz Alabame. Ubijen je na Somi 1917. Takođe sam otkrio da je vaš muž znatno mlađi nego što tvrdi, da mu je pravo ime Vitorio Tonja i da je služio...

– Prekinite. Ne želim više da slušam – kazala je En, dok su joj suze tekle niz obraze. – Ne želim više da slušam.

– Naravno, gospođo Ozborn, razumem vas. Žao mi je što su moje vesti toliko uznemirujuće. Moj posao ponekad...

En je povratila malo samokontrole. – Hvala vam, gospodine Rikardo. Cenim to što ste uradili. Koliko vam dugujem?

– Već ste mi platili dve nedelje unapred. Moji troškovi iznose sedamdeset tri dolara.

En mu je dala novčanicu od sto dolara i ustala.

– Ne zaboravite kusur, gospođo Ozborn – rekao je Rikardo, kad se okrenula da ode.

En kao da ga nije čula.

– Jeste li dobro, gospođo Ozborn? Izgledate pomalo bledo. Da vam donesem čašu vode ili nešto jače?

– Ne, hvala vam, dobro sam – slagala je En.

– Možda bih mogao da vas odvezem kući?

– Ne, hvala vam, gospodine Rikardo. Mogu sama da odem kući. – Okrenula se i osmehnula privatnom detektivu. – Ljubazno je što ste mi to ponudili.

Glen Rikardo je tiho zatvorio vrata iza klijentkinje, polako otišao do prozora, odgrizao kraj svoje poslednje velike cigare i ispljunuo ga je. Opsovao je svoj posao dok je posmatrao gospođu Ozborn kako ulazi u taksi. Tako fina dama.

En je zastala na dnu prljavih stepenica, držeći se za ogradu, gotovo se onesvestivši. Beba se bacakala u njoj, zbog čega je osećala mučninu. Pronašla je taksi na uglu ulice i sela na zadnje sedište; nije mogla da spreči jecaje, nesigurna šta dalje da radi. Čim je izašla ispred *Red hausa*, otišla je u spavaću sobu pre nego što posluga vidi koliko je uznemirena. Telefon je zvonio kad je ušla u sobu. Podigla je slušalicu, više iz navike nego iz radoznalosti ko bi to mogao da bude.

– Mogu li da razgovaram s gospođom Ozborn, molim vas?

Prepoznala je odmah Alanov odsečan ton. Još jedan umoran, iscrpljen glas.

– Zdravo, Alane. *Ovde* En.

– En, draga, žao mi je zbog jutrošnjih vesti.

– Kako ste saznali za to, Alane? Kako ste saznali? Ko vam je rekao?

– Gradsko veće me je pozvalo i dalo mi pojedinosti odmah posle deset. Pokušao sam da vas pozovem, ali služavka je rekla da ste otišli u kupovinu.

– O bože – rekla je En. – Potpuno sam zaboravila na ugovor. – Sela je, teško dišući.

– Jeste li dobro, En?

– Da, dobro sam – kazala je, neuspešno pokušavajući da sakrije jecanje. – Šta su vam rekli iz Gradskog veća?

– Ugovor za izgradnju bolnice dobili su *Kirkbrajd i Karter.* Izgleda da Henri nije bio ni u prva tri. Pokušavao sam da ga dobijem čitavo jutro, ali izgleda da je napustio kancelariju nakon deset i nije se vraćao. Pretpostavljam da ne znate gde je, En?

– Ne, nemam predstavu.

– Želite li da dođem, draga? Mogao bih da stignem za nekoliko minuta.

– Ne, hvala, Alane. – En je drhtavo udahnula. – Molim vas, oprostite mi zbog načina na koji sam se ponašala prema vama poslednjih nekoliko dana. Da je Ričard živ, nikad mi ne bi oprostio.

– Ne pričajte svašta, En. Naše prijateljstvo je trajalo predugo da bi takva sitnica bila važna.

Ljubaznost njegovih reči ponovo ju je naterala u plač. En je nesigurno ustala.

– Moram da idem, Alane. Čujem nekog na ulaznim vratima... možda je Henri.

– Čuvajte se, En, i ne brinite se. Sve dok sam predsednik upravnog odbora, banka će vas uvek podržavati. Ne oklevajte da pozovete ako mogu nekako da pomognem.

En je spustila slušalicu. Postalo joj je previše naporno da diše, i smučilo joj se od žestokih trudova. Pala je na pod.

Nekoliko trenutaka kasnije služavka je tiho pokucala na vrata. Zatekla je gospodaricu kako leži na podu. Utrčala je u sobu u pratnji Vilijama. To je bio prvi put da je ušao u majčinu spavaću sobu otkako se udala za Henrija Ozborna. En se nekontrolisano tresla, nesvesna njihovog prisustva. Mehurići pene pojavili su joj se na usnama. Napad je prošao za nekoliko sekundi, a ona je počela tiho da stenje.

– Majko – zabrinuto je rekao Vilijam – šta se dogodilo?

En je otvorila oči i izbezumljeno pogledala sina. – Ričarde – kazala je – hvala bogu što si došao.

– Ja sam Vilijam, majko.

Pogled joj je zadrhtao. – Nemam više snage, Ričarde. Moram da platim za svoje greške. Oprosti...

Zaćutala je i zastenjala kad ju je obuzeo novi grč.

– Šta se događa? – upitao je Vilijam bespomoćno.

– Mislim da je to zbog bebe – kazala je služavka – mada je dva meseca pre termina.

– Odmah pozovite doktora Makenzija – rekao je Vilijam dok je trčao ka vratima sobe. – Metju! – povikao je. – Brzo dođi.

Metju se popeo stepenicama i pridružio se Vilijamu u spavaćoj sobi.

– Pomozi mi da odnesem majku do kola.

Dva momka su podigla En i odnela je nežno dole i ubacila u kola. Dahtala je i stenjala, očigledno u velikim bolovima. Vilijam se vratio do kuće i uzeo telefon od služavke, dok je Metju čekao u kolima.

– Doktore Makenzi.

– Da, ko je to?

– Zovem se Vilijam Kejn... ne poznajete me, gospodine.

– Zar vas ne poznajem, mladiću? Ja sam vas doneo na ovaj svet. Šta mogu da uradim za vas?

– Mislim da se moja majka porađa. Vozim je odmah u bolnicu. Trebalo bi da budemo tamo za nekoliko minuta.

Ton doktora Makenzija se promenio. – Dobro, Vilijame, ne brinite se. Čekaću vas, i sve će biti spremno kad stignete.

– Hvala vam, gospodine. – Vilijam je oklevao. – Izgleda da je imala nekakav napad. Da li je to normalno?

Vilijamove reči su zaledile doktora. I on je oklevao.

– Pa, to nije sasvim normalno. Ali vaša majka će biti dobro kad se porodi. Odvedite je odatle što brže možete.

Vilijam je spustio slušalicu, istrčao iz kuće i uskočio u rols-rojs. Metju, koji je samo jednom vozio očev rols-rojs, vozio je uz dosta zastajkivanja, nikad ne ubacujući u brzinu višu od prve. Nije se zaustavljao dok nisu stigli do ulaza u bolnicu. Momci su nežno izvadili En iz kola i spustili je na nosila koja su čekala. Jedna bolničarka ih je brzo odvela do porodilišta, gde je doktor Makenzi stajao na vratima jedne od sala za porođaje. Preuzeo je stvar u svoje ruke i rekao im da sačekaju ispred.

Vilijam i Metju su sedeli ćutke na klupici u hodniku i čekali. Užasni povici i krici, nimalo nalik na išta što su čuli ranije, dopirali su iz sale za porođaje... a onda je usledila još strašnija tišina. Prvi put u životu Vilijam se osećao potpuno bespomoćno. Dva momka su sedela na klupi čitav sat, ne progovorivši ni reč. Na kraju se pojavio umorni doktor Makenzi. Kad su ustali, doktor je pogledao Metjua. – Vilijam? – pitao je.

– Ne, gospodine, ja sam Metju Lester. Ovo je Vilijam. – Doktor se okrenuo i spustio ruku na Vilijamovo rame. – Vilijame, tako mi je žao. Vaša majka je umrla pre nekoliko minuta... a dete je, devojčica, mrtvorođeno.

Vilijama su izdale noge i seo je na klupu.

– Uradili smo sve što je bilo u našoj moći da ih spasemo, ali bilo je prekasno. – Umorno je odmahnuo glavom.

Vilijam je sedeo ćutke. Napokon je prošaputao: – Kako je *mogla* da umre? Kako ste mogli da *dozvolite* da umre?

Doktor je seo na klupu kraj njega. – Nije htela da me sluša – rekao je. – Stalno sam je, nakon pobačaja, upozoravao da ne zatrudni ponovo, ali kad se preudala, ona i vaš očuh nisu shvatali ozbiljno moja upozorenja. Kad ste je doveli danas, njen krvni pritisak je bez razloga skočio do nivoa koji dovodi do eklampsije.

– Eklampsija?

– Grčevi. Ponekad pacijenti mogu da prežive nekoliko napada. Ponekad jednostavno... prestanu da dišu.

Vilijam se rasplakao i zario lice u šake. Niko nije govorio nekoliko minuta. Vilijam je na kraju ustao i Metju ga je nežno vodio hodnikom. Doktor je krenuo za njima. Kad su stigli do ulaza, pogledao je Vilijama.

– Njen krvni pritisak je naglo skočio. To je vrlo neobično, i nije se ozbiljno borila, gotovo kao da više nije marila. Čudno... da li ju je nešto mučilo u poslednje vreme?

Vilijam je podigao suzama umrljano lice. – Ne *nešto* – kazao je strastveno. – *Neko.*

Alan Lojd je sedeo u uglu salona kad su se dva momka vratila u *Red haus.* Ustao je kad su ušli.

– Vilijame – kazao je odmah. – Krivim sebe što sam odobrio taj zajam.

Vilijam je zurio u njega, ne shvatajući njegove reči.

Metju je prekinuo tišinu. – Mislim da to više nije važno, gospodine – kazao je tiho. – Vilijamova majka je upravo umrla dok je rađala mrtvorođenče.

Alan Lojd je prebledeo, uhvatio se za okvir kamina i okrenuo im leđa. To je bio prvi put da ijedan od njih vidi odraslog muškarca kako plače.

– Ja sam za sve kriv – kazao je bankar. – Nikad neću oprostiti sebi. Nisam joj rekao sve što sam saznao. Voleo sam je toliko da nisam želeo da bude uznemirena.

Njegov bol je omogućio Vilijamu da bude smiren.

– Niste vi krivi, Alane – kazao je odlučno. – Uradili ste sve u svojoj moći, znam to, i sad će mi biti potrebna vaša pomoć.

Alan Lojd se pribrao. – Da li je Ozborn obavešten o smrti vaše majke?

– Ne znam i ne marim.

– Zvao sam ga čitavog dana zbog ugovora o izgradnji bolnice. Napustio je kancelariju odmah nakon deset jutros, i nije viđen otad.

– Pojaviće se, pre ili kasnije – sumorno je rekao Vilijam.

Nakon što je Alan Lojd otišao, Vilijam i Metju su sedeli u salonu veći deo noći, dremajući povremeno, retko govoreći. U četiri ujutro, kad je Vilijam izbrojao otkucavanja sata s klatnom, učinilo mu se da je čuo neku buku na ulici. Pogledao je i video kako Metju zuri kroz prozor, i ukočeno je otišao do njega. Gledali su kako se Henri Ozborn tetura preko Luisburg skvera, s bocom u jednoj ruci, i svežnjem ključeva u drugoj. Petljao je neko vreme oko brave, i konačno je ušao u predvorje, zbunjeno trepćući prema dvojici dečaka.

– Želim En, ne tebe. Zašto nisi u školi? Ne želim tebe – rekao je, zaplićući jezikom, dok se probijao pored Vilijama i ulazio u salon. – Gde je En?

– Moja majka je mrtva – kazao je tiho Vilijam.

Ozborn ga je pogledao, s nevericom na licu. Otišao je do kredenca i sipao sebi viski, što je izbezumilo Vilijama.

– Gde si bio kad joj je bio potreban muž? – povikao je.

Ozborn nije puštao bocu. – Šta je s bebom?

– Mrtvorođena, devojčica.

Ozborn se svalio na stolicu, a pijane suze su mu potekle niz lice. – Izgubila je moju bebu?

Vilijam se gotovo izbezumio od besa. – Tvoju bebu? Prekini, za promenu, da misliš o sebi! – povikao je. – Znaš da joj je doktor Makenzi savetovao da više ne ostaje u drugom stanju.

– Stručan si za to, kao i za sve ostalo? Da si gledao svoja jebena posla, mogao sam da se brinem o svojoj ženi bez tvog mešanja.

– I njenom novcu, izgleda.

– Novac. Ti škrto malo kopile. Kladim se da te gubitak novca više boli od gubitka majke.

– Ustaj! – Vilijam je viknuo na njega.

Ozborn je ustao i razbio bocu o ivicu stola, prosipajući viski na tepih. Zamahnuo je prema Vilijamu, držeći slomljenu bocu u podignutoj ruci. Vilijam je ostao na mestu. Metju je stao između njih i lako je izvadio bocu iz pijančeve ruke.

Vilijam je odgurnuo prijatelja u stranu i prišao dok mu lice nije bilo na palac od Ozbornovog.

– Sad me slušaj, i to dobro. Želim da odmah izađeš iz ove kuće. Ako ikad više čujem za tebe, pokrenuću punu istragu onog što se dogodilo s majčinih pola miliona koje je uložila u tvoju firmu, i ponovo ću otvoriti istragu o tome ko si i o tvojim prošlim aktivnostima u Čikagu. Ako, s druge strane, više nikad ne čujem za tebe, smatraću to pitanje rešenim. Sad idi pre nego što uradim nešto zbog čega ću zažaliti.

Ozborn se isteturao iz sobe. Nijedan od njih nije čuo pretnje dok je zatvarao vrata.

Vilijam je otišao u banku sledećeg jutra. Odmah su ga odveli u predsednikovu kancelariju. Alan Lojd je stavljao neka dokumenta u aktovku. Dodao je list papira Vilijamu, bez ijedne reči. Bilo je to kratko pismo svim članovima odbora u kojem ih obaveštava o ostavci na mesto predsednika odbora banke.

– Možete li zamoliti svoju sekretaricu da nam se pridruži? – tiho je upitao Vilijam.

– Kako želiš.

Alan je pritisnuo dugme sa strane stola i jedna sredovečna, konzervativno odevena žena je ušla u prostoriju.

– Dobro jutro, gospodine Kejne – kazala je kad je videla Vilijama. – Tako mi je žao zbog vaše majke.

– Hvala vam – rekao je Vilijam. – Da li je iko video to pismo?

– Ne, gospodine – rekla je sekretarica. – Upravo sam se spremala da otkucam dvanaest kopija kako bi ih gospodin Lojd potpisao.

– Pa, nemojte – rekao je Vilijam – i molim vas, zaboravite da je ikad postojalo.

Gledala je u plave oči šesnaestogodišnjaka. *Toliko liči na oca*, mislila je. – Da, gospodine Kejne. – Izašla je, zatvarajući vrata. Alan Lojd je izgledao zbunjeno.

– *Kejn i Kabotu* u ovom trenutku nije potreban novi predsednik, Alane – kazao je Vilijam. – Niste uradili ništa što moj otac ne bi uradio na vašem mestu.

– To nije tako lako – rekao je Alan.

– To jeste tako lako – kazao je Vilijam. – Možemo ponovo da razgovaramo o tome kad budem imao dvadeset jednu godinu, i ne pre toga. Dotad ću vam biti zahvalan ako budete vodili moju banku sa uobičajenom promišljenošću i mudrošću. Ne želim da se o onom što se dogodilo razgovara van ove kancelarije. Uništićete sve informacije koje imate o Henriju Ozbornu, i smatrati to pitanje rešenim.

Vilijam je pocepao ostavku i bacio deliće u vatru. Prebacio je ruku preko Alanovih leđa.

– Sad nemam porodicu, Alane, samo vas. Zaboga, nemojte me napustiti.

Kad se Vilijam vratio na Bikon hil, baba Kejn i baba Kabot sedele su ćutke u salonu. Ustale su kad je ušao u sobu. Vilijam je prvi put shvatio da je postao glava porodice Kejn.

Skromna sahrana održana je četiri dana kasnije u Episkopalnoj katedrali Svetog Pavla. Došli su samo rođaci i bliski prijatelji; jedino je bilo primetno odsustvo Henrija Ozborna. Dok su se ožalošćeni razilazili, izjavljivali su saučešće Vilijamu. Babe su stajale korak iza njega, kao stražari, gledajući, odobravajući smiren i dostojanstven način na koji se ponašao. Kad su svi otišli, Vilijam je otpratio Alana Lojda do automobila.

Predsednik banke je bio oduševljen Vilijamovim zahtevom.

– Kao što znate, Alane, moja majka je uvek nameravala da izgradi dečje krilo Opšte bolnice u Masačusetsu, u spomen na mog oca. Voleo bih da njena želja bude ispunjena.

21.

Vladek je ostao u poljskom konzulatu u Konstantinopolju duže od godinu dana, a ne nekoliko dana koliko je na početku mislio. Radio je danonoćno s Pavelom Zaleskim, postajući mu nezamenjiv pomoćnik, kolega i blizak prijatelj. Ništa mu nije bilo teško, i Zaleski je ubrzo počeo da se pita šta će raditi kad Vladek ode. Mladić je posećivao britanski konzulat jednom nedeljno, da jede u kuhinji s gospođom Henderson, škotskom kuvaricom, a jednom prilikom i s drugim konzulom Njegovog britanskog veličanstva, u trpezariji.

Oko njih su stare islamske tradicije počele da nestaju, a Osmansko carstvo je krenulo da se raspada. Mustafa Kemal je bio čovek o kojem su svi govorili. Vladek je bio uznemiren zbog osećaja skore promene. Stalno je mislio na barona i one koje je voleo u zamku. Neophodnost preživljavanja u Rusiji, iz dana u dan, sprečavala ga je da misli na njih, ali u Turskoj su mu se ćutke pojavljivali pred očima: baron, Leon, Florentina... Ponekad ih je video nasmejane i srećne... Leon pliva u reci, Florentina igra kolariću paniću u svojoj spavaćoj sobi, baronovo lice snažno i ponosno na svetlosti sveća uveče... ali uvek bi se ta dobro zapamćena, voljena lica rastopila, i koliko god se trudio da ih zadrži, uvek mu se u misli vraćao poslednji put kad ih je video: Leon leži mrtav u dvorištu zamka, Florentina krvari u agoniji, baron slep i nemoćan.

Vladek je počeo da oseća da se nikad neće vratiti u zemlju koju naseljavaju takvi duhovi, sve dok ne uradi nešto od svog života. S tim na umu, rešio je da emigrira u Ameriku, kao što je sunarodnik Tadeuš Košćuško, o kome je baron ispričao mnogo očaravajućih priča, uradio mnogo pre njega. Sjedinjene Države, kako ih je opisao Pavel Zaleski, bile su „Novi svet“. To ime ispunilo je Vladeka nadom u budućnost, i možda čak prilikom da se jednog dana pobedonosno vrati u Poljsku.

Pavel je bio taj koji mu je obezbedio novac za iseljeničko putovanje za Sjedinjene Američke Države. Bilo ih je teško obezbediti, i morala su da se zakažu najmanje godinu dana unapred. Vladeku je izgledalo da čitava Istočna Evropa pokušava da pobegne i započne iznova u Novom svetu.

* * *

U proleće 1921, Vladek Koskjevič ukrcao se na brod *Crna strela*, koji je plovio za ostrvo Elis, u Njujorku. Poneo je jedan kofer, u kojem su bile sve njegove stvari, i dokumenta koja mu je izdao Pavel Zaleski.

Poljski konzul otpratio ga je do luke, prijateljski ga je zagrlio i poželeo mu srećan put. – Idi s Bogom, dete moje.

Tradicionalni poljski odgovor pojavio se iz Vladekovog sećanja. – Ostanite s Bogom – odgovorio je.

Kad je stigao na vrh mostića za ukrcavanje na brod, Vladek se setio svog užasnog putovanja od Odese do Konstantinopolja, godinu dana ranije. Ovog puta nije bilo ni traga grumenovima uglja, a na sve strane su bili samo emigranti – Poljaci, Litvanci, Estonci, Ukrajinci, Sloveni, i ostali čije rasno poreklo nije znao. Čvrsto je uhvatio kofer i stao u red, prvi od mnogih redova u kojima će čekati pre nego što mu dozvole da uđe u Sjedinjene Države.

Dokumenta mu je pažljivo pregledao službenik koji je tražio Turke koji pokušavaju da izbegnu služenje vojnog roka, ali dokumenta Pavela Zaleskog bila su besprekorna. Vladek se u sebi zahvalio svom zemljaku, dok je gledao kako ostale ljude odbijaju.

Zatim je došla na red vakcinacija, i površan sistematski pregled, koji Vladek ne bi prošao da se nije dobro hranio prethodne godine. Napokon, kad su svi pregledi obavljeni, dozvoljeno mu je da ode dole do kabina, gde su postojale posebne prostorije za muškarce, žene i bračne parove. Vladek je otišao do prostorija za muškarce, gde je zatekao grupu Poljaka koji su zauzeli veliki deo gvozdenih brodskih ležaja, koji su se sastojali od četiri kreveta na sprat. Svaki krevet na sprat imao je tanku slamaricu, tanko ćebe i nije imao jastuk. To što nije imao jastuk, nije brinulo Vladeka, koji nikad nije mogao da spava na jastuku otkako je pobegao iz Logora 201.

Odabrao je krevet ispod jednog dečaka koji je izgledao kao da mu je vršnjak.

– Ja sam Vladek Koskjevič.

– Ja sam Ježi Novak iz Varšave – kazao je dečak na poljskom – i obogatiću se u Americi. – Dečak je pružio ruku.

Vladek i Ježi su proveli vreme pre isplovljavanja broda pričajući jedan drugom o svojim iskustvima, i obojica su bili zadovoljni što su imali s kim da podele usamljenost, i nisu hteli da priznaju kako ne znaju ništa o tome šta ih očekuje kad stignu na obale Amerike. Ježi je, ispostavilo se, izgubio roditelje u ratu, ali osim toga, nije imao šta zanimljivo da ispriča. Postao je opčinjen Vladekovim pričama: baronov sin, odrastao u lovčevoj kolibi, zarobili ga Nemci i Rusi, pobegao iz Sibira i onda od turskog dželata zahvaljujući srebrnoj narukvici koju mu je ostavio otac. Ježiju je izgledalo da je Vladek doživeo više za svojih petnaest godina nego što će on do kraja života.

Narednog jutra je *Crna strela* isplovila. Vladek i Ježi su se naslonili na ogradu i gledali kako Konstantinopolj nestaje u plavoj daljini Bosfora. Nakon mirnog Mramornog mora, talasi Egejskog mora naglo su uticali na većinu putnika. Dva toaleta za putnike u potpalublju, sa po deset umivaonika, šest toaleta i hladnom slanom tekućom vodom, bila su opsedana danonoćno. Nakon nekoliko dana, smrad njihovih prostorija podsetio je Vladeka na tamnicu u zamku u Slonimu.

Hrana je posluživana na dugačkim drvenim stolovima u velikoj, prljavoj trpezariji: topla supa, krompir, riba, kuvana govedina i kupus, polubeli ili crni hleb. Vladek je jeo i goru hranu, ali ne otkako je napustio Sibir, i bilo mu je drago što mu je gospođa Henderson spakovala zalihe: kobasice, orahe i čak malo brendija. On i Ježi delili su gozbu šćućureni u uglu spavaonice. Jeli su zajedno, istraživali brod zajedno i, noću, spavali jedan iznad drugog.

Trećeg dana plovidbe, Ježi je doveo jednu Poljakinju da večera s njima. Njeno ime, obavestio je nehajno Vladeka, bilo je Zafija. Prvi put u životu Vladek je dvaput pogledao neku devojku, i od tog trenutka nije mogao da prestane da je gleda. Podsetila ga je na Florentinu. Tople sive oči, duga plava kosa koja joj pada na ramena, nežan, blag glas. Želeo je da je dodirne. Povremeno bi se osmehnula Vladeku, koji je bio veoma svestan koliko je Ježi lepši od njega. Išao je s Ježijem dok ju je ovaj pratio do ženske spavaonice.

Ježi se kasnije okrenuo ka njemu, pomalo iznerviran. – Zar ne možeš da nađeš sebi ženu? Ova je moja.

Vladek nije priznao kako ne zna kako bi našao sebi ženu.

– Biće dovoljno vremena za devojke kad stignemo u Ameriku – rekao je prezrivo.

– Zašto da čekaš Ameriku? Nameravam da ih imam na ovom brodu što više mogu.

– Kako ćeš uspeti u tome? – pitao je Vladek, spreman da nauči nešto, ne priznajući svoje neznanje.

– Imamo još dvanaest dana na ovoj groznoj staroj kadi, a kad stignemo u Ameriku, nameravam da imam dvanaest žena – hvalio se Ježi.

– Šta ćeš da radiš s dvanaest žena? – pitao je Vladek.

– Da ih jebem, naravno.

Vladek je izgledao zbunjeno.

– Dragi bože – kazao je Ježi. – Nemoj mi reći da čovek koji je preživeo Nemce, koji je pobegao od Rusa, ubio čoveka s dvanaest godina i zamalo izbegao da mu gomila divljih Turaka odseče šaku, nikad nije spavao sa ženom? – Nasmejao se tako glasno da mu je višejezični hor iz obližnjih kreveta rekao da umukne.

– Dobro – nastavio je Ježi šapatom – došlo je vreme da proširiš obrazovanje, jer sam pronašao bar nešto čemu mogu da te podučim. – Provirio je preko ivice kreveta, mada nije mogao da vidi Vladekovo lice u mraku. – Zafija je devojka koja ima razumevanja. Ne sumnjam da ju je moguće ubediti da ti malo proširi obrazovanje. Pobrinuću se da ugovorim to.

Vladek nije odgovorio.

Nisu više pričali na tu temu, ali sutradan je Zafija počela da pokazuje malo više interesovanja za Vladeka. Sedela je kraj njega za vreme obroka i razgovarali su satima o svojim iskustvima i očekivanjima. Bila je siroče iz Poznanja i putovala je u Čikago, kod rođaka. Vladek joj je rekao da ide u Njujork i da će verovatno živeti s Ježijem.

– Nadam se da Njujork nije daleko od Čikaga – rekla je Zafija.

– Možeš da dođeš i posetiš me kad postanem gradonačelnik – rekao je Ježi hvalisavo.

Prezrivo je frknula. – Suviše si veliki Poljak, Ježi. Ne možeš dobro da govoriš engleski kao Vladek.

– Naučiću – kazao je samouvereno Ježi. – I počeću od amerikanizacije imena. Od danas ću biti Džordž Novak. Onda neću imati problema. Svi u Sjedinjenim Državama misliće da sam Amerikanac. Šta je s tobom, Vladeče Koskjeviču? Ništa veliko nećeš postići s takvim imenom?

Vladek je pogledao tek imenovanog Džordža ćutke prezirući svoje prezime. U nemogućnosti da prihvati titulu čijim se zakonitim naslednikom smatrao, mrzeo je prezime Koskjevič, koje ga je samo podsećalo na vanbračno rođenje.

– Snaći ću se – rekao je. – Čak ću ti pomoći oko engleskog, ako želiš.

– A ja ću ti pomoći da pronađeš devojku.

Zafija se zakikotala. – Ne moraš da se trudiš, pronašao je jednu.

Ježi, ili Džordž, kako je sad insistirao da ga zovu, svake noći je nakon večere išao s drugom devojkom do ceradom prekrivenih čamaca za spasavanje. Vladeka je zanimalo šta li tamo radi, iako su neke od devojaka koje je Džordž birao bile ne samo prljave nego i očigledno neprivlačne i kad bi se okupale.

Jedne večeri, nakon večere, kad je Džordž ponovo nestao, Vladek i Zafija su sedeli na palubi. Stavila mu je ruku oko vrata i počela da ga ljubi. Pritisnuo je čvrsto usta na njena; to mu je izgledalo užasno nepoznato, i nije znao šta dalje da radi. Na njegovo iznenađenje i sramotu, njen jezik mu je razdvojio usne. Nakon nekoliko trenutaka oklevanja, Vladek je počeo da smatra njena otvorena usta veoma uzbudljivim, i uznemirio se kad mu se penis ukrutio. Pokušao je da se udalji, ne želeći da je postidi, ali njoj to izgleda nije smetalo. Počela je da nežno i ritmično pritiska telo o njegovo, i privukla mu je šake do svoje zadnjice. Nabrekli penis mu je podrhtavao uz njen stomak, dajući mu gotovo nepodnošljivo zadovoljstvo. Odmakla je usta od njegovih i šapnula mu je na uvo.

– Mislim da je došlo vreme da svučeš odeću, Vladeče. – Pomerila se i prasnula u smeh kad se nije pomerio. – Dobro, možda sutra – kazala je, ustajući s palube pre nego što ga je poljubila.

Vladek se zbunjeno oteturao do svog kreveta, odlučan da ne pravi budalu od sebe drugi put. Čim je legao, zamišljajući šta bi se dogodilo da je svukao pantalone, neka ogromna šaka ga je uhvatila za kosu i izvukla iz kreveta na pod. U tom trenutku, prestao je da misli o Zafiji. Dva muškarca koja nije ranije video stajala su iznad njega. Odvukli su ga u dalji ugao i pribili uza zid. Jedan je čvrsto stisnuo Vladekova usta, i prineo mu nož do grla.

– Da nisi pisnuo, Poljače – šapnuo je muškarac s nožem, dok je primicao sečivo Vladekovoj koži. – Samo želimo srebrnu narukvicu.

Svest da bi njegovo blago moglo da bude ukradeno, užasnulo je Vladeka koliko i pomisao na gubitak šake. Pre nego što je stigao da odgovori, drugi muškarac mu je skinuo narukvicu sa zglavka.

Iznenada je neko skočio na leđa čoveku s nožem. To je dalo Vladeku priliku da udari onog koji ga je držao pribijenog uza zid. Pospani emigranti oko njih počeli su da se bude i zanimaju za to što se događa. Dva uljeza nisu mogla da se mere s Poljacima, i pobegli su što su brže mogli, ali ne pre nego što je Džordž uspeo da zarije nož u bok jednom od njih.

– Kuga vas odnela! – povikao je Vladek za njim.

– Mislim da se neće uskoro vraćati – rekao je Džordž. Pogledao je srebrnu narukvicu na strugotini na podu. – Veličanstvena je – kazao je gotovo sa strahopoštovanjem. – Uvek će biti ljudi koji će želeti takvu nagradu.

Vladek je podigao narukvicu i stavio je na zglavak.

– Gotovo si je izgubio ovog puta – rekao je Džordž. – Sreća za tebe što sam se noćas vratio malo kasnije.

– Zašto si zakasnio? – pitao je Vladek.

– Pronašao sam nekog idiota u svom čamcu za spasavanje noćas, sa spuštenim pantalonama. Brzo sam ga se otarasio.

– Kako si to uspeo? – pitao je Vladek, dok se peo na svoj krevet.

– Rekao sam mu da devojka na kojoj je bio ima boginje. Nikad nisam video da se neko obukao tako brzo.

– Šta radiš kad si u čamcu za spasavanje? – pitao je Vladek.

– Jebem ih do besvesti... šta si ti mislio da radim? – Nakon toga se Džordž okrenuo i zaspao.

Dok je ležao u krevetu, ne mogavši da zaspi, Vladek je dodirnuo srebrnu narukvicu i mislio na ono što je Džordž rekao, pitajući se kako bi izgledalo „jebati“ Zafiju.

Sutra ujutro brod je ušao u oluju i svim putnicima je naređeno da odu u potpalublje. Smrad toliko naguranih tela, pojačan grejanjem na brodu, kao da je prožimao svaki deo njihove spavaonice, i retki su bili oni koji nisu žestoko povraćali.

– Najgore od svega je – stenjao je Džordž – što neću uspeti da ih imam dvanaest.

Kad je oluja prošla, svi koji su mogli da hodaju izašli su na palubu. Vladek i Džordž su otišli mostićima gore, zahvalni na svežem morskom vazduhu. Mnoge devojke su se osmehivale Džordžu, ali Vladek nijednu nije pogledao dvaput. Jedna tamnokosa devojka, obraza rumenih od vetra, osmehnula se kad je prošla kraj Džordža. Okrenuo se prema Vladeku.

– Imaću je noćas. – Vladek se zagledao u devojku i primetio je kako gleda Džordža. – Noćas – ponovio je, kad je devojka prošla blizu njih. Pretvarala se da ga ne čuje, i otišla je prebrzo.

– Okreni se, Vladeče, i pogledaj da li me i dalje gleda.

Vladek se okrenuo. – Da, gleda te – kazao je iznenađeno.

– Noćas će biti moja – rekao je Džordž. – Jesi li već imao Zafiju?

– Nisam – kazao je Vladek. – Noćas.

– I bilo je vreme. Napokon, nikad je više nećeš videti kad stignemo u Njujork.

Džordž je te noći došao na večeru s tamnokosom devojkom koju su videli na palubi. Vladek i Zafija su ih ostavili, otišli na palubu i nekoliko puta obišli brod. Vladek je gledao postrance u njenu lepu figuru. To mora da bude sad ili nikad. Odveo ju je u senoviti ugao kraj jednog od čamaca za spasavanje, i počeo da je ljubi. Odgovorila je otvaranjem usta, a onda se malo nagnula dok nije ramenima dodirnula ceradu. Čuli su stenjanje iz čamca za spasavanje. To nije pomoglo. Vladek je krenuo ka njoj, a ona mu je polako podigla ruke ka svojim grudima. Dodirnuo ih je bojažljivo, iznenađen njihovom mekoćom. Raskopčala je nekoliko dugmića na bluzi i gurnula mu šaku unutra. Oduševio se prvim dodirom njenog nagog tela.

– Bože, ruka ti je ledena – kazala je Zafija.

Vladek ju je privukao k sebi, suvih usta, teško dišući. Rastavila je malo noge i Vladek je pao nespretno na nju, svestan nekoliko slojeva odeće. Saosećajno se pomerala s njim nekoliko minuta, a onda ga je odgurnula.

– Ne na palubi – rekla je. – Hajde da pronađemo čamac.

Prva tri čamca koja su pogledali bila su zauzeta, ali na kraju su pronašli prazan i uvukli se ispod cerade. U mrklom mraku, Vladek ju je čuo kako nešto petlja oko odeće. Zatim ga je nežno povukla na sebe. Bilo joj je potrebno vrlo malo vremena da dovede Vladeka u stanje prethodne uzbuđenosti, uprkos preostalim slojevima odeće. Smestio se između njenih nogu i bio je nadomak orgazma, kad ga je odgurnula od sebe.

– Zašto ne otkopčaš pantalone? – šapnula je.

Brzo je otkopčao dugmad na šlicu i prodro je u nju. Svršio je gotovo trenutno, i brzo se povukao, osećajući kako mu lepljiva sperma teče niz butinu. Ležao je zbunjeno, zaprepašćeno iznenadnošću tog čina, bolno svestan neravnih dasaka čamca koje mu se zarivaju u laktove i kolena.

– Da li si sad prvi put vodio ljubav s devojkom? – pitala je Zafija, želeći da on siđe s nje.

– Ne, naravno da nisam.

– Da li me voliš, Vladeče?

– Da, volim te – kazao je. – Čim se snađem u Njujorku, doći ću u Čikago da te pronađem.

– Volela bih to, Vladeče – kazala je dok je zakopčavala haljinu. – Volim i ja tebe.

– Jesi li je jebao? – bilo je prvo Džordžovo pitanje kad se Vladek vratio.

– Jesam.

– Da li je bilo dobro?

– Nije loše – rekao je Vladek – ali bilo mi je i bolje.

Ujutro ih je probudila buka drugih putnika koji su već proslavljali poslednji dan na *Crnoj streli*. Neki od njih su bili na palubi pre svitanja, u nadi da će ugledati kopno.

Vladek je spakovao ono malo svojih stvari u kofer, obukao jedino odelo i kapu, i pridružio se Zafiji i Džordžu na palubi. Njih troje su čkiljili u daljinu, ćutke čekajući da prvi put vide Sjedinjene Američke Države.

– Eno ga! – povikao je jedan putnik s palube iznad njih, i začulo se klicanje kako je sve više putnika uočavalo sivu traku Long Ajlenda na horizontu.

Mali remorker je prišao uz bok *Crne strele* i proveo je između Bruklina i Stejten Ajlenda u njujoršku luku. Kip slobode kao da ih je pozdravljao, a svetiljka mu je bila podignuta visoko u jutarnje nebo. Vladek je zadivljeno gledao obrise Menhetna.

Na kraju su se usidrili kraj zgrada od crvene cigle, s kulama i tornjevima, na ostrvu Elis. Putnici iz prve i druge klase koji su imali privatne kabine i svoje palube iskrcali su se prvi. Vladek ih nije ni video do tog jutra. Torbe su im nosili nosači, i dočekala su ih nasmejana lica na obali. Vladek je znao da njega neće dočekati nasmejana lica.

Nakon što su se retki povlašćeni iskrcali, kapetan je objavio preko zvučnika da ostali putnici neće napustiti brod još nekoliko sati. Razočarani uzdasi začuli su se kad je poruka prevedena na razne jezike. Zafija je sela na palubu i rasplakala se. Vladek je pokušao da je uteši. Na kraju je jedan službenik imigracione službe došao s numerisanim oznakama koje je okačio na vratove putnika. Vladek je bio B 127; to ga je podsetilo na poslednji put kad je imao broj. Da li će se ispostaviti da je Amerika gora od ruskih radnih logora?

Sredinom popodneva – nije im bila ponuđena hrana niti dodatne informacije – objava preko razglasa im je rekla da mogu da se iskrcaju. Vladek, Džordž i Zafija pridružili su se ostalima dok su polako silazili mostićem da bi prvi put kročili na američko tlo. Vladek je poljubio Zafiju i nije želeo da se rastane s njom, zadržavajući red. Jedan zvaničnik ih je razdvojio.

– Dobro, idemo – kazao je. – Moći ćete da se sastanete na drugoj strani. – Vladek je izgubio iz vida Zafiju kad su njega i Džordža gurnuli napred.

Proveli su prvu noć u Americi u nekoj vlažnoj šupi. Nisu mogli da spavaju jer su prevodioci išli između prepunih kreveta, nudeći pomoć izbezumljenim imigrantima.

Ujutro su postrojeni za lekarski pregled. Vladeku je rečeno da se popne uza strme stepenice, što je vežba koju ga je doktor u plavoj uniformi naterao da uradi dvaput, pažljivo posmatrajući njegovo hramanje. Vladek se svojski trudio da ga ublaži, sve dok doktor napokon nije bio zadovoljan. Vladeku je zatim rečeno da skine kapu i krut okovratnik, kako bi mogli da mu pažljivo pregledaju lice, oči, kosu, šake i vrat. Muškarac koji je stajao iza njega imao je zečju usnu; doktor ga je odmah zaustavio, nacrtao mu kredom krst na desnom ramenu i poslao ga na drugi kraj šupe.

Nakon pregleda, Vladek se pridružio Džordžu u još jednom dugom redu ispred prostorije za ispitivanje, gde je svaka osoba ispitivana oko pet minuta. Vladek je mogao samo da nagađa šta će ga pitati.

Prošla su još tri sata pre nego što je Džordž uveden u malu kabinu. Kad je izašao, široko se osmehnuo Vladeku. – Lako – kazao je – čak i za nekog glupog kao što si ti.

Vladek je osetio kako mu se dlanovi znoje kad je krenuo napred i pošao za zvaničnikom u malu, skromno uređenu kabinu. Dva ispitivača su sedela za stolom, pišući brzo na nečem što je ličilo na zvanična dokumenta.

– Govorite li engleski? – pitao je prvi.

– Da, gospodine, prilično dobro – odgovorio je Vladek, želeći da je više vežbao engleski tokom putovanja.

– Kako se zovete?

– Vladek Koskjevič, gospodine.

Drugi čovek mu je dodao veliku crnu knjigu. – Znate li šta je ovo?

– Da, gospodine, to je *Biblija*.

– Verujete li u Boga?

– Da, gospodine, verujem.

– Stavite ruku na *Bibliju* i zakunite se da ćete odgovarati iskreno na naša pitanja.

Vladek je spustio desnu šaku na *Bibliju* i rekao: – Obećavam da ću govoriti istinu.

– Koje ste nacionalnosti?

– Poljske.

– Ko je platio vaše putovanje?

– Platio sam ga novcem koji sam zaradio u poljskom konzulatu u Konstantinopolju.

Prvi zvaničnik je pogledao Vladekova dokumenta, klimnuo glavom i onda pitao: – Imate li kuda da odete?

– Da, gospodine. Idem kod gospodina Pitera Novaka. On je stric mog prijatelja. Živi u Njujorku.

– Dobro. Imate li posao?

– Da, gospodine. Radiću u pekari gospodina Novaka.

– Jeste li bili hapšeni? – pitao je drugi čovek.

Rusija je prošla kroz Vladekovu glavu. To se ne računa. Turska... nije hteo da pomene to.

– Ne, gospodine, nikad.

– Jeste li anarhista?

– Ne, gospodine.

– Jeste li komunista?

– Ne, gospodine. Mrzim komuniste... ubili su mi sestru.

– Jeste li spremni da poštujete zakone Sjedinjenih Američkih Država?

– Da, gospodine.

– Imate li novca?

– Da, gospodine.

– Smemo li da ga vidimo?

– Da, gospodine. – Vladek je stavio hrpu novčanica i nekoliko novčića na sto.

– Hvala vam – kazao je ispitivač. – Možete da vratite novac u džep.

– Koliko je dvadeset jedan plus dvadeset četiri? – pitao je drugi ispitivač.

– Četrdeset pet – odgovorio je Vladek bez oklevanja.

– Koliko krava ima nogu?

Vladek nije mogao da poveruje svojim ušima. – Četiri, gospodine – kazao je, pitajući se da li je to trik-pitanje.

– A konj?

– Četiri, gospodine – rekao je Vladek i dalje u neverici.

– Šta biste bacili u more, da se nađete na moru, u malom čamcu koji treba rasteretiti, hleb ili novac?

– Novac, gospodine – odgovorio je Vladek.

– Dobro. – Ispitivač je uzeo karticu s natpisom „Primljen“ i dodao je Vladeku. – Nakon što promenite novac u dolare, pokažite ovu kartu imigracionom službeniku. Kažite mu svoje puno ime i daće vam ličnu kartu. Onda ćete dobiti potvrdu o ulasku. Ako ne počinite zločin u roku od pet godina, i položite jednostavan test čitanja i pisanja na engleskom i pristanete da poštujete Ustav, biće vam dozvoljeno da zatražite puno američko državljanstvo. Srećno, Vladeče.

– Hvala vam, gospodine.

Kad je došao do šaltera za zamenu novca, Vladek je predao jednogodišnju ušteđevinu iz Turske i tri novčanice od po pedeset rubalja. Dali su mu četrdeset sedam dolara i dvadeset centi u zamenu za turski novac, ali rečeno mu je da su rublje bezvredne. Pomislio je na doktora Dibjena i njegovih petnaest godina marljive štednje.

Poslednji korak bio je sastanak sa imigracionim službenikom, koji je sedeo na šalteru kraj izlaza, tačno ispod slike predsednika Hardinga. Vladek i Džordž su otišli tamo i stali pred njega.

– Ime i prezime? – službenik je pitao Džordža.

– Džordž Novak – stigao je odlučan odgovor. Službenik je napisao ime na karticu.

– A vaša adresa?

– Brum strit 286, Njujork.

Službenik je dodao Džordžu karticu. – Ovo je vaš imigracioni sertifikat: MDL21871707 – Džordž Novak. Dobro došli u Sjedinjene Države, Džordže. I ja sam iz Poljske. Imam osećaj da ćete se dobro snaći u Americi. Čestitam, i srećno, Džordže.

Džordž se osmehnuo i rukovao sa službenikom, a onda se pomerio u stranu i sačekao prijatelja. Službenik se okrenuo prema Vladeku, koji mu je dao karticu s oznakom „Primljen“.

– Ime i prezime?

Vladek je oklevao.

– Kako se zovete? – ponovio je čovek, malo glasnije.

Vladek nije mogao da izgovori to. Kako je mrzeo to seljačko ime.

– Poslednji put pitam, kako se zovete? – odlučno je rekao čovek.

Džordž je zurio u Vladeka. Kao i nekoliko ostalih koji su čekali u redu iza njega. Vladek i dalje nije govorio. Službenik ga je uhvatio za zglavak, zagledao se u natpis na srebrnoj narukvici, napisao nešto na karticu i dodao to Vladeku.

– Ovo je vaš imigracioni sertifikat, MDL21871708 – Baron Avelj Rosnovski. Dobro došli u Sjedinjene Države. Čestitam, i srećno, Avelju.

Drugi deo

1923–1928.

<h1 style="text-align:center">22.</h1>

U septembru 1923. Vilijam je izabran za predsednika razredne zajednice u *Sent Polu*, tačno trideset tri godine nakon što je njegov otac bio na istoj funkciji.

Vilijam nije želeo da bude izabran na osnovu toga što je najbolji sportista ili najpopularniji dečak u školi. Metju Lester, njegov najbliži prijatelj, nesumnjivo bi pobedio na osnovu tih kriterijuma. Vilijam je, jednostavno, bio najuticajniji dečak u školi i zbog toga Metju nije želeo da se kandiduje protiv njega.

Sent Pol je takođe prijavio Vilijama za *Hamiltonovu memorijalnu matematičku stipendiju* za Harvard, a Vilijam je svakodnevno vredno radio da to ostvari.

Kad se vratio u *Red haus* za Božić, radovao se neprekinutom periodu u kojem će učiti *Principe matematike*. Ali to mu nije bilo suđeno, jer ga je čekalo nekoliko pozivnica za zabave i balove. Većinu njih je mogao da odbije uz taktičnu poruku punu žaljenja, ali jedna je bila neizbežna. Babe su organizovale bal koji će biti održan u *Red hausu*. Vilijam se pitao s koliko li će godina moći da odbrani svoj dom od napada te dve velike dame, i odlučio je da to vreme još nije došlo. Imao je malo bliskih prijatelja u Bostonu, ali to nije omelo babe da sastave spisak gostiju vredan divljenja.

Da bi obeležile tu priliku, kupile su Vilijamu prvi smoking, s najmodernijim dvorednim zakopčavanjem; primio je taj poklon glumeći nezainteresovanost, ali kasnije se šepurio po spavaćoj sobi, diveći se svom odrazu u ogledalu.

Sutradan je pozvao Njujork i pitao Metjua da li će mu se pridružiti u toj „groznoj gnjavaži“. Metjuova sestra je želela da pođe, ali majka nije mislila da je to „prikladno“ osim ako s njom ne pođe neka pratilja.

Vilijam je stajao na peronu kad je Metju izašao iz voza.

– Kad bolje razmislim – kazao je Metju, dok ih je šofer vozio do Bikon hila – zar nije vreme da pojebeš nešto, Vilijame? Sigurno u Bostonu postoji neka devojka bez imalo ukusa.

– Tā zar si ti bio s devojkom, Metju?

– Naravno, prošlog decembra u Njujorku.

– Šta sam ja tad radio?

– Verovatno čitao Bertranda Rasela.

– Nikad mi nisi pričao o njoj.

– Nema šta da se kaže. Sve se dogodilo na božićnoj zabavi u banci. U stvari, da bi stvari bile jasnije, iskoristio sam jednu od direktorskih sekretarica, simpatičnu damu po imenu Sintija, s velikim dojkama koje su podrhtavale kad...

– Jesi li uživao?

– Da, ali nisam siguran da je Sintija. Bila je previše pijana da bi shvatila da sam bio tamo. Ipak, moraš da počneš odnekle, a ona je bila spremna da pomogne šefovom sinu.

Vilijamu je kroz glavu prošla slika uštogljene, sredovečne sekretarice Alana Lojda.

– Mislim da moji izgledi za sticanje iskustva s direktorovom sekretaricom nisu baš obećavajući – razmišljao je naglas.

– Iznenadio bi se – kazao je iskusno Metju. – One koje idu naokolo stisnutih nogu često su one koje jedva čekaju da ih rašire.

– Metju, na osnovu jednog pijanog iskustva, nemaš baš pravo da smatraš sebe znalcem – kazao je Vilijam, kad su se kola zaustavila ispred *Red haus*.

– O, takva ljubomora, i to kod najboljeg prijatelja – šaljivo je uzdahnuo Metju, dok su ulazili u kuću. – Opa! Sigurno si napravio neke promene otkako sam poslednji put bio ovde – dodao je, diveći se modernom tršćanom nameštaju i novim šarenim tapetima. Samo je kestenjasta kožna fotelja ostala na istom mestu.

– Ovom mestu je trebalo malo radosti – kazao je Vilijam. – Bilo je kao da živim u kamenom dobu. Pored toga, nisam želeo da se podsećam na... Uđi, nema vremena za raspravu o uređenju enterijera.

– Kad se očekuje dolazak gostiju na tvoju malu zabavu?

– Bal, Metju... babe insistiraju da je to bal.

– Postoji samo jedna stvar koja se može opisati kao bal u ovakvim prilikama.

Vilijam se nasmejao i pogledao na sat. – Gosti će početi da dolaze za dva sata. Vreme je da se okupamo i presvučemo. Jesi li se setio da poneseš smoking?

– Jesam. Ali i da nisam, mogao sam da obučem pidžamu. Obično zaboravim nešto od toga, ali nikad nisam uspeo da zaboravim i jedno i drugo.

– Ne bih rekao da bi babe bile zadovoljne kad bi se pojavio na balu u pidžami.

Dostavljači hrane su stigli u šest sati, ukupno dvadeset tri osobe, a babe u sedam, da nadgledaju pripreme, izgledajući kraljevski u dugačkim haljinama od crne čipke, koje su se vukle po podu. Vilijam i Metju su im se pridružili u salonu nekoliko minuta pre osam. Vilijam je nameravao da uzme primamljivu crvenu trešnju s vrha veličanstvene glazirane torte, kad je čuo strogi glas babe Kejn iza sebe.

– Ne diraj hranu, Vilijame, to nije za tebe.

Okrenuo se. – Za koga je, onda? – pitao je, dok ju je ljubio u obraz.

– Ne budi drzak, Vilijame. Samo zato što si visok preko metar i osamdeset, ne znači da ne mogu da ti isprašim tur.

Metju se nasmejao.

– Baba, mogu li da ti predstavim svog najboljeg prijatelja, Metjua Lestera.

Baba Kejn je podvrgla Metjua pažljivom pregledu kroz cviker, pre nego što je kazala: – Kako ste, mladiću?

– Počastvovan sam što sam vas upoznao, gospođo Kejn. Verujem da ste poznavali mog dedu.

– Poznavala vašeg dedu? Kejleba Longvorta Lestera? Jednom me je zaprosio, pre pedeset godina. Naravno, odbila sam ga. Rekla sam mu da previše pije i da će ga to oterati rano u grob. Ispostavilo se da sam bila u pravu, tako da nemojte slediti njegov primer, vas dvojica. Zapamtite, alkohol otupljuje mozak.

– Nismo imali mnogo prilike, zbog Prohibicije – primetio je nedužno Metju.

Gospođa Kejn je ignorisala taj komentar, i skrenula je pažnju na spisak gostiju.

Gosti su počeli da dolaze posle osam, mnogi od njih potpuno nepoznati domaćinu, mada se oduševio kad je video Alana Lojda među prvima koji su došli.

– Izgledaš dobro, momče – rekao je Alan, gledajući prvi put Vilijama odozdo.

– I vi, gospodine. Ljubazno je što ste došli.

– Ljubazno? Jesi li zaboravio da su poziv poslale tvoje babe? Možda sam dovoljno hrabar da odbijem jednu, ali obe...

– I vi, Alane? – Vilijam se nasmejao. – Imate li malo vremena? – Odveo je predsednika u miran ugao, gde nije gubio vreme na ćaskanje.

– Želim da promenim svoj investicioni plan, i počnem da kupujem akcije *Lester banke* kad god se pojave na tržištu. Voleo bih da imam oko pet odsto kompanije kad napunim dvadeset jednu godinu.

– To neće biti lako – odgovorio je Alan. – *Lesterove* deonice ne izlaze često na tržište, jer su u privatnim rukama. Ali videću šta mogu da uradim. Smem li da pitam o čemu razmišljaš, Vilijame?

– Pa, moj dugoročni plan je...

– Vilijame! – Vilijam se okrenuo i video babu Kabot kako ide ka njima, sa odlučnim izrazom na licu. – Vilijame, ovo je bal, a ne sastanak upravnog odbora, a ja te večeras nisam videla na plesnom podijumu.

– Tako je – kazao je Alan. – Dođite i sedite sa mnom, gospođo Kabot, dok ja uvedem momka u pravi svet. Možemo da posmatramo ples i uživamo u muzici.

– Muzika? To nije muzika, Alane. To je samo kakofonija zvuka bez naznake melodije.

– Draga moja baba – rekao je Vilijam – to je „Yes, We Have No Bananas“, najnoviji hit...

– Onda je vreme da napustim ovaj svet – rekla je baba Kabot, trzajući se.

– Nikad – kazao je velikodušno Alan Lojd.

Vilijam ih je ostavio, i plesao s nekoliko devojaka kojih se nejasno sećao iz prošlosti, mada nije mogao da se seti njihovih imena. Kad je uočio Metjua kako sedi na sofi u uglu, bilo mu je drago što ima izgovor da napusti plesni podijum. Nije primetio devojku koja je sedela kraj njegovog prijatelja, sve dok im nije sasvim prišao. Kad ga je pogledala, osetio je kako mu kolena klecaju.

– Poznaješ li Abi Blant? – pitao je nehajno Metju.

– Ne – odgovorio je Vilijam, ne mogavši da skine oči s nje.

– Ovo je tvoj domaćin, Vilijam Louel Kejn.

Devojka je smerno oborila pogled kad je Vilijam seo kraj nje. Metju je primetio izraz na Vilijamovom licu i ostavio ih pod izgovorom da ide po piće.

– Kako je moguće da sam čitavog života živeo u Bostonu i nikad se nismo sreli? – pitao je Vilijam.

– Sreli smo se jednom, gospodine Kejne – rekla je Abi. – Onom prilikom kad ste me gurnuli u jezero u parku. Oboje smo imali tri godine. To je bilo pre četrnaest godina, a ja vas još nisam zaboravila.

– Žao mi je – kazao je Vilijam, nakon pauze u kojoj je uzaludno tražio neki duhovitiji odgovor.

Abi se osmehnula, pokušavajući da ga opusti. – Kakvu divnu kuću imate, Vilijame – rekla je.

Usledila je još jedna duga pauza. – Hvala vam – rekao je Vilijam neubedljivo. Ovlašno ju je pogledao, trudeći se da ne izgleda kao da zuri u nju. Bila je vitka – o, tako vitka – s krupnim smeđim očima, dugačkim trepavicama i profilom koji bi naveo svakog muškarca da je ponovo pogleda. Kestenjasta kosa joj je bila ošišana u bob frizuru, koju je mrzeo do tog trenutka.

– Metju mi kaže da ćete se iduće godine upisati na Harvard – ponovo je pokušala.

– Da, hoću. Mislim, želite li da plešete?

– Hvala – odgovorila je.

Koraci koji su mu išli tako lako pre nekoliko minuta sad su delovali zaboravljeno. Gazio je Abina stopala i stalno ju je gurao ka ostalim plesačima. Izvinjavao se, a ona se osmehivala. Držao ju je malo bliže sebi tokom četvrtog plesa.

– Poznajemo li onu devojku koja je izgleda tokom poslednjeg sata rezervisala Vilijama samo za sebe? – pitala je sumnjičavo baba Kabot.

Baba Kejn je uzela cviker i zagledala se u devojku koja je izlazila s Vilijamom kroz balkonska vrata, u dvorište.

– Abigejl Blant – izjavila je baba Kejn.

– Unuka admirala Blanta? – pitala je baba Kabot.

– Da.

Baba Kabot je jedva primetno klimnula glavom, pokazujući izvesno odobravanje.

Vilijam je otpratio Abi do drugog kraja dvorišta, i zaustavio se kraj velikog kestena koji je u prošlosti koristio samo za penjanje.

– Da li uvek pokušavate da poljubite devojku čim je upoznate? – pitala je Abi.

– Da budem iskren – rekao je Vilijam – nikad nisam poljubio devojku.

Abi se nasmejala. – Veoma sam polaskana.

Ponudila mu je rumeni obraz, ali onda je rekla da je previše hladno da ostanu napolju i insistirala je da se vrate unutra. Babe su dočekale njihov povratak s neprikrivenim olakšanjem.

Nakon što su svi gosti otišli, dva momka su se šetala vrtom, pričajući o večeri.

– Zabava nije bila loša – rekao je Metju. – Gotovo je vredela dolaska iz Njujorka u provinciju, uprkos tome što si mi ukrao devojku.

– Misliš li da će mi pomoći da izgubim nevinost? – pitao je Vilijam, ignorišući Metjuovu lažnu optužbu.

– Pa, imaš dve nedelje da saznaš. Ali pretpostavljam da ćeš otkriti da nije izgubila svoju.

– Kako možeš biti tako siguran? – pitao je Vilijam.

– Po načinu na koji te je gledala. Device uvek crvene. Spreman sam da se kladim u pet dolara da neće podleći čak ni šarmu Vilijama Louela Kejna.

Dva muškarca su se rukovala.

Vilijam je pažljivo isplanirao svoj pohod. Gubljenje nevinosti bilo je jedno, ali gubljenje pet dolara od Metjua Lestera bilo je nešto sasvim drugo. Viđao je Abi gotovo svakog dana nakon bala, prvi put koristeći to što poseduje svoju kuću i kola. Počeo je da oseća kako bi mu bolje išlo bez diskretnog, ali upornog nadgledanja Abinih roditelja, koji su uvek bili negde u blizini, a on nije bio ništa bliži svom cilju kad je svanuo poslednji dan raspusta.

Odlučan da ne izgubi pet dolara, poslao je tog jutra Abi dvanaest ruža, izveo ju je na skupu večeru u *Džozef*, i na kraju uspeo da je namami u *Red haus* te noći.

– Kako si nabavio bocu viskija? – pitala je Abi.

– Nije tako teško ako poznaješ prave ljude – razmetljivo je rekao Vilijam.

Istina je bila da je skrivao bocu viskija koju je ostavio Henri Ozborn nakon što je otišao, a sad mu je bilo drago što je nije prosuo u sudoperu kao što je nameravao.

Alkohol je naterao Vilijama da se zagrcne, a Abine oči su zasuzile. Seo je kraj nje i samouvereno joj je prebacio ruku preko ramena. Ona je prihvatila to.

– Abi, mislim da si neverovatno lepa – promrmljao joj je u kestenjaste kovrdže.

Gledala ga je strastveno, razrogačenih smeđih očiju. – O, Vilijame – zadihano je rekla. – A ja mislim da si ti predivan.

Nagnula se napred, zatvorila oči i dozvolila mu da je prvi put poljubi u usta. Ohrabren time, Vilijam je oprezno premestio šaku s njenog zglavka na grudi. Ostavio ju je tamo, kao saobraćajac koji zaustavlja dolazeći talas automobila. Ogorčeno ju je odgurnula da dozvoli saobraćaju da se nastavi.

– Vilijame, ne smeš da radiš to.

– Zašto ne? – pitao je Vilijam, uzaludno se trudeći da povrati inicijativu.

– Jer ne znaš kako će se završiti.

– Imam prilično dobru predstavu.

Pre nego što je mogao da ponovo pokuša, Abi je brzo ustala sa sofe i poravnala haljinu.

– Mislim da bi trebalo da odem kući, Vilijame.

– Ali tek si stigla.

– Majka će se pitati šta radim.

– Moći ćeš da joj kažeš... ništa.

– I mislim da je najbolje da ostane tako – odgovorila je.

– Ali vraćam se sutra – izbegao je da kaže „u školu“ – i neću te videti tri meseca.

– Pa, možeš da mi pišeš, Vilijame.

Za razliku od Valentina, Vilijam je znao kad je poražen. – Da, naravno da hoću – kazao je. Ustao je, popravio kravatu, uhvatio Abi za ruku i odvezao ju je kući.

Narednog dana, kad se vratio u *Sent Pol*, Metju Lester je prihvatio pet ponuđenih dolara, obrva podignutih u odglumljenom iznenađenju.

– Kaži samo jednu reč, Metju, i jurićeš te oko škole s bejzbol palicom.

– Ne mogu da se setim reči koje bi u potpunosti izrazile moje duboko saosećanje prema tebi.

– Metju – upozorio ga je – oko škole.

Vilijam je počeo da uočava suprugu nastojnika svog učeničkog doma tokom poslednjeg semestra u *Sent Polu*.

Gospođa Raglan je bila zgodna žena, malo šireg struka i kukova, ali imala je velike grudi, a gusta crna kosa vezana u punđu nije imala više sedih nego što je prikladno. Jedne subote, kad je Vilijam iskrenuo gležanj igrajući hokej, gospođa Raglan mu je stavila hladnu oblogu, stojeći malo bliže nego što je neophodno, dozvoljavajući Vilijamovoj ruci da joj očeše grudi. Uživao je u tom osećaju. Drugom prilikom, kad je imao groznicu i morao da leži u ambulanti nekoliko dana, donosila mu je obroke i sedela na njegovom krevetu, dodirujući mu telom noge, kroz tanke čaršave, dok je jeo. Uživao je i u tome.

Pričalo se da je ona druga žena Dronjavog Raglana. Nijedan od dečaka nije mogao da zamisli kako je Dronjavi mogao da pronađe čak i jednu ženu, a gospođa Raglan je povremeno nagoveštavala veoma tihim uzdasima i ćutnjama da deli nešto od te neverice.

U okviru dužnosti redara spavaonice, Vilijam je morao da podnosi izveštaj Dronjavom svake večeri u deset i trideset, kad bi ugasio svetla i nameravao da ode na spavanje. Jednog ponedeljka uveče, pokucao je na vrata Dronjavog, i iznenadio se kad je čuo glas gospođe Raglan kako ga poziva da uđe. Ležala je na sofi, odevena u širok svileni ogrtač pomalo japanskog izgleda.

Vilijam se čvrsto uhvatio za kvaku. – Sva svetla su ugašena i zaključao sam ulazna vrata, gospođo Raglan. Laku noć.

Spustila je noge na zemlju, a bled odsjaj butine u čarapama pojavio se ispod široke svile.

– Uvek toliko žuriš, Vilijame. Jedva čekaš da ti život počne, zar ne? – Otišla je do stočića. – Zašto ne bi ostao i popio malo tople čokolade? Baš sam smešna, skuvala sam dovoljno za dvoje... sasvim sam zaboravila da se gospodin Raglan neće vratiti do subote ujutro. – Čuo je kako je naglasila reč „subota“.

Donela je Vilijamu šolju iz koje se pušilo i pogledala da li je shvatio njene reči. Zadovoljno se osmehnula i dodala mu šolju, dozvoljavajući da im se šake dodirnu. Žustro je promešao čokoladu.

– Džerald je na nekoj konferenciji – nastavila je. To je bio prvi put da je čuo ime gospodina Raglana. – Zatvori vrata, Vilijame, dođi i sedi.

Vilijam je oklevao; zatvorio je vrata, ali nije bio spreman da sedi u stolici Dronjavog, a nije želeo da sedne kraj gospođe Raglan. Odlučio je da je stolica Dronjavog manje od dva zla, i krenuo je ka njoj.

– Ne, ne – kazala je i potapšala sedište kraj sebe.

Vilijam je polako prišao i seo nervozno kraj nje, zureći u šolju da bi smislio šta da kaže. Kad nije uspeo, progutao je napitak i ispekao jezik. Osetio je olakšanje kad je gospođa Raglan ustala. Dopunila mu je šolju, ignorišući promrmljani protest, a onda polako otišla na drugi kraj sobe, navila gramofon i spustila iglu na ploču. I dalje je gledao u pod kad se vratila.

– Ne bi valjda ostavio damu da pleše sama, zar ne, Vilijame?

Počela je da se uvija uz muziku. Vilijam je ustao i spustio joj zvanično ruke oko struka, kao da su usred prepune plesne sale. Dronjavi je bez problema mogao da se uglavi između njih. Nakon nekoliko taktova, primakla se Vilijamu, a on je gledao preko njenog desnog ramena da joj pokaže kako nije primetio da je njena leva ruka skliznula s njegovog ramena na krsta. Kad je muzika prestala, Vilijam je pretpostavio da će imati priliku da se vrati bezbednosti tople čokolade, ali ona je okrenula ploču i bila mu u naručju pre nego što je stigao da sedne.

– Gospođo Raglan, mislim da bi trebalo...

– Opusti se malo, Vilijame.

Napokon je skupio hrabrost da je pogleda u oči. Pokušao je da odgovori, ali nije mogao da govori. Njena šaka je sad istraživala njegova leđa, i osetio je kako mu primiče nežno butinu uz međunožje. Stisnuo ju je čvršće oko struka.

– Tako je bolje – kazala je.

Kružili su po sobi, priljubljeni jedno uz drugo, sve sporije i sporije, prateći ritam muzike dok se ploča polako završavala. Kad se zaustavila, ona se odmakla i ugasila svetlo. Vilijam je stajao u polumraku, nepomičan, slušajući šuštanje svile dok ju je gledao kako svlači odeću.

Pevač je završio svoju pesmu, a igla je i dalje grebala ploču koja je nastavila da se okreće. Vilijam je nepomično stajao nasred sobe. Gospođa Raglan mu je svukla sako, a onda ga odvela prema sofi. Pokušao je da je dodiruje u mraku, ali njegovi stidljivi početnički prsti dodirnuli su nekoliko delova njenog tela koji nisu delovali onako kako je zamišljao. Pomerio ih je brzo do umereno poznatog predela grudi. Njeni prsti nisu bili toliko uzdržani, i počeo je da oseća nešto što nije ni sanjao da je moguće. Želeo je da glasno vrisne, ali se uzdržao, bojeći se da će probuditi dečake koji spavaju iznad. Raskopčala mu je šlic i počela da mu svlači pantalone.

Vilijam se pitao kako da prodre u nju a da ne pokaže potpuno odsustvo iskustva. Nije bilo tako lako kao što je očekivao, i postajao je sve očajniji. Zatim je pomerila prste preko njegovog stomaka i stručno ga uvela. Ali pre nego što je ušao u nju, doživeo je orgazam.

– Tako mi je žao – rekao je Vilijam, nesiguran šta dalje da radi. Ležao je ćutke na njoj neko vreme, pre nego što je progovorila.

– Biće bolje sutra, Vilijame. Ne zaboravi, Dronjavi se neće vratiti do subote.

Zvuk grebanja ploče vratio se u njegove uši.

Gospođa Raglan je ostala u Vilijamovim mislima do svitanja. Te noći, ona je uzdisala. U sredu je dahtala. U četvrtak stenjala. U petak je vrištala.

U subotu ujutro, Dronjavi Raglan se vratio s konferencije, a Vilijamovo obrazovanje je dotad bilo završeno.

* * *

Na kraju uskršnjeg raspusta, na Vaznesenje, da budemo precizni, Abi Blant je konačno podlegla Vilijamovom šarmu. Metju je izgubio pet dolara, a Abi nevinost. Bila je, nakon gospođe Raglan, neka vrsta antiklimaksa. To je bio jedini događaj vredan pomena tokom raspusta, jer je Abi otišla u Palm Bič s roditeljima, a Vilijam je proveo većinu vremena zatvoren s knjigama i primao je u posetu samo babe i Alana Lojda. Kako Dronjavi Raglan više nije išao na konferencije, kad se Vilijam vratio u *Sent Pol*, nastavio je da se bavi učenjem.

On i Metju su sedeli u radnoj sobi satima, nikad ne razgovarajući osim kad je Metju imao neki matematički zadatak koji nije umeo da reši. Kad su došli dugoočekivani ispiti, trajali su jednu surovu nedelju. Čim su završeni, oba mladića su se osetila opušteno, ali kako su dani prolazili, a oni čekali i čekali da saznaju rezultate, postali su manje optimistični.

Hamiltonova memorijalna matematička stipendija za Harvard zavisila je isključivo od rezultata završnog ispita i bila je dostupna svakom učeniku u Americi. Vilijam nije mogao da proceni koliko je jaka konkurencija. Kad, mesec dana kasnije, nije dobio nikakve vesti, počeo je da sumnja u najgore, i čak se zapitao da li će se uopšte upisati na Harvard.

Vilijam je igrao bejzbol s nekim maturantima koji su pokušavali da provedu poslednjih nekoliko dana polugodišta pre nego što napuste školu, kad je dobio telegram; u toku su bile tople letnje večeri, kad postoje najveći izgledi da momci budu izbačeni zbog pijanstva, razbijanja prozora ili pokušaja da odvuku u krevet profesorske ćerke, ako ne i žene.

Vilijam je glasno izjavio, svima koji su želeli da ga slušaju, da će postići prvi poen. – Bejb Rut iz *Sent Pola*! – viknuo je Metju. Mnogo smeha dočekalo je tu neverovatnu tvrdnju. Kad je jedan učenik drugog razreda predao telegram Vilijamu, poeni su brzo zaboravljeni. Ispustio je palicu i otvorio mali žuti koverat. Bacač i ostali igrači su nestrpljivo čekali dok je on polako čitao poruku.

– Da li ti *Red soksi* nude ugovor? – povikao je igrač s prve baze, jer je dobijanje telegrama bilo neuobičajen događaj tokom bejzbol utakmice.

Metju je napustio teren i prišao prijatelju, trudeći se da na osnovu njegovog izraza lica sazna da li su vesti dobre ili loše. Vilijam mu je dodao telegram. Pročitao ga je, skočio uvis, bacio list papira na zemlju i krenuo za Vilijamom koji je potrčao oko baza, iako nije udario lopticu. Hvatač je podigao telegram, pročitao ga i bacio sa zadovoljstvom rukavicu na tribine. Taj žuti listić nestrpljivo je išao iz ruke u ruku. Poslednji ga je pročitao onaj drugak koji je, jer je doneo toliko sreće, a niko mu se nije zahvalio, odlučio da makar zaslužuje da sazna sadržaj.

Telegram je bio naslovljen na gospodina Vilijama Louela Kejna. Pisalo je: „Čestitamo vam na osvajanju *Hamiltonove memorijalne matematičke stipendije* za Harvard, kompletni podaci nalaze se ispod. Abot Lorens Louel, predsednik.“ Vilijam nikad nije postigao poen, i svi su radosno navalili na njega.

Metju je oduševljeno gledao dok je uživao u uspehu najboljeg prijatelja, ali bio je tužan jer je to značilo da će se možda razdvojiti. I Vilijam je to osećao, ali nije ništa rekao; morali su da čekaju još devet dana dok nisu saznali da je i Metjuu ponuđeno mesto na Harvardu.

Nakon te vesti, stigao je još jedan telegram, ovog puta od Čarlsa Lestera, koji je čestitao sinu i pozvao njega i Vilijama na čaj u hotel *Plaza* u Njujorku. Obe babe su čestitale Vilijamu, ali kako je baba Kejn obavestila Alana Lojda, pomalo mrzovoljno: – Taj dečak je uradio ništa manje od onog što se od njega očekivalo, i ništa više od onog što je uradio njegov otac.

Dva mladića su polako hodala Petom avenijom jednog prijatnog popodneva. Devojke su gledale taj zgodni dvojac, a oni su se pretvarali da ne primećuju to. Skinuli su slamnate šešire kad su ušli u *Plazu* u tri i pedeset devet i nehajno otišli do *Palm korta*, gde ih je porodica čekala. Vilijamove babe su sedele pored još jedne starice, za koju je pretpostavio da je verzija babe Kejn među Lesterovima. Gospodin i gospođa Lester, njihova ćerka Suzan, čije oči nikad nisu napuštale Vilijama, i Alan Lojd bili su ostale zvanice na zabavi, uz dva slobodna mesta za Vilijama i Metjua.

Baba Kejn je pozvala najbližeg konobara zapovedničkim pokretom ruke u rukavici. – Donesite svež čaj i još keksa, molim vas.

Konobar je odjurio u kuhinju. – Lončić čaja i kolačići s kremom, gospođo – rekao je kad se vratio.

– Tvoj otac bi se ponosio tobom, Vilijame – kazao je stariji čovek višem od dvojice mladića.

Konobar se pitao šta li je taj zgodni mladić postigao da bude tako pohvaljen.

Vilijam ne bi primetio tog konobara da nije bilo srebrne narukvice na njegovom zglavku. Takav komad nakita mogao je biti kupljen u *Tifaniju*; taj nesklad ga je zainteresovao.

– Vilijame – kazala je baba Kejn. – Dva kolača su sasvim dovoljna; ovo ti nije poslednji obrok pre Harvarda.

Osmehnuo se starici s naklonošću i sasvim zaboravio na srebrnu narukvicu.

23.

Te noći, Avelj je ležao u svojoj sobici u *Plazi*, razmišljajući o mladiću koga je posluživao tog popodneva, čiji bi otac bio ponosan na njega. Shvatio je, prvi put u životu, šta se tačno nada da će postići. Želeo je da ga ljudi iz Vilijamovog sveta posmatraju kao jednakog.

Avelj se prilično mučio po dolasku u Njujork. Morao je da deli sobicu sa Džordžom i dva njegova rođaka. Kako su imali samo dva kreveta, mogao je da spava samo ako je jedan bio slobodan. Džodžov stric nije mogao da mu ponudi posao i nakon nekoliko napetih nedelja tokom kojih je potrošio veći deo ušteđevine na održavanje u životu dok je tražio posao od Bruklina do Kvinsa, konačno se zaposlio u jednoj velikoj mesari u Louer ist sajdu. Plaćali su mu devet dolara za rad šest i po dana nedeljno i dozvoljavali su mu da spava iznad mesare. Skladište se nalazilo u središtu gotovo samodovoljne poljske zajednice, ali Avelj je brzo postao nestrpljiv zbog izolovanosti svojih zemljaka, od kojih se mnogi nisu trudili da nauče engleski.

Viđao je Džordža i njegovu stalnu paradu devojaka vikendima, ali radnim danima večeri je provodio usavršavajući čitanje i pisanje na engleskom u večernjoj školi. Za dve godine počeo je tečno da govori novi jezik, uz jedva čujan naglasak. Sad se osećao spremnim da napusti mesaru – ali zašto, gde i kako?

Otkrio je to tri meseca kasnije.

Dok je jednog jutra obrađivao jagnjeći but, Avelj je čuo jednog od najvećih kupaca mesare, menadžera nabavke za hotel *Plaza*, kako se žali mesaru da je morao da otpusti mlađeg konobara zbog sitne krađe.

– Kako da pronađem zamenu u tako kratkom roku? – žalio se menadžer.

Mesar nije imao nikakvo rešenje. Avelj jeste. Obukao je jedino odelo, hodao četrdeset sedam ulica prema centru grada i dobio je posao mlađeg konobara u *Palm kortu*, za deset dolara nedeljno, uz obezbeđen smeštaj.

Kad se smestio u *Plazi*, upisao je večernji kurs naprednog engleskog na Univerzitetu Kolumbija. Radio je savesno svake večeri, sa otvorenim polovnim *Vebsterovim rečnikom* u ruci, pišući drugom rukom. Tokom jutra, između posluživanja doručka i postavljanja ručka, prepisivao je uvodnike iz *Njujork tajmsa*, tražeći u rečniku svaku reč koju ne bi razumeo.

Naredne dve godine Avelj je radio danonoćno u *Plazi* – prekovremeno je bila reč koju nije morao da traži u rečniku – dok nije unapređen u konobara u *Hrastovoj sobi*. Sad je zarađivao dvadeset pet dolara nedeljno, uključujući i napojnice. U svetu u kojem je živeo, sve mu je bilo potaman.

Aveljov učitelj na Kolumbiji bio je toliko zadivljen vrednim učenikom da mu je posavetovao da upiše naredni kurs, što će biti prvi korak ka sticanju diplome iz ekonomije. U slobodno vreme počeo je da čita tekstove iz ekonomije umesto lingvistike i da prepisuje uvodnike iz *Vol strit žurnala* umesto onih iz *Tajmsa*. Nove studije su ga potpuno obuzele i, osim Džordža, brzo je prestao da se druži s poljskim prijateljima iz prvih dana u Njujorku.

Svakog dana je Avelj pažljivo proučavao spisak ljudi koji su rezervisali stolove u *Hrastovoj sobi* – Bejkerovi, Vitnijevi, Morganovi i Felpsovi – i pokušavao da uoči po čemu se bogati razlikuju od ostalih. Pročitao je knjigu H. L. Menkena *Američka živa* i knjige Skota Ficdžeralda, Sinklera Luisa i Teodora Drajzera, u svojoj neprestanoj potrazi za znanjem. Čitao je *Vol strit žurnal*, dok su ostali konobari listali *Miror*, i *Njujork tajms* tokom jednosatne pauze, dok su ostali dremali. Nije bio siguran gde će ga novostečeno znanje odvesti, ali nikad nije sumnjao u baronovo geslo da ništa ne može da zameni dobro obrazovanje.

Jednog avgustovskog ponedeljka 1926 – sećao se dobro te prilike jer je tog dana umro Rudolf Valentino, a mnoge dame koje su kupovale na Petoj aveniji nosile su crninu – Avelj je posluživao goste za jednim od stolova u uglu, koji je uvek bio rezervisan za važne poslovne ljude koji su želeli da ručaju privatno, tamo gde ih niko ne prisluškuje. Uživao je da ih posluži, jer je često saznavao neke informacije iz tih razgovora. Nakon što se restoran zatvorio tokom popodneva, Avelj je gledao cene akcija koje su gosti pominjali, a ako je ton razgovora bio optimistički, uložio bi manju svotu u tu kompaniju. Ako bi gost naručio cigare na kraju obroka, Avelj bi uložio više novca. U sedam od deset slučajeva, vrednost odabranih akcija bi se udvostručila u roku od šest meseci, a to je bio najduži period koji je dozvoljavao sebi da drži bilo koju akciju. Koristeći taj sistem, izgubio je novac u samo tri slučaja tokom četiri godine rada u *Plazi*.

Ono što je bilo neobično tog dana jeste da su dva gosta za stolom u uglu naručila cigare i pre nego što su sela. Kasnije im se pridružilo još gostiju, koji su naručili još cigara i boca šampanjca. Avelj je pogledao ime domaćina u knjizi rezervacija. Vulvort. Avelj je video to ime nedavno u finansijskim rubrikama, ali nije mogao da se seti zašto. Drugi gost je bio gospodin Čarls Lester, redovni gost *Plaze*, za koga je Avelj znao da je istaknuti bankar. Gosti nisu pokazivali nikakvo zanimanje za svog neuobičajeno uslužnog konobara, što je dozvolilo Avelju da pažljivo sluša. Avelj nije saznao konkretne pojedinosti, ali je saznao da je nekakav ugovor sklopljen tog jutra, i da će biti objavljen tog dana nakon radnog vremena. Zatim se setio. Video je to prezime u *Vol strit žurnalu*. Otac gospodina Vulvorta otvorio je prvu prodavnicu jeftine robe; sad je sin pokušavao da pozajmi novac za širenje posla. Dok su gosti uživali u desertu – većina njih je odabrala čizkejk s jagodama (po Aveljovoj preporuci) – iskoristio je priliku da napusti restoran na nekoliko trenutaka da pozove svog brokera u Vol stritu.

– Za koliko se prodaju *Vulvortove* akcije? – pitao je.

Usledila je pauza na drugom kraju veze. – Dva dolara i osmina. Prilično kretanja u poslednje vreme; mada ne znam zašto – stigao je odgovor.

– Kupuj za sve pare koje imam na raspolaganju, dok ne čuješ objavu kasnije tokom dana.

– Kako će glasiti ta objava? – pitao je zbunjeni broker.

– Nisam u mogućnosti da ti to otkrijem – odgovorio je Avelj.

Broker je bio zadivljen: Aveljovi rezultati u prošlosti govorili su mu da se ne raspituje previše o izvorima njegovih informacija. Avelj je požurio da se vrati u *Hrastovu sobu* i posluži gostima kafu. Pili su brendi neko vreme, a Avelj se vratio do stola kad su se spremali da krenu. Čovek koji je platio račun zahvalio se Avelju na dobroj usluzi i, okrećući se da ga prijatelj čuje, kazao: – Želite li savet,[4] mladiću?

– Hvala vam, gospodine – rekao je Avelj.

– Kupite *Vulvortove* akcije.

Gosti su se nasmejali. Avelj se takođe nasmejao, uzeo novčanicu od pet dolara koju mu je taj čovek dao i zahvalio mu se. Takođe je imao dobit od 2.412 dolara na *Vulvortovim* akcijama u narednih šest nedelja.

* * *

---

[4] Igra reči: na engleskom tip znači i savet i napojnica. (Prim. prev.)

Avelj je dobio američko državljanstvo nekoliko dana nakon dvadeset prvog rođendana i odlučio je da to treba da proslavi. Pozvao je Džordža i njegovu najnoviju devojku, Moniku, i izvesnu Klaru, jednu od bivših Džordžovih devojaka, da pogledaju *Don Žuana* s Džonom Barimorom, a onda odu na večeru u *Bigo*. Džordž je i dalje bio šegrt u stričevoj pekari, radio je za osam dolara nedeljno, i mada ga je Avelj i dalje smatrao najboljim prijateljem, bio je svestan sve veće razlike između siromašnog Džordža i sebe. Avelj je sad imao osam hiljada dolara u banci i bio je na poslednjoj godini osnovnih studija ekonomije na Univerzitetu Kolumbija. Znao je tačno kuda ide, a Džordž je prestao da govori svima kako će jednog dana biti gradonačelnik Njujorka.

Njih četvoro su imali veče za pamćenje, uglavnom zato jer je Avelj umeo da odabere dobar restoran. Njegovi gosti su se najeli i napili, a kad je stigao račun, Džordž se zaprepastio kad je video da je iznos viši od njegove mesečne plate. Avelj je platio bez reči. Ako moraš da platiš račun, uvek se trudi da izgleda kako ti je svota nebitna. Ako jeste bitna, ne idi više u taj restoran. Šta god da radiš, ne žali se i ne izgledaj iznenađeno... to je još jedna stvar koju su ga bogataši naučili.

Kad su se razišli negde oko dva ujutro, Džordž i Monika su se vratili na Louer ist sajd. Avelj je mislio da mu dobro ide s Klarom i pozvao ju je u *Plazu*. Prokrijumčario ju je kroz ulaz za poslugu i uveo u lift za rublje, a onda do svoje sobe. Nije joj trebalo mnogo podsticaja, i Avelj nije gubio vreme na predigru, posebno jer je morao malo da odspava pre nego što počne da poslužuje doručak. Zaspao je u tri ujutro, potpuno zadovoljan, i utonuo u dubok san dok mu budilnik nije zvonio u šest. To mu je ostavilo dovoljno vremena da vodi ljubav s Klarom po drugi put, pre nego što se obukao.

Klara ga je mrko gledala dok je vezivao belu leptir-mašnu, pre nego što ju je nezainteresovano poljubio na rastanku.

– Potrudi se da izađeš kuda si ušla, ili ćeš me uvaliti u velike nevolje – rekao je. – Kad ću te ponovo videti?

– Nećeš – rekla je hladno Klara.

– Zašto? – pitao je iznenađeno Avelj. – Šta sam uradio?

– Pitanje je šta nisi uradio. – Iskočila je iz kreveta i počela brzo da se oblači.

– Šta nisam uradio? Želela si da ideš u krevet sa mnom, zar ne?

Okrenula se ka njemu. – Mislila sam da jesam, dok nisam shvatila da ti i Rudolf Valentino imate samo jednu zajedničku osobinu... obojica ste mrtvi. Možda si najpametniji radnik u *Plazi* u poslednjih nekoliko godina, ali u krevetu si dosadan. – Sad potpuno odevena, Klara je zastala kraj vrata, smišljajući završni udarac. – Kaži mi, jesi li ikad ubedio neku devojku da drugi put spava s tobom?

Avelj je zaprepašćeno zurio kad je zalupila vrata za sobom. Proveo je ostatak dana razmišljajući o Klarinoj optužbi. Nije mogao da se seti nikog s kim bi mogao da razgovara; Džordž bi mu se samo smejao, a osoblje *Plaze* je mislilo da on zna sve. Odlučio je da taj problem, kao i svi ostali s kojima se suočio u životu, može da prevaziđe učenjem ili iskustvom.

Nakon ručka tog dana, posetio je *Skribnera* na Petoj aveniji. Ta knjižara je u prošlosti rešila sve njegove ekonomske i lingvističke probleme, ali nije na policama mogao da pronađe ništa što bi moglo da mu pomogne oko seksualnih. Knjige o bontonu su bile beskorisne jer su govorile kako se drži pribor za jelo, a *Moralna dilema* je bila krajnje neprikladna.

Avelj je napustio knjižaru bez kupljene knjige i proveo ostatak popodneva u nekom prljavom brodvejskom bioskopu, gde nije gledao film nego je razmišljao o onom što mu je Klara rekla. Taj film, ljubavna priča s Gretom Garbo i Erolom Flinom u glavnim ulogama, nije stigla do ljubljenja sve do poslednjih nekoliko minuta, i nije mu pomogla ništa više nego *Skribner*.

Kad je Avelj izašao iz bioskopa, bilo je veče, i hladan povetarac duvao je Brodvejom. Avelja je i dalje iznenađivalo kako neki grad može da bude podjednako bučan i svetao noću kao i danju. Počeo je da hoda prema centru grada, prema Pedeset devetoj ulici, nadajući se da će mu svež vazduh razbistriti um. Zastao je na uglu Pedeset druge ulice da kupi večernje novine kako bi mogao da proveri najnovije cene akcija.

– Tražiš devojku? – pitao je neki glas iz ugla, kraj trafike.

Avelj se okrenuo. Mora da je imala oko trideset pet, jako našminkana i s najmodernijim ružičastim karminom. Dva dugmeta na beloj svilenoj bluzi bila su joj otkopčana, i na sebi je imala dugačku crnu suknju, crne čarape i crne cipele.

– Samo pet dolara, vredi svaki peni – kazala je, isturajući kuk, dozvoljavajući da joj se razrez na suknji otvori i otkrije vrh čarape.

– Kuda bismo mogli da odemo? – pitao je Avelj.

– Imam stančić u susednoj ulici.

Nakrivila je glavu, pokazujući smer, i prvi put joj je jasno video lice ispod ulične svetiljke. Nije bila neprivlačna. Avelj je klimnuo glavom i ona ga je uhvatila za ruku.

– Ako nas policija zaustavi i ispita – kazala je – ti si mi stari prijatelj, a ime mi je Džojs.

Otišli su do susedne ulice i ušli u zapuštenu malu stambenu zgradu. Avelja je užasnula oronula soba, s jednom golom sijalicom, jednom stolicom, umivaonikom i izgužvanim bračnim krevetom, koji je očigledno korišćen nekoliko puta tog dana.

– Živiš ovde? – pitao je s nevericom.

– Zaboga, ne. Koristim ovo mesto samo za posao.

– Zašto radiš ovo? – pitao je Avelj, dvoumeći se da li i dalje želi da uradi to.

– Imam dvoje dece, a nemam muža. Možeš li da smisliš bolji razlog? Dobro, želiš li me ili ne?

– Da, ali ne onako kako misliš – rekao je Avelj.

Oprezno ga je pogledala. – Nisi valjda jedan od onih uvrnutih obožavalaca markiza De Sada?

– Sigurno nisam – rekao je Avelj.

– Nećeš me peći cigaretama?

– Ne, ništa slično. Samo moram da naučim kako se vodi ljubav. Želim poduku.

– Poduku? Šališ se? Šta misliš da je ovo, dušo, jebena večernja škola?

– Nešto slično – rekao je Avelj. Seo je na kraj kreveta i rekao joj šta mu je Klara kazala jutros. – Misliš li da možeš da pomogneš?

Noćna dama je pažljivije pogledala Avelja, pitajući se da li je prvi april.

– Naravno – kazala je konačno – ali i dalje će to koštati pet dolara za pola sata.

– Skuplje nego školovanje na Kolumbiji – rekao je Avelj. – Koliko lekcija misliš da će mi biti potrebno?

– Zavisi koliko brzo učiš, zar ne? – rekla je.

– Pa, počnimo odmah – kazao je Avelj, vadeći pet dolara iz džepa. Zatakla ih je za lastiš čarape, što je bio siguran znak da ih nikad ne izuva.

– Prvo se svuci, dušo – kazala je. – Nećeš naučiti mnogo potpuno odeven.

Kad je bio go, pogledala ga je kritički. – Nisi baš Daglas Ferbanks, zar ne? Ne brini za to... nije važno kako izgledaš kad se ugasi svetlo; samo je važno šta umeš.

Avelj je pažljivo slušao kad mu je pričala kako da se ponaša prema dami. Iznenadila se kad je saznala da je ne želi, a još više kad je nastavio da dolazi svakog popodneva naredne tri nedelje. – Kad ću znati da sam spreman? – pitao ju je jedne večeri.

– Znaćeš, dušo – odgovorila je Džojs. – Ako mene nateraš da svršim, moći ćeš da nateraš i egipatsku mumiju.

Naučila ga je prvo gde su osetljivi delovi ženskog tela, a onda da bude strpljiv prilikom vođenja ljubavi – i pokazala mu je znake koje će videti kad je zadovoljava. Kako da koristi jezik i usne na svim drugim mestima osim ženskih usta.

Avelj je pažljivo slušao, i pratio njena uputstva u potpunosti, na samom početku previše mehanički. Uprkos njenom uveravanju da se znatno popravio, nije znao da li mu ona govori istinu, sve do jednog popodneva nakon tri nedelje i sto deset dolara, kad je na njegovo iznenađenje i oduševljenje Džojs iznenada oživela u njegovim rukama. Držao je glavu blizu nje i nežno joj lizao bradavice. Dok ju je dodirivao između nogu, otkrio je da je vlažna – prvi put – i nakon što je prodro u nju, stenjala je, a taj zvuk nije ranije čuo i smatrao ga je izrazito uzbudljivim. Grebala mu je leđa, naređujući mu da ne prestaje. Stenjanje se nastavilo, ponekad glasno, ponekad tiho. Na kraju je glasno vrisnula, čvrsto ga stegla, a onda se opustila.

Kad je došla do daha, kazala je: – Dušo, upravo si diplomirao s najvišim ocenama.

Avelj nije čak ni svršio.

Avelj je proslavio diplomiranje plaćanjem tapkarošima da bi video kako Bejb Rutovi njujorški *Jenkiji* pobeđuju pitsburške *Pirate* u odlučujućoj utakmici za titulu. Pozvao je Džordža, Moniku i nevoljnu Klaru da mu budu gosti te večeri. Nakon utakmice, Klara je osećala da joj je dužnost da ide u krevet s Aveljom; povrh svega, potrošio je mesečnu platu na nju.

Narednog jutra, pre nego što je otišla, Klara je rekla: – Kad ću te ponovo videti?

Kad je Avelj diplomirao na Kolumbiji, brzo je postao nezadovoljan životom u *Plazi*, ali nije mogao da smisli kako da iskoristi novu kvalifikaciju.

Mada je posluživao neke od najbogatijih i najuspešnijih ljudi u Americi, nije mogao da im se direktno obrati; to bi moglo da ga košta posla. U svakom slučaju, takvi gosti verovatno ne bi obraćali pažnju na težnje jednog konobara.

Jednom prilikom, kad je gospodin Elsvort Statler doveo suprugu na ručak u *Edvardijansku sobu* u *Plazi*, mislio je da mu se ukazala prilika. Uradio je sve što je mogao da zadivi poznatog hotelijera, i obrok je protekao glatko. Kad je odlazio, Statler se srdačno zahvalio Avelju i dao mu napojnicu od deset dolara, ali nije ništa više rekao. Dok ga je Avelj gledao kako nestaje kroz rotirajući vrata *Plaze*, morao je da se zapita da li će mu se ikad posrećiti.

Kad se vratio u kuhinju, Sami, glavni konobar, potapšao ga je po ramenu. – Šta si dobio od gospodina Statlera?

– Ništa – odgovorio je Avelj.

– Nije ti dao napojnicu?

– O, jeste – kazao je Avelj. – Deset dolara. – Predao je novac.

– To je već bolje – rekao je Sami. – Počeo sam da mislim da me varaš, Avelju. Deset dolara, to je dobro čak i za gospodina Statlera. Mora da si ga zadivio.

– Ne, nisam.

– Kako to misliš?

– Nema veze – rekao je Avelj, dok je odlazio.

– Čekaj malo, Avelju. Gospodin za stolom sedamnaest, gospodin Liroj, želi da razgovara s tobom.

– O čemu?

– Kako da znam? Verovatno je čuo da si velika faca i želi da mu daš neki finansijski savet.

Avelj je pogledao ka stolu sedamnaest, predviđenom za bezopasne ili nepoznate, jer se nalazio blizu rotacionih vrata koja vode do kuhinje i uvek je poslednji rezervisan. Avelj je obično pokušavao da izbegne posluživanje gostiju za stolovima u dnu prostorije.

– Ko je on? – pitao je.

– Ne znam – rekao je Sami, ne trudeći se da pogleda. – Nisam zainteresovan za životne priče svih gostiju, kao ti. Daj im dobar obrok, pobrini se da dobiješ veliku napojnicu i nadaj se da će ponovo doći. Možda misliš da je to jednostavna filozofija, ali meni je dovoljna. Možda su zaboravili da te poduče osnovama na Kolumbiji. Sad odvuci dupe tamo, i ako ima napojnice, pobrini se da mi je doneseš.

Avelj se osmehnuo Samiju i otišao do stola sedamnaest. Dvoje ljudi je sedelo za tim stolom – muškarac u živopisnom kariranom sakou, koji bi Avelj opisao kao drečav, i privlačna devojka s bujnom kovrdžavom, plavom kosom, koja mu je odmah privukla pažnju. Avelj je pretpostavio da je to njujorška devojka tipa u kariranom sakou. Nabacio je osmeh koji govori „izvinite" i bio je spreman da se kladi u dolar da će taj čovek početi da se buni zbog toga što je smešten kraj kuhinjskih vrata i pokušati da promeni sto kako bi zadivio zaprepašćujuću plavušu. Niko ne voli da bude blizu mirisa kuhinje i stalnog udaranja konobarskih peta u vrata, ali bilo je nemoguće izbeći korišćenje tog stola kad je hotel bio prepun stanara i redovnih gostiju, koji su gledali na povremene goste kao na uljeze. Zašto mu Sami uvek ostavlja zahtevne goste?

Avelj se oprezno približio kariranom sakou. – Tražili ste da razgovarate sa mnom, gospodine?

– Jesam – rekao je uz teksaški naglasak. – Zovem se Dejvis Liroj, a ovo je moja ćerka, Melani.

Avelj je pogledao u Melani, što je bila glupa greška, jer nije mogao da skrene pogled s nje.

– Posmatrao sam vas, Avelju, prethodnih pet dana – nastavio je Liroj, otežući po teksaški. – Zadivljen sam onim što sam video. Imate stila, pravog stila, a ja uvek tražim takve ljude. Elsvort Statler je budala što vam nije odmah ponudio posao.

Avelj je pažljivije pogledao gospodina Liroja. Purpurni obrazi su govorili da ne obraća mnogo pažnje na Prohibiciju, a prazan tanjir ispred njega objašnjavao je stomak veličine košarkaške lopte, ali ni ime niti lice mu nisu ništa značili. U normalnim okolnostima Avelj bi znao ponešto o većini gostiju koji zauzimaju trideset devet stolova u *Edvardijanskoj sobi*. Ali gospodin Liroj je bio nepoznanica.

Liroj je i dalje govorio. – Dobro, nisam jedan od onih multimilionera koji sede za stolovima u uglu kad jedu u *Plazi*.

Avelj je bio zadivljen. Prosečna mušterija ne bi trebalo da bude upućena u različit značaj stolova.

– Ali ne ide mi tako loše. U stvari, moj najbolji hotel možda postane jednog dana nalik ovom, Avelju.

– Siguran sam da hoće, gospodine – rekao je Avelj, trošeći vreme. Liroj, Liroj, Liroj. To ime mu i dalje nije ništa značilo.

– 'Teo sam nešto da ti kažem, sinko. Najboljem hotelu u mojoj grupaciji potreban je novi pomoćnik direktora, zadužen za restorane. Ako si zainteresovan, dođi do moje sobe kad završiš s poslom.

Dao je Avelju posetnicu.

– Hvala vam, gospodine – rekao je Avelj, gledajući je: – Dejvis Liroj. *Ričmond grupa hoteli*, Dalas. – Ispod je bio ispisan slogan: – Jednom ćemo imati hotele u svakoj državi. – Ime mu i dalje nije ništa značilo.

– Radujem se sastanku – rekao je Liroj.

– Hvala vam, gospodine – kazao je Avelj. Osmehnuo se Melani, koja mu nije uzvratila kompliment. Vratio se do Samija, koji je, pognute glave, i dalje brojao napojnice.

– Jesi li ikad čuo za *Ričmond grupa hotele*, Sami?

– Naravno, moj brat je pomoćni konobar u jednom od njih. Mora da ih ima osam ili devet, uglavnom na jugu, vodi ih neki ludi Teksašanin, ali ne mogu da se setim njegovog imena. Zašto te to zanima? – pitao je sumnjičavo Sami.

– Bez određenog razloga – kazao je Avelj.

– Kod tebe uvek postoji neki razlog, Avelju. Šta je želeo gost za stolom sedamnaest?

– Gunđao je što je smešten blizu kuhinje. Ne mogu da kažem da mu zameram.

– Šta očekuje da uradim, da ga stavim na verandu? Taj tip sigurno misli da je Džon D. Rokfeler.

Avelj je ostavio Samija da broji novac i raščistio je stolove što je brže mogao. Zatim je otišao u svoju sobu da počne proveru *Ričmond grupe*. Nakon nekoliko poziva saznao je dovoljno da zadovolji radoznalost. Ta grupa je imala jedanaest hotela, a najimpresivniji je bio onaj s trista četrdeset dve sobe u Čikagu, *Ričmond kontinental*. Avelj je odlučio da nema šta da izgubi posetom gospodinu Liroju i Melani. Proverio je u kojoj je sobi Liroj – osamdeset pet – a to je bila jedna od boljih manjih soba. Pokucao je na vrata malo pre četiri, i razočarao se kad je video da Melani nije tu.

– Drago mi je što si svratio, Avelju. Sedi.

To je bio prvi put da je Avelj seo s nekim gostom, za četiri godine koliko je radio u *Plazi*.

– Kolika ti je plata? – pitao je Liroj.

Neočekivanost tog pitanja iznenadila je Avelja.

– Zarađujem oko dvadeset pet dolara nedeljno, s napojnicama.

– Početna plata biće ti trideset pet dolara nedeljno, a ti ćeš biti zadužen za napojnice.

– Koji hotel? – pitao je Avelj.

– Ako dobro procenjujem ljude, Avelju, rekao bih da si završio s poslom u pola četiri, a onda proveo narednih trideset minuta proveravajući hotel na koji mislim. Jesam li u pravu?

Avelju je počeo da se sviđa taj čovek. – *Ričmond kontinental* u Čikagu?

Liroj se nasmejao. – Bio sam u pravu.

Avelj je brzo razmišljao. – Koliko ljudi će biti iznad mene?

– Samo direktor i ja. Direktor je starog kova i blizu penzije; a kako imam još deset hotela o kojima moram da se brinem, mislim da te neću previše gnjaviti. Mada moram da priznam da mi je taj u Čikagu omiljeni, moj prvi hotel na severu. A kako se Melani školuje tamo, provodim više vremena u Vetrovitom gradu nego što bi trebalo.

Avelj je i dalje razmišljao.

– Nemoj da napraviš grešku kakvu prave Njujorčani, da potceniš Čikago. Misle da je to samo poštanska marka na veoma velikom kovertu, a oni su koverat.

Avelj se osmehnuo.

– Hotel je trenutno malo zapušten – priznao je Liroj. – Poslednji pomoćnik direktora je otišao bez najave, tako da mi je potreban dobar čovek na tom mestu. Slušaj me sad, Avelju, posmatrao sam te pažljivo poslednjih pet dana, i znam da si prava osoba. Misliš li da bi te zanimalo da se preseliš u Čikago?

– Četrdeset dolara nedeljno i deset odsto od porasta dobiti, i prihvatiću posao.

– Šta? – rekao je zaprepašćeno Dejvis. – Nijedan od mojih menadžera nikad ne dobija udeo u dobiti. Ostali će dići graju ako saznaju.

– Neću im reći ako im vi ne kažete – rekao je Avelj.

Dejvis je razmišljao neko vreme. – Sad znam da sam odabrao pravog čoveka, iako se cenka gore nego severnjak sa šest ćerki. – Pljesnuo je po stranici fotelje. – Pristajem na tvoje uslove, Avelju.

– Hoće li vam biti potrebne preporuke, gospodine Liroje?

– Preporuke? Znam tvoje poreklo i tvoju prošlost od trenutka kad si napustio Evropu do sticanja diplome iz ekonomije na Kolumbiji. Šta misliš da sam radio poslednjih nekoliko dana? Ne bih postavio nekog kome su potrebne preporuke za zamenika direktora u svom najboljem hotelu. Kad možeš da počneš?

Napuštanje Njujorka i hotela *Plaza*, njegovog prvog pravog doma nakon napuštanja barona, ispostavilo se kao mnogo teže nego što je Avelj očekivao. Dok se opraštao s Džordžom, Monikom i nekolicinom prijatelja s Kolumbije, zapitao se da li je doneo pravu odluku. Sami i ostali konobari organizovali su mu ispraćaj.

– Siguran sam da nisi rekao zadnju reč, Avelju Rosnovski – kazao je Sami. – U stvari, ne bih se iznenadio da si bacio oko na moj posao.

 ⋆　⋆　⋆

Avelj je zavoleo Čikago otkako je izašao iz voza, ali taj osećaj se nije preneo na *Ričmond kontinental*, uprkos tome što se hotel nalazio u Aveniji Mičigen, u središtu jednog od najbrže rastućih američkih gradova. To je zadovoljilo Avelja, koji je znao za slogan Elsvorta Statlera, da su kod hotela važne samo tri stvari: lokacija, lokacija i lokacija.

Uskoro je otkrio da je lokacija jedina stvar koja ide u prilog *Ričmondu*. Dejvis Liroj je potcenio stanje hotela kad je rekao da je malo oronuo. Dezmond Pejsi, direktor, nije bio starog kova, kao što je Liroj rekao, bio je samo lenčuga, i nije postao drag Avelju kad ga je kao svog pomoćnika smestio u sobicu u delu zgrade za osoblje, prekoputa glavnog hotela. Brz pregled poslovnih knjiga *Ričmonda* otkrio je da je dnevna zauzetost soba manja od četrdeset odsto, a restoran je u najboljem slučaju polupun, ne samo zato što je hrana bila nejestiva. Osoblje je govorilo šest jezika, a izgleda da nijedan nije bio engleski, i sigurno nisu srdačno dočekali nekog Poljaka iz Njujorka. Nije bilo teško videti zašto je poslednji pomoćnik direktora otišao tako brzo. Ako je *Ričmond* najbolji hotel Dejvisa Liroja, Avelj se bojao za ostalih deset, iako je njegov novi poslodavac imao duboke teksaške džepove.

Jedina dobra vest koju Avelj otkrio tokom prve nedelje u Čikagu bila je da je Melani Liroj jedinica.

24.

Vilijam i Metju su upisali prvu godinu na Harvardu u jesen 1924. Vilijam je prihvatio *Hamiltonovu memorijalnu matematičku stipendiju* i, uprkos protivljenju baba, kupio je sebi „dejzi“, poslednji model forda T, za dvesta devedeset dolara, koji mu je postao prva ljubav u životu. Obojio je dejzi u jarkožuto, što je prepolovilo njenu vrednost, ali je udvostručilo broj devojaka. Kalvin Kulidž je ubedljivo pobedio na izborima i vratio se u Belu kuću – na razočaranje baba, koje su glasale za Džona V. Dejvisa – a promet na Njujorškoj berzi dostigao je rekordnih dva miliona, trista trideset šest hiljada i sto šezdeset akcija.

Oba mladića – „Ne možemo ih više smatrati decom“, izjavila je baba Kabot – radovala su se početku studija. Nakon energičnog leta jurenja loptica za golf i devojaka, uz hendikepe, na kraju su bili spremni da prionu na ozbiljniji posao. Vilijam je počeo da radi čim je stigao u njihovu novu sobu na „Zlatnoj obali“,[5] što je bio veliki napredak u odnosu na njihovu sobicu u *Sent Polu*, dok je Metju otišao da potraži univerzitetski veslački klub. Izabran je za kapitena brucoške posade, a Vilijam je ostavljao svoje knjige svake nedelje popodne da bi gledao prijatelja sa obala reke Čarls. Potajno je uživao u Metjuovom uspehu, ali javno ga je prozivao.

– Život se ne svodi na osam mišićavih tipova koji vuku nezgrapne komade izobličenog drveta kroz nemirnu vodu dok jedan manji urla na njih – oholo je rekao.

– Kaži to Jejlu – rekao je Metju.

Vilijam je, u međuvremenu, brzo pokazao profesorima matematike da je, kao i Metju, nekoliko zamaha ispred ostalih. Postao je predsednik brucoškog debatnog kluba, i nagovorio je svog deda strica, predsednika Louela, na osnivanje prvog univerzitetskog plana osiguranja, gde su diplomci Harvarda mogli da dobiju polisu životnog osiguranja od hiljadu dolara, navodeći univerzitet kao korisnika. Vilijam

---

[5] Engl.: Gold Coast – deo univerzitetskog kampusa Harvarda gde su se nalazili studentski domovi koje su izgradili imućni za imućnije studente. (Prim. prev.)

je procenio da bi, ako bi se četrdeset odsto diplomaca pridružilo planu, Harvard imao garantovan prihod od oko tri miliona dolara godišnje, nakon 1950. Njegov deda stric je bio zadivljen, i podržao je taj plan. Godinu dana kasnije, pozvao je Vilijama da se priključi Univerzitetskom odboru za prikupljanje sredstava. Vilijam je to prihvatio s ponosom, ne shvatajući da je to doživotna obaveza.

Predsednik Louel je obavestio babu Kejn da se besplatno domogao jednog od najboljih finansijskih umova te generacije. Baba Kejn je mrzovoljno kazala rođaku: – Sve ima svoju svrhu, a to će naučiti Vilijama da čita sitna slova.

Gotovo na samom početku druge godine, došlo je vreme da se odabere (ili bude odabran) jedan od klubova koji su dominirali društvenim životom najuspešnijih studenata Harvarda. Vilijam je odabrao *Praseći klub*, najstariji, najekskluzivniji i najmanje razmetljiv od takvih klubova. U klupskim prostorijama na Aveniji Masačusets, nesrećno smeštenim iznad jeftinog kafića *Hejs-Bikford*, sedeo je u udobnoj fotelji, razmišljajući o teoremi četiri boje, razgovarajući o posledicama Loub-Leopoldovog slučaja i dokono gledajući ulicu ispod u prikladno nakrivljenom ogledalu, dok je slušao najnoviji radio.

Kad je došao božićni raspust, Metju je ubedio Vilijama da pođe s njim u Vermont na skijanje, i proveo je nedelju dana dahćući uzbrdo za spremnijim prijateljem.

– Kaži mi, Metju, koja je svrha provođenja jednog sata u penjanju uzbrdo da bi se spustio niz isto brdo za nekoliko sekundi, rizikujući život i zdravlje?

Metju je zastenjao. – To me sigurno više uzbuđuje nego teorija grafova, Vilijame. Zašto ne priznaš da ti ne ide od ruke ni penjanje ni spuštanje?

Obojica su dovoljno radili tokom druge godine da se nekako provuku, mada su njihove definicije „provlačenja“ bile veoma različite. Prva dva meseca letnjeg raspusta radili su kao niži činovnici u banci Čarlsa Lestera u Njujorku. Metjuov otac je odavno digao ruke od pokušaja da drži Vilijama dalje od prostorija.

Kad su stigle avgustovske vrućine, provodili su većinu vremena vozeći se po Novoj Engleskoj u dejzi, jedreći po reci Čarls sa što više različitih devojaka i prisustvujući svim kućnim zabavama na koje su pozivani. Vrlo brzo su postali najpoštovaniji studenti na univerzitetu, poznati upućenima kao Štreber i Znojavi. U bostonskom visokom društvu bilo je poznato da devojka koja se uda za Vilijama Kejna ili Metjua Lestera neće morati da strahuje za budućnost, ali čim bi se majke pune nade pojavile sa svojim mladim ćerkama, babe Kejn i Kabot bi ih odmah odbijale.

Osamnaestog aprila 1927. Vilijam je proslavio dvadeset prvi rođendan prisustvujući malom sastanku upravnog odbora zadužbine. Alan Lojd i Toni Simonson spremili su svu dokumentaciju da je on potpiše.

– Pa, dragi Vilijame – kazala je Mili Preston, kao da joj je teško breme palo s pleća – sigurna sam da ćeš raditi podjednako uspešno kao mi.

– Nadam se, gospođo Preston – odgovorio je Vilijam. – Ali ako ikad budem morao da izgubim pola miliona preko noći, sigurno ću vas pozvati.

Mili Preston se zacrvenela i više nikad nije progovorila s Vilijamom.

Stanje na računu zadužbine bilo je trideset dva miliona dolara i Vilijam je već imao planove za dalji rast. Ali takođe je postavio sebi cilj da zaradi milion dolara pre nego što napusti Harvard. To nije bila velika svota u poređenju sa iznosom u zadužbini, ali nasleđeno bogatstvo mu je znatno manje značilo od stanja na ličnom računu u *Lesteru*.

Tog leta, babe su, bojeći se najezde sponzoruša, poslale Vilijama i Metjua na veliku turu po Evropi. To se ispostavilo kao vrlo korisno za obojicu. Metju je, prevazilazeći sve jezičke barijere, pronašao lepu devojku u svakom velikom evropskom gradu – ljubav je, uveravao je Vilijama, prava međunarodna roba. Vilijam se upoznao s direktorima većine velikih evropskih banaka – novac je, uveravao je Metjua, takođe međunarodna roba, i znatno manje nepredvidiva.

Od Londona preko Berlina do Rima, dva mladića su ostavljala trag slomljenih srca i prilično zadivljenih bankara. Kad su se vratili na Harvard u septembru, obojica su bila spremna da počnu sa učenjem za diplomski ispit.

Tokom ledene zime 1927. baba Kejn je umrla, u osamdeset petoj godini, i Vilijam je plakao prvi put nakon majčine smrti.

– Hajde – rekao je Metju nakon što je trpeo njegovu depresiju nekoliko dana. – Imala je dobar život i dugo je čekala da otkrije da li je Bog Kabot ili Louel.

Vilijamu su nedostajala mudra zapažanja koja nije dovoljno cenio dok je baba bila živa i organizovao je sahranu na koju bi ona bila ponosna. Velika dama je možda stigla na groblje u pakard pogrebnim kolima („Grozna naprava... samo preko mene mrtve“), ali njena jedina kritika Vilijamove organizacije odnosila bi se na nerazuman vid prevoza. Njena smrt naterala je Vilijama da radi još više tokom poslednje godine na Harvardu, i posvetio se osvajanju najveće univerzitetske matematičke nagrade u njenu čast.

Baba Kabot je umrla pet meseci nakon babe Kejn... verovatno, kazao je Vilijam, jer nije imala s kim da razgovara.

U februaru 1928. Vilijama je posetio kapiten univerzitetskog debatnog tima. Trebalo je da se narednog meseca održi rasprava na temu „Socijalizam ili kapitalizam za američku budućnost“, i zamolio je Vilijama da zastupa kapitalizam.

– Šta ako bih ti rekao da sam samo spreman da govorim u ime potlačenih masa? – pitao je Vilijam iznenađenog kapitena, pomalo iznerviran stavom da neznanci pretpostavljaju njegovu ideološku poziciju samo zato što je nasledio poznato prezime i uspešnu banku.

– Pa, moram da kažem, Vilijame, mislili smo da bi bio skloniji, ovaj...

– I jesam. Prihvatam tvoj poziv. Mogu li da izaberem partnera?

– Naravno.

– Dobro. Onda biram Metjua Lestera. Smem li da znam ko će nam biti protivnici?

– Ne, do dan pred debate, kad će biti okačeni plakati s imenima.

Narednog meseca Metju i Vilijam su čitali tekstove u svim vodećim časopisima levice i desnice za vreme doručka, i provodili večeri smišljajući strategiju za ono što su studenti počeli da nazivaju „Velika debata“. Vilijam je odlučio da Metju krene prvi.

Kako se taj dan približavao, postalo je jasno da će biti prisutni svi politički motivisani studenti, profesori i čak neki od uglednika iz Bostona i Kembridža. Jutro pre debate Vilijam i Metju su izašli u dvorište da vide ko će im biti protivnici.

– Liland Krozbi i Tadeus Koen. Da li ti je ijedno ime poznato, Vilijame? Krozbi mora da je od Krozbijevih iz Filadelfije, pretpostavljam.

– Tako je. „Crveni manijak sa Ritenhaus skvera“ kako ga je tetka jednom opisala. On je najveći revolucionar u studentskom naselju.

Pun je novca i troši većinu na popularne radikalske aktivnosti. Već mogu da čujem njegov uvod. – Vilijam je parodirao Krozbijev promukli glas: – „Poznajem iz prve ruke gramzivost i potpuno odsustvo društvene svesti kod američkih bogataša." Da neko u publici nije već čuo njegove stavove pedeset puta, bio bi strašan protivnik.

– A Koen?

– Nikad nisam čuo za njega. Verovatno je Jevrejin.

Naredne večeri probijali su se kroza sneg i jak vetar, a debeli kaputi lepršali su iza njih, dok su prolazili kraj blistavih stubova Vajdenerove biblioteke – kao što je Vilijamov otac, donatorov sin potonuo na *Titaniku* – do Bojlston hola.

– Uz ovakvo vreme, ako nas razbucaju, makar neće biti mnogo ljudi koji će moći da pričaju o tome – kazao je Metju, pun nade.

Ali kad su obišli severni kraj biblioteke, videli su kolonu ljudi koji hukću i otresaju sneg s nogu dok se penju uza stepenice, a onda ulaze u salu. Nakon što su zauzeli mesta na podijumu, Vilijam je prepoznao neke ljude u mnogobrojnoj publici: predsednik Louel, koji je sedeo diskretno u srednjem redu; prastari Njuberi Sindžon, profesor botanike; dve učene žene iz Bratl strita, kojih se seća sa zabava u *Red hausu*; i, desno od njega, grupa mladića i devojaka boemskog izgleda, koji su se okrenuli i počeli da aplaudiraju kad su njihovi predstavnici – Krozbi i Koen – izašli na pozornicu.

Krozbi je bio upečatljiviji od njih dvojice, visok i mršav, gotovo karikaturalno, odeven nemarno – ili vrlo pažljivo – u neuredno odelo od tvida sa uštirkanom košuljom i lulom koja mu je visila s donje usne. Tadeus Koen je bio niži, nosio je naočari bez okvira i imao je gotovo savršeno skrojeno tamno vuneno odelo. Vilijam bi se zakleo da je već video to lice.

Zvona Memorijalne crkve začula su se nejasno u daljini dok su zvonila sedam puta.

Četvorica govornika su se rukovala oprezno pre nego što su objavljena pravila debate. – Prvi govornik biće gospodin Liland Krozbi Mlađi – najavio je moderator.

Krozbijev govor pomalo je zabrinuo Vilijama. Očekivao je viku, prenaglašeno, gotovo histerično isticanje pojedinih tačaka. Recitovao je bajalice američkog radikalizma – Hejmarket, kartelsko udruživanje banaka, *Standard oil* i čak pitanje ukidanja zlatnog standarda za štampanje novca. Vilijam nije mislio da je Krozbi uradio išta više od isticanja sebe, mada je dobio aplauz od svoje klike. Kad je seo, bilo je očigledno da je zadobio nekoliko novih pristalica i činilo se da je izgubio nekoliko starih.

Metju je govorio dobro i precizno, šarmirajući slušaoce kao oličenje liberalne tolerancije. Vilijam se srdačno rukovao s njim kad se vratio na svoje mesto uz glasan aplauz.

– Sve je završeno, ako izuzmemo vikanje – šapnuo je, ali to je bilo pre nego što je čuo Tadeusa Koena.

Nepoznati mladić je iznenadio sve. Imao je prijatno, krotko ponašanje i saosećajan stil. Njegova pominjanja i citati bili su katolički, oštroumni i prosvetljujući. Bez povlađivanja publici, preneo je moralnu gorljivost koja je doprinela da neuspeh u podržavanju onih manje srećnih od nas deluje iracionalno. Bio je spreman da prizna preterivanje levice i nesposobnost nekih od njihovih vođa, ali nije ostavio publici nimalo sumnje da, uprkos opasnostima, ne postoji alternativa socijalizmu ako želimo da se sudbina čovečanstva popravi. – Jednakost je na kraju važnija od pravičnosti. – Seo je uz glasan aplauz sa obe strane.

Vilijam je bio uznemiren. Hirurški logičan napad na protivnike bio bi beskoristan protiv Koenovog blagog i ubedljivog izlaganja. Ali da ga nadmaši kao govornika koji veruje u ljudski duh, možda je takođe bilo nemoguće. Usredsredio se prvo na pobijanje nekih od Krozbijevih besmislenijih tvrdnji, a onda je pokušao da odgovori na Koenove argumente izražavanjem vere u sposobnost američkog sistema da stvori najbolje rezultate kroz konkurenciju, intelektualnu i ekonomsku. Imao je osećaj da je odigrao dobru defanzivnu utakmicu, ali ništa više od toga, i seo je uz utisak da ga je Koen nadmašio.

Krozbi je bio zadužen za repliciranje u njihovom timu. Počeo je žestoko, zvučeći kao da mora da pobije Koena, još više nego Vilijam ili Metju, zahtevajući od prisutnih da pronađu *neprijatelja naroda* u svojim redovima. Mrko je gledao po prostoriji nekoliko dugačkih trenutaka, dok se publika nelagodno vrpoljila i ćutala, pa su čak i njegove najvatrenije pristalice gledale u pod. Zatim se nagnuo napred i zaurlao: – On stoji pred vama. Upravo je govorio među vama. Njegovo ime je Vilijam Louel Kejn. – Pokazujući jednom rukom na Vilijama – ali ne gledajući ga – zagrmeo je: – Njegova banka je vlasnik rudnika u kojima radnici umiru da bi ostvarili vlasnicima dodatni milion u dividendama. Njegova banka podržava krvave, korumpirane diktature u Latinskoj Americi. Kroz njegovu banku, Američki kongres je podmićen da zdrobi male zemljoradnike. Njegova banka...

Ta tirada je trajala nekoliko minuta. Vilijam je sedeo miran i ćutljiv, povremeno beležeći nešto u svoju žutu pravničku beležnicu. Nekoliko ljudi iz publike je povikalo: „Ne!" Krozbijeve pristalice su odano povikale: „Da!" Organizatori su počeli da izgledaju nervozno.

Krozbijevo vreme je gotovo isteklo. Na kraju je podigao pesnicu i kazao: – Dame i gospodo, kažem da na dvestotinak metara od ove prostorije imamo odgovor na američke nevolje. Tamo se nalazi Vajdenerova biblioteka, najveća privatna biblioteka na svetu. Siromašni imigranti prolaze kroz njena vrata, uz najobrazovanije Amerikance, da bi povećali svoje znanje o svetu. Ali zašto ona postoji? Jer je jedan bogati plejboj imao nesreću da pre šesnaest godina isplovi na brodu pod imenom *Titanik*. Dame i gospodo, dok američki narod ne dâ svakom pripadniku vladajuće klase kartu za privatnu kabinu na *Titaniku* kapitalizma, nagomilano bogatstvo ovog velikog kontinenta neće biti oslobođeno i upotrebljeno u službi slobode, jednakosti i napretka.

Dok je Metju slušao Krozbijev govor, njegova osećanja promenila su se od oduševljenja što im je tom brljotinom pobeda servirana na srebrnom poslužavniku, do besa zbog pominjanja *Titanika*. Nije znao kako će Vilijam reagovati na takvu provokaciju.

Nakon što je zavladala tišina, moderator je izašao za govornicu i rekao: – Gospodin Vilijam Louel Kejn.

Vilijam je polako prišao govornici i pogledao publiku. Očekivana tišina je prekrila prostoriju.

– Moje mišljenje je da stavovi gospodina Krozbija ne zaslužuju odgovor.

Seo je. Usledio je trenutak iznenađene ćutnje... praćen gromoglasnim aplauzom.

Moderator se vratio za govornicu, ali izgledao je kao da ne zna šta da radi. Neki glas iza je prekinuo napetost.

– Ako smem, gospodine moderatoru. Voleo bih da pitam gospodina Kejna smem li da iskoristim njegovo vreme za repliku. – Bio je to Tadeus Koen.

Vilijam je klimnuo glavom.

Koen je izašao za govornicu i nedužno zatreptao prema publici. – Odavno važi istina – počeo je – da je najveća prepreka uspehu demokratskog socijalizma u Sjedinjenim Državama ekstremizam njegovih zagovornika. Ništa ne bi moglo bolje da dokaže tu nesrećnu činjenicu nego večerašnja replika mog kolege. Sklonost da se ugrozi progresivni cilj pozivanjem na fizičko istrebljenje onih koji mu se protive moglo bi biti razumljivo kod nekog napaćenog imigranta, veterana strane borbe, žešće od naše. U Americi je to nedopustivo. U svoje ime, iskreno se izvinjavam gospodinu Kejnu.

Ovog puta se aplauz začuo odmah. Doslovno cela publika je ustala i klicala.

Za Vilijama i Metjua nije bilo iznenađenje što su pobedili u debati s više od sto pedeset glasova prednosti. Dok je publika napuštala salu, živo i glasno razgovarajući, Vilijam je otišao da se rukuje s Tadeusom Koenom.

– Kako ste znali da mi je otac bio na *Titaniku*? – pitao je.

– Jer mi je moj otac to odavno ispričao.

– Naravno – rekao je Vilijam. – Vi mora da ste sin Tomasa Koena. Zašto ne pođete na piće s nama?

– Hvala – rekao je Koen. Njih trojica su krenuli zajedno preko Avenije Masačusets, jedva videvši kuda idu zbog snežne oluje. Zaustavili su se ispred velikih crnih vrata, gotovo prekoputa Bojlston hola. Vilijam ih je otključao i njih trojica su ušli u predvorje.

Pre nego što su se vrata zatvorila za njim, Koen je progovorio. – Bojim se da neću biti dobrodošao ovde.

Vilijam je izgledao zaprepašćeno na tren. – Glupost. Sa mnom ste.

Metju je uputio prijatelju pogled upozorenja, ali video je da je Vilijam odlučan.

Popeli su se stepenicama i ušli u veliku sobu, udobno, ali ne i luksuzno opremljenu, gde je desetak mladića sedelo u foteljama ili stajalo u grupicama. Čim se Vilijam pojavio na vratima, počelo je čestitanje.

– Bio si veličanstven, Vilijame. To je način ophođenja s takvim ljudima.

– Dođi da proslavimo pobedu, ubico boljševika.

Koen je ostao pozadi, ali Vilijam nije zaboravio na njega.

– Gospodo, smem li vam predstaviti svog dostojnog protivnika, gospodina Tadeusa Koena?

Koen je oklevajući stupio napred.

Razgovor je utihnuo. Jedan broj glava se okrenuo, kao da gledaju brestove u dvorištu, grana opterećenih snegom.

Čula se škripa podnih dasaka kad je jedan mladić izašao iz sobe kroz dalja vrata. Nekoliko trenutaka kasnije usledio je još jedan izlazak. Bez žurbe, bez izgovorene reči, svi članovi su izašli. Poslednji je dugo gledao Vilijama, a onda se okrenuo u mestu i nestao kroz vrata.

Metju je pogledao prijatelja s nevericom. Tadeus Koen je pocrveneo i stajao je pognute glave. Vilijamove usne su bile stisnute od iste hladne srdžbe koja se videla kad je Krozbi pomenuo *Titanik*.

Metju mu je dodirnuo ruku. – Bolje je da zaboravimo ovo.

Njih trojica su otišli do Vilijamove sobe, ćutke pili neki osrednji brendi i razmenjivali priče koje niko nije slušao.

Kad se Vilijam probudio ujutro, jedan koverat mu je gurnut ispod vrata. Otvorio ga je i pronašao kratku poruku od predsednika *Prasećeg kluba*, u kojem mu kaže kako se nada „da se sinoćni nesrećni incident neće ponoviti".

Do ručka je predsednik dobio dve pisane ostavke.

Nakon nekoliko vrednih meseci Vilijam i Metju su bili gotovo spremni – niko nikad ne misli da je sasvim spreman – za završne ispite. Šest dana su odgovarali na pitanja i ispunjavali stranice i stranice u malim plavim ispitnim knjigama, a kad su napisali poslednji red, strpljivo su čekali, ali ne uzalud.

Nedelju dana nakon ispita, objavljeno je da je Vilijam dobio *Predsednikovu matematičku nagradu*. Metju je uspeo da dobije „gospodsku šesticu", što mu je predstavljalo veliko olakšanje, ali nikog nije iznenadilo. Nijedan od njih nije hteo da nastavi obrazovanje, i želeli su da se što pre pridruže „stvarnom" svetu.

Vilijamov bankarski račun u Njujorku premašio je iznos od milion dolara osam dana pre nego što je napustio Harvard. Prvi put je razgovarao s Metjuom o dugoročnim planovima da preuzme kontrolu nad *Lester bankom*, spajajući je s *Kejn i Kabotom*. Metjuu se svidela ta ideja, i priznao je: – To je jedini način da nadmašim ono što je moj otac ostvario za života.

U junu 1928. Alan Lojd, sad šezdesetogodišnjak, došao je na Harvard na dodelu diploma. Kako je samo Vilijam želeo da je njegov otac mogao da prisustvuje ceremoniji.

Nakon toga, odveo je Alana na čaj na trgu. Bankar je pogledao visokog mladića s naklonošću.

– A šta nameravaš da radiš sad kad si završio s Harvardom?

– Zaposliću se u banci Čarlsa Lestera u Njujorku. Želim da steknem iskustvo pre nego što dođem u *Kejn i Kabot*, kroz nekoliko godina.

– Ali praktično si živeo u Lesterovoj banci od dvanaeste godine, Vilijame. Zašto ne dođeš pravo kod nas? Odmah ćemo te imenovati za direktora.

Nije bilo odgovora.

– Pa, moram da kažem, Vilijame, da ne liči na tebe da ostaneš bez reči.

– Ali nikad nisam zamišljao da ćete me pozvati da se pridružim odboru pre dvadeset prvog rođendana. Moj otac...

– Istina je da je tvoj otac imao dvadeset pet kad je izabran. Ali to nije razlog da se ne pridružiš odboru ranije, ako ostali direktori podrže tu ideju, a znam da hoće. U svakom slučaju, postoje lični razlozi zbog kojih bih želeo da zauzmeš svoje mesto u odboru što je pre moguće. Kad se penzionišem za pet godina, moramo da budemo sigurni da ćemo izabrati pravog predsednika upravnog odbora. Bićeš u boljem položaju da utičeš na tu odluku ako budeš radio u *Kejn i Kabotu* za to vreme, a ne da budeš samo ukras kod *Lestera*. Dobro, dečko moj. Hoćeš li ući u odbor?

Vilijam je drugi put tog dana poželeo da mu je otac živ.

– Prihvatam sa oduševljenjem, gospodine.

– Ovo je prvi put da si me nazvao „gospodine“ otkako smo igrali golf, a tom prilikom nisam pobedio.

Vilijam se osmehnuo.

– Dobro – kazao je Alan – to je rešeno. Bićeš mlađi direktor za investicije, direktno ispod Tonija Simonsa.

– Smem li da imenujem pomoćnika? – pitao je Vilijam.

– Metjua Lestera, bez ikakve sumnje?

– Da.

– Ne. Ne želim da on uradi našoj banci ono što ti nameravaš da uradiš njihovoj.

Vilijam nije ništa rekao, ali nikad više nije potcenio Alana Lojda.

Treći deo

1928–1932.

25.

Avelju su bila potrebna tri meseca da u potpunosti sagleda probleme s kojima se suočava *Ričmond kontinental*, i zašto hotel gubi toliko novca.

Jednostavan zaključak do koga je došao nakon dvanaest nedelja držanja očiju otvorenih, a usta zatvorenih, dok je istovremeno dozvoljavao da osoblje misli kako je napola usnuo, bio je da je dobit hotela, sasvim jednostavno, ukradena. Osoblje *Ričmonda* je radilo u dosluhu koji ni Avelj dotad nije video. Sistem nije, međutim, računao na novog zamenika direktora, koji je morao da krade hleb od Rusa kako bi preživeo. Aveljov prvi problem bio je da ne dozvoli nikom da sazna koliko on zna pre nego što bude imao priliku da proveri svaku službu u hotelu. Nije mu bilo potrebno mnogo vremena da shvati kako je svako od njih usavršio svoj sistem za krađu.

Prevara je počinjala od recepcije, gde su službenici prijavljivali samo osmoro od desetoro gostiju i stavljali u džep razliku novca. Sistem koji su koristili bio je jednostavan. Da je neko to pokušao u *Plazi* u Njujorku, bio bi otkriven u roku od nekoliko minuta i otpušten istog dana. Šef recepcije je birao neki stariji par iz druge države koji je rezervisao sobu samo za jednu noć i koji nikad ranije nije bio u tom hotelu. Onda bi se diskretno uverio da nemaju nikakve poslovne veze u gradu i jednostavno ih ne bi prijavio. Ako bi platili gotovinom narednog jutra, stavio bi novac u džep. Ako nisu upisani prilikom prijave, nije bilo podataka da su ikad odseli u hotelu. Avelj je dugo mislio da svi hoteli moraju da prijavljuju svakog gosta, kao što su radili u *Plazi*.

Sistem u restoranu je bio prefinjeniji. Sve gotovinske uplate gostiju koji ne odsedaju u hotelu odmah su uzimane iz kase. Avelj je očekivao to, ali bilo mu je potrebno malo više vremena da proveri restoranske račune i utvrdi da recepcioneri sarađuju sa osobljem restorana kako bi se uverili da nema restoranskih računa za goste koje nisu prijavili. U baru je sve bilo mnogo očiglednije. Barmen je donosio svoje boce pića i stavljao novac u džep, dok su hotelske boce ostajale neotvorene. Povrh svega toga, postojali su stalni izmišljeni kvarovi i popravke, nestanci opreme, hrane i posteljine – a povremeno bi nestao i neki dušek. Avelj je zaključio da je više od pola osoblja *Ričmonda* uključeno u tu zaveru i da nijedan sektor nije potpuno čist.

Kad je tek stigao u hotel, pitao se zašto direktor, Dezmond Pejsi, nije primetio šta mu se događa ispred nosa. Pogrešno je pretpostavio da je taj čovek samo lenj i da se nije trudio da prati sitne krađe. Čak je i Avelj kasno shvatio da je direktor mozak čitave operacije i da je to razlog što je sve funkcionisalo tako dobro. Pejsi je radio u *Ričmond grupi* duže od trideset godina. Ne postoji nijedan hotel u grupi u kojem nije bio na nekoj funkciji u izvesnom trenutku, zbog čega se Avelj uplašio za solventnost čitavog lanca. Štaviše, Pejsi je bio blizak Lirojev prijatelj i postao mu je najpouzdaniji saradnik. Avelj je izračunao da je *Ričmond* u Čikagu gubio više od trideset hiljada dolara samo zbog krađa, a ta situacija bi se mogla rešiti preko noći otpuštanjem velikog dela osoblja, počevši od Dezmonda Pejsija. To je predstavljalo problem, jer je tokom trideset godina, Dejvis Liroj retko otpuštao ljude. Jednostavno je tolerisao njihove postupke, nadajući se da će s vremenom sami otići. Koliko je Avelj video, osoblje *Ričmond grupe* nemilice je pljačkalo kompaniju dok nevoljno ne odu u penziju.

Avelj je odlučio da je jedini način da promeni sudbinu hotela da se obrati Dejvisu Liroju, ali ne dok ne bude imao konkretne podatke. Narednog slobodnog vikenda, Avelj se ukrcao u *Grejt ekspres* od Ilinoisa do Sent Luisa i dalje, vozom *Misuri Pacifika* do Dalasa. Nosio je izveštaj na dvesta strana koji je spremao tri meseca u svojoj sobi u potkrovlju hotelskog aneksa. Kad je Dejvis Liroj završio sa čitanjem gomile dokaza, s nevericom se zagledao u Avelja.

– Ti ljudi su mi prijatelji – bile su njegove prve reči. – Neki od njih rade za mene trideset godina. Dođavola... uvek je bilo pomalo krađe u hotelijerstvu, ali sad mi ti kažeš da me sistematski pljačkaju iza leđa?

– U nekoliko slučajeva, pretpostavljam da su to radili svakog dana u poslednjih trideset godina – kazao je Avelj.

– Šta bi trebalo da uradim povodom toga?

– Mogu da zaustavim propadanje ako ste spremni da otpustite Dezmonda Pejsija i date mi ovlašćenje da uklonim svakog ko je sarađivao s njim.

– Dobro, Avelju, voleo bih da je sve tako jednostavno.

– To je tako jednostavno – rekao je Avelj. – A ako mi ne dozvolite da se obračunam s krivcima, dobićete moj otkaz pre nego što se ukrcam u voz za Čikago, jer me ne zanima da budem deo najkorumpiranije hotelske uprave u Americi. Samo sam iznenađen što Al Kapone nije direktor.

– Zar ne bih mogao samo da degradiram Dezmonda Pejsija u zamenika direktora? Onda ćeš ti biti direktor i problemi će nestati. Napokon, on će se penzionisati za nekoliko godina.

– Dovoljno da vas otera u bankrot – rekao je Avelj. – A još gore, pretpostavljam da se u svim vašim hotelima slično krade. Ako želite da se stvari u Čikagu promene, moraćete da odmah donesete oštru odluku o Pejsiju, ili ćete se sami baviti time, jer ja imam pametnija posla u životu.

– Nas Teksašane bije glas da govorimo ono što mislimo, Avelju, ali sigurno ti nismo dorasli. Dobro, dobro, daću ti ovlašćenje da otpustiš Pejsija, što znači da si ti sad direktor čikaškog *Ričmonda*. Čestitam, momče – nastavio je Liroj, ustajući i tapšući novog direktora po leđima. – Ne misli da sam nezahvalan. Uradio si sjajan posao u Čikagu i odsad ću gledati na tebe kao na svoju desnu ruku. Da budem iskren, Avelju, toliko mi je dobro išlo na berzi da nisam primetio gubitke hotela, tako da hvala bogu što imam jednog iskrenog prijatelja. Zašto ne ostaneš da prenoćiš i večeraš sa mnom?

– Bio bih oduševljen, gospodine Liroje. Nadao sam se da ću prenoćiti u *Ričmondu* u Dalasu da bih video kako rade.

– Nemaš nimalo milosti prema ljudima, zar ne, Avelju?

– Ne ako otkrijem da su se školovali u istoj poslovnoj školi kao Dezmond Pejsi.

Te večeri, Avelj i Dejvis Liroj su pojeli dva velika odreska i popili previše viskija, iako je Teksašanin insistirao da je to tek nešto više od južnjačke gostoprimljivosti. Takođe je priznao Avelju da je razmišljao da pozove nekog da se pobrine za *Ričmond grupu* kako bi mu život bio lakši.

– Jeste li sigurni da želite glupog Poljaka na čelu? – zaplitao je jezikom Avelj.

– Avelju, ja sam bio glup. Da nisi razotkrio te lopove, možda bih bankrotirao. Ali sad kad znam istinu, sredićemo zajedno te prokletnike, a ja ću ti dati priliku da postaviš *Ričmond grupu* na mapu.

Avelj je nesigurno podigao čašu. – Pijem u to ime... i za dugo i uspešno partnerstvo.

– Sredi ih, momče.

Avelj je prenoćio u *Ričmondu* u Dalasu, pod lažnim imenom i rekao namerno recepcioneru da će ostati samo jednu noć. Ujutro je gledao kako jedini primerak priznanice za njegovu gotovinsku uplatu nestaje u kanti za smeće. Njegove sumnje su bile potvrđene. Problem očigledno nije bio ograničen samo na Čikago, nego je prožimao celu grupu. Odlučio je da će morati da se prvo pobrine za Čikago, pre nego što se pozabavi ostalim Dezmondima Pejsijima, i pozvao je Dejvisa Liroja da mu kaže kako se bolest proširila na više udova.

Avelj se vratio kako je i došao. Dolina Misisipija prostirala se nadureno iza prozora voza, razorena prošlogodišnjim poplavama. Avelj je mogao da misli samo o razaranju koje će izazvati kad se vrati u Čikago.

Kad je prošao kroz rotaciona vrata hotela, nije bilo ni traga noćnom portiru, a radio je samo jedan službenik. Odlučio je da im dozvoli da se dobro naspavaju pre nego što ih otpusti. Jedan mladi potrčko otvorio mu je vrata aneksa.

– Jeste li dobro putovali, gospodine Rosnovski?

– Jesam, hvala. Kako je bilo ovde?

– O, vrlo mirno.

Možda će biti još mirnije sutra, mislio je Avelj, *kad ostaneš jedini zaposleni član osoblja.*

Avelj se raspakovao i naručio lagan obrok od rum-servisa. Bilo je potrebno nešto više od sata da mu ga donesu, a kad su ga doneli, bio je hladan. Nakon kafe istуširao se hladnom vodom i razmotrio plan za sutradan. Odabrao je dobro doba godine za svoj pokolj. Bio je početak februara i hotel je bio popunjen svega oko dvadeset pet odsto. Bio je uveren da će moći da upravlja *Ričmondom* uz polovinu trenutnog osoblja. Legao je u krevet, bacio jastuk na pod i zaspao, kao neobavešteno osoblje, čvrstim snom.

Dezmond Pejsi, poznat svima u hotelu kao Lenji Pejsi, imao je šezdeset tri godine. Bio je vrlo gojazan i prilično sporo je hodao na kratkim nogama. Tokom svog mandata ispratio je sedam zamenika direktora u *Ričmondu*. Neki su bili pohlepni i želeli previše „plena“, dok drugi nisu mogli da shvate kako sistem radi. Taj Poljak, zaključio je, običan je glupan. Kao i svi Poljaci. Pejsi je pevušio tiho dok je išao ka Aveljovoj kancelariji za redovan sastanak u deset sati. Bilo je deset i sedamnaest minuta.

– Izvini što si čekao – kazao je, ne zvučeći kao da žali. – Morao sam da obavim nešto na recepciji... znaš kako to ide.

Avelj je tačno znao kako to ide s recepcijom. Polako je otvorio fioku svog stola i izvadio četrdeset zgužvanih hotelskih računa, nekih pocepanih na komade; računa koje je izvadio iz korpi za smeće i pepeljara, računa za goste koji su platili gotovinom i nikad nisu registrovani. Gledao je kako mali debeli direktor pokušava da ih pročita naopačke, polako shvatajući šta je to.

Mada Pejsi nije mnogo mario za to. Nije bilo razloga za brigu. Ako je glupi Poljak ukapirao sistem, mogao je da uzme svoj deo ili da ode. Možda bi lepa soba u hotelu bila dovoljna da ga ućutka.

– I, šta imaš danas za mene, Avelju? – pitao je dok je sedao.

– Otpušteni ste, gospodine Pejsi. Želim da napustite hotel u roku od sat vremena.

Dezmond Pejsi nije odmah odgovorio, jer nije mogao da poveruje u to što je čuo.

– Šta si to rekao? Mislim da nisam dobro čuo.

– Dobro ste čuli – kazao je Avelj. – Otpušteni ste.

– Ne možeš da me otpustiš. Ja sam direktor. Radim u *Ričmond grupi* preko trideset godina. Ako bude otpuštanja, ja ću otpuštati. Ko, zaboga, ti misliš da si?

– Ja sam novi direktor.

– Ti si *šta*?

– Novi direktor – ponovio je Avelj. – Gospodin Liroj me je imenovao juče, a moja prva odluka je da vas otpustim, gospodine Pejsi.

– Zbog čega?

– Zbog krađe. – Avelj je okrenuo račune tako da ih Pejsli bolje vidi. – Svaki od ovih gostiju je platio račun, ali nijedan novčić nije legao na *Ričmondov* račun. I svi imaju nešto zajedničko... vaš potpis na njima.

– To ne dokazuje ništa.

– Znam. Vodili ste dobar sistem. Dobro, možete da ga vodite i negde drugde, jer ovde vam je isteklo vreme. Postoji jedna stara poljska poslovica, gospodine Pejsi: *Krčag ide na vodu dok se ne razbije.* Krčag se upravo razbio. Otpušteni ste.

– Nemaš ovlašćenje da me otpustiš – istrtljao je Pejsi, dok mu je znoj rosio čelo. – Dejvis Liroj mi je blizak lični prijatelj. On je jedini koji može da me otpusti. Ti se došao pre nekoliko meseci. Izbaciću te iz hotela jednim telefonskim pozivom.

– Samo izvolite – rekao je Avelj. Podigao je slušalicu i zamolio centralu da pozove Liroja Dejvisa u Dalasu. Dva muškarca su čekala, zureći jedan u drugog. Znoj je počeo da kaplje s vrha Pejsijevog nosa. Na trenutak se Avelj zapitao da li se Liroj možda predomislio.

– Dobro jutro, gospodine Liroje, ovde Avelj Rosnovski iz Čikaga. Upravo sam otpustio Dezmonda Pejsija, a on želi da razgovara s vama.

Pejsi je drhtavom rukom uzeo slušalicu. Slušao je nekoliko trenutaka.

– Ali, Dejvise, ja... Šta da radim? Kunem se da nije istina... Mora da je neka greška...

Avelj je čuo spuštanje slušalice.

– Jedan sat, gospodine Pejsi – rekao je Avelj – ili ću predati ove račune čikaškoj policiji.

– Čekaj malo – počeo je Pejsi. – Ne brzaj. – Ton i stav su mu se iznenada promenili. – Možemo da te uključimo u celu operaciju. Možeš da imaš lep mali prihod ako budemo zajedno vodili ovaj hotel i niko neće znati za to. Zarađivaćeš mnogo više nego kao zamenik direktora, a svi znamo da Dejvis može da dozvoli gubitke...

– Više nisam zamenik direktora. Izlazite, gospodine Pejsi, pre nego što vas izbacim.

– Jebeno kopile – kazao je bivši direktor, shvatajući da mu poslednji adut nije upalio. – Bolje ti je da držiš oči širom otvorene, Poljače, jer ću ti doći glave. – Zalupio je vrata na odlasku.

Do ručka, Pejsiju su se na ulici pridružili glavni konobar, glavni kuvar, glavna domaćica, šef recepcije, glavni portir i sedamnaestoro drugih zaposlenih koje je Avelj smatrao nepopravljivim. Popodne je sazvao sastanak preostalog osoblja, objasnio im šta je uradio i uverio ih da im poslovi nisu u opasnosti.

– Ali ako pronađem *jedan dolar* – kazao je Avelj – ponavljam, *jedan dolar* van kase, ta osoba će odmah biti otpušena, bez preporuka. Jesam li bio jasan?

Niko nije govorio.

Nekoliko drugih zaposlenih otišlo je tokom narednih nedelja, kad su shvatili da Avelj Rosnovski ne namerava da nastavi sistem Dezmonda Pejsija u svoju korist. Brzo su zamenjeni.

Vilijam je počeo da radi kao mlađi direktor *Kejn i Kabota* u septembru 1928. Bankarsku karijeru je započeo u maloj kancelariji pored Tonija Simonsa, direktora investicija. Od dana kad je Vilijam stigao, znao je, iako ništa nije rečeno, diskretno ili indiskretno, kako se Simons nada da će naslediti Alana Lojda na mestu predsednika banke.

Čitav investicioni program banke bio je Simonsova odgovornost. Dodelio je jedan deo portfelja Vilijamu, tačnije, privatna ulaganja u male kompanije, zemlju i druge manje važne preduzetničke aktivnosti. Među Vilijamovim dužnostima bila je priprema mesečnog izveštaja za odbor o ulaganjima koja je želeo da preporuči. Sedamnaest članova odbora sastajalo se jednom mesečno u većoj prostoriji s hrastovim zidnim oblogama, u kojoj se na jednom kraju nalazio portret Vilijamovog oca, a na drugom dede. Vilijam nije upoznao dedu, ali uvek je pretpostavljao da je bio sjajan čovek kad se oženio babom Kejn. Bilo je dovoljno prostora na zidovima za njegov portret.

Vilijam je radio oprezno tokom prvih meseci u banci, a njegove kolege iz odbora ubrzo su počele da poštuju njegovu procenu i gotovo su bez izuzetka prihvatale njegove predloge za ulaganje. U retkim prilikama, kad ne bi poslušali njegov savet, kasnije su zažalili. Prvi put, gospodin Majer je tražio zajam od banke da uloži u „zvučni film“, ali odbor je odbio da poveruje da će se to isplatiti u budućnosti. Drugi put, gospodin Pejli je doneo Vilijamu ambiciozan plan za radio-mrežu. Alan Lojd, koji je poštovao telegrafiju koliko i telepatiju, nije hteo da ima ništa s tim. Odbor ga je podržao. Luis B. Majer je kasnije osnovao *MGM*, a Vilijam Pejli je postao izvršni direktor *CBS*-a. Vilijam je podržao svoju procenu obojice ljudi svojim novcem, ne obaveštavajući banku niti zajmoprimce. To je bila lična stvar.

Jedan od neprijatnijih delova Vilijamovih svakodnevnih dužnosti bio je vođenje likvidacija i bankrota klijenata koji su pozajmili velike svote od banke i nisu mogli da vrate kredit. Vilijam nije bio bolećiv po prirodi, kao što je Henri Ozborn naučio preko svojih leđa, ali insistiranje da stari i poštovani klijenti rasprodaju akcije, čak i kuće, uvek je bilo neprijatno iskustvo. Uskoro je saznao da se takvi klijenti dele na dve grupe – one koji se raduju bankrotu kao izgovoru da izbegnu odgovornost, i one koji su zgroženi samom pomisli na to i proveli bi ostatak života trudeći se da vrate svaki pozajmljeni novčić. Vilijam je video da mu je lako da bude nepopustljiv prema prvoj kategoriji, ali bio je znatno popustljiviji prema drugoj, često uz nevoljnu podršku Tonija Simonsa.

Klijent koji je zatražio sastanak s njim tog jutra jasno je spadao u drugu grupu. Maks Bruks je pozajmio više od milion dolara od *Kejn i Kabota* da uloži u izgradnju nekretnina na Floridi 1925, što Vilijam nikad ne bi odobrio da je tad radio u banci. Maks Bruks je slavljen u Masačusetsu kao jedan od neustrašivih balonista i letača, i bio je blizak prijatelj Čarlsa Lindberga. Njegova tragična smrt, kad je mali avion kojim je upravljao udario u drvo sto metara nakon poletanja, bila je opisana u svim novinama širom Amerike, praveći od njega nacionalnog heroja.

Vilijam je, radeći u ime banke, odmah preuzeo Bruksovo poslovanje, koje je već bilo insolventno. Zatvorio je račun i pokušao da smanji gubitke banke prodajući Bruksovu zemlju na Floridi, osim hektara zemlje na kojem se nalazila porodična kuća. Banka je ipak izgubila preko trista hiljada dolara.

Kad je Vilijam prodao sve što je banka držala za račun Maksa Bruksa, skrenuo je pažnju na gospođu Bruks, koja je bila žirant za dugove pokojnog muža. Mada je Vilijam uvek pokušavao da obezbedi garanciju za svaki zajam koji je banka davala, nikad nije preporučivao prihvatanje takve obaveze svojim prijateljima, koliko god imali poverenja u ono što rade, jer su neuspesi neizostavno izazivali velike probleme žirantu i, važnije, njegovoj porodici.

Vilijam je napisao zvanično pismo gospođi Bruks, predlažući joj da zakaže sastanak kako bi razgovarali o njenom položaju. Znao je iz Bruksovog dosijea da ona ima svega dvadeset dve godine i da je pripadnica stare i ugledne bostonske porodice – ćerka Endrua Higinsona i praunuka Henrija Lija Higinsona, osnivača Bostonske filharmonije. Takođe je primetio da ima dosta svojih sredstava. Nije uživao u pomisli da joj ih oduzme kako bi obeštetio banku, tako da se spremio za neprijatan susret.

To jutro je započelo loše, nakon žestoke rasprave sa Simonsom o velikoj investiciji u proizvodnju bakra i kalaja, koju je želeo da preporuči odboru. Potrebe industrije za ta dva metala stalno su rasle i Vilijam je bio uveren da će uslediti svetska nestašica, što će garantovati banci pristojnu dobit. Simons se nije slagao s Vilijamovom procenom, osećajući da banka treba više da investira u berzu, i ta rasprava je bila u Vilijamovim mislima kad je sekretarica uvela gospođu Bruks u njegovu kancelariju.

Jednim opreznim osmehom izbrisala je bakar, kalaj i sve druge svetske nestašice iz njegove glave. Pre nego što je sela, ustao je i otišao do druge strane svog stola i posadio ju je na stolicu, samo da se uveri da ona neće nestati kao fatamorgana kad joj se približi. Vilijam nikad nije naišao na ženu koju bi smatrao približno lepom kao Ketrin Bruks. Duga kosa padala joj je u opuštenim i jogunastim uvojcima na ramena, a mali pramenovi očaravajuće su joj virili ispod šešira i lepili joj se za čelo. Činjenica da je bila u žalosti, nije umanjivala lepotu njene vitke figure, a lepa struktura lica garantovala je da će postati osoba čija će se lepota pretvoriti u otmenost tokom godina. Smeđe oči su joj bile ogromne. Očigledno je da su se i bojale onog što je spremio za nju.

Vilijam joj se obratio poslovnim glasom. – Gospođo Bruks, moram da vam izrazim saučešće zbog muževljeve smrti – svi smo mu se divili – i koliko mi je žao zbog toga što sam morao da vas zamolim da danas dođete ovamo.

Dve laži u jednoj rečenici, koje su bile istinite pre pet minuta. Čekao je da ona progovori.

– Hvala vam, gospodine Kejne. Svesna sam svojih obaveza prema vašoj banci – kazala je tihim, blagim glasom – i uveravam vas da ću uraditi sve što je u mojoj moći da ih ispunim.

Vilijam nije ništa rekao, nadajući se da će ona nastaviti da govori. Kad nije, izneo joj je stanje imovine Maksa Bruksa... vrlo sporo. Slušala ga je, oborenog pogleda.

– Dobro, gospođo Bruks, bili ste žirant za zajam koji je podigao vaš pokojni muž i to nas dovodi do pitanja vaše lične imovine. – Pogledao je u dosije. – Imate osamdeset hiljada dolara u investicijama – porodični novac, rekao bih – i sedamnaest hiljada četiristo pedeset šest dolara na tekućem računu.

Podigla je pogled. – Vaše poznavanje moje finansijske situacije je detaljnije od mog, gospodine Kejne. Treba da dodate i *Bakherst park*, naš dom na Floridi, koji se vodi na Maksovo ime. A imam i prilično vredan nakit. Ako prodate svu moju imovinu, to će otprilike namiriti trista hiljada dolara koje još potražujete, a ja sam već dala nalog da se to uradi. – Glas joj je neznatno zadrhtao.

– Gospođo Bruks, banka ne želi da vam oduzme svu imovinu. Uz vašu saglasnost, voleli bismo da prodamo vaše akcije i obveznice. Sve ostalo što ste pomenuli, uključujući i kuću, mislimo da bi trebalo da ostane u vašem posedu.

Oklevala je. – Cenim vašu darežljivost, gospodine Kejne. Međutim, ne želim da dugujem vašoj banci, niti da ostavim senku iznad muževljevog imena. – Ponovo jedva primetno podrhtavanje glasa, ali brzo potisnuto. – U svakom slučaju, već sam odlučila da prodam kuću na Floridi i vratim se u roditeljski dom što pre mogu.

Vilijamov puls se ubrzao kad je shvatio da se ona vraća u Boston. – U tom slučaju, možda bismo mogli da se dogovorimo o novcu zarađenom prodajom.

– Naravno – kazala je mirno. – Napokon, banka ima pravo na čitav iznos.

Vilijam je pokušao da organizuje još jedan sastanak. – Nemojte da donosite ishitrene odluke, gospođo Bruks. Mislim da treba da razgovaram s kolegama i, nekom drugom prilikom, s vama razmotrim njihov odgovor.

Slegnula je ramenima. – Kako želite, gospodine Kejne. Stvarno ne marim za novac i ne želim da vam izazovem nikakve neprijatnosti.

Vilijam je zatreptao. – Gospođo Bruks, moram da priznam da sam iznenađen vašom staloženošću u ovakvim okolnostima. Makar mi dozvolite da vas izvedem na ručak.

Osmehnula se, otkrivajući neočekivanu boru smejalicu na desnom obrazu. Vilijam ju je opčinjeno gledao i dao je sve od sebe da je navede da se ponovo ukaže za vreme dugog ručka u hotelu *Ric-Karlton*, za očevim starim stolom. Kad se vratio u kancelariju, bilo je odavno prošlo tri.

– Dugačak ručak, Vilijame – prokomentarisao je Simons.

– Da. Posao s Bruksovima ispostavio se kao komplikovaniji nego što sam očekivao.

– Meni je izgledalo prilično jednostavno kad sam pogledao papire – kazao je Simons. – Ona se nije žalila na tvoju ponudu, zar ne? Mislio sam da smo bili prilično velikodušni, kad se sve uzme u obzir.

– Da, i ona je tako mislila. Morao sam da je odgovorim od toga da se odrekne i poslednjeg dolara da bi dopunila naše rezerve.

Simons se zagledao u njega. – To ne liči na Vilijama Kejna koga poznajemo. Ipak, nikad nije postojalo bolje vreme da banka bude velikodušna.

Vilijam se namrštio. Otkako je došao, on i Simons su se raspravljali oko sudbine berze. *Dau Džouns* je stabilno rastao otkako je Herbert Huver izabran u Belu kuću u novembru 1928. U stvari, deset dana kasnije, Njujorška berza ostvarila je rekordan promet od šest miliona akcija prodatih u jednom danu. Ali Vilijam je bio uveren da će taj trend rasta, podstaknut velikim prilivom pozajmljenog novca, samo rezultirati inflacijom i nestabilnošću. Simons je, s druge strane, bio uveren da će rast potrajati, a kad je Vilijam zahtevao oprez na sastancima odbora, uvek su ga nadglasavali. Međutim, to ga nije sprečilo da proda neke od svojih deonica i uloži u zemlju, zlato, robu i čak brižljivo odabrane umetničke slike – Manea, Monea i Matisa, mada nije bio siguran za najnoviji krik mode, Pikasa.

Kad je Federalna banka u Njujorku objavila da neće garantovati za kredite koje su banke dale svojim klijentima u cilju špekulisanja,

Vilijam je smatrao da je to prvi ekser koji je zariven u kovčeg špekula-
nata. Odmah je razmotrio bančin kreditni program i procenio da *Kejn
i Kabot* imaju preko dvadeset šest miliona nenaplaćenih takvih kre-
dita. Na sledećem sastanku upravnog odbora savetovao je da se takvi
krediti naplate što je pre moguće, siguran da, uz takvu vladinu odred-
bu, cene akcija, dugoročno gledano, moraju neizbežno da padnu.

— Vilijame, suviše si oprezan na sopstvenu štetu — rekao je Simons.
— Zar ne vidiš da ne možemo da dozvolimo sebi da iskočimo iz tog
voza i dozvolimo svim drugim bankama da ostvare dobit?

— A zar ti ne vidiš da je tržište prepuno zajmova koji u nekom tre-
nutku moraju da budu vraćeni, a tad će otpasti točkovi s tog voza,
naglo će se zaustaviti i na kraju ćemo imati velike gubitke.

— Ne, ne mogu... — počeo je Simons, dižući glas.

— Gospodo, gospodo — prekinuo ih je Alan Lojd. — Ovo je sala za
sastanke, ne bokserski ring. Predlažem da glasamo. Oni za...

Vilijam je izgubio glasanje dvanaest prema dva.

26.

Do kraja godine, Avelj je pozvao četvoricu radnika iz *Plaze* da mu se pridruže u Čikagu. Imali su tri zajedničke stvari: bili su mladi, ambiciozni i pošteni. U roku od šest meseci samo trideset sedmoro od prvobitnih sto deset radnika ostalo je u *Ričmondu*.

Na kraju fiskalne godine Avelj je otvorio veliku bocu šampanjca s Dejvisom Lirojem da proslavi godišnji prihod u čikaškom *Ričmondu*. Ostvarili su dobit od 3.468 dolara; malu, ali to je bila prva dobit koju je hotel ostvario u trideset godina poslovanja. Avelj je predviđao da će dobit 1929. biti viša od dvadeset pet hiljada dolara.

Dejvis Liroj je podigao čašu. – Kad dovedeš ovo mesto u red, Avelju, možda možeš da pogledaš ostatak grupe.

– Ne pomeram se odavde dok ne pronađem pravog čoveka koji će doći na moje mesto.

– Kako god ti kažeš – rekao je Dejvis, dok mu je Avelj dopunjavao čašu.

Dejvis je počeo redovnije da posećuje Čikago, a on i Avelj su često zajedno išli na bejzbol utakmice i trke. Jednom prilikom, kad je Dejvis izgubio sedamsto dolara na prvih šest trka, zagrlio je Avelja i kazao: – Zašto da se mučim s konjima? Ti si jedina dobra opklada koju sam napravio.

Kad god je Melani Liroj obedovala u hotelu sa ocem, Avelj nije mogao da skine oči s nje, mada ga nikad nije pažljivije pogledala. U retkim prilikama kad su razgovarali, ona nije nagovestila da bi mogao da je zove „Melani“ umesto „gospođica Liroj“. Odnosno, dok nije saznala da je diplomirao ekonomiju na Kolumbiji, da je čitao Kafku i Ficdžeralda. Malo je smekšala kad je postao direktor čikaškog *Ričmonda*, a povremeno je obedovala s njim u hotelu, gde je pričala o studijama humanističkih nauka na Univerzitetu u Čikagu. Ohrabren time, pozvao ju je na koncert, a dve nedelje kasnije u pozorište. Čak je počeo da oseća ljubomoru kad god je dolazila u hotel na ručak s drugim muškarcima, mada nikad nije dvaput dolazila sa istim pratiocem.

Kuhinja se toliko popravila pod Aveljovim rukovodstvom da su ljudi koji su živeli u Čikagu trideset godina i nisu bili svesni postojanja hotela, sad redovno rezervisali večere svake subote.

Tokom druge godine Avelj je organizovao renoviranje celog hotela – prvi put u poslednjih dvadeset godina – i obezbedio je osoblju otmene zeleno-zlatne uniforme. Gost koji je poslednjih deset godina odsedao u *Ričmondu* jednu nedelju godišnje okrenuo se i izašao na ulicu, misleći da je pogrešio hotel. Kad je Al Kapone rezervisao večeru za šesnaestoro u privatnoj sobi da proslavi trideseti rođendan, Avelj je znao da je uspeo.

Aveljevo lično bogatstvo je takođe raslo u tom period, jer je berza cvetala. Napustio je *Plazu* sa osam hiljada dolara, osamnaest meseci ranije, a na njegovom računu sad je bilo trideset hiljada dolara. Bio je uveren da će tržište nastaviti da raste, tako da je uvek reinvestirao dobit. Njegove lične potrebe i dalje su bile skromne. Kupio je tri nova odela i dva para smeđih kožnih cipela na šniranje. Smeštaj i hranu mu je obezbeđivao hotel i imao je malo redovnih troškova.

Kontinental trast banka je vodila *Ričmondov* račun više od trideset godina, tako da je Avelj prebacio privatni novac kod njih kad je tek stigao u Čikago. Svakog jutra je išao u banku i ulagao pazar od prethodnog dana. Jednog jutra, nakon što je obavio svoj zadatak, blagajnik ga je pitao ima li malo vremena da svrati kod direktora. Avelj nije mogao da sakrije iznenađenje. Znao je da nikad nije bio u minusu, tako da je pretpostavio da sastanak ima neke veze s *Ričmondom*. Ali banka nije mogla da se požali na hotelski račun, koji je prvi put bio u plusu nakon više godina. Blagajnik je proveo Avelja kroz niz hodnika dok nisu stigli do jednih zatvorenih drvenih vrata. Nežno kucanje i uveo ga je.

– Dobro jutro, gospodine Rosnovski. Zovem se Kertis Fenton – kazao je direktor. Rukovao se sa Aveljom pre nego što mu je pokazao da sedne na zelenu kožnu stolicu s druge strane stola. Direktor je bio nizak, punačak čovek s polukružnim naočarima i besprekorno belim okovratnikom i crnom kravatom, uz trodelno bankarsko odelo.

– Hvala vam – nervozno je kazao Avelj. Zadržao je, iz vremena provedenog u Rusiji, strah od nepoznatog.

– Voleo bih da vas pozovem na ručak, gospodine Rosnovski...

Aveljovo srce se malo smirilo. Bio je prilično uveren da direktori banaka ne dele besplatne ručkove kad prenose neprijatne poruke.

– ... ali pojavilo se nešto što zahteva moju trenutnu pažnju, tako da se nadam da vam neće smetati da odmah razgovaram s vama o problemu. – Avelj nije ništa rekao, što je takođe naučio u Rusiji. Fenton je nastavio: – Preći ću na stvar, gospodine Rosnovski. Jedna od mojih najuglednijih klijentkinja je starija dama, gospođica Ejmi Liroj – Avelj se odmah uspravio kad je čuo prezime – koja poseduje dvadeset pet odsto akcija *Ričmond grupe*. Ponudila je to svom bratu, gospodinu Dejvisu Liroju, nekoliko puta u prošlosti, ali on ju je uvek nevoljno odbijao. Razumem stav gospodina Liroja. Već poseduje sedamdeset pet odsto kompanije i usuđujem se da kažem da nema potrebe da brine zbog ostalih dvadeset pet, koji su pripali sestri na osnovu očevog testamenta. Međutim, gospođica Liroj želi da proda svoje akcije, jer nikad nije dobijala dividende.

Avelj se nije iznenadio kad je to čuo.

– Gospodin Liroj je nagovestio da ne bi imao ništa protiv da ona proda te akcije trećoj strani, jer ona misli da bi joj u njenim godinama koristilo malo novca za trošenje. Mislio sam da vas obavestim o situaciji, gospodine Rosnovski, za slučaj da poznajete nekog ko bi možda želeo da kupi deonice moje klijentkinje.

– Koliko se gospođica Liroj nada da će zaraditi prodajom? – pitao je Avelj.

– O, verujem da bi bila spremna da ih se odrekne za svega šezdeset pet hiljada dolara.

– Šezdeset pet hiljada dolara je prilično veliki iznos za deonice koje nikad nisu donele dividendu – rekao je Avelj. – A nema izgleda da će se to dogoditi još nekoliko godina.

– O – kazao je Kertis Fenton – ali sigurno znate da treba imati u vidu vrednost jedanaest hotela.

– Ali kontrola nad kompanijom će i dalje ostati u rukama gospodina Liroja, što čini dvadeset pet odsto deonica gospođice Liroj samo hrpom papira.

– Dajte, gospodine Rosnovski, dvadeset pet odsto od jedanaest hotela biće vredna imovina za svega šezdeset pet hiljada dolara.

– Ne dok gospodin Liroj ima potpunu kontrolu. Ponudite gospođici Liroj četrdeset hiljada dolara, gospodine Fentone, i možda ću vam pronaći nekog zainteresovanog.

– Ne mislite da bi ta osoba mogla da ponudi malo više? – Gospodin Fenton je podigao obrve kad je rekao *više*.

– Ni peni više, gospodine Fentone.

Direktor banke je oprezno spojio vrhove prstiju, svestan koliko novca Avelj ima u banci.

– U ovim okolnostima, mogu samo da pitam gospođu Liroj kako bi odgovorila na takvu ponudu. Pozvaću vas ponovo čim mi ona da uputstva.

Nakon što je napustio kancelariju Kertisa Fentona, Avelj se brzo vratio u hotel da proveri lični račun. Na brokerskom računu imao je 33.112 dolara, a na tekućem računu 3.008. Bilo mu je teško da se usredsredi na dnevne obaveze, pitajući se kako će gospođica Liroj reagovati na njegovu ponudu i sanjareći o tome da će posedovati dvadeset pet odsto *Ričmond grupe*.

Neko vreme je razmišljao da li da obavesti Dejvisa Liroja, bojeći se da bi srdačni Teksašanin mogao da ga vidi kao pretnju. Ali nakon nekoliko dana odlučio je da je najpoštenije da pozove svog šefa i kaže mu šta mu je na umu.

– Želim da znate zašto radim ovo, Dejvise. Verujem da *Ričmond grupa* ima veliku budućnost i možete biti sigurni da ću raditi još vrednije ako znam da sam uložio svoj novac. – Zaćutao je. – Ali ako želite da sami kupite tih dvadeset pet odsto, naravno da ću povući svoju ponudu.

Na njegovo iznenađenje, nije bilo uznemirenosti.

– Dobro, vidi, Avelju, ako imaš toliko poverenja u grupu, samo napred, sinko, i kupi Ejmine akcije. Biću ponosan da te imam za partnera. Zaslužio si to. Uzgred, sledeće nedelje dolazim da gledam utakmicu između *Redsa* i *Kabsa*. Hoćeš li sa mnom?

– Naravno – kazao je Avelj. – I hvala vam, gospodine Dejvise... nikad nećete imati razloga da zažalite zbog svoje odluke.

– Siguran sam da neću, partneru.

Avelj se vratio u banku nedelju dana kasnije. Ovog puta je on tražio da vidi direktora. Ponovo je sedeo na zelenoj kožnoj stolici i nestrpljivo čekao da Kertis Fenton progovori.

– Iznenadio sam se kad sam saznao – počeo je Fenton, ne izgledajući nimalo iznenađeno – što je gospođica Liroj prihvatila ponudu od četrdeset hiljada dolara za svojih dvadeset pet odsto akcija u *Ričmond grupi*. Sad kad sam obezbedio njen pristanak, moram da vas pitam jeste li u prilici da otkrijete ime kupca.

– Jesam – kazao je samouvereno Avelj. – Ja sam kupac.

– Shvatam, gospodine Rosnovski – ponovo nimalo iznenađeno. – Smem li da vas pitam kako predlažete da uplatite četrdeset hiljada dolara?

– Prodaću svoje akcije i upotrebiti novac s tekućeg računa, nakon čega će mi nedostajati četiri hiljade dolara. Nadam se da je banka spremna da mi pozajmi tu svotu, jer ste toliko uvereni da su akcije *Ričmond grupe* potcenjene. U svakom slučaju, četiri hiljade dolara sigurno nije veći iznos od bančine provizije za ovu transakciju.

Kertis Fenton je zatreptao i pokušao da se ne namršti. Gospoda obično nisu iznosila takve komentare u njegovoj kancelariji; to ga je još više zabolelo jer je Avelj tačno pogodio iznos. – Hoćete li mi dati malo vremena da razmislim o tome, gospodine Rosnovski?

– Ako čekate dovoljno dugo, neće mi biti potrebna pozajmica – rekao je Avelj. – S obzirom na to kako berza raste u ovom trenutku, moje druge akcije će uskoro vredeti punih četrdeset hiljada.

Avelj je morao da sačeka još nedelju dana pre nego što je obavešten da je *Kontinental trast* spreman da ga podrži. Odmah je ispraznio oba računa i pozajmio nešto manje od četiri hiljade dolara da bi prikupio četrdeset hiljada.

U roku od šest meseci otplatio je dug od četiri hiljade dolara oprezno kupujući i prodajući akcije između marta i avgusta 1929, u nekim od najluđih dana koje je berza ikad doživela. Do septembra 1929. oba njegova računa ponovo su bila u plusu, i čak je imao dovoljno novca da kupi novi bjuik koji je bio u skladu s vlasništvom dvadeset pet odsto *Ričmond grupe*. Delimično vlasništvo carstva Dejvisa Liroja dalo mu je samouverenost kako bi pokušao da dobije njegovu ćerku i ostalih sedamdeset pet odsto.

Nedelju dana kasnije pozvao je Melani na Mocartov koncert u Čikaškoj filharmoniji. Odeven u najnovije odelo, koje ga je podsetilo da se malo ugojio, i s prvom svilenom kravatom, imao je osećaj, dok se ogledao, da će to veče biti uspešno. Nakon koncerta Avelj je izbegao *Ričmond*, koliko god da mu je hrana postala odlična, i odveo je Melani u *Lup* na večeru. Posebno se trudio da joj dozvoli da priča o temama koje su joj bliske: predstojećem diplomiranju i svom ocu, mada je izgleda bila zadivljena i skorašnjim uspehom hotela. Ohrabren, pitao ju je da li želi da dođe u njegovu sobu na piće. Bio je to prvi put da ju je videla i izgledala je iznenađeno koliko knjiga ima na policama, i koliko slika visi na zidovima.

Avelj joj je sipao koka-kolu koju je tražila, ubacio dve kocke leda u nju i osetio novo samopouzdanje od osmeha kojim ga je nagradila kad joj je dao čašu. Morao je da gleda u njene vitke, prekrštene noge. Sipao je sebi viski i pustio ploču Čikaškog simfonijskog orkestra koji svira „Malu noćnu muziku“.

Avelj je seo kraj nje i zamišljeno mućkao piće u čaši. – Mnogo godina nisam slušao muziku. Kad sam je slušao, Mocart mi je dirao srce kao nijedan drugi kompozitor.

– Kako ponekad zvučiš veoma evropski, Avelju. – Oslobodila je kraj svilene haljine, na kojem je Avelj sedeo. – Ko bi rekao da je jedan direktor hotela uopšte čuo za Mocarta?

– Jedan od mojih predaka, drugi baron Rosnovski – rekao je Avelj – jednom je upoznao maestra, i zbližio se s Mocartovom porodicom, tako da sam uvek osećao da je deo mog života.

Melanin osmeh bio je nedokučiv. Avelj se nagnuo u stranu i poljubio je u obraz ispod uva, gde joj je plava kosa bila pomerena s lica. – Frederik Štok je savršeno pogodio raspoloženje trećeg stava, zar ne? – kazao je.

Avelj je pokušao da je poljubi drugi put. Ovog puta je okrenula lice ka njemu i dozvolila mu da je poljubi u usne. Zatim se odmakla.

– Mislim da bi trebalo da se vratim na univerzitet.

– Ali tek si stigla – kazao je Avelj.

– Da, znam, ali moram da stignem na vreme za jutarnja predavanja.

Avelj ju je ponovo poljubio. Legla je na kauč dok je pokušavao da premesti ruku na njene grudi. Brzo je ustala.

– Moram da krenem, Avelju – insistirala je.

– Ma, daj – rekao je – ne moraš još da ideš. – Ponovo ju je povukao prema sebi.

Ovog puta ga je odgurnula odlučnije. – Avelju, šta misliš da radiš? Samo zato što si me odveo na koncert i povremeno me vodio na večeru, ne znači da imaš pravo da me gnjaviš.

– Ali izlazimo mesecima – rekao je Avelj. – Nisam mislio da ti smeta.

– Ne izlazimo mesecima, Avelju. Večeram povremeno s tobom u tatinom hotelu, ali to ne znači da ima nečeg među nama.

– Izvini – rekao je Avelj. – Poslednje što želim je da misliš da sam preterao. Samo sam želeo da znaš šta osećam.

– Nikad ne bih razmišljala da stupim u vezu s muškarcem – kazala je – koji ne želi da se oženi.

– Ali ja želim da se oženim tobom – tiho je kazao Avelj.

Melani se nasmejala.

– Šta je smešno u tome? – pitao je, uspravljajući se.

– Ne budi lud, Avelju, nikad ne bih mogla da se udam za tebe.

– Zašto? – pitao je Avelj, zaprepašćen konačnošću njene izjave.

– Južnjačka dama nikad ne bi mogla da se uda za poljskog imi-
granta prve generacije – odgovorila je, popravljajući svilenu haljinu.

– Ali ja sam baron – kazao je Avelj, pomalo oholo.

Melani se ponovo nasmejala. – Ne misliš valjda da iko veruje u to,
Avelju? Zar ne shvataš da ti se osoblje smeje iza leđa kad god pomeneš
svoju titulu?

Avelj je bio zaprepašćen i prebledeo je. – Smeju mi se iza leđa? –
ponovio je. Njegov uobičajeno jedva primetan naglasak sad se pojačao.

– Da – rekla je. – Sigurno znaš da ti je nadimak u hotelu Čikaški
Baron.

Avelj je ostao bez reči.

– Dobro, ne budi blesav i ne sekiraj se zbog toga, Avelju. Mislim
da si uradio sjajan posao za taticu i znam da ti se divi, ali nikad ne bih
mogla da se udam za tebe.

– *Ti nikad ne bi mogla da se udaš za mene* – tiho je rekao Avelj.

– Naravno da ne. Tatica te voli, ali ne bi želeo zeta Poljaka.

– Žao mi je što sam te uvredio – rekao je Avelj, ustajući sa sofe.

– Nisi, Avelju. Polaskana sam. Zaboravimo na sve ovo. Možda ćeš
biti dovoljno ljubazan da me otpratiš do univerziteta?

Nekako je uspeo da priđe i pomogne Melani da obuče kaput. Po-
stao je svesniji hramanja dok ju je pratio hodnikom. Otišli su dole lif-
tom i nisu razgovarali dok ju je vozio do univerziteta. Parkirao je kola
i otpratio ju je do ulaza, gde joj je poljubio ruku.

– Nadam se da to ne znači da više nećemo biti prijatelji – kazala je
Melani.

– Naravno da ne – procedio je.

– Hvala ti što si me odveo na koncert, Avelju. Sigurna sam da ćeš
lako pronaći neku dobru Poljakinju kojom ćeš se oženiti. Laku noć.

– Zbogom – rekao je Avelj.

Dvadeset prvog marta 1929. *Bler i kompanija* objavili su spajanje
sa *Američkom bankom*, treću u nizu konsolidacija banaka koje su na-
izgled obećavale svetliju budućnost. Dvadeset petog marta Toni Si-
mons je poslao Vilijamu poruku ukazujući da je berza ostvarila još
jedan rekord i počeo je da ulaže još novca u akcije. Dotad je Vilijam
prodao sedamdeset pet odsto svojih akcija, što ga je već koštalo više od
dva miliona – i što je veoma zabrinulo Alana Lojda.

– Nadam se da znaš šta radiš, Vilijame.

– Alane, pobeđujem berzu još od četrnaeste godine i uvek sam to radio poslujući protiv trendova.

Ali kad je berza nastavila da raste tokom leta 1929, čak je i Vilijam prestao da prodaje i počeo je da se pita da li je procena Tonija Simonsa sve vreme bila ispravna.

Kako se bližilo vreme za penzionisanje Alana Lojda, Simonsova neprikrivena ambicija da ga nasledi na mestu predsednika upravnog odbora počela je da izgleda kao gotova stvar. Ta mogućnost je mučila Vilijama, koji je smatrao Simonsovo razmišljanje previše konvencionalnim. Uvek je bio korak iza ostatka tržišta, što nije loše tokom godina napretka kad ulaganja idu dobro, ali može biti katastrofalno u oskudnijim, konkurentnijim vremenima. Promućuran ulagač, prema Vilijamovom mišljenju, nije samo trčao s krdom, jurišajući ili se povlačeći, nego je nastojao da odredi smer kojim će krdo trčati u budućnosti. Vilijam je i dalje smatrao da tržište akcija izgleda rizično, dok je Simons bio uveren da Amerika ulazi u zlatno doba.

Vilijamov drugi problem bio je što je Toni Simons imao svega četrdeset tri godine, i ako ga imenuju za predsednika *Kejn i Kabota*, Vilijam ne bi mogao da se nada da će ga naslediti još najmanje dvadeset godina. To se nije uklapalo u ono što su na Harvardu nazivali „karijernim obrascem".

Uprkos tim problemima, slika Ketrin Bruks stalno mu je dolazila u misli. Pisao joj je što je češće mogao o prodaji njenih akcija i obveznica: zvanična pisma otkucana pisaćom mašinom, koja su dobijala samo zvanične rukom pisane odgovore. Mora da je mislila da je on najsavesniji bankar na Vol stritu. A onda, početkom jeseni, napisala mu je kako je pronašla kupca za kuću na Floridi. Vilijam joj je pisao zahtevajući od nje da mu dozvoli da pregovara o uslovima prodaje u ime banke. Poslala mu je pisani pristanak.

Vilijam je otišao vozom na Floridu nedelju dana kasnije. Tokom putovanja počeo je da se pita da li će se ispostaviti da je slika gospođe Bruks samo varka i izašao je iz voza pomalo zabrinut, ali je uskoro shvatio koliko je ona lepša uživo nego u njegovom sećanju. Povetarac joj je pomerao crnu haljinu uz telo dok je čekala na peronu, otkrivajući siluetu koja je garantovala da bi je svaki muškarac, ne samo Vilijam, pogledao dvaput. Vilijamov pogled je nikad nije napuštao.

I dalje je bila u žalosti, a njeno ponašanje prema njemu bilo je toliko uzdržano i ispravno da je Vilijam počeo da očajava kako nije ostavio nikakav utisak. Otezao je pregovore sa zemljoradnikom koji je hteo da kupi *Bakherst park* što je duže mogao i ubedio je Ketrin da zadrži jednu trećinu prodajne cene dok je banka uzela dve trećine. Na kraju, nakon što su dokumenti potpisani, nije mogao da pronađe više izgovora i morao je da se vrati u Boston. Pozvao ju je na večeru poslednje večeri, odlučan da joj otkrije svoja osećanja. Iznenadila ga je, što nije bio prvi put. Pre nego što je pokrenuo tu temu, pitala ga je, igrajući se čašom kako ne bi morala da ga gleda, da li bi želeo da ostane za vikende u *Bakherst parku*.

– To bi bila prilika da razgovaramo o nečem drugom osim o finansijama – predložila je. Vilijam je ćutao.

Na kraju je skupila hrabrost da nastavi. – Neobično je što sam izgleda uživala u poslednjih nekoliko dana više nego ko zna otkad. – Ponovo se zacrvenela. – Rekla sam to loše i mislićete sve najgore o meni.

Vilijamov puls se ubrzao. – Ketrin, želeo sam da vam kažem nešto takvo poslednjih osam meseci.

– To znači da ćete ostati nekoliko dana?

– Nego šta – kazao je Vilijam, hvatajući je za ruku.

Te noći ga je smestila u gostinsku sobu u *Bakherst parku*. Vilijam će se uvek sećati tih dana kao zlatnog perioda svog života. Jahao je s Ketrin, i ona ga je nadmašila. Plivao je s njom, i ona ga je natplivala. Šetao je s njom, i uvek je bila brža od njega. Na kraju je zaigrao poker s njom i osvojio tri i po miliona tokom vikenda.

– Da li biste prihvatili ček? – pitala je velikodušno.

– Zaboravite na to, znam koliko imate novca, gospođo Bruks. Ali dogovoriću se nešto s vama. Nastavićemo da igramo dok ne povratite svoj novac.

– To bi moglo da potraje.

– Ne smeta mi – rekao je Vilijam.

Uhvatio je sebe kako priča Kejt davno zaboravljene događaje iz prošlosti, stvari o kojima nije razgovarao ni s Metjuom – o poštovanju prema ocu, ljubavi prema majci, slepoj mržnji prema Henriju Ozbornu, ambicijama u vezi s *Kejn i Kabotom*. Ona mu je pričala o svom detinjstvu u Bostonu, školovanju u Virdžiniji i ranom braku s Maksom Bruksom.

Kad su se oprostili na stanici, poljubio ju je prvi put.

– Kejt, reći ću nešto vrlo nadmeno. Nadam se da ćete jednog dana osećati prema meni ono što ste osećali prema Maksu.

– Već osećam – kazala je tiho.

Vilijam joj je dodirnuo obraz. – Nemojte odsustvovati iz mog života još osam meseci.

– Ne mogu... prodali ste mi kuću.

Na povratku u Boston, osećajući se srećnije i smirenije nego ikad od očeve smrti, Vilijam je napravio nacrt izveštaja o prodaji *Bakherst parka*, stalno misleći na Kejt i poslednjih nekoliko dana. Pre nego što je voz stigao do *Južne stanice*, nažvrljao je kratku poruku svojim nečitkim rukopisom.

> *Kejt,*
> *Već mi nedostajete, a prošlo je tek nekoliko sati. Molim vas, pišite mi i obavestite me kad dolazite u Boston. U međuvremenu, vratiću se na posao i možda ću moći dovoljno dugo da vas izbacim iz glave (pet do deset minuta).*
> *Voli vas,*
> *Vilijam*

> *P. S. I dalje mi dugujete sedamnaest i po miliona dolara.*

Upravo je ubacio koverat u poštansko sanduče u Čarls stritu, kad mu je razmišljanje o Kejt prekinuo prodavac novina.

– Pad Vol strita!

Vilijam je uzeo primerak novina i brzo pregledao naslovnu stranu. Berza je pala preko noći. Neki finansijeri su čak govorili da je to samo trenutna kriza; Vilijam je video to kao početak propasti koju je predviđao mesecima. Pohitao je do banke i gotovo utrčao u predsednikovu kancelariju.

– Uveren sam da će se tržište oporaviti za nekoliko nedelja – rekao je smirujuće Alan Lojd.

– Ne, neće – kazao je Vilijam. – Tržište je naduvano do krajnjih granica. Prepuno je malih investitora koji su mislili da mogu da zarade brzu lovu i sad će bežati da se spasu. Zar ne vidiš da će balon pući? Prodaću sve akcije koje posedujem. Do kraja godine, tržište će se raspasti. Upozorio sam odbor na to u februaru, Alane.

– I dalje se ne slažem s tobom, Vilijame, ali sazvaću sastanak odbora odmah, kako bismo mogli da razgovaramo o tvojim stavovima.

– Hvala ti – kazao je Vilijam. Vratio se u svoju kancelariju i odmah podigao slušalicu telefona na stolu.

– Zaboravio sam da ti kažem, Alane. Upoznao sam ženu kojom ću se oženiti.

– Da li ona to zna?

– Ne.

– Shvatam – rekao je Alan. – Onda će tvoj brak ličiti na tvoju bankarsku karijeru. Svi uključeni će biti obavešteni nakon što doneseš odluku.

Vilijam se nasmejao, uzeo drugi telefon i naredio prodaju ostatka svojih akcija. Toni Simons je stajao na vratima kad je spuštao slušalicu. Na osnovu izraza njegovog lica, izgledalo je da misli kako je Vilijam poludeo.

– Mogao bi da izgubiš sve ako prodaš akcije po trenutnim cenama.

– Izgubiću mnogo više ako ih zadržim – odgovorio je Vilijam.

Gubitak koji je pretrpeo naredne nedelje bio je veći od milion dolara, što bi uništilo nekog manje samouverenog čoveka. Vilijam je uložio svoj kapital u sve što ima oštre ivice: zlato, srebro, nikl i kalaj.

Na sastanku upravnog odbora narednog dana, takođe je izgubio – osam glasova prema šest – jer je odbijen njegov predlog da banka odmah proda sve akcije. Toni Simons je ubedio odbor da bi bilo neodgovorno da ih sad prodaju. Jedina mala pobeda koju je Vilijam ostvario bilo je ubeđivanje kolega da banka ne kupuje još akcija.

Tržište se malo oporavilo narednog dana, što je dalo Vilijamu priliku da proda većinu onog što mu je ostalo od ličnih akcija. Do kraja nedelje, kad je indeks stabilno rastao četiri dana uzastopno, Vilijam je počeo da se pita da li je previše paničio, ali njegovo prethodno iskustvo i instinkt rekli su mu da je doneo pravu odluku. Alan Lojd nije ništa rekao; novac koji je Vilijam gubio nije ga se ticao, a u svakom slučaju, radovao se mirnoj penziji.

Dvadeset drugog oktobra tržište je pretrpelo nove velike gubitke i Vilijam je ponovo preklinjao Alana da izađu dok još mogu. Ovog puta ga je Alan poslušao i dozvolio je Vilijamu da proda neke od glavnih akcija banke. Narednog dana se tržište raspalo uz lavinu prodaja i nije bilo važno šta je banka pokušavala da proda, jer na tržištu više nije bilo kupaca. Tokom naredne nedelje, prodaja akcija pretvorila se u paniku kad je svaki mali investitor u Americi pokušao da proda akcije što je pre moguće. Panika je bila takva da telegraf nije mogao dovoljno brzo da prenese vesti o transakcijama. Tek kad se berza otvorila narednog jutra, nakon što su službenici radili čitave noći, trgovci su saznali koliko su izgubili.

Vilijam je prodao gotovo sve svoje akcije iz zadužbine, a lični gubitak bio mu je proporcionalno znatno manji nego bančin. Nakon što je izgubio više od tri miliona za četiri dana, čak je i Toni Simons prihvatio Vilijamov savet.

Dvadeset deveti oktobar, Crni utorak, kako je postao poznat, označio je novi pad tržišta. Prodato je 16.610.030 akcija. Istina je bila, mada su retki bili spremni da to priznaju, da su sve finansijske institucije u Americi bile insolventne. Da su svi njihovi klijenti zahtevali novac – ili da su banke pokušale da naplate potraživanja – čitav bankarski sistem bio se srušio preko noći.

Sastanak upravnog odbora održan je devetog novembra i otvoren je minutom ćutanja u čast Džona Dž. Riordana, predsednika *Kaunti trasta* i direktora *Kejn i Kabota*, koji se upucao prethodnog dana. Bilo je to jedanaesto samoubistvo u bostonskim bankarskim krugovima u poslednje dve nedelje, a mrtvac je bio blizak lični prijatelj Alana Lojda. Alan je objavio da je banka *Kejn i Kabot* izgubila gotovo četiri miliona dolara. Gotovo svi mali investitori su propali, a većina velikih je imala velike novčane probleme.

Besna rulja okupljala se pred bankama na Vol stritu, a starije čuvare zamenili su Pinkertonovi agenti.

– Još jedna ovakva nedelja – rekao je Alan – i svi ćemo biti zbrisani. – Ponudio je svoju ostavku, ali direktori nisu hteli ni da čuju. Njegov položaj nije se razlikovao od položaja ostalih predsednika velikih američkih banaka. Toni Simons je takođe ponudio ostavku, ali ponovo direktori nisu hteli da glasaju o tome. Kako Simons više nije izgledao kao očigledan kandidat da nasledi Alana Lojda, Vilijam je velikodušno ćutao.

Kao kompromis, Simons je poslat u London da preuzme bančino poslovanje u Evropi. Izvukao se lako, mislio je Vilijam, koga je odbor imenovao za novog direktora investicija. Odmah je pozvao Metjua Lestera da mu se pridruži kao zamenik. Ovog puta Alan Lojd nije ni podigao obrvu, što je navelo Vilijama da se zapita da li je trebalo da insistira da Metju uđe u odbor; ali taj trenutak je prošao.

Metju nije mogao da počne s radom do početka proleća, što je bio najraniji rok kad je otac hteo da ga pusti. I *Lester banka* je imala svoje probleme.

Zima 1929. nije mogla biti gora i Vilijam je pokušao da ostane smiren dok je gledao kako propadaju male i velike firme, u vlasništvu Bostonaca koje je poznavao čitavog života. Čak je počeo da se pita da li će *Kejn i Kabot* preživeti.

Za Božić je proveo predivnu nedelju na Floridi s Kejt, pomažući joj da spakuje stvari u kofere i sanduke – „One koje su mi *Kejn i Kabot* dozvolili da zadržim“, zadirkivala ga je – za povratak u Boston. Vilijamovi božićni pokloni ispunili su još jedan sanduk, a ona je osećala krivicu zbog njegove velikodušnosti.

– Šta uboga udovica može da ti dâ zauzvrat? – zadirkivala ga je.

Vilijam se u dobrom raspoloženju vratio u Boston, nadajući se da je boravak s Kejt najava bolje godine.

27.

Avelj je ušao u hotelski restoran i iznenadio se kad je zatekao Melani za očevim stolom. Nije izgledala doterano kao obično i delovala je umorno i zabrinuto. Gotovo je prišao da je pita da li je sve u redu, ali, sećajući se poslednjeg susreta, odustao je od toga. Kad je išao u kancelariju, zatekao je Dejvisa Liroja kako stoji ispred recepcije. Na sebi je imao karirani sako koji je nosio prvi put kad ga je Avelj video u *Plazi*.

– Da li je Melani u restoranu? – pitao je Dejvis.

– Da, jeste – odgovorio je Avelj. – Nisam znao da dolazite danas u grad, Dejvise. Spremiću vam odmah Predsednički apartman.

– Samo na jednu noć, Avelju, i voleo bih da kasnije nasamo razgovaram s tobom.

– Naravno.

Avelju se nije svidelo kako zvuči „nasamo“, pitajući se da li se Melani žalila ocu na njega. Da li je zato bilo nemoguće razgovarati s Dejvisom poslednjih nekoliko dana?

Liroj je projurio kraj njega u restoran, dok je Avelj otišao do recepcije da proveri da li je Predsednički apartman slobodan. Pola soba u hotelu je bilo prazno, tako da se nije iznenadio što je bio slobodan. Prijavio je Dejvisa, a onda čekao na recepciji duže od sat vremena. Video je kako Melani izlazi iz restorana, crvenog lica, kao da je plakala. Njen otac je izašao nekoliko minuta kasnije.

– Ponesi bocu viskija, Avelju – ne govori mi da je nemaš – i dođi u moj apartman.

Avelj je uzeo dve boce iz svog sefa i pridružio se Liroju na sedamnaestom spratu, i dalje se pitajući da li se Melani žalila na njega.

– Otvori bocu i sipaj mi punu čašu, Avelju – naredio mu je Liroj.

Ponovo se Avelj uplašio nepoznatog. Dlanovi su počeli da mu se znoje. Sigurno neće biti otpušten zbog želje da se oženi šefovom ćerkom? On i Liroj su bili prijatelji duže od godinu dana, bliski prijatelji, mislio je.

– I bolje da i sebi napuniš čašu.

Avelj je izvršio šefovo naređenje, ali samo se igrao pićem dok je čekao da Liroj progovori.

– Avelju, uništen sam. – Liroj je zastao, popio gutljaj i onda sipao sebi još jedno piće.

Avelj nije govorio, delimično zato što nije znao šta da kaže. Nakon gutljaja viskija, procedio je: – Ali i dalje posedujete jedanaest hotela.

– Posedovao sam – kazao je Dejvis Liroj. – Moram da govorim u prošlom vremenu, Avelju. Više ne posedujem nijedan od njih; banka ih je oduzela prošlog četvrtka.

– Ali oni pripadaju vama... bili su u vašoj porodici dve generacije – kazao je Avelj.

– To je istina, ali više nisu. Sad pripadaju banci. Nema razloga zašto ne bi znao celu istinu, Avelju; napokon, isto se dogodilo gotovo svima u Americi, bili veliki ili mali. Pre desetak godina, pozajmio sam dva miliona dolara od banke, koristeći hotele kao jemstvo. Uložio sam novac u akcije i obveznice, prilično konzervativno i u dobro poznate kompanije. Stvorio sam kapital od gotovo pet miliona, što je bio jedan od razloga zbog koga se nisam brinuo zbog gubitaka hotela – oni su bili poreska olakšica za dobit koju sam sticao na berzi. Danas nisam mogao da prodam te akcije. Možemo da ih koristimo kao toalet-papir u hotelima. Poslednje tri nedelje prodavao sam što brže mogu, ali niko ne želi da ih kupi. Banka je naplatila moje dugovanje u četvrtak. Većina ljudi pogođenih slomom ima samo komade papira da pokrije dugove, ali u mom slučaju, banka koja mi je dala kredit imala je tapije na moje hotele, kao jemstvo za prvu pozajmicu. Kad je tržište propalo, odmah su preuzeli nekretnine. Ti prokletnici će ih prodati čim pronađu kupca.

– To je ludilo – rekao je Avelj. – Sad neće ništa zaraditi, ali ako nas podrže, mogli bismo da im vratimo ulaganje.

– Znam da bi *ti* mogao, Avelju, ali prethodno poslovanje mi ne ide u prilog. Išao sam u njihovo sedište u Bostonu i pričao sam im o tebi. Uverio sam ih da ću posvetiti sve svoje vreme grupi ako nas podrže kratkoročno, ali nisu bili zainteresovani. Razgovarao sam s nekim prevejanim mladićem koji je znao sve udžbeničke odgovore o prilivu novca, kapitalnoj osnovi i kreditnim ograničenjima. – Liroj je zaćutao da popije gutljaj viskija. – Sad je najbolje da se napijemo, jer ja sam propao, osiromašio, bankrotirao.

– Onda sam i ja – kazao je tiho Avelj.

– Ne, ti imaš veliku budućnost ispred sebe, sinko. Ko god da preuzme ovu grupu, ne može da nastavi bez tebe.

– Zaboravljate da posedujem dvadeset pet odsto grupe.

Dejvis Liroj je zurio u njega.

– O bože, Avelju. Nadam se da nisi uložio *sav* svoj novac u mene. – Glas mu je postao promukao.

– Do poslednjeg novčića – rekao je Avelj. – Ali ne žalim, Dejvise. Bolje je izgubiti s pametnim čovekom nego pobediti s budalom. – Sipao je sebi još jedno piće.

Suze su potekle iz Lirojevih očiju. – Znaš, Avelju, ti si najbolji prijatelj koga sam ikad imao. Doveo si mi hotel u red, uložio si svoj novac, ostavio sam te bez para, a ti se ne žališ. A onda, moja ćerka odbije da se uda za tebe.

– Nije vam smetalo što sam je zaprosio? – pitao je Avelj, samouvereniji nego pre trećeg viskija.

– Glupi, uštogljeni snob koji ne ume da prepozna dobru stvar kad je vidi. Želi da se uda za nekog džentlmena s Juga, uzgajivača konja, s najmanje dva generala Konfederacije na porodičnom stablu, ili ako se već uda za severnjaka, njegov pra-pra-pradeda mora da je bio na *Mejflaueru*. Da su svi koji tvrde da su imali rođaka na tom brodu ikad bili zajedno, ta prokletinja bi potonula pre nego što je napustila Englesku. Šteta je što nemam drugu ćerku za tebe, Avelju. Sigurno bih bio ponosan da te imam za zeta. Ti i ja bismo bili sjajan tim, ali i dalje mislim da možeš da ih sve savladaš sâm. Mlad si... i dalje je život pred tobom.

S dvadeset četiri godine, Avelj se iznenada osećao vrlo staro.

– Hvala vam na poverenju, Dejvise – rekao je. – Koga briga za berzu? Znate da ste najbolji prijatelj koga sam ikad imao.

Avelj je sipao sebi još jedan viski i progutao ga je u jednom gutljaju. Do ujutro su popili obe boce. Kad je Dejvis zaspao u fotelji, Avelj je uspeo da se otetura do svoje sobe na desetom spratu, svuče se i padne na krevet.

Iz dubokog sna probudilo ga je glasno lupanje na vrata. Vrtelo mu se u glavi, ali lupanje se nastavilo, sve glasnije. Nekako je uspeo da napipa put do vrata. Bio je to potrčko.

– Dođite brzo, gospodine Rosnovski, dođite brzo – rekao je dečak, trčeći hodnikom.

Avelj je obukao kućni ogrtač i obuo papuče i zateturao se hodnikom za potrčkom, koji mu je držao otvorena vrata lifta.

– Brzo, gospodine Rosnovski – ponovio je momak.

– Čemu žurba? – pitao je odlučno Avelj, kome se vrtelo u glavi dok se lift sporo pomerao.

– Neko je skočio kroz prozor.

Avelj se odmah otreznio. – Gost?

– Da, valjda – rekao je potrčko – ali nisam siguran.

Lift se zaustavio u prizemlju. Avelj je otvorio gvozdenu kapiju i istrčao na ulicu. Policijski automobili su već okruživali hotel, sa upaljenim farovima, dok su sirene zavijale. Ne bi prepoznao slomljeno telo na trotoaru da nije bilo kariranog sakoa. Jedan policajac je zapisivao pojedinosti. Jedan čovek u civilnoj odeći je prišao Avelju.

– Vi ste direktor?

– Jesam.

– Znate li ko je ovaj čovek?

– Da – rekao je Avelj, zaplićući jezikom. – Zove se Dejvis Liroj.

– Znate li odakle je, ili kako da kontaktiramo s njegovim rođacima?

Avelj je skrenuo pogled sa Dejvisovog tela i odgovorio automatski.

– Iz Dalasa je. Gospođica Melani Liroj mu je najbliži rod, njegova ćerka. Studentkinja je i živi u studentskom naselju.

– Odmah ćemo poslati nekog po nju.

– Nemojte. Idem lično kod nje – rekao je Avelj.

– Hvala vam, gospodine. Uvek je bolje da ne čujete takve vesti od neznanaca.

– Kakva užasna, nepotrebna stvar – rekao je Avelj, ponovo gledajući prijateljevo telo.

– On je sedmi u Čikagu danas – rekao je staloženo policajac, dok je zatvarao crnu beležnicu. – Kasnije ćemo pregledati njegovu sobu. Ne iznajmljujte je ponovo dok vam ne dozvolimo. – Policajac je krenuo prema kolima hitne pomoći koja su se zaustavila uz škripu.

Avelj je gledao kako bolničari podižu sa trotoara i stavljaju na nosila ono što je ostalo od Dejvisa Liroja. Iznenada je osetio jezu, pao je na kolena i žestoko je povratio u odvod. Ponovo je izgubio najbližeg prijatelja. *Možda bih, da sam manje pio a više razmišljao, mogao da ga spasem.* Pribrao se, vratio u svoju sobu, dugo se tuširao hladnom vodom i nekako uspeo da se odene. Naručio je crnu kafu i onda se nevoljno vratio u predsednički apartman. Osim dve prazne boce viskija, naizgled nije bilo tragova drame koja se odigrala pre svega nekoliko minuta. Zatim je video pisma na noćnom stočiću, kraj kreveta u kojem nije spavao. Prvo je bilo naslovljeno na Melani, drugo na nekog advokata u Dalasu, a treće na Avelja Rosnovskog. Otvorio ga je, a ruke su mu se tresle gotovo nekontrolisano.

Dragi Avelju,

Ovo je jedini izlaz nakon odluke banke. Nemam više razloga za život, a prestar sam da počnem iznova. Želim da znaš da verujem kako si jedina osoba koja može nekako da razreši ovu groznu zbrku.

Sastavio sam novi testament u kojem sam ti ostavio svojih sedamdeset pet odsto deonica Ričmond grupe. Znam da su bezvredne, ali i dalje će ti makar obezbediti položaj zakonitog vlasnika grupe. Pošto si imao petlje da kupiš dvadeset pet odsto svojim novcem, zaslužuješ pravo da pokušaš da se nekako dogovoriš s bankom. Sve ostalo sam ostavio Melani. Molim te da joj ti to saopštiš.

Bio bih vrlo ponosan da mi budeš zet, partneru.
Tvoj prijatelj,
Dejvis

Avelj je ponovo pročitao pismo pre nego što ga je stavio u novčanik. Polako se odvezao do studentskog naselja čim je svanulo. Preneo je Melani vesti što je nežnije mogao. Sedeo je nervozno na kauču, ne znajući šta da kaže nakon sumorne poruke o smrti. Primila je to iznenađujuće dobro, gotovo kao da je znala da bi to moglo da se dogodi, mada je očigledno bila dirnuta. Ali nije plakala pred Aveljom – možda kasnije, kad je on otišao. Sažalio se na nju prvi put u životu.

28.

Četvrtog januara 1930. Avelj Rosnovski se ukrcao u voz za Boston. Uzeo je taksi od stanice do *Kejn i Kabota*, i stigao u banku nekoliko minuta ranije. Sedeo je u čekaonici koja je bila veća i ukrašenija od ijedne spavaće sobe u čikaškom *Ričmondu*. Počeo je da čita *Vol strit žurnal*, koji je pokušavao da uveri čitaoce kako će 1930. biti bolja godina. Sumnjao je u to. Jedna izveštačena sredovečna žena je ušla u prostoriju.

– Gospodin Kejn će vas sad primiti, gospodine Rosnovski.

Avelj je ustao i pratio ju je dugim hodnikom do male sobe sa zidovima prekrivenim hrastovim oblogama. Za velikim kožom prekrivenim stolom sedeo je jedan visok, zgodan muškarac koji mora da je bio, mislio je Avelj, istih godina kao on. Oči su mu bile plave kao Aveljove, ali to je bila jedina sličnost. Na zidu se nalazila slika nekog starijeg muškarca, na koga je mladić za stolom veoma podsećao. *Kladim se da je to tata*, pomislio je ogorčeno Avelj. Sigurno je preživeo slom; banke izgleda uvek pobeđuju, šta god da se dogodi.

– Zovem se Vilijam Kejn – rekao je taj čovek, ustajući i pružajući ruku. – Sedite, molim vas, gospodine Rosnovski.

– Hvala vam – rekao je smireno Avelj, rukujući se s njim.

– Možda ćete mi dozvoliti da vas obavestim o svom pogledu na trenutnu situaciju – rekao je Vilijam.

– Naravno.

– Tragična i prerana smrt gospodina Liroja... – počeo je Vilijam, mrzeći teatralnost tih reči.

Izazvana je vašim nepopustljivim stavom, mislio je Avelj.

– ... izgleda da je ostavila vas odgovornim za vođenje *Ričmond grupe*, dok banka ne pronađe kupca. Mada sve deonice pripadaju vama, imovina, u vidu jedanaest hotela, koja je bila jemstvo za kredit pokojnog gospodina Liroja od dva miliona dolara, zakonski pripada nama. Ako želite da se ogradite od svega toga, razumećemo vas.

To je uvredljiv predlog, mislio je Vilijam, ali morao je to da kaže.

Takvu stvar bi bankar očekivao od ljudi, da nestanu kad se pojave problemi, mislio je Avelj.

Vilijam je nastavio. – Dok se banci ne vrati dva miliona dolara, bojim se da moramo smatrati kompaniju pokojnog gospodina Liroja insolventnom. Mi u banci cenimo vaš lični odnos s grupom i nismo pokušali da prodamo hotele pre nego što dobijemo priliku da lično razgovaramo s vama. Mislili smo da možda znate nekog zainteresovanog za kupovinu imovine, jer su zgrade, zemlja i firma očigledno vredna imovina.

– Ali nedovoljno vredna da bi me banka podržala – kazao je Avelj. Umorno je prošao rukom kroz gustu, tamnu kosu. Vilijam nije odgovorio. – Koliko vremena imam da pronađem kupca?

Vilijam je oklevao na tren, kad je video srebrnu narukvicu na ruci Avelja Rosnovskog. Već ranije je video tu narukvicu, ali nije mogao da se seti gde.

– Trideset dana. Morate razumeti da banka snosi svakodnevne gubitke deset od jedanaest hotela. Samo čikaški *Ričmond* trenutno pokazuje malu dobit.

– Ako biste mi dali dovoljno vremena, gospodine Kejne, mogao bih da pretvorim sve hotele u profitabilne firme. Znam da mogu. Samo mi dajte priliku da se dokažem, gospodine. – Avelju su poslednje reči zastale u grlu.

– Gospodin Liroj je uverio banku da vas vredi podržati kad me je posetio prošle jeseni – kazao je Vilijam. – Ali ovo su teška vremena. Ne znamo da li će se hoteli oporaviti, a mi nismo hotelijeri, gospodine Rosnovski, mi smo bankari.

Avelj je počeo da gubi strpljenje sa ovim otmeno odevenim „mladuncem“. – Za osoblje mog hotela doći će još teža vremena – rekao je. – Šta će raditi ako im prodate krov nad glavom? Šta mislite da će se dogoditi s njima?

– Bojim se da to nije naša odgovornost, gospodine Rosnovski. Moram da delam u najboljem interesu banke.

– Mislite *svom* najboljem interesu, gospodine Kejne? – rekao je Avelj oštro.

Bankar se zacrveneo. – To je nepravedna primedba, gospodine Rosnovski, i mnogo bih vam zamerio da ne znam kroza šta prolazite.

– Šteta što niste imali malo razumevanja za gospodina Liroja – kazao je Avelj. – Ubili ste ga, gospodine Kejne, kao da ste ga gurnuli kroz taj prozor. Vi i vaše kolege koje „peru ruke“, sedeći ovde u otmenim kancelarijama dok se mi preznojavamo kako biste se vi bogatili kad su vremena dobra i gurali nam lica u prašinu kad su loša.

I Vilijam je počeo da se ljuti, ali za razliku od Avelja, nije to pokazao. – Ovakav razgovor nas ne vodi nikud, gospodine Rosnovski. Moram da vas upozorim da ukoliko ne pronađete kupca za grupu u roku od trideset dana, neću imati drugog izbora do da stavim hotele na aukciju.

– Sledeće što ćete mi savetovati je da tražim kredit od druge banke – kazao je sarkastično Avelj. – *Znate* za moje rezultate i nećete da me podržite, zašto bi iko drugi preuzeo taj rizik?

– Isključivo od vas zavisi šta ćete sad uraditi, gospodine Rosnovski. Uputstva mog odbora su da prodamo imovinu i zatvorimo račun što je pre moguće, i to nameravam da uradim. Možda biste bili dovoljno ljubazni da me pozovete ne kasnije od – pogledao je kalendar – četvrtog februara, da me obavestite jeste li imali uspeha u pronalaženju kupca. Želim vam prijatan dan, gospodine Rosnovski.

Vilijam je ustao iza stola i ponovo pružio ruku. Avelj ju je ovog puta ignorisao.

Otišao je do vrata, ali je zastao pre nego što je napustio kancelariju. – Mislio sam da ćete nakon smrti Dejvisa Liroja, gospodine Kejne, biti dovoljno postiđeni da ponudite pomoć. Pogrešio sam. Vas samo zanima bilans, ali kad budete uveče išli na spavanje, gospodine Kejne, obavezno mislite na mene. Kad se probudite ujutro, ponovo mislite na mene, jer ja nikad neću odustati od planova koje imam za vas.

Vilijam je stajao mršteći se na zatvorena vrata. Ta srebrna narukvica ga je mučila... gde ju je ranije video?

Njegova sekretarica je ušla u prostoriju. – Kakav grozan čovečuljak – kazala je.

– Ne, nije baš – rekao je Vilijam. – Misli da smo odgovorni za smrt njegovog poslovnog partnera, i da sad prodajemo kompaniju ne misleći na zaposlene, da ne pominjemo njega, kad se pokazao kao sasvim dobar u poslu. Gospodin Rosnovski je bio izuzetno učtiv s obzirom na okolnosti. Žao mi je što odbor nije prihvatio moj savet da ga podržimo. – Vilijam je seo u stolicu, iznenada se osećajući iscrpljeno.

29.

Avelj se vratio u Čikago kasnije te večeri, i dalje besan zbog postupka Vilijama Kejna. Nije čuo šta je vikao momak koji je prodavao novine na uglu, dok je zaustavljao taksi i sedao pozadi.

– Hotel *Ričmond*, molim vas.

– Jeste li vi iz novina? – pitao je vozač dok je izlazio na Stejt strit.

– Ne. Zašto pitate?

– O, samo zato što idete u *Ričmond*, a to mesto je prepuno novinara.

Avelj nije mogao da se seti nijednog događaja u hotelu koji je mogao da privuče novinare.

Vozač je nastavio: – Ako niste novinar, možda bi trebalo da vas odvezem u neki drugi hotel.

– Zašto? – pitao je Avelj, još zbunjeniji.

– Pa, nećete lepo spavati ako odsednete tamo.

– Zašto neću? – odlučno je pitao Avelj.

– Jer je *Ričmond* izgoreo do temelja.

Skrenuli su u Drejk strit i Avelj se suočio s tinjajućom ljušturom *Ričmonda* u Čikagu. Tu su bila policijska kola, vatrogasna kola, spaljeno drvo i voda tekli su ulicama, a posmatrači su krivili vratove iza ograde. Avelj je zurio u spaljene ostatke ponosa Dejvisa Liroja.

– Dugujete mi dva dolara – kazao je taksista.

Poljak se opameti kad je prekasno, mislio je Avelj dok je stiskao pesnicu i udarao u hromu nogu. Nije osećao bol – sav je bio potrošen.

– Prokletnici! – povikao je glasno. – Bio sam i na nižim granama od ovih, i opet ću nadmašiti sve vas. Nemci, Rusi, Turci, taj prokletnik Kejn i sad ovo. Svi. Nadmašiću vas sve. Niko ne može da ubije Avelja Rosnovskog.

Pomoćnik direktora je video kako Avelj maše rukama kraj taksija i dotrčao je do njega. Avelj je naterao sebe da bude smiren.

– Jesu li svi bezbedni? – pitao je.

– Jesu, hvala bogu. Hotel je bio gotovo prazan, i srećom, vatra je počela sredinom popodneva, tako da nije bio problem da izvedemo sve. Ima nekoliko lakših povreda i opekotina – troje je odvezeno u čikašku bolnicu – ali nema razloga za brigu oko toga.

– Dobro, to je olakšanje. Hvala bogu što je hotel dobro osiguran – preko milion dolara, ako se ne varam. Možda ćemo moći da obrnemo ovu nesreću u svoju korist.

– Ne ako je istina ono što danas pišu novine.

– Na šta misliš? – pitao je Avelj.

– Bolje je da sami pročitate, šefe.

Avelj je otišao do obližnjeg kioska i platio dva centa za najnovije izdanje *Čikago tribjuna*.

Naslov je govorio sve: POŽAR U HOTELU RIČMOND – SUMNJA SE NA PALJEVINU.

Avelj je s nevericom odmahnuo glavom. – Može li još nešto da krene naopako? – promrmljao je.

– Imate neki problem? – pitao je prodavac novina.

– Mali – odgovorio je Avelj i vratio se do zamenika direktora.

– Ko je zadužen za policijsku istragu?

– Onaj policajac tamo, naslonjen na patrolna kola – kazao je zamenik direktora, pokazujući na prerano oćelavelog muškarca upalih očiju. – Zove se poručnik O'Mali.

– Očekivano – kazao je Avelj. – Kaži osoblju da svi dođu u aneks sutra u deset ujutro. Ako me neko bude tražio pre toga, odsešću kod *Stivensa*.

– Hoću, šefe.

Avelj je otišao do poručnika O'Malija i predstavio se.

Policajac se malo sagnuo i rukovao s njim. – A-ha, davno izgubljeni direktor se vratio izgorelim ostacima.

– Ne smatram to smešnim, policajče – rekao je Avelj.

– Žao mi je, gospodine – kazao je. – Nije smešno. Ovo je bila duga noć. Hajdemo na piće.

Uhvatio je Avelja za lakat i odveo ga preko Avenije Mičigen do jednog restorana na uglu, gde je naručio dva milkšejka.

Avelj se nasmejao kad su stavili pred njega belo, penasto piće. Kako ih nije pio u detinjstvu, ovo mu je bio prvi milkšejk.

– Znam. Smešno je, svi u gradu potajno piju viski i pivo – kazao je policajac – tako da neko mora da bude trezvenjak. Prohibicija neće trajati zauvek, a onda će moje nevolje stvarno početi, jer će mafijaši da otkriju kako stvarno volim milkšejkove.

Avelj se nasmejao drugi put.

– Sad pređimo na vaše probleme, gospodine Rosnovski. Prvo, moram da vam kažem da mislim da nemate gotovo nikakve šanse da naplatite osiguranje za svoj hotel. Stručnjaci su pregledali ostatke zgrade i videli da je bila natopljena kerozinom. Nije bilo pokušaja da se to prikrije. Bilo je tragova kerozina u suterenu. Jedna šibica i sve je planulo kao slama.

– Imate li predstavu ko je odgovoran? – pitao je Avelj.

– Dozvolite da ja postavljam pitanja. Znate li nekog ko bi mogao da ima nešto protiv hotela, ili protiv vas lično?

Avelj je zagunđao. – Pedesetak ljudi, poručniče. Raščistio sam pravo zmijsko gnezdo kad sam stigao. Mogu da vam dam spisak, ako mislite da će pomoći.

– Možda, ali prema rečima ovdašnjih ljudi, možda mi neće biti potreban. Ako saznate nešto, obavestite me, gospodine Rosnovski, jer upozoravam vas, imate neprijatelje.

– Nekog posebno? – pitao je Avelj.

– Neko je natuknuo da ste vi to uradili jer ste izgubili sve zbog sloma berze i bio vam je potreban novac od osiguranja.

Avelj je skočio sa stolice.

– Smirite se, smirite se. Znam da ste bili u Bostonu čitav dan, a još važnije, u Čikagu vas znaju po izgradnji hotela, ne po njihovom spaljivanju. Ali neko je zapalio *Ričmond* i možete se kladiti da ću saznati ko. Neka zasad ostane tako. – Ustao je sa stolice. – Milkšejk ja častim, gospodine Rosnovski. Možda ću vam se u budućnosti obratiti da mi uzvratite uslugu.

Kad su njih dvojica krenuli ka vratima, policajac se osmehnuo devojci koja je uzela njegovih pedeset centi, diveći se njenim gležnjevima i psujući novu modu zbog dugih sukanja. – Zadrži kusur, dušo – kazao je.

– Mnogo hvala – odgovorila je devojka.

– Niko me ne poštuje – rekao je poručnik.

Avelj se nasmejao po treći put, za šta bi, pola sata ranije, mislio da je nemoguće.

– Uzgred – dodao je O'Mali kad su stigli do vrata. – Ljudi iz osiguravajuće kuće vas traže. Ne mogu da se setim imena tog tipa, ali pretpostavljam da ćete uskoro saznati. Nemojte se ljutiti na njega ako kaže da ste umešani. Ko može da ga krivi? Ostaćemo u vezi, gospodine Rosnovski... Želeću da ponovo razgovaram s vama, a onda ćete vi platiti milkšejk.

Avelj je gledao kako poručnik nestaje u gomili posmatrača, a onda polako otišao do hotela *Stivens* i uzeo sobu za noć. Recepcioner, koji je već prihvatio većinu gostiju *Ričmonda*, nije mogao da sakrije osmeh kad se i direktor prijavio.

Kad je ostao sâm u svojoj sobi, Avelj je seo i napisao dugačko pismo gospodinu Vilijamu Kejnu, dajući mu sve podatke o požaru koje je imao, i govoreći mu kako namerava da iskoristi tu neočekivanu slobodu da obiđe ostale hotele u grupi. Nije video smisao da ostaje u Čikagu i gleda ruševine *Ričmonda*, u uzaludnoj nadi da će se neko pojaviti i spasti ga.

Nakon prvoklasnog doručka u *Stivensu* narednog jutra – Avelj je uvek uživao da bude u dobro vođenom hotelu – podigao je pet hiljada dolara s hotelskog računa i dao svakom zaposlenom dvonedeljnu platu, govoreći im kako mogu da ostanu u aneksu makar mesec dana, ili dok ne pronađu nove poslove. Onda je otišao do *Kontinental trasta* da obavesti Kertisa Fentona o stavu *Kejn i Kabota* – ili, preciznije, Vilijama Kejna. Dodao je, bez velike nade, da traži kupca za *Ričmond grupu* za dva miliona dolara.

– Taj požar nam neće pomoći, ali videću šta mogu da uradim – rekao je Fenton, zvučeći znatno pozitivnije nego što je Avelj očekivao. – U trenutku kad ste otkupili dvadeset pet odsto od gospođice Liroj, rekao sam vam kako mislim da su hoteli vredna imovina. Uprkos propasti berze, ne vidim razlog da promenim mišljenje o tome, gospodine Rosnovski. Posmatrao sam vas kako vodite svoj hotel gotovo dve godine i finansirao bih vas da je odluka zavisila od mene, ali bojim se da banka nikad ne bi pristala da podrži *Ričmond grupu*. Predugo smo bili svesni finansijskih lopovluka da bismo imali vere u budućnost grupe, a taj požar je bio poslednja kap. Bez obzira na to, imam neke spoljne kontakte i videću mogu li nekako da pomognem. Možda imate više poštovalaca u ovom gradu nego što mislite, gospodine Rosnovski.

30.

Avelj se vozio na jug u bjuiku koji je kupio pre sloma berze. Odlučio je da započne obilazak od hotela u Sent Luisu.

Obilazak svih hotela grupe trajao je gotovo četiri nedelje, i mada je većina bila oronula i, bez izuzetka, gubila novac, nijedan nije bio, prema Aveljovom mišljenju, beznadežan slučaj. Imali su dobre lokacije; neki su čak bili najbolje pozicionirani hoteli u gradu. *Stari Liroj je sigurno bio promućurniji od svog sina*, mislio je Avelj. Pažljivo je proverio polisu osiguranja svakog hotela; tu nije bilo problema. Kad je konačno stigao do *Ričmonda* u Dalasu, poslednje stanice svog putovanja, bio je siguran da bi svako ko kupi grupu za dva miliona napravio zdravo ulaganje i, ako odluče da ga zaposle, znao je šta tačno treba da se uradi kako bi grupa postala profitabilna.

Po povratku u Čikago ponovo je odseo u *Stivensu*. Čekalo ga je nekoliko poruka. Poručnik O'Mali je želeo da razgovara s njim što pre. Kao i Vilijam Kejn, Kertis Fenton i, na kraju, gospodin Henri Ozborn. Počeo je od čuvara zakona, i ugovorio sastanak s O'Malijem u restoranu na Aveniji Mičigen.

Avelj je sedeo leđima okrenut šanku, gledajući preko ulice ka izgorelim ostacima hotela *Ričmond* dok je čekao poručnika. O'Mali je kasnio nekoliko minuta i nije se trudio da se izvini kad je seo na susednu stolicu i okrenuo se ka Avelju.

– Dugujete mi uslugu – rekao je poručnik – a niko u Čikagu ne može da duguje O'Maliju milkšejk.

Avelj je naručio dva, jedan ogroman, drugi normalan.

– Šta ste saznali? – pitao je Avelj, dodajući detektivu dve crveno-bele prugaste slamčice.

– Momci iz vatrogasne službe su bili u pravu – to je bila paljevina. Uhapsili smo izvesnog Dezmonda Pejsija, koji je bivši direktor *Ričmonda*. To je bilo u vaše vreme, zar ne?

– Bojim se da jeste – kazao je Avelj.

– Zašto to kažete? – pitao je poručnik.

– Otpustio sam Pejsija zbog pronevere. Rekao je da će mi se osvetiti, makar mu to bilo poslednje. Nisam obraćao pažnju... imao sam previše pretnji u životu, poručniče, da bih ih shvatao ozbiljno, posebno od ološa kao što je Pejsi.

– Dobro, moram da vam kažem da smo ga mi shvatili ozbiljno, kao i ljudi iz osiguravajuće kuće, jer neće da plate ni cent dok se ne dokaže da nije bilo dogovora između vas i Pejsija.

– To je sve što mi je trenutno potrebno – rekao je Avelj. – Ali kako ste tako sigurni da je to bio Pejsi?

– Prijavio se u urgentni centar najbliže bolnice, istog dana kad je izbio požar, s teškim opekotinama na rukama i grudima. Priznao je prilično brzo, ali dosad nisam znao koji mu je bio motiv. To je onda kraj slučaja, gospodine Rosnovski.

Poručnik je cuclao milkšejk dok ga grgotanje iz slamčice nije uverilo da je popio i poslednju kap.

– Još jedan šejk? – pitao je Avelj.

– Ne, radije ne bih. Obećao sam ženi da ću smanjiti. – Ustao je. – Srećno, gospodine Rosnovski. Ako možete da dokažete momcima iz osiguranja da niste imali veze s Pejsijem, dobićete svoj novac. Uradiću sve da vam pomognem ako slučaj ikad dospe na sud. Bićemo u kontaktu.

Avelj je gledao kako detektiv izlazi iz restorana. Dao je konobarici dolar. Kad je izašao na ulicu, Avelj je stao i zagledao se u prostor, mesto gde se nalazio hotel pre manje od mesec dana. Okrenuo se i otišao u *Stivens*.

Dobio je još jednu poruku od Henrija Ozborna, i dalje ne znajući ko je on. Postojao je samo jedan način da sazna. Avelj je pozvao ostavljeni broj i spojili su ga sa istražiteljem *Grejt vestern osiguranja*. Zakazao je sastanak sa Ozbornom u podne. Onda je pozvao Vilijama Kejna u Bostonu i izvestio ga o stanju hotela u grupi.

– I moram da ponovim, gospodine Kejne, da mogu da pretvorim gubitke tih hotela u dobit ako mi vaša banka pruži priliku. Znam da u ostatku grupe mogu da uradim ono što sam uradio u Čikagu.

– Verovatno biste mogli, gospodine Rosnovski, ali bojim se da to nećete uraditi novcem *Kejn i Kabota*. Smem li da vas podsetim da vam je ostalo svega nekoliko dana da pronađete kupca? Prijatan dan, gospodine.

– Bogati snob – rekao je Avelj nakon što je razgovor završen. – Nisam dovoljno otmen za tvoj novac, zar ne? Jednog dana, prokletniče...

Naredna stavka na Aveljovom spisku bila je poseta osiguravajućoj kući.

Henri Ozborn je bio visok i zgodan, tamnook i tamnokos, prosed na slepoočnicama, i opuštenog i prijatnog ponašanja. Nije imao mnogo da doda onom što je poručnik O'Mali rekao Avelju. *Grejt vestern osiguranje* nema nameru da isplati bilo kakav deo odštetnog zahteva dok policija podiže optužnicu protiv Dezmonda Pejsija za podmetanje požara, i dok se ne dokaže da sâm Avelj ni na koji način nije upleten u to. Uprkos tom oštrom stavu, Ozborn je delovao kao da ima razumevanja za taj problem.

– Da li *Ričmond grupa* ima dovoljno novca da obnovi hotel? – pitao je.

– Ni prebijene pare – odgovorio je Avelj. – Ostatak grupe je pod hipotekom, a banka me primorava na prodaju.

– Zašto vas? – pitao je Ozborn.

Avelj je objasnio kako poseduje akcije grupe, iako ne poseduje hotele.

– Banka sigurno vidi kako ste dobro vodili ovaj hotel? Svaki poslovni čovek u Čikagu zna da ste bili prvi direktor koji je ostvario dobit za Dejvisa Liroja. Shvatam da banke prolaze kroz teškoće, ali čak bi i one trebalo da naprave izuzetak, posebno kad im je to u interesu.

– Ne i ova banka.

– *Kontinental trast*? – upitao je Ozborn. – Uvek sam smatrao starog Kertisa Fentona pomalo uštogljenim, ali dovoljno popustljivim.

– Više ne pričamo o *Kontinentalu*. Hotele sad poseduje bostonska banka *Kejn i Kabot*.

Henri Ozborn je prebledeo i omlitavio.

– Jeste li dobro? – pitao je Avelj.

– Da, dobro sam.

– Jeste li u prošlosti imali posla s *Kejn i Kabotom*?

– Nezvanično? – rekao je Henri Ozborn.

– Naravno.

– Da, moja kompanija je jednom radila s njima i na kraju smo izgubili svaki novčić.

– Kako to?

– Ne mogu da vam otkrijem pojedinosti. Gadna stvar... recimo da je jedan od direktora iskoristio pažljivo sastavljen ugovor.

– Koji? – pitao je Avelj.

– S kojim ste vi poslovali?

– Vilijam Kejn.

Ozborn je i dalje bio bled. – Budite oprezni – rekao je. – On je najgadniji prokletnik na svetu. Mogao bih da vam kažem svašta o njemu, ali to bi moralo da bude u najstrožem poverenju, jer on nije čovek koga treba ljutiti.

– Nameravam da ga naljutim – rekao je Avelj – tako da ćemo se možda čuti. Imam neraščišćene račune s gospodinom Kejnom.

– Dobro, možete računati na moju pomoć ako to ima veze s Vilijamom Kejnom – kazao je Ozborn, ustajući iza stola – ali to mora da ostane među nama. I ako sud odluči da je Dezmond Pejsi podmetnuo požar u *Ričmondu*, i niko drugi nije bio umešan, kompanija će vam istog dana isplatiti čitavu svotu. – Otvorio je vrata Avelju. – Onda možda možemo da uradimo još nešto s vašim hotelima.

– Možda – rekao je Avelj.

Avelj se vratio u *Stivens*, i zatekao još jednu poruku. Gospodin Dejvid Makston se pitao mogu li da ručaju u jedan.

– Dejvid Makston – kazao je naglas i recepcioner ga je pogledao. – Zašto mi je poznato to ime?

– On je vlasnik ovog hotela, gospodine Rosnovski.

– A, da, naravno. Molim vas, kažite gospodinu Makstonu da ću rado ručati s njim. – Avelj je pogledao na sat. – I možete li mu reći da ću zakasniti nekoliko minuta?

– Naravno, gospodine – rekao je recepcioner.

Avelj je otišao u svoju sobu i obukao novu belu košulju, pitajući se šta bi Dejvid Makston mogao da želi.

Restoran je već bio pun kad je ušao. Glavni konobar ga je odveo do privatnog stola u niši gde je vlasnik *Stivensa* sedeo sâm. Ustao je da pozdravi gosta.

– Avelj Rosnovski, gospodine.

– Da, poznajem vas – kazao je Makston. – Ili, da budem precizniji, znam vas po ugledu. Sedite i hajde da jedemo.

Avelj je morao da se divi *Stivensu*. Hrana i usluga su bili dobri kao u *Plazi*. Ako želi da vodi najbolji hotel u Čikagu, ovo mu je konkurencija.

Glavni konobar je doneo menije. Avelj je pažljivo gledao svoj, učtivo odbio predjelo i odabrao govedinu, što je bio najbolji način da vidi da li hotel ima pravog mesara. Dejvid Makston nije gledao svoj meni, nego je naručio losos.

– Mora da se pitate zašto sam vas pozvao na ručak, gospodine Rosnovski – kazao je Makston.

– Pretpostavljam – rekao je Avelj, smejući se – da ćete me pitati da preuzmem *Stivens*.

– Potpuno ste u pravu, gospodine Rosnovski.

Avelj je ostao bez reči. Sad je na Makstona bio red da se nasmeje. Nije pomogao čak ni dolazak konobara koji je gurao kolica s najboljom govedinom. Mesar je naoštrio nož. Makston je iscedio malo limuna na losos i nastavio.

– Moj direktor ide u penziju za pet meseci, nakon dvadeset dve godine odane službe, a pomoćnik direktora takođe odlazi, tako da tražim novu metlu.

– Ovo mesto mi izgleda prilično čisto – rekao je Avelj.

– To ne znači da ne može da se poboljša, gospodine Rosnovski. Nikad ne treba biti zadovoljan tavorenjem – dodao je Makston. – Pažljivo sam posmatrao vaše aktivnosti tokom poslednje dve godine. Dok vi niste preuzeli *Ričmond*, nije se mogao smatrati hotelom. Bio je to samo veliki motel. Za dve ili tri godine, bio bi konkurencija *Stivensu* da ga neki idiot nije spalio.

– Krompir, gospodine?

Avelj je pogledao jednu privlačnu pomoćnu konobaricu. Osmehnula mu se.

– Ne, hvala. Pa, veoma sam polaskan, gospodine Makstone, vašim komentarima i vašom ponudom.

– Mislim da biste bili srećni ovde, gospodine Rosnovski. *Stivens* je dobro vođen hotel, a dobili biste početnu platu od pedeset dolara nedeljno i dva odsto od dobiti. I mogli biste da počnete kad vam odgovara.

– Potrebno mi je nekoliko dana da razmislim, gospodine Makstone – rekao je Avelj – mada priznajem da sam u iskušenju. Ali i dalje imam neke probleme s *Ričmondom*.

– Grašak ili kupus, gospodine? – Ista konobarica, isti osmeh.

To lice je izgledalo poznato. Avelj je bio siguran da ju je negde video. Možda je nekad radila u *Ričmondu*.

– Kupus, molim.

Gledao ju je kako odlazi. Definitivno je bilo nečeg poznatog u vezi s njom.

– Zašto ne ostanete u hotelu kao moj gost narednih nekoliko dana – kazao je Makston – i vidite kako upravljamo ovim mestom? Možda vam pomogne da odlučite.

– To neće biti neophodno, gospodine Makstone. Nakon samo jednog dana kao gost znao sam da je hotel dobro vođen. Moj problem je što sam vlasnik *Ričmond grupe.*

Na licu Dejvida Makstona pojavilo se iznenađenje. – Nisam imao predstavu – kazao je. – Pretpostavio sam da je ćerka starog Dejvisa Liroja nasledila sve.

– To je duga priča – rekao je Avelj i potrošio je narednih dvadeset minuta objašnjavajući Makstonu kako je postao vlasnik akcija grupe, i položaj u kojem se sad nalazio. – Ono što mi je stvarno potrebno je da pronađem dva miliona dolara i pretvorim grupu u nešto vredno, kako bih bio dobra konkurencija *Stivensu.*

– Shvatam – rekao je Makston, kad je konobar odneo prazan tanjir.

Konobarica im je donela kafu. Ista konobarica. Isti poznati izgled. To je počelo da smeta Avelju.

– I kažete da Kertis Fenton iz *Kontinental trasta* traži kupca u vaše ime?

– Bavi se time već gotovo mesec dana – rekao je Avelj. – U stvari, znaću kasnije u toku dana da li je imao uspeha, ali nisam optimista.

– Pa, to je vrlo zanimljivo. Nisam znao da *Ričmond grupa* traži kupca. Hoćete li me, molim vas, obavestiti, šta god da se dogodi?

– Naravno – kazao je Avelj.

– Koliko vremena vam je banka dala da pronađete dva miliona?

– Ostalo je još svega nekoliko dana, tako da ću vam ubrzo saopštiti svoju odluku.

– Hvala vam – kazao je Makston, ustajući sa stolice. – Bilo mi je zadovoljstvo što sam vas upoznao, gospodine Rosnovski. Siguran sam da ću uživati u saradnji s vama. – Rukovao se srdačno sa Aveljom.

Konobarica se ponovo osmehnula Avelju kad je prošao kraj nje na izlasku iz restorana. Stigavši do glavnog konobara, zastao je i pitao kako se ona zove.

– Žao mi je, gospodine, ne smemo da dajemo imena osoblja gostima... to je protiv pravila kompanije. Ako imate prigovor, možda biste bili ljubazni da mi ga iznesete, gospodine.

– Nemam prigovor – kazao je Avelj. – Sasvim suprotno, sjajan ručak.

Sa obezbeđenim poslom, Avelj se osećao samouverenije pred sastanak s Kertisom Fentonom. Bio je siguran da bankar nije pronašao kupca, ali ipak je otišao do *Kontinental trasta* veselim korakom. Svidela mu se ideja da bude direktor najboljeg hotela u Čikagu. Možda ga pretvori u najbolji hotel u Americi. Kad je stigao u banku, uveli su ga u kancelariju Kertisa Fentona. Visoki, mršavi bankar – da li je svaki dan nosio isto odelo ili je imao tri istovetna? – rekao je Avelju da sedne, a širok osmeh pojavio mu se na obično ozbiljnom licu.

– Gospodine Rosnovski, drago mi je što vas ponovo vidim. Da ste došli jutros, ne bih imao vesti za vas, ali pre nekoliko trenutaka pozvala me je zainteresovana stranka.

Aveljovo srce je poskočilo od iznenađenja i zadovoljstva. – Možete li mi reći ko je to?

– Nažalost, ne mogu. Ta stranka mi je strogo naredila da mora ostati anonimna, jer će ta transakcija biti privatno ulaganje koje bi moglo da bude u potencijalnom sukobu sa sopstvenim poslom.

– Dejvid Makston – promrmljao je Avelj. – Bog ga blagoslovio.

– Kao što sam rekao, gospodine Rosnovski, nisam u poziciji...

– Jasno, jasno – rekao je Avelj. – Koliko mislite da će proći vremena pre nego što me obavestite šta je taj gospodin odlučio?

– Možda ću imati nove vesti za vas u ponedeljak – rekao je Fenton – tako da ako slučajno budete u prolazu...

– Ako slučajno budem u prolazu? – kazao je Avelj. – Pričate o mojoj budućnosti.

– Onda možda možemo da zakažemo sastanak za ponedeljak u deset ujutro.

Avelj je zviždao „Zvezdanu prašinu“ dok je hodao Avenijom Mičigen vraćajući se do *Stivensa*. Otišao je liftom do svoje sobe i pozvao Vilijama Kejna da zatraži produžetak roka do ponedeljka, govoreći mu da je možda našao kupca. Kejn je pristao bez komentara.

– Vi pobeđujete, u svakom slučaju, zar ne? – rekao je Avelj dok je spuštao slušalicu.

Avelj je seo na krevet, lupkajući prstima u okvir, i pitao se kako će prekratiti vreme do ponedeljka. Sišao je u hotelsko predvorje. Tamo je ponovo bila ona konobarica koja ga je posluživala za vreme ručka, a sad je posluživala čaj u *Tropikal gardenu*. Avelja je savladala radoznalost. Otišao je i seo u suprotni kraj restorana.

– Dobar dan, gospodine – kazala je. – Želite li čaj? – Taj isti poznati osmeh.

– Poznajemo se, zar ne?

– Da, poznajemo se, Vladeče.

Avelj se trgnuo na zvuk tog imena, i pomalo pocrveneo, sećajući se kako je ta kratka, plava kosa nekad bila dugačka i kovrdžava, a usne tako privlačne. – Zafija. Došli smo zajedno u Ameriku na *Crnoj streli*. Naravno, ti si otišla u Čikago. Šta radiš ovde?

– Radim ovde, kao što vidiš. Hoćete li čaj, gospodine? – Njen poljski naglasak ga je razgalio.

– Večeraj večeras sa mnom.

– Ne mogu, Vladeče. Ne smemo da izlazimo s gostima. Ako to uradimo, automatski gubimo posao.

– Ja nisam gost – rekao je Avelj. – Ja sam stari prijatelj.

– Stari prijatelj koji je trebalo da dođe u Čikago i poseti me čim se snađe u Njujorku – kazala je Zafija. – A kad je konačno došao, nije se ni setio da sam ovde.

– Znam, znam. Oprosti mi, Zafija, molim te, večeraj sa mnom. Samo večeras.

– Samo večeras – ponovila je.

– Sastaćemo se u *Brandidžu* u sedam. Da li ti to odgovara?

Zafija se zacrvenela kad je čula to ime. Bio je to najotmeniji restoran u gradu, a ona se ne bi tamo uklopila ni kao konobarica, a kamoli kao gošća.

– Ne, idemo na neko manje otmeno mesto, Vladeče.

– Koje?

– Jesi li čuo za *Kobasicu*, na uglu Četrdeset treće ulice?

– Ne, ali pronaći ću je. U sedam sati.

– Sedam sati, Vladeče. Uzgred, želiš li čaj?

– Ne, mislim da ću preskočiti.

Osmehnula se i udaljila. Bila je mnogo lepša nego što je se sećao. Možda prekraćivanje vremena do ponedeljka neće biti toliko teško.

Kobasica je podsetila Avelja na najgore uspomene na prve dane u Americi. Pijuckao je hladan sok od đumbira dok je čekao Zafiju i gledao s profesionalnim nezadovoljstvom konobare koji rade. Nije mogao da se odluči šta je gore... usluga ili hrana.

Avelj se okrenuo i video Zafiju kako stoji na vratima, izgledajući nervozno i nesigurno. Na sebi je imala dugačku žutu haljinu koja je izgleda bila nedavno produžena nekoliko centimetara u skladu s najnovijom modom, ali i dalje je otkrivala njenu lepu figuru. Gledala je stolove nekoliko trenutaka i obrazi su joj se zacrveneli kad je shvatila da pogledi nekoliko muškaraca nagoveštavaju da ona nije samo mušterija nego traži mušteriju.

Brzo je prišla Avelju. – Dobro veče, Vladeče – kazala je na poljskom kad je sela kraj njega.

– Drago mi je što si stigla – odgovorio je Avelj na engleskom.

– Žao mi je što kasnim – odgovorila je na engleskom, nakon kraćeg oklevanja.

– Nije važno. Hoćeš li nešto da popiješ, Zafija?

– Samo kolu, molim.

Nijedno od njih nije govorilo na tren, a onda su oboje počeli istovremeno.

– Zaboravio sam koliko si lepa... – počeo je Avelj.

– Kako si... – rekla je Zafija.

Stidljivo se osmehnula. Avelj je poželeo da je dodirne. Setio se da je imao isti osećaj kad ju je prvi put video, pre više od osam godina.

– Kako je Džordž? – pitala je.

– Nisam ga video nekoliko godina – priznao je Avelj, osećajući krivicu. – Radio sam u jednom hotelu u Čikagu, i onda...

– Znam – kazala je Zafija. – Neko ga je spalio.

– Zašto nisi došla da mi se javiš?

– Nisam mislila da ćeš me se sećati, Vladeče. I bila sam u pravu.

– Kako si me prepoznala? – pitao je Avelj. – Mnogo sam se ugojio.

– Srebrna narukvica – kazala je jednostavno.

Avelj je pogledao u zglavak i nasmejao se. – Već sam zahvalan toj narukvici zbog mnogo stvari i sad mogu da dodam i to što nas je spojila.

Izbegla je njegov pogled. – Šta radiš sad kad više nemaš hotel koji bi vodio?

– Tražim posao – kazao je Avelj, ne želeći da je plaši mogućnošću da će joj, za nekoliko nedelja, postati šef.

– U *Stivensu* će se uskoro otvoriti značajno radno mesto. Moj momak mi je rekao.

– Tvoj momak? – pitao je Avelj, ponavljajući tu neželjenu reč.

– Da. Hotel će uskoro tražiti novog zamenika direktora. Zašto se ne prijaviš za to mesto? Sigurna sam da bi imao dobre izglede da ga dobiješ, Vladeče. Uvek sam znala da ćeš uspeti u Americi.

– Možda hoću – kazao je Avelj. – Lepo je što si me obavestila. Hoće li se tvoj momak prijaviti?

– O, ne, on je suviše mlad da bi ga razmatrali... običan konobar u restoranu.

Avelj se osmehnuo. – Hoćemo li da večeramo? – pitao je.

– Nisam navikla da jedem po restoranima – priznala je Zafija, bespomoćno gledajući meni. Avelj se pitao da li je naučila da čita engleski i naručio je za oboje.

Pojela je sve što je stavljeno pred nju i stalno se zahvaljivala, čak i kad joj je konobar prosuo sos na haljinu. Avelj je smatrao njeno nekontrolisano oduševljenje okrepljujućim nakon Melanine umorne prefinjenosti. Razmenili su priče o tome šta im se događalo po dolasku u Ameriku. Zafija je pronašla posao sobarice i napredovala je do konobarice u *Stivensu*, gde je radila poslednjih šest godina. Avelj je nastavio da priča o svojim iskustvima, sve dok ona nije pogledala na sat.

– Pogledaj koliko je sati, Vladeče. Prošlo je jedanaest, a ja poslužujem doručak u šest ujutro.

Avelj nije primetio kako je vreme proletelo. Rado bi sedeo i pričao sa Zafijom do kraja noći, utešen njenim divljenjem, koje je izražavala toliko neobuzdano.

– Možemo li ponovo da se vidimo, Zafija? – pitao je dok su se vraćali do *Stivensa*, ruku podruku.

– Volela bih, Vladeče.

Zaustavili su se pred ulazom za osoblje iza hotela.

– Ovde ću te napustiti – kazala je. – Ako postaneš zamenik direktora, Vladeče, moći ćeš da ulaziš na glavni ulaz.

– Da li bi mogla da me zoveš Avelj? – pitao ju je.

– Avelj? – kazala je probajući to ime kao novu rukavicu. – Ali ti se zoveš Vladek.

– Nekad, ali više ne. Zovem se Avelj Rosnovski.

– Avelj – ponovila je i kao da je oklevala. – Ne mogu da se setim da li je Avelj ubio Kaina ili Kain Avelja.

Avelj je mogao da se seti.

– Hvala ti na večeri. Drago mi je što sam te ponovo videla. Laku noć... Avelju.

– Laku noć, Zafija – kazao je, a ona je otišla.

Avelj je polako obišao zgradu i ušao na glavni ulaz.

Proveo je ostatak vikenda razmišljajući o Zafiji i uspomenama povezanim s njom... smrad u potpalublju, zbunjene imigrante u redovima na ostrvu Elis i, pre svega, kratak, ali strastven susret u čamcu za spasavanje. Počeo je da jede isključivo u hotelskom restoranu da bi bio kraj nje dok motri na njenog momka, a on je sigurno, zaključio je, taj bubuljičavi mladić. Učinilo mu se da ima bubuljice. Nadao se da ima bubuljice. Da, imao je bubuljice. Bio je, Avelj je morao da prizna, i najzgodniji od svih konobara, s bubuljicama ili bez njih.

Avelj je pozvao Zafiju da ponovo izađe s njim u subotu uveče, ali radila je večernju smenu. Međutim, uspeo je da ode s njom u crkvu u nedelju ujutro, i slušao je s mešavinom nostalgije i besa kako poljski sveštenik izgovara nezaboravne reči mise i drži propoved o čednosti. To je bio prvi put da je Avelj otišao u crkvu od dana u zamku. U to vreme još nije iskusio surovost zbog koje sad nije mogao da veruje u blagonaklono božanstvo. Nagradu za odlazak u crkvu dobio je kad mu je Zafija dozvolila da je drži za ruku dok su se vraćali u hotel.

– Jesi li razmišljao o onom poslu u *Stivensu*? – pitala je.

– Sutra imam sastanak koji će razrešiti to pitanje.

– O, tako mi je drago, Avelju. Siguran sam da ćeš biti dobar zamenik direktora.

– Hvala ti – rekao je Avelj, shvatajući da su govorili o različitim stvarima.

– Da li bi večeras želeo da večeraš sa mnom i mojim rođacima? – pitala je Zafija. – Uvek provodim nedeljno veče s njima.

– Da, rado.

Zafijini rođaci živeli su u srcu poljske zajednice. Bili su zadivljeni kad je stigla u pratnji prijatelja koji je vozio novi bjuik. Porodica, kako ih je Zafija zvala, sastojala se od dve sestre, Katje i Janine, i Katjinog muža, Janeka. Avelj je doneo sestrama buket ruža, i odgovorio je na sva njihova pitanja o svojoj budućnosti na tečnom poljskom. Zafija je očigledno bila postiđena, ali Avelj je znao da bi se isto zahtevalo od svakog mladića koji prvi put dođe u neko poljsko domaćinstvo u Americi. Svestan zavisti u Janekovim očima, potrudio se da umanji svoj napredak od početaka u klanici. Katja je poslužila jednostavan poljski obrok koji se sastojao od piroški i kuvanog kiselog kupusa, u kojem bi Avelj znatno više uživao pre petnaest godina. Ignorisao je Janeka i usredsredio se na sestre. Možda su one odobrile bubuljičavog momka.

Na povratku u *Stivens* Zafija je pitala, uz malo koketiranja kojeg se sećao, da li je bezbedno voziti motorna kola i držati daminu ruku istovremeno. Avelj se nasmejao i vratio ruku na volan.

– Hoćeš li imati vremena da se vidimo sutra? – pitao je.

– Nadam se, Avelju – kazala je. – Možda ćeš tad biti moj šef.

Osmehnuo se dok ju je gledao kako prolazi kroz vrata, pitajući se kako bi se Zafija osećala kad bi znala prave posledice sutrašnjeg sastanka. Nije se pomerio dok nije prošla kroz ulaz za osoblje.

– Zamenik direktora – razmišljao je, smejući se naglas kad je legao u krevet i bacio jastuk na pod.

* * *

Avelj se probudio nekoliko minuta pre pet ujutro. Napolju je i dalje bio mrak kad je zatražio da mu donesu jutarnje izdanje *Tribjuna*. Kao i obično, pročitao je finansijsku rubriku pre nego što se obukao, i otišao je na doručak kad se restoran otvorio u sedam. Zafija nije radila tog jutra, ali bubuljičavi momak jeste, što je Avelj smatrao lošim predznakom. Nakon doručka se vratio u svoju sobu i nervozno šetkao dok je čekao da prođe vreme. Dvadeseti put je proverio kako mu stoji kravata i ponovo je pogledao na sat. Procenio je da će, ako bude hodao polako, stići u banku u vreme otvaranja. U stvari, stigao je pet minuta ranije, i morao je još malo da šeta, besciljno gledajući izloge sa skupim nakitom, radio-aparatima i ručno šivenim odelima. Pitao se da li će ikad moći da priušti sebi odelo šiveno po meri. Vratio se do banke u deset i četiri minuta.

– Gospodin Fenton trenutno obavlja međugradski telefonski razgovor – kazala je sekretarica. – Možete li da se vratite za pola sata, ili biste radije sačekali?

– Vratiću se – rekao je Avelj, ne želeći da izgleda nervozno.

Bilo je to najdužih trideset minuta kojih se sećao otkako se ukrcao u onaj voz za Moskvu. Pogledao je sve izloge u Lasal stritu, čak i žensku odeću, zbog čega se samo setio Zafije.

Kad se vratio u *Kontinental trast*, sekretarica ga je brzo uvela u kancelariju gospodina Fentona. Nije želeo da se rukuje s direktorom, jer su mu dlanovi bili znojavi.

– Dobro jutro, gospodine Rosnovski. Sedite.

Kertis Fenton je izvadio jednu fasciklu iz fioke stola. Avelj je video reč „Poverljivo“ na koricama.

– Dobro – počeo je Fenton – nadam se da ćete smatrati moje vesti zadovoljavajućim. Pomenuta stranka je spremna da kupi hotele.

– Ne mogu da poverujem – rekao je Avelj.

– Niste još čuli uslove. – Fenton je pogledao Avelja i osmehnuo se. – Ali mislim da će vam se svideti. Kupac će obezbediti dva miliona dolara za isplatu duga gospodina Liroja, a istovremeno će napraviti novu kompaniju u kojoj će šezdeset odsto deonica pripasti njemu, a četrdeset vama. Vaših četrdeset odsto, dakle, vredi osamsto hiljada dolara, što će se smatrati pozajmicom nove kompanije, na rok ne duži od deset godina, s kamatom od četiri odsto, koja će biti isplaćivana iz dobiti kompanije. Odnosno, ako kompanija ostvari dobit od sto hiljada dolara godišnje, četrdeset hiljada dolara te dobiti odbijaće se od duga od osamsto hiljada dolara, uz četiri odsto kamate. Ako isplatite dug za manje od deset godina, dobićete jednokratnu mogućnost da otkupite preostalih šezdeset odsto kompanije za tri miliona dolara. To bi omogućilo mom klijentu da ima vrhunski povrat ulaganja, a vama bi dalo priliku da posedujete u potpunosti *Ričmond grupu.*

Avelj je hteo da skoči od radosti, ali je sedeo mirno, dozvoljavajući gospodinu Fentonu da nastavi. – Pored toga, dobijaćete platu od pet hiljada dolara godišnje, a vaš položaj predsednika upravnog odbora grupe daće vam priliku da potpuno kontrolišete kompaniju, iz dana u dan. Sa mnom ćete se konsultovati samo oko finansijskih pitanja. Poveren mi je zadatak da direktno izveštavam kupca, a on me je zamolio da zastupam njegove interese u odboru nove *Ričmond grupe.* Rado bih pristao na ovo ako ste vi zadovoljni. Moj klijent je naglasio kako ne želi da se lično uključuje. Kao što sam pomenuo, možda bi postojao sukob interesa ako bi njegove kolege bile svesne njegove uloge, što sam siguran da možete da razumete. Takođe insistira da ne pokušavate da otkrijete njegov identitet. Daće vam četrnaest dana da razmislite o ovom, i neće biti pregovora, jer smatra – a moram reći da sam saglasan s njim – da su uslovi pošteni.

Avelj nije mogao da progovori.

– Molim vas, kažite nešto, gospodine Rosnovski.

– Ne treba mi četrnaest dana za odluku. – Avelj je konačno uspeo da kaže. – Prihvatam uslove vašeg klijenta bez rasprave. Molim vas, zahvalite mu se, i kažite mu da ću poštovati njegovu želju da ostane anoniman i da sam oduševljen što ćete ga vi predstavljati u odboru.

– To je sjajno – rekao je Fenton, dozvoljavajući sebi redak osmeh. – Dobro, sad neke sitnice. Računi svih hotela iz grupe biće otvoreni u ekspoziturama *Kontinental trasta*, a glavni račun će ostati u ovoj ekspozituri, pod mojom direktnom kontrolom. Primaću hiljadu dolara godišnje kao direktor nove kompanije.

– Drago mi je što ćete imati neke koristi od ovog dogovora – rekao je Avelj, uz širok osmeh.

– Izvinite?

– Zadovoljan sam što ću raditi s vama, gospodine Fentone.

– Kupac je takođe uložio depozit od dvesta pedeset hiljada dolara u banku, za redovne troškove hotela nekoliko narednih meseci. To će biti smatrano pozajmicom, uz kamatu od četiri odsto. Treba da me obavestite ako taj iznos bude nedovoljan. Međutim, verujem da ćete ostaviti dobar utisak na mog klijenta ako vam tih dvesta pedeset hiljada dolara bude dovoljno.

– Više nego dovoljno – rekao je Avelj.

– Odlično – kazao je Fenton, otvarajući fioku i vadeći veliku kubansku cigaru.

– Pušite li?

– Da – rekao je Avelj, koji nikad u životu nije zapalio cigaru.

Avelj je kašljao dok je hodao Lasal stritom sve do *Stivensa*. Dejvid Makston je samouvereno stajao u predvorju kad je stigao. Avelj je ugasio napola popušenu cigaru sa olakšanjem i otišao do njega.

– Gospodine Rosnovski, izgledate kao srećan čovek jutros.

– Jesam, gospodine, samo mi je žao što moram da vam kažem kako neću raditi za vas kao menadžer ovog hotela.

– Žao mi je zbog toga, gospodine Rosnovski, ali iskreno, ta vest me nije iznenadila.

– Hvala vam na svemu – rekao je Avelj, dodajući što je više mogao osećanja tim rečima i rukovanju koje je išlo uz njih.

U restoranu je potražio Zafiju, ali nije još bila došla. Otišao je liftom do svoje sobe, zapalio ponovo cigaru, oprezno povukao dim i čekao trenutak pre nego što je pozvao *Kejn i Kabota*. Sekretarica ga je spojila s Vilijamom Kejnom.

– Gospodine Kejne, uspeo sam da sakupim novac potreban za preuzimanje *Ričmond grupe*. Gospodin Kertis Fenton iz *Kontinental trasta* će vam se javiti tokom dana s pojedinostima. Stoga neće biti potrebe da ponudite hotele na javnoj prodaji.

Usledila je kratka pauza, tokom koje je Avelj mislio zadovoljno koliko je ta vest iznervirala Vilijama Kejna.

– Hvala vam na informaciji, gospodine Rosnovski. Smem li da kažem kako sam oduševljen što ste pronašli finansijera? Želim vam uspeh u budućem radu.

– Što je više nego što ja želim vama, gospodine Kejne.

Avelj je spustio slušalicu, legao na krevet i razmišljao o budućnosti.

– Jednog dana – obećao je tavanici – nateraću te da skočiš iz hotelske sobe na sedamnaestom spratu. – Ponovo je uzeo telefon i pozvao gospodina Henrija Ozborna iz *Grejt vestern osiguranja*.

31.

Vilijam je smatrao ratoborni stav Rosnovskog više zabavnim nego zabrinjavajućim. Bilo mu je žao što nije uspeo da ubedi banku da podrži tog ponosnog Poljaka, koji je tako čvrsto verovao da može da oporavi *Ričmond grupu*. Ispunio je preostale obaveze obaveštavajući finansijski komitet da je Avelj Rosnovski pronašao finansijera i pripremajući dokumenta za preuzimanje hotela, pre nego što je zatvorio bančin dosije o *Ričmond grupi*.

Nekoliko dana kasnije Metju Lester je stigao u Boston da zauzme svoje mesto direktora bančinog investicionog portfelja. Njegov otac nije krio činjenicu kako će iskustvo stečeno u rivalskoj banci biti vredan deo Metjuovih dugoročnih priprema da bude predsednik upravnog odbora *Lestera*. Vilijamove obaveze su se odmah prepolovile kad mu se Metju pridružio, mada mu je vreme bilo ispunjenije. Počeo je da ide, glumeći užasnutost, na teniske terene i bazene u svakom slobodnom trenutku; odlučno je odbio Metjuov predlog da odu na skijanje u Vermont, ali ta povećana aktivnost mu je makar odvlačila pažnju od nestrpljive želje da vidi Kejt.

Metju je bio iskreno iznenađen. – Moram da upoznam ženu koja može da natera Vilijama Kejna da sanjari na sastanku odbora dok se raspravlja da li da banka kupi još zlata.

– Čekaj dok je ne upoznaš, Metju. Mislim da ćeš se saglasiti da je ona čisto zlato.

– Verujem ti. Ne želim da ja budem taj koji će obavestiti moju sestru. I dalje misli da je čekaš.

Vilijam se nasmejao. Sasvim je zaboravio na Suzan Lester.

Hrpica Kejtinih pisama, koja se povećavala svake nedelje, nalazila se u zaključanoj fioci Vilijamovog radnog stola u *Red hausu*. Stalno ih je čitao, sve dok ih nije naučio napamet. Napokon je stiglo ono koje je očekivao, s prikladnim datumom.

Bakherst park
14. 2. 1930.

Noć pre njenog dolaska, Vilijam je obećao sebi da je neće terati ni na šta zbog čega bi kasnije mogli da zažale. Kao što je rekao Metjuu, bilo je nemoguće proceniti u kojoj su meri njena osećanja prema njemu bila posledica ranjivosti nakon muževljeve smrti.

– Nikad nisam čuo za takve gluposti – kazao je Metju. – Zaljubljen si, i to je to.

Čim je Vilijam ugledao Kejt kako izlazi iz voza iz Majamija, i video zarazan osmeh koji joj je ozario lice, zaboravio je na oprez. Probio se kroz gomilu putnika i zagrlio ju je.

– Dobro došla kući, Kejt.

Nameravao je da je poljubi kad se ona, na njegovo iznenađenje, odmakla.

– Vilijame, mislim da nisi upoznao moje roditelje.

Te noći je Vilijam večerao s porodicom Higinson, i otkrio koliko će Kejt biti lepa kad ostari. Koristili su svaki trenutak da budu zajedno, kad god je Vilijam mogao da pobegne od bankarskih obaveza i Metjuovog teniskog reketa. Kad ju je Metju upoznao, ponudio je Vilijamu sve svoje zlatne deonice u zamenu za Kejt.

– Nikad ne prodajem ispod cene – rekao je Vilijam. – A za razliku od tebe, Metju, nikad me nije zanimao kvantitet... samo kvalitet.

– Onda insistiram da mi kažeš – zahtevao je Metju – gde da ja pronađem tako retku robu.

– U odeljenju za bankrote – odgovorio je Vilijam.

– Pretvori je u ličnu imovinu, Vilijame, i to brzo, jer ako to ne uradiš, budi siguran da neko drugi hoće.

* * *

Avelj je ugasio cigaru po drugi put, i zakleo se da neće zapaliti novu dok ne obezbedi dva miliona dolara potrebna za potpunu kontrolu nad *Ričmond grupom*. Ovo nije bio trenutak za kubanske cigare, dok je berzanski indeks *Dau Džouns* bio najniži u istoriji, a dugi redovi se stvarali ispred narodnih kuhinja u svim američkim gradovima. Pogledao je tavanicu i razmišljao o tome šta prvo da uradi. Morao je da sačuva najbolje osoblje *Ričmonda* u Čikagu.

Ustao je s kreveta, obukao sako i otišao do *Ričmondovog* aneksa, gde je i dalje živela većina onih koji nisu našli posao. Avelj je zaposlio sve kojima je verovao, a onima koji su bili spremni da napuste Čikago dao je posao u jednom od ostalih deset hotela. Jasno je rekao da će im, u ovim teškim vremenima, poslovi biti sigurni samo ako grupa počne da ostvaruje dobit. Bio je svestan da se svim ostalim hotelima upravlja nepošteno kao u starom *Ričmondu* u Čikagu. To će se, uverio ih je, promeniti, i to brzo. Postavio je svoja tri zamenika direktora za direktore *Ričmonda* u Dalasu, Majamiju i Sent Luisu, i zaposlio nove zamenike direktora za preostalih sedam hotela – u Hjustonu, Mobajlu, Čarlstonu, Atlanti, Memfisu, Nju Orleansu i Luisvilu.

Avelj je napravio štab u aneksu *Ričmonda* u Čikagu, i odlučio da otvori mali restoran u prizemlju. Bilo je logično da bude tako blizu svog finansijera i svog bankara, umesto da se preseli negde na Jug. I, podjednako važno, Zafija je bila u Čikagu, a Avelj je počeo da smatra da će, s vremenom, zameniti njenog bubuljičavog mladića.

Kad je došlo vreme da ode u Njujork i unajmi još osoblja, Zafija ga je uverila kako se više ne zanima za bubuljičavog momka. Noć pre odlaska, vodili su ljubav drugi put. Nakon prvog iskustva u čamcu za spasavanje, njegova brižnost i nežna veština potpuno su je iznenadili.

– Koliko si devojaka imao nakon *Crne strele*? – zadirkivala ga je.

– Nijednu do koje mi je bilo stalo – odgovorio je.

– Bilo ih je dovoljno da me *zaboraviš*.

– Nikad te nisam zaboravio – kazao je neiskreno. Nagnuo se i ponovo ju je poljubio, jer to nije bilo nešto o čemu je želeo da razgovara.

Neto gubitak *Kejn i Kabota* za 1929. na kraju je iznosio preko sedam miliona dolara, što je bilo očekivano za banku te veličine. Mnoge manje banke su propale, a Vilijam je morao da podnese taj gubitak i nastavi s radom, što mu je stvaralo stalan pritisak.

Kad je Frenklin D. Ruzvelt izabran za predsednika Sjedinjenih Američkih Država na osnovu programa pomoći, obnove i reforme, Vilijam se zabrinuo da će Nju dil imati malo toga da ponudi *Kejn i Kabotu*. Posao se polako oporavljao i Vilijam je počeo da oprezno razmišlja o širenju.

U međuvremenu, Toni Simons je završio nekoliko uspešnih preuzimanja u Londonu i ostvario je *Kejn i Kabotu* dobit veću od očekivane tokom prve dve godine. Njegova dostignuća su izgledala još impresivnije kad se uporede s Vilijamovim, koji je jedva ostajao na nuli tokom recesije.

U jesen je Alan Lojd pozvao Simonsa da se vrati u Boston i podnese odboru pun izveštaj o aktivnostima banke u Londonu. Na tom sastanku Simons je mogao da objavi kako će dobit londonskog predstavništva prvi put biti viša od milion dolara. Takođe je nagovestio da želi da se kandiduje za predsednika upravnog odbora kad Alan ode u penziju. Vilijam je bio iznenađen, jer je odbacio Simonsovu šansu kad je, pod senkom sumnje, otišao preko Atlantika. Izgledalo je da je ta senka neobjašnjivo nestala, ne zahvaljujući Simonsovoj sposobnosti nego jednostavno jer je britanska ekonomija bila manje paralisana od američke. Iznenadnost povratka Tonija Simonsa u milost ostavila je Vilijamu malo vremena za ubeđivanje odbora da podrži njega pre nego što se njegov protivnik razmaše.

Kejt je saosećajno slušala Vilijamove probleme, često nudeći promućurna zapažanja, i samo ga povremeno koreći zbog malodušnosti. Metju ga je, ponašajući se kao Vilijamove oči i uši, izvestio da je odbor podeljen na one koji misle da je Vilijam previše mlad da zauzme tako odgovoran položaj i one koji su krivili Simonsa za bančine gubitke 1929. Činilo se da većina članova odbora koji nisu sarađivali s Vilijamom pridaje veći uticaj razlici u godinama između kandidata nego drugim faktorima. Metju je stalno slušao reči: – Vilijamovo vreme će doći. – Jednom je, oprezno, igrao ulogu đavoljeg advokata.

– Zahvaljujući udelu u banci, Vilijame, možeš da imenuješ još tri člana upravnog odbora i obezbediš sebi lagodnu većinu.

Vilijam je odbacio tu ideju kao nedostojnu razmatranja. Želeo je da postane predsednik upravnog odbora zahvaljujući svojim zaslugama. Tako je, uostalom, njegov otac došao na taj položaj, i znao je da Kejt ne bi očekivala ništa manje od njega.

U januaru 1932. Alan Lojd je obavestio članove upravnog odbora da će održati sastanak na dan kad bude punio šezdeset pet godina.

Jedina svrha tog sastanka, obavestio ih je, biće izbor njegovog naslednika. Kako se dan ključnog sastanka bližio, Metju je primetio da mora da vodi odeljenje za investicije gotovo samostalno, dok se Vilijam bavi kampanjom za mesto predsednika.

Kad je Avelj stigao u Njujork, prvo što je uradio bilo je da potraži Džordža Novaka. Nije se iznenadio kad ga je zatekao nezaposlenog, u nekom potkrovlju u Istočnoj trećoj ulici. Avelj je zaboravio kako izgledaju kuće u toj četvrti, a u nekima je živelo po dvadeset porodica. Smrad ustajale hrane prožimao je svaku sobu, toaleti nisu imali tekuću vodu, a u krevetima su spavale po najmanje tri osobe svakog dana. Pekara je bila zatvorena, a Džordžov stric je sad radio u velikoj fabrici na periferiji Njujorka. Ta fabrika nije mogla da primi i Džordža. Kad mu je Avelj ponudio posao, Džordž je jedva dočekao priliku da se pridruži svom starom prijatelju u *Ričmond grupi*... u bilo kom svojstvu.

Avelj je unajmio još nekoliko Poljaka za koje ga je Džordž uverio da su vredni i, uprkos teškom životu, nepopustljivo pošteni, a među njima su bili poslastičar, recepcioner i glavni konobar. Većina hotela na Istočnoj obali svela je osoblje na minimum, zbog čega mu je bilo lako da nađe iskusne ljude, a trojicu je poznavao iz *Plaze*.

Naredne nedelje Avelj i Džordž su krenuli da obilaze sve hotele u grupi. Avelj je pozvao Zafiju da im se pridruži, čak joj je ponudio priliku da radi u hotelu koji odabere, ali ona je odbila da napusti Čikago, jedino mesto u Americi gde se osećala kao kod kuće. Pristala je, ipak, da se preseli u Aveljove prostorije u aneksu *Ričmonda* kad god je on bio u Čikagu. Džordž, koji je uz američko državljanstvo usvojio i malograđanski moral, ukazivao je Avelju na prednosti braka, mada izgleda nije lično poštovao taj savet.

Avelj se nije iznenadio što su ostali hoteli u grupi vođeni nestručno i u većini slučajeva nepošteno, ali većina osoblja, bojeći se za svoje poslove u doba velike nezaposlenosti, dočekala ga je kao mogućeg spasioca budućnosti grupe. Nije smatrao neophodnim da otpušta osoblje u velikom broju, kao kad je tek stigao u Čikago. U nekim slučajevima, Avelj je otkrio da jednostavno premeštanje osoblja iz jednog hotela u drugi zaustavlja krađe. Većina onih koji su čuli za njega i bojali se kazne već je otišla. Ali neke glave su ipak morale da padnu, a one su bile neizostavno pričvršćene za vratove zaposlenih koji su radili za grupu godinama i koji nisu mogli, ili nisu hteli, da se promene samo zato što Dejvis Liroj više nije bio glavni.

Svih sedamnaest članova odbora bilo je prisutno na proslavi šezdeset petog rođendana Alana Lojda. Sastanak je otvorio predsednik oproštajnim govorom koji je trajao svega četrnaest minuta, a koji se Vilijamu činio beskrajnim. Toni Simons je nervozno lupkao olovkom o beležnicu, povremeno gledajući Vilijama. Nijedan od njih nije slušao Alanove reči. Alan je napokon seo, uz glasan aplauz, ili onoliko glasan koliko je prikladno za šesnaest bostonskih bankara. Kad je aplauz zamro, Alan je ustao poslednji put kao predsednik upravnog odbora *Kejn i Kabota*.

– A sad, gospodo, moramo izabrati mog naslednika. Odboru su predstavljena dva izuzetna kandidata, predsednik našeg inostranog odseka, gospodin Toni Simons, i direktor američkog investicionog odeljenja, gospodin Vilijam Kejn. Poznajete ih obojicu, gospodo, i nemam nameru da nadugačko govorim o njihovim vrlinama. Samo ću pozvati kandidate da obaveste odbor o svojim planovima za budućnost banke, ako budu izabrani za predsednika.

Vilijam je ustao prvi, kako je juče određeno bacanjem novčića. Govorio je dvadeset minuta, objašnjavajući detaljno svoje namere da proširi bazu banke prelaskom u oblasti kojima se *Kejn i Kabot* prethodno nisu bavili. Takođe je želeo da ojača veze s Njujorkom i pomenuo je mogućnost otvaranja holding kompanije koja bi se bavila komercijalnim bankarstvom. Neki od starijih članova odbora odmahivali su glavom, ne trudeći se da sakriju svoje neodobravanje. Završio je rečima da želi širenje banke kako bi se takmičio s novom generacijom finansijera koji predvode Ameriku. Nadao se da će *Kejn i Kabot* ući u drugu polovinu dvadesetog veka kao jedna od najvećih finansijskih institucija u zemlji. Kad je seo, bio je obodren tihim odobravanjem i udobnije se smestio da sasluša govor suparnika.

Kad je Toni Simons ustao, zauzeo je znatno konzervativniji stav, i naglasio je svoje godine i iskustvo, što je Vilijam prihvatio kao njegov adut. Banka bi trebalo da konsoliduje svoju poziciju u narednih nekoliko godina, rekao je, ulažući samo u pažljivo odabrane firme i držeći se tradicionalnog bankarstva kojim je stekla ugled koji trenutno uživa. Naučio je lekciju tokom sloma 1929. i glavna briga mu je, dodao je – uz smeh – da *Kejn i Kabot* uopšte uđu u drugu polovinu dvadesetog veka. Kad je Simons seo, Vilijam nije znao kome će odbor biti naklonjen, mada je verovao da je većina i dalje sklonija širenju nego tapkanju u mestu.

Alan Lojd je obavestio direktore da ni on niti dvojica kandidata neće glasati. Ostalih četrnaest članova odbora dobilo je glasačke listiće, koje su ispunili i vratili Alanu, a on ih je onda polako prebrojao. Vilijam je otkrio kako ne može da podigne pogled sa svoje beležnice pune žvrljotina, na kojoj se nalazio i otisak njegovog oznojenog dlana. Kad je Alan prebrojao glasove, svi su zaćutali.

Objavio je da je Kejn dobio šest glasova, Simons šest, a dva su bila uzdržana. Svi oko stola su zažagorili, a Alan je zamolio za tišinu. Vilijam je duboko udahnuo u tišini koja je usledila, ne znajući šta će predsednik sledeće uraditi.

Alan Lojd je zastao pre nego što je rekao: – Mislim da je prikladan postupak, u datim okolnostima, da ponovimo glasanje. Ako neko od članova koji su bili uzdržani prvi put sad podrži nekog kandidata, to bi moglo da obezbedi nekom većinu.

Ponovo su podeljeni glasački listići. Ovoga puta Vilijam nije smeo ni da gleda, mada nije mogao da izbegne škripanje nalivpera po papiru. Ponovo su listići predati Alanu Lojdu. Iznova ih je polako gledao, jedan po jedan, ali ovog puta je čitao glasove.

– Vilijam Kejn. Toni Simons. Toni Simons. Toni Simons.

Tri prema jedan za Simonsa.

– Vilijam Kejn. Vilijam Kejn. Toni Simons. Vilijam Kejn. Vilijam Kejn. Vilijam Kejn.

Šest prema četiri za Vilijama.

– Toni Simons. Toni Simons. Vilijam Kejn.

Sedam prema šest za Vilijama. Vilijamu je izgledalo da je Alanu bilo potrebno sto godina da pročita taj poslednji listić.

– Toni Simons. Sedam prema sedam, gospodo.

Mada Alan nikom nije rekao koga podržava za svog naslednika, svi u prostoriji su znali da je njegov glas sad odlučujući.

– Kako je glasanje dvaput bilo bez pobednika i kako pretpostavljam da nijedan član odbora neće promeniti mišljenje, moram da glasam za kandidata za koga mislim da je najkvalifikovaniji da me naslede na mestu predsednika upravnog odbora *Kejn i Kabota*. Taj kandidat je Toni Simons.

Vilijam nije mogao da poveruje šta je čuo, a Simons je izgledao gotovo zaprepašćeno. Ustao je sa stolice uz aplauz, seo na mesto Alana Lojda na čelu stola, i obratio se odboru *Kejn i Kabota* prvi put u svojstvu predsednika banke. Zahvalio se odboru na podršci, i pohvalio Vilijama što nije iskoristio svoje deonice i porodičnu istoriju da utiče na glasanje. Pozvao je Vilijama da bude zamenik predsednika i predložio da Metju Lester zauzme mesto Alana Lojda u odboru; oba predloga su jednoglasno prihvaćena.

Vilijam je samo mislio kako bi sad bio predsednik upravnog odbora da je insistirao da Metju bude član čim se zaposlio u banci.

Do kraja prve godine sa Aveljom na mestu predsednika *Ričmond grupa* je imala svega polovinu zaposlenih iz 1929, ali i dalje je pokazivala neto gubitak od preko sto hiljada dolara. Malo zaposlenih je dobrovoljno otišlo, ne samo zato što su se bojali da neće naći drugi posao nego zašto što su sad verovali u budućnost grupe.

Avelj je postavio sebi cilj da dođe na nulu 1932. Smatrao je kako je jedini način da to postigne da učini svakog direktora hotela odgovornim za svoj hotel, nudeći im učešće u dobiti, kao što je Dejvis Liroj ponudio Avelju kad je tek došao u čikaški *Ričmond*.

Nekoliko meseci je putovao od hotela do hotela, nikad ne ostajući duže od nekoliko dana. Nije dozvolio nikom, osim vernom Džordžu, svojim očima i ušima u Čikagu, da zna u koji će hotel otići. Prekidao je tu iscrpljujuću kolotečinu samo kako bi povremeno proveo noć sa Zafijom, ili posetio Kertisa Fentona u banci.

Nakon detaljne procene finansijske pozicije grupe, Avelj je morao da donese neke neprijatne odluke. Najdrastičnija bila je da zatvori hotele u Mobajlu i Čarlstonu, koji su gubili toliko novca da se bojao kako će postati rupa bez dna koja će usisati finansije grupe. Osoblje ostalih hotela gledalo je te rezove i radilo je vrednije. Svaki put kad bi se vratio u malu kancelariju u Čikagu, čekala ga je gomila dopisa u kojima se zahteva njegova hitna odluka... pokvarene instalacije u kupatilima, bubašvabe u spavaćim sobama, svađe u kuhinji i, neizbežno, nezadovoljni gosti koji prete tužbama.

Henri Ozborn se vratio u Aveljov život s dobrodošlim čekom na 750.000 dolara od *Grejt vestern osiguranja*, kad su utvrdili da nema dokaza koji ga povezuju s požarom u čikaškom *Ričmondu*. Dokazi koje je sakupio poručnik O'Mali bili su dovoljni, posebno kad je dodao da bi rado ponovio sve to na sudu. Avelj je shvatio da je dugovao tom detektivu mnogo više od milkšejka i rado je prihvatio ponudu *Grejt vesterna*, koju je smatrao poštenom. Henri Ozborn je, međutim, predložio da zatraži veći iznos, i podeli razliku s njim. Avelj je to odbio gubeći svako poštovanje koje je imao prema Ozbornu. Ako je bio spreman da bude nelojalan prema svojoj kompaniji, nije bilo sumnje kako mu ne bi smetalo da radi iza Aveljovih leđa, kad mu to odgovara.

U proleće 1932. Avelj se iznenadio kad je dobio pismo od Melani Liroj, srdačnijeg tona nego što je ikad bila uživo. Bio je polaskan, čak i uzbuđen, pa ju je pozvao na večeru u *Stivensu*, zbog čega je odmah zažalio ušavši u restoran i videvši Zafiju na dužnosti, pomalo umornu na kraju smene. Melani je, s druge strane, izgledala zanosno u narandžastoj haljini koja je jasno otkrivala kakvo joj je telo ispod. Trebalo je da je odvede u neki drugi restoran. Zašto je odabrao *Stivens*? Kako je mogao da bude tako spretan u poslu, a tako trapav u privatnom životu?

– Drago mi je što ti ide tako dobro, Avelju – kazala je Melani kad je sela. – Naravno da svi znaju koliko imaš uspeha s *Ričmond grupom*.

– *Baron grupom* – kazao je Avelj.

Melani se zacrvenela. – Nisam znala da si promenio ime.

– Da, promenio sam ga nedavno – slagao je Avelj. U stvari, tek u tom trenutku je odlučio da svi hoteli iz grupe ubuduće budu poznati kao *Baron* hoteli. Pitao se zašto se ranije nije setio toga.

– Prikladno ime – kazala je Melani, osmehujući se.

Avelj je bio svestan da Zafija zuri u njih s druge strane prostorije, ali bilo je prekasno da išta uradi povodom toga.

– Nisi zaposlena? – pitao je dok je žvrljao reči *Baron grupa* na poleđini menija.

– Ne, trenutno nisam. Žena s diplomom humanističkih nauka u ovom gradu mora da sedi i čeka da se svi muškarci zaposle pre nego što dobije posao.

– Ako želiš da radiš za *Baron grupu* – kazao je Avelj, naglašavajući to ime – samo me obavesti.

– Ne, ne – rekla je Melani. – Dobro sam. – Brzo je prešla na priču o muzici i pozorištu. Razgovor s njom bio je neuobičajen i prijatan izazov za Avelja; i dalje ga je zadirkivala, ali inteligentno, zbog čega se osećao samouverenije u njenom društvu nego ikad pre. Popili su kafu tek posle jedanaest, a Zafija je dotad završila smenu. Odvezao je Melani do njenog stana i iznenadio se kad ga je pozvala na piće. Seo je na sofu dok mu je ona sipala zabranjeni viski i stavljala ploču na gramofon.

– Ne mogu dugo da ostanem – rekao je. – Sutra imam mnogo posla.

– To je ono što *ja* treba da kažem – rekla je Melani. – Molim te, nemoj da pobegneš. Ovo veče je bilo tako zabavno... kao u stara vremena.

Sela je kraj njega, a haljina joj se podigla iznad kolena. *Ne kao u stara vremena*, mislio je Avelj. Nije pokušao da se odupre kad se nagnula prema njemu. Nekoliko trenutaka kasnije ju je ljubio – ili je ona ljubila njega? Dodirnuo je te noge i onda njene grudi, i ovog puta je bila voljna. Ona ga je na kraju uhvatila za ruku i odvela u svoju spavaću sobu, zbacila prekrivač, okrenula se i zamolila ga da joj raskopča haljinu. Avelj je poslušao s nervoznom nevericom i ugasio je svetlo. Melani je bila poprilično iskusna i nije ostavila nimalo sumnje u to koliko je uživala. Nakon što su vodili ljubav, Avelj je ležao budan, dok je Melani spavala u njegovom naručju.

Ujutro su vodili ljubav drugi put.

– Pratiću *Baron grupu* sa obnovljenim zanimanjem – rekla mu je kad je počeo da se oblači. – Mada niko ne sumnja da će biti veoma uspešna.

– Hvala ti – rekao je Avelj.

– Možda možemo ponovo da se vidimo.

– Zašto da ne? – kazao je Avelj.

Poljubila ga je u obraz, kao što bi uradila supruga kad joj muž ide na posao.

Pogledao ju je i srdačno se osmehnuo. – Kad donesem tu odluku, Melani, možeš biti sigurna da neću zaboraviti tvoj sjajni savet.

– Kako to misliš? – pitala je Melani čedno.

– Pobrinuću se da nađem sebi finu Poljakinju.

Avelj i Zafija su se venčali meseca dana kasnije u Crkvi Svetog Trojstva. Zafijin zet Janek ju je predao, a Džordž je bio kum. Prijem je održan u *Stivensu*, a pijanka i igranka trajale su do kasno u noć. Džordž se nije smirivao dok je išao po prostoriji i fotografisao goste u svim mogućim varijantama i kombinacijama. Po tradiciji, svaki muškarac je plaćao simboličnu sumu kako bi plesao sa Zafijom, i Avelj i Zafija su, tek posle ponoći i večere, koja se sastojala od boršča, piroški i kuvanog kiselog kupusa, zalivene vinom, brendijem i votkom iz Gdanjska, mogli da se povuku u apartman za mladence.

Avelj se prijatno iznenadio kad mu je Kertis Fenton sledećeg jutra rekao da je prijem u *Stivensu* platio gospodin Makston, i da to treba da smatra svadbenim poklonom. Avelj je upotrebio novac koji je odvojio za prijem kao jemstvo za kućicu u Rig stritu.

Prvi put u životu Avelj je posedovao svoju kuću.

Četvrti deo

1932–1941.

32.

Vilijam je odlučio da ode na jednomesečni odmor u Englesku, pre nego što donese ikakvu odluku o svojoj budućnosti. Nakratko je razmišljao da napusti *Kejn i Kabot*, ali Metju ga je uverio da to neće ničemu koristiti i, u svakom slučaju, njegov otac to ne bi odobrio.

Metju je izgleda mnogo teže podneo prijateljev poraz nego sâm Vilijam. Naredne nedelje je došao u banku vidljivo mamuran, otišao je rano, ostavljajući važan posao nedovršen. Vilijam nije komentarisao te incidente i u petak je pozvao Metjua da dođe na večeru kod njega i Kejt. Metju je odbio, tvrdeći da ima zaostale poslovne obaveze. Vilijam ne bi razmišljao o tome da nije video Metjua kako večera u *Ric-Karltonu* te večeri s jednom privlačnom ženom za koju je Vilijam mogao da se zakune da je udata za jednog od direktora u *Kejn i Kabotu*. Kejt nije ništa rekla, osim da Metju ne izgleda dobro.

Vilijam se nadao da će Metju moći da se nosi s povećanim obimom posla. To je bio trenutak kad je odlučio da ne može da izdrži čitav mesec u Engleskoj bez Kejt i predložio joj je da mu se pridruži.

– Mesec dana u inostranstvu s nepoznatim muškarcem? – kazala je, stavljajući čednu ruku preko usta. – Šta bi tvoje babe mislile?

– Samo da si bludnica sumnjivog morala.

Vilijam i Kejt isplovili su na *Mauritaniji*, spavajući u odvojenim kabinama. Kad su se prijavili u *Savoj*, i uzeli odvojene sobe, čak na posebnim spratovima, Vilijam se javio londonskoj filijali *Kejn i Kabota* u Lobard stritu, i ispunio navodni razlog svog putovanja pregledajući detaljno evropsko poslovanje banke. Moral je bio visok i otkrio je da je Toni Simons bio omiljen stekavši poštovanje londonskog osoblja, pa je Vilijam mogao samo da izrazi tiho odobravanje.

On i Kejt su proveli veličanstven mesec u Londonu; išli su u operu, u *Old vik* i *Albert hol* uveče, a preko dana joj je pokazivao Tauer, *Fortnam* i Kraljevsku akademiju, gde joj je kupio sliku Vilijama Sikerta.

Kejt se fotografisala pored gardiste ispred Bakingemske palate. Mada Vilijam ovog puta nije pokušavao da im skrene pažnju, i dalje nisu treptali. Setio se svoje majke. Držeći se za ruke, Vilijam i Kejt su hodali niz Vajthol i fotografisali se ispred broja deset u Dauning stritu.

– Sad smo uradili sve što se očekuje od poštenih Amerikanaca – kazao je Vilijam.

– Osim posete Oksfordu – rekla je Kejt. – Moj otac je imao *Roudsovu stipendiju* i volela bih da posetim njegov stari fakultet.

Sutra ujutro je Vilijam iznajmio bulnouz moris i krenuo vijugavim putevima i seoskim puteljcima koji su vodili do tog univerzitetskog grada. Parkirao ispred Redklifa i proveli su ostatak jutra obilazeći fakultete – Magdalen, sjajan kraj reke, Krajst čerč, veličanstven, ali bez natkrivenog dvorišta, Baliol, gde je Kejtin otac proveo nekoliko dokonih godina, i Merton, gde su samo sedeli na travi i sanjarili.

– Ne možete da sedite na travi, gospodine – rekao je fakultetski vratar.

Nasmejali su se, ustali i krenuli, držeći se za ruke, kao dvoje studenata, pored reke Ajsis, gde su gledali osmoricu studenata kako se trude da pokreću svoj čamac što brže mogu.

Nakon kasnog ručka, pošli su za London, zaustavljajući se u Henliju na Temzi, gde su popili čaj u gostionici *Bel*, s pogledom na reku. Nakon peciva i velikog čajnika jakog engleskog čaja, Kejt je predložila da bi možda trebalo da krenu ako žele da se vrate u *Savoj* pre mraka. Ali kad je Vilijam stavio kurblu u bulnouz moris, nije uspeo da upali motor, iako je pokušao nekoliko puta. Na kraju je odustao i, kako je padao mrak, odlučio je da prenoće u Henliju. Vratio se do recepcije gostionice *Bel* i zatražio dve sobe.

– Izvinite, gospodine, imam samo jednu dvokrevetnu – rekao je recepcioner.

Vilijam je oklevao na tren, a onda rekao: – Uzećemo je.

Kejt je pokušala da sakrije iznenađenje, ali nije ništa rekla; recepcioner ih je sumnjičavo pogledao.

– Gospodin i gospođa...

– Gospodin Vilijam Kejn i gospođa – kazao je odlučno Vilijam. – Vratićemo se kasnije.

– Da vam odnesem kofere u sobu, gospodine? – pitao je nosač.

– Nemamo ih – odgovorio je Vilijam, osmehujući se.

– Shvatam, gospodine – podignuta obrva.

Vilijam je poveo izbezumljenu Kejt u glavnu ulicu u Henliju, a onda je skrenuo stazicom koja je vodila do lokalne crkve.

– Smem li da pitam šta radimo, Vilijame?

– Nešto što je odavno trebalo da uradim, draga.

U normanskoj kapelici, Vilijam je zatekao crkvenjaka kako slaže neke pesmarice.

– Gde mogu da pronađem vikara? – pitao je Vilijam.

Crkvenjak se ispravio do pune visine i sažaljivo pogledao Vilijama.

– U župnom dvoru, ako smem da kažem.

– Gde je župni dvor?

– Vi ste Amerikanac, zar ne, gospodine?

– Jesam – rekao je Vilijam, trudeći se da ne zvuči nestrpljivo.

– Župni dvor je obično pored crkve, zar ne? – rekao je crkvenjak.

– Pretpostavljam da jeste – kazao je Vilijam. – Možete li da ostanete ovde još deset minuta?

– Zašto bih želeo da uradim to, gospodine?

Vilijam je izvadio veliku belu novčanicu od pet funti iz unutrašnjeg džepa i razvio ju je. – Neka bude petnaest minuta, za svaki slučaj, molim vas.

Crkvenjak je pažljivo pogledao novčanicu pre nego što ju je smestio u kutiju za dobrovoljne priloge. – Amerikanci – promrmljao je.

Vilijam je brzo izveo Kejt iz crkve. Dok su prošli kraj oglasne table na tremu, pročitao je: „Visokoprečasni otac Sajmon Taksberi, diplomirao na Kembridžu, vikar ove parohije“, a pored te objave, okačen na ekser, visio je zahtev za uplatu novca za novi crkveni krov. „Svaki novčić koji priložite dok ne sakupimo petsto funti biće od koristi“, pisalo je, ne vrlo odvažno. Vilijam je požurio prema župnom dvoru, a Kejt je išla nekoliko koraka iza njega. Jedna nasmešena, rumena, punačka žena otvorila je vrata nakon žustrog kucanja.

– Gospođa Taksberi?

– Da? – osmehnula se.

– Mogu li da razgovaram s vašim mužem?

– Trenutno pije čaj. Možete li da se vratite malo kasnije?

– Bojim se da je prilično hitno – insistirao je Vilijam.

Kejt nije ništa rekla.

– Dobro, u tom slučaju, pretpostavljam da je bolje da uđete.

Župni dvor je bio izgrađen početkom šesnaestog veka i malu dnevnu sobu s vidljivim gredama zagrevala je vatra u ognjištu. Vikar, visok, mršav čovek, jeo je kao papir tanke sendviče s krastavcem. Ustao je da ih pozdravi.

– Dobar dan, gospodine...

– Kejn, gospodine, Vilijam Kejn.

– Šta mogu da uradim za vas, gospodine Kejne?

– Kejt i ja – počeo je Vilijam – želimo da se venčamo.

Kejt je otvorila usta, ali nije ništa rekla.

– O, baš divno – kazala je gospođa Taksberi.

– Da, uistinu – rekao je vikar. – Jeste li član naše parohije? Ne mogu da se setim...

– Ne, gospodine, ja sam Amerikanac. Pripadnik sam Crkve Svetog Pavla u Bostonu.

– Masačusets, pretpostavljam, ne Linkolnšir – kazao je visokoprečasni Taksberi.

– Tako je – rekao je Vilijam, shvatajući prvi put da postoji i Boston u Engleskoj.

– Izvrsno – rekao je vikar, dižući ruke kao da će ih blagosiljati. – A kad ste nameravali da ujedinite svoje duše?

– Danas, gospodine.

– Danas? – rekao je vikar.

– Danas? – ponovila je Kejt.

– Nisam upoznat s tradicijom u Sjedinjenim Državama koja okružuje svečanu, svetu i obavezujuću instituciju braka, gospodine Kejne – rekao je zaprepašćeni vikar – mada se mogu pročitati neke vrlo čudne priče o vašim zemljacima iz Nevade. Mogu, međutim, da vas obavestim da ti običaji nisu pronašli put do Henlija na Temzi. U Engleskoj morate da živite pun kalendarski mesec u parohiji pre nego što se venčate u lokalnoj crkvi, a javni proglasi moraju da se postave u tri različite prilike, osim ako ne postoje veoma posebne i olakšavajuće okolnosti. Čak i da takve okolnosti postoje, i dalje bih morao da tražim dozvolu od biskupa, a to ne mogu da uradim za manje od tri dana.

Kejt je progovorila prvi put. – Koliko vam je potrebno za izgradnju novog crkvenog krova?

– O, taj krov. To je jedna tužna priča, ali neću vas gnjaviti time u ovom trenutku... početak jedanaestog veka, znate...

– Koliko vam je potrebno? – pitao je Vilijam, stežući Kejtinu ruku.

– Nadamo se da ćemo sakupiti petsto funti. Dosad smo bili vrlo uspešni; skupili smo dvadeset sedam funti, četiri šilinga i četiri penija za svega sedam nedelja.

– Ne, ne, dragi – kazala je gospođa Taksberi. – Zaboravio si na jednu funtu jedanaest šilinga i dva penija koje sam zaradila prošle nedelje prodajom starih stvari.

– Uistinu jesam, draga. Baš sam neuviđavan što sam zaboravio tvoj lični doprinos. To zajedno čini... – počeo je prečasni Taksberi dok je pokušavao da sabere brojeve u glavi, gledajući ka nebu zbog nadahnuća.

Vilijam je izvadio novčanik iz unutrašnjeg džepa, ispisao ček na petsto funti i dao ga visokoprečasnom Taksberiju.

– Ja... o, vidim da postoje posebne okolnosti, gospodine Kejne – rekao je vikar. Ton mu se promenio. – Da li je ijedno od vas ranije bilo u braku?

– Da – kazala je Kejt. – Moj muž je poginuo u avionskoj nesreći pre četiri godine.

– O, kako uznemirujuće za vas – kazala je gospođa Taksberi. – Tako mi je žao, nisam...

– Tiho, draga – rekao je božji čovek, sad više zainteresovan za crkveni krov nego za osećanja svoje žene. – A vi, gospodine?

– Nikad nisam bio u braku – rekao je Vilijam.

– I dalje moram da pozovem biskupa telefonom. – Stiskajući Vilijamov ček, visokoprečasni gospodin Taksberi je otišao u svoju radnu sobu.

Gospođa Taksberi je pozvala Kejt i Vilijama da sednu i ponudila im je sendviče s krastavcem i šolju čaja. Ćaskala je, ali Vilijam i Kejt nisu čuli njene reči jer su sedeli i gledali jedno drugo.

Vikar se vratio sendvičima s krastavcem kasnije.

– To je vrlo neuobičajeno, vrlo neuobičajeno, ali biskup je pristao, pod uslovom, gospodine Kejne, da potvrdite brak sutra ujutro u američkoj ambasadi, a onda sa svojim biskupom u Svetom Pavlu u Bostonu... u Masačusetsu, koji mora da vam dâ crkveni blagoslov kad se vratite kući.

I dalje je stiskao ček na petsto funti.

– Sad su nam samo potrebna dva svedoka – nastavio je vikar. – Moja žena može da bude jedan i moramo se nadati da je crkvenjak i dalje na dužnosti kako bi mogao da bude drugi.

– I dalje je na dužnosti – rekao je Vilijam.

– Kako možete biti tako sigurni, gospodine Kejne?

– Koštao me je jedan odsto.

– Jedan odsto? – rekao je zbunjeno visokoprečasni gospodin Taksberi.

– Avansna uplata za crkveni krov – objasnila je Kejt.

Vikar je izveo Vilijama, Kejt i svoju ženu iz kuće i stazicom do crkve, gde ih je čekao crkvenjak. – Uistinu, vidim da je gospodin Sproget ostao na dužnosti... To nikad nije uradio zbog mene; očigledno znate s ljudima, gospodine Kejne.

Sajmon Taksberi je obukao odoru i misnu košulju dok je crkvenjak gledao s nevericom.

Vilijam se okrenuo prema Kejt i nežno ju je poljubio. – Znam da je ovo prilično glupo pitanje u datim okolnostima, ali hoćeš li se udati za mene, draga?

– Dragi bože – kazao je visokoprečasni gospodin Taksberi, koji nikad nije bogohulio u prethodnih pedeset sedam godina boravka na ovom svetu. – Hoćete da kažete da je niste čak ni zaprosili?

Dvadeset minuta kasnije, gospodin i gospođa Kejn su napustili parohijsku crkvu u Henliju na Temzi, u Oksfordširu. Gospođa Taksberi je u poslednjem trenutku nabavila prsten, koji je skinut s garnišne u kapeli. Savršeno je pristajao. Visokoprečasni gospodin Taksberi je imao novi krov, gospodin Sproget je imao priču za pričanje u *Zelenom čoveku*, dok je gospođa Taksberi zaključila, nakon razgovora s mužem, da neće obavestiti Udruženje majki kako je nabavljen novac za novi krov.

Ispred vrata kapele, vikar je dao Vilijamu list papira. – Dva šilinga i šest penija, molim.

– Za šta? – pitao je Vilijam.

– Za venčani list.

– Trebalo bi da se bavite bankarstvom, gospodine – rekao je Vilijam, dajući gospodinu Taksberiju pola krune.

Vilijam i njegova nevesta hodali su, blaženo ćuteći, kroz glavnu ulicu do gostionice *Bel*. Mirno su večerali u restoranu iz petnaestog veka, s hrastovim gredama, i otišli u svoju sobu nekoliko minuta nakon što je stojeći sat u predvorju otkucao devet puta. Kad su krenuli škripavim drvenim stepenicama do svoje sobe, recepcioner se okrenuo ka nosaču i namignuo. – Ako su njih dvoje venčani, ja sam engleski kralj.

Vilijam je počeo da pevuši „Bože, čuvaj kralja“.

Narednog jutra gospodin i gospođa Kejn su opušteno doručkovali dok je automobil popravljan u lokalnom servisu. Jedan mladi konobar sipao im je kafu.

– Želiš li crnu, ili da dodam malo mleka? – pitao je nedužno Vilijam.

Jedan stariji par za susednim stolom osmehnuo im se dobrodušno.

– S mlekom, molim – kazala je Kejt, nežno dodirujući Vilijamovu ruku preko stola.

Osmehnuo joj se, svestan da svi u restoranu sad zure u njih.

Vratili su se u London sa spuštenim krovom kako bi mogli da uživaju u prohladnom prolećnom vazduhu dok se voze kroz Henli, preko Temze, i kroz Bikonsfild do Londona.

– Jesi li primetila kako nas je portir pogledao jutros, draga? – pitao je Vilijam.

– Jesam. Možda je trebalo da mu pokažemo venčani list.

– Ne, ne, pokvarila bi njegovu predstavu o američkoj bludnici sumnjivog morala.

Stigli su u *Savoj* na vreme za ručak, a recepcioner se iznenadio kad su ga zamolili da otkaže Kejtinu sobu. Kasnije su ga čuli kako komentariše: – Mladi gospodin Kejn je samo naizgled pravi džentlmen. Njegov pokojni i uvaženi otac se nikad ne bi ponašao tako.

Vilijam i Kejt su otišli *Akvitanijom* u Njujork, ali ne pre nego što su svratili u američku ambasadu u Grosvenor gardensu da obaveste ambasadora o svom novom bračnom statusu. Stariji konzul im je dao da ispune jedan dugačak obrazac, naplatio im jednu funtu i naterao ih da čekaju jedan sat. Ambasadi, izgleda, nije bio potreban novi krov. Vilijam je želeo da svrate do *Kartjea* u Bond stritu kako bi kupi Kejt zlatnu burmu, ali ona nije htela ni da čuje za to... ništa nije moglo da je natera da se rastane od mesinganog prstena za zavesu.

33.

Dok je Amerika i dalje bila u kandžama Depresije, Avelj je postao prilično zabrinut za budućnost *Baron grupe*. Dve hiljade banaka zatvoreno je tokom poslednje dve godine, a još ih je zatvaralo vrata svake nedelje. Devet miliona ljudi je bilo nezaposleno, što je makar značilo da Avelj nema problema da pronađe iskusno osoblje za svoje hotele. Uprkos tome, *Baron grupa* je izgubila 72.000 dolara u 1932, godini u kojoj je Avelj predvideo da će biti na nuli. Počeo je da se pita da li će finansijerov novčanik i strpljenje izdržati dovoljno dugo da dobije priliku da preokrene stvari.

Avelj je odnedavno počeo da se aktivno zanima za politiku, podstaknut uspešnom kampanjom Antona Čermaka za gradonačelnika Čikaga. Čermak je pritiskao Avelja da se pridruži Demokratskoj partiji, koja je pokrenula žestoku kampanju protiv Prohibicije; Avelj je svesrdno podržao tog kandidata, jer se dokazalo da Prohibicija šteti hotelijerima. Činjenica da je Čermak bio imigrant iz Čehoslovačke stvorila je vezu među njima, a Avelj se oduševio kad je izabran za delegata na Demokratskoj nacionalnoj konvenciji u Čikagu 1932, gde je Čermak digao publiku na noge rečima: „Istina je da nisam doplovio na *Mejflaueru*, ali stigao sam što sam pre mogao.“

Na toj konvenciji Čermak je upoznao Avelja s Frenklinom D. Ruzveltom, koji je ostavio jak utisak na njega. Kasnije te godine, FDR je lako pobedio na predsedničkim izborima, pomažući demokratskim kandidatima da dobiju funkcije širom zemlje. Jedan od novoizabranih gradskih odbornika u Čikagu bio je Henri Ozborn.

Godine 1933. *Baron grupa* je smanjila gubitke na 23.000 dolara, a jedan od hotela, *Baron* u Sent Luisu, prijavio je dobit. Kad je predsednik Ruzvelt održao svoj prvi govor preko radija, dvanaestog marta, poručujući zemljacima da „ponovo počnu da veruju u Ameriku“, Aveljovo samopouzdanje je poraslo i odlučio je da otvori dva hotela koja je zatvorio 1929.

Zafija je počela da komentariše njegove duge boravke u Čarlstonu i Mobajlu, dok je on osposobljavao ta dva hotela za rad. Ona je oduvek želela da on bude samo zamenik direktora *Stivensa*. Sa svakim mesecom koji prođe, postajala je sve više svesna da ne može da prati muževljeve ambicije i bojala se da počinje da gubi interesovanje za nju.

Takođe se brinula zbog toga što nije rodila dete Avelju, mada ju je doktor uverio kako nema ničeg što bi je sprečilo da zatrudni. Predložio je da možda njen muž treba da ode na pregled, ali Zafija to nije rekla Avelju, znajući da bi on smatrao to uvredom za svoju muškost. Na kraju, kad je gotovo odustala od nadanja, i nakon što je ta tema postala toliko bremenita da im je bilo teško da uopšte razgovaraju o njoj, Zafiji je izostao mesečni ciklus.

Puna nade čekala je još mesec dana pre nego što je išta rekla Avelju ili otišla kod lekara. Mesec dana kasnije, potvrdio je da je trudna.

Zafija je rodila ćerku na Novu godinu 1934. Dali su joj ime Florentina, po Aveljovoj sestri. Avelj je bio oduševljen detetom otkako ga je video, a Zafija je odmah znala da više neće biti njegova najveća ljubav.

Džordž i jedna Zafijina rođaka postali su detetovi kumovi, a Avelj je organizovao tradicionalnu poljsku večeru s deset jela na dan krštenja. Brojni darovi su doneti detetu, uključujući predivan starinski prsten od Aveljovog nepoznatog finansijera. Uzvratio je za taj poklon kad je *Baron grupa* ostvarila dobit od 63.000 dolara na kraju godine. Samo je *Baron* u Mobajlu i dalje gubio novac.

Nakon Florentininog rođenja Avelj je provodio sve više vremena kod kuće i odlučio je da je došao trenutak da izgradi novi *Baron* u Vetrovitom gradu. Nameravao je da novi hotel, u spomen na Dejvisa Liroja, bude ponos grupe. Kompanija je i dalje posedovala građevinsko zemljište na Aveniji Mičigen, i mada je Avelj dobio nekoliko ponuda da proda zemlju, uvek je odbijao, nadajući se da će jednog dana imati dovoljno novca da obnovi stari *Ričmond*. Taj projekat zahtevao je kapital, i Avelju je bilo drago što nije dirnuo 750.000 dolara koje mu je isplatilo *Grejt vestern osiguranje*.

Rekao je Kertisu Fentonu za svoje namere na mesečnom sastanku upravnog odbora, dodajući jednu odredbu da, ukoliko Dejvid Makston ne želi konkurenciju *Stivensu*, Avelj će odustati od celog projekta. Nekoliko dana kasnije, Kertis Fenton je uverio Avelja da se finansijer ne protivi ideji o čikaškom *Baronu*.

Avelju je bilo potrebno petnaest meseci da izgradi novi hotel, uz pomoć gradskog odbornika Henrija Ozborna, koji je u najkraćem mogućem roku obezbedio sve građevinske dozvole. Čikaški *Baron* otvorio je u maju 1936. gradonačelnik Edvard Dž. Keli, koji je nakon ubistva Antona Čermaka postao vođa Demokratske partije Ilinoisa. U spomen na Dejvisa Liroja, hotel nije imao sedamnaesti sprat... tradicija koju je Avelj zadržao u svim hotelima koje je gradio.

Čikaški *Baron* bio je hvaljen u štampi zbog dizajna i brzine gradnje. Avelj je na kraju potrošio više od milion dolara na novi hotel, i izgledalo je kao da je svaki novčić razumno uložen. Javne prostorije bile su velike i raskošne, s visokim ukrašenim tavanicama u pastelnim nijansama zelene, prijatne i opuštajuće; tepisi su bili debeli i luksuzni. Tamnozeleno ispupčeno „B" bilo je diskretno, ali sveprisutno, i krasilo je sve, od zastave koja je lepršala iznad ulaza četrdesetdvospratnice do urednog revera najmlađeg potrčka. Oba senatora iz Ilinoisa došla su na svečano otvaranje i održali su govore pred dve hiljade prisutnih. Gospodin Makston je bio među gostima, zbunjen što sedi među najuglednijima.

– Ovaj hotel već nosi oznaku uspeha – rekao je Dž. Hamilton Luis, stariji senator – jer, prijatelji, jedan će čovek, a ne zgrada, uvek biti poznat kao „Čikaški Baron". – Avelj je blistao od neskrivenog zadovoljstva dok je dve hiljade gostiju gromoglasno klicalo.

Kad je Avelj ustao da govori, počeo je zahvalnicom gradonačelniku, senatorima i desetinama kongresmena koji su prisustvovali otvaranju. Završio je govor popularnom izrekom: – Niste još ništa videli.

Džordžu je rečeno da povede ovacije. Nije morao da uradi to, jer su svi već ustali kad je Avelj seo. Osmehnuo se. Počeo je da se oseća opušteno među velikim poslovnim ljudima i uglednim političarima, koji su se prema njemu ponašali kao prema sebi ravnom. Zafija je nesigurno stajala u pozadini tokom te raskošne proslave: ovo je bilo previše za nju i bilo joj je neprijatno u društvu Aveljovih novih prijatelja. Ili nije razumela ili nije marila za uspeh koji je njen muž ostvario; iako je imala novca da kupuje najskuplju garderobu, i dalje je uspevala da izgleda demode i nezgrapno i bila je vrlo svesna da je to nerviralo Avelja. Stajala je sa strane dok je on razgovarao sa odbornikom Henrijem Ozbornom.

– Ovo mora da je vrhunac tvog života – rekao je Ozborn i potapšao Avelja po ramenu.

– Vrhunac? Tek sam napunio trideset – odgovorio je Avelj.

Blic foto-aparata je sevnuo kad je prebacio ruku preko odbornikovog ramena. Avelj je bio ozaren, shvatajući prvi put koliko je uzbudljivo biti javna ličnost. – Otvoriću *Baron* hotele širom sveta – rekao je, dovoljno glasno da ga novinar čuje. – Nameravam da budem u Americi ono što je *Cezar Ric* bio u Evropi. Kad god neki Amerikanac putuje, mora da misli na *Baron* kao na svoj drugi dom.

34.

Vilijamu je bilo teško da radi u *Kejn i Kabotu* pod novim predsednikom. Obećanja FDR-a o Nju dilu nezapamćenom brzinom su pretočena u zakon, i Vilijamu i Toniju Simonsu bilo je nemoguće da se usaglase oko toga da li će posledice za ulaganje biti dobre ili loše. Ali širenje – makar na jednom frontu – postalo je neizbežno kad je Kejt objavila, nedugo nakon povratka iz Engleske, da je trudna, a ta vest je donela njenim roditeljima i njenom mužu veliku radost. Vilijam je pokušao da prilagodi radno vreme svojoj novoj ulozi oženjenog muškarca, ali redovno je ostajao na poslu tokom vrelih letnjih večeri. Kejt, smirena i srećna u cvetnoj trudničkoj haljini, nadgledala je opremanje dečje sobe u *Red hausu*, dok je Vilijam prvi put u životu shvatio kako mu više ne smeta što nije poslednji koji napušta kancelariju uveče.

Dok su Kejt i beba, koja je trebalo da se rodi za Božić, Vilijamu donosili veliku radost kod kuće, Metju ga je sve više brinuo na poslu.

Počeo je da pije s ljudima koje Vilijam nije poznavao i kasnio je na posao bez objašnjenja. Meseci su prolazili i Vilijam je video kako više ne može da se osloni na procenu svog prijatelja. Prvo nije ništa rekao, nadajući se da je to samo reakcija na ukidanje Prohibicije. Ali uskoro je postalo jasno da nije, jer se problem pogoršao.

Poslednja kap je došla kad je Metju jednog jutra stigao dva sata kasnije na posao, očigledno mamuran. Onda je napravio jednostavnu grešku, koju je lako bilo izbeći, i prodao je važnu investiciju što je rezultiralo malim gubitkom za klijenta koji se nadao da ostvari veliku dobit. Vilijam je znao da je konačno došlo vreme za neprijatan, ali neizbežan, otvoren razgovor.

Kad je Vilijam završio s pričom, Metju je priznao svoju grešku i izvinio se. Vilijam je bio zahvalan što je rasprava završena i nameravao je da predloži da odu zajedno na ručak, kad mu je sekretarica uletela u kancelariju.

– Vaša žena, gospodine, odveli su je u bolnicu.

– Zašto? Šta nije u redu? – pitao je Vilijam.

– Mislim da je beba – kazala je sekretarica.

– Ali ne treba da se porodi još šest nedelja – kazao je Vilijam.

– Znam, gospodine, ali doktor Makenzi je zvučao zabrinuto i želi da dođete u bolnicu što pre budete mogli.

Metju, koji je trenutak ranije izgledao sasvim slomljeno, odmah je uzeo stvar u svoje ruke i odvezao Vilijama do bolnice. Sećanja na smrt Vilijamove majke i njenu mrtvorođenu ćerku vratila su im se obojici dok je Metju parkirao kola ispred bolnice.

Vilijamu nije trebalo uputstvo kako da stigne do Porodilišta Ričard Kejn, koje je Kejt zvanično otvorila pre svega nekoliko meseci. Zatekao je jednu bolničarku kako stoji ispred sale za porođaje; obavestila ga je da je doktor Makenzi s njegovom ženom i da je izgubila mnogo krvi. Vilijam je bespomoćno hodao tamo-amo po hodniku, obamrlo čekajući, baš kao pre mnogo godina. Koliko mu je sad položaj predsednika banke izgledao nevažno u poređenju s pomisli na gubitak Kejt. Kad joj je poslednji put rekao: „Volim te"?

Metju je sedeo s Vilijamom, šetao s Vilijamom, stajao s Vilijamom, ali nije ništa govorio. Nije imalo šta da se kaže. Povremeno bi neka bolničarka ušla ili izašla iz sale za porođaje. Sekundi su se pretvorili u minute, minuti u sate. Na kraju je doktor Makenzi izašao s hirurškom maskom preko nosa i usta, čela blistavog od kapljica znoja. Vilijam nije video izraz na doktorovom licu dok nije skinuo belu masku i otkrio širok osmeh.

– Čestitam, Vilijame. Imaš sina, a Kejt je dobro.

– Hvala bogu – izletelo je Vilijamu i zagrlio je Metjua.

– Koliko god cenio moć Svemogućeg – rekao je doktor Makenzi – čini mi se da sam imao nekog uticaja na ovaj porođaj.

Vilijam se nasmejao. – Smem li da vidim Kejt?

– Trenutno ne. Dao sam joj sedativ i sad spava. Izgubila je suviše krvi, ali biće dobro kad se naspava. Malo slaba, možda, ali spremna da vas vidi sutra ujutro. Ali ništa vas ne sprečava da vidite svog sina. Nemojte se iznenaditi njegovom veličinom; zapamtite, rođen je prevremeno.

Doktor Makenzi je odveo Vilijama i Metjua hodnikom do jedne sobe gde su gledali kroz staklo u šest malih ružičastih glava u krevecima.

– Onaj – kazao je doktor Makenzi, pokazujući dete na kraju.

Vilijam je zurio u naborano malo lice, a njegova vizija zdravog i sposobnog sina kome je sudbina da bude naredni predsednik banke brzo je nestajala.

– Dobro, reći ću samo jedno o tom đavolku – kazao je doktor Makenzi veselo. – Lepši je nego vi u njegovom uzrastu.

Vilijam se nasmejao sa olakšanjem.

– Kako ćete ga nazvati?

– Ričard Higinson Kejn.

Doktor ga je s naklonošću potapšao po ramenu. – Nadam se da ću živeti dovoljno dugo da porodim Ričardovog prvenca.

Tog popodneva je Vilijam poslao telegram direktoru *Sent Pola*, koji je rezervisao dečaku mesto u školi od prvog septembra 1945. Pošto je napravio prvi korak u Ričardovoj karijeri, novi otac i Metju su se propisno napili, uspavali se i zakasnili u bolnicu narednog jutra da vide Kejt. Vilijam je odveo Metjua da ponovo pogledaju malog Ričarda.

– Gadna beba – kazao je Metju. – Nimalo nalik prelepoj majci.

– To sam i ja mislio – rekao je Vilijam.

– Ali liči na tebe kao jaje jajetu.

Vilijam se vratio do Kejtine sobe ispunjene cvećem.

– Sviđa li ti se sin? – pitala je Kejt muža. – Toliko liči na tebe.

– Udariću narednu osobu koja to kaže – rekao je Vilijam, široko se osmehujući. – On je najružnija beba koju sam ikad video.

– O, ne! – kazala je Kejt, glumeći ogorčenost. – Prelep je!

– Ima lice koje samo majka može da voli – rekao je Vilijam, dok ju je grlio.

Zagrlila ga je i kazala: – Šta bi baba Kejn rekla za rođenje prvog deteta nakon manje od osam meseci braka?

– Ne želim da budem neprijatan – kazao je Vilijam, oponašajući babu – ali beba koja se rodi nakon manje od petnaest meseci budi sumnje u to ko je otac. Manje od devet meseci je sigurno neprihvatljivo u društvu i trebalo bi ih poslati u inostranstvo... Uzgred, zaboravio sam da ti kažem pre nego što su te odveli u bolnicu.

– Šta?

– Volim te.

Kejt i mladi Ričard su ostali u bolnici gotovo tri nedelje i tek nakon Božića ona se potpuno oporavila. Vilijam je postao prvi muškarac među Kejnovima koji je menjao pelene i gurao kolica. Rekao je Metjuu da je krajnje vreme da pronađe dobru ženu i skrasi se.

Metju se nesigurno nasmejao. – Definitivno postaješ sredovečan. Počeću da ti tražim sede u kosi.

Jedna ili dve su se već pojavile tokom bitke za mesto predsednika upravnog odbora, ali Metju nije ništa komentarisao.

* * *

Vilijam nije mogao da kaže kad je tačno njegov odnos s Tonijem Simonsom krenuo da se pogoršava. Simons je počeo da stavlja veto na njegove predloge, a njegov negativan stav prema svemu što je Vilijam rekao naterao je Vilijama da ozbiljno razmisli o napuštanju upravnog odbora.

Metju mu nije pomagao, jer se vratio svojim starim navikama. Period trezvenosti nije trajao duže od nekoliko nedelja, a sad je verovatno pio više nego pre i dolazio je na posao sve kasnije. Vilijam nije bio siguran kako da reši tu situaciju i stalno je morao da pokriva svog prijatelja. Na kraju svakog dana je proveravao Metjuovu poštu i odgovarao na neuzvraćene telefonske pozive.

Do leta 1934, nakon što je Nju dil predsednika Ruzvelta primenjen, investitori su počeli da vraćaju poverenje, vadili su novac iz slamarica i počeli da ga ulažu u banke. Neki su se pojavljivali bukvalno noseći kofere keša. Vilijam je smatrao da je možda vreme da se oprezno vrate na berzu i čak je počeo da širi svoj portfelj, ali Simons je odbacio njegov predlog da banka sledi njegov primer, u neuljudnom dopisu koji je poslao Finansijskom komitetu. Vilijam je uleteo u Simonsovu kancelariju bez kucanja i pitao da li želi njegovu ostavku.

– Sigurno ne, Vilijame. Kao što znaš, moja politika je uvek bila da konzervativno vodim banku. Nisam spreman da uletim bezglavo na berzu i rizikujem novac naših investitora.

– Ali gubimo posao zbog drugih banaka dok stojimo sa strane. Banke koje do pre nekoliko godina ne bismo smatrali konkurencijom uskoro će nas preteći.

– Preteći nas u čemu, Vilijame? Ne po ugledu. Možda po brzoj dobiti, ali ne po ugledu.

– Ali mora da nas zanima i dobit – rekao je Vilijam. – Bančina je dužnost da obezbedi zaradu svojim investitorima, ne da oteže na džentlmenski način.

– Radije bih ostao na nuli nego izgubio ugled koji je ova banka izgradila pod tvojim dedom i ocem tokom pola veka.

– Da, a obojica su uvek bila otvorena za nove ideje i širenje aktivnosti banke.

– Kad su vremena dobra – rekao je Simons.

– I loša.

– Zašto si toliko uznemiren, Vilijame? I dalje imaš odrešene ruke da vodiš svoj odsek.

– Malo sutra. Blokiraš svaki predlog koji ima nagoveštaj preduzetništvo.

– Budimo pošteni jedan prema drugom, Vilijame. Jedan od razloga za moju dodatnu opreznost je to što se u poslednje vreme ne može verovati Metjuovim procenama.

– Ne mešaj Metjua u ovo. Ti blokiraš mene. *Ja* sam na čelu odseka.

– Ne mogu da ne mešam Metjua. Voleo bih da mogu. Ukupna odgovornost za svačije postupke je moja, a on je zamenik direktora najvažnijeg odseka.

– Stoga je moja odgovornost, jer ja sam broj jedan u tom odseku.

– Ne, Vilijame, ne može ostati samo tvoja odgovornost što Metju dolazi pijan na posao u jedanaest sati ujutro... koliko god dugo i blisko bilo vaše prijateljstvo.

– Ne preteruj.

– Ne preterujem, Vilijame. Duže od godinu dana ova banka trpi Metjua, a jedina stvar koja me je sprečavala da to pomenem je tvoje blisko prijateljstvo s njim i njegovom porodicom. Ne bi mi bilo žao da ga vidim kako daje otkaz. Neki bolji čovek bi to odavno uradio, a blizak prijatelj bi mu to rekao.

– Nikad – kazao je Vilijam. – Ako on ode, idem i ja.

– Neka bude, Vilijame. Pre svega sam odgovoran našim investitorima, ne tvojim starim školskim drugovima.

– Zažalićeš zbog ovog, Toni – rekao je Vilijam. Izleteo je iz predsednikove kancelarije i vratio se u svoju, sav besan.

– Gde je gospodin Lester? – pitao je odlučno dok je prolazio pored njegove sekretarice.

– Nije stigao, gospodine.

Vilijam je pogledao na sat, sav besan. – Kažite mu da želim da razgovaram s njim, čim stigne.

– Da, gospodine.

Vilijam je nervozno šetkao po kancelariji, psujući. Sve što je Simons rekao o Metjuu bila je istina, što je samo pogoršavalo stvari. Počeo je da misli o trenutku kad je Metju počeo da se opija, tražeći objašnjenje. Misli mu je prekinula njegova sekretarica.

– Gospodin Lester je upravo stigao, gospodine.

Metju ušao u kancelariju izgledajući smeteno, pokazujući sve znakove još jednog mamurluka. Dosta je ostario u poslednjih godinu dana i koža mu je izgubila svoj lepi, sportski sjaj. Vilijam je jedva prepoznao čoveka koji mu je bio najbolji prijatelj gotovo dvadeset godina.

– Metju, gde si, dođavola, bio?

– Uspavao sam se – odgovorio je neljubazno Metju, češući lice. – Ostao sam dokasno, nažalost.

– Misliš, previše si pio.

– Ne, nisam popio tako mnogo. Ostao sam budan zbog nove devojke. Nezasita je.

– Kad ćeš prestati, Metju? Spavao si s gotovo svim slobodnim ženama u Bostonu.

– Ne preteruj, Vilijame. Mora da je ostala jedna ili dve... makar se nadam. I ne zaboravi na hiljade onih udatih.

– To nije smešno, Metju.

– Ma, daj, Vilijame. Olabavi malo.

– Da olabavim? Upravo mi se Simons žalio na tebe, i štaviše, bio je u pravu. Tvoja procena više nije pouzdana. Spavaćeš sa svakom koja nosi suknju, a još gore, opijaćeš se dok ne umreš. Zašto, Metju? Kaži mi, zašto. Mora da postoji neko objašnjenje. Do pre godinu dana bio si jedan od najpouzdanijih ljudi koje sam upoznao. Šta se dogodilo, Metju? Šta da kažem Simonsu?

– Kaži mu da ide u pakao i da gleda svoja posla.

Vilijam nije mogao da sakrije svoj bes. – Metju, budi pošten, to *jeste* njegov posao. Vodimo banku, ne javnu kuću, a ti si ovde došao kao direktor na moju ličnu preporuku.

– A sad nisam dorastao tvojim visokim standardima, to mi govoriš?

– Ne, ne govorim ti to.

– Šta mi onda, dođavola, govoriš?

– Smiri se i radi nekoliko nedelja. Dotad će svi zaboraviti na to.

– Da li je to ono što ti želiš?

– Da.

– Uradiću kako si mi naredio, o, gospodaru – kazao je Metju, lupnuo petama i izašao iz kancelarije.

– O, dođavola – rekao je Vilijam, sedajući na stolicu.

Tog popodneva je Vilijam morao da pregleda portfelj jednog klijenta s Metjuom, ali niko nije mogao da ga pronađe. Nije se vratio u kancelariju nakon ručka i niko ga nije više video tog dana.

Čak ni zadovoljstvo smeštanja Ričarda u krevet te večeri nije moglo da umanji Vilijamovu zabrinutost zbog Metjua. Vilijam se trudio da nauči Ričarda da broji, ali bezuspešno.

– Ako ne naučiš da brojiš, Ričarde, kako možeš da se nadaš da ćeš biti bankar? – govorio je Vilijam kad je Kejt ušla u dečju sobu.

– Možda će na kraju raditi nešto korisno – kazala je Kejt.

– A šta je korisnije od bankarstva?

– Pa, može da bude muzičar, ili igrač bejzbola, ili čak predsednik Sjedinjenih Američkih Država.

– Od te tri stvari, najviše bih voleo da bude sportista, to je jedini posao s pristojnom platom – kazao je Vilijam, dok je ušuškavao Ričarda.

– Izgledaš iscrpljeno, dragi. Nadam se da nisi zaboravio da večeras idemo na piće s Endruom Makenzijem.

– O, dođavola, potpuno sam smetnuo s uma. Kad nas očekuje?

– Za sat vremena.

– Dobro, idem prvo na dugo kupanje.

– Mislila sam da je to ženska povlastica – rekla je Kejt.

– Večeras mi treba malo ugađanja. Imao sam naporan dan.

– Toni Simons ti opet stvara probleme?

– Da, ali bojim se da je sad u pravu. Žalio se na Metjuovo opijanje. Bio sam zahvalan što nije pomenuo ženskarstvo. Postalo je nemoguće odvesti Metjua negde u poslednje vreme osim ako piće i najstarija ćerka – da ne pominjem povremene supruge – nisu bezbedno zaključani pre njegovog dolaska.

Vilijam je sedeo u kadi duže od pola sata i Kejt je morala da ga izvuče pre nego što zaspi. Uprkos njenom požurivanju, zakasnili su dvadeset pet minuta kod Makenzijevih i zatekli Metjua, koji je već bio na dobrom putu da se napije, kako se nabacuje ženi nekog kongresmena. Vilijam je želeo da se umeša, ali Kejt ga je sprečila.

– Ne govori ništa – kazala je.

– Ne mogu da stojim i gledam kako mi se najbolji prijatelj raspada pred očima – kazao je Vilijam. – Moram da uradim nešto.

Ali na kraju je prihvatio Kejtin savet i proveo je nesrećno veče gledajući kako Metju postaje sve pijaniji. S druge strane prostorije, Toni Simons je mrko gledao Vilijama, koji je osetio olakšanje kad je Metju otišao rano, iako je bio u društvu jedine slobodne žene na zabavi. Kad je Metju otišao, Vilijam je počeo da se opušta prvi put tog dana.

– Kako je mali Ričard? – pitao je doktor Makenzi.

– I dalje ne ume da broji – rekao je Vilijam.

– To je dobra vest. Možda na kraju bude radio nešto korisno.

– I ja sam to rekla – kazala je Kejt. – Kako dobra ideja, Vilijame, može da bude lekar.

– Trebalo bi da je sposoban da uspe u tome – rekao je Makenzi. –
Ne znam mnogo lekara koji umeju da broje.

– Osim kad šalju račune – kazao je Vilijam.

Makenzi se nasmejao. – Hoćete li još jedno piće, Kejt?

– Ne, hvala vam, Endru. Vreme je da pođemo kući. Ako ostanemo
duže, tu će biti samo Toni Simons i Vilijam, a onda ćemo morati da ih
slušamo kako pričaju o bankarstvu do kraja večeri.

– Hvala vam na pozivu, Endru – rekao je Vilijam. – Uzgred, mo-
ram da vam se izvinim za Metjuovo ponašanje.

– Zašto? – pitao je doktor Makenzi.

– Ma, dajte, Endru, ne samo što je bio pijan nego nije bilo žene u
prostoriji kojoj se nije nabacivao.

– Možda bih i ja radio isto da sam u tolikim nevoljama – kazao je
doktor Makenzi.

– Zašto ste to rekli? – pitao je Vilijam. – Ne možete opravdavati
njegovo ponašanje samo zato što je neženja.

– Ne, ne mogu, ali pokušavam da razumem i shvatam da bih mo-
gao biti pomalo neodgovoran da sam suočen sa istim problemom.

– Kako to mislite? – rekao je Vilijam.

– O bože – kazao je doktor Makenzi. – Vi ste mu najbliži prijatelj,
a nije vam još rekao?

– Šta nam nije rekao? – pitali su uglas Kejt i Vilijam.

Doktor Makenzi ih je pogledao s nevericom u očima.

– Bolje da dođete u moju radnu sobu. Oboje.

Vilijam i Kejt su pošli za njim u sobicu, ispunjenu od poda do pla-
fona medicinskim knjigama uz poneku fotografiju doktora Makenzija
iz studentskih dana na *Kornelu* i poneku uramljenu diplomu.

– Molim vas, sedite – kazao je. – Vilijame, neću se izvinjavati zbog
onog što ću reći, jer sam pretpostavio da znate kako je Metju smrtno
bolestan, da pati od Hodždkinove bolesti. Zna za svoje stanje duže od
godinu dana.

Vilijam se opustio na stolici, na trenutak ne znajući šta da kaže. –
Hodžkinova bolest?

– Gotovo neizbežno fatalna upala i uvećanje limfnih žlezda – re-
kao je doktor zvanično.

Vilijam je odmahnuo glavom s nevericom. – Ali zašto mi nije rekao?

– Pretpostavljam da je suviše ponosan da opterećuje ikog drugog
svojim problemima. Radije bi umro na svoj način nego rekao bilo
kome kroza šta prolazi. Preklinjem ga poslednjih šest meseci da kaže

svom ocu i sigurno sam prekršio poverljivost time što sam vam rekao, ali ne mogu da dozvolim da ga krivite za ponašanje ne znajući istinu.

– Hvala vam, Endru – kazao je Vilijam. – Kako sam mogao da budem toliko slep i glup?

– Ne krivite sebe – rekao je doktor Makenzi. – Niste mogli da znate.

– Zar stvarno nema nade? – pitala je Kejt.

– Nikakve. Samo nisam siguran koliko će dugo živeti.

– Ne postoji klinika, specijalisti? Novac ne bi bio problem.

– Novac ne može da kupi sve, Vilijame. Već sam razgovarao s trojicom najboljih lekara u Americi, čak i jednim iz Švajcarske. Bojim se da se slažu s mojom dijagnozom. Medicina nije otkrila lek za Hodžkinovu bolest.

– Koliko vremena mu je ostalo? – pitala je Kejt šapatom.

– Maksimalno šest meseci, ali najverovatnije tri.

– I ja sam mislio da imam probleme – rekao je Vilijam. Stegnuo je Kejtinu ruku. – Moramo da idemo, Endru. Hvala vam što ste nam rekli.

– Uradite sve što možete za njega – kazao je lekar – ali, zaboga, imajte razumevanja. Pustite ga da radi šta želi. To su Metjuovi poslednji meseci, ne vaši. I nemojte mu reći da sam vam kazao.

Vilijam i Kejt su se odvezli ćutke kući. Čim su stigli do *Red hausa*, Vilijam je pozvao ženu s kojom je Metju napustio zabavu.

– Mogu li da razgovaram s Metjuom Lesterom?

– Nije ovde – kazao je jedan iznerviran glas. – Odvukao me je do *Rivju kluba* i nakon nekoliko pića otišao je s drugom ženom. – Spustila je slušalicu.

Rivju klub. Vilijam ga je potražio u telefonskom imeniku, a onda se odvezao do severnog dela grada i, nakon razgovora s jednim taksistom, na kraju pronašao taj klub. Pokucao je na vrata. Prozorčić se otvorio.

– Jeste li član?

– Nisam – rekao je Vilijam odlučno i provukao novčanicu od deset dolara kroz rešetku.

Prozorče se zatvorilo, a vrata otvorila. Vilijam je otišao do sredine plesnog podijuma, izgledajući pomalo čudno u svom trodelnom bankarskom odelu. Plesači su okretali jedni druge i nezainteresovano se njihali oko njega. Vilijamove oči su u zadimljenoj prostoriji tražile Metjua, ali nije bio tu. Na kraju mu se učinilo da je prepoznao jednu od novijih Metjuovih devojaka, kako sedi u uglu s nekim mornarom. Vilijam je otišao do nje.

– Izvinite, gospođice.

Pogledala ga je, ali očigledno ga nije prepoznala.

– Dama je sa mnom. Gubi se – rekao je mornar.

– Jeste li videli Metjua Lestera?

– Kog Metjua? – kazala je devojka.

– Rekao sam ti da se gubiš – kazao je mornar, ustajući.

– Kaži još jednu reč i vratićeš se na brod – rekao je Vilijam.

Mornar je video takav bes u nečijim očima samo jednom u životu i gotovo je izgubio oko u tom sukobu. Ponovo je seo.

– Gde je Metju?

– Ne poznajem Metjua, dušo. – Sad je zvučala uplašeno.

– Metar osamdeset pet, plavokos, odeva se kao ja i verovatno je pijan.

– O, misliš na Martina. Ovde se zove Martin, ne Metju. – Počela je da se opušta. – Da vidim, s kim je otišao večeras? – Okrenula je glavu prema šanku i povikala barmenu. – Teri, s kim je Martin otišao?

Barmen je izvadio ugašenu cigaretu iz usta. – Dženi – rekao je i vratio ugašenu cigaretu na mesto.

– Dženi, tako je – kazala je devojka. – Dobro, da vidim, ona radi kratke ture. Nikad ne daje muškarcu duže od pola sata, tako da bi trebalo da se uskoro vrate.

– Hvala – rekao je Vilijam.

Seo je za šank i naručio viski s mnogo vode, osećajući se sve neobičnije. Na kraju je barmen, sa ugašenom cigaretom u ustima, pokazao glavom na devojku koja je prošla kroz vrata.

– To je Dženi, ako je i dalje želite – kazao je. Metjua nije bilo na vidiku.

Barmen je pozvao Dženi. Vitka, niska, tamnokosa, privlačna devojka namignula je Vilijamu i krenula ka njemu, ljuljajući kukovima.

– Tražio si me, dušo? Pa, slobodna sam, ali deset dolara za pola sata.

– Ne, ne želim tebe – kazao je Vilijam.

– Ljupko – rekla je Dženi.

– Tražim muškarca s kojim si bila. Metjua... mislim, Martina.

– Martin je bio previše pijan da bi mu se digao, ali je platio deset dolara... uvek plati. Pravi gospodin.

– Gde je sad? – pitao je nestrpljivo Vilijam.

– Ne znam. Rekao je da će otići kući peške.

Vilijam je vozio polako kroz kišom prekrivene ulice, prateći put do Metjuovog stana, pažljivo posmatrajući svakog muškarca kraj koga je prošao. Neki su žurili kad bi videli da on zuri u njih, a ostali su pokušali da razgovaraju s njim. Zaustavio se na semaforu ispred jednog restorana koji radi danonoćno, kad je video Metjua kroz zamagljeni izlog, kako se probija između stolova sa šoljom u ruci. Vilijam je parkirao auto, ušao u restoran i seo naspram njega. Metju je sedeo za stolom kraj šolje nedirnute kafe.

– Metju, to sam ja – rekao je Vilijam, gledajući zgrčenog prijatelja. Suze su mu potekle niz obraze.

Metju je podigao pogled i prosuo malo kafe. – Plačeš, stari druže. Izgubio si devojku, zar ne?

– Ne, izgubio sam najboljeg prijatelja.

– O, njih je mnogo teže naći.

– Znam – rekao je Vilijam.

– Imam dobrog prijatelja – kazao je Metju, zaplićući jezikom. – Uvek je bio uz mene dok se nismo posvađali pre neki dan. Ja sam kriv. Vidiš, gadno sam ga izneverio.

– Ne, nisi – kazao je Vilijam.

– Kako to znaš? – pitao je besno Metju. – Ti nisi dostojan ni da ga upoznaš.

– Idemo kući, Metju.

– Zovem se Martin – rekao je Metju.

– Izvini, Martine, idemo kući.

– Ne, želim da ostanem ovde. Tu ima jedna devojka koja će možda doći kasnije. Mislim da sam sad spreman za nju.

– Imam dobar stari viski kod kuće – rekao je Vilijam. – Zašto ne bi pošao sa mnom?

– Ima li žena kod tebe?

– Da, mnogo.

– U redu, poći ću.

Vilijam je podigao Metjua i polako ga odveo prema vratima. Dok su prolazili kraj dva policajca koji su sedeli za šankom, Vilijam je čuo kako jedan od njih kaže: – Prokleti pederi.

Pomogao je Metjuu da uđe u kola i odvezao ga je do Bikon hila. Kejt ih je čekala.

– Trebalo je da legneš, draga.

– Nisam mogla da zaspim – kazala je.

– Bojim se da je gotovo obeznanjen.

– Da li je to devojka koju si mi obećao? – pitao je Metju.

– Da, ona će se pobrinuti za tebe – rekao je Vilijam, i on i Kejt su mu pomogli da ode u gostinsku sobu i smestili su ga na krevet. Kejt je počela da ga svlači.

– I ti moraš da se svučeš, dušo – rekao je. – Već sam platio deset dolara.

– Kad budeš u krevetu – kazala je nežno Kejt.

– Zašto izgledaš tako tužno, divna damo? – pitao je Metju.

– Jer te volim – kazala je Kejt i suze su joj potekle.

– Ne plači – rekao je Metju. – Nema razloga za plakanje. Ovog puta ću uspeti, videćeš.

Kad ga je Kejt svukla, Vilijam ga je pokrio čaršavom i ćebetom. Kejt je ugasila svetlo.

– Obećala si da ćeš leći sa mnom – kazao je pijano Metju.

Tiho je zatvorila vrata.

Vilijam je spavao na stolici ispred Metjuove sobe, bojeći se da bi ovaj mogao da se probudi usred noći i pokuša da ode. Kejt ga je probudila ujutro, pre nego što je odnela doručak Metjuu.

– Šta radim ovde, Kejt? – bile su njegove prve reči kad je pomerila zavese, a on zatreptao zbog jutarnjeg svetla.

– Vratio si se s nama nakon zabave kod Endrua Makenzija – kazala je neuverljivo Kejt.

– Ne, nisam. Otišao sam u *Rivju klub* s tom groznom devojkom, Patrišom ili tako nekako, ali Dženi je, srećom, bila tamo, mada nije morala mnogo da radi da bi zaradila svojih deset dolara. Bože, osećam se jadno. Mogu li da dobijem sok od paradajza? Ne želim da budem neljubazan, ali poslednje što mi je potrebno je doručak.

– Naravno, Metju – kazala je Kejt, odnoseći poslužavnik.

Vilijam je ušao. On i Metju su ćutke gledali jedan u drugog.

– Znaš, zar ne? – kazao je konačno Metju.

– Da – rekao je Vilijam. – Bio sam budala i nadam se da ćeš mi oprostiti.

– Ne plači, Vilijame. Nisam te video da plačeš otkako te je Kovington prebio kad si imao dvanaest godina i morao sam da ga skinem s tebe. Sećaš li se? Pitam se gde li je Kovington sad? Verovatno vodi javnu kuću u Tihuani; to je jedino za šta je bio sposoban. Podsećam te, ako je Kovington vodi, to mesto je sigurno prokleto efikasno, pa me odvedi tamo. Ne plači, Vilijame. Odrasli muškarci ne plaču. Ništa ne može da se uradi. Bio sam kod svih specijalista od Njujorka, preko Los Anđelesa do Ciriha, i ne mogu ništa da urade. Da li bi se naljutio ako danas ne dođem na posao? I dalje se osećam grozno. Kejt može da me probudi ako ostanem predugo, ili ako pravim previše problema, i otići ću kući.

– Ovo je sad tvoja kuća – rekao je Vilijam.

Metjuov glas se promenio. – Hoćeš li reći mom ocu, Vilijame? Ne mogu da se suočim s njim. Ti si jedinac... razumeš problem.

– Hoću – rekao je Vilijam. – Idem sutra u Njujork i obavestiću ga, ako obećaš da ćeš ostati ovde. Neću te sprečavati da piješ ako to budeš želeo, ili da budeš sa svim ženama s kojima želiš, ali moraš da ostaneš ovde.

– To je najbolja ponuda koju sam dobio u poslednjih nekoliko nedelja, Vilijame. Sad mislim da ću još malo spavati. U poslednje vreme sam stalno umoran.

Vilijam je gledao Metjua kako tone u dubok san i uzeo mu je polupunu čašu iz ruke. Sok od paradajza ostavio je mrlju na čaršavu.

– Nemoj da umreš – kazao je tiho. – Molim te, nemoj da umreš, Metju. Jesi li zaboravio da ćemo ti i ja voditi najveću banku u Americi?

Vilijam je sutra ujutro otišao u Njujork da poseti Čarlsa Lestera. Taj veliki čovek se skupio na stolici i izgledalo je da je vidno ostario kad je čuo novosti.

– Hvala ti što si došao, Vilijame, i što si mi lično rekao. Znao sam da nešto nije u redu kad je Metju prestao da me posećuje, bez objašnjenja. Dolaziću u Boston svakog vikenda. Tako mi je drago što je s tobom i Kejt, a ja ću se potruditi da ne pokažem koliko su me pogodile ove vesti. Bog zna šta je uradio da bi zaslužio to. Otkako mu je majka umrla, izgradio sam sve za njega, a sad nemam kome to da ostavim.

– Dođite u Boston kad god poželite, gospodine... uvek ćete biti više nego dobrodošli.

– Hvala ti, Vilijame, na svemu što radiš za mog sina. – Starac ga je pogledao. – Voleo bih da je tvoj otac živ da vidi koliko je njegov sin dostojan prezimena Kejn. Kad bih samo mogao da zamenim svog sina i dozvolim njemu da preživi...

– Treba uskoro da se vratim kod njega, gospodine.

– Da, naravno. Kaži mu da ga volim; kaži mu da sam stoički podneo vesti. Nemoj da mu kažeš ništa drugo.

– Da, gospodine.

Vilijam se vratio u Boston te noći i zatekao Metjua kod kuće s Kejt, kako sedi na verandi i čita najnoviji američki bestseler, *Prohujalo s vihorom*. Pogledao je Vilijama kad je ovaj ušao.

– Kako je stari to primio? – bile su njegove prve reči kad je Vilijam ušao u sobu.

– Plakao je – kazao je Vilijam.

– Predsednik *Lester banke* je plakao? – rekao je Metju. – Nadam da niko neće reći deoničarima.

Metju je prestao da pije, vratio se na posao i radio što je vrednije mogao, do poslednjeg časa. Vilijam je bio zadivljen njegovom odlučnošću i stalno ga je molio da uspori. Ali Metju je nastavio da radi vrhunski i zadirkivao je Vilijama proveravajući *njegovu* prepisku na kraju svakog dana. Uveče, pre pozorišta ili restorana, Metju je igrao tenis s Kejt, ili veslao protiv Vilijama na reci Čarls.

– Znaću da sam mrtav kad ne budem mogao da te pobedim – zadirkivao ga je.

Metju nikad nije primljen u bolnicu, radije je ostao u *Red hausu*. Za Vilijama, nedelje su prolazile tako sporo, a opet tako brzo, i budio se svakog jutra, pitajući se da li će Metju biti živ.

Metju je umro jednog četvrtka, četrdeset stranica pre kraja romana *Prohujalo s vihorom*.

Metjuova sahrana održana je u Katedrali Svetog Patrika u Njujorku, a Vilijam i Kejt su odseli kod Čarlsa Lestera. U proteklih nekoliko meseci postao je pravi starac, i dok je stajao kraj grobova svoje supruge i sina jedinca, rekao je Vilijamu kako više ne vidi nikakvu svrhu u životu. Vilijam nije ništa rekao; nikakve reči ne mogu da pomognu ožalošćenom ocu.

Vilijam i Kejt su se vratili u Boston narednog dana. *Red haus* im je izgledao neobično prazno bez Metjua. Protekli meseci su bili istovremeno najsrećniji i najnesrećniji period Vilijamovog života. Metjuova bolest je zbližila Vilijama s Metjuom i Kejt, mnogo više nego što bi se dogodilo u normalnom životu.

Kad se Vilijam vratio u banku, bilo mu je teško da nastavi sa uobičajenim poslom. Ustajao je i kretao ka Metjuovoj kancelariji za savet ili malo smeha, ali Metju više nije bio tamo. Prošle su nedelje pre nego što je Vilijam prihvatio da je ta kancelarija prazna.

Toni Simons je bio pun razumevanja, ali to nije pomoglo. Vilijam je izgubio interesovanje za bankarstvo, čak i za *Kejn i Kabot*, dok je mesecima žalio zbog Metjuove smrti. Uvek je uzimao zdravo za gotovo da on i Metju dele sudbinu, da će ostariti zajedno. Niko nije pričao o tome da Vilijam nije radio u skladu sa svojim visokim standardima, mada se Kejt brinula zbog sati koje je Vilijam provodio u samoći.

Jednog jutra se probudila i zatekla ga kako sedi na krevetu i zuri u nju. Zatreptala je prema njemu. – Nešto nije u redu, dragi?

– Ne. Samo gledam svoju najvredniju imovinu i trudim se da je nikad ne shvatim zdravo za gotovo.

35.

Narednog jutra za doručkom, Kejt je pokazala mali članak na sedamnaestoj strani *Boston glouba*, koji je izveštavao o otvaranju čikaškog *Barona*.

Vilijam se osmehnuo kad je pročitao članak. *Kejn i Kabot* su bili glupi što ga nisu poslušali kad je savetovao da podrže *Ričmond grupu*. Bio je zadovoljan što se njegova procena Rosnovskog ispostavila kao tačna, iako je banka propustila priliku. Osmeh mu se proširio kad je pročitao nadimak „Čikaški Baron". A onda je, iznenada, osetio mučninu. Pogledao je detaljnije fotografiju uz tekst, ali nije bilo greške, a potpis je potvrdio njegov najveći strah: „Avelj Rosnovski, predsednik *Baron grupe*, razgovara s Mječeslavom Šimčakom, guvernerom Federalne banke, i gradskim odbornikom Henrijem Ozbornom."

Vilijam je bacio novine na sto i nije popio kafu. Izašao je iz kuće bez reči. Čim je stigao u kancelariju, pozvao je Tomasa Koena iz *Koen, Koen i Jablons*.

– Dugo se nismo čuli, gospodine Kejne – bilo je prvo što je rekao Koen. – Bio sam vrlo tužan kad sam čuo za smrt vašeg prijatelja, gospodina Lestera. Kako su vaša supruga i sin – Ričard – tako se zove?

Vilijam se uvek divio Koenovom pamćenju imena i odnosa.

– Oboje su dobro, hvala, gospodine Koene. A kako je Tadeus?

– Upravo je postao partner u firmi i nedavno me je učinio dedom. Šta mogu da uradim za vas, gospodine Kejne? – Tomas Koen se takođe setio da Vilijam ne voli ćaskanje.

– Želim da, preko vas, unajmim pouzdanog privatnog detektiva. Ne želim da moje ime bude povezano sa istragom, ali moram da saznam sve o Henriju Ozbornu, koji je, kako izgleda, gradski odbornik u Čikagu. Želim da znam šta je sve radio od napuštanja Bostona, a posebno ima li nekih privatnih ili poslovnih veza između njega i Avelja Rosnovskog, predsednika *Baron grupe*.

Usledila je pauza, pre nego što je advokat rekao: – Razumem.

– Možete li mi poslati izveštaj za nedelju dana?

– Dve, molim, gospodine Kejne, dve – kazao je Koen.

$$* \quad * \quad *$$

Tomas Koen je bio pouzdan kao uvek i potpun izveštaj pojavio se na Vilijamovom stolu do petnaestog ujutro. Pročitao je dosije nekoliko puta, podvlačeći izvesne delove. Izgledalo je da ne postoje zvanične poslovne veze između Avelja Rosnovskog i Henrija Ozborna. Rosnovski je, izgleda, smatrao Ozborna korisnim za političko posredovanje, ali ništa više. Ozborn je išao od posla do posla otkako je napustio Boston, i na kraju je počeo da radi na isplati šteta u *Grejt vestern osiguranju*. Tako je verovatno došao u kontakt s Rosnovskim, jer je stari čikaški *Ričmond* bio osiguran kod *Grejt vesterna*. Kad je hotel izgoreo do temelja, osiguravajuća kompanija je prvo odbila da isplati odštetu. Izvesni Dezmond Pejsi, bivši direktor, osuđen je na deset godina zatvora nakon što je priznao krivicu za podmetanje požara, a postojale su neke sumnje da je Rosnovski možda bio umešan. Ali ništa nije dokazano, a osiguravajuća kompanija se nagodila da isplati sedamsto pedeset hiljada dolara. Ozborn, pisalo je u izveštaju, sad obavlja funkciju gradskog odbornika i zaposlen je u Gradskom veću. Pričalo se kako namerava da postane naredni kongresmen za Ilinois. Nedavno se oženio gospođicom Mari Ekston, ćerkom bogatog proizvođača lekova, i još nisu imali dece.

Vilijam je ponovo pročitao izveštaj kako bi se uverio da mu nije ništa promaklo, koliko god beznačajno bilo. Mada nije izgledalo da postoje jake veze između dvojice muškaraca, imao je osećaj da je povezanost Avelja Rosnovskog i Henrija Ozborna, koji su ga mrzeli, svako iz svojih razloga, bila potencijalno opasna. Poslao je ček Tomasu Koenu i zatražio nove informacije svakog tromesečja. Ali kako su meseci prolazili, a kvartalni izveštaji nisu otkrivali ništa novo, prestao je da brine, misleći da je možda preterano reagovao kad je video tu fotografiju u *Boston gloubu*.

Kejt je rodila Vilijamu ćerku u proleće 1936; dali su joj ime Virdžinija. Vilijam je počeo ponovo da menja pelene i toliko je bio opčinjen „damicom“ da je Kejt morala da spasava dete svake večeri, iz straha da se *ona* nikad neće naspavati. Ričard, sad trogodišnjak, nije mnogo mario za novu bebu, ali vreme i novi električni voz pomogli su mu da ublaži ljubomoru.

Do kraja godine Vilijamovo odeljenje u banci ostvarilo je veliku dobit. Izašao je iz letargije u koju je zapao nakon Metjuove smrti i brzo je povratio reputaciju promućurnog ulagača na berzi, a čak je i „Brzoprodajni Smit“ priznao da je samo usavršio tehniku koju je razvio Vilijam Kejn iz Bostona. Štaviše, i uputstva Tonija Simonsa manje su ga nervirala. Vilijam je, ipak, bio potajno razočaran spoznajom da neće postati predsednik *Kejn i Kabota* dok Simons ne ode u penziju za petnaest godina, ali nije znao šta može da uradi povodom toga.

36.

Čarls Lester je znatno ostario tokom tri godine od Metjuove smrti, i pričalo se, u finansijskim krugovima, da je izgubio interesovanje za posao, i da su ga retko viđali u banci. Tako da se Vilijam nije mnogo iznenadio kad je u *Njujork tajmsu* pročitao za starčevu smrt.

Kejnovi su otputovali u Njujork na sahranu. Svi su izgleda bili tamo, uključujući Džona Nensa Garnera, potpredsednika Sjedinjenih Američkih Država. Nakon sahrane, Vilijam i Kejt su se vratili vozom u Boston, bolno svesni da su izgubili poslednju blisku vezu s porodicom Lester.

Tri meseca kasnije Vilijam je dobio pismo od firme *Salivan i Kromvel*, uvaženih njujorških advokata, u kojem ga ljubazno mole da prisustvuje čitanju testamenta pokojnog Čarlsa Lestera u njihovoj kancelariji na Vol stritu.

Vilijam je odlučio da ode na ostavinsku raspravu, više iz odanosti prema porodici Lester nego iz želje da vidi šta mu je Lester ostavio. Nadao se maloj uspomeni koja će ga podsećati na Metjua i pridružiti se „harvardskom veslu“ koje je visilo na zidu njegove radne sobe u *Red hausu*. Takođe se radovao prilici da obnovi poznanstvo s mnogim članovima porodice Lester koje je upoznao tokom školskih raspusta.

Odvezao se do Njujorka u svom novom dajmleru noć pre čitanja testamenta, i odseo je u *Harvardskom klubu*. Testament je trebalo da bude pročitan sutra u deset sati i iznenadio se kad je video da je već pedeset ljudi prisutno u prostorijama *Salivan i Kromvela*. Mnogi od njih su ga gledali kad je ušao u prostoriju, i pozdravio je nekoliko Metjuovih rođaka i tetaka, koji su izgledali starije nego što se sećao; mogao je samo da zaključi da oni misle isto o njemu. Potražio je Metjuovu sestru Suzan, ali nije je video. Pretpostavio je da se sigurno udala i ima čopor dečice.

Tačno u deset gospodin Artur Kromvel je ušao u prostoriju, u pratnji pomoćnika koji je nosio smeđu kožnu fasciklu. Svi su zaćutali prepuni nade. Advokat je počeo objašnjenjem da sadržaj testamenta dosad nije bio otkriven, tri meseca nakon smrti Čarlsa Lestera, na izričit zahtev preminulog. Pošto nije imao sina kojem bi ostavio svoje bogatstvo, želeo je da se slegne prašina nakon njegove smrti pre nego što objavi svoje namere.

Vilijam je pogledao prisutne i zagledao im se u lica, koja su napeto pratila svaku reč iz advokatovih usta. Arturu Kromvelu je bilo potrebno gotovo sat vremena da pročita rukom pisani testament. Nakon što je pročitao manje svote koje su ostavljene saradnicima, humanitarnim udruženjima i prilično veliku svotu ostavljenu Univerzitetu Harvard, otkrio je da je Čarls Lester podelio ostatak imovine rođacima, u skladu sa stepenom srodstva. Svojoj ćerki Suzan ostavio je najveći deo imanja, dok su petorica nećaka i tri nećake dobili jednake delove ostatka. Sav njihov novac i akcije biće u zadužbini u banci, dok ne napune trideset godina. Nekoliko drugih rođaka, tetaka i daljih rođaka trebalo je da dobiju izvesne svote novca.

Vilijam se iznenadio kad je gospodin Kromvel pročitao: – Time je podeljena sva poznata imovina Čarlsa Lestera.

Ljudi su počeli da se vrpolje na stolicama i začuo se nervozan žamor.

– To nije, međutim, kraj čitanja testamenta gospodina Lestera – kazao je hladnokrvni advokat. Svi su prestali da se vrpolje, bojeći se nekog zakasnelog neprijatnog iznenađenja.

Gospodin Kromvel je nastavio. – Nastaviću rečima gospodina Lestera: „Uvek sam smatrao da su banka i njen ugled onoliko dobri koliko i ljudi koji rade u njoj. Opštepoznato je da sam se nadao kako će me moj sin Metju naslediti na mestu predsednika upravnog odbora banke, ali njegova tragična i prerana smrt ga je omela u tome. Sve dosad, nikad nisam otkrio svoj izbor za naslednika. Stoga želim da objavim kako se nadam da će Vilijam Louel Kejn, sin jednog od mojih najbližih prijatelja, pokojnog Ričarda Louela Kejna, i trenutni zamenik predsednika *Kejn i Kabota*, biti imenovan za predsednika upravnog odbora banke *Lester i kompanija*, na sledećem sastanku upravnog odbora."

Odmah se začula galama. Svi su pogledom tražili tajanstvenog Vilijama Louela Kejna, za koga niko sem najbližih Lesterovih rođaka dotad nije čuo.

– Nisam još završio – kazao je tiho Artur Kromvel.

Svi su ponovo zaćutali. Neki potencijalni naslednici sad su izgledali zabrinuto.

Advokat je nastavio: – Sve gorepomenute svote novca i paketi deonica banke *Lester i kompanija* u potpunosti zavise od toga da naslednici glasaju za gospodina Kejna na narednoj generalnoj skupštini, i nastave da to rade najmanje pet narednih godina, osim ako gospodin Kejn ne naglasi kako ne želi da prihvati predsedničko mesto.

Galama je ponovo zamenila žamor. Vilijam je želeo da je milion kilometara daleko odatle, nesiguran da li da bude lud od sreće ili da prizna kako je najomraženija osoba u prostoriji.

– Time zaključujem čitanje testamenta pokojnog Čarlsa Lestera – rekao je gospodin Kromvel, ali samo oni u prvom redu su čuli njegove reči. Vilijam je podigao pogled i video Suzan Lester kako hoda ka njemu. Salo iz detinjstva je nestalo, ali privlačne pegice su ostale. Osmehnuo se, ali ona je prošla kraj njega, ne primećujući ga.

Kad je Vilijam krenuo ka vratima, jedan visok, sedokos muškarac u prugastom odelu i sa srebrnom kravatom, stao je kraj njega.

– Vi ste Vilijam Kejn, zar ne, gospodine?

– Da, jesam – kazao je nervozno Vilijam.

– Zovem se Piter Parfit – kazao je neznanac.

– Jedan od potpredsednika banke – rekao je Vilijam.

– Tako je, gospodine. Ne poznajem vas, ali čuo sam za vas i smatram sebe srećnim što sam poznavao vašeg uvaženog oca. Ako je Čarls Lester mislio da ste pravi čovek za predsednika njegove banke, to mi je dovoljno.

Vilijam nikad u životu nije osetio veće olakšanje.

– Gde ste odseli u Njujorku? – pitao je Parfit.

– U *Harvardskom klubu.*

– Izvrsno. Smem li da pitam jeste li večeras slobodni za večeru, kojim slučajem?

– Nameravao sam da se vratim u Boston večeras – rekao je Vilijam – ali sad pretpostavljam da ću morati da ostanem u Njujorku još nekoliko dana.

– Dobro. Zašto se ne biste pridružili meni i mojoj ženi na večeri u našem domu, recimo u osam?

Bankar je dao Vilijamu svoju posetnicu sa adresom ispisanom dubokom štampom. – Uživaću u prilici da razgovaram s vama u opuštenijem okruženju i saznam kakvi su vaši planovi za budućnost banke.

– Hvala vam, gospodine – kazao je Vilijam, stavljajući karticu u džep dok su mu drugi ljudi prilazili. Neki su mrko zurili u njega; drugi su mu čestitali.

Kad je Vilijam uspeo da pobegne i vrati se u *Harvardski klub*, prvo je pozvao Kejt i preneo joj vesti.

Kazala je vrlo tiho: – Koliko bi samo Metju bio srećan zbog tebe, dragi.

Vilijam nije odgovorio, svestan da bi Metju bio naredni predsednik.

– Kad se vraćaš kući?

– Bog zna. Danas večeram s gospodinom Piterom Parfitom, potpredsednikom *Lestera*. Obradovalo ga je moje imenovanje, što bi moglo da mi olakša život. Prenoćiću u klubu i pozvaću te sutra da ti kažem kako se stvari odvijaju.

– Dobro, dragi.

– Da li je sve mirno na Istočnoj obali?

– Pa, Virdžiniji je nikao zub i misli da zaslužuje posebnu pažnju, Ričard je rano otišao u krevet jer je bio neljubazan prema dadilji, i svima nam nedostaješ.

Vilijam se nasmejao. – U poređenju s tim moji problemi deluju beznačajno. Pozvaću te sutra, draga.

– Da, molim te. Uzgred, dragi, čestitam. Podržavam procenu Čarlsa Lestera, čak iako budemo morali da se preselimo u Njujork.

Vilijam je stigao u kuću Pitera Parfita u Istočnoj šezdeset četvrtoj ulici malo posle osam sati te večeri i iznenadio se kad je video da se njegov domaćin svečano obukao za večeru. Vilijam se osećao pomalo neprijatno u svom tamnom bankarskom odelu i objasnio je domaćici da je nameravao da se uveče vrati u Boston. Dajana Parfit, koja je bila Piterova druga žena, bila je krajnje šarmantna i izgledala je podjednako oduševljeno kao njen muž time što će Vilijam biti novi predsednik banke. Tokom izvrsne večere, Vilijam je morao da upita Parfita kako misli da će ostatak odbora reagovati na iznenađenje koje je priredio Čarls Lester.

– Svi će se povinovati – kazao je Parfit. – Već sam razgovarao s većinom njih. U ponedeljak ujutro će na sastanku odbora biti potvrđeno vaše imenovanje i vidim samo jedan potencijalni problem.

– Koji? – pitao je Vilijam, trudeći se da ne zvuči zabrinuto.

– Pa, među nama, drugi potpredsednik, Ted Lič, očekivao je da će postati predsednik. U stvari, mislim da je čak izjavio kako je pretpostavljao da je prirodan izbor. Svi smo obavešteni da neće biti razmatrane kandidature dok se ne pročita testament, ali Čarlsove želje mora da su zaprepastile Teda.

– Hoće li se suprotstaviti? – pitao je Vilijam.

– Bojim se da bi mogao, ali nemate razloga za zabrinutost.

– Ne smeta mi da priznam – rekla je Dajana Parfit dok je gledala prilično izduvan sufle pred sobom – da mi Ted Lič nikad nije bio drag.

– Dobro, de, draga – kazao je prekorno Parfit – ne smemo ništa da govorimo iza Tedovih leđa pre nego što Vilijam bude imao priliku da sâm prosudi. Nema sumnje da će odbor potvrditi Vilijamovo imenovanje na sastanku u ponedeljak i postoji čak mogućnost da Ted podnese ostavku.

– Ne želim da iko misli kako mora da podnese ostavku zbog mene – kazao je Vilijam.

– Vrlo pohvalan stav – rekao je Parfit. – Ali ne zamarajte se tim sitnicama. Uveren sam da je sve pod kontrolom. Vratite se u Boston, a ja ću vas obaveštavati o događajima.

– Možda bi bilo pametno da sutra svratim do banke. Zar vašim kolegama ne bi bilo pomalo čudno ako ne pokušam da ih upoznam?

– Ne, ne mislim da bi to bilo pametno u ovim okolnostima. U stvari, možda bi bilo pametnije da ne dolazite dok odbor ne potvrdi vaše imenovanje. Neće želeti da izgledaju manje nezavisno nego što moraju, a neki od njih se već osećaju kao dobro plaćeni klimoglavci. Poslušajte moj savet, Bile, i vratite se u Boston. Pozvaću vas da vam saopštim dobre vesti u ponedeljak oko podneva.

Vilijam je nevoljno pristao, i prijatno je proveo ostatak večeri razgovarajući s Parfitovima o tome gde bi on i Kejt mogli da žive u Njujorku dok traži stalni dom. Pomalo se iznenadio što Piter Parfit izgleda nije imao nameru da razgovara o svojim pogledima na budućnost banke, ali pretpostavio je da je to možda zbog prisustva njegove žene. Veče se završilo s previše brendija, a Vilijam se vratio u *Harvardski klub* tek u jedan ujutro.

Prvo što je uradio po povratku u Boston bilo je da obavesti Tonija Simonsa šta se dogodilo u Njujorku; nije želeo da on čuje za imenovanje od nekog drugog. Simons je bio zabrinut kad je čuo vesti.

– Žao mi je što nas ostavljaš, Vilijame. *Lester* je možda dva ili tri puta veći od *Kejn i Kabota*, ali biće vrlo teško zameniti tebe. Nadam se da ćeš pažljivo razmisliti pre prihvatanja ponude.

Vilijam se iznenadio Tonijevim odgovorom.

– Iskreno, Toni, pomislio bih da ćeš biti presrećan što idem.

– Vilijame, kad ćeš shvatiti da je moja najveća briga banka? Nikad nisam sumnjao da si jedan od najpromućurnijih investitora u Americi. Ako sad napustiš *Kejn i Kabot*, mnogi najvažniji klijenti banke poći će za tobom.

– Ne bih čak prebacio ni svoju zadužbinu kod *Lestera* – kazao je Vilijam – a nipošto ne bih očekivao da klijenti banke prebace svoje račune zato što sam otišao.

– Naravno da ih ne bi ubeđivao da pređu, Vilijame, ti nisi takav, ali neki od njih će želeti da nastaviš da upravljaš njihovim portfeljima. Kao tvoj otac i Čarls Lester, oni s pravom veruju da bankarstvo ima veze s ljudima i ugledom.

Vilijam i Kejt su proveli napet vikend očekujući poziv Pitera Parfita nakon sastanka odbora u Njujorku. Vilijam je nervozno sedeo čitavo jutro u ponedeljak u kancelariji, javljajući se lično na svaki poziv, ali i dalje nije saznao ništa novo kad se jutro pretvorilo u popodne. Nije napuštao kancelariju ni da ode na ručak. Parfit ga je konačno pozvao malo posle pet.

– Bojim se da je došlo do neočekivanog razvoja, Bile – počeo je.

Vilijam se zabrinuo.

– Nema razloga za brigu, ali odbor želi prvo da predloži svog kandidata. Jedan od njih je potražio pravno tumačenje koje kaže da ta odredba u testamentu nije u skladu sa zakonom. Dobio sam neprijatan zadatak da pitam da li biste bili spremni da se kandidujete na izborima protiv kandidata odbora.

– Ko bi bio kandidat odbora? – pitao je Vilijam.

– Nisu pominjana imena, ali pretpostavljam da će to biti Ted Lič. Niko drugi nije pokazao interesovanje da se kandiduje protiv vas.

– Biće mi potrebno malo vremena da razmislim o tome – odgovorio je Vilijam. – Kad je sledeći sastanak odbora?

– Za nedelju dana. Ali nemojte da se sekirate zbog Teda Liča; i dalje sam uveren da ćete lako pobediti. Obaveštavaću vas o novostima.

– Želite li da dođem u Njujork, Pitere?

– Ne, trenutno ne. Ne mislim da bi to pomoglo.

Vilijam mu se zahvalio i spustio slušalicu, a onda spakovao stvari u staru kožnu aktovku i napustio kancelariju, osećajući se potišteno. Toni Simons, koji je vukao kofer, sustigao ga je na direktorskom parkingu.

– Nisam znao da ideš van grada, Toni.

– To je samo jedna od onih mesečnih bankarskih večera u Njujorku. Vratiću se sutra po podne. Mislim da mogu bezbedno da ostavim *Kejn i Kabot* u sposobnim rukama budućeg predsednika upravnog odbora *Lestera*.

Vilijam se nasmejao. – Možda sam već bivši predsednik – rekao je i objasnio mu najnovije događaje. Ponovo ga je iznenadila Simonsova reakcija.

– Istina je da se Ted Lič uvek nadao da će biti naredni predsednik *Lestera* – kazao je. – To znaju svi u finansijskim krugovima. Ali on je odani sluga banke i ne mogu da verujem da bi se usprotivio izričitoj želji Čarlsa Lestera.

– Nisam znao da ga poznaješ – rekao je Vilijam.

– Ne poznajem ga toliko dobro – kazao je Toni. – Bio je godinu ispred mene na Jejlu i povremeno sam ga sretao na ovim paklenim večerama, na koje ćeš morati da ideš kad postaneš predsednik. Mora da bude tamo večeras. Razgovaraću s njim, ako želiš.

– Da, molim te, ali oprezno, važi? – kazao je Vilijam.

– Dragi moj Vilijame, proveo si deset godina života govoreći mi kako sam previše oprezan.

– Izvini, Toni. Čudno je kako se nečija procena menja kad je suočen s ličnim problemom, koliko god ispravno zvučala kad ima veze s drugim ljudima. U tvojim sam rukama i uradiću šta god mi predložiš.

– Dobro. Prepusti to meni. Videću šta Lič ima da kaže i pozvaću te rano ujutro.

Toni Simons se javio iz Njujorka nekoliko minuta nakon ponoći, budeći Vilijama iz nemirnog sna.

– Jesam li te probudio, Vilijame?

– Da, ali nije važno, Toni.

Vilijam je upalio svetiljku pored kreveta i pogledao na sat. – Dobro, rekao si da ćeš me zvati rano ujutro.

Simons se nasmejao. – Bojim se da ovo što ću ti reći neće biti zabavno. Čovek koji se kandiduje protiv tebe za predsednika *Lestera* je Piter Parfit.

– *Šta?* – kazao je Vilijam, iznenada sasvim budan.

– Pokušavao je da ubedi odbor da ga podrži, iza tvojih leđa. Ted Lič, kao što sam očekivao, podržava tvoje imenovanje za predsednika. Međutim, odbor je neodlučan.

– Prokletstvo. Prvo, hvala ti, Toni, a drugo, šta da radim, dođavola?

– Ako želiš da budeš naredni predsednik upravnog odbora *Lestera*, bolje da dođeš ovamo što brže možeš. Neki od članova odbora se pitaju zašto se kriješ u Bostonu.

– Krijem?

– To im je Parfit govorio poslednjih nekoliko dana.

– Kopile.

– Kad smo kod toga, nisam siguran ko su mu roditelji – kazao je Simons.

Vilijam se nasmejao.

– Dođi i odsedni u *Jejlskom klubu*. Možemo da razgovaramo o svemu ujutro.

– Doći ću što pre budem mogao.

Spustio je slušalicu i pogledao usnulu Kejt, blaženo nesvesnu najnovijih problema. Kako je želeo da i on može tako. Bilo je dovoljno da zavesa zatreperi na vetru i on bi se probudio. Verovatno bi prespavala i Sudnji dan. Nažvrljao je kratko objašnjenje i stavio poruku na noćni stočić; onda se obukao, spakovao – ovog puta je spakovao i smoking – i krenuo u Njujork.

Putevi su bili prohodni u jedan ujutro, i vožnja dajmlerom delovala mu je kao najbrža u životu. Stigao je u Njujork u pratnji čistača, poštara, prodavaca novina i jutarnjeg sunca, i prijavio se u *Jejlski klub* kad je sat u predvorju zazvonio. Bilo je šest i petnaest. Raspakovao se i odlučio da se odmori jedan sat pre nego što probudi Tonija Simonsa, ali je čuo uporno kucanje na vrata. Pospano ih je otvorio i zatekao Simonsa u hodniku.

– Lep kućni ogrtač, Vilijame – rekao je, široko se osmehujući.

– Mora da sam zaspao. Ako sačekaš malo, odmah ću doći – rekao je Vilijam.

– Ne, ne, moram da se vratim u Boston. Neko mora da vodi banku. Ti se istuširaj i obuci dok razgovaramo.

Vilijam je otišao u kupatilo i ostavio otvorena vrata.

– Sad je tvoj glavni problem... – počeo je Simons.

Vilijam je promolio glavu kroz vrata. – Ne čujem te dok voda teče.

Simons je sačekao dok voda nije prestala. – Piter Parfit je tvoj glavni problem. Pretpostavio je da će biti sledeći predsednik i da će njegovo ime biti pročitano u testamentu Čarlsa Lestera. Otad se bavio kancelarijskom politikom i pokušavao da okrene direktore protiv tebe. Ted Lič bi voleo da danas ručaš s njim u *Metropoliten klubu*, gde će objasniti pojedinosti. Možda dovede još dva-tri člana odbora na koje možeš da se osloniš. Odbor je, izgleda, i dalje neodlučan.

Vilijam se posekao brijačem. – Prokletstvo. Koji klub?

– *Metropoliten*, blizu Pete avenije, u Istočnoj šezdesetoj ulici.

– Zašto tamo, a ne negde na Vol stritu?

– Vilijame, kad imaš posla s raznim Piterima Parfitima, ne obaveštavaš ih o svojim namerama. Ostani pribran i budi hladnokrvan. Prema onom što mi je Lič rekao, misli da i dalje možeš da pobediš.

Vilijam se vratio u sobu s peškirom oko struka. – Pokušaću – rekao je. – Da budem hladnokrvan, hoću reći.

Simons se osmehnuo. – Sad moram da se vratim u Boston. Moj voz polazi sa stanice za deset minuta. – Pogledao je na sat. – Prokletstvo, za šest minuta. – Zastao je na vratima. – Znaš, tvoj otac nikad nije verovao Piteru Parfitu. Previše je uglađen, uvek je govorio. Ništa više, samo „previše je uglađen“. Srećno, Vilijame.

– Kako da ti se zahvalim, Toni?

– Ne možeš. Samo pokušavam da se iskupim za loše ponašanje prema Metjuu. Ali iskreno, zbog *Kejn i Kabota*, nadam se da ćeš izgubiti.

Vilijam se osmehnuo dok je gledao kako se vrata zatvaraju. Dok je zakopčavao okovratnik, razmišljao je kako je neobično što je godinama blisko sarađivao s Tonijem Simonsom a da ga nije stvarno upoznao, ali nakon nekoliko dana lične krize, shvatio je da mu se taj čovek dopada i da mu veruje. Sišao je u restoran i naručio uobičajen klupski doručak: tvrdokuvano jaje, jedan komad dvopeka, maslac i englesku marmeladu s nečijeg stola. Portir mu je doneo primerak *Vol strit žurnala*, koji je na naslovnoj strani nagoveštavao da ne teče sve glatko u *Lesteru*, nakon predloga da Vilijam Kejn postane novi predsednik upravnog odbora. Makar *Žurnal* nije znao ko mu je protivkandidat.

Vilijam se vratio u svoju sobu i zamolio centralu da mu pozovu jedan broj u Bostonu. Čekao je nekoliko minuta pre nego što su ga spojili.

– Izvinite, gospodine Kejne. Nisam znao da ste vi na vezi. Smem li da vam čestitam na imenovanju za predsednika *Lestera*. Nadam se da to znači da ćemo vas češće viđati u našoj njujorškoj kancelariji.

– To će možda zavisiti od vas, gospodine Koene.

– Nisam siguran da vas razumem – odgovorio je advokat.

Vilijam je objasnio šta se dogodilo u poslednjih nekoliko dana i pročitao pomenutu odredbu iz testamenta Čarlsa Lestera. – Mislite li da bi njegove želje mogle da budu potvrđene na sudu? – pitao je na kraju.

– Ko zna? Ne mogu da se setim sličnog presedana. Jedan parlamentarac iz devetnaestog veka jednom je testamentom ostavio svoje poslaničko mesto i niko se nije pobunio, a naslednik je na kraju postao premijer. Ali to je bilo pre sto godina... i u Engleskoj. Sad, u ovom slučaju, ako odbor odluči da ospori testament gospodina Lestera i vi ih tužite, ne bih se usudio da predvidim na koju će se stranu sudija okrenuti. Lord Melburn nije morao da se zadovolji surogatom za njujorški okrug. Ipak, to je lepa pravna zavrzlama, gospodine Kejne.

– Šta mi savetujete?

– Ja sam Jevrejin, gospodine Kejne. Došao sam u ovu zemlju brodom iz Nemačke, početkom veka, i uvek sam morao da se borim za sve što sam želeo. Koliko žarko želite da budete predsednik *Lestera*?

– Vrlo žarko, gospodine Koene.

– Onda treba da poslušate jednog starca koji je, tokom godina, počeo da vas posmatra s velikim poštovanjem i, ako smem da kažem, s naklonošću. Reći ću vam šta bih ja tačno uradio na vašem mestu.

Sat kasnije, Vilijam je spustio slušalicu i, pošto je imao slobodnog vremena, prošetao se Park avenijom, razmišljajući o Koenovom mudrom savetu. Na putu do *Metropoliten kluba*, prošao je kraj velike zgrade koja je bila u izgradnji. Na velikom bilbordu je pisalo: „Novi *Baron* hotel biće izgrađen u Njujorku. Kad jednom odsednete u *Baronu*, više nećete hteti da odsednete na drugom mestu." Osmehnuo se i veselije krenuo prema restoranu.

Ted Lič, nizak, okretan čovek tamnosmeđe kose i svetlijih brkova, stajao je u predvorju i čekao ga, i srdačno su se rukovali. Vilijam se divio renesansnom stilu kluba, za koji mu je Lič kazao da su ga projektovali Oto Kun i Stenford Vajt 1891. Džej Pi Morgan ga je osnovao kad je jedan od njegovih najbližih prijatelja izbačen iz *Junion lige*, rekao mu je Lič dok su išli u bar.

– Ekstravagantan postupak čak i za bliskog prijatelja – kazao je Vilijam, trudeći se da zapodene razgovor.

– Uistinu – rekao je Lič. – Dobro, šta ćete da popijete, gospodine Kejne?

– Suvi šeri, molim vas – kazao je Vilijam.

Jedan momak u otmenoj plavoj uniformi vratio se nekoliko trenutaka kasnije sa suvim šerijem i viskijem s vodom; nije morao da pita gospodina Liča šta će da pije.

– Za narednog predsednika *Lestera* – kazao je Lič, dižući čašu.

Vilijam je oklevao.

– Nemojte da pijete, gospodine Kejne. Kao što znate, nikad ne treba nazdravljati sebi.

Vilijam se nasmejao, nesiguran šta da kaže.

Nekoliko trenutaka kasnije, dvojica starijih muškaraca došla su u bar i prišla da im se pridruže, obojica visoka i samouverena u bankarskim uobičajenim trodelnim sivim odelima, sa uštirkanim okovratnicima i tamnim, jednobojnim cipelama. Da su hodali Vol stritom, Vilijam ne bi obratio pažnju na njih. U *Metropoliten klubu* ih je pažljivo posmatrao dok ih je Lič predstavljao.

– Gospodin Alfred Rodžers i gospodin Vintrop Dejvis. Članovi odbora.

Vilijam se uzdržano osmehnuo, nesiguran ko je na čijoj strani. Dvojica pridošlica su ga posmatrala sa interesovanjem. Niko nije govorio neko vreme.

– Odakle da počnemo? – pitao je Rodžers, a monokl mu je spao sa oka dok je govorio.

– Od ručka – kazao je Lič.

Njih trojica su se okrenula, očigledno znajući kuda idu. Vilijam je pošao za njima. Restoran na drugom spratu bio je ogroman, s još jednom veličanstvenom visokom tavanicom. Šef sale ih je smestio kraj prozora, s pogledom na Central park, gde niko nije mogao da prisluškuje njihov razgovor.

– Hajde da naručimo, pa da razgovaramo – kazao je Lič.

Vilijam je kroz prozor mogao da vidi hotel *Plaza*. Sećanja na proslavu s babama i Metjuom počela su da ga preplavljuju... i postojalo je još nešto čega je pokušavao da se seti u vezi s tim ručkom u *Plazi*...

– Gospodine Kejne, stavimo karte na sto – rekao je Lič. – Odluka Čarlsa Lestera da vas postavi za predsednika banke iznenadila je sve nas, da ne okolišam mnogo. Ali ako odbor bude zanemario njegove želje, banka bi mogla da zapadne u haos, a niko od nas ne želi to. Bio je promućuran stari lisac i imao je svoje razloge zašto je želeo vas za predsednika. To mi je dovoljno.

Vilijam je čuo te reči ranije... od Pitera Parfita.

– Nas trojica – kazao je Dejvis, preuzevši reč – dugujemo Čarlsu Lesteru sve što imamo i izvršićemo njegove želje, makar nam to bila poslednja stvar koju ćemo uraditi kao članovi odbora.

– Možda će doći do toga – kazao je Lič – ako Parfit uspe da postane predsednik.

– Žao mi je, gospodo – rekao je Vilijam – što sam izazvao toliko zapanjenosti. Ako je moje imenovanje za predsednika bilo iznenađenje za vas, meni je bilo kao grom iz vedra neba. Kad sam prisustvovao čitanju testamenta, mislio sam da se radi o nekom malom ličnom predmetu u spomen na sina gospodina Lestera, a ne prilika da vodim njegovu banku.

Lič se osmehnuo kad je čuo reč „prilika“. – Shvatamo položaj u koji ste stavljeni, gospodine Kejne, i morate nam verovati kad kažemo da smo na vašoj strani. Svesni smo da vam je možda teško da prihvatite to, nakon onog što vam je uradio Piter Parfit.

– Moram da vam verujem, gospodine Liče, jer nemam drugog izbora do da se prepustim vašoj volji. Kako biste opisali trenutnu situaciju?

– Situacija je jasna – kazao je Lič. – Parfitova kampanja je dobro organizovana i sad misli da je u boljoj poziciji. Pretpostavljam, gospodine Kejne, da imate petlju za borbu.

– Ne bih bio ovde da nemam, gospodine Liče. A sad, kad ste tako jezgrovito opisali situaciju, možda biste mi dozvolili da predložim kako bi trebalo da porazimo gospodina Parfita.

– Svakako – rekao je Lič.

Sva trojica bankara su netremice gledala Vilijama.

– Vi ste nesumnjivo u pravu kad tvrdite da Parfit oseća kako ima bolju poziciju, jer dosad je bio u napadu, znajući šta će se sledeće dogoditi. Došlo je vreme da mi krenemo u napad, tamo gde on najmanje očekuje... u njegovoj sali za sastanke.

– Kako predlažete da izvedemo to, gospodine Kejne? – pitao je Dejvis.

– Objasniću vam ako mi prvo dozvolite da postavim dva pitanja. Koliko direktora ima pravo glasa?

– Šesnaest – kazao je odmah Lič.

– A kome su trenutno naklonjeni?

– Na to pitanje nije lako odgovoriti, gospodine Kejne – ubacio se Dejvis. Izvadio je zgužvan koverat iz unutrašnjeg džepa i pročitao šta piše na njemu, pre nego što je nastavio. – Procenjujem da možemo računati na šest sigurnih glasova, a Parfit na pet. Ali zaprepastio sam se kad sam jutros otkrio da Rupert Kork Smit – najstariji Čarlsov prijatelj – nije spreman da vas podrži. To je vrlo čudno, jer znam da mu nije stalo do Parfita. To nam daje šestoricu na svakoj strani.

– Imamo vremena do četvrtka – kazao je Lič – da obezbedimo još tri glasa.

– Zašto do četvrtka? – pitao je Vilijam.

– Tad je sledeći sastanak odbora – odgovorio je Lič, gladeći brkove. – A prva tačka dnevnog reda je izbor novog predsednika.

– Rečeno mi je da je sastanak odbora u ponedeljak – rekao je zaprepašćeno Vilijam.

– Ko vam je rekao? – pitao je Dejvis.

– Piter Parfit – odgovorio je Vilijam.

– Njegova taktika – dobacio je Lič – nije bila nimalo džentlmenska.

– Saznao sam mnogo o tom džentlmenu – rekao je Vilijam, ironično naglašavajući tu reč – i shvatio sam da moram da mu se suprotstavim.

– To je lakše reći nego uraditi, gospodine Kejne. On je trenutno za volanom – rekao je Dejvis – a nisam siguran kako da ga uklonimo odatle.

– Hajde da upalimo crveno svetlo na semaforu – odgovorio je Vilijam. Sva trojica su ga zbunjeno pogledala, ali nisu ništa rekla. – Ko ima ovlašćenje da sazove sastanak odbora? – nastavio je.

– Dok je odbor bez predsednika, bilo koji od dva potpredsednika – rekao je Ted Lič – što znači Parfit ili ja.

– Koliko članova odbora je potrebno za kvorum?

– Devet – odgovorio je Dejvis.

– A ko je sekretar?

– Ja sam – kazao je Alfred Rodžers, koji dotad gotovo da nije otvarao usta... a to je bila jedna od mnogih vrlina koje je Vilijam očekivao od sekretara kompanije.

– Koliko brzo možete da sazovete hitan sastanak upravnog odbora, gospodine Rodžerse?

– Svaki direktor mora da bude obavešten najmanje dvadeset četiri časa ranije, mada se to nije dogodilo od sloma iz 1929. Čarls Lester je uvek obaveštavao ljude najmanje šest dana ranije.

– Ali bančina pravila dozvoljavaju da se hitan sastanak održi u roku od dvadeset četiri sata? – pitao je Vilijam.

– Da, tako je, gospodine Kejne – potvrdio je Rodžers, s monoklom sad čvrsto na mestu i okrenutom ka Vilijamu.

– Izvrsno. Hajde onda da sazovemo sastanak odbora.

Trojica bankara su zurila u njega kao da ga nisu dobro čula.

– Razmislite, gospodo – nastavio je Vilijam. – Gospodine Liče, kao potpredsednik, sazvaćete sastanak, a gospodine Rodžerse, kao sekretar, odmah ćete obavestiti sve direktore.

– Kad želite da se sastanak održi? – pitao je Lič.

– Sutra u tri po podne.

– Dragi bože, to je baš brzo – kazao je Rodžers. – Nisam siguran...

– To je samo brzo za Parfita, zar ne? – kazao je Vilijam.

– Pošteno – rekao je Lič. – A šta nameravate da uradite na tom sastanku?

– Prepustite to meni. Samo se pobrinite da je sve po propisima i da svi direktori budu obavešteni najmanje dvadeset četiri sata pre.

– Pitam se kako li će Parfit reagovati? – kazao je Lič.

– Baš me briga – rekao je Vilijam. – To je greška koju smo sve vreme pravili. Neka on počne da brine zbog nas, za promenu. Sve dok je obavešten dvadeset četiri sata ranije, i bude poslednji direktor koji je obavešten, nemamo razloga za strah. Ne želimo da ima više vremena da organizuje kontranapad. I gospodo, nemojte se iznenaditi ničim što ću da uradim ili kažem sutra. Verujte u moju procenu; samo se pobrinite da budete tamo da me podržite.

– Ne mislite da treba da znamo šta smerate?

– Ne, gospodine Liče. Morate da izgledate neupućeno i da samo izvršite svoju dužnost kao direktori banke. Međutim, vrlo je važno da gospodin Rodžers bude spreman da organizuje izbore a da ne pokaže da je znao za njih.

Tedu Liču i njegovoj dvojici kolega počelo je da sviće zašto je Čarls Lester izabrao Vilijama Kejna da im bude predsednik. Napustili su *Metropoliten klub* nekoliko minuta kasnije, samouvereniji nego kad su došli, uprkos tome što nisu ništa znali o Kejnovim namerama za sastanak odbora koji su nameravali da zakažu. Vilijam se, s druge strane, nakon što je izveo prvi deo plana Tomasa Koena, na sopstveno zadovoljstvo, radovao znatno težem drugom delu.

Proveo je veći deo popodneva i večeri u svojoj sobi u *Jejlskom klubu*, praveći dugačke beleške i razmatrajući taktiku za sutrašnji sastanak. U šest sati napravio je kratku pauzu da pozove Kejt.

– Gde si, dragi? – pitala je. – Iskrao si se usred noći i niko ne zna kuda si otišao.

– Kod svoje njujorške ljubavnice – rekao je Vilijam.

– Jadnica – kazala je Kejt. – Koji je njen savet o podmuklom gospodinu Parfitu?

– Nisam imao vremena da je pitam, bio sam zauzet drugim stvarima. Kad već razgovaramo, koji je tvoj savet?

– Ne radi ništa što Čarls Lester ili tvoj otac ne bi odobrili – kazala je Kejt, iznenada ozbiljno.

– Verovatno igraju golf zajedno na osamnaestom oblaku i klade se, dok me sve vreme motre.

– Šta god da uradiš, Vilijame, nećeš pogrešiti ako se setiš da te posmatraju.

37.

Kad je svanulo, Vilijam je već bio budan, jer je spavao vrlo nemirno. Ustao je malo posle šest, istuširao se hladnom vodom, otišao u dugu šetnju kroz Central park da razbistri glavu i vratio se u *Jejlski klub* na lak doručak. Na recepciji ga je čekala poruka od supruge. Pročitao ju je i glasno se nasmejao. – Ako nisi previše zauzet, da li bi mogao da kupiš kačket njujorških *Jenkija* za Ričarda?

Uzeo je primerak *Vol strit žurnala*, koji je i dalje pratio priču o trvenjima u odboru *Lestera* oko izbora novog predsednika. Sad su objavili Parfitovu verziju događaja, nagoveštavajući da će njegovo imenovanje biti potvrđeno u četvrtak. Vilijam se pitao čiju će verziju objaviti u sutrašnjem izdanju. Kako bi voleo da može da pročita *Vol strit žurnal* od petka.

Nakon još jednog razgovora s Tomasom Koenom, proveo je jutro proveravajući članove statuta i pravilnika *Lester banke*. Preskočio je ručak da bi otišao do *Švarca* i kupio kačket za svog sina.

U pola tri, otišao je taksijem do *Lesterove banke* na Vol stritu, i stigao pred glavni ulaz u pet do tri. Mladi vratar ga je pitao s kim ima sastanak.

– Ja sam Vilijam Kejn.

– Da, gospodine. Izvolite u salu za sastanke.

Dragi bože, pomislio je Vilijam, *ne znam gde se nalazi.*

Vratar je primetio njegovu zbunjenost. – Idite hodnikom levo, gospodine, druga vrata s desne strane.

– Hvala vam – kazao je Vilijam i polako išao dugačkim hodnikom. Do tog trenutka uvek je mislio da je izraz „leptirići u stomaku“ veoma glup. Učinilo mu se da mu srce kuca glasnije od sata u hodniku; ne bi se iznenadio ako bi čuo sebe kako otkucava tri sata.

Ted Lič je stajao na ulazu u salu za sastanke. – Biće problema – počeo je.

– To nije iznenađenje – kazao je Vilijam. – Ali tako bi Čarls Lester želeo, jer on se uvek suočavao s problemima.

Vilijam je ušao u impresivnu prostoriju s hrastovim oblogama na zidovima, gde je jedan broj ljudi stajao u grupicama od po dvojica-trojica, zadubljen u razgovor. Nije morao da ih broji da bi znao kako su svi direktori prisutni. Ovo neće biti jedan od onih sastanaka upravnog odbora koje bi ijedan direktor propustio. Žamor je utihnuo kad je Vilijam ušao u prostoriju. Seo je na predsednikovo mesto na čelu dugačkog stola od mahagonija, pre nego što je Piter Parfit shvatio šta se događa.

– Gospodo, molim vas da sednete – kazao je, nadajući se da mu glas zvuči autoritativno.

Ted Lič i neki od direktora su odmah seli; ostali su delovali neodlučnije.

– Pre nego što iko kaže išta – počeo je Vilijam – voleo bih, ako mi dozvolite, da održim kratko uvodno izlaganje, a onda možete da odlučite kako želite da nastavimo. Mislim da je to najmanje što možemo da uradimo kako bismo poštovali želje pokojnog Čarlsa Lestera.

Jedan ili dva neodlučna direktora zauzela su svoja mesta. Sve oči u prostoriji bile su okrenute ka Vilijamu.

– Hvala vam, gospodo. Na početku, želeo bih da razjasnim kako nemam nikakvu želju da budem predsednik ove banke – zastao je zbog dramskog efekta – osim ako to nije želja većine direktora. Ja sam, gospodo, trenutno potpredsednik *Kejn i Kabota*, posedujem pedeset jedan odsto deonica te banke. *Kejn i Kabot* je osnovao moj deda i mislim da se može porediti po ugledu, mada ne po veličini, s *Lesterom*. Ako budem morao da napustim Boston i preselim se u Njujork kako bih postao novi predsednik ove banke, u skladu sa željama Čarlsa Lestera, to neće pasti lako meni i mojoj porodici. Međutim, kako je želja Čarlsa Lestera bila da uradim upravo to – a on nije bio čovek koji bi olako izneo takav predlog – obavezan sam da ozbiljno shvatim njegove želje. Takođe bih želeo da dodam da je njegov sin, Metju Lester, bio moj najbliži prijatelj petnaest godina i smatram da je tragedija što vam se danas obraćam ja, a ne on, kao kandidat za predsednika.

Neki od direktora su klimnuli glavom.

– Gospodo, ako budem imao dovoljno sreće da danas obezbedim vašu podršku, spreman sam da žrtvujem sve što imam u Bostonu kako bih vam služio. Nadam se da je nepotrebno da vam dam detaljan prikaz svog bankarskog iskustva. Pretpostaviću da ste se potrudili da saznate zašto je Čarls Lester mislio da sam pravi čovek koji bi ga nasledio. Moj predsednik banke, Toni Simons, koga možda znate, zamolio me je da ostanem u *Kejn i Kabotu* i ignorišem želje gospodina Lestera.

– Nameravao sam da juče obavestim gospodina Parfita o svojoj odluci... da se potrudio da me pozove. Imao sam zadovoljstvo da večeram s gospodinom i gospođom Parfit prošle nedelje u njihovom domu i tom prilikom me je gospodin Parfit obavestio kako nema nameru da postane naredni predsednik upravnog odbora ove banke. Moj jedini suparnik, prema njegovom mišljenju, jeste gospodin Lič, drugi potpredsednik. U međuvremenu sam razgovarao s gospodinom Ličom i on me je obavestio da sam uvek imao njegovu podršku. Pretpostavio sam, stoga, da me oba potpredsednika podržavaju. Ali nakon što sam pročitao jutrošnji *Vol strit žurnal*, mada se ne oslanjam na njegove informacije od svoje osme godine – malo smeha – smatrao sam kako treba da prisustvujem današnjem sastanku kako bih uverio sebe da nisam izgubio podršku oba potpredsednika i da je tekst u *Žurnalu* bio netačan. Gospodin Lič je sazvao ovaj sastanak odbora i moram sad da ga pitam da li me i dalje podržava da nasledim Čarlsa Lestera na mestu predsednika.

Vilijam je pogledao u Liča, čija glava je bila pognuta. Čekanje na njegovu presudu delovalo je beskonačno, mada je prošlo svega nekoliko sekundi. Njegovo protivljenje značilo bi kraj Vilijamovih nadanja.

Lič je podigao polako glavu i rekao: – Gospodo, podržavam bezrezervno gospodina Kejna.

Vilijam je pogledao pravo u Pitera Parfita prvi put tog dana. Znojio se obilato, a kad je progovorio, nije dizao pogled s beležnice na stolu ispred.

– Neki članovi odbora – počeo je – mislili su da ja treba da se kandidujem...

– A sve to se dogodilo otkako smo razgovarali prošle nedelje, kad ste mi rekli da ćete se rado povinovati željama Čarlsa Lestera? – prekinuo ga je Vilijam, dozvoljavajući da mu mali prizvuk iznenađenja završi u glasu.

Parfit je malo podigao glavu. – Situacija nije tako jednostavna, gospodine Kejne.

– O, da, jeste, gospodine Parfite. Jeste li se predomislili otkako sam večerao u vašem domu, ili me i dalje podržavate?

– Uverili su me da je želja nekoliko direktora da se kandidujem protiv vas.

– Uprkos tome što ste mi rekli, pre samo nedelju dana, da vas ne zanima da budete predsednik?

– Voleo bih priliku da objasnim svoj stav – rekao je Parfit – pre nego što donesete zaključak. Ovo još nije vaša sala za sastanke, gospodine Kejne.

– Molim vas, uradite to, gospodine Parfite.

Zasad je sastanak tekao upravo kako je Vilijam planirao. Njegov govor je bio pažljivo pripremljen, a Parfit se sad mučio, jer je izgubio inicijativu, da ne kaže ništa što bi se, u najboljem slučaju, moglo smatrati dvoličnim.

– Gospodo – počeo je, tražeći reči. – Dobro...

Sad su sve oči bile uprte u Parfita, što je dalo Vilijamu priliku da se malo opusti i gleda lica drugih direktora.

– Nekoliko članova odbora mi je pristupilo privatno nakon što sam večerao s gospodinom Kejnom – kazao je Parfit – i osećao sam kako mi je dužnost da poštujem njihove želje i ponudim sebe kao kandidata. Nikad se nisam protivio željama gospodina Lestera, koga sam veoma poštovao i divio mu se. Naravno, obavestio bih gospodina Kejna o svojim namerama pre sastanka zakazanog za četvrtak, ali priznajem da sam donekle iznenađen današnjim događajima.

Duboko je udahnuo. – Radio sam za gospodina Lestera dvadeset dve godine, šest kao potpredsednik. Osećam, stoga, da imam pravo da budem kandidat za predsednika. Bio bih oduševljen ako bi se gospodin Kejn pridružio odboru kao potpredsednik, ali sad ne mogu da ga podržim za predsednika. Nadam se da će moje kolege direktori podržati čoveka koji je radio za ovu banku preko dvadeset godina, a ne nekog nepoznatog čoveka spolja koji je odabran na osnovu hira čoveka uznemirenog zbog smrti sina jedinca. Hvala vam, gospodo.

S obzirom na okolnosti, Vilijam je bio prilično zadivljen govorom, ali Parfit nije imao pristup savetu gospodina Koena i moći završne reči u izjednačenoj raspravi. Vilijam je ponovo ustao.

– Gospodo, gospodin Parfit je istakao da sam vam nepoznat. Stoga ne želim da iko od vas sumnja u to kakav sam čovek. Kao što sam rekao, ja sam unuk i sin bankara. Bio sam bankar celog života i bilo bi nepošteno da se pretvaram kako ne bih bio počastvovan da budem naredni predsednik *Lestera*. Ako, s druge strane, nakon onog što ste čuli danas, odaberete da podržite gospodina Parfita, neka vam bude. Vratiću se u Boston i nastaviti rado da radim u svojoj banci. Čak ću, štaviše, javno objaviti kako me ne zanima da budem predsednik *Lestera*, kako niko ne bi mogao da vas optuži da niste ispunili odredbe testamenta Čarlsa Lestera. Ne želim da postanem predsednik po sili zakona, nego vašim glasovima.

– Nema, međutim, uslova pod kojima bih bio spreman da radim u vašem odboru kao potpredsednik gospodina Parfita. Stojim pred vama, gospodo, s velikim nedostatkom što sam, prema rečima gospodina Parfita, „nepoznati čovek spolja". Ja imam, međutim, prednost da me je podržao čovek koji ne može da bude prisutan danas; čovek koga ste svi poštovali i divili mu se, čovek koji nije bio poznat po hirovitosti ili donošenju ishitrenih odluka. Stoga predlažem da odbor ne gubi više vreme i odluči ko će biti naredni predsednik *Lestera*. Ako iko od vas sumnja u moju sposobnost da vodim banku, glasajte za gospodina Parfita. Neću glasati za sebe, gospodo, i pretpostavljam da neće ni gospodin Parfit.

– Vi *ne možete* da glasate – kazao je oštro Parfit. – Vi niste član ovog odbora. Ja jesam i iskoristiću svoje pravo i glasaću.

– Neka vam bude, gospodine Parfite. Niko neće moći da kaže da niste iskoristili svaku priliku da steknete prednost.

Vilijam je čekao da prisutni razmisle o njegovim rečima. Direktor koga Vilijam nije poznavao izgledao je kao da će nešto reći, tako da je brzo nastavio: – Zamoliću gospodina Rodžersa, kao sekretara kompanije, da organizuje glasanje. Kad budete glasali, gospodo, dajte svoje glasačke listiće njemu.

Monokl Alfreda Rodžersa je povremeno iskakao s mesta tokom sastanka. Nervozno je podelio glasačke listiće kolegama. Kad je svaki zapisao ime kandidata koga podržava, papirići su mu vraćeni.

– Možda bi bilo mudro, s obzirom na okolnosti, gospodine Rodžerse, da se glasovi broje naglas, kako ne bi došlo do nenamerne greške koja bi mogla da dovede do ponavljanja glasanja.

– Naravno, gospodine Kejne.

– Da li ste saglasni, gospodine Parfite?

Parfit je klimnuo glavom, ne dižući pogled.

– Hvala vam. Možda biste bili ljubazni da pročitate glasove, gospodine Rodžerse.

Sekretar kompanije otvorio je prvi listić.

– Parfit.

A onda drugi.

– Parfit.

Odluka više nije bila u Vilijamovim rukama. O sudbini nagrade, za koju je rekao Čarlsu Lesteru kad je imao dvanaest godina, da će biti njegova, biće odlučeno u narednih nekoliko sekundi.

– Kejn. Parfit. Kejn.

Tri prema dva protiv njega. Da li će ga snaći ista sudbina kao protiv Tonija Simonsa?

– Kejn. Kejn. Parfit.

Četiri-četiri. Parfit se i dalje obilato znojio i nije se osećao opušteno.

– Parfit.

Vilijamovo lice je bilo bezizražajno. Parfit se osmehnuo. Pet prema četiri.

– Kejn. Kejn. Kejn.

Parfitov osmeh je nestao.

Samo još dva, samo još dva, molio se Vilijam, gotovo naglas.

– Parfit. Parfit.

Rodžers je dugo otvarao listić koji je neko dvaput presavio.

– Kejn.

Osam prema sedam za Vilijama.

Poslednji listić je razvijen. Vilijam je gledao usne Alfreda Rodžersa. Sekretar je podigao pogled; u tom trenutku je bio najvažnija osoba u prostoriji.

– Kejn.

Parfit se uhvatio za glavu.

– Gospodo – objavio je sekretar kompanije – rezultat je devet glasova za gospodina Kejna, sedam za gospodina Parfita. Stoga proglašavam da je gospodin Vilijam Kejn propisno izabran za predsednika upravnog odbora *Lester banke*.

Tišina je zavladala prostorijom dok su se sve glave, osim Parfitove, okretale ka Vilijamu i čekale prvo obraćanje novog predsednika.

Vilijam je glasno uzdahnuo i ponovo ustao, ovog puta da se obrati odboru.

– Hvala vam, gospodo, na poverenju koje ste mi ukazali. Želja Čarlsa Lestera bila je da budem vaš sledeći predsednik i oduševljen sam što ste potvrdili njegove želje svojim glasovima. Obećavam da ću služiti ovoj banci najbolje što budem mogao, ali neću to moći bez svesrdne podrške odbora. Ako bi gospodin Parfit bio dovoljno ljubazan...

Parfit je podigao glavu, pun nade.

– ... da mi se pridruži u kancelariji predsednika za nekoliko minuta, bio bih mu veoma zahvalan. Nakon što se sastanem s gospodinom Parfitom, primiću gospodina Liča. Nadam se, gospodo, da ću u narednih nekoliko dana imati priliku da se sastanem pojedinačno sa svakim od vas. Naredni sastanak odbora biće redovni mesečni. Ovaj sastanak je završen.

Direktori su počeli da ustaju, razgovarajući međusobno. Vilijam je brzo otišao u hodnik, izbegavajući pogled Pitera Parfita. Ted Lič ga je sustigao i odveo do predsednikove kancelarije.

– To je bilo rizično – rekao je Lič – i nekako ste uspeli. Šta biste uradili da ste izgubili na glasanju?

– Vratio bih se u Boston i nastavio da radim svoj posao – kazao je Vilijam, trudeći se da zvuči smireno.

Lič je otvorio vrata predsednikove kancelarije. Ta prostorija je izgledala gotovo isto kao što je se Vilijam sećao; možda je izgledala malo veća kad je, kao osnovac, rekao Čarlsu Lesteru da će jednog dana upravljati njegovom bankom. Pogledao je portret iza stola i namignuo pokojnom predsedniku, a onda seo u veliku crvenu kožnu fotelju i spustio laktove na sto od mahagonija. Izvadio je malu beležnicu u kožnom povezu iz džepa sakoa i čekao. Trenutak kasnije, neko je pokucao na vrata. Jedan starac je ušao, oslanjajući se na crn štap sa srebrnom drškom. Tod Lič ih je ostavio same.

– Zovem se Rupert Kork Smit – rekao je taj čovek, uz naznaku engleskog naglaska.

Vilijam je ustao da ga pozdravi. Bio je to najstariji član odbora. Dugi sedi bakenbardi i masivan zlatni sat bili su iz nekog prošlog doba, ali njegovo poštenje bilo je legendarno u bankarskim krugovima. Niko nije morao da potpisuje ugovor s Rupertom Korkom Smitom: njegova reč je uvek bila obavezujuća. Pogledao je Vilijama u oči.

– Glasao sam protiv vas, gospodine, i prirodno je da očekujete moju ostavku na stolu u roku od sat vremena.

– Hoćete li sesti, gospodine? – pitao je Vilijam nežno.

– Hvala vam, gospodine.

– Mislim da ste poznavali mog oca i dedu.

– Imao sam tu čast. Vaš deda i ja smo bili zajedno na Harvardu i sećam se s velikom tugom prerane smrti vašeg oca.

– A Čarls Lester? – pitao je Vilijam.

– Bio mi je najbliži prijatelj. Odredbe njegovog testamenta su mi opteretile savest. Nije tajna da moj prvi izbor za predsednika ne bi bio Piter Parfit. Podržao bih Teda Liča, ali nikad se nisam uzdržavao u životu, tako da sam osećao kako moram da podržim svakog ko se kandiduje protiv vas, jer nisam mogao da glasam za čoveka koga nisam upoznao.

– Zahvalan sam vam na iskrenosti, gospodine Kork Smite, ali sad moram da vodim banku. U ovom trenutku ste mi više potrebni nego ja vama i zato vas preklinjem da ne podnosite ostavku.

Starac se zagledao u Vilijamove oči. – Nisam siguran da bi to bilo dobro, mladiću. Ne mogu da promenim stavove preko noći – kazao je Kork Smit, držeći štap obema rukama.

– Dajte mi šest meseci, gospodine, i ako se i dalje budete osećali isto, neću se buniti.

Usledila je duga ćutnja pre nego što je Kork Smit ponovo progovorio: – Čarls Lester je bio u pravu: vi jeste sin Ričarda Kejna.

– Hoćete li nastaviti da služite banci, gospodine?

– Hoću, mladiću. Nema lude kao što je stara luda, ako niste znali. Rupert Kork Smit je polako ustao pomoću štapa. Vilijam je skočio da mu pomogne, ali ovaj je odmahnuo rukom.

– Srećno, mladiću. Možete računati na moju potpunu podršku.

– Hvala vam, gospodine.

Kad je otvorio vrata, Vilijam je video Pitera Parfita kako čeka u hodniku. Kad je Kork Smit otišao, njih dvojica nisu govorili.

Parfit je prekinuo ćutnju. – Pa, pokušao sam, i izgubio sam. Šta sam više mogao – kazao je, smejući se. – Nema ljutnje, Bile? – Pružio je ruku.

– Nema ljutnje, gospodine Parfite – kazao je Vilijam, ne nudeći mu da sedne. – Kao što ste rekli, pokušali ste i izgubili. Sad ćete dati otkaz na mesto direktora u ovoj banci.

– Šta ću uraditi? – pitao je iznenađeni Parfit.

– Daćete otkaz – kazao je Vilijam.

– To je pomalo grubo, zar ne, Bile? Moje delovanje nije bilo lično. Samo sam osećao...

– Ne želim vas u svojoj banci, gospodine Parfite. Otići ćete večeras i više nikad nećete kročiti u ove prostorije.

– A ako odbijem? Imam prilično deonica u ovoj banci i imam mnogo podrške u odboru. Štaviše, mogao bih da vas tužim.

– Preporučio bih vam da pročitate statut banke, gospodine Parfite. – Vilijam je uzeo malu knjigu u kožnom povezu koja se nalazila na stolu i okrenuo nekoliko stranica. Kad je pronašao pasus koji je označio jutros, pročitao ga je naglas. – „Predsednik ima pravo da otpusti direktora u koga je izgubio poverenje.“ Izgubio sam poverenje u vas, gospodine Parfite, i stoga ćete dati otkaz. Dobićete dvogodišnju platu i sve druge povlastice na koje inače imate pravo. Ako me, s druge strane, naterate da vam dam otkaz, napustićete banku bez ičeg osim svojih deonica i svog ugleda, ako to ičemu vredi. Izbor je vaš.

– Zar mi nećete pružiti drugu priliku?

– Dao sam vam priliku prošle nedelje kad ste me pozvali na večeru, a vi ste me lagali i varali. To nisu osobine koje tražim od svog potpredsednika. Hoćete li dati otkaz ili ću morati da vas izbacim, gospodine Parfite?

– Prokleti bili, Kejne. Daću otkaz.

– Dobro. Onda ćete sesti i sad napisati pismo.

– Ne. Imaćete ga ujutro, kad ja budem spreman.

– Sad... ili vas otpuštam – rekao je Vilijam.

Parfit je oklevao, a onda se svalio na stolicu. Vilijam mu je dao list papira s bančinim memorandumom i olovku. Parfit je izvadio svoju olovku i počeo da piše. Kad je završio pismo, Vilijam ga je uzeo i pažljivo pročitao.

– Želim vam prijatan dan, gospodine Parfite.

Parfit je izašao bez reči. Vilijam je dozvolio sebi osmeh kad je Ted Lič ušao u sobu.

– Tražili ste me, gospodine predsedniče?

– Jesam – kazao je Vilijam. – Želim da vas imenujem za novog bančinog zamenika predsednika. Gospodin Parfit je osećao kako mora da podnese ostavku.

– O, iznenađen sam što to čujem. Pomislio bih...

Vilijam mu je dodao pismo. Lič ga je pročitao i onda pogledao Vilijama.

– Rado ću vam biti zamenik. Hvala vam na poverenju.

– Dobro. Bio bih vam zahvalan ako biste organizovali sastanke sa svim direktorima u narednih nekoliko dana. Biću u kancelariji svakog jutra u osam.

– Da, gospodine predsedniče.

– Možda ćete biti dovoljno ljubazni da predate ostavku gospodina Parfita sekretaru kompanije?

– Kako želite, gospodine predsedniče.

– Zovem se Vilijam... to je još jedna greška koju je Parfit napravio.

Lič se oprezno osmehnuo. – Videćemo se sutra – oklevao je – Vilijame.

Nakon što je otišao, Vilijam je sedeo u fotelji Čarlsa Lestera i okretao se u neuobičajenom naletu radosti, dok mu se nije zavrtelo u glavi. Onda je pogledao kroz prozor na Vol strit, oduševljen gužvom i pogledom na vodeće banke i brokerske kuće u Americi. Čitavog života je želeo da završi tu.

– A ko ste, molićú, vi? – pitao je neki ženski glas iza njega.

Okrenuo se i ugledao jednu čedno odevenu sredovečnu ženu, koja ga ljutito gleda.

– Mogao bih da vam postavim isto pitanje – rekao je Vilijam.

– Ja sam predsednikova sekretarica – kazala je ta žena ukočeno.

– A ja sam – rekao je Vilijam – predsednik.

* * *

Vilijam se preselio u Njujork narednog ponedeljka, ali prošlo je nekoliko nedelja pre nego što su Kejt i porodica mogli da mu se pridruže. Prvo je morao da pronađe kuću prikladnu za novog predsednika *Lester banke*, i još važnije, školu koja bi mogla da garantuje Ričardu mesto u *Sent Polu*, a kasnije na Harvardu.

Naredna tri meseca, dok je Vilijam pokušavao da se preseli iz Bostona i obavlja posao u Njujorku, želeo je da svaki dan traje četrdeset osam sati. Otkrio je da mu je bilo teže nego što je očekivao da preseče pupčanu vrpcu. Toni Simons mu je pružio punu podršku, a Vilijam je počeo da shvata zašto je Alan Lojd podržao Tonija za predsednika *Kejn i Kabota*. Prvi put je bio spreman da prizna kako je Alan možda bio u pravu.

Kejtin život u Njujorku uskoro je postao potpuno ispunjen. Virdžinija je gotovo mogla da hoda po sobi i pronađe put do Vilijamove radne sobe pre nego što je Kejt mogla da je stigne, a Ričard je samo želeo novu vetrovku kako bi izgledao kao svi dečaci u Njujorku. Očekivalo se da Kejt, kao supruga predsednika njujorške banke, redovno organizuje koktele i privatne večere, neprimetno se trudeći da direktori i glavni klijenti uvek nasamo razgovaraju s Vilijamom kako bi mogli da zatraže njegov savet ili izraze mišljenje. Organizovala je sve to s mnogo šarma i diplomatije i Vilijam je bio večno zahvalan odeljenju za bankrote *Kejn i Kabota* što mu je obezbedilo najvredniju imovinu.

Kad ga je Kejt obavestila da će imati još jedno dete, samo je pitao: – Kad sam pronašao vremena za to? – Virdžinija je bila oduševljena vestima, ne shvatajući u potpunosti zašto je mama toliko debela, a Ričard je odbio da razgovara o tome.

Kad je došlo vreme za njegovu prvu redovnu godišnju skupštinu, mesec dana kasnije, Vilijam je video da je njegov izbor za predsednika jednoglasno podržan. Vilijam se potrudio da se ne osmehne kad ga je gospodin Koen podsetio da nekoliko deoničara ne bi nasledilo ni paru da nisu glasali za njega. Vilijam se iznenadio kad je video Pitera Parfita u zadnjem redu, prekrštenih ruku, i još više se iznenadio kad je video Suzan Lester kako sedi kraj njega. Kad je došlo do glasanja, ruke su im ostale prekrštene.

Kejt je rodila treće dete krajem prve godine Vilijamovog mandata predsednika *Lestera*, drugu ćerku, kojoj su dali ime Lusi. Vilijam je naučio Virdžiniju kako da ljulja Lusinu kolevku; a Ričard je, sad spreman da upiše prvi razred škole *Bakli*, iskoristio rođenje sestre kao priliku da nagovori oca da mu kupi novu palicu za bejzbol. Lusi, nesposobna da iznese uobličene zahteve, ipak je postala treća žena koja je mogla da vrti Vilijama oko malog prsta.

Tokom prve godine Vilijamovog mandata na mestu predsednika *Lester banke*, dobit je malo porasla, i uverio je akcionare koji su prisustvovali drugoj godišnjoj skupštini da ne vidi razlog zašto naredna godina ne bi bila još uspešnija.

<h1 style="text-align:center">38.</h1>

Prvog septembra 1939. nemačka vojska ušla je u Poljsku.

Jedna od prvih Vilijamovih reakcija bila je da pomisli na Avelja Rosnovskog. Novi hotel *Baron* na Park aveniji već je postajao hit u Njujorku, a kvartalni izveštaji Tomasa Koena pokazivali su da Rosnovski radi sve bolje. Ali poslednje ideje o širenju u Evropi možda će morati da budu odložene na neko vreme. Koen i dalje nije mogao da pronađe direktnu vezu između Rosnovskog i Henrija Ozborna.

Vilijam nikad nije mislio da će se Amerika uključiti u još jedan evropski rat, ali zadržao je evropski ogranak *Lestera* otvorenim kako bi pokazao na čijoj je strani i nikad, ni na tren, nije pomišljao da proda svojih šest hiljada hektara u Hempširu i Linkolnširu. Toni Simons je, s druge strane, obavestio Vilijama kako namerava da zatvori londonsku filijalu *Kejn i Kabota*.

Dva predsednika su se redovno sastajala, opušteno i prijateljski, jer više nisu imali razloga da smatraju jedan drugog suparnicima. Koristili su jedan drugog da provere svoje ideje. Kao što je Toni predvideo, *Kejn i Kabot* su izgubili neke od važnijih klijenata kad je Vilijam postao predsednik *Lestera*, ali Vilijam je uvek obaveštavao Tonija kad bi neki stari klijent poželeo da pređe u drugu banku, i nikad nije zvao nikog da mu se pridruži. Kad su seli za sto u uglu u *Lok-Oberu* za mesečni ručak, Toni je odmah obavestio Vilijama o svojoj nameri da zatvori londonsku filijalu *Kejn i Kabota*.

– Ali zašto? – upitao je Vilijam.

– Moj razlog je jednostavan – kazao je Toni dok je pio uvozni burgundac, ne razmišljajući ni na tren da će nemačke čizme uskoro da gaze grožđe u većini vinograda u Francuskoj. – Mislim da će banka izgubiti novac ako ne smanjimo gubitke i ne napustimo Englesku.

– Naravno da bi mogla da izgubi malo novca – rekao je Vilijam – ali moraju nas videti kako podržavamo Britance.

– Zašto? – pitao je Toni. – Mi smo banka, ne klub obožavalaca.

– Britanija nije sportski klub, Toni; to je nacija kojoj dugujemo nasleđe...

– Treba da pređeš u politiku – kazao je Toni. – Počinjem da mislim da gubiš vreme u bankarstvu. Ipak, postoji važniji razlog zašto treba da zatvorimo tu filijalu. Ako Nemci uđu u Britaniju onako kako su ušli u Poljsku i Francusku – a prema mišljenju Džoa Kenedija, to upravo nameravaju – banka će biti preuzeta i izgubićemo svaki novčić koji imamo u Londonu.

– Samo preko mene mrtvog – rekao je Vilijam. – Ako Hitler makar kroči na britansko tlo, Amerika će ući u rat istog dana, šta god da kaže naš ambasador u Londonu.

– Nikad – kazao je Toni. – Ruzvelt je više puta rekao: „Sve vrste pomoći, osim ulaska u rat“. A u svakom slučaju, pacifisti će dići galamu.

– Nikad ne slušaj političara koji govori nikad – rekao je Vilijam. – Posebno Ruzvelta. Kad on kaže „nikad“, to samo znači ne danas, ili makar ne tog jutra. Samo treba da se setiš kako je Vudro Vilson ponavljao „nikad“ 1916.

Toni se nasmejao. – Kad ćeš se kandidovati za Senat, Vilijame?

– Nikad – rekao je Vilijam sa osmehom.

– Poštujem tvoja osećanja, Vilijame, ali želim da izađem.

– Ti si predsednik – odgovorio je Vilijam. – Ako te odbor podrži, možeš sutra da zatvoriš londonsku filijalu. Nikad ne bih upotrebio svoj položaj da radim protiv odluke većine, kao što dobro znaš.

– Sve dok se *Kejn i Kabot* ne spoje s *Lesterom*. Onda će to postati tvoja odluka.

– Rekao sam ti ranije, Toni, nikad ne bih to pokušavao dok si ti predsednik.

– Ali misliš da *treba* da se spojimo.

– Šta? – pitao je Vilijam, prosipajući malo burgundca na stolnjak, ne mogavši da veruje šta je upravo čuo. – Dragi bože, Toni, reći ću ti samo jedno, veoma si nepredvidiv.

– Kao i uvek, mislim na ono što je najbolje za banku, Vilijame. Pomisli na tren o sadašnjoj situaciji. Njujork je, više nego ikad, centar američkih finansija, a kad Hitler osvoji Englesku, postaće centar svetskih finansija. U stvari, čak ću se usuditi da kažem da će u tim okolnostima dolar zameniti funtu na mestu vodeće valute. *Kejn i Kabot* moraju da budu tu. A ako bismo se spojili, stvorili bismo širu instituciju, jer su naše specijalnosti komplementarne. *Kejn i Kabot* se uglavnom bavi finansiranjem transporta i teške industrije, a *Lester* gotovo nimalo. S druge strane, vi se bavite kupovinom deonica i osiguranjem, a mi se gotovo ne bavimo time. Da ne pominjem činjenicu da u nekoliko evropskih gradova nepotrebno dupliramo ekspoziture.

– Toni, saglasan sam sa svim što si rekao, ali i dalje želim da ostanemo u Britaniji.

– To ti i pričam. Londonska filijala *Kejn i Kabota* može da se zatvori, ali i dalje bismo imali *Lester*. A onda, ako u Londonu bude problema, to ne bi bilo tako strašno, jer bismo bili konsolidovani, dakle jači.

– Ali Ruzveltova ograničenja komercijalnim bankama značila bi da možemo da imamo sedište u samo jednoj državi. Tako da bi spajanje uspelo samo ako bismo sve vodili iz Njujorka, ostavljajući u Bostonu samo filijalu.

– I dalje bih te podržao – rekao je Toni. – Mogao bi čak da razmisliš o prebacivanju *Lestera* na komercijalno bankarstvo, što bi rešilo čitav problem.

– Ne, Toni, Ruzvelt je doveo do toga da je poštenom čoveku nemoguće da radi i jedno i drugo. U svakom slučaju, otac me je naučio da možeš da služiš ili maloj grupi bogataša ili velikoj grupi siromaha, ali ne i jedno i drugo, tako da će *Lester* ostati tradicionalna trgovačka banka dok sam ja predsednik. Ali ako odlučimo da spojimo banke, predviđaš li druge probleme?

– Vrlo malo onih koje ne bismo mogli da prevaziđemo, ako na obe strane postoji dobra volja. Ali morao bi pažljivo da razmisliš o posledicama, Vilijame, jer nakon spajanja postaćeš manjinski deoničar i izgubićeš kontrolu nad novom bankom. To će te ostaviti ranjivim za preuzimanje.

– Preuzeću taj rizik ako to bude značilo da ću postati predsednik jedne od najvećih finansijskih institucija u Americi.

Vilijam se vratio u Njujork te večeri i odmah sazvao sastanak odbora *Lestera* kako bi izneo predlog Tonija Simonsa. Kad je video da odbor u principu podržava spajanje, naložio je potpredsednicima banke da razmotre sve posledice takvog dogovora.

Direktorima odseka bila su potrebna tri meseca pre nego što su podneli izveštaj odboru, i svi su došli do istog zaključka: spajanje je bilo sasvim razumno, ne samo zato što su banke bile komplementarne na mnogo načina. Štaviše, Vilijamove deonice garantovale su da će *Lester* posedovati pedeset jedan odsto *Kejn i Kabota*, što će učiniti spajanje samo prikladnim rešenjem. Neki od direktora nisu mogli da shvate zašto se Vilijam nije ranije setio toga. Ted Lič je mislio da je Čarls Lester sigurno to imao na umu kad je predložio Vilijama za svog naslednika.

Detalji spajanja dovršavani su godinu dana, dok su advokatski timovi radili dokasno spremajući potrebna dokumenta. U zamenu za svoje deonice Vilijam je postao najveći akcionar sa osam odsto udela u novoj kompaniji i imenovan je za predsednika i direktora nove banke. Toni Simons je ostao u Bostonu kao jedan od potpredsednika, a Ted Lič u Njujorku kao drugi. Nova banka nazvana je *Lester, Kejn i kompanija*, ali nastavila je da bude poznata kao *Lester*.

Vilijam je organizovao konferenciju za novinare u Njujorku da objavi uspešno spajanje i odabrao je ponedeljak, osmi decembar 1941, da obavesti finansijski svet o svojoj viziji budućnosti. Konferencija za novinare je otkazana kad su, nekoliko sati ranije, Japanci napali Perl Harbor.

Saopštenje za medije pod embargom poslato je novinama nekoliko dana ranije, ali vesti da je Amerika objavila rat Japanu značile su da je obaveštenje o spajanju dobilo svega kratak članak u finansijskim rubrikama u utorak ujutro. Taj nedostatak medijske pažnje nije bio ono što je najviše brinulo Vilijama.

Nije mogao da smisli kako će ili kad saopštiti Kejt da želi da ide u rat.

Peti deo

1941–1948.

39.

Avelj je čitao vest o stvaranju banke *Lester, Kejn i kompanija* u finansijskoj rubrici *Čikago tribjuna*.

Uz sav prostor posvećen ulasku Amerike u rat, propustio bi tu kratku objavu da nije ugledao malu fotografiju Vilijama Kejna, toliko zastarelu da je izgledalo kao da nije ostario ni dan od susreta sa Aveljom u Bostonu pre više od deset godina. Sigurno je izgledao premlado da se uklopi u novinski opis genijalnog i promućurnog predsednika novoosnovane banke *Lester, Kejn i kompanija*. Članak je izneo predviđanje: „Nova kompanija, nastala spajanjem dve uvažene porodične banke, mogla bi da postane jedna od najprestižnijih finansijskih institucija u Americi." *Tribjun* je zaključio da će deonice biti podeljene između dvadeset deoničara koji su u srodstvu, ili blisko povezani s porodicama Lester i Kejn. Najveći deoničar biće gospodin Kejn sa osam odsto i ćerka pokojnog gospodina Lestera sa šest.

Avelja je oduševila ta informacija, jer je shvatio da je Kejn žrtvovao kontrolu nad bankom kako bi postao predsednik znatno veće institucije. Ponovo je pročitao članak i nije mogao poreći da se Vilijam Kejn znatno uzdigao otkako su se sukobili, ali i Avelj je. A on je i dalje imao stare razmirice s novim predsednikom banke *Lester, Kejn i kompanija*.

Baron grupa je toliko napredovala tokom poslednje decenije da je Avelj uspeo da vrati sve dugove svom finansijeru u roku od deset godina, obezbedivši sebi sto odsto vlasništva nad kompanijom.

Ne samo što je otplatio zajam do kraja 1939. nego je i dobit za 1940. premašila pola miliona dolara. Taj rezultat se poklopio sa otvaranjem dva nova *Barona*, u Vašingtonu i San Francisku.

Mada je Avelj postao manje pažljiv muž tokom tog perioda, delimično i zbog Zafijine nespremnosti da drži korak s njegovim ambicijama, nije mogao biti pažljiviji otac. Zafija, koja je žudela za drugim detetom, konačno ga je ubedila da ode kod lekara. Kad je saznao da ima nizak broj spermatozoida, verovatno zbog bolesti i neuhranjenosti tokom zarobljeništva u Nemačkoj i Rusiji, i da će mu Florentina gotovo izvesno biti jedino dete, odustao je od nade da će imati sina, i nastavio je da obasipa ćerku pažnjom.

Aveljov ugled kao hotelijera brzo se proširio Amerikom, a novine su počele da ga pominju kao „Čikaškog Barona“. Više nije mario za ruganje iza leđa. Vladek Koskjevič je stigao, i još važnije, ostaće tu. Dobit od četrnaest hotela u poslednjoj fiskalnoj godini bila je skoro milion dolara, a s tim novim viškom kapitala, odlučio je da je vreme za dodatno širenje.

Onda su Japanci napali Perl Harbor.

Od tog užasnog prvog septembra 1939, kad su nacisti umarširali u Poljsku, a kasnije se sastali s Rusima u Brest Litovsku i ponovo podelili njegovu otadžbinu, Avelj je slao velike svote novca britanskom Crvenom krstu za pomoć svojim zemljacima. Vodio je žestoku bitku, u Demokratskoj partiji i u medijima, da gurne nevoljnu Ameriku u rat, iako je to značilo stajanje na stranu Rusa. Njegovi napori su dosad bili bezuspešni, ali te decembarske nedelje, kad su sve radio-stanice u zemlji prenosile pojedinosti japanskog napada zaprepašćenoj naciji, Avelj je znao da Amerika više ne može da ostaje po strani.

Narednog dana je slušao kako predsednik Ruzvelt obaveštava građane da je Amerika stupila u rat s Japanom, a tri dana kasnije, jedanaestog decembra, Hitler je rekao svetu da su Nemačka i Italija objavile rat Sjedinjenim Američkim Državama.

Avelj je imao nameru da pomogne Saveznicima, ali prvo je želeo da objavi privatni rat, i zbog toga je pozvao Kertisa Fentona u *Kontinental trast banci*. Tokom godina Avelj je počeo da veruje u Fentonovu procenu i zadržao ga je u upravnom odboru *Baron grupe* dugo nakon što je preuzeo kontrolu, jer je želeo da zadrži bliske veze s *Kontinental trastom*.

Fenton se javio, na uobičajen zvaničan, ali oprezan način.

– Koliko raspoloživog novca imam na računu grupe? – pitao je Avelj.

Fenton je izvadio fasciklu s natpisom „Račun broj 6“, sećajući se dana kad su svi poslovi gospodina Rosnovskog bili u jednoj tankoj fascikli. Pregledao je iznose.

– Malo manje od dva miliona dolara.

– Dobro – kazao je Avelj. – Želim da počnete da istražujete banku *Lester, Kejn i kompanija*. Saznajte ime svakog deoničara, koliko procenata imaju i postoje li uslovi pod kojima bi bili spremni da prodaju deonice. Sve to se mora uraditi bez znanja direktora banke, gospodina Vilijama Kejna, i bez pominjanja mog imena.

Fenton je duboko udahnuo, ali nije ništa rekao. Bilo mu je drago što Avelj ne može da vidi bol na njegovom licu. Zašto bi želeo da ulaže novac u išta što ima veze s Vilijamom Kejnom? Fenton je takođe pročitao o spajanju dve poznate porodične banke u *Vol strit žurnalu*, mada mu je, uz Perl Harbor i ženin rođendan, ta vest zamalo promakla. Zahtev Rosnovskog mu je podstakao memoriju... mora da pošalje čestitku Vilijamu Kejnu. Zapisao je belešku na dnu fascikle o *Baron grupi* dok je slušao Aveljova uputstva.

– Kad saznate sve, želim da me obavestite lično, ništa na papiru.

– Da, gospodine Rosnovski.

– Takođe bih voleo da u kvartalni izveštaj dodate pojedinosti o svim zvaničnim objavama koje izda *Lester*, i otkrijete s kojim kompanijama sarađuju.

– Naravno, gospodine Rosnovski.

– Hvala vam, gospodine Fentone. Uzgred, moj tim za istraživanje tržišta savetuje mi da otvorim *Baron* u Montrealu.

– Zar vas rat ne brine, gospodine Rosnovski?

– Zaboga, ne. Ako Nemci stignu do Montreala, moraćemo da zatvorimo sve, uključujući i *Kontinental trast*. U svakom slučaju, pobedili smo te prokletnike prethodni put, i pobedićemo ih ponovo. Jedina razlika je što ovog puta nameravam da učestvujem u akciji. Prijatan dan, gospodine Fentone.

Hoću li ikad razumeti šta se događa u glavi Avelja Rosnovskog?, zapitao se Kertis Fenton kad je spustio slušalicu. Ponovo se setio drugog zahteva gospodina Rosnovskog, za pojedinosti o deonicama *Lestera*. To ga je brinulo više nego njegovo mišljenje o Nemcima, jer je očigledno smatrao i jedne i druge neprijateljima. Mada Vilijam Kejn više nije imao nikakve veze s Rosnovskim, Fenton se bojao šta će se dogoditi ako Rosnovski obezbedi značajan deo deonica nove banke. Odlučio je da trenutno ne iznosi Rosnovskom svoju zabrinutost, pretpostavljajući da će doći dan kad će jedan od njih morati da objasni šta je naumio.

Avelj se pitao da li da kaže Fentonu zašto želi da kupi deonice *Lestera*, ali zaključio je da je bolje da što manje ljudi zna za to.

Na trenutak je zaboravio na Vilijama Kejna i zamolio je svoju sekretaricu da pronađe Džordža, koji je nedavno postao potpredsednik *Baron grupe* zadužen za širenje. Džordž je napredovao pod Aveljovim nadzorom i sad mu je bio najpouzdaniji pomoćnik. Dok je sedeo u svojoj kancelariji na četrdeset drugom spratu čikaškog *Barona*, Avelj je gledao jezero Mičigen, ali mislio je o Poljskoj. Znao je da nikad neće ponovo živeti u svojoj domovini, ali i dalje je želeo da obnovi zamak. Bojao se da ga više neće videti, sad kad se nalazio na ruskoj teritoriji i pod Staljinovom kontrolom. Ideja da Nemci ili Rusi ponovo drže njegov veličanstveni zamak navela ga je da poželi... Džordž mu je prekinuo razmišljanje.

– Tražio si me, Avelju?

Džordž je bio jedini zaposleni koji je zvao Čikaškog Barona po imenu.

– Da, Džordže. Misliš li da bi mogao da upravljaš hotelima nekoliko meseci u mom odsustvu?

– Naravno – rekao je Džordž. – Da li to znači da konačno ideš na odmor?

– Ne, idem u rat.

– Šta? – kazao je Džordž. – Protiv koga?

– Sutra letim u Njujork da se prijavim u vojsku.

– Ti si lud... mogao bi da pogineš.

– To nije ono što nameravam – odgovorio je Avelj. – Prvo planiram da ubijem nekoliko Nemaca. Ti prokletnici me nisu ubili prvi put i nemam nameru da im to dozvolim sad.

Džordž je nastavio da se buni kako Amerika može da dobije rat bez Aveljove pomoći. I Zafija se pobunila; mrzela je svaku pomisao na rat. Florentina, koja je imala skoro osam godina, nije bila sigurna šta je rat, ali razumela je da će tatica vrlo dugo odsustvovati. Briznula je u plač.

Uprkos njihovim protestima, Avelj je odleteo prvim letom u Njujork. Čitava Amerika kao da je putovala u različitim smerovima i video je da je grad pun mladića u svetlosmeđim ili tamnoplavim uniformama koji se opraštaju od roditelja, devojaka i supruga, uveravajući ih – ali ne verujući uvek u to – da će rat trajati svega nekoliko nedelja, sad kad se Amerika uključila.

Stigao je u njujorški *Baron* na večeru. Restoran je bio pun, devojke su očajnički grlile vojnike, mornare i pilote, a Frenk Sinatra je pevao uz ritmove big benda Tomija Dorsija. Dok je Avelj gledao mlade na plesnom podijumu, pitao se koliko njih će imati priliku da ponovo uživa u ovakvoj večeri. Morao je da se seti Samijevog objašnjenja kako je postao šef sale u *Plazi*. Tri starija muškarca su se vratila sa zapadnog fronta sa ukupno jednom nogom. Niko od klinaca koji večeras plešu nema predstavu kakav je stvarno rat. Nije mogao da se pridruži proslavi... ako je to bila proslava. Otišao je u svoju sobu.

Ujutro je obukao obično tamno odelo s dvorednim zakopčavanjem i javio se u regrutni centar na Tajms skveru. Avelj se upisao kao Vladek Koskjevič, bolno svestan da bi, ako bi znali da Čikaški Baron pokušava da se prijavi, na kraju završio u kancelarijskoj stolici, sa zlatnim širitima na rukavu.

U regrutnom centru bila je još veća gužva nego na plesnom podijumu sinoć, ali niko se nije držao ni za koga. Avelj je morao da primeti da su drugi regruti izgledali znatno mlađe i spremnije od njega. Celo jutro je prošlo dok mu nisu dali obrazac koji je popunio – zadatak za koji je mislio da bi njegova sekretarica obavila za deset minuta. Onda je stajao u redu još dva sata čekajući da razgovara s vodnikom zaduženim za regrutaciju, koji ga je pitao čime se bavi.

– Upravljam hotelima – kazao je Avelj i počeo da priča tom oficiru o svojim iskustvima iz Prvog svetskog rata. Vodnik je s nevericom gledao u tog metar i sto sedamdeset centimetara visokog, osamdeset šest kilograma teškog muškarca koji je stajao pred njim.

– Morate sutra da odete na sistematski pregled – kazao je narednik kad je Avelj završio svoj monolog, kao da je to samo njegova dužnost. – Hvala vam što ste se prijavili, gospodine Koskjeviču.

Sutradan je Avelj čekao još nekoliko sati na sistematski pregled. Doktor je bio prilično otvoren u vezi s njegovim fizičkim stanjem. Bio je zaštićen nekoliko godina od takvih komentara zbog položaja i uspeha, i otreznilo ga je kad je klasifikovan kao „nesposoban za službu“.

– Gojazni ste, vid vam nije dobar i hramljete. Iskreno, gospodine Koskjeviču, niste sposobni. Ne možemo da u bitku vodimo vojnike koji će dobiti srčani udar i pre nego što stignu do neprijatelja. To ne znači da ne možete da koristite svoje talente; ima mnogo administrativnog posla koji treba obavljati u ovom ratu, ako ste zainteresovani.

– Ne, hvala vam... gospodine. Želim da se borim protiv Nemaca, ne da im šaljem pisma.

Vratio se u svoj hotel te večeri, potpuno potišten, ali odlučio je da nije sve gotovo. Sutradan je otišao u drugi regrutni centar, ali vratio se neraspoloženo u *Baron* nakon istog ishoda. Drugi lekar je bio učtiviji, ali bio je podjednako odlučan po pitanju Aveljovog stanja i ponovo je dobio oznaku „nesposoban za službu“. Bilo je jasno da mu neće dozvoliti da se bori zbog trenutnog zdravstvenog stanja.

U sedam sledećeg jutra upisao se u vežbaonicu u Zapadnoj pedeset sedmoj ulici, gde je unajmio privatnog trenera da uradi nešto po pitanju njegovog fizičkog stanja. Tri meseca je radio svakog dana na smanjenju težine i poboljšanju opšte spremnosti. Boksovao je, rvao se, trčao, skakao, preskakao konopac, dizao tegove i gladovao. Kad je spustio težinu na sedamdeset kilograma, trener mu je rekao da nikad neće biti mnogo mršaviji ili spremniji. Avelj se vratio u prvi regrutni centar i ispunio isti obrazac, ponovo kao Vladek Koskjević. Drugi vodnik bio je mnogo ljubazniji ovog puta, a lekar ga je stavio na spisak rezervista.

– Ali ja želim da sad idem u rat – kazao je Avelj. – Pre nego što se završi.

– Javićemo vam se, Koskjeviču – rekao je vodnik. – Samo ostanite u formi. Ne zna se kad ćete nam biti potrebni.

Avelj je otišao, besan, dok su mlađe, mršavije ljude bez pitanja primali u aktivnu službu. Dok je prolazio kroz vrata, naleteo je na visokog, krakatog čoveka u uniformi ukrašenoj medaljama, sa zvezdicama na ramenima.

– Izvinite, gospodine – kazao je Avelj.

– Mladiću... – rekao je general.

Avelj je nastavio da hoda, ne misleći da se taj general obraća njemu, jer niko ga nije zvao mladićem... nije se sećao koliko dugo, iako je imao svega trideset pet godina.

General je ponovo pokušao. – Mladiću – kazao je malo glasnije.

Avelj se ovog puta okrenuo. – Ja, gospodine?

– Da, vi, gospodine. Hoćete li molim vas, doći u moju kancelariju, gospodine Rosnovski?

Prokletstvo, mislio je Avelj. *Sad mi niko neće dozvoliti da odem u rat.*

Generalova privremena kancelarija bila je, ispostavilo se, u zadnjem delu zgrade, u maloj prostoriji bez prozora, sa stolom, dve drvene stolice, oguljenom zelenom bojom na zidovima i bez vrata. Avelj ne bi dozvolio ni mlađem osoblju u *Baronu* da radi u takvim uslovima.

– Gospodine Rosnovski – počeo je general – zovem se Mark Klark i zapovednik sam Pete armije Sjedinjenih Američkih Država. Ovde sam u obilasku, tako da je prijatno iznenađenje što sam bukvalno naleteo na vas. Divim vam se godinama. Vaša priča je jedna od onih koje nadahnjuju Amerikance. Kažite mi, dakle, šta radite u regrutnom centru.

– A šta mislite? – rekao je Avelj, ne razmišljajući. – Izvinite, gospodine – brzo se ispravio. – Nisam hteo da budem neljubazan, samo niko ne želi da mi omogući da učestvujem u ovom prokletom ratu.

– Šta želite da radite u ovom prokletom ratu?

– Da se prijavim i ubijam Nemce.

– Kao pešadinac? – pitao je general s nevericom.

– Da, gospodine. Zar vam nisu potrebni svi raspoloživi ljudi?

– Sigurno jesu – rekao je general Klark – ali mogu da iskoristim vaše talente mnogo bolje nego u pešadiji.

– Uradiću sve – kazao je Avelj. – Sve.

– Hoćete li? Sve? Ako vas zamolim da mi date svoj njujorški hotel za glavni štab vojske u Njujorku, šta biste rekli na to? Jer iskreno, gospodine Rosnovski, to bi nam bilo mnogo korisnije nego da vi lično ubijete deset Nemaca.

– *Baron* je vaš. Hoćete li mi sad dozvoliti da odem u rat?

– Znate da ste ludi, zar ne? – kazao je general Klark.

– Ja sam Poljak – rekao je Avelj, ponovo ozbiljno – rođen sam u Poljskoj. Video sam kako su mi Nemci oduzeli kuću, a moju sestru su silovali Rusi. Pobegao sam iz ruskog radnog logora i imao sam dovoljno sreće da dođem do bezbednosti ovih obala. Nisam lud. Ovo je jedina zemlja na svetu gde možeš da dođeš bez ičeg i stekneš nešto vrednim radom, bez obzira na poreklo. Sad ti isti prokletnici koji su pokušali da me zaustave prvi put žele novi rat. Dobro, ja ću se pobrinuti da ga izgube.

– Dobro, ako ste toliko nestrpljivi da se prijavite, gospodine Rosnovski, mogu da vas iskoristim, ali ne onako kao što zamišljate. General Denirs želi nekog ko može da preuzme odgovornost kao intendant za Petu armiju dok se bore na frontu. Napoleon je bio u pravu kad je rekao da vojska maršira stomakom, tako da biste mogli da odigrate ključnu ulogu. Taj posao podrazumeva čin majora. To je jedini način na koji možete neupitno pomoći Americi da pobedi u ovom ratu. Šta kažete?

– Pristajem, generale.

– Hvala vam, majore Rosnovski.

Avelj je proveo vikend u Čikagu sa Zafijom i Florentinom. Zafija ga je pitala šta želi da uradi sa svojih petnaest odela.

– Sačuvaj ih – odgovorio je. – Ne idem u rat da me ubiju.

– Prilično sam sigurna da te neće ubiti u hotelu *Baron* – kazala je.
– Nisam na to mislila. Samo ta odela su ti sad tri broja veća.

Avelj se nasmejao i odneo svu svoju odeću u centar za poljske izbeglice. Zatim je odleteo u Njujork, otkazao sve rezervacije u *Baronu*, i dvanaest dana kasnije predao zgradu Petoj armiji. Novinari su pozdravili taj čin kao „nesebični postupak čoveka koji je bio izbeglica tokom Prvog svetskog rata“.

Narednih osam meseci Avelj je organizovao glatko funkcionisanje njujorškog *Barona* za generala Klarka, i tek nakon stalnog zvocanja, poslali su ga na aktivnu dužnost. Javio se u Fort Bening da prođe oficirsku obuku. Kad je konačno dobio naređenje da se javi generalu Denirsu iz Pete armije, ispostavilo se da su ga poslali negde u Severnu Afriku. Počeo je da se pita da li će ikad kročiti na nemačko tlo.

Dan pre nego što je Avelj otišao u rat, napisao je testament, dajući uputstva izvršiocima da ponude *Baron grupu* Dejvidu Makstonu pod povoljnim uslovima, ako se on ne vrati iz rata. Podelio je ostatak imovine Zafiji i Florentini. Prvi put je nakon dvadeset godina mislio o smrti – mada nije bio siguran kako će stradati u oficirskoj menzi.

Kad je njegov brod isplovio iz njujorške luke, Avelj je pogledao Kip slobode, sećajući se kako se osećao kad ga je ugledao prvi put, pre gotovo dvadeset godina. Kad je brod prošao pored Slobode, nije se okrenuo da je ponovo pogleda, ali je glasno rekao: – Sledeći put ću vas pogledati u oči, gospođo, Amerika će pobediti u ovom ratu.

Avelj je prešao Atlantik s dva najbolja kuvara i pet kuhinjskih radnika koji su se nedavno prijavili. Brod je pristao u Alžir u maju 1942. Avelj je odmah zauzeo jedini polupristojan hotel u Alžiru i pretvorio ga u štab za generala Klarka. Proveo je gotovo godinu dana na vrućini i u prašini i pustinjskom pesku, trudeći se da svaki vojnik bude nahranjen što je moguće bolje.

– Hranimo se loše, ali kladim se mnogo bolje nego Nemci – rekao je general Klark.

Mada je znao da igra važnu ulogu u ratu, Avelj je i dalje bio željan prave borbe, ali major intendant, zadužen za nabavke, retko je išao na liniju fronta, osim da napuni prazne vojničke porcije.

Redovno je pisao Zafiji i Džordžu, i posmatrao je voljenu Florentinu na fotografijama. Povremeno bi dobio pismo od Kertisa Fentona, koji ga je obaveštavao da *Baron grupa* stalno napreduje, i da su svi hoteli na Istočnoj obali puni zbog stalnog kretanja vojske i civila. Avelj je bio tužan što nije prisustvovao otvaranju montrealskog *Barona*, gde ga je zamenio Džordž. To je bio prvi put da je propustio otvaranje novog hotela, ali zbog toga je shvatio koliko je postigao u Americi, i koliko je želeo da se vrati u tu zemlju koju je sad smatrao svojim domom – ali ne pre kraja rata.

Avelju je uskoro dosadila Afrika i njene vojničke porcije, prebranac, ćebad i lopatice za muve. Bilo je nekoliko žestokih sukoba zapadno u pustinji, ili su mu tako govorili ljudi koji su se vraćali s fronta, ali nikad nije bio u akciji. Čak je odvezao jedan od kamiona s namirnicama do fronta kako bi mogao da čuje pucnjavu, ali zbog toga je bio samo više razočaran.

Jednog dana, na svoje oduševljenje, stiglo je naređenje da Peta armija pređe u Italiju. Avelj se nadao da će to na kraju dovesti do prilike da ponovo vidi svoju domovinu.

Peta armija, pod rukovodstvom generala Klarka, u amfibijskim plovilima, iskrcala se na južnu italijansku obalu, uz taktičku podršku avijacije. Dočekao ih je prilično jak otpor, prvo u Anciju, zatim u Monte Kasinu, ali Avelj nikad nije bio u akciji. Grudi su mu sad bile prekrivene medaljama koje su pokazivale gde je bio, ne šta je radio. Počeo je da se plaši okončanja rata u kojem nije bio u borbi, a na kraju će dobio milion medalja za službu. Ali nikad nije mogao da smisli način da dođe na front. Izgledi mu se nisu povećali kad je unapređen u potpukovnika i poslat u London da čeka dalja naređenja.

Nakon Dana D u junu 1944, počela je invazija preko Lamanša u Evropu. Avelj je prebačen u Prvu armiju pod zapovedništvom generala Omara N. Bredlija, i dodeljen je Devetoj oklopnoj diviziji. Saveznici su oslobodili Pariz dvadeset petog avgusta, a Avelj je paradirao sa američkim i francuskim vojnicima preko Jelisejskih polja uz oduševljenje građana, iako je bio prilično iza generala De Gola. Gledao je veličanstveni grad koji je izbegao bombardovanje i odlučio na licu mesta da će tu izgraditi prvi evropski *Baron* hotel.

Saveznici su prošli kroz Francusku i prešli nemačku granicu u poslednjem pohodu na Berlin. Lokalno snabdevanje bilo je gotovo nemoguće, jer su nemačke trupe prilikom povlačenja opustošile predele kroz koje su prolazile. Kad god bi Avelj stigao u neki novi grad, zauzeo bi najveći hotel i preostale zalihe hrane pre nego što bi se ostali američki intendanti snašli. Britanski i američki oficiri su uvek rado obedovali s Devetom oklopnom divizijom i pitali se kako su uspevali da imaju tako svežu hranu. Jednom prilikom, kad se general Džordž S. Paton pridružio generalu Bredliju na večeri, Avelj je predstavljen borbenom generalu, koji je uvek vodio vojsku u juriš držeći revolver s drškom od slonovače.

– Najbolji obrok koji sam imao u celom prokletom ratu – izjavio je Paton.

* * *

Do februara 1945. Avelj je bio u uniformi gotovo tri godine i shvatio je da će rat u Evropi biti završen za nekoliko meseci. General Bredli mu je stalno slao čestitke i besmislena odlikovanja da mu ukrasi uniformu, ali to nije pomoglo. Avelj je preklinjao da mu dozvole da se bori makar u jednoj bici, ali Bredli je nastavio da ga ignoriše.

Mada je bilo zaduženje mlađih oficira da predvode konvoje s namirnicama do fronta i nadgledaju podelu hrane vojsci, Avelj je često lično obavljao tu dužnost. I kao kad je upravljao hotelima, nikad nije dozvolio osoblju da zna kad i gde će se pojaviti.

Nakon što je, tog martovskog jutra, gledao stalni priliv vojnika na nosilima, umotanih u ćebad, Avelj je odlučio da se lično uveri. Više nije mogao da podnese jednosmeran saobraćaj tela bez udova. Pozvao je svog poručnika, vodnika, dva desetara i dvadeset osam vojnika i krenuo na front.

Vožnja duga trideset kilometara bila je bolno spora tog jutra. Avelj je sedeo za volanom prvog kamiona u konvoju – zbog toga se pomalo osećao kao general Paton – dok se njegov konvoj probijao kroz pljusak i gusto blato; morao je da se zaustavi nekoliko puta da propusti vozila hitne pomoći koja su se vraćala sa fronta. Ranjenici su imali prednost u odnosu na prazne želuce. Avelj se molio da je većina samo ranjena, ali jedini znaci života bili su klimanje glavom ili povremeno mahanje. Avelju je postalo jasnije sa svakim kilometrom blata da se nešto krupno događa kod Remagena i osećao je kako mu srce brže kuca.

Kad je konačno stigao do štaba, čuo je neprijateljsku vatru u blizini. Besno je udario pesnicom u nogu dok je gledao kako bolničari na nosilima donose još mrtvih i ranjenih saboraca. Bilo mu je dosta rata iz druge ruke. Pretpostavljao je da je čitalac *Njujork tajmsa* bolje obavešten od njega.

Avelj je zaustavio konvoj kraj poljske kuhinje i iskočio iz kamiona, zaklanjajući se od pljuska, osećajući se posramljeno jer se ostali nekoliko kilometara dalje zaklanjaju od metaka. Nadgledao je istovar trista litara supe, tone usoljene govedine, dvesta pilića, pola tone maslaca, tri tone krompira i petsto kilograma prebranca u limenkama – i kutije neizostavnih suvih dnevnih obroka – za one koji idu ili se vraćaju s bojnog polja. Ostavio je kuvare da pripreme obrok i bolničare da ljušte krompire, a on je otišao pravo u šator zapovednika, brigadnog generala Džona Lenarda, prolazeći kraj još mrtvih i ranjenih vojnika.

Kad je nameravao da uđe u šator, general Lenard, u pratnji ađutanta, izjurio je iz šatora. Razgovarao je sa Aveljom u pokretu.

– Šta mogu da uradim za vas, pukovniče? – pitao je general.

– Počeo sam da spremam hranu za vaš bataljon, gospodine, kako ste zahtevali u sinoćnim naređenjima.

– Trenutno ne treba da se brinete zbog hrane, pukovniče. U cik zore poručnik Barouz iz Devete otkrio je neoštećen železnički most severno od Remagena – most Ludendorf – i naredio sam da ga odmah pređemo i uspostavimo mostobran na drugoj obali reke. Sve dosad Nemci su razneli svaki most preko Rajne mnogo pre nego što bismo došli, tako da ne mogu da ostanem i čekam ručak da oni uništavaju i ovaj.

– Da li je Deveta prešla? – pitao je Avelj.

– Svakako – odgovorio je general – ali naišli su na žestok otpor iz šume na drugoj obali. Prvi vodovi su upali u zasedu i bog zna koliko smo ljudi izgubili. Bolje da sačuvate tu hranu, pukovniče, jer sad me samo zanima koliko će se mojih ljudi vratiti živo kako bi mogli da vam se pridruže na večeri.

– Mogu li nekako da pomognem? – pitao je Avelj.

Lenard se zaustavio na tren, i pogledao gojaznog pukovnika koji očigledno nije bio u akciji.

– Koliko ljudi imate pod svojom direktnom komandom?

– Jednog poručnika, jednog vodnika, dva desetara i dvadeset osam vojnika. Ukupno trideset trojicu, uključujući sebe, gospodine.

– Dobro. Javite se u poljsku bolnicu sa svojim ljudima. Pretvorite ih u nosače nosila i donesite što više ranjenika možete.

– Da, gospodine. – Avelj je trčao sve do poljske kuhinje, gde je zatekao većinu svojih ljudi kako sede u uglu šatora i puše.

– Ustajte, lenje bitange. Za promenu imamo pravi posao.

Trideset dvojica su naglo ustala.

– Za mnom! – povikao je Avelj. – Trčećim korakom!

Okrenuo se i potrčao, ovog puta prema poljskoj bolnici. Jedan mlad lekar je držao sastanak sa šesnaest bolničara kad su Avelj i njegovi zadihani, nespremni i neuvežbani vojnici stigli do ulaza u šator.

– Mogu li vam pomoći, gospodine? – pitao je lekar.

– Ne, ali nadam se da ja mogu pomoći vama. Imam trideset dvojicu ljudi kojima je general Lenard naredio da se pridruže vašoj jedinici. – Njegovi ljudi su tad prvi put čuli za to.

Lekar je zaprepašćeno zurio u pukovnika. – Da, gospodine.

– Ne zovite me gospodine – rekao je Avelj. – Došli smo da vam pomognemo.

– Da, gospodine – ponovio je lekar.

Dao je Avelju kutiju traka za mišice sa oznakom Crvenog krsta, koje su kuvari, kuhinjski pomoćnici i ljuštači krompira stavili na ruke, dok im je lekar govorio šta se događa u šumi na drugoj strani mosta Ludendorf.

– Deveta je pretrpela teške gubitke. Oni s medicinskim znanjem ostaće u borbenoj zoni, a ostali će donositi što više mogu ranjenika.

Avelj je bio oduševljen što napokon aktivno učestvuje u ratu. Lekar, koji je sad imao četrdeset osmoricu ljudi, raspodelio je osamnaest nosila, a svaki vojnik je dobio pribor za prvu pomoć. Zatim je poveo svoju sklepanu jedinicu kroz blato i kišu prema mostu Ludendorf, a Avelj je išao metar iza njega. Kad su stigli do Rajne, videli su redove beživotnih tela ispod ćebadi. Hodali su ćutke preko mosta u jednoj koloni, prolazeći kraj ostataka nemačke eksplozije koja nije uništila temelje mosta.

Marširali su prema šumi, a zvuk pucnjave postajao je sve glasniji. Avelj je istovremeno bio uzbuđen što je tako blizu neprijatelju, i užasnut dokazima šta je moderno naoružanje u stanju da uradi ljudima. Odasvud su dopirali bolni krici njegovih saboraca, koji su do tog dana čežnjivo mislili da je kraj rata blizu. Za mnoge od njih, bio je završen.

Mladi lekar se često zaustavljao, trudeći se oko svakog čoveka na koga su naišli. Ponekad bi milostivo prekratio muke ranjeniku jednim metkom iz pištolja. Avelj je vodio ranjenike koji mogu da hodaju prema mostu Ludendorf i organizovao nosače nosila da pomognu onima koji ne mogu sami. Kad su stigli do ivice šume, od prvobitne grupe ostali su samo lekar, jedan od ljuštača krompira i Avelj; svi ostali su pomagali ranjenicima da odu do poljske bolnice.

Kad su njih trojica ušla u šumu, čuli su neprijateljsku paljbu ispred. Avelj je video obris velikog nemačkog topa, skrivenog u žbunju i još okrenutog prema mostu, ali potpuno uništenog. Čuli su salvu hitaca koja je zvučala tako glasno da su shvatili kako je neprijatelj udaljen svega nekoliko stotina metara.

Spustio se na koleno, maksimalno izoštrenih čula. Iznenada se začula pucnjava ispred njega. Avelj je ustao i potrčao napred, a lekar i ljuštač krompira nevoljno su ga pratili. Trčali su stotinak metara, dok nisu došli do bujne zelene livade prekrivene belim narcisima i leševima.

– To je pokolj! – viknuo je Avelj, dok je slušao pucnjavu koja se udaljava. Lekar nije ništa rekao; on je završio s vikanjem pre tri godine.

– Ne brinite se za mrtve – rekao je lekar. – Samo vidite ima li nekog sa šansama za preživljavanje.

– Ovde – viknuo je Avelj, klečeći pored jednog vodnika koji je ležao u nemačkom blatu. Avelj mu je stavio malo gaze u očne duplje i nestrpljivo čekao.

– Mrtav je, pukovniče – rekao je lekar, ne gledajući tog čoveka detaljnije. Avelj je išao od tela do tela, ali uvek je bilo isto, i jedino se zaustavio kad je video otkinutu glavu u blatu. Uhvatio je sebe kako izgovara reči koje je naučio od barona: „Krvoproliće sa uništenjem biće tako često, a grozote tako uobičajene, da će se majke samo osmehnuti dok im ruke rata odojčad čereče.“

– Zar se ništa ne menja? – pitao je.

– Samo bojno polje – odgovorio je lekar.

Kad je Avelj proverio trideset – ili četrdeset? – leševa, ponovo se okrenuo ka lekaru, koji je pokušavao da spase život kapetanu čija je glava, osim jednog zatvorenog oka i usta, bila umotana u krvave zavoje.

Avelj je stajao iznad lekara, bespomoćno gledajući, proučavajući čin na kapetanovom ramenu – Deveta oklopna. Setio se reči generala Lenarda: – Bog zna koliko smo ljudi izgubili.

– Jebeni Nemci – kazao je Avelj.

– Da, gospodine – rekao je lekar.

– Da li je mrtav? – pitao je Avelj.

– Kao da jeste – odgovorio je mehanički lekar. – Izgubio je toliko krvi da je samo pitanje vremena. – Pogledao je Avelja. – Ništa ne možete da uradite ovde, pukovniče. Zašto ne pokušate da odvedete ovog do poljske bolnice. Možda ima neke izglede. A obavestite zapovednika baze da nameravam da idem napred i da su mi potrebni svi raspoloživi ljudi.

Avelj je pomogao lekaru da pažljivo podigne kapetana na nosila, a onda su on i ljuštač krompira polako hodali kroza šumu i preko mosta, jer ih je lekar upozorio da bi naglo pomeranje nosila moglo da dovede do fatalnog gubitka krvi. Avelj nije dozvolio ljuštaču krompira da se odmori ni na tren tokom trokilometarskog hoda do poljske bolnice. Želeo je da pruži tom kapetanu najveće izglede da preživi. Kasnije će se vratiti da pomogne lekaru u šumi.

Kad su konačno stigli do poljske bolnice, obojica su bila iscrpljena. Kad su predali nosila bolničarima, Avelj je bio siguran da je kapetan već mrtav.

Dok su odnosili kapetana, otvorio je svoje nepovređeno oko i zagledao se u Avelja. Pokušao je da podigne ruku. Avelju je došlo da poskoči od radosti kad je video otvoreno oko i pokret ruke. Salutirao je, i molio se da taj čovek preživi.

Othramao je iz bolnice, jedva čekajući da se vrati u šumu, ali zaustavio ga je dežurni oficir.

– Pukovniče – kazao je. – Tražio sam vas svuda. Potrebno je nahraniti preko trista ljudi. Bože, čoveče, gde ste bili?

– Radio sam nešto korisno, za promenu.

Avelj je mislio o mladom kapetanu dok je polako išao ka poljskoj kuhinji.

Rat je bio završen za obojicu.

40.

Kapetana su odneli u šator i nežno spustili na operacioni sto.

Vilijam je video kako ga bolničarka gleda, ali nije mogao da čuje šta govori. Nije bio siguran da li je to zato što mu je glava obmotana zavojima, ili zato što je ogluveo. Zatvorio je oko i razmislio. Mnogo je razmišljao o prošlosti; mislio je malo o budućnosti; mislio je brzo, za slučaj da umre. Ako preživi, imaće mnogo vremena za razmišljanje. Pomislio je na Kejt. Bolničarka je videla suzu koja teče iz ugla njegovog oka.

Kejt nije razumela njegovu želju da ide u rat. Prihvatio je da ona to nikad neće razumeti i da neće moći da joj to objasni, tako da je prestao da pokušava. Sećanje na njeno očajno lice kad su se rastajali i dalje ga je progonilo. Nikad nije razmišljao o smrti – nijedan mladić to ne radi – ali sad je očajnički želeo da živi i vrati se svojoj porodici.

Vilijam je ostavio *Lester* pod zajedničkom kontrolom Teda Liča i Tonija Simonsa, dok se ne vrati. Dok se ne vrati... Nije im dao uputstva za slučaj da se ne vrati. Obojica su ga preklinjala da ne ide. Još dve osobe koje nisu razumele. Kad se konačno prijavio, nije mogao da pogleda decu u oči. Ričard, devetogodišnjak, zadržavao je suze kad mu je otac rekao da ne može da pođe s njim i bori se protiv Nemaca. Virdžinija i Lusi, hvala bogu, bile su suviše mlade da bi razumele.

Vilijama su prvo poslali u školu za oficire u Vermontu. Poslednji put je posetio Vermont kad je išao na skijanje s Metjuom, polako uzbrdo, brzo nizbrdo; Metju je uvek bio ispred njega, i uzbrdo i nizbrdo. Jedno je bilo sigurno. Da je Metju ostao živ, sigurno bi se prijavio. Obuka je trajala tri meseca i postao je spremniji nego što je bio nakon Harvarda.

Prvo su ga poslali u London pun Amerikanaca, gde je bio oficir za vezu između Amerikanaca i Britanaca. Raspoređen je u *Dorčester*, gde je Američka vrhovna komanda bila smeštena u prostorije britanskog Ministarstva rata. Vilijam je negde pročitao da je Avelj Rosnovski ponudio njujorški *Baron* u istu svrhu, i u sebi mu je čestitao na velikodušnosti. Isključenja struje, bombardovanje i sirene za vazdušnu opasnost naveli su ga da shvati kako učestvuje u ratu, ali osećao se neobično odvojeno od onog što se događa sto pedeset kilometara jugoistočno od Hajd park kornera. Tokom života je uvek imao inicijativu; nikad nije stajao sa strane. Boravak među Ajzenhauerovim štapskim oficirima u Sent Džejmsu ili Čerčilovoj komandnoj sobi u Stori gejtu nije bila Vilijamova ideja inicijative. Izgledalo je kao da se neće susresti s Nemcima, licem u lice, do kraja rata, osim ako Hitler ne prođe Vajtholom do Trafalgar skvera, a onda bi i Nelson sišao sa stuba i pridružio se borbi.

Kad je jedna divizija Prve američke armije poslata u Škotsku na vežbe sa Crnom stražom, Vilijam je upućen kao posmatrač. Tokom dugog, sporog putovanja vozom na sever, počeo je da shvata kako je samo otmeni kurir i pitao se zašto li se prijavio. Ali kad je stigao u Škotsku, sve se promenilo. Tu je vazduh bio ispunjen zvukom bitke, jer su se vojnici spremali da se sukobe s neprijateljem. Kad se vratio u London, podneo je zahtev za trenutni premeštaj u Prvu armiju. Njegov zapovednik, koji nikad nije verovao u držanje čoveka u kancelariji ukoliko želi u borbu, odobrio je premeštaj.

Kad su utvrdili da je Vilijam Kejn dovoljno zdrav da umre, vratio se u Škotsku i pridružio novom puku u Invereriju, spremajući se za invaziju za koju su znali da će ubrzo početi. Obuka je bila teška i naporna. Noći provedene u škotskim brdima u lažnim bitkama sa Crnom stražom bile su potpuno drugačije od večeri u *Dorčesteru*, kad je pisao izveštaje i bežao u bezbednost podruma kad god bi se oglasila sirena za vazdušni napad.

Tri meseca kasnije kapetan Vilijam Kejn je kao padobranac izbačen iznad severne Francuske da se pridruži armiji generala Bredlija, koja je napredovala Evropom. Miris pobede bio je u vazduhu, a Vilijam je želeo da bude prvi saveznički vojnik u Berlinu.

Prva armija je napredovala prema Rajni, odlučna da pređe svaki most koji pronađe. Kapetan Kejn je dobio naređenje tog jutra da njegova divizija mora da pređe most Ludendorf i napadne neprijatelja kilometar i po severoistočno od Remagena, u šumi na drugoj obali reke. S vrha brda je gledao kako Deveta oklopna prelazi most, očekujući da u svakom trenutku odlete u vazduh.

Kapetan Kejn je poveo sto dvadeset ljudi pod svojom komandom od kojih je većina, kao i on, prvi put bila u borbi. Nema više vežbi s lukavim Škotima dok se pretvaraju da ubijaju jedni druge ćorcima – a onda odlazak na zajednički ručak u kantini. To su pravi Nemci, s pravim mecima, prava smrt – i sigurno je da će malo njih posle ručati zajedno.

Kad je Vilijam stigao do ivice šume, on i njegovi ljudi nisu naišli na otpor, tako da su odlučili da nastave. Počeo je da misli kako je

Deveta sigurno tako temeljno uradila posao da njegov vod samo treba da ih prati, kad ih je iznenada zasula kiša metaka i minobacačkih mina. Izgledalo je kao da se sve odjednom obrušilo na njih. Ljudi su se bacili na zemlju, pokušavajući da nađu neko drvo koje bi ih zaštitilo, ali pola voda je stradalo za nekoliko sekundi. Ta bitka, ako se tako može opisati, trajala je manje od minuta, a Vilijam nije video nijednog Nemca. Dok je čučao iza drveta u vlažnom žbunju, video je, užasnuto, da naredni talas Devete divizije dolazi kroza šumu. Bez razmišljanja, istrčao je iz skloništa na otvoreno da ih upozori na zasedu.

Prvi metak pogodio ga je u slepoočnicu, i dok je padao na kolena, nastavio je da maše i viče grozničavo upozorenje drugovima koji napreduju. Drugi metak pogodio ga je u vrat, a treći u grudi. I dalje je ležao u nemačkom blatu i čekao da umre, ne videvši neprijatelja... prljavom, nejunačkom smrću.

Sledeće čega se Vilijam sećao bilo je da su ga nosili na nosilima, ali nije čuo ni video ništa, i pitao se da li je noć ili je oslepeo. Putovanje je delovalo dugo, i onda je otvorio oko i usredsredio se na pukovnika koji mu je salutirao pre nego što je othramao iz šatora. Bilo je nečeg poznatog kod tog čoveka, ali nije znao šta. Bolničari su ga uneli u šator i spustili na operacioni sto. Pokušao je da ne zaspi, iz straha da će možda umreti.

Bio je svestan kako dvojica muškaraca pokušavaju da ga pomere. Okrenuli su ga što su nežnije mogli, a jedan od njih mu je zario iglu u ruku. Utonuo je u dubok san i sanjao Kejt, svoju majku, a onda Metjua kako igra fudbal s njegovim sinom Ričardom. Zaspao je.

Probudio se. Mora da su ga premestili u drugi krevet; tračak nade zamenio je misao o neizbežnoj smrti. Ležao je nepokretno, jednim okom gledajući platneni krov šatora, nesposoban da pomeri glavu. Jedna bolničarka je došla da pogleda njegov karton, i onda njega. Zaspao je.

Probudio se. Koliko li je vremena prošlo? Još jedna bolničarka. Ovog puta je video malo više i mogao je da pomeri glavu, mada uz velike bolove. Ležao je budan što je duže mogao; želeo je da živi. Zaspao je.

Probudio se. Četiri lekara su ga pregledala. O čemu su razmišljali? Nije čuo šta govore, tako da nije ništa saznao. Ponovo su ga premestili, ovog puta u neka kola hitne pomoći. Vrata su se zatvorila za njim, motor se upalio i kola su krenula preko neravnog terena, dok je nova bolničarka sedela i držala ga da se ne trucka. Putovanje kao da je trajalo jedan sat, ali više nije imao osećaj za vreme. Kola hitne pomoći su stigla do ravnijeg terena i na kraju se zaustavila. Ponovo su ga premestili, ovog puta preko neke ravne površine i onda uzbrdo, do neke tamne prostorije. Nakon još čekanja, soba je počela da se pomera, možda je bio u nekim drugim kolima hitne pomoći. Soba je uzletela. Jedna bolničarka mu je zabila iglu u ruku i nije se sećao ničeg dok nije osetio kako avion sleće i rula pre zaustavljanja. Ponovo su ga premestili. Još jedna kola hitne pomoći, još jedna bolničarka, drugi miris, drugi grad. Njujork. Nijedan grad ne miriše kao Njujork. Poslednja kola hitne pomoći odvezla su ga preko ravnijeg terena, stalno se zaustavljajući i krećući dok nisu stigla na svoje odredište.

Ponovo su ga izneli, uz još neke stepenice i uneli u malu, belo okrečenu sobu, gde su ga smestili u udoban krevet. Osetio je kako mu je glava dodirnula mek jastuk, a kad se sledeći put probudio, mislio je da je sâm. Ali onda je pogledao jednim okom i video da Kejt stoji kraj njega. Pokušao je da podigne ruku i dodirne je, da progovori, ali nije bilo reči. Osmehnula se, ali znao je da ona ne vidi njegov osmeh, a kad se ponovo probudio, ona je i dalje bila tu, ali u drugoj haljini. Koliko li je puta dolazila i odlazila? Ponovo se osmehnula. Pokušao je da malo pomeri glavu i video je svog sina Ričarda. Toliko je porastao, toliko se prolepšao. Želeo je da vidi svoje ćerke, ali nije mogao više da okrene glavu. Stale su u njegovo vidno polje. Virdžinija... nemoguće je da je tako porasla? I Lusi... to je nemoguće. Kuda su otišle te godine? Zaspao je.

Probudio se. Sad je mogao da pomeri glavu u stranu; neki zavoji su skinuti, i video je jasnije. Pokušao je da kaže nešto, ali nije bilo reči. Kejt ga je gledala, sad kraće plave kose, koja joj više nije padala na ramena, nežnih smeđih očiju i nezaboravnog osmeha, izgledajući lepo, tako lepo. Izgovorio je njeno ime. Osmehnula se. Zaspao je.

Probudio se. Manje zavoja nego pre. Ovog puta je sin progovorio.

– Zdravo, tatice. – Glas mu je bio drhtav.

Čuo ga je i odgovorio. – Zdravo, Ričarde – ali nije prepoznao zvuk svoga glasa. Bolničarka mu je pomogla da sedne. Zahvalio joj se. Jedan lekar ga je dodirnuo po ramenu.

– Najgore je prošlo, gospodine Kejne. Uskoro ćete otići kući.

Osmehnuo se kad je Kejt ušla u sobu, u pratnji Virdžinije i Lusi. Imao je toliko pitanja za njih. Odakle da počne? Bilo je praznina u njegovom sećanju koje je trebalo ispuniti. Kejt mu je kazala da je zamalo umro. Znao je to, ali nije shvatio da je prošlo duže od godinu dana otkako je njegova divizija upala u zasedu u Remagenu.

Proveo je mesece u nesvesti, u stanju koje je podsećalo na smrt. Ričard je sad imao dvanaest godina i već se spremao za *Sent Pol.* Virdžinija je imala devet, a Lusi gotovo sedam. Moraće da ih upoznaje iznova.

Kejt je nekako bila još lepša nego što se sećao. Kazala mu je da nikad nije prihvatila mogućnost da će on umreti, koliko je Ričard bio uspešan u školi i koliko su Virdžinija i Lusi bile nemirne. Spremila se da mu kaže za ožiljke na njegovom licu i grudima; biće potrebno vreme da se zacele. Zahvalila se bogu što su lekari bili sigurni da ništa ne fali njegovom umu i da će mu se, s vremenom, vid povratiti. Samo je želela da mu pomogne da se oporavi. Kad je konačno progovorio, prvo pitanje je bilo: – Ko je pobedio u ratu?

Svaki član porodice odigrao je ulogu u procesu oporavka. Ričard je pomagao svom ocu da hoda dok mu više nisu bile potrebne štake. Lusi mu je pomagala oko hrane sve dok nije ponovo počeo da koristi viljušku i nož. Virdžinija mu je čitala Marka Tvena – Vilijam nije bio siguran da li je čitala zbog sebe ili njega, ali oboje su mnogo uživali u tome. Kejt je bila budna noću kad nije mogao da zaspi. A onda, napokon, lekari su mu dozvolili da se vrati kući za Božić.

Kad se Vilijam vratio u Istočnu šezdeset osmu ulicu, oporavak se ubrzao i lekari su predvideli da će moći da se vrati na posao za šest meseci. Pomalo uplašen, ali veoma živ, konačno je dobio dozvolu da prima goste.

Prvi je bio Ted Lič, pomalo zaprepašćen Vilijamovim izgledom – nije bio spreman za to. Vilijam je od njega saznao da je *Lester* procvetao u njegovom odsustvu i da su se kolege radovale njegovom povratku na posao. Takođe mu je rekao da je Rupert Kork Smit umro. Njegov naredni posetilac, Toni Simons, takođe je imao vesti: Alan Lojd je takođe umro. Vilijamu će nedostajati njihova mudrost. Tomas Koen ga je pozvao i rekao kako mu je drago što se oporavio, i potvrdio mu je, kao da je to bilo neophodno, da je proteklo mnogo vremena i da je prepustio većinu svojih klijenata sinu Tadeusu, koji je otvorio kancelariju u Njujorku. Vilijam je primetio da su oba Koena dobila imena po apostolima.

– Uzgred, imam jednu informaciju koju bi trebalo da znate.

Vilijam je ćutke saslušao starog advokata i postao veoma, veoma ljut.

41.

General Alfred Jodl potpisao je bezuslovnu nemačku predaju u Remsu, sedmog maja 1945. Rat u Evropi je bio završen. Tri meseca kasnije Avelj se vratio u Njujork spremajući se za proslavu pobede na kraju rata.

Ponovo su ulice bile ispunjene mladima u uniformama, ali ovog puta im se na licima videlo olakšanje i oduševljenje, ne usiljeno veselje. Avelj se rastužio kad je video mnogo muškaraca s jednom nogom, jednom rukom, slepih ili s gadnim ožiljcima. Za njih rat nikad neće biti završen, kakve god papire potpisali na drugoj strani sveta.

Ušao je u *Baron* u svojoj pukovničkoj uniformi, ali niko ga nije prepoznao. Kad su ga poslednji put videli u civilnoj odeći pre tri godine, nije bilo bora na njegovom mladalačkom licu. Sad je izgledao starije od trideset devet godina i duboke bore na čelu pokazale su da je rat ostavio traga. Krenuo je liftom do svoje kancelarije na četrdeset drugom spratu, gde mu je čuvar odlučno rekao da je na pogrešnom spratu.

– Gde je Džordž Novak? – pitao je Avelj.

– On je u Čikagu, pukovniče – odgovorio je čuvar.

– Onda ga pozovite.

– Šta da kažem, ko ga zove?

– Avelj Rosnovski.

Čuvar se brzo pokrenuo.

Džordžov poznati glas zapucketao je iz slušalice. Avelj je odmah shvatio koliko mu prija što se vratio... i koliko je sad želeo da ode kući.

Odlučio je da ne ostaje u Njujorku ni tren duže, nego da odleti hiljadu trista kilometara do Čikaga. Poneo je najnovije Džordžove izveštaje da ih čita u avionu. Pročitao je svaki detalj napretka *Baron grupe* tokom ratnih godina, i bilo je očigledno da je Džordž uspeo da održi grupu na dobrom putu u njegovom odsustvu. Ali ako žele da napreduju, Avelj je shvatio da moraju odmah početi da zapošljavaju ljude, pre nego što konkurencija pokupi one najbolje koji se vraćaju s fronta.

Kad je Avelj stigao na aerodrom *Midvej*, Džordž je stajao kraj kapije, čekajući da ga pozdravi. Nije se mnogo promenio – malo se ugojio i možda izgubio malo kose – i nakon sat vremena razmenjivanja priča i obaveštavanja o događajima od poslednje tri godine, bilo je kao da Avelj nije ni odlazio. Avelj će uvek biti zahvalan *Crnoj streli* što ga je upoznala s potpredsednikom.

Džordž je komentarisao Aveljovo hramanje, koje je izgledalo izraženije nego kad je otišao. – Hopalong Kasidi[6] hotelijerstva – kazao je podsmešljivo. – Uskoro nećeš imati nijednu zdravu nogu.

– Samo Poljak bi napravio tako glupu šalu – odgovorio je Avelj.

Džordž mu se široko osmehnuo, izgledajući kao štene koga je prekorio gospodar.

– Hvala bogu što sam imao glupog Poljaka da se brine o svemu dok sam tražio Nemce – kazao je Avelj.

– Jesi li ih pronašao?

– Nisam. Čim su čuli da dolazim, odmah su pobegli.

– Mora da su probali hranu koju kuvaš – rekao je Džordž.

Avelj je morao da još jednom obiđe čikaški *Baron* pre nego što se odvezao kući. Privid luksuza je gotovo nestao zbog ratnih nestašica. Video je nekoliko stvari koje treba obnoviti, možda i zameniti, ali to će morati da sačeka; sad je samo želeo da vidi svoju ženu i ćerku. Ali kad je stigao kući, doživeo je prvi šok. Džordž se nije mnogo promenio za tri godine, ali Florentina je sad imala jedanaest godina i porasla je u prelepu devojčicu, a Zafija se, mada je imala svega trideset osam godina, ugojila, zapustila i prerano ostarila.

Kao prvo, ona i Avelj nisu bili sigurni kako da se ponašaju jedno prema drugom i tek nakon nekoliko nedelja Avelj je počeo da shvata da njihov odnos više nikad neće biti isti. Zafija se nije trudila da mu pokaže koliko joj je nedostajao i izgledalo je da se ne ponosi njegovim dostignućima. Njen nedostatak interesovanja ga je rastužio, a kad je pokušao da je uključi u svoj život i posao, ona nije reagovala, ali izgledala je zadovoljno da ostane kod kuće i nema nikakve veze s *Baron grupom*. Počeo je da se pita koliko dugo će moći da ostane veran. U retkim prilikama kad su vodili ljubav, razmišljao je o drugim ženama. Uskoro je počeo da pronalazi izgovore da napusti Čikago i Zafijino ćutljivo optužujuće lice.

Proveo je veći deo prvih šest meseci nakon povratka posećujući sve hotele iz *Baron grupe*, baš kao kad je tek preuzeo *Ričmond grupu*

---

[6] Fiktivni junak vestern filmova. (Prim. prev.)

nakon smrti Dejvisa Liroja. Ako bi putovanje padalo u vreme školskog raspusta, Florentina je išla s njim. U roku od godinu dana, svi hoteli su postigli standarde koji se očekuju od njih i Avelj je bio spreman da ponovo krene napred. Obavestio je Kertisa Fentona na kvartalnom sastanku upravnog odbora da mu je tim za istraživanje tržišta savetovao da izgradi hotel u Meksiku i još jedan u Brazilu, dok traži nove lokacije.

– Meksiko Siti *Baron* i Rio de Žaneiro *Baron* – kazao je Avelj. Ko bi poverovao u to?

– Pa, imate dovoljno sredstava za troškove izgradnje – rekao je Fenton. – Novac se nagomilao u vašem odsustvu. U stvari, mogli biste da izgradite *Baron* gde god poželite. Bog zna gde ćete se zaustaviti, gospodine Rosnovski.

– Jednog dana, gospodine Fentone, izgradiću *Baron* u Varšavi. Tek tad ću razmišljati o zaustavljanju. Možda sam odigrao malu ulogu u ratu protiv Nemaca, ali i dalje nisam raščistio račune s Rusima.

Fenton se nasmejao. Te večeri, kad je ispričao to svojoj ženi, ona je upitala: „Zašto ne otvori moskovski *Baron*?“

– Kakva je moja pozicija u *Lester banci*? – odlučno je pitao Avelj.

Iznenadna promena tona zabrinula je Fentona. Brinulo ga je to što je Avelj očigledno i dalje krivio Vilijama Kejna za prevremenu smrt Dejvisa Liroja. Otvorio je jednu neobeleženu fasciklu i počeo da čita iz nje.

– Banka *Lester, Kejn i kompanija* podelila je deonice između četrnaest pripadnika porodice Lester i šest ranijih i sadašnjih zaposlenih. Gospodin Vilijam Kejn je najveći deoničar, sa osam odsto u svojoj porodičnoj zadužbini.

– Da li je iko iz porodice Lester spreman da proda svoje akcije? – pitao je Avelj.

– Možda, ako bi im se ponudila prava cena. Gospođica Suzan Lester, ćerka pokojnog Čarlsa Lestera, navela nas je da poverujemo kako bi razmotrila prodaju deonica, a gospodin Piter Parfit, bivši potpredsednik *Lestera*, takođe je iskazao zanimanje.

– Koliko procenata imaju?

– Suzan Lester ima šest odsto. Parfit dva.

– Koliko novca žele?

Dok je Fenton gledao dokumenta, Avelj je pregledao najnoviji godišnji bilans *Lestera*. Pažnju mu je privukao Član sedam, koji je bio podvučen. Osmehnuo se.

– Gospođica Lester želi dva miliona dolara za svojih šest odsto, a gospodin Parfit milion za svoja dva procenta.

– Gospodin Parfit je pohlepan – kazao je Avelj. – Sačekaćemo dok ne ogladni. Kupite odmah akcije Suzan Lester, bez otkrivanja koga zastupate, i obavestite me ako se Parfit predomisli.

Kertis Fenton se nakašljao.

– Nešto vas muči, gospodine Fentone?

Fenton je oklevao. – Ne, ništa – rekao je neuverljivo.

– Dobro, zadužiću nekog drugog za taj posao. Osobu koju možda poznajete. Henrija Ozborna.

– Kongresmena Ozborna?

– Da... poznajete li ga?

– Samo po čuvenju – rekao je Fenton, uz malo neodobravanja.

Avelj je ignorisao neizrečeni komentar. Bio je svestan Ozbornovog ugleda, ali imao je sposobnost da zaobiđe birokratiju i donosi brze političke odluke, zbog čega je, prema Aveljovom mišljenju, vredelo rizikovati s njim. A imali su i nešto zajedničko. Mrzeli su Vilijama Kejna.

– Takođe ću pozvati gospodina Ozborna da postane direktor *Baron grupe.*

– Kako želite – rekao je nezadovoljno Fenton, pitajući se da li treba da izrazi ličnu rezervisanost prema Ozbornu.

– Obavestite me čim zaključite ugovor s gospođicom Lester.

– Da, gospodine Rosnovski – rekao je Fenton, zatvarajući fasciklu.

Avelj se vratio u *Baron* i zatekao Henrija Ozborna kako čeka u predvorju.

– Kongresmene – rekao je Avelj, dok su se rukovali. – Zašto ne ručate sa mnom?

– Hvala vam, barone – kazao je Ozborn. Nasmejali su se i krenuli ruku podruku do restorana, gde su seli za sto u uglu. Avelj je prekorio konobara kad je primetio da mu nedostaje dugme na bluzi.

– Kako ti je žena, Avelju?

– Sjajno. A tvoja, Henri?

– Divno. – Obojica su znali da onaj drugi laže.

– Ima li nečeg zanimljivog?

– Pobrinuo sam se za onu koncesiju u Sijetlu – rekao je tiho Henri. – Gradsko veće će pripremiti dokumenta za nekoliko dana. Moći ćeš da počneš izgradnju *Barona* u Sijetlu sledećeg meseca.

– Ne radimo ništa protivzakonito, zar ne?

– Ništa što konkurencija ne bi uradila – uverio ga je Henri. – To mogu da ti garantujem.

– Drago mi je, Henri. Ne želim probleme sa zakonom.

– Ne, ne – rekao je Ozborn. – Samo ti i ja tačno znamo šta se događa.

– Dobro. Bio si mi vrlo koristan tokom godina, Henri, i imam malu nagradu za tvoje usluge. Da li bi želeo da postaneš direktor *Baron grupe*?

– Bio bih polaskan, Avelju – odgovorio je kongresmen.

– Ne preteruj, Henri. Uostalom, već neko vreme pucaš na to. – Obojica su se nasmejala. – Ali, iskreno, bio si neverovatno koristan u obezbeđivanju tih državnih i gradskih građevinskih dozvola. Suviše sam zauzet da bih se bavio političarima i birokratama. U svakom slučaju, Henri, oni više vole da imaju posla sa čovekom sa Harvarda... iako on ne otvara vrata nego ih provaljuje.

– Bio si vrlo velikodušan, Avelju.

– Zaslužio si to. Dobro, želim da se pozabaviš jednim nezgodnijim problemom. Tiče se našeg zajedničkog prijatelja iz Bostona.

42.

Pismo se nalazilo na stolu kraj Vilijamove stolice u dnevnoj sobi. Uzeo ga je i pročitao po treći put, pokušavajući da shvati zašto Avelj Rosnovski toliko očajnički želi da kupi akcije *Lestera*, i zašto je imenovao Henrija Ozborna za direktora *Baron grupe*. Okrenuo je broj koji je znao napamet.

Kad je Tadeus Koen stigao u Istočnu šezdeset osmu ulicu, nije morao da se predstavlja. Bio je slika i prilika svog oca; kosa mu je počela da sedi i proreduje se na istim mestima, a visoko, mršavo telo bilo je odeveno u slično odelo. Možda čak i isto.

– Ne sećate me se, gospodine Kejne – rekao je advokat.

– Naravno da se sećam – kazao je Vilijam, dok su se rukovali. – Velika debata na Harvardu. Hiljadu devetsto dvadeset...

– Osme. Pobedili ste u debati, ali žrtvovali ste članstvo u *Prasećem klubu*.

Vilijam je prasnuo u smeh. – Možda ćemo bolje saradivati ako budemo u istom timu. Pod pretpostavkom da vam vaš socijalizam dozvoljava da radite sa osvedočenim kapitalistom.

Na trenutak su obojica ponovo bili studenti.

Vilijam se osmehnuo. – Nikad niste popili to piće u *Prasećem klubu*. Šta želite da popijete?

Tadeus Koen je odbio ponudu. – Ne pijem – rekao je, trepćući na isti razoružavajući način koga se Vilijam tako dobro sećao. – Bojim se da sam i ja sad osvedočeni kapitalista.

Takođe se ispostavilo da je nasledio očev um. Očigledno je bio potpuno obavešten o Rosnovski–Ozborn dosijeu, i mogao je da odgovori na sva Vilijamova pitanja. Vilijam je objasnio šta mu je sad potrebno.

– Najnoviji izveštaj i dopuna na svaka tri meseca. Tajnost je od ključnog značaja. Moram da saznam zašto Avelj Rosnovski kupuje deonice *Lestera*. Da li i dalje smatra da sam odgovoran za smrt Dejvisa Liroja? Da li nastavlja svoju bitku protiv *Kejn i Kabota*, iako je to sad deo *Lestera*? Kakvu ulogu igra Henri Ozborn u svemu tome? Da

li bi pomogao sastanak između mene i gospodina Rosnovskog, posebno ako bih mu rekao da je banka, a ne ja, odbila da podrži *Ričmond
grupu?*

Olovka Tadeusa Koena pisala je grozničavo kao što je nekad radila
i očeva.

– Na sva ta pitanja mora se odgovoriti što je pre moguće, kako bih
mogao da odlučim da li je neophodno da obavestim odbor.

Tadeus Koen mu je uputio stidljiv očev osmeh, dok je zatvarao aktovku. – Žao mi je što imate toliko briga dok se još oporavljate. Javiću
vam se čim budem utvrdio činjenice. – Zastao je na vratima. – Veoma
se divim onom što ste uradili u Remagenu.

Sedmog maja 1946. Avelj je otputovao u Njujork da proslavi prvu
godišnjicu kapitulacije Nemačke. Organizovao je večeru za više od
hiljadu poljsko-američkih veterana u hotelu *Baron* i pozvao generala
Kazimježa Sosnovskog, glavnog zapovednika poljskih snaga u Francuskoj, da bude počasni gost. Radovao se tom događaju nedeljama i
pozvao je Florentinu da ga prati do Njujorka, jer je Zafija jasno rekla
da ne želi da ide.

Te večeri, svečana sala njujorškog *Barona* bila je veličanstveno
ukrašena. Svaki od sto dvadeset stolova bio je okićen američkim zastavama sa zvezdicama i prugama, kao i poljskim crveno-belim nacionalnim zastavama. Velike fotografije Ajzenhauera, Patona, Bredlija,
Klarka, Paderevskog i Sikorskog ukrašavale su zidove. Avelj je sedeo
za centralnim stolom, s generalom desno i Florentinom levo od sebe.

Nakon obroka od sedam jela, general Sosnovski je ustao da se obrati okupljenima. Objavio je da je pukovnik Rosnovski postao doživotni predsednik Poljskog udruženja veterana, u znak priznanja za lične
žrtve koje je podneo za poljski i američki cilj, i posebno velikodušno
ustupanje njujorškog *Barona* američkoj vojsci za vreme rata. Neko ko
je popio previše viknuo je s drugog kraja sale: – Oni među nama koji
su preživeli Nemce, nekako su uspeli da prežive i Aveljovo kuvanje.

Hiljadu veterana se nasmejalo, zaklicalo i nazdravilo Avelju votkom iz Gdanjska. Ali zaćutali su kad je general dirljivo pričao o mukama u posleratnoj Poljskoj, sad u šapama staljinističke Rusije, i preklinjao iseljene zemljake da se neumorno bore za nezavisnost rodne
zemlje. Avelj je, kao i svi ostali u prostoriji, želeo da veruje kako Poljska jednog dana može ponovo da bude slobodna. Takođe je sanjao

340

da vidi obnovu svog zamka, ali sumnjao je da će to ikad biti moguće nakon Staljinovog uspeha na Jalti.

General je nastavio da podseća goste kako su Amerikanci poljskog porekla, srazmerno broju, žrtvovali više života u ratu nego ijedna druga etnička grupa u Sjedinjenim Državama. – Koliko Amerikanaca zna da je Poljska izgubila šest miliona ljudi, dok je Čehoslovačka izgubila svega sto hiljada? Neki su rekli da smo bili glupi što se nismo predali kad smo sigurno znali da smo nadjačani. Kako bi nacija koja je konjicom napala nacističke tenkove mogla da poveruje da je nadjačana? I, prijatelji, kažem vam, nikad nećemo biti poraženi.

General je na kraju ispričao pažljivoj publici priču o tome kako je Avelj predvodio grupu ljudi da spasu ranjenike u bici kod Remagena. Kad je završio, veterani su ustali i pozdravili glasno obojicu. Florentinin osmeh otkrio je koliko je ponosna na svog oca.

Avelj se iznenadio kad je iskustvo iz bitke kod Remagena dospelo u novine sledećeg jutra, jer se o poljskim dostignućima retko pisalo u medijima, osim u *Đeniku zvjazkovom*. Uživao je u novostečenoj slavi kao neopevani američki junak, i proveo je gotovo ceo dan pozirajući za fotografe i dajući intervjue.

Do večeri, kad je sunce konačno zašlo, Avelj je osetio antiklimaks. General je odleteo u Los Anđeles na drugi prijem, Florentina se vratila u školu u Lejk Forestu, Džordž je bio u Čikagu, a Henri Ozborn u Vašingtonu. Njujorški *Baron* mu je iznenada izgledao veliko i prazno, ali Avelj nije imao želju da se vrati u Čikago kod Zafije.

Odlučio je da ranije večera i pregleda nedeljni izveštaj iz drugih hotela u grupi, pre nego što ode na spavanje u potkrovlje. Retko je jeo sâm u privatnom apartmanu i više je voleo da jede u jednom od restorana – što je bio najbolji način da ostane u stalnom kontaktu s radom hotela. Što je više hotela kupovao i gradio, to se više bojao da će izgubiti kontakt sa osobljem.

Krenuo je liftom dole i zaustavio se kod recepcije da pita koliko gostiju je rezervisalo sobu za večeras, ali odvukla mu je pažnju jedna zgodna žena koja se upravo prijavljivala. Zakleo bi se da je poznaje, ali nije mogao da joj dobro osmotri lice. Kad je završila s pisanjem, okrenula se i osmehnula mu se.

– Avelju – kazala je. – Drago mi je što te vidim.

– Bože, Melani. Jedva sam te prepoznao.

– Svi prepoznaju tebe, Avelju.

– Nisam znao da si u Njujorku.

– Samo na jednu noć. Imam posla u svom časopisu.

– Ti si novinarka? – pitao je Avelj.

– Ne, ja sam ekonomska savetnica grupe časopisa sa sedištem u Dalasu. Ovde sam da obavim istraživanje tržišta.

– Vrlo impresivno.

– Mogu ti reći da nije. Ali bolje je nego da dangubim.

– Jesi li, kojim slučajem, slobodna za večeru?

– Kako lepa ideja, Avelju. Ali moram da se okupam i presvučem, ako ti ne smeta da sačekaš.

– Naravno, mogu da sačekam. Sastaćemo se u restoranu. Nađimo se za jedan sat.

Osmehnula se drugi put i pošla za potrčkom do lifta. Avelj je postao svestan njenog parfema dok je odlazila.

Obišao je restoran da se uveri da imaju sveže cveće, a onda otišao u kuhinju da odabere jela za koja je mislio da će joj se svideti. Na kraju je seo za sto u uglu i nestrpljivo čekao. Uhvatio je sebe kako gleda na sat na svakih nekoliko minuta i izviruje ka ulazu u nadi da će se Melani pojaviti. Bilo joj je potrebno malo duže od sata, ali kad ju je šef sale doveo do njegovog stola, ispostavilo se da je bilo vredno čekanja. Bila je odevena u dugačku, tesnu haljinu koja se presijavala pod restoranskim svetlima na nepogrešivo skup način. Izgledala je zanosno. Avelj je ustao da je pozdravi dok je konobar otvarao bocu starog *kruga*.

– Dobro došla, Melani – kazao je, podižući čašu. – Drago mi je što vidim da i dalje odsedaš u *Baronu*.

– Drago mi je što vidim lično Barona – odgovorila je. – Posebno na dan njegove pobede.

– Kako to misliš?

– Čitala sam u *Njujork postu* sve o jučerašnjoj večeri i kako si rizikovao život da spaseš ranjenike kod Remagena. Učinili su da izgledaš kao mešavina Odija Marfija i Neznanog Junaka.

– To je prilično preterivanje – kazao je Avelj.

– Nisam znala da si skroman, Avelju, tako da mogu da pretpostavim da je svaka reč istinita.

– Istina je da sam te se uvek pomalo bojao, Melani.

– Baron se boji nekog? Ne verujem u to.

– Pa, ja nisam južnjački džentlmen, kako si mi jednom jasno stavila do znanja.

– A ti nikad nisi prestao da me podsećaš. – Osmehnula se, provokativno. – Da li si se oženio finom Poljakinjom?

Sipao je drugu čašu šampanjca.

– Da, jesam.

– Kako je to ispalo?

– Ne tako dobro. Udaljili smo se, a ja sam kriv. Previše rada dokasno.

– S drugim ženama?

– Ne. Drugim hotelima.

Melani se nasmejala i uputila mu topao osmeh.

– A jesi li ti pronašla muža?

– Jesam. Udala sam se za južnjačkog džentlmena s pravim poreklom.

– Čestitam.

– Razvela sam se prošle godine... nakon što sam prihvatila bogatu nagodbu.

– O, tako mi je žao... – rekao je Avelj, zvučeći zadovoljno. – Još šampanjca?

– Da li pokušavaš da me zavedeš, Avelju?

– Ne pre nego što pojedeš supu, Melani. Čak i prva generacija poljskih imigranata ima neka načela, mada priznajem da je sad moj red za zavođenje.

– Onda moram da te upozorim, Avelju, nisam spavala s muškarcem od razvoda. Imala sam obilje ponuda, ali nijedna nije bila prava. Previše lepljivih prstiju i nedovoljno pažnje.

Uz dimljeni losos, mladu jagnjetinu, krem brule i predratni *muton rotšild*, pričali su o svojim životima od poslednjeg susreta.

– Kafa u potkrovlju, Melani?

– Imam li drugog izbora nakon ovako divnog obroka?

Avelj se nasmejao i otpratio je iz restorana. Malo se zanosila na visokim potpeticama dok je ulazila u lift. Avelj je dodirnuo dugme s brojem 42. Melani je pogledala brojeve dok su se peli. – Zašto nema sedamnaestog sprata? – pitala je nedužno. Avelj nije znao kako da joj saopšti.

– Kad sam poslednji put pila kafu u tvojoj sobi... – ponovo je pokušala Melani.

– Ne podsećaj me – rekao je Avelj. Izašli su iz lifta na četrdeset drugom spratu, a potrčko im je otvorio vrata njegovog apartmana.

– Dragi bože – kazala je Melani, kad je pogledala apartman. – Moram da kažem, Avelju, sigurno si naučio kako da se prilagodiš stilu multimilionera. Nikad u životu nisam videla ništa ovako raskošno.

Kucanje na vratima sprečilo je Avelja da je dodirne. Mladi konobar se pojavio s lončićem kafe i bocom *remi martena*.

– Hvala ti, Majk – rekao je Avelj. – To je sve za večeras.

– Stvarno? – pitala je Melani.

Konobar je brzo otišao.

Avelj je sipao kafu i konjak. Melani je polako pila, sedeći na podu, prekrštenih nogu. Avelj je seo kraj nje. Pomilovala mu je kosu, a on je oprezno počeo da pomera ruku uz njenu nogu. Bože, kako se dobro sećao tih nogu. Dok su se ljubili prvi put, Melani je izula cipelu i prosula kafu na persijski tepih.

– O, dođavola! – kazala je. – Tvoj predivni tepih.

– Nije važno – rekao je Avelj, dok ju je grlio i pokušavao da joj otkopča haljinu. Melani mu je raskopčala košulju, a Avelj je pokušavao da je skine, ali manžetne su ga omele, tako da je umesto toga pomogao Melani da svuče haljinu ljubeći je sve vreme. Figura joj je bila upravo onakva kakve se sećao, osim što je bila uzbudljivo zaobljenija. Te čvrste grudi i duge, otmene noge. Odustao je od borbe s manžetnama i sklonio ruke s nje da bi se brzo svukao, svestan fizičkog kontrasta između svog i njenog prelepog telu, nadajući se da je istina ono što je čitao o ženskoj opsednutosti moćnim muškarcima. Nežno joj je mazio grudi i počeo da joj razdvaja noge. Mek persijski tepih pokazao se boljim od kreveta. Bio je red na nju da pokuša da se potpuno svuče dok su se ljubili. I ona je odustala, i konačno je svukla sve sa sebe osim – po Aveljovoj želji – haltera i najlon čarapa.

Kad ju je čuo kako stenje, bio je svestan koliko je prošlo otkako je doživeo takvu ekstazu, a onda koliko je brzo taj osećaj prošao. Nijedno od njih nije govorilo nekoliko trenutaka i bili su zadihani.

Onda se Avelj zakikotao.

– Šta ti je smešno? – pitala je Melani.

– Setio sam se primedbe doktora Džonsona o tome kako su poze smešne, a zadovoljstvo kratkotrajno.

Melani se nasmejala i naslonila mu glavu na rame. Avelj se iznenadio kad je video da je više ne smatra neodoljivom. Pitao se koliko brzo bi mogao da je se otarasi a da ne ispadne nevaspitan, kad je ona rekla: – Bojim se da ne mogu da ostanem cele noći, Avelju. Imam ujutro sastanak u *Stivensu*. Ne želim da izgledam kao da sam provela noć na tvom persijskom tepihu.

– Zar moraš da ideš? – pitao je Avelj, zvučeći očajno, ali ne previše.

– Nažalost, dragi, moram. – Ustala je i otišla u kupatilo.

Avelj ju je gledao kako se oblači, i pomogao joj je da zakopča haljinu. Koliko ju je bilo lakše zakopčati polako nego otkopčati u žurbi. Poljubio ju je galantno u ruku na rastanku.

– Nadam se da ćemo se ponovo videti – kazao je, neiskreno.

– I ja se nadam – rekla je, svesna da ne misli to.

Zatvorio je vrata za njom i otišao do telefona kraj kreveta. – U kojoj je sobi gospođica Melani Liroj? – pitao je.

Usledila je kratka pauza; nestrpljivo je lupkao u sto, slušajući listanje knjige gostiju.

– Nema nikog prijavljenog pod tim imenom, gospodine – stigao je odgovor. – Imamo gospođu Melani Siton iz Dalasa, Teksas, koja je stigla večeras i odlazi ujutro.

– Da, to je ta dama. Pobrinite se da meni naplatite njen račun.

– Da, gospodine.

Avelj je spustio slušalicu i istuširao se hladnom vodom pre nego što je otišao u krevet. Nameravao je da ugasi svetlo koje je osvetlilo njegovu prvu preljubu, kad je primetio veliku mrlju od kafe nasred persijskog tepiha.

– Trapava kurva – kazao je, dok je gasio svetlo.

Vilijam je brzo povratio energiju i osećaj blagostanja tokom narednih meseci, a ožiljci na licu i grudima počeli su da nestaju. Kejt je noću i dalje sedela s njim dok ne zaspi. Užasne glavobolje i periodi amnezije sad su bili stvar prošlosti, a snaga mu se konačno vratila u desnu ruku.

Kejt mu nije dozvolila da se vrati na posao dok nisu otišli na dugačko krstarenje Karibima, a Vilijam se prvi put opustio nakon što je bio u Engleskoj s Kejt. Kejt je uživala u činjenici da na brodu nije bilo banaka s kojima je mogao da radi, mada se bojala da bi, da je krstarenje potrajalo još nedelju dana, kupio brod u ime *Lestera*, reorganizovao posadu, rute i raspored. Kad su se vratili u njujoršku luku, nije mogla da ga spreči da sledećeg jutra ode u banku.

Nekoliko novih mrlja od kafe pojavilo se na Aveljovom persijskom tepihu tokom narednih nekoliko meseci, neke su napravile poslušne konobarice, druge gošće hotela koje nisu plaćale smeštaj, a on i Zafija su se još više udaljili.

Ono što nije predvideo jeste da će njegova žena unajmiti privatnog detektiva da ga prati, a onda podneti zahtev za razvod. Razvod je bio gotovo nepoznat pojam u Aveljovom krugu poljskih prijatelja. Pokušao je da je odgovori od pokretanja tužbe, svestan da će to ugroziti njegov status u poljskoj zajednici, ali, još gore, predstavljaće smetnju za društvene ili političke ambicije koje je počeo da gaji. Ali Zafija je bila odlučna da nastavi s razvodom. Avelj se iznenadio kad je žena koja je bila tako neproduhovljena u trenucima njegove pobede, da upotrebi Džordžove reči, bila takva nadžak-baba u vreme svoje osvete.

Kad je Avelj razgovarao sa advokatom, otkrio je koliko konobarica i gošći koje nisu plaćale smeštaj je ugostio tokom prošle godine. Popustio je. Jedina stvar oko koje se borio bilo je starateljstvo nad Florentinom, koja je sad imala gotovo trinaest godina i bila je najvažnija osoba u njegovom životu.

Nakon dugog natezanja, Zafija je pristala na njegove zahteve, prihvatajući nagodbu od pola miliona dolara, vlasništvo nad kućom u Čikagu i pravo da viđa Florentinu poslednjeg vikenda svakog meseca.

Avelj je preselio sedište kompanije i dom u Njujork. Džordž ga je nazvao „Baron u izgnanstvu“ dok je lutao Amerikom, od severa do juga, gradeći nove hotele, i vraćajući se u Čikago samo kad je trebalo da se posavetuje s Kertisom Fentonom.

Kad mu je Tadeus Koen dostavio prvi izveštaj, Vilijam nije imao sumnje da Rosnovski aktivno traži deonice *Lester banke*; obratio se svim naslednicima Čarlsa Lestera, ali obavio je samo jednu kupovinu. Suzan Lester je odbila da se sastane s Koenom, tako da nije mogao da sazna zašto je prodala svojih šest odsto. Samo je znao da nije imala finansijskog razloga da to uradi.

Izveštaj je bio zadivljujuće opsežan. Henri Ozborn, ispostavilo se, bio je imenovan za direktora *Baron grupe* u maju 1946, s posebnim zaduženjem da obezbedi deonice *Lestera*. Suzanine deonice su kupljene tako da je bilo nemoguće povezati to s Rosnovskim ili Ozbornom. Koen je bio siguran da je Rosnovski bio spreman da plati najmanje 750.000 dolara da bi kupio dva odsto Pitera Parfita. Vilijama nije trebalo podsećati kakav bi haos Rosnovski mogao da stvori kad bi posedovao osam odsto *Lesterovih* deonica, i mogao bi da se pozove na Član sedam. Problem za Vilijama bio je što je rast *Lestera* zaostajao za rastom *Baron grupe*, koja je već sustizala svoje glavne konkurente, *Hilton* i *Šeraton*.

Ponovo se zapitao da li da obavesti upravni odbor o ovoj poslednjoj informaciji, i da li da kontaktira lično s Rosnovskim. Nakon nekoliko besanih noći, potražio je Kejtin savet.

– Nemoj ništa da radiš – kazala je – dok ne budeš potpuno siguran da su mu namere toliko loše kao što strahuješ. Sve to može da bude bura u čaši vode.

– Pošto je uključen Henri Ozborn, možeš biti sigurna da će se bura preliti iz čaše, a ja ne mogu da sedim dokono i čekam da vidim šta on namerava.

– Možda je malo smekšao, Vilijame. Prošlo je više od dvadeset godina otkako si imao nekog posla s tim čovekom.

Vilijam se opustio nekoliko dana, dok nije pročitao naredni izveštaj Tadeusa Koena.

Šesti deo

1948–1952.

43.

Predsednik Truman je ostvario iznenađujuću pobedu i osvojio drugi mandat u Beloj kući, uprkos naslovima u *Čikago tribjunu* koji su obavestili svet da je Tomas I. Djui naredni predsednik Sjedinjenih Američkih Država. Vilijam je znao vrlo malo o tom trgovcu tekstilom iz Misurija, osim onog što je pročitao u novinama, a kao okoreli republikanac, nadao se da će njegova partija pronaći pravog čoveka za kampanju 1952.

Baron grupa je imala velike koristi od posleratnog američkog ekonomskog buma. Još od dvadesetih godina nije bilo tako lako obogatiti se toliko brzo... a do početka pedesetih, ljudi su počeli da veruju da će ovog puta to potrajati.

Avelj nije bio zadovoljan samo finansijskim uspehom; kako je stario, počeo je da se brine za budućnost Poljske i da oseća kako više ne može da bude samo posmatrač. Šta je ono rekao Pavel Zaleski, poljski konzul u Turskoj? „Možda ćeš za života videti uspon Poljske.“

Avelj je osećao, dok je gledao kako se smenjuju komunističke marionetske vlade, da je uzaludno rizikovao život u Remagenu. Počeo je da radi sve što može kako bi ubedio Kongres da zauzme oštriji stav prema ruskoj kontroli istočnoevropskih satelita. Lobirao je kod političara, kontaktirao s novinarima i organizovao večere u Čikagu, Njujorku i drugim centrima poljske zajednice, sve dok poljski problemi nisu postali sinonim za Čikaškog Barona.

Doktor Teodor Šimanovski, bivši profesor istorije na Univerzitetu u Krakovu, napisao je pohvalan tekst o Aveljovoj ulozi u poljskoj „Borbi za priznanje“ u časopisu *Sloboda*, što je podstaklo Avelja da stupi u kontakt s njim. Svestan samo žestine profesorovih stavova, iznenadila ga je njegova fizička krhkost kad ga je posetio u kabinetu na Prinstonu.

Šimanovski je srdačno pozdravio Avelja i sipao mu votku iz Gdanjska, ne pitajući šta želi da popije. – Barone Rosnovski – rekao je, dajući mu čašu. – Odavno se divim vama i onom što ste uradili za Poljsku. Mada napredujemo tako sporo, vi kao da nikad ne gubite veru.

– Zašto bih? Uvek sam verovao da je u Americi sve moguće.

– Ali bojim se, barone, da su ljudi na koje sad pokušavate da utiče-te, isti oni koji su dozvolili da se dogode te grozote, i da neće to javno priznati.

– Ne razumem na šta mislite, profesore. Zašto nam ne bi pomogli? Napokon, to im je u dugoročnom interesu.

Profesor se zavalio u stolicu. – Sigurno ste svesni, barone, da je američka vojska dobila precizna naređenja 1944. da uspori napredova-nje na istok i dozvoli Rusima da zauzmu što veći deo centralne Evrope. Paton je mogao da umaršira u Berlin znatno pre Rusa, ali mu je Aj-zenhauer naredio da sačeka. Naše vođe u Vašingtonu – isti ljudi koje pokušavate da ubedite da vrate američke topove i vojsku u Evropu – izdale su Ajzenhaueru to naređenje.

– Ali nisu mogli da znaju koliko će velika imperija postati Sovjet-ski Savez – kazao je Avelj. – Rusi su nam bili saveznici. Prihvatam da smo bili previše pomirljivi prema njima na kraju rata, ali nemoguće je da su Amerikanci izdali Poljake.

Pre nego što je Šimanovski progovorio, umorno je zatvorio oči.

– Voleo bih da ste poznavali mog brata, barone. Čuo sam prošle nedelje da je umro pre šest meseci u nekom sovjetskom logoru, slič-nom onom iz koga ste pobegli.

Avelj je nameravao da mu izrazi saučešće, ali Šimanovski je podi-gao ruku.

– Ne govorite ništa. Znate kako je u logorima. Trebalo bi da znate kako saosećanje nije rešenje. Moramo pokušati da promenimo svet dok ostali spavaju. – Šimanovski je zastao. – Mog brata su Amerikanci poslali u Rusiju.

Avelj se zagledao u njega s nevericom.

– Amerikanci? Kako je to moguće? Ako su ga Rusi zarobili u Polj-skoj...

– Moj brat nije zarobljen u Poljskoj. Oslobođen je iz nemačkog lo-gora blizu Frankfurta. Amerikanci su ga držali u logoru za raseljena lica mesec dana, a onda ga predali Rusima.

– Zašto su to uradili?

– Rusi su želeli da svi Sloveni budu vraćeni u svoje zemlje. Kako bi mogli da ih istrebe ili porobe. One koje Hitler nije ubio, ubio je Staljin. A ja mogu da dokažem da je moj brat mesec dana bio u Američkom sektoru.

– Ali – počeo je Avelj – da li je on bio izuzetak, ili je bilo i drugih?

– Bilo ih je na stotine hiljada – rekao je Šimanovski, naizgled mirno. – Možda i milion. Sumnjam da ćemo ikad znati pravi broj. Sve to zlo je nazvano Operacija Kilhol.

– Ali sigurno bi ljudi bili užasnuti kad bi znali da su Amerikanci slali oslobođene zatvorenike u Rusiju da umru.

– Nema dokaza, nema zvaničnih dokumenata. Mark Klark se, kao Nelson, napravio nevešt, dozvoljavajući retkim zarobljenicima, koje su upozorili saosećajni čuvari, da pobegnu pre nego što su Amerikanci mogli da ih pošalju u logore. Jedan od tih srećnika bio je moj brat. – Profesor je zaćutao. – Ipak, sad je prekasno da išta uradimo.

– Ali Amerikanci moraju da čuju za to. Sastaviću komisiju, odštampati letke, držati govore. Sigurno će nas Kongres saslušati ako dokazi budu jaki.

– Barone Rosnovski, mislim da je ovo preveliko čak i za vas. Morate razumeti mentalitet svetskih vođa. Amerikanci su pristali da predaju te jadnike jer je Staljin zahtevao to u okviru celog dogovora. Siguran sam da nisu mislili da će biti suđenja, radnih logora i pogubljenja. A niko neće priznati da je indirektno odgovoran za istrebljenje hiljada nedužnih. Radije bih se nadao da ćete, zbog toga, početi da se aktivnije bavite politikom.

– Nemam želju da se kandidujem – rekao je Avelj. – Za taj posao morate biti mešavina Bejba Ruta i Henrija Fonde, a ja sam više nalik Hopalong Kasidiju. Ali to me neće sprečiti da se oglasim i mislim da znam koga da pozovem, jer on mrzi komuniste više nego ja.

Čim se Avelj vratio u Njujork, otišao je pravo u svoju kancelariju, uzeo telefon i zamolio sekretaricu da pronađe čoveka koji je počeo da gradi ugled osobe koja se ne boji da osudi bilo koga.

Javila se sekretarica Džozefa Makartija i pitala ko želi da razgovara sa senatorom. – Proveriću da li je slobodan – kazala je kad je čula ime.

– Gospodine Rozenevski – kazao je nepogrešivi senatorov glas. Avelj se zapitao da li je Makarti namerno smandrljao njegovo prezime, ili je veza loša. – Kakvo je to hitno pitanje o kojem želite da razgovarate sa mnom? – Avelj je oklevao. – Vaše tajne su bezbedne kod mene – rekao je senator.

– Naravno – kazao je Avelj, sabravši se. – Vi ste, senatore, zastupnik onih među nama koji bi voleli da vide istočnoevropske narode oslobođene komunističkog jarma.

– Drago mi je što cenite moj trud, Rozenevski.

Ovog puta je Avelj bio siguran da je Makarti namerno pogrešno izgovorio njegovo prezime, ali odlučio je da ništa ne kaže.

– Shvatate – nastavio je senator – da se prava akcija za oslobađanje porobljenih naroda može sprovesti samo nakon što izbacimo izdajnike iz svoje vlade.

– Upravo sam o tome želeo da razgovaram s vama, senatore. Imali ste mnogo uspeha sa otkrivanjem izdaje u našoj vladi. Ali do danas, jedan od najvećih komunističkih zločina ostao je neprimećen.

– Na koji to veliki zločin mislite, gospodine Rozenevski? Saznao sam za mnoge otkako sam stigao u Vašington.

– Mislim – Avelj se malo ispravio na stolici – na prisilnu repatrijaciju hiljada raseljenih poljskih državljana koju su sprovele američke vlasti nakon rata u Evropi. Nedužni neprijatelji komunizma vraćeni su u Poljsku i onda prebačeni u ruske logore, gde su zatvarani i često ubijani. – Čekao je odgovor, ali nije ga bilo. Čuo je škljocanje i zapitao se da li je još neko slušao razgovor.

– Kako ste tako loše obavešteni, Rozenevski? – kazao je senator Makarti, iznenada agresivnim tonom. – Usuđujete se da mi telefonirate i govorite kako su Amerikanci – lojalni američki vojnici – poslali hiljade vaših zemljaka u Rusiju i niko nije čuo ni reč o tome? Čak ni jedan Poljak ne može biti tako glup. Moram da se zapitam kakva osoba prihvata takvu laž bez dokaza. Da li očekujete da poverujem da su američki vojnici nelojalni? Da li to želite? Kažite mi, Rozenevski, koji je vaš problem? Jeste li suviše slepi da prepoznate komunističku propagandu i kad je tako očigledna? Morate li da tratite vreme prezauzetom američkom senatoru zbog neke glasine koju su smislili komunistički ološi samo da bi stvorili nemir u američkim imigrantskim zajednicama?

Avelj je sedeo nepomično, zaprepašćen ovim ispadom. Bilo mu je drago što Makarti ne može da vidi njegovo zaprepašćeno lice.

– Senatore, žao mi je što sam vam tratio vreme – kazao je tiho. – Nisam ranije razmišljao o ovome na taj način.

– Pa, to vam samo pokazuje koliko su lukavi ti komunistički prokletnici – kazao je Makarti, blažim tonom. – Morate sve da ih motrite. Stalno. U svakom slučaju, nadam se da ste sad svesniji pravih opasnosti s kojima se Amerikanci suočavaju.

– Jesam, senatore. Hvala vam što ste pronašli vreme da razgovarate sa mnom. Zbogom, senatore.

– Zbogom, gospodine Rozenevski.

Škljocanje telefona zvučalo je slično kao lupanje vratima.

44.

Vilijam je postao svestan da stari kad ga je Kejt zadirkivala zbog sede kose. Kao da to nije bilo dovoljno loše, Ričard je počeo da dovodi devojke na čaj.

Vilijam je gotovo uvek odobravao Ričardove izbore, možda jer su sve devojke ličile na Kejt, mada je prema njegovom mišljenju ona u srednjim godinama bila lepša od svih njih. Virdžinija i Lusi, sad takođe tinejdžerke, kako su novinari počeli da opisuju njihovu generaciju, donele su mu veliku sreću jer su postale tako nalik majci.

Virdžinija se razvila u nadarenu slikarku, a zidovi kuhinje i dečjih spavaćih soba bili su prekriveni poslednjim radovima genija, kako ju je Ričard posprdno opisivao. Virdžinijina osveta počela je kad je Ričard krenuo da svira violončelo, kad su čak i sluge počele da se bune kad god bi spustio gudalo na strune. Lusi ih je oboje obožavala i smatrala je Virdžiniju, sasvim neosnovano, novim Edvardom Hoperom, a Ričarda budućim Kazalsom.

Prema Kejtinom mišljenju, sve troje dece bilo je savršeno. Ričard je uskoro dovoljno naučio da svira čelo da je primljen u školski orkestar u *Sent Polu*, a jedna od Virdžinijinih slika visila je u salonu. Ali svima je postalo jasno da će Lusi biti najlepša u porodici kad je, s trinaest godina, počela da dobija telefonske pozive dečaka koji su se dotad zanimali samo za bejzbol i vozila za karting.

Godine 1951. Ričardu je ponuđeno mesto na Harvardu, i mada nije dobio vrhunsku matematičku stipendiju, Kejt je brzo istakla Vilijamu da je igrao hokej i svirao violončelo u *Sent Polu*, što njenom mužu nije pošlo za rukom. Vilijam je potajno bio ponosan na Ričardova postignuća, ali promrmljao je nešto o tome da ne zna mnogo bankara koji su stručnjaci za hokej ili violončelo.

Bankarstvo je sad ušlo u period širenja u trajnom miru, kako su Amerikanci počeli da veruju. Vilijam je radio dokasno, i nakratko su pretnja Avelja Rosnovskog i problemi povezani s njim otišli u drugi plan. Sve dok...

Godine 1951. Savezna vazduhoplovna uprava izdala je novoosnovanoj kompaniji *Interstejt ervejz* dozvolu za letove između Istočne i Zapadne obale. Ta kompanija se obratila *Lester banci* za kredit od trideset miliona dolara kako bi se uskladila s vladinim propisima.

Vilijam je verovao da vredi podržati vazduhoplovstvo koje je bilo u zamahu i potrošio je mnogo vremena praveći javne ponude za prikupljanje sredstava za *Interstejt*. Banka se napregla da stane iza nove kompanije, a Vilijam je shvatio da je njegov lični ugled na kocki kad je pokušao da skupi trideset miliona dolara na tržištu. Pojedinosti ponude su objavljene u julu, a novac je prikupljen za nekoliko dana. Vilijam je dobio mnoge pohvale sa svih strana zbog načina na koji je doveo projekat do tako uspešnog zaključka. Bio je izuzetno zadovoljan ishodom, sve dok u poslednjem izveštaju Tadeusa Koena nije pročitao da je deset odsto deonica vazduhoplovne kompanije kupila jedna od satelitskih firmi Avelja Rosnovskog.

Vilijam je znao da je došlo vreme da obavesti Teda Liča i Tonija Simonsa o svojim strahovima. Zamolio je Tonija da doleti u Njujork, gde je ispričao obojici potpredsednika sagu o Avelju Rosnovskom i Henriju Ozbornu.

– Imao sam posla sa stotinama kompanija veličine *Ričmond grupe* kad sam bio u *Kejn i Kabotu*, Toni, i mnogi su mi pretili nekakvom osvetom, što nikad nisam shvatao ozbiljno. Postao sam uveren da me Rosnovski i dalje mrzi kad je kupio šest odsto deonica banke od Suzan Lester.

– Zašto je ona bila spremna da se odrekne svojih akcija? – pitao je Simons.

Vilijam je ignorisao to pitanje. – Nisam vas gnjavio time ranije, ali kad je kupio deset odsto *Interstejta*, mislio sam...

– Moguće je da preteruješ – kazao je Lič. – A ako je tako, ne bi bilo pametno da obavestimo ostatak odbora o tvojim sumnjama. Poslednje što želimo nekoliko dana nakon pokretanja nove kompanije jeste da ohrabrimo ljude da prodaju deonice.

– Saglasan sam s Tedom – rekao je Simons. – Možda je došlo vreme da lično razgovaraš s Rosnovskim i vidiš možete li da izgladite nesuglasice?

– Ništa mu ne bi pružilo veće zadovoljstvo – prasnuo je Vilijam. – Tako bi bio siguran da se banka oseća ugroženo.

– Zar ne misliš da bi njegov stav mogao da se promeni ako bi saznao kako si pokušao da nagovoriš banku da podrži *Ričmond grupu*? Ne zaboravi da...

– Nisam uveren da bi to pomoglo.

– Šta misliš da bi banka trebalo da uradi? – pitao je Lič. – Ne možemo da sprečimo Rosnovskog da kupuje deonice *Lestera* ako pronađe nekog ko želi da ih proda. Ako krenemo da kupujemo svoje deonice, ne samo što ga ne bismo zaustavili nego bismo mu išli naruku dižući cenu i povećavajući vrednost njegove imovine.

– I ne zaboravi – ubacio se Simons – da bi demokrate najviše uživale u nekom bankarskom skandalu, nekoliko meseci pre izbora.

– Čuo sam vas, gospodo – rekao je Vilijam – ali morao sam da vas obavestim šta Rosnovski smera, za slučaj da napravi još neko iznenađenje.

– Pretpostavljam da postoje izvesni izgledi – kazao je Simons – da je sve to nedužno, i on jednostavno misli da je *Interstejt* dobra investicija.

– To nije uverljivo, Toni. Ne zaboravi da je moj očuh takođe uključen. Zašto misliš da je Rosnovski zaposlio Henrija Ozborna?

– Sad ne smeš da postaneš paranoičan, Vilijame. Siguran sam da ćemo otkriti...

– Da ne postanem paranoičan? – brecnuo se Vilijam. – Ne zaboravi moć koju naš Statut daje svakom deoničaru koji ima osam odsto deonica banke – član koji sam ubacio da bih zaštitio sebe od izbacivanja iz upravnog odbora. Rosnovski već poseduje šest odsto, a kao da to nije dovoljno loše, mogao bi da lako uništi *Interstejt ervejz* stavljajući svoje akcije na prodaju, bez upozorenja.

– Ali ne bi ništa dobio time – kazao je Ted Lič. – Sasvim suprotno, izgubio bi veliku svotu novca.

– Da, naravno da bi izgubio novac ako bi prodao akcije *Interstejta*, ali to mu ne bi smetalo... njegovi hoteli ostvaruju rekordnu dobit i može da to odbije od poreza. Naš ugled kao bankara zavisi od prevrtljivog poverenja javnosti, a Rosnovski to može da uništi kad mu odgovara.

– Smiri se, Vilijame – kazao je Simons. – Još nije došlo do toga. Sad kad znamo šta Rosnovski smera, možemo da motrimo na njega. Prvo što ćemo uraditi jeste da se pobrinemo da niko drugi ne proda deonice *Lestera* pre nego što ih prvo ponudi banci.

– Saglasan sam – kazao je Lič. – A i dalje mislim da bi trebalo da razgovaraš lično s Rosnovskim. Makar ćemo tako saznati kakve su mu namere i pripremićemo se u skladu s tim.

– Da li i ti tako misliš, Toni?

– Da, saglasan sam s Tedom. Mislim da treba da kontaktiraš sa Rosnovskim direktno i da rešiš to s njim.

Vilijam je ćutao nekoliko trenutaka. – Ako obojica mislite tako, pokušaću – konačno je rekao. – Ne slažem se s vama, ali možda sam previše lično uključen da bih doneo nepristrasnu procenu. Dajte mi nekoliko dana da razmislim kako da postupim.

Četiri dana kasnije Vilijam je naložio svojoj sekretarici da ga ne prekida ni pod kakvim okolnostima. Znao je da Avelj Rosnovski sedi za svojim stolom u njujorškom *Baronu*: jedan čovek je čitavo jutro sedeo u predvorju hotela, a zadatak mu je bio da ga obavesti kad se Rosnovski pojavi. Rosnovski je stigao u hotel u 7.27, otišao pravo u svoju kancelariju na četrdeset drugom spratu i otad nije izlazio. Vilijam je podigao slušalicu i okrenuo lično broj.

– Njujorški *Baron*, kako mogu da vam pomognem?

– Gospodina Rosnovskog, molim vas – kazao je nervozno Vilijam. Prebacili su ga kod neke sekretarice.

– Gospodina Rosnovskog, molim vas – ponovio je. Ovog puta mu je glas bio sigurniji.

– Smem li da pitam ko zove? – pitala je sekretarica.

– Zovem se Vilijam Kejn.

Usledila je duga ćutnja... ili se samo Vilijamu učinila dugom?

– Proveriću da li je tu, gospodine Kejne.

Još jedna duga ćutnja.

– Gospodine Kejne?

– Gospodine Rosnovski?

– Šta mogu da uradim za vas, gospodine Kejne? – pitao je vrlo smiren glas, s jedva čujnim naglaskom.

Vilijam je pogledao beleške na stolu ispred. Čuo je kako mu srce kuca.

– Malo sam zabrinut zbog vaših akcija u *Lester banci*, gospodine Rosnovski – rekao je – i takođe zbog velikog broja akcija koje imate u jednoj od kompanija koje posedujemo. Mislio sam da je možda došlo vreme da se sastanemo i razgovaramo o vašim namerama. Tu je i jedno lično pitanje o kojem želim da razgovaramo. – Baš kako je i želeo.

Još jedna duga ćutnja. Da li mu je spustio slušalicu?

– Ne postoje nikakvi uslovi pod kojima bih pristao na sastanak s vama, gospodine Kejne. Znam dovoljno o vama bez potrebe da slušam izgovore zbog načina na koji ste se poneli prema Dejvisu Liroju. Moj savet vam je da držite oči otvorene danonoćno; tako ćete uskoro otkriti kakve su mi namere, a one se znatno razlikuju od onih koje ćete pronaći u *Knjizi postanja*. Jednog dana ćete poželeti da skočite sa sedamnaestog sprata svoje banke, jer ćete biti u velikim problemima sa svojim odborom. Ne zaboravite, Kejne, da mi treba još samo dva odsto da bih se pozvao na Član sedam, a obojica znamo posledice toga, zar ne?

Vilijam nije odgovorio.

– Možda ćete onda konačno shvatiti kako se osećao Dejvis Liroj, pitajući se šta bi banka mogla da uradi povodom njegove budućnosti. Sad možete da sedite i pitate se šta ću uraditi kad budem posedovao osam odsto deonica *Lestera*.

Reči Rosnovskog su prestravile Vilijama, ali naterao je sebe da odgovori smireno. – Mogu da zamislim kako se osećate, gospodine Rosnovski, ali i dalje mislim da bi bilo korisno da sednemo i razgovaramo o svojim razlikama. Postoje neke stvari kojih očigledno niste svesni.

– Kao kako ste prevarili Henrija Ozborna za petsto hiljada dolara, gospodine Kejne.

Vilijam je trenutno ostao bez reči, ali ponovo je uspeo da se smiri.

– Ne, gospodine Rosnovski. Ono o čemu sam želeo da razgovaram s vama nema nikakve veze s Henrijem Ozbornom. To je lična stvar i uključuje samo vas. Međutim, mogu vas uveriti da nikad nisam prevario Henrija Ozborna ni za prebijenu paru.

– To nije ono što mi je on rekao. Kaže da ste odgovorni za smrt svoje majke, samo da ne biste morali da mu isplatite dug. Nakon onog kako ste se poneli prema Dejvisu Liroju, lako mi je da poverujem u to.

Vilijam nikad nije morao više da se trudi da kontroliše osećanja – šta taj čovek zamišlja? – i bilo mu je potrebno nekoliko trenutaka da odgovori. – Smem li da vam predložim da razjasnimo čitav ovaj nesporazum sastankom na neutralnom mestu po vašem izboru, gde nas niko neće prepoznati?

– Postoji samo jedno mesto gde vas niko neće prepoznati, gospodine Kejne.

– Gde je to mesto?

– Raj – kazao je Avelj i spustio slušalicu.

45.

– Pozovite mi odmah Henrija Ozborna – rekao je Avelj svojoj sekretarici.

Lupkao je prstima u sto dok je devojka gotovo petnaest minuta pokušavala da pronađe kongresmena Ozborna, koji je, kako se ispostavilo, vodio neke od svojih birača u obilazak Kapitola.

– Šta mogu da uradim za tebe, Avelju?

– Mislio sam da će te zanimati da Kejn zna sve. Bitka će se sad voditi na otvorenom.

– Kako to misliš, zna sve? Da li zna da sam ja uključen? – pitao je zabrinuto Ozborn.

– Naravno. Takođe zna za moje akcije u *Lester banci* i *Interstejt ervejzu*.

– Kako može da zna to? Samo ti i ja znamo za to.

– Ti, ja i Kertis Fenton – rekao je Avelj, prekidajući ga.

– Tako je. Ali on nikad ne bi rekao Kejnu.

– Mora da je rekao. Ne postoji drugi način da sazna. Ne zaboravi da je Kejn radio direktno s Fentonom kad sam kupio *Ričmond grupu* od njegove banke. Mora da su ostali u nekom kontaktu.

– O, dođavola!

– Zvučiš zabrinuto, Henri.

– Ako Kejn zna sve, to je onda druga priča. Upozoravam te, Avelju, on nema naviku da gubi.

– Ni ja – rekao je Avelj. – Vilijam Kejn me ne plaši, ne dok imam sve adute u rukama. Kako stojimo s Parfitom?

– Spustio je cenu na 600.000 dolara i mogu odmah da zaključim posao, ako želiš.

– Ne, mogu da sačekam – rekao je Avelj. – Nema žurbe. Parfit i Kejn nisu baš najbolji drugari, tako da neće prodati svoja dva procenta njemu. Zasad ćemo dozvoliti Kejnu da se pita šta li smeram. Nakon mog jutrošnjeg telefonskog razgovora s njim mogu da te uverim da se, da upotrebim džentlmenski izraz, preznojava. Ali odaću ti tajnu,

Henri: ja se ne preznojavam, jer nemam nameru da povučem potez dok ne budem spreman.

– Dobro – kazao je Ozborn. – Obavestiću te ako iskrsne nešto zbog čega treba da se zabrinemo.

– Moraš to da utuviš u glavu, Henri, nema ničeg zbog čega bismo *mi* morali da se brinemo. Držimo tvog prijatelja, gospodina Kejna, za muda, i sad nameravam da ih polako stiskam.

– Uživaću posmatrajući to – kazao je Ozborn, zazvučavši malo srećnije.

– Ponekad mislim da mrziš Kejna više nego ja.

Ozborn se nervozno nasmejao. – Želim ti srećan put u Evropu.

Avelj je spustio slušalicu i sedeo zagledan u prazno, dok je smišljao sledeći potez, i dalje glasno dobujući prstima po stolu. Onda je ponovo podigao slušalicu.

– Pozovite mi gospodina Kertisa Fentona iz *Kontinental trast banke*. – Nastavio je da dobuje prstima. Nekoliko trenutaka kasnije, zazvonio je telefon.

– Fentone?

– Dobro jutro, gospodine Rosnovski. Kako ste?

– Želim da zatvorim sve račune u vašoj banci.

Nije bilo odgovora.

– Jeste li me čuli, Fentone?

– Jesam – kazao je zaprepašćeni bankar. – Smem li da pitam zašto, gospodine Rosnovski?

– Jer Juda nikad nije bio moj omiljeni apostol, Fentone, eto zašto. Od ovog trenutka, više niste u odboru *Baron grupe*. Ubrzo ćete dobiti pisanu potvrdu ovog razgovora i uputstva u koju banku da prebacite moje račune.

– Ali, ne razumem, gospodine Rosnovski. Šta sam uradio?

Avelj je spustio slušalicu kad je njegova ćerka ušla u kancelariju.

– To nije zvučalo prijatno, tatice.

– I nije trebalo da zvuči, ali nema razloga da se brineš, dušo – kazao je Avelj, odmah promenivši ton. – Jesi li uspela da pronađeš svu odeću koja ti je potrebna za putovanje?

– Jesam, hvala, tatice, ali nisam sigurna kako se oblače u Londonu i Parizu. Nadam se da sam dobro odabrala. Ne želim da štrčim.

– Štrčaćeš, nego šta, dušo... svako bi s tvojim stilom. Bićeš najlepša devojka koju je Evropa videla godinama. Znaće da nisi kupovala odeću za bonove. Mladići će padati na nos da dođu do tebe, ali ja ću ih sprečiti. – Florentina se nasmejala. – Dobro, idemo da ručamo i razgovaramo o tome šta ćemo raditi u Londonu.

Deset dana kasnije, nakon što je Florentina provela produženi vikend s majkom u Čikagu, otac i ćerka su odleteli od *Ajdlvajlda* do *Hitroua*. Let je trajao gotovo četrnaest sati, i kad su stigli u *Kleridžis*, samo su želeli da dugo spavaju.

Avelj je krenuo na put iz tri razloga: prvo, da potvrdi lokacije za *Baron* hotele u Londonu, Parizu i možda Rimu; drugo, da povede Florentinu u prvu posetu Evropi, pre nego što ode na Redklif da studira savremene jezike; i treće, najvažnije, da poseti zamak u Poljskoj i otkrije postoji li ikakva šansa da povrati vlasništvo.

London je bio uspešan za oboje. Aveljovi savetnici su pronašli lokaciju u Hajd park korneru, i rekao je advokatima da odmah počnu s kupovinom zemlje i dozvolama koje će biti potrebne pre nego što se glavni grad Engleske bude mogao pohvaliti *Baronom*.

Florentina je smatrala siromaštvo posleratnog Londona pomalo neprijatnim u poređenju sa slobodom sopstvenog života, ali Londonci su izgledali nimalo obeshrabreni ratom uništenim gradom i još su verovali da su svetska sila. Pozivana je na ručkove, večere i balove, a njen otac je bio u pravu oko utiska koji će ostaviti na englesku gospodu. Vraćala se svake večeri sa sjajem u očima i pričama o novim udvaračima... koje je uglavnom zaboravljala do jutra, ali ne sve: nije mogla da se opredeli između jednog estonskog poručnika koji je služio u Grenadirima i člana Doma lordova koji je bio kraljev sekretar. Nije bila sigurna šta znači „sekretar“, ali sigurno nije delovao kao da krije išta od nje.

U Parizu takođe nisu gubili vreme. Oboje su sjajno govorili francuski i dobro su se slagali s Parižanima, kao i s Londoncima. Avelj i Florentina su hodali Jelisejskim poljima ruku podruku, što ga je podsetilo na vreme kad je hodao sredinom puta sa oslobođenim Francuzima. Pokušao je da shvati zašto je Pariz izgledao toliko drugačije od Londona. Florentina mu je istakla da Nemci nisu bombardovali taj grad.

Avelju je obično bilo dosadno do kraja druge nedelje godišnjeg odmora i počeo bi da broji dane do povratka na posao. Ali ne dok je bio s Florentinom. Ona je postala središte njegovog života kao i naslednica njegovog bogatstva.

Kad je došlo vreme da napuste Pariz, nijedno od njih nije želelo da ode. Ostali su još nekoliko dana, pod izgovorom da Avelj pregovara o kupovini čuvenog, ali pomalo oronulog, hotela u Bulevaru Raspaj. Nije obavestio vlasnika, gospodina Nefa, koji je izgledao, ako je to moguće, još oronulije od hotela, kako namerava da sruši tu zgradu i počne od temelja. Čim je gospodin Nef potpisao dokumenta, Avelj je naredio da se zgrada sruši do temelja. Bez dodatnih izgovora za ostanak u Parizu, on i Florentina su nevoljno otputovali u Rim.

Nakon samouverenosti Engleza i veselja Francuza, nadureni i zapušteni Večni grad izazvao im je utučenost. Rimljani su mislili kako nemaju razloga za slavlje, mnogi su osećali da su podržavali pogrešnu stranu, a ostali su odbijali da priznaju poraz. U Rimu je Avelj zatekao samo sveprisutan osećaj finansijske nestabilnosti i odlučio je da odloži svoje planove za izgradnju hotela. Florentina je osetila kako je sve nestrpljiviji da obiđe svoj zamak u Poljskoj i predložila je da napuste Rim nekoliko dana ranije.

Avelju je bilo teže da obezbedi Florentini i sebi vizu za prelazak granice u zemlju iza Gvozdene zavese nego da dobije dozvolu za izgradnju hotela s petsto soba u Londonu. Manje uporan čovek bi odustao, ali nakon što su im potrebne vize bile utisnute u pasoše, Avelj je unajmio kola i njih dvoje su krenuli ka Slonimu. Kad su stigli do granice, čekali su nekoliko sati, a pomogla im je samo činjenica da je Avelj tečno govorio jezik. Da su čuvari znali da mu je poljski tako dobar, sigurno bi dobro razmislili o tome da li da ga puste da pređe granicu. Promenio je petsto dolara u zlote – to je makar naizgled zadovoljilo Poljake – i odvezao se. Nakon svakog kilometra, Florentina je postajala sve više svesna koliko to putovanje znači njenom ocu.

– Tatice, ne mogu da se setim da si ikad bio toliko uzbuđen.

– Ovde sam rođen – objasnio je Avelj. – Nakon toliko vremena u Americi, gde se stvari menjaju svakog dana, gotovo je nestvarno vratiti se na mesto koje izgleda kao da se ništa nije promenilo trideset godina.

Dok su se približavali Slonimu, Avelj se naježio od iščekivanja da ponovo vidi svoje rodno mesto. Čuo je svoj dečji glas od pre skoro četrdeset godina, koji pita barona da li je kucnuo čas potlačenih naroda Evrope i da li će moći da odigra svoju ulogu. Suze su mu potekle na pomisao koliko je taj čas bio kratak i koliko je beznačajnu ulogu odigrao.

Napokon su stigli do poslednje krivine pre baronovog imanja. Kad je Avelj video veliku gvozdenu kapiju koja vodi do zamka, nasmejao se glasno od uzbuđenja i zaustavio auto.

– Izgleda isto kao što se sećam – izjavio je. – Ništa se nije promenilo. Idemo da vidimo da li postoji koliba u kojoj sam proveo prvih pet godina života... ne očekujem da iko živi tamo. Onda ćemo ići da posetimo moj zamak.

Florentina ga je pratila dok je samouvereno išao puteljkom kroza šumu prepunu mahovinom prekrivenih breza i hrastova koji se nisu menjali sto godina. Nakon dvadesetak minuta, stigli su do proplanka, a pred njima se nalazila lovčeva koliba. Avelj se zaustavio i pogledao. Zaboravio je koliko je mali bio njegov prvi dom; da li je tamo stvarno živelo devetoro ljudi? Tršćani krov je sad bio urušen, kameni zidovi oronuli, a prozori razbijeni. Nekad uredan povrtnjak nestao je pod korovom. Da li u kolibi još neko živi?

Florentina je uhvatila oca za ruku i povela ga polako prema ulaznim vratima. Stajao je tamo, nesposoban da se pomeri, pa je ona pokucala. Čekali su ćutke. Pokucala je ponovo, ovog puta malo glasnije i čuli su da se neko pomera unutra.

– Dobro, dobro – kazao je neki mrzovoljan glas na poljskom, i nekoliko trenutaka kasnije, vrata su se odškrinula, otkrivajući jednu staricu, pogrbljenu i mršavu, odevenu u crno. Pramenovi neuredne snežnobele kose virili su joj ispod marame, a umorne sive oči bledo su gledale posetioce.

– To nije moguće – tiho je kazao Avelj na engleskom.

– Šta želite? – pitala je sumnjičavo starica. Nije imala zuba, a linije njenog nosa, usta i brade pravile su savršen udubljen luk.

Avelj je odgovorio na poljskom. – Smemo li da uđemo i razgovaramo s tobom?

Uplašeno je pogledala oboje. – Stara Helena nije uradila ništa loše – kazala je plačljivo.

– Znam – nežno je rekao Avelj. – Imam dobre vesti za tebe.

Nevoljno je otvorila vrata i pustila ih da uđu u praznu, hladnu sobu, ali nije im ponudila da sednu. Soba se nije promenila... dve stolice, jedan sto i podsetnik da, dok nije napustio kolibu, Avelj nije znao šta je tepih. Florentina se stresla.

– Ne mogu da zapalim vatru – zašištala je starica, džarajući štapom žar koji je jedva svetleo. Bezuspešno je tražila nešto u džepu. – Potreban mi je papir. – Pogledala je Avelja, prvi put pokazujući interesovanje. – Imaš li neki papir?

Avelj ju je netremice gledao. – Zar me se ne sećaš? – pitao je.

– Ne poznajem te.

– Poznaješ, Helena. Zovem se... Vladek.

– Znaš mog malog Vladeka?

– Ja sam Vladek.

– O, ne – kazala je tužno i konačno. – Bio je previše dobar za mene... božji beleg je bio na njemu. Baron ga je odveo da bude anđeo. Da, odveo je matkinog najmlađeg...

Starački glas ju je izdao i zamro. Sela je, ali drevne, izborane šake nemirno su se pomerale u krilu.

– Vratio sam se – kazao je Avelj, kleknuvši ispred nje. Starica nije obraćala pažnju na njega, samo je mumlala kao da je sasvim sama u sobi.

– Ubili su mog muža, mog Jasija, a sva moja divna deca su odvedena u logor, osim male Sofije. Sakrila sam je i oni su otišli. – Glas joj je bio jednoličan i pomiren sa sudbinom.

– Šta se dogodilo s malom Sofijom? – pitao je Avelj.

– Rusi su je ukrali u narednom ratu – kazala je neveselo. Avelj se stresao. Starica se probudila iz sanjarenja. – Šta želiš? – pitala je. – Zašto mi postavljaš sva ta pitanja?

– Želeo sam da upoznaš moju ćerku, Florentinu.

– Imala sam nekad ćerku koja se zvala Florentina, ali sad sam ostala samo ja.

– Ali ja... – počeo je Avelj, otkopčavajući košulju.

Florentina ga je zaustavila. – Znamo – kazala je, osmehujući se starici.

– Kako možete da znate? To je bilo davno pre nego što si rođena.

– Rekli su nam u selu – kazala je Florentina.

– Imate li papira za mene? – pitala je starica. – Potreban mi je papir za vatru.

Avelj je bespomoćno pogledao pomajku. – Ne – odgovorio je. – Žao mi je, nismo ga poneli.

– Šta onda želite? – ponovila je starica, ponovo neprijateljski raspoložena.

– Ništa – odgovorio je Avelj, sad pomiren s tim da ga ona neće prepoznati. – Samo smo želeli da se javimo. – Izvadio je novčanik, uzeo sve zlote koje je promenio na granici i predao joj.

– Hvala ti, hvala ti – kazala je, dok je uzimala svaku novčanicu, a stare oči su joj zasuzile od zadovoljstva.

Avelj se sagnuo da je poljubi, ali ona se odmakla.

Florentina je uhvatila oca za ruku i izvela ga iz kolibe, i šumskom stazom do kola.

Starica ih je gledala s prozora sve dok nije bila sigurna da su van vidokruga. Zatim je uzela novčanice, zgužvala ih u lopticu i pažljivo spustila u ognjište. Zapalile su se odmah. Spustila je grančice i cepanice na zapaljene zlote i sela kraj svoje vatre, najbolje poslednjih nekoliko nedelja, trljajući šake i uživajući u toploti.

Avelj nije progovorio dok nije ugledao gvozdenu kapiju. Onda je obećao Florentini da će dati sve od sebe da zaboravi kolibicu i ženu koja mu je spasla život: – Videćeš najlepši zamak na svetu.

– Moraš da prestaneš s preterivanjem, tatice.

– Na svetu – tiho je ponovio.

Florentina se nasmejala. – Reći ću ti kako izgleda u poređenju s Versajem.

Ušli su u auto i Avelj je prošao kroz kapiju, sećajući se prvog vozila u kojem se vozio kad su išli u drugom smeru. Dok su se polako truckali vijugavim, neravnim putem, vratilo mu se još uspomena: srećni dani detinjstva s baronom i Leonom, nesrećni dani u tamnici pod nemačkom vlašću i najgori dan života kad su ga Rusi odveli iz voljenog zamka, kad je mislio da više nikad neće videti svoj dom. Ali sad se on, Vladek Koskjevič, vratio... da uzme ono što mu po zakonu pripada.

Kad su prošli poslednju krivinu, Florentina je prvi put videla ono što je njenom ocu pripadalo po rođenju. Avelj je zaustavio auto i pogledao svoj zamak. Nijedno od njih nije govorilo. Šta su mogli da kažu? Zurili su sa zaprepašćenjem i nevericom u ostatke bombardovane ljušture njegovog sna.

Polako su izašli iz auta. I dalje nisu govorili. Florentina je vrlo, vrlo čvrsto stezala očevu ruku, dok su mu suze tekle niz obraze. Samo jedan preostali zid nesigurno je stajao, podsećajući na nekadašnju slavu; ostalo je bilo pretvoreno u hrpu ruševina. Nije mogao da podnese da joj priča o velikim dvoranama, prostranim krilima, ogromnim kuhinjama i raskošnim spavaćim sobama.

Avelj je otišao do tri humke, sad prekrivene gustom mahovinom, gde su se nalazili grobovi barona, prijatelja Leona i voljene Florentine. Zastao je kod svakog, misleći kako bi Leon i Florentina verovatno bili živi danas. Kleknuo je kraj njih i živo se setio užasnih prizora njihovih poslednjih trenutaka. Ćerka je stajala kraj njega, s rukom na njegovom ramenu, ćuteći.

Prošlo je mnogo vremena pre nego što je Avelj ustao. Zajedno su otišli do ruševina, držeći se za ruke, a slomljene kamene ploče označavale su mesta gde su nekad veličanstvene prostorije bile ispunjene smehom. Avelj je i dalje ćutao. Kad su sišli u tamnicu, Avelj je seo na pod vlažne sobice ispod rešetke, ili polovine rešetke koja je preostala. Okretao je srebrnu narukvicu oko zglavka.

– Tu je tvoj otac proveo četiri godine života.

– To je nemoguće – kazala je Florentina.

– Sad je bolje nego tad. Makar ima svežeg vazduha, pesme ptica, sjaja sunca i osećaja slobode. Onda je postojala samo tama, smrt, smrad smrti i, najgore od svega, iščekivanje smrti.

– Hajde, tatice, idemo odavde. Ako ostaneš, samo će ti se vratiti još nesrećnih uspomena.

Florentina je povela neodlučnog oca do auta i odvezli su se polako dugim prilazom. Avelj se nije osvrnuo da pogleda srušeni zamak dok je poslednji put prolazio kroz gvozdenu kapiju.

Na putu do Varšave, Avelj gotovo da nije govorio, a Florentina je odustala od pokušaja da ga razveseli.

Kad je konačno rekao: – Postoji samo još jedna stvar koju moram da ostvarim u životu – zapitala se na šta je mislio, ali nije tražila da joj objasni. Ipak je, međutim, uspela da ga nagovori da provedu još jedan vikend u Londonu pri povratku, za koji se nadala da će mu pomoći da zaboravi dementnu pomajku i ono što je ostalo od njegovog nasledstva.

Odleteli su u London sutradan. Kad su se prijavili u *Kleridžisu*, Florentina je otišla da vidi stare prijatelje i stekne nove. Avelj je listao novine koje su se nakupile u hotelu otkako je poslednji put bio tu. Nije mu se svidelo što se život nastavljao dok je on bio odsutan; to ga je podsetilo suviše jasno da se svet okreće bez njega. Jedan tekst u jučerašnjem *Tajmsu* privukao mu je pažnju. Nešto se *jeste* dogodilo dok je bio odsutan. Avion vikers vikont *Interstejt ervejza* srušio se odmah nakon poletanja sa aerodroma u Meksiku, na putu za Panama Siti. Sedamnaest putnika i članova posade je poginulo. Meksičke vlasti su okrivile *Interstejtovo* loše održavanje aviona, a *Interstejt* je krivio meksičke mehaničare. Avelj je podigao slušalicu i zatražio od operatera obavljanje međunarodnog poziva.

Subota. *Verovatno je u Čikagu*, mislio je Avelj. Prelistao je džepni telefonski imenik da pronađe kućni broj.

– Doći će do tridesetominutnog kašnjenja – kazao je neki precizan engleski glas.

– Hvala vam – rekao je Avelj, legao na krevet i nestrpljivo čekao. Telefon je zazvonio dvadeset minuta kasnije.

– Vaš međunarodni poziv je spreman, gospodine – kazao je isti precizni glas.

– Avelju, jesi li to ti? Gde si?

– Ja sam, Henri. U Londonu sam.

– Je li sve gotovo? – pitala je devojka, koja je ponovo bila na vezi.

– Nisam ni počeo – rekao je Avelj.

– Izvinite, gospodine, mislim, da li razgovarate sa Amerikom?

– O, da, naravno. Hvala vam. Isuse, Henri, ovde govore drugim jezikom.

Ozborn se nasmejao.

– Sad me slušaj. Jesi li čuo za rušenje *Intestejtovog* aviona u Meksiko Sitiju?

– Da, jesam. Ali nema razloga za brigu. Avion je propisno osiguran, tako da kompanija nije pretrpela gubitak, a akcije su pale za svega nekoliko centi.

– Osiguranje je poslednje što me zanima – rekao je Avelj. – Ovo bi mogla da bude idealna prilika da otkrijemo koliko je jak gospodin Kejn.

– Ne razumem, Avelju. Na šta si mislio?

– Slušaj me pažljivo i objasniću ti šta tačno treba da radiš kad se Berza otvori u ponedeljak ujutro. Ja ću se vratiti u Njujork u utorak da odigram završni potez.

Ozborn je pažljivo slušao Aveljova uputstva. Dvadeset minuta kasnije Avelj je spustio slušalicu.

Sve je bilo gotovo.

46.

Vilijam je shvatio da može očekivati više nevolja od Avelja Rosnov-
skog kad ga je Kertis Fenton pozvao da mu kaže kako je Čikaški Baron
zatvorio sve poslovne račune u *Kontinental trastu*, i optužio Fentona
za nelojalno i neetičko ponašanje.

– Mislio sam da radim ispravnu stvar kad sam vas obavestio o
tome da je gospodin Rosnovski kupio deonice *Lestera* – kazao je neza-
dovoljno bankar – a na kraju sam izgubio jednog od najvažnijih klije-
nata. Ne znam kako će moj upravni odbor reagovati.

Vilijam je smirio Fentona obećavajući mu da će razgovarati s nje-
govim nadređenima u *Kontinental trastu*. Bio je, međutim, više zabri-
nut zbog narednog poteza Rosnovskog.

Prošao je mesec dana pre nego što je saznao koji je to potez. Vili-
jam je proveravao jutarnju poštu kad je dobio poziv svog brokera, koji
mu je rekao da je neko ponudio na prodaju akcije *Interstejt ervejza* u
vrednosti od milion dolara. Vilijam mu je rekao da će njegova zadu-
žbina kupiti te akcije i broker je odmah izdao naređenje za kupovinu.
U dva po podne na prodaju su ponuđene akcije vredne još milion do-
lara. Pre nego što je Vilijam imao priliku da ih kupi, cena je počela da
pada. Kad se *Njujorška berza* zatvorila u tri sata, cena akcija *Interstsejt
ervejza* pala je za jednu trećinu.

U deset i deset narednog jutra Vilijama je pozvao njegov sad uzne-
mireni broker. Još jednom su akcije *Interstejta* vredne milion dolara
ponuđene na prodaju kad se berza otvorila. Broker je izjavio da je ta
poslednja ponuda pokrenula lavinu prodaja. Brokeri sa uputstvom da
prodaju akcije *Interstejta* dolazili su sa svih strana, a akcije su se sad
prodavale za svega nekoliko centi. Pre samo dvadeset četiri časa, akcije
Interstejta vredele su četiri i po dolara.

Vilijam je naložio Alfredu Rodžersu, sekretaru kompanije, da sa-
zove sastanak odbora za naredni ponedeljak. Pre toga je morao da
utvrdi ko je odgovoran za obaranje vrednosti akcija. Mada je bio pri-
lično siguran. Do srede popodne je morao da odustane od pokušaja da

stabilizuje *Interstejt* kupovinom svih akcija koje se pojave na berzi. Na kraju radnog dana, Komisija za hartije od vrednosti sprovešće istragu *Interstejtovih* akcija. Vilijam je znao da će upravni odbor *Lestera* morati da odluči da li da podržava vazduhoplovnu kompaniju od tri do šest meseci koliko je potrebno da Komisija završi istragu, ili da ugasi kompaniju. I jedno i drugo izgledalo je krajnje štetno, i za Vilijamov džep i za ugled banke.

Vilijam se nije iznenadio kad ga je Tadeus Koen pozvao da mu kaže kako je kompanija koja je ponudila na prodaju akcije *Interstejta* vredne tri miliona dolara jedna od firmi povezanih sa Aveljom Rosnovskim. U četvrtak ujutro, portparol *Garanti investment korporacije* izdao je saopštenje za medije u kojem je objasnio razloge za prodaju: bili su veoma zabrinuti za budućnost *Interstejta* nakon „detaljne i promišljene“ izjave meksičke vlade o neadekvatnim procedurama održavanja.

– „Detaljna i promišljena“ – kazao je besno Vilijam. – Meksička vlada nije dala manje odgovornu izjavu otkako je tvrdila da će Brzi Gonzales pobediti u trci na sto metara na Olimpijskim igrama u Helsinkiju.

Mediji su preneli saopštenje *Garanti investmenta*, a u petak je Savezna vazduhoplovna agencija prizemljila sve avione *Interstejta* dok se ne sprovede temeljna istraga uslova i procedura održavanja.

Vilijam je bio uveren da *Interstejt* nema razloga za strah od takve inspekcije, ali prizemljenje je bilo katastrofalno za kratkoročne rezervacije. Nijedna vazduhoplovna kompanija ne može da dozvoli da joj avioni budu na zemlji; zarađuju novac samo kad lete. Uza sve to, druge velike kompanije koje su imale račune u banci počele su da razmatraju svoj položaj. Novinari su brzo podsetili čitaoce da je *Lester* finansijer *Interstejta*.

Na Vilijamovo iznenađenje, vrednost akcija počela je da raste u petak po podne. Nije mu bilo potrebno mnogo vremena da shvati zašto – a to mu je kasnije potvrdio Tadeus Koen. Kupac je bio Avelj Rosnovski. Prodao je svoje akcije *Interstejta* kad su bile na vrhuncu, a sad ih je kupovao kad su bile na dnu. Vilijam je nevoljno morao da izrazi svoje divljenje. Rosnovski se obogatio terajući Vilijama u bankrot, finansijski i po pitanju ugleda na Vol stritu. Vilijam je izračunao da bi *Baron grupa*, iako je možda rizikovala tri miliona, mogla da ostvari veliku dobit.

Kad se odbor sastao u ponedeljak, Vilijam je objasnio čitavu istoriju sukoba s Rosnovskim, i ponudio ostavku. Odbor je nije prihvatio, niti su glasali o tome. Međutim, bilo je mrmljanja nekih mlađih članova odbora, a Vilijam je znao da ako ga Rosnovski ponovo napadne, kolege možda neće ponovo biti tako strpljive.

Odbor je razmatrao da li da banka nastavi da podržava *Interstejt ervejz*. Toni Simons ih je ubedio da će nalazi Savezne vazduhoplovne agencije ići u prilog *Interstejtu* i da će banka na kraju povratiti svoj novac. Morao je da prizna Vilijamu nakon sastanka da će to samo pomoći Rosnovskom na duže staze, ali banka nije imala drugog izbora ako je želela da zaštiti svoj ugled.

Simons je bio u pravu u oba slučaja. Kad je Komisija objavila svoje nalaze, proglasila je da je *Lester* „poslovao zakonito", mada je imala oštre reči za *Garanti investment korporaciju*. Kad je berza počela s radom narednog dana, Vilijam se nije iznenadio videvši da akcije *Interstejta* polako rastu. U roku od nekoliko nedelja, vrednost akcija vratila se na četiri i po dolara.

Tadeus Koen je obavestio Vilijama da je glavni kupac ponovo bio Avelj Rosnovski.

– To je sve što mi je trenutno potrebno – kazao je Vilijam. – Ne samo što je ostvario veliku dobit na čitavoj transakciji nego sad može da ponovi sve to kad mu odgovara.

– U stvari – kazao je Tadeus Koen – to je upravo ono što vam je potrebno.

– Kako to mislite, Tadeuse? Dosad niste govorili u zagonetkama.

– Rosnovski je napravio prvu grešku. Prekršio je zakon, tako da je sad red na vas da ga progonite. Verovatno ne shvata da je bio uključen u nešto ilegalno, jer je uradio to iz pogrešnih razloga.

– I dalje ne znam o čemu pričate?

– Jednostavno – kazao je Koen. – Zbog svoje opsesije Rosnovskim – i njegove vama – izgleda da ste prevideli očigledno: ako prodate akcije s namerom da izazovete pad cene, kako biste kupili te iste akcije jeftino i zaradili, kršite Član 10b-5 Komisije za hartije od vrednosti, i krivi ste za prevaru. Nema sumnje da ostvarivanje brze zarade nije bila prvobitna namera Rosnovskog; u stvari, vrlo dobro znamo da je samo hteo da vas posrami. Ali ko će mu poverovati kad bude rekao da je oborio vrednost akcija jer je mislio da je *Interstejt* nepouzdan, a onda ih ponovo kupio po najnižoj ceni? Odgovor: niko... a sigurno ne Komisija. Sutra ću vam poslati potpun pisani izveštaj da ga razmotrite, sa objašnjenjem zakonskih posledica.

– Hvala vam – kazao je Vilijam, osećajući olakšanje prvi put nakon više meseci.

Izveštaj Tadeusa Koena bio je na njegovom stolu u devet ujutro, i kad je Vilijam razmotrio posledice, sazvao je hitan sastanak odbora.

Direktori su se saglasili šta treba uraditi, a Tadeus Koen je dobio uputstvo da pošalje primerak svog izveštaja Odeljenju za prevare Komisije za hartije od vrednosti.

– Da pošaljemo primerak i *Vol strit žurnalu*? – pitao je Simons.

– To neće biti neophodno – rekao je sekretar kompanije. – Čim taj izveštaj stigne u Komisiju, možete biti sigurni da će biti prosleđen *Žurnalu*. Nisu poznati kao sito bez razloga. – Članovi odbora su se nasmejali prvi put tog dana.

Alfred Rodžers je ispravno pretpostavio, jer je *Vol strit žurnal* na naslovnoj strani objavio članak koji ne bi bio korisniji ni da ga je diktirao Tadeus Koen.

Priča je detaljno objasnila Član 10b-5, a u uvodniku je pisalo da je to upravo ogledni slučaj kakav je predsednik Truman tražio. Karikatura ispod članka prikazala je Trumana kako hvata nekog poslovnog čoveka s rukom u kutiji sa slatkišima.

Vilijam se osmehnuo dok je čitao tekst, uveren da više neće čuti za Avelja Rosnovskog.

Avelj se namrštio i dobovao prstima po stolu dok je Henri Ozborn čitao članak po drugi put.

– Momci iz Vašingtona – kazao je Ozborn – moraće da pokrenu punu istragu, posebno ako se može ostvariti neka politička korist.

– Ali, Henri, znaš vrlo dobro da nisam prodao *Interstejt* da bih brzo zaradio na berzi – kazao je Avelj. – Zarada me nije nimalo zanimala.

– Znam to – rekao je Ozborn – ali pokušaj da ubediš Finansijski komitet Senata da Čikaškog Barona nije zanimala zarada i da je samo želeo da sprovede ličnu osvetu protiv Vilijama Kejna, i smehom će te ispratiti sa suda... tačnije, iz Senata.

– Prokletstvo – kazao je Avelj. – Šta, dođavola, da radim?

– Pa, prvo ćeš morati da se primiriš dok ovo ne splasne. Počni da se moliš da Truman pronađe neki veći skandal kojim će se baviti, ili da Vašington postane toliko zauzet izborima da nema vremena za istragu. Uz malo sreće, nova administracija će možda zaboraviti na sve. Šta god da radiš, Avelju, ne kupuj nikakve akcije koje su povezane s *Lester bankom*, ili ćeš u najboljem slučaju završiti s veoma visokom novčanom kaznom. Proveriću šta mogu da uradim kod demokrata u Vašingtonu.

– Podseti Trumanov štab da sam dao pedeset hiljada dolara za njegovu kampanju na poslednjim izborima i da ću uraditi isto za Stivensona.

– Već sam uradio to – kazao je Henri. – U stvari, savetujem ti da daš pedeset hiljada dolara i republikancima.

– Dižu previše galame oko toga – kazao je Avelj.

– Galame koju će iskoristiti Kejn, ako mu damo priliku – odgovorio je Ozborn.

Avelj je nastavio da dobuje prstima po stolu.

Sedmi deo

1952–1963.

47.

Tadeus Koen je u narednom kvartalnom izveštaju otkrio da je Avelj Rosnovski prestao da kupuje i prodaje akcije koje imaju ikakve veze s *Lesterom*. Izgledalo je da se sad usredsredio na izgradnju novih hotela u Evropi. Koenovo mišljenje bilo je da se Rosnovski primirio dok Komisija za hartije od vrednosti ne donese odluku o *Interstejtu*.

Predstavnici Komisije su posetili Vilijama u banci nekoliko puta. Razgovarao je s njima potpuno iskreno, ali nikad mu nisu otkrili kako istraga napreduje, niti nagovestili ko je odgovoran za pad vrednosti akcija. Komisija je konačno završila istragu i zahvalila se Vilijamu na saradnji. Pretpostavio je da će morati da čeka nekoliko meseci dok ne objave zaključke.

Kako su se izbori približavali, Truman je sve više ličio na „kilavog" predsednika, pa je Vilijam počeo da se boji kako bi Rosnovski mogao da prođe nekažnjeno. Imao je osećaj da je Henri Ozborn potegao neke veze u Kongresu i setio se da je Koen jednom naglasio da je *Baron grupa* dala donaciju od 50.000 dolara Trumanovom izbornom štabu. Nije se iznenadio kad je u poslednjem Koenovom izveštaju pročitao da je Rosnovski donirao 50.000 dolara Adleju Stivensonu, demokratskom kandidatu za predsednika. Ali zaprepastio se kad je otkrio da je takođe dao 50.000 dolara za Ajzenhauerovu kampanju. Koen je podvukao taj drugi iznos.

Vilijam nikad nije razmišljao da na izborima podrži ikog ko nije bio kandidat Republikanske partije. Želeo je Ajzenhauera, kompromisnog kandidata koji se pojavio na prvim predizborima u Čikagu i pobedio Stivensona, iako je bilo manje verovatno da će republikanska administracija insistirati na istrazi o berzanskoj prevari.

Kad je general Dvajt D. Ajzenhauer izabran za trideset četvrtog predsednika Sjedinjenih Američkih Država, četvrtog novembra 1952. (izgledalo je da nacija stvarno „voli Ajka"), Vilijam je pretpostavio da je Rosnovski izbegao optužnicu. Samo se nadao da će ga to iskustvo ubediti da ostavi ubuduće *Lester* na miru.

Jedina mala uteha za Vilijama, nakon izbora, bila je što je Henri Ozborn izgubio mesto u kongresu od nekog republikanca. Ajzenhauerov šinjel je bio prilično dugačak i Ozbornov rival se držao za njega. Tadeus Koen je bio sklon da misli kako Ozborn više neće imati toliki uticaj na Avelja Rosnovskog sad kad više nije na funkciji. U Čikagu se pričalo da je Ozborn, otkako se njegova druga bogata žena razvela od njega, ponovo počeo da se kocka, i da je dugovao na sve strane. Vilijam se posle dužeg vremena osećao malo opuštenije i radovao se napretku i miru koje je Ajzenhauer obećao na inauguraciji.

Tokom prvih nekoliko meseci mandata novog predsednika Vilijam je zaboravio na pretnje Rosnovskog, pretpostavljajući da je naučio lekciju. Rekao je Tadeusu Koenu kako misli da više neće čuti za Avelja Rosnovskog. Koen nije odgovorio ništa, ali niko ga ništa nije pitao.

Vilijam je uložio svu energiju u razvijanje veličine i ugleda *Lestera*, sve više svestan da to sad radi za svog sina koliko i za sebe. Neki od mlađih članova odbora već su počeli da ga zovu „matori“.

– To je moralo da se dogodi – kazala je Kejt.

– Zašto se onda nije dogodilo tebi? – pitao je džentlmenski.

Kejt se osmehnula. – Sad znam zašto si sklopio toliko ugovora s taštim ljudima.

Vilijam se nasmejao. – I jednom prelepom ženom.

Nekoliko meseci pre Ričardovog dvadeset prvog rođendana, Vilijam je pregledao svoj testament. Odvojio je pet miliona dolara za Kejt, po dva miliona za ćerke, i ostavio ostatak imovine Ričardu, sa žaljenjem primećujući da će veliki deo otpasti na porez na nasledstvo, uprkos republikanskoj većini u oba doma. Takođe je zaveštao milion dolara Harvardu.

Ričard je dobro iskoristio vreme na Harvardu. Do početka četvrte godine ne samo što je izgledao spreman za diplomiranje s najvišim ocenama nego je svirao violončelo u univerzitetskom orkestru i igrao u bejzbol timu. Kao što je Kejt volela retorički da pita, koliko studenata provodi subotnje popodne igrajući bejzbol protiv Jejla, a nedeljno veče svirajući violončelo u *Louelovoj koncertnoj dvorani*?

Ričardova četvrta godina studija prošla je suviše brzo, a kad je napustio Harvard s diplomom iz matematike, violončelom i bejzbol

palicom, sve što mu je bilo potrebno pre nego što upiše postdiplomske studije poslovne škole na drugoj obali reke Čarls, bio je dugačak
odmor. Odleteo je na Barbados s devojkom po imenu Meri Bigelou,
čijeg su postojanja roditelji bili blaženo nesvesni. Gospođica Bigelou
je studirala muziku, između ostalog, na Vasaru, i kad su se vratili, dva
meseca kasnije, Ričard ju je odveo da upozna njegove roditelje. Vilijamu se svidela gospođica Bigelou; napokon, bila je nećaka Alana Lojda.

Ričard je počeo postdiplomske studije na Harvardovoj poslovnoj
školi prvog oktobra 1954, nakon što se preselio u *Red haus*. Prvo što je
uradio bilo je da izbaci sav očev tršćani nameštaj i skine šarene tapete koje je Metju Lester nekad smatrao tako modernim. Velika fotelja
njegovog dede je preživela. Ubacio je televizor u dnevnu sobu, hrastov
sto u trpezariju, mašinu za pranje sudova u kuhinju i, prilično često,
gospođicu Bigelou u spavaću sobu.

48.

Avelj je skratio putovanje po Evropi u novembru 1952, odmah nakon što je čuo vesti da je Dejvid Makston umro od srčanog udara. Otišao je u Čikago na sahranu, s Džordžom i Florentinom, a kasnije je rekao gospođi Makston da može da odsedne u bilo kom *Baronu* na svetu, kad god poželi, do kraja života. Nije razumela zašto je gospodin Rosnovski bio toliko velikodušan.

Kad se Avelj vratio u Njujork sutradan, oduševio se kad je na stolu svoje kancelarije na četrdeset drugom spratu našao izveštaj Henrija Ozborna u kojem je pisalo da Ajzenhauerova administracija izgleda nije zainteresovana da se bavi *Interstejt ervejzom*, moguće zbog toga što su akcije zadržale vrednost godinu dana. Ajzenhauerov potpredsednik, Ričard M. Nikson, izgleda da je bio više zauzet progonom fantomskih komunista koji su promakli Džou Makartiju.

Avelj je proveo naredne dve godine leteći tamo-amo preko Atlantika dok je nastavio da gradi prekomorsko carstvo. Samo je želeo da Evropljani mogu da grade nove hotele brzinom koja se u Novom svetu podrazumevala.

Florentina je otvorila pariski *Baron* u julu 1953, a londonski u decembru 1954. *Baroni* su bili u raznim fazama izgradnje u Briselu, Rimu, Amsterdamu, Ženevi, Edinburgu, Kanu i Stokholmu, u okviru desetogodišnjeg plana širenja.

Avelj je imao toliko rokova da mu je preostajalo malo vremena da misli o Vilijamu Kejnu. Nije ponovo pokušavao da kupuje akcije *Lester banke* ili povezanih kompanija, mada je zadržao šest odsto deonica banke, u nadi da će dobiti priliku da zada Kejnu još jedan udarac od koga se neće tako lako oporaviti. Sledeći put, obećao je Avelj sebi, pobrinuće se da nesvesno ne prekrši zakon. Bio je spreman da prizna, iako samo Džordžu, kako mu Kertis Fenton ne bio dozvolio da napravi tako glupu grešku.

Avelj je već predložio Florentini da uđe u odbor kad završi Redklif na kraju semestra. Odlučio je da joj prepusti odgovornost za sve prodavnice u hotelima i da konsoliduje njihove nabavke, jer su brzo postajale profitni centar za sebe.

Florentina je bila uzbuđena tom mogućnošću, ali insistirala je da prođe neku obuku pre nego što se pridruži ocu. Nije mislila da su njen urođeni dar za dizajn, usklađivanje boja i organizaciju zamena za iskustvo. Avelj je predložio da se obučava u Švajcarskoj, kod gospodina Morisa u čuvenoj Hotelijerskoj školi u Lozani. Florentina se razočarala tom idejom i objasnila je kako želi da radi dve godine u nekoj njujorškoj prodavnici pre nego što odluči da li da preuzme upravljanje prodavnicama *Baron grupe*. Bila je odlučna da zasluži svoje mesto: – A ne da dobijem posao jer sam tvoja ćerka – obavestila ga je. Avelj ju je podržao.

– Neka njujorška prodavnica? To se može lako urediti – kazao je. – Pozvaću Voltera Hovinga i možeš da počneš s radom u *Tifaniju*.

– To je upravo ono što ne želim da radim – kazala je Florentina, pokazujući da je nasledila očevu tvrdoglavost. – Koje mesto odgovara poziciji mlađeg konobara u *Plazi*?

– Prodavačica u robnoj kući – kazao je Avelj, smejući se.

– Onda ću se prijaviti za taj posao.

Avelj je prestao da se smeje. – Jesi li ozbiljna? S diplomom sa Redklifa i svim putovanjima koja si obavila želiš da budeš anonimna prodavačica?

– To što si počeo kao anoniman konobar u *Plazi* nije te sprečilo da izgradiš jednu od najuspešnijih hotelskih grupa na svetu – odgovorila je Florentina.

Avelj je znao da je poražen. Morao je samo da pogleda u čeličnosive oči svoje prelepe ćerke da bi shvatio kako je odlučila i da nikakvo ubeđivanje, nežno ili drugačije, neće to promeniti.

Nakon što je Florentina diplomirala na Redklifu, provela je mesec dana u Evropi sa ocem, dok je on proveravao kako napreduju najnoviji *Baron* hoteli. Zvanično je otvorila briselski *Baron*, gde je osvojila zgodnog mladog direktora, koga je Avelj optužio da smrdi na beli luk. Morala je da digne ruke od njega tri dana kasnije, kad su stigli do faze ljubljenja, ali nikad nije priznala ocu da je razlog bio taj beli luk.

Kad su se ona i Avelj vratili u Njujork, odmah se prijavila za upražnjeno mesto (to je pisalo u oglasu) „mlađe prodavačice" u *Blumingdejlu*.

U prijavi je napisala da se zove Džesi Kovač, dobro svesna da je niko ne bi ostavio na miru ako bi znali da je ćerka Čikaškog Barona.

Uprkos očevim protestima, napustila je svoj apartman u njujorškom *Baronu* i počela da traži stan. Ponovo je Avelj popustio i obezbedio joj mali, ali otmen stan u Pedeset sedmoj ulici, blizu reke Ist, kao poklon za dvadeset prvi rođendan.

Florentina je davno odlučila da neće reći prijateljicama kako radi u *Blumingdejlu*. Bojala se da će želeti da je posete u prodavnici i da će njen identitet ubrzo biti otkriven, zbog čega će biti nemoguće da se prema njoj ponašaju kao prema ostalim početnicima. Kad su se prijateljice raspitivale, kazala im je da pomaže u vođenju prodavnica u očevim hotelima. Nijedna do njih nije ništa posumnjala.

Nakon završetka obuke, Džesi Kovač – bilo joj je potrebno neko vreme da se navikne na to ime – počela je da radi na odeljenju kozmetike. Prodavačice u *Blumingdejlu* radile su u parovima i Florentina je odmah iskoristila to birajući da radi s najlenjom devojkom na odeljenju. Taj dogovor je odgovarao obema, jer se devojka koju je Florentina izabrala, plavuša po imenu Mejsi, zanimala samo za dve stvari u životu: sat kad pokaže osamnaest i muškarce. Prvo se događalo jednom dnevno, a drugo čitavog dana.

Dve devojke su se uskoro sprijateljile, mada nisu bile prijateljice. Florentina je naučila mnogo od Mejsi kako da zabušava a da je ne primeti menadžer, kao i kako da privuče pažnju muškaraca.

Zarada na prodaji kozmetike prilično je porasla nakon prvih šest zajedničkih meseci, iako je Mejsi provodila većinu vremena isprobavajući proizvode umesto da ih prodaje. Mogla je da potroši dva sata lakirajući nokte. Florentina je, s druge strane, otkrila da ima urođeni dar za prodaju – i uživala je u tome. Nakon svega nekoliko nedelja, menadžer na spratu smatrao je da je efikasna kao mnogo iskusniji prodavci.

Kad je Florentina premeštena na odeljenje haljina, Mejsi je pošla s njom na osnovu dogovora i provodila je veći deo vremena isprobavajući odeću, dok ju je Florentina prodavala. Mejsi je mogla da privuče muškarce – čak i one koji su dolazili u pratnji supruga i devojaka – jednostavno gledajući ih. Kad su bili očarani, Florentina je upadala i prodavala im nešto. Retki su otišli iz radnje s punim novčanicima.

Prodaja na odeljenju haljina je porasla za dvadeset dva odsto u narednih šest meseci i menadžer je zaključio da te dve devojke očigledno dobro sarađuju. Florentina nije ništa rekla što bi opovrglo njegovo mišljenje. Dok su se ostale prodavačice uvek žalile koliko njihove partnerke malo rade, Florentina je stalno hvalila Mejsi kao idealnu koleginicu, koja ju je naučila tako mnogo o poslovanju velike prodavnice. Nije pomenula koristan savet koji joj je Mejsi dala, kako da se nosi s napaljenim muškarcima.

Najveći kompliment koji prodavačica u *Blumingdejlu* može da dobije jeste prebacivanje na jedno od odeljenja kraj ulaza iz Avenije Leksington tako da bude među prvim licima koje kupci vide kad uđu u zgradu. Bilo je retko da neku devojku prebace tamo pre nego što radi najmanje pet godina. Mejsi je bila u *Blumingdejlu* od sedamnaeste godine, punih pet godina, kad je Florentina završila prvu. Ali pošto im je zajednička prodaja bila impresivna, menadžer je odlučio da ih obe prebaci u prizemlje, na odeljenje pribora za pisanje. Mejsi nije mogla da lično iskoristi pribor za pisanje, i mada nije mnogo volela da čita, još manje je volela da piše. Florentina nije bila sigurna, nakon godinu dana s njom, da li uopšte ume da čita i piše. Ipak, novo mesto je zadovoljilo Mejsi jer je uživala u dodatnoj pažnji. Florentina je pretpostavljala da neki muškarci koji su ulazili u radnju da kupe pribor za pisanje rade to samo zbog prilike da popričaju s Mejsi.

Avelj je priznao Džordžu da je jednom otišao u *Blumingdejl* i potajno posmatrao Florentinu kako radi, i morao je da prizna da je bila veoma dobra. Florentina je nesumnjivo bila iver otpala sa sjajne stare klade i nije sumnjao da će bez velikih problema preuzeti odgovornosti koje joj je namenio.

Florentina je provela poslednjih šest meseci u *Blumingdejlu* u prizemlju, zadužena za šest tezgi, s novom titulom pomoćnika menadžera. Njene dužnosti uključivale su proveru zaliha, kontrolu kasa i nadgledanje osamnaest prodavačica. *Blumingdejl* je već odlučio da je Džesi Kovač idealna kandidatkinja za budućeg menadžera.

Još nije bila obavestila kolege da će otići krajem godine da se pridruži ocu kao potpredsednica *Baron grupe*. Kako se bližio kraj njenog boravka u prodavnici, počela je da se pita šta će se dogoditi sirotoj Mejsi kad ona ode. Mejsi je pretpostavila da će Džesi ostati u *Blumingdejlu* do kraja života... zar ne misle svi tako? Florentina je čak razmišljala da joj ponudi posao u jednoj od prodavnica u njujorškom *Baronu*. Sve dok je za pultom gde muškarci troše novac, Mejsi je korisna.

Jednog popodneva, kad je Mejsi čekala neku mušteriju – sad je prodavala rukavice, šalove i vunene kape – odvukla je Florentinu u stranu i pokazala na jednog mladića koji je razgledao rukavice, pretvarajući se da ih proba.

– Šta misliš o njemu? – pitala je, kikoćući se.

Florentina je pogledala najnoviju Mejsinu metu sa uobičajenim odsustvom interesovanja, ali tom prilikom je morala da prizna kako je taj muškarac prilično privlačan.

– Oni žele samo jednu stvar, Mejsi – kazala je Florentina.

– Znam – rekla je. – I može da je ima.

– Sigurna sam da bi mu bilo drago da to čuje – kazala je Florentina, smejući se dok se okretala da usluži jednu mušteriju koja je postajala nestrpljiva zbog Mejsine nezainteresovanosti. Mejsi je iskoristila Florentinin postupak i odjurila da usluži onog mladića. Florentina ih je gledala krajičkom oka. Bilo joj je drago što je on nervozno gledao u nju, bez sumnje proveravajući da šefica ne nadgleda Mejsi. Ona se zakikotala, a mladić je napustio prodavnicu s parom tamnoplavih kožnih rukavica.

– Da li je ispunio tvoja očekivanja? – upitala je Florentina, svesna da je malo ljubomorna na najnovije Mejsino osvajanje.

– Nije me pozvao da izađemo. Ali sigurna sam da će se vratiti – kazala je sa osmehom.

Mejsino predviđanje se obistinilo, jer se mladić vratio sutradan i videle su ga kako proba drugi par rukavica, izgledajući još zbunjenije nego pre.

– Pretpostavljam da je bolje da odeš i uslužiš ga – kazala je Florentina.

Mejsi je poslušno otrčala. Florentina se gotovo naglas nasmejala kad je, nekoliko minuta kasnije, taj mladić izašao iz radnje s još jednim parom tamnoplavih rukavica.

– Dva para – izjavila je Florentina. – U ime *Blumingdejla*, moram da kažem da te je zaslužio.

– Ali i dalje me nije pozvao da izađemo – rekla je Mejsi.

– Šta? – kazala je Florentina, glumeći iznenađenje. – Mora da ima fetiš rukavica.

– To je vrlo razočaravajuće – kazala je Mejsi – jer mislim da je zgodan.

– Da, nije loš – priznala je Florentina.

Sutradan, kad je mladić stigao, Mejsi je požurila da ga ponovo usluži, ostavljajući drugog kupca usred razgovora. Florentina ju je brzo zamenila i ponovo ju je gledala krajičkom oka. Ovog puta su mušterija i prodavačica započeli dugačak razgovor.

– Mora da je nešto ozbiljno – upitala je Florentina, nakon što je taj mladić otišao s još jednim parom tamnoplavih kožnih rukavica.

– Da, mislim da jeste – odgovorila je Mejsi. – Ali i dalje me nije pozvao da izađemo. Slušaj, ako dođe sutra, da li bi ti mogla da ga uslužiš? Mislim da se plaši da me pita direktno. Možda će mu biti lakše da ugovori sastanak preko tebe.

Florentina se nasmejala. – Biću kao Viola tvom Orsinu.

– Šta?

– Nije važno. Veći izazov biće hoću li uspeti da mu prodam par tamnoplavih kožnih rukavica.

Mladić je sutra ujutro ušao u prodavnicu tačno u isto vreme i odmah je krenuo prema odeljenju s rukavicama. Florentina je pomislila da mu se ne može osporiti upornost.

Mejsi ju je munula laktom u rebra. Florentina je odlučila kako je došlo vreme da se malo zabavi. – Dobro jutro, gospodine.

– O, dobro jutro – kazao je mladić, izgledajući iznenađeno... ili je samo bio razočaran što je završio s Florentinom?

– Mogu li da vam pomognem?

– Ne... odnosno, da. Voleo bih da kupim par rukavica – dodao je neuverljivo.

– Da, gospodine. Jeste li razmišljali o tamnoplavim? Kožnim? Sigurna sam da imamo vašu veličinu... osim ako nisu rasprodate.

Mladić ju je sumnjičavo pogledao kad mu je dala rukavice. Probao ih je. Bile su prevelike. Florentina mu je ponudila još jedan par: bile su premale. Pogledao je prema Mejsi. Bila je gotovo okružena morem muškaraca, ali nije tonula jer je pronašla vremena da pogleda i osmehne se. Nije joj uzvratio osmeh. Florentina mu je dala još jedan par rukavica. Savršeno su mu pristajale.

– Mislim da je to ono što tražite – rekla je.

– Ne, nije – odgovorio je kupac, sad vidno postiđen.

Florentina je odlučila kako je došlo vreme da pomogne jadniku. Utišavajući glas, kazala je: – Idem da spasem Mejsi. Zašto je ne pozovete da izađe s vama? Sigurna sam da će pristati.

– O, ne – kazao je brzo mladić. – Ne želim da izvedem nju... nego vas. – Florentina je ostala bez reči. Mladić kao da je skupio hrabrost. – Hoćete li večeras večerati sa mnom?

Čula je sebe kako pristaje.

– Da dođem do vaše kuće?

– Ne – rekla je odlučno Florentina. Poslednje što je želela jeste da on dođe do njenog stana, gde bi bilo očigledno da nije prodavačica. – Sastanimo se ispred restorana – dodala je brzo.

– Kuda biste voleli da idete?

Pokušala je da brzo smisli neko ne previše razmetljivo mesto.

– *Alen*, na uglu Sedamdeset treće i Treće? – pitao je.

– Da, u redu – kazala je Florentina, misleći koliko bi se Mejsi bolje snašla u ovoj situaciji.

– Da li vam odgovara oko osam?

– Oko osam – odgovorila je Florentina.

Mladić je otišao sa osmehom na licu. Mejsi je istakla da nije kupio rukavice.

Florentina je dugo birala haljinu za to veče. Želela je da bude sigurna da joj odeća ne izgleda preskupo. Kupila je nekoliko odevnih predmeta posebno za *Blumingdejl*, ali to je bilo samo za poslovne prilike, i nikad nije nosila tu odeću uveče. Ako njen momak – zaboga, ne zna ni kako se zove – misli da je prodavačica, ne sme da ga razočara. U stvari, radovala se što će ga ponovo videti.

Florentina je napustila stan u Istočnoj pedeset sedmoj ulici malo pre osam, ali morala je da sačeka dok nije pronašla taksi.

– Do *Alena*, molim vas – kazala je taksisti.

– Naravno, gospođice.

Florentina je stigla u restoran s nekoliko minuta zakašnjenja. Pogledom je počela da traži onog mladića. Stajao je za šankom, mašući joj. Obukao je sive flanelske pantalone i plavi blejzer. *Vrlo otmeno*, mislila je Florentina, mada je odgovarao i Mejsin opis, „macan“.

– Žao mi je što kasnim – počela je Florentina.

– To nije važno. Važno je da ste došli.

– Mislili ste da neću?

– Nisam bio siguran. – Osmehnuo se. – Izvinite, ne znam vam ime.

– Džesi Kovač. A vaše?

– Ričard Kejn – kazao je mladić, pružajući ruku.

Prihvatila ju je i zadržala malo duže nego što je očekivao.

– A čime se bavite kad ne kupujete rukavice u *Blumingdejlu*? – zadirkivala ga je.

– Studiram na Harvardovoj poslovnoj školi.

– Iznenađena sam što vas ne uče da većina ljudi ima samo dve ruke.

Nasmejao se i osmehnuo na tako opušten i prijateljski način da je poželela da počne ponovo i kaže mu kako je iznenađena što se nikad nisu sreli u Kembridžu dok je ona studirala na Redklifu.

– Da sednemo? – pitao je, hvatajući je za ruku i vodeći je do stola.

Florentina je pogledala meni na tabli.

– Solsberi odrezak? – pitala je.

– To je hamburger, ma kako ga mi zvali – kazao je Ričard.

Oboje su se nasmejali kao što rade ljudi kad se ne poznaju dovoljno dobro, ali žele to. Videla je da je iznenađen što je prepoznala njegov citat van konteksta.

Florentina je retko više uživala u nečijem društvu. Ričard je pričao o Njujorku, pozorištu i muzici – koja mu je bila prva ljubav – s toliko otmenosti i šarma da ju je brzo opustio. Možda je mislio da je ona samo prodavačica, ali ponašao se prema njoj kao da dolazi iz jedne od najstarijih bostonskih porodica. Kad ju je pitao, samo mu je kazala da je Poljakinja, da živi u Njujorku s roditeljima i da joj otac radi u hotelu. *Ipak*, mislila je, *verovatno se nećemo ponovo videti.*

Kad nijedno od njih nije moglo da popije više kafe, Ričard je zatražio račun. Pitao je Florentinu u kom delu grada živi.

– Istočna pedeset sedma ulica – kazala je, ne razmišljajući.

– Onda ću vas otpratiti do kuće – rekao je, hvatajući je za ruku.

Hodali su Petom avenijom, razgledajući izloge, smejući se i ćaskajući. Kad ju je pitao kakvi su joj planovi za budućnost, jednostavno je odgovorila: – Jednog dana bih volela da radim u prodavnici na Petoj aveniji. – Nijedno od njih nije primetilo prazne taksije koji su prolazili.

Bilo im je potrebno gotovo sat vremena da pređu šesnaest ulica, i Florentina mu je zamalo rekla istinu o sebi. Kad su stigli do Pedeset sedme ulice, zaustavila se ispred male stare stambene zgrade, sto metara od njene.

– Ovde žive moji roditelji – kazala je.

Ričard kao da je oklevao, a onda joj je pustio ruku.

– Nadam se da ćemo se ponovo videti – rekao je.

– Volela bih to – odgovorila je Florentina, učtivo i ne mnogo zainteresovano.

– Sutra? – pitao je Ričard sumnjičavo.

– Sutra? – ponovila je Florentina.

– Zašto ne bismo otišli u *Plavog anđela* da pogledamo Bobija Šorta? – Ponovo ju je uhvatio za ruku. – To je malo romantičnije od *Alena.*

Florentina se zbunila. Njeni planovi za Ričarda nisu podrazume-
vali sutra.

– Neću navaljivati ako ne želite da idete – dodao je, pre nego što se
pribrala.

– Volela bih – kazala je tiho.

– Večeram sa ocem, da dođem nakon toga po vas u devet?

– Ne, ne – kazala je Florentina. – Naći ćemo se tamo. To je nekoli-
ko ulica odavde.

– Sutra u devet uveče, dakle. – Sagnuo se i nežno je poljubio u
obraz. – Laku noć, Džesi – rekao je i nestao u noći.

Kad je otišao, Florentina je polako otišla do svog stana, želeći da
nije izrekla toliko bezazlenih laži. Ipak, sve će možda biti gotovo za
nekoliko dana, mada se nadala da neće.

Florentina je izašla iz *Blumingdejla* čim se prodavnica zatvorila i
prvi put je, nakon gotovo dve godine, otišla pre Mejsi. Okupala se, obu-
kla najlepšu haljinu za koju je mislila da će biti prikladna i otišla do
Plavog anđela. Kad je stigla, Ričard ju je čekao ispred garderobe. Držao
ju je za ruku dok su ulazili u salon, gde je glas Bobija Šorta dopirao kroz
zadimljeni vazduh: „*Govoriš li mi istinu, ili je to još jedna laž?*"

Šort je mahnuo Florentini. Nastupao je u *Baronu* nekoliko puta i
nikad joj nije palo na pamet da bi mogao da je se seti. Ričard je prime-
tio to i okrenuo se da vidi koga to Šort pozdravlja. Kad su seli za sto u
polumračnom klubu, Florentina je okrenula leđa klaviru kako se ono
ne bi ponovilo.

Ričard je naručio bocu vina, ne puštajući joj ruku, a onda ju je pi-
tao kako je provela dan. Nije želela da mu priča o tome; želela je da mu
ispriča istinu. – Ričarde, moram nešto...

– Zdravo, Ričarde. – Jedan visok, zgodan muškarac stajao je kraj
stola.

– Zdravo, Stive. Smem li da ti predstavim Džesi Kovač... Stiv Me-
lon. Stiv i ja smo bili zajedno na Harvardu.

Florentina ih je slušala kako ćaskaju o njujorškim *Jenkijima*, Aj-
zenhauerovom rezultatu u golfu i zašto Jejlu ne cvetaju ruže. Stiv je na
kraju otišao uz ljubazno: – Drago mi je što sam vas upoznao, Džesi.

Florentinin trenutak je prošao.

Ričard je počeo da joj priča o svojim planovima kad završi fakultet.
Nadao se da će doći u Njujork i zaposliti se u očevoj banci, *Lester*. Čula

je to ime ranije, ali nije mogla da se seti pojedinosti. Iz nekog razloga, to ju je zabrinulo.

Proveli su dugo veče zajedno, smejući se, jedući, razgovarajući i samo se držeći za ruke dok su slušali Bobija Šorta. Kad su krenuli kući zajedno, Ričard se zaustavio na uglu Pedeset sedme ulice i poljubio ju je prvi put. Nije mogla da se seti neke druge prilike kad je bila toliko svesna prvog poljupca. Kad ju je ostavio u senkama Pedeset sedme ulice, shvatila je da ovog puta nije pomenuo sutra. Osećala se pomalo čežnjivo oko svega toga.

Mejsi se oduševila kad je veliki buket ruža dostavljen u prodavnicu narednog jutra, ali se razočarala kad je videla da na kartici piše Džesi Kovač, uz Ričardov poziv na večeru. Pretvarala se da nije zainteresovana.

Florentina i Ričard su proveli veći deo vikenda zajedno: koncert, film... nisu im promakli čak ni njujorški *Niksi*. Kad se vikend završio, Florentina je bila neprijatno svesna da je ispričala toliko laži o sebi da je Ričard sigurno zbunjen mnogim nedoslednostima. Postajalo joj je sve teže i teže da mu ispriča potpuno drugačiju, mada istinitu, priču.

Kad se Ričard vratio na Harvard u nedelju uveče da započne novi semestar, ona je ubedila sebe da je njena obmana nevažna, jer je njihova veza došla do prirodnog kraja. Napokon, on će verovatno upoznati neku lepu devojku sa Redklifa. Ali zvao ju je svakog dana i vratio se u Njujork da je poseti sledećeg vikenda. Nakon mesec dana Florentina je znala da se to neće završiti tako lako kao što je mislila. U stvari, znala je da se zaljubila u njega. Kad je to priznala sebi, odlučila je da više ne čeka. Tog vikenda će mu reći istinu.

49.

Ričard je sanjario za vreme jutarnjih predavanja.

Bio je toliko zaljubljen u tu devojku da nije mogao da se usredsredi na Sporazum iz Breton Vudsa. Kako da kaže ocu da namerava da se oženi nekom Poljakinjom koja radi na odeljenju prodaje šalova, rukavica i vunenih kapa u *Blumingdejlu*? Nije mogao da shvati zašto je Džesi tako neambiciozna kad je očigledno bila pametna; bio je siguran da ona ne bi, da je imala iste uslove kao on, završila u *Blumingdejlu*. Ričard je odlučio da njegovi roditelji moraju da se pomire s njegovom odlukom, jer tog vikenda će zaprositi Džesi.

Svakog petka uveče, kad Ričard dođe u roditeljsku kuću u Njujorku, išao je i kupovao nešto u *Blumingdejlu*, obično neku nepotrebnu stvar, samo da bi Džesi znala da se vratio u grad (u poslednjih deset nedelja dao je po par rukavica svim daljim rođacima, od kojih neke nije video godinama). Tog petka je rekao majci da ide da kupi žilete.

– Ne muči se, dragi, možeš da uzmeš očeve – kazala je.

– Ne, ne, u redu je. Potrebni su mi. Ionako ne koristimo istu marku – dodao je neuverljivo.

Gotovo je otrčao osam ulica do *Blumingdejla* i uspeo da utrči baš kad su se vrata zatvarala. Znao je da će videti Džesi u sedam i trideset, ali nikad nije mogao da odoli prilici da je samo pogleda. Stiv Melon mu je rekao da je ljubav za sirotinju, a Ričard je napisao na parom prekrivenom ogledalu dok se brijao: „Onda mora da sam bez prebijene pare.“

Ali te večeri Džesi nije bila u prodavnici. Mejsi je sedela u uglu i turpijala nokte, a Ričard ju je pitao da li je Džesi još tu. Mejsi ga je pogledala kao da ju je prekinuo u najvažnijem zadatku tog dana.

– Ne, već je otišla kući. Krenula je maločas, tako da nije mogla mnogo da odmakne.

Ričard je istrčao na Aveniju Leksington. Tražio je Džesi među licima ljudi koji žure kući i uočio ju je na drugoj strani ulice, kako hoda prema Petoj aveniji. Očigledno je da se nije vraćala u svoj stan. Kad je stigla do knjižare *Skribner* u Četrdeset osmoj ulici, zaustavio se i gledao ju je kako ulazi. Ričard je bio zbunjen. Ako je želela nešto za čitanje, mogla je to da kupi u *Blumingdejlu*. Virio je kroz izlog dok je Džesi ćaskala s prodavačicom, koja ju je ostavila na nekoliko trenutaka i onda se vratila s dve knjige. Video je naslove: *Veliki slom 1929*, Džona Keneta Galbrajta, i *Iza zavese*, Džona Gantera. Džesi je uzela knjige i potpisala se – što je iznenadilo Ričarda još više: zašto jedna prodavačica ima otvoren račun kod *Skribnera*? – a kad je izašla, sakrio se iza nekog stuba.

– *Ko* je ona? – upitao se naglas dok ju je gledao kako ulazi u *Bendel*. Vratar ju je pozdravio s poštovanjem, dajući Ričardu jak utisak da je znao ko je ona. Ričard je ponovo virio kroz izlog, dok su opčinjene prodavačice lebdele oko nje s neuobičajenim poštovanjem. Jedna starija žena pojavila se s paketom, koji je Džesi očigledno očekivala. Otvorila ga je i izvadila jednostavnu, ali očaravajuću večernju haljinu. Džesi se osmehnula i klimnula glavom dok je prodavačica stavljala haljinu u smeđe-belu kutiju, a onda izgovorila „Hvala" i okrenula se ka vratima, čak se i ne potpisujući za preuzetu robu. Ričard je bio toliko opčinjen tim prizorom da je jedva izbegao da se ne sudari s njom kad je izašla na trotoar i uskočila u taksi.

I on je ušao u taksi, govoreći vozaču da prati njen. Kad su prošli malu stambenu kuću pred kojom su se obično rastajali, počeo je da oseća mučninu. Nije ni čudo što ga nikad nije pozvala da uđe. Džesin taksi je produžio stotinak metara, i zaustavio se ispred jedne otmene moderne stambene zgrade, sa uniformisanim vratarom, koji je prišao, pozdravio ju je i otvorio joj vrata. Ričard više nije bio zbunjen, sad je bio ljut. Iskočio je iz taksija i krenuo ka vratima kroz koja je ona nestala.

– To je devedeset pet centi, mladiću – kazao je neki glas iza njega.

– O, izvinite – rekao je Ričard i dao pet dolara taksisti, ne čekajući kusur.

– Hvala, druškane – rekao je vozač. – Neko je srećan danas.

Ričard je projurio kraj vratara koji se pobunio i uspeo da sustigne Florentinu kad je ulazila u lift. Tupo je gledala u njega, nesposobna da progovori.

– Ko si ti? – odlučno je pitao Ričard, dok su se zatvarala vrata lifta.

– Ričarde – promucala je. – Htela sam da ti kažem sve, ali nikad nije bila prava prilika.

– Malo sutra si htela da mi kažeš sve – rekao je, prateći je iz lifta do vrata njenog stana. – Zavlačila si me pričajući mi laži gotovo tri meseca. Dobro, sad je došlo vreme za istinu.

Florentina nikad ranije nije videla Ričarda ljutog, i pretpostavila je da se to retko događa. Nepristojno se probio kraj nje kad je otvorila vrata, i pogledao je po stanu. Na kraju predsoblja nalazila se velika dnevna soba sa skupim istočnjačkim tepihom i stilskim nameštajem. Vrhunski stojeći sat nalazio se naspram stočića na kojem je bila vaza sa svežim cvećem. Soba je bila predivna, čak i u poređenju s Ričardovim domom.

– Imaš lep stan za prodavačicu – kazao je. – Pitam se koji od tvojih ljubavnika ga plaća.

Florentina se okrenula ka njemu i ošamarila ga tako jako da ju je dlan zaboleo. – Kako se usuđuješ! – kazala je. – Izlazi iz mog stana.

Kad je čula sebe da govori te reči, rasplakala se. Nije želela da on ode... nikad. Ričard ju je zagrlio.

– O bože, tako mi je žao – rekao je. – Užasno je to što sam rekao. Molim te, oprosti mi. Samo te mnogo volim i mislio sam da te dobro poznajem, i sad shvatam da ne znam ništa o tebi.

– Ričarde, volim i ja tebe, i žao mi je što sam te udarila. Nisam htela da te obmanem. Nema nikog drugog... kunem se. – Glas joj je zamro.

– Zaslužio sam to – rekao je i poljubio ju je u čelo.

Grlili su se neko vreme, bez reči, a onda seli na kauč i ostali nepomični. Nežno joj je milovao kosu dok nije prestala da plače. Zavukla je prste u otvor između dva gornja dugmeta njegove košulje. Ričard izgleda nije bio spreman da napravi sledeći potez.

– Želiš li da spavaš sa mnom? – upitala je tiho.

– Ne – odgovorio je. – Želim da ostanem budan s tobom.

Bez dalje priče, polako su se svukli i vodili ljubav prvi put, nežno i stidljivo, bojeći se da ne povrede jedno drugo, očajnički se trudeći da zadovolje. Na kraju mu je Florentina spustila glavu na rame.

– Volim te – rekao je Ričard. – Volim te otkako sam te video. Hoćeš li da se udaš za mene? Baš me briga ko si, Džesi, ili šta si, ali znam da moram da provedem ostatak života s tobom.

– I ja želim da se udam za tebe, Ričarde, ali prvo moram da ti kažem istinu.

Prebacila je njegov sako preko njihovih nagih tela i počela da mu priča sve o sebi, završavajući objašnjenjem zašto je radila u *Blumingdejlu*. Kad je završila svoju priču, on nije ništa rekao.

– Jesi li već prestao da me voliš? – pitala je. – Sad kad znaš ko sam?

– Draga – rekao je Ričard vrlo tiho. – Moram da ti kažem nešto. Moj otac mrzi tvog oca.

– Kako to misliš?

– Jedini put kad sam čuo pominjanje tvog oca u našoj kući, bilo je to u besu, i rekao je da je jedini cilj Avelja Rosnovskog da uništi porodicu Kejn.

– Šta? Ali zašto? – pitala je Florentina zaprepašćeno. – Nikad nisam čula za tvog oca. Kako su se upoznali? Mora da si pogrešio.

Ričard je ispričao Florentini sve što mu je majka pričala tokom godina o sukobu njihovih očeva.

– O bože. To mora da je „Juda“ koga je moj otac pominjao kad je promenio banku nakon dvadeset pet godina – kazala je. – Šta da radimo?

– Reći ćemo obojici istinu – kazao je Ričard. – Da smo se upoznali slučajno, zaljubili i da ćemo se venčati i da ne mogu da nas nateraju da se predomislimo.

– Sačekajmo nekoliko dana – rekla je Florentina.

– Zašto? – pitao je Ričard. – Misliš li da otac može da te odgovori od udaje za mene?

– Nikad, dragi – rekla je, spuštajući ponovo glavu na njegovo rame. – Ali hajde da vidimo možemo li nekako da im to oprezno saopštimo, bez stavljanja pred svršen čin. U svakom slučaju, možda se ne mrze toliko koliko ti misliš. Napokon, rekao si da je to sa avio-kompanijom bilo pre nekoliko godina.

– Podjednako jako se mrze, to ti garantujem. Moj otac bi se šlogirao da nas vidi zajedno, brak i da ne pominjem.

– To je dodatni razlog da sačekamo neko vreme pre nego što im saopštimo vest. To će nam dati vremena da odlučimo kako najbolje da postupimo.

Ponovo ju je poljubio. – Volim te, Džesi.

– Florentina.

– To je još nešto na šta ću morati da se naviknem – rekao je. – Volim te, Florentina.

Tokom narednih mesec dana, Florentina i Ričard su saznali sve što su mogli o svađi između svojih očeva: Florentina je odletela u Čikago da pita svoju majku, koja je bila iznenađujuće spremna da priča o toj temi, a onda je postavila svom kumu niz pažljivo spremljenih pitanja, koja su otkrila Džordžovo očajanje zbog onog što je nazvao „opsesija tvog oca“; Ričard na osnovu očevih dokumenata i dugog razgovora s majkom, koja mu je jasno rekla da je ta mržnja obostrana. Sa svakim otkrićem je postajalo sve jasnije da neće postojati nežan način da im saopšte vest o svojoj ljubavi.

Ričard se veoma trudio da skrene Florentinine misli s tog problema za koji su znali da ih čeka. Išli su u pozorište, provodili popodneva klizajući se, a nedeljom su išli u duge šetnje Central parkom, uvek završavajući u krevetu dugo pre mraka. Florentina je išla s Ričardom na utakmice njujorških *Jenkija*, mada „i dalje nije razumela taj sport“, i na koncert Njujorške filharmonije, koju je „obožavala“. Odbila je da poveruje da on ume da svira violončelo dok joj nije održao privatni resital u njenom stanu. Aplaudirala mu je oduševljeno kad je završio svoju omiljenu Bahovu kompoziciju.

– Moraćemo uskoro da im kažemo – rekao je, spuštajući gudalo na sto i grleći je.

– Znam. Samo ne želim da povredim oca.

– Ni ja – kazao je.

Izbegla je njegov pogled. – Sledećeg petka se tata vraća iz Memfisa.

– Onda u petak – rekao je Ričard, grleći je tako čvrsto da je jedva mogla da diše.

Ričard se vratio na Harvard u ponedeljak ujutro i razgovarali su telefonom svake večeri, ostajući rešeni i odlučni da ih ništa neće zaustaviti.

Ričard se, u petak, vratio u Njujork ranije nego obično i proveo je popodne s Florentinom, u njenom stanu. Na uglu Pedeset sedme i Park avenije, stali su na semaforu čekajući da se upali zeleno svetlo, kad se Ričard okrenuo ka Florentini i ponovo ju je zaprosio. Izvadio je crvenu kožnu kutijicu iz džepa, otvorio ju je i stavio joj prsten na prstenjak leve ruke, safir okružen dijamantima, tako lep da su Florentini potekle suze. Savršeno joj je pristajao. Prolaznici su ih čudno gledali dok su stajali na uglu, zagrljeni, ignorišući zeleno svetlo za pešake. Kad su ga na kraju primetili, poljubili su se pre rastanka, i otišli u suprotnim smerovima da se suoče s roditeljima. Dogovorili su se da se sastanu u Florentininom stanu čim se muke završe.

Florentina je odlučno hodala prema hotelu *Baron*, trudeći se da se osmehuje kroza suze i povremeno gledajući u prsten. Izgledao joj je novo i neobično na prstu i činilo joj se da poglede svih prolaznika privlači taj veličanstveni safir, koji je stajao tako divno pored njenog omiljenog starinskog prstena. Dodirnula ga je i otkrila da joj daje hrabrost, mada je Florentina bila svesna da hoda sve sporije kako se približava hotelu.

Kad je stigla do recepcije, recepcioner joj je rekao da je otac u potkrovlju s Džordžom Novakom i pozvao je da je najavi. Lift je prebrzo stigao do četrdeset drugog sprata i Florentina je oklevala pre nego što je napustila njegovu bezbednost. Stajala je sama u hodniku jedan tren pre nego što je tiho pokucala na vrata. Avelj ih je odmah otvorio.

– Florentina, kakvo divno iznenađenje. Uđi, draga. Nisam očekivao da te vidim danas.

Džordž Novak je stajao kraj prozora, gledajući Park aveniju. Okrenuo se da pozdravi kumče. Florentina ga je pogledom zamolila da ode. Ako ostane, znala je da neće imati hrabrosti. *Idi, idi, idi*, govorila je u mislima. Džordž je odmah osetio njenu napetost.

– Moram da se vratim na posao, Avelju. Noćas dolazi neki prokleti maharadža.

– Kaži mu da parkira slonove u *Plazi* – rekao je srdačno Avelj. – Sad, kad je Florentina ovde, ostani i popij još jedno piće.

Džordž je pogledao Florentinu, ali njena poruka je bila jasna.

– Ne, Avelju, moram da idem. Zakupio je ceo trideseti sprat. Najmanje što će očekivati je da ga dočeka potpredsednik. Vidimo se uskoro, kumče – rekao je, ljubeći je u obraz i nakratko je hvatajući za ruku, gotovo kao da je znao da joj treba snaga. Čim je otišao, Florentina je poželela da je ostao.

– Kako je u *Blumingdejlu*? – pitao je Avelj, nežno je milujući po kosi. – Jesi li im rekla da će izgubiti najbolju mlađu menadžerku koju su imali godinama? Sigurno će se iznenaditi kad saznaju da će naredni posao Džesi Kovač biti otvaranje *Barona* u Edinburgu. – Glasno se nasmejao.

– Udaću se – kazala je Florentina, stidljivo pružajući levu ruku. Nije znala šta da doda, tako da je samo čekala njegovu reakciju.

– To je pomalo iznenada, zar ne? – kazao je Avelj, zvučeći prilično zaprepašćeno.

– Nije, tatice. Poznajem ga već neko vreme.

– Da li ja poznajem tog momka? Jesam li ga upoznao?

– Ne, tatice, nisi.

– Odakle je? Šta je s njegovim poreklom? Da li je Poljak? Zašto si to tajila, Florentina?

– Nije Poljak, tatice. On je sin jednog bankara.

Avelj je prebledeo i uzeo piće, progutavši ga u jednom gutljaju. Florentina je tačno znala šta mu prolazi kroz glavu dok je sipao sebi još jedno piće, tako da je brzo rekla istinu.

– Zove se Ričard Kejn.

Avelj se okrenuo ka njoj. – Sin Vilijama Kejna? – odlučno je pitao.

– Da.

– Kako si mogla da pomisliš da se udaš za sina Vilijama Kejna? Znaš li šta mi je taj čovek uradio?

– Mislim da znam.

– Ne možeš da znaš – povikao je Avelj i započeo tiradu o nepravdi koja je naizgled trajala čitavu večnost i samo je služila da uveri Florentinu da je njen otac poludeo. Na kraju ga je prekinula.

– Nisi mi rekao ništa što već nisam znala.

– *Ništa*, mlada damo? – povikao je. – Jesi li znala da je Vilijam Kejn odgovoran za smrt mog najbližeg prijatelja? Naterao je Dejvisa Liroja da izvrši samoubistvo i, ne samo to, pokušao je da me otera u bankrot. Da mi Dejvid Makston nije priskočio u pomoć, Kejn bi mi oduzeo hotele i prodao ih bez razmišljanja. Gde bih bio da je uradio šta je hteo? Bila bi srećna da se zaposliš kao prodavačica u *Blumingdejlu*. Jesi li razmišljala o tome, Florentina?

– Jesam, tatice, samo sam o tome mislila poslednjih nedelja. Ričard i ja smo užasnuti zbog mržnje koja postoji između tebe i njegovog oca. On sad razgovara s njim.

– Pa, mogu da ti kažem kako će reagovati – rekao je Avelj. – Izbezumiće se. Taj čovek nikad neće dozvoliti svom dragocenom belom protestantskom sinu da se oženi tobom, tako da možeš da zaboraviš na tu ludost. – Ponovo je počeo da viče.

– Ne mogu da zaboravim, oče – kazala je mirno. – Volimo se, i potreban nam je tvoj blagoslov, a ne bes.

– Slušaj me, Florentina – kazao je Avelj, lica crvenog od besa. – Zabranjujem ti da ponovo vidiš tog momka. Čuješ li me?

– Da, čujem te. Ali neću se rastati od Ričarda zato što ti mrziš njegovog oca.

Uhvatila je sebe kako steže prsten i drhti.

– To se neće dogoditi – rekao je Avelj, a lice mu je potamnelo. – Nikad neću pristati na taj brak. Moja ćerka me ostavlja zbog sina tog prokletnika Kejna. Kažem da se nećeš udati za njega.

– Neću te ostaviti. To bi značilo da ću pobeći s njim, ali nikad ne bih mogla da se udam iza tvojih leđa. – Bila je svesna da joj glas podrhtava. – Ali imam više od dvadeset jedne godine i udaću se za Ričarda. Molim te, tatice, zar nećeš da ga upoznaš? Onda ćeš početi da shvataš zašto osećam to prema njemu.

– Nikad neće smeti da uđe u moj dom. Ne želim da upoznam nijedno dete Vilijama Kejna. Nikad, čuješ li me?

– Onda mi ne ostavljaš drugi izbor nego da odaberem jednog od vas.

– Florentina, ako se udaš za tog momka, ostaviću te bez prebijene pare. Bez prebijene pare, čuješ li me? – Glas mu je postao blaži.

– Urazumi se, devojko... prebolećeš ga. Mlada si, a ima mnogo drugih muškaraca koji bi dali ruku da se ožene tobom.

– Ne želim mnogo drugih muškaraca – kazala je Florentina. – Upoznala sam muškarca za koga želim da se udam, a nije on kriv što je sin svog oca. Nijedno od nas nije biralo svog oca.

– Ako ti porodica nije dovoljno dobra, onda idi – zagrmeo je Avelj. – I kunem se da neću dozvoliti da se tvoje ime više ikad pomene u mom prisustvu. – Okrenuo se i zagledao kroz prozor.

– Tatice, venčaćemo se. Mada smo oboje prošli godine kad nam je bio potreban vaš pristanak, tražimo vaš blagoslov.

Avelj se okrenuo ka njoj. – Jesi li trudna? Da li je to razlog?

– Ne, oče.

– Jesi li spavala s njim?

To pitanje je zaprepastilo Florentinu, ali nije oklevala. – Jesam – odgovorila je. – Mnogo puta.

Avelj je podigao ruku i snažno je udario po licu. Krv joj je potekla niz bradu i gotovo se srušila. Okrenula se, istrčala iz sobe i pritisnula dugme za pozivanje lifta. Vrata su se otvorila i Džordž je izašao. Nakratko je ugledala njegov zaprepašćeni izraz dok je brzo ulazila u lift i neprestano pritiskala dugme za zatvaranje vrata. Dok je Džordž stajao i gledao je kako plače, vrata su se polako zatvorila i ona je nestala iz vidokruga.

Florentina je otišla taksijem pravo do svog stana. Usput je obrisala rasečenu usnu maramicom. Ričard je već bio tamo, čekao ju je kraj ulaza, pognute glave i utučen.

Iskočila je iz taksija i otrčala do njega. Kad su se popeli do stana, otključala je vrata i brzo ušla, osećajući se blaženo bezbedno.

– Volim te, Ričarde.

– Volim i ja tebe – kazao je dok ju je nežno grlio.

– Ne moram da pitam kako je tvoj otac reagovao – kazala je, očajnički ga greleći.

– Nikad ga nisam video tako ljutog – rekao je Ričard. – Nazvao je tvog oca lažljivcem i prevarantom, poljskim imigrantskim skorojevićem. Pitao me je zašto ne želim da se oženim nekim iz svog okruženja.

– Šta si mu rekao?

– Rekao sam mu da nekog tako divnog kao što si ti ne bi mogla da zameni ćerka nekog prikladnog porodičnog prijatelja i on se potpuno razbesneo. Zapretio je da će me ostaviti bez prebijene pare ako se oženim tobom – nastavio je. – Kad će shvatiti da mi ne marimo za njihov novac? Pokušao sam da se obratim majci za podršku, ali čak ni ona nije mogla da umiri očev bes. Naredio joj je da napusti sobu. Nikad se ranije nije tako ponašao prema mojoj majci. Ona se rasplakala, što mi je samo ojačalo rešenost. Otišao sam dok mi je nešto govorio. Daj bože da se ne iskali na Virdžiniji i Lusi. Šta se dogodilo kad si rekla ocu?

– Udario me je – kazala je Florentina vrlo tiho. – Prvi put u životu. Mislim da bi te ubio kad bi nas zatekao zajedno. Ričarde, dragi, moramo da odemo odavde pre nego što otkrije gde smo, a prvo će doći u stan. Tako se bojim.

– Nema potrebe da se bojiš, Florentina. Odlazimo noćas, što je dalje moguće, i dođavola s njima dvojicom.

– Koliko brzo možeš da se spakuješ? – pitala je Florentina.

– Ne mogu. Sad ne mogu da se vratim kući. Kad ti spakuješ neke stvari, odlazimo. Imam oko sto dolara kod sebe i svoje violončelo, koje je i dalje u tvojoj spavaćoj sobi. Šta misliš da se udaš za muškarca sa sto dolara, čiji će naredni posao biti sviranje na ulici?

– Prodavačica ne može da očekuje mnogo, pretpostavljam – kazala je Florentina, dok je preturala po svojoj torbi. – A kad pomislim da sam sanjala da budem domaćica. Bez sumnje si očekivao miraz. Dobro, imam dvesta dvanaest dolara i *amerikan ekspres* karticu. Duguješ mi pedeset šest dolara, Ričarde Kejne, ali razmotriću otplatu u iznosu od dolara godišnje.

Trideset minuta kasnije, Florentina se spakovala. Zatim je sela za svoj sto, nažvrljala poruku i ostavila je na stočiću kraj kreveta.

Ričard je zaustavio taksi. Florentina je osetila olakšanje kad je videla koliko je smiren za vreme krize i osetila se malo samouverenije. – *Ajdlvajld* – rekao je, nakon što je smestio Florentinina tri kofera i violončelo u prtljažnik.

Na aerodromu je kupio dve karte za San Francisko; odabrali su grad u kojem je Golden gejt samo zato što je na mapi bio najviše udaljen od Njujorka.

U sedam i trideset, super konstelejšn 1049 *Amerikan erlajnza* uzleteo je i započeo sedmosatni let. Ričard je pomogao Florentini da veže pojas.

– Znate li koliko vas volim, gospodine Kejne?

– Da, mislim da znam... gospođo Kejn – odgovorio je.

50.

Avelj i Džordž su došli u Florentinin stan nekoliko minuta nakon što su ona i Ričard otišli na aerodrom.

Avelj je već zažalio zbog šamara koji je udario ćerki. Nije hteo da misli o životu bez svog deteta. Kad bi samo mogao da stigne do nje pre nego što bude prekasno, mogao bi, uz nežno ubeđivanje, da je odgovori od udaje za Kejnovog sina. Bio je spreman da joj ponudi sve, *sve*, da spreči taj brak.

Džordž je pozvonio dvaput, ali niko nije otvorio, i Avelj je upotrebio ključ koji mu je Florentina ostavila za hitne slučajeve. Pretražili su sve sobe, ne očekujući da je pronađu.

– Mora da je već otišla – rekao je Džordž kad se pridružio Avelju u spavaćoj sobi.

– Da, ali kuda? – pitao je Avelj, gledajući prazne fioke. Zatim je uočio koverat na noćnom stočiću, naslovljen na njega. Setio se kad mu je poslednji put pismo bilo ostavljeno kraj kreveta u kojem niko nije spavao. Otvorio ga je:

Dragi tatice,

Molim te, oprosti mi što sam pobegla, ali volim Ričarda i neću ga se odreći zbog tvoje mržnje prema njegovom ocu. Venčaćemo se i nikako ne možeš da nas sprečiš. Ako ikad pokušaš da mu naudiš na bilo koji način, naudićeš meni.

Nijedno od nas ne namerava da se vrati u Njujork dok se ne okonča ta besmislena svađa između naše porodice i Kejnovih.

Volim te više nego što možeš da shvatiš i uvek ću ti biti zahvalna na svemu što si uradio za mene.

Molim se da ovo nije kraj našeg odnosa, ali dok se ne opametiš, „Ne juri za vetrom u polju... beskorisno je tražiti ono što je prohujalo".

Voli te tvoja ćerka,
Florentina

Avelj je pao na krevet i dodao pismo Džordžu. Kad ga je Džordž pročitao, bespomoćno je pitao: – Mogu li nešto da uradim?

– Da, Džordže. Želim da mi se ćerka vrati, iako to znači da ću imati posla s tim prokletnikom Kejnom. Postoji samo jedna stvar u koju sam siguran: on će želeti da spreči taj brak, kakve god žrtve to bude zahtevalo. Pozovi ga.

Džordžu je bilo potrebno neko vreme da pronađe kućni broj Vilijama Kejna, koji nije bio u telefonskom imeniku. Noćni čuvar u *Lester banci* konačno mu ga je dao kad je Džordž insistirao da je posredi porodična kriza. Avelj je ćutke sedeo na krevetu, s Florentininim pismom u ruci, ponovo čitajući poljsku poslovicu koju joj je rekao kad je bila mala, i koju mu je sad citirala. Kad je Džordž dobio Kejnovu kuću, jedan ozbiljan glas javio se na telefon.

– Mogu li da razgovaram s gospodinom Vilijamom Kejnom? – pitao je Džordž.

– Ko ga zove?

– Gospodin Avelj Rosnovski – rekao je Džordž.

– Proveriću da li je tu, gospodine.

– Mislim da je to bio Kejnov batler. Otišao je da ga potraži – rekao je Džordž, dok je dodavao slušalicu Avelju. Avelj je čekao, dobujući prstima po noćnom stočiću.

– Vilijam Kejn ovde.

– Ovde Avelj Rosnovski.

– Stvarno? – Vilijamov ton je bio leden. – A kad ste se tačno dosetili da podmetnete svoju ćerku mom sinu? U vreme, bez sumnje, kad je zavera da uništite moju banku doživela neuspeh.

– Ne budite takva prokleta... – Avelj se uzdržao. – Želim da sprečim ovaj brak koliko i vi. Saznao sam za vašeg sina danas. Volim svoju ćerku više nego što mrzim vas i ne želim da je izgubim. Možemo li se sastati i smisliti nešto?

– Ne – rekao je Vilijam. – Postavio sam vam isto pitanje ranije, gospodine Rosnovski, i vi ste mi jasno stavili do znanja kad i gde ćemo se sledeći put sastati.

– Kakva je sad korist od prebiranja po prošlosti, Kejne? Ako znate gde su, možda možemo da ih sprečimo. To je ono što vi želite. Ili ste toliko prokleto ponosni da ćete radije gledati kako se vaš sin ženi mojom ćerkom nego da mi pomognete...

Veza se prekinula kad je rekao *pomognete*. Avelj je zario lice u šake i zaplakao. Džordž ga je odveo natrag u *Baron*.

Tokom noći i narednog dana Avelj je upotrebio sav svoj uticaj i svaki kontakt da pronađe Florentinu. Čak je pozvao njenu majku, koja ga je sa zadovoljstvom obavestila da joj je ćerka rekla za Ričarda Kejna pre nekog vremena.

– Delovao mi je kao dobar momak – dodala je.

– Znaš li gde su sad? – Avelj je očajnički pitao.

– Da, znam.

– Gde su?

– Saznaj sam. – Još jedna prekinuta veza.

Tokom narednih nekoliko dana Avelj je objavljivao oglas u novinama i na radiju. Pokušao je da uključi policiju, ali oni bi samo izdali obaveštenje, jer Florentina ima više od dvadeset jedne godine. Na kraju se pomirio s verovatnoćom da će se udati za Kejnovog sina dok je on bude pronašao.

Pročitao je njeno pismo mnogo puta i rešio da nikad neće pokušati da naudi tom momku. Ali otac... to je druga priča. On, Avelj Rosnovski, praktično je pao na kolena i molio tog čoveka, a on ga nije ni saslušao. Čim bude imao priliku, dokrajčiće Vilijama Kejna.

Džordža je plašila odlučnost starog prijatelja. – Da otkažem putovanje u Evropu? – pitao je.

Avelj je potpuno zaboravio da je Florentina nameravala da otputuje s njim u Evropu kad završi dvogodišnji rad u *Blumingdejlu*, krajem meseca. Trebalo je da otvori *Barone* u Edinburgu i Kanu.

– Ne mogu da otkažem – odgovorio je, mada sad nije mario ko će otvoriti hotele i da li će uopšte biti otvoreni. – Dok nisam tu, Džordže, nastavi da tražiš Florentinu. Ali ako je pronađeš, nemoj ništa da joj kažeš. Ne sme da misli da je špijuniram; nikad mi neće oprostiti ako sazna. Najbolja šansa ti je Zafija, ali budi oprezan, jer ona će sigurno iskoristiti ovo što se dogodilo.

– Želiš li da Ozborn uradi nešto s *Lesterovim* deonicama?

– Ne, ništa zasad. Sad nije prikladno vreme da dokrajčim Kejna. Kad uradim to, želim da budem siguran da ne može da se oporavi. Ostavi zasad Kejna na miru. Usredsredi se na pronalaženje Florentine.

Tri nedelje kasnije Avelj je otvorio edinburški *Baron*. Hotel je izgledao veličanstveno na brdu koje dominira Atinom Severa. Dugo pre nego što bi Avelj otvorio novi hotel, sve bi pregledao lično, jer je znao da sitnice nerviraju goste. Mali strujni udar zbog sintetičkih tepiha prilikom paljenja svetla, sobna usluga kojoj je potrebno četrdeset minuta da dođe ili gumeni jastuci koji su žuljali uši.

Mediji su očekivali da Florentina Rosnovska, ćerka Čikaškog Barona, otvori hotel, a novinar koji prati tračeve u *Sandej ekspresu* nagovestio je da postoji nekakva porodična svađa i da Avelj nije bio uobičajeno veseo i raspoložen. Avelj je neuverljivo odbacio te navode, odgovarajući da ima više od pedeset godina – a to nije doba da se bude veseo, rekao je po savetu PR menadžera. Novinari nisu bili razuvereni i sutradan je *Dejli mejl* objavio fotografiju izgravirane bronzane ploče pronađene u smeću iza hotela, na kojoj je pisalo:

Baron Edinburg
Otvorila Florentina Rosnovska
17. 10. 1956.

Avelj je odleteo u Kan. Još jedan sjajan hotel, ovog puta s pogledom na Sredozemno more, ali to mu nije pomoglo da zaboravi na Florentinu. Još jedna odbačena ploča, ovog puta na francuskom.

Avelj je počeo da se užasava pomisli da neće videti ćerku do kraja života. Da bi ublažio samoću, spavao je s nekim vrlo skupim i vrlo jeftinim ženama. Nije mu pomoglo. Sin Vilijama Kejna sad je posedovao jedinu osobu do koje je Avelju stalo.

Francuska ga više nije uzbuđivala, a kad je završio s poslom, odleteo je u Bon, gde je završio pregovore o izgradnji prvog *Barona* u Nemačkoj. Nastavio je da redovno razgovara s Džordžom preko telefona, ali Florentina nije pronađena. I bilo je nekih uznemirujućih vesti u vezi s Henrijem Ozbornom.

– Ponovo je upao u velike kockarske dugove – rekao je Džordž.

– Upozorio sam ga poslednji put da mu više neću pomagati – rekao je Avelj. – Bio je beskoristan otkako je izgubio mesto u Kongresu. Pozabaviću se tim problemom kad se vratim.

– On nam preti – rekao je Džordž.

– Šta je tu novo? Nisam ranije dozvoljavao da me brinu njegove pretnje – kazao je Avelj. – Kaži mu da će morati da sačeka dok se ne vratim kako bi dobio to što želi.

– Kad očekuješ da ćeš se vratiti?

– Za tri nedelje, najduže četiri. Želim da pogledam neke lokacije u Turskoj i Egiptu. *Hilton* i *Meriot* počeli su da grade tamo i moram da otkrijem zašto.

Avelj je proveo više od tri nedelje tražeći lokacije za hotele u islamskim državama. Imao je vojsku savetnika, a većina je tvrdila da ima titulu princa i uveravala ga da mogu da utiču kao rođaci ili vrlo bliski prijatelji ključnog ministra. Međutim, uvek se ispostavljalo da je to pogrešan ministar ili previše dalek rođak. Avelju nije smetalo podmićivanje, sve dok novac završava u pravim rukama, a na Bliskom istoku su prihvatali bakšiš kao uobičajenu stvar. U Americi je to bilo malo diskretnije, ali Henri Ozborn je uvek znao za koje se zvaničnike treba pobrinuti. Jedini konkretan zaključak do koga je Avelj došao tokom dvadeset jednog dana u prašini, pesku i vrućini, uz čašu sode, bez viskija, bio je da će, ako su predviđanja njegovih savetnika o budućem značaju bliskoistočnih naftnih rezervi tačna, Zalivske države želeti mnogo hotela, i *Baron grupa* mora da počne planiranje odmah kako ne bi zaostala.

Avelj je odleteo u Istanbul, gde je odmah pronašao savršeno mesto za svoj hotel, s pogledom na Bosfor, stotinak metara od starog britanskog konzulata. Dok je stajao na goloj zemlji svog najnovijeg placa, setio se poslednjeg boravka ovde. Uhvatio je srebrnu narukvicu koja mu je spasla život. Ponovo je čuo urlike rulje – i nakon trideset godina osećao je strah i mučninu.

Iscrpljen od putovanja, Avelj je odleteo kući u Njujork. Tokom dugačkog leta, mislio je uglavnom o Florentini. Kao i uvek, Džordž ga je čekao ispred carinskog šaltera. Na licu mu se nije ništa videlo.

– Ima li vesti? – upitao je Avelj, dok je sedao na zadnje sedište kadilaka, a šofer ubacivao kofere u prtljažnik.

– Neke su dobre, neke loše – rekao je Džordž, pritiskajući dugme nakon čega se podiglo staklo koje je odvojilo prednji i zadnji deo auta. – Florentina se javila Zafiji. Živi u nekoj kućici u San Francisku s nekim starim prijateljicama sa Redklifa.

– Udata? – pitao je Avelj.

– Da.

Neko vreme su ćutali.

– A Kejnov sin?

– Našao je posao u jednoj banci. Izgleda da su ga mnoge banke odbile, delimično zato što se pročulo da nije završio studije na Harvardovoj poslovnoj školi, ali uglavnom jer su se bojali da će naljutiti njegovog oca ako ga zaposle. Na kraju se zaposlio kao blagajnik u *Američkoj banci*. Znatno skromnije od onog što bi mogao da očekuje sa svojim kvalifikacijama.

– A Florentina?

– Radi kao pomoćnica menadžera u jednoj prodavnici odeće *Vejaut Kolambus*, blizu Golden gejt parka. Takođe je pokušala da podigne kredit u nekoliko banaka.

– Zašto? Da li je u nekoj nevolji? – pitao je zabrinuto Avelj.

– Nije, traži kapital da bi otvorila svoju prodavnicu.

– Koliko je tražila?

– Potrebne su joj trideset četiri hiljade dolara za zakup male zgrade na Nob hilu.

Avelj je razmišljao o Džordžovim vestima, kratkim prstima dobujući po prozoru automobila. – Pobrini se da dobije taj novac, Džordže. Neka izgleda kao da je to običan kredit, i potrudi se da ne može da se poveže sa mnom.

– Sve što kažeš, Avelju.

– I obaveštavaj me o svemu što radi, koliko god bilo beznačajno.

– A šta je s momkom?

– On me ne zanima – rekao je Avelj. – Dobro, koje su loše vesti?

– Još problema s Henrijem Ozbornom. Izgleda da se zadužuje po celom gradu. Takođe sam prilično siguran da si mu ti sad jedini izvor prihoda. I dalje iznosi pretnje... o tome da će obavestiti vlasti kako si podmićivao ljude kad si tek preuzeo *Grupu*, i da ti je ugovorio dodatnu isplatu nakon požara u starom *Ričmondu* u Čikagu. Kaže da je prikupljao informacije otkako te je upoznao i sad ima fasciklu debelu deset centimetara.

– Pozabaviću se njim ujutro – rekao je Avelj.

Džordž je proveo ostatak vožnje do Menhetna obaveštavajući Avelja o ostalim poslovima *Grupe*. Sve je bilo zadovoljavajuće, osim što je *Baron* u Lagosu nacionalizovan nakon još jednog državnog udara. Državni udari nikad nisu brinuli Avelja. Revolucionari su brzo otkrivali da nisu hotelijeri, a bili su im potrebni gosti ako su želeli da guraju novac u svoje džepove.

Sutra ujutro je Henri Ozborn pozvan da dođe kod Avelja. Izgledao je staro i neuredno, a nekad glatko i zgodno lice sad mu je bilo veoma izborano. Nije pominjao fasciklu debelu deset centimetara.

– Potrebno je da mi malo pomogneš kako bih izašao iz krize – kazao je Ozborn. – Nisam imao sreće.

– Opet, Henri? Trebalo bi da si pametniji u svojim godinama. Ti si rođeni gubitnik kad se radi o konjima i ženama. Koliko ti je potrebno ovog puta?

– Deset hiljada će me spasti – kazao je Henri.

– Deset hiljada! – rekao je Avelj ljutito. – Misliš da sam zlatni rudnik? Poslednji put je bilo samo pet hiljada.

– Inflacija – rekao je Henri, pokušavajući da se nasmeje.

– Ovo je poslednji put, razumeš li me? – kazao je Avelj i izvadio čekovnu knjižicu. – Ako dođeš još jednom da prosiš, Henri, ukloniću te iz odbora i ostaviti te bez prebijene pare.

– Ti si pravi prijatelj, Avelju. Kunem se da ti više neću tražiti ni paru. Nikad. – Izvadio je cigaru iz humidora na Aveljovom stolu. – Hvala, Avelju. Nećeš zažaliti zbog ovog.

Ozborn je otišao, pućkajući cigaru. Avelj je čekao da se vrata zatvore, a onda pozvao Džordža. Pojavio se nekoliko trenutaka kasnije.

– Koliko je želeo ovog puta? – pitao je Džordž.

– Deset hiljada – odgovorio je Avelj – ali rekao sam mu da je ovo poslednji put.

– Vratiće se – rekao je Džordž. – Spreman sam da se kladim.

– Bolje mu je da se ne vraća – kazao je Avelj. – Završio sam s njim. Šta god da je uradio za mene u prošlosti, sad je gotovo. Ima li nečeg novog o mojoj ćerki?

– Dobro je, ali izgleda da si bio u pravu u vezi sa Zafijom. Redovno ide na Zapadnu obalu da ih posećuje.

– Prokletnica – kazao je Avelj.

– Gospođa Kejn je takođe išla nekoliko puta – dodao je Džordž.

– A Kejn?

– Nema znakova da je popustio.

– To je jedino što nam je zajedničko – rekao je Avelj.

– Sredio sam kredit za Florentinu u *Kroker nacionalnoj banci* u San Francisku – nastavio je Džordž. – Ima sastanak narednog ponedeljka sa službenikom zaduženim za zajmove. Ugovor će izgledati kao tipičan kredit, bez posebnih povlastica. U stvari, naplatiće joj pola procenta više nego obično, tako da neće biti razloga da posumnja. Neće joj reći da je kredit obezbeđen tvojom garancijom.

– Hvala ti, Džordže, to je savršeno. Kladim se u deset dolara da će otplatiti kredit u roku od dve godine i nikad neće morati ponovo da pozajmljuje.

– Želim kvotu od pet prema jedan za to – rekao je Džordž. – Zašto ne pokušaš s Henrijem, on je veća naivčina.

Avelj se nasmejao. – Samo me obaveštavaj, Džordže, o svemu što ona radi. Svemu.

51.

Vilijam je bio zbunjen nakon što je pročitao kvartalni izveštaj Tadeusa Koena. Zašto Avelj Rosnovski ne radi ništa sa svojim deonicama *Lestera*? Uz samo još dva odsto deonica mogao bi da se pozove na Član sedam *Lesterovog* Statuta i zahteva mesto u upravnom odboru. Stresao se od te pomisli. Bilo je teško poverovati da se boji Komisije za hartije od vrednosti, posebno jer Ajzenhauerova vlada nije pokazala nikakvo zanimanje za nastavak ranije istrage.

Vilijam se zaprepastio kad je pročitao da je Henri Ozborn ponovo u finansijskim problemima i da ga Rosnovski stalno spasava. Mogao je samo da se zapita koliko dugo će to trajati i šta Ozborn zna o Rosnovskom zbog čega nastavlja da ga ucenjuje. Da li je Rosnovski imao svoje probleme? Da li je njegova ćerka insistirala da odustane od svađe zauvek, ili je i on ostavio svoje dete bez prebijene pare? Koenov izveštaj sadržao je i vesti o poslovanju *Baron grupe*. Londonski *Baron* je gubio novac, a lagoski *Baron* je zatvoren; inače, kompanija je nastavljala da raste i jača, dok je Rosnovski gradio osam novih hotela širom sveta. Vilijam je ponovo pročitao isečak iz *Sandej ekspresa*, u kojem piše da Florentina Rosnovska nije otvorila edinburški *Baron*, i pomislio je na svog sina. Zatvorio je fasciklu i ostavio je u sef.

Vilijam je zažalio što se izdrao na Ričarda. Mada nije želeo da mu ćerka Rosnovskog bude žena, želeo je da nije tako nepovratno okrenuo leđa sinu. Kejt ga je preklinjala u Ričardovo ime i vodili su dugu i ogorčenu svađu, a vreme nije pomoglo da se to reši. Kejt je pokušala svaku taktiku, od nežnog ubeđivanja do suza, ali ništa nije dirnulo Vilijama. Virdžinija i Lusi nisu morale da ga podsećaju da im nedostaje brat.

– Nema nikog drugog ko bi kritikovao moje slike – kazala je Virdžinija.

– Zar ne misliš, nema nikog drskog? – pitala je majka. Virdžinija je pokušala da se osmehne.

Lusi je počela da se zaključava u kupatilo i piše tajna pisma Ričardu, koji nikad nije znao zašto su pisma izgledala vlažno. Nijedna od njih nije se usuđivala da pomene njegovo ime pred ocem i ta napetost je stvorila jaz u porodici.

Vilijam je pokušao da provodi više vremena u banci, radeći dokasno u nadi da će mu to pomoći. Banka je ponovo zahtevala mnogo njegove energije baš u vreme kad je imao osećaj da bi trebalo da uspori. Angažovao je šest novih potpredsednika u prethodne dve godine, nadajući se da će ga malo rasteretiti. Ispostavilo se da je bilo obrnuto. Stvorili su više posla i više odluka koje je trebalo da donese. Najpametniji od njih, Džejk Tomas, koji mu se nedavno pridružio u odboru, već je izgledao kao najverovatniji kandidat da zauzme Vilijamovo mesto predsednika ako Ričard ne odustane od te devojke i ne vrati se kući.

Mada je dobit banke nastavljala da raste svake godine, Vilijama više nije zanimalo bogaćenje zarad bogaćenja. Možda se sad suočavao sa istim problemom kao Čarls Lester: nije imao sina kome je mogao da ostavi bogatstvo i mesto predsednika upravnog odbora banke.

U godini srebrne godišnjice braka Vilijam je odlučio da odvede Kejt i ćerke na dugo putovanje Evropom, u nadi da će tako zaboraviti na Ričarda. Prvi put su odleteli u London mlaznim avionom, boingom 707, i odseli su u *Savoju*, što je vratilo Vilijamu mnogo srećnih uspomena na prvo putovanje u Evropu s Kejt.

Otišli su stazom uspomena u Oksford i posetili Stratford na Ejvonu da pogledaju *Ričarda III* s Lorensom Olivijeom. Želeli su da vide nekog kralja, ma kako ga zvali.

Na povratku iz Stratforda zaustavili su se kod crkve u Henliju na Temzi, gde su se Vilijam i Kejt venčali. Ovog puta su crkvi bile potrebne nove orgulje. Odseli bi u gostionici *Bel*, ali ponovo su imali samo jednu praznu sobu. U kolima, na povratku u London, započela je rasprava između Vilijama i Kejt, da li ih je venčao prečasni Taksberi ili Djuksberi. Nisu se usaglasili pre nego što su stigli do *Savoja*. Ipak su se složili oko jedne stvari; nov krov na parohijskoj crkvi pokazao se kao dobra investicija.

Vilijam je nežno poljubio Kejt te večeri pre spavanja.

– Najbolje potrošenih petsto funti u životu – rekao je.

Odleteli su u Italiju nedelju dana kasnije, nakon što su u Engleskoj videli sve što jedan pravi američki turista mora da vidi, a mnogi obično propuste. U Rimu su ćerke popile previše italijanskog vina na proslavi Virdžinijinog rođendana i bila im je muka, a Vilijam je jeo previše testenine i ugojio se tri kilograma. Svi bi bili mnogo srećniji da je Ričard bio s njima, i mada ćerke to nikad nisu rekle ocu, očajnički su želele da upoznaju Florentinu, jer je sigurno bila vrlo posebna. Virdžinija je plakala jedne noći, a Kejt je pokušala da je uteši. – Zašto neko ne kaže tatici da su neke stvari važnije od ponosa?

Kad su se vratili u Njujork, Vilijam je bio osvežen i spreman da se vrati na posao. Izgubio je ona tri kilograma za nekoliko nedelja.

Kako su meseci prolazili, osećao je da se život vraća u normalu, koliko god da mu je nedostajao sin. Normalnost je nestala kad je Virdžinija, koja je tek završila Svit Brajar, izjavila da će se udati za jednog studenta prava iz Virdžinije. Ta vest je potresla Vilijama.

– Nije dovoljno stara – kazao je.

– Ima dvadeset dve godine – rekla je Kejt. – Više nije dete, Vilijame. Šta misliš o tome da postaneš deda? – dodala je, žaleći zbog tih reči čim ih je izgovorila.

– Kako to misliš? – pitao je Vilijam užasnuto. – Ona nije trudna, zar ne?

– Zaboga, ne – kazala je Kejt i onda progovorila tiše, kao da je otkrivena. – Ričard i Florentina su dobili bebu.

– Kako znaš?

– Ričard mi je pisao da mi prenese lepe vesti – odgovorila je Kejt. – I Ričard je postao potpredsednik *Američke banke.* Zar nije došlo vreme da mu oprostiš?

– Nikad – rekao je Vilijam i izašao iz sobe bez reči.

Kejt je umorno uzdahnula. Nije pitao ni da li je dobio unuka ili unuku.

Virdžinijino venčanje održano je u Crkvi Svetog Trojstva u Bostonu, jednog predivnog prolećnog popodneva u martu naredne godine. Vilijam je bio vrlo zadovoljan Dejvidom Telfordom, mladim advokatom s kojim je ona odabrala da provede ostatak života.

Virdžinija je želela da Ričard bude stari svat, a Kejt je preklinjala Vilijama da ga pozove na venčanje, ali on je tvrdoglavo odbio. Mada je to trebalo da bude najsrećniji dan u Virdžinijinom životu, vratila bi sve poklone za mogućnost da otac i Ričard stoje zajedno na porodičnoj fotografiji koja je napravljena ispred crkve. Vilijam je hteo da pristane, ali znao je da Ričard nikad ne bi pristao da dođe bez ćerke Rosnovskog.

Na dan venčanja Ričard je poslao Virdžiniji poklon i telegram. Vilijam je spustio neotvoren poklon u prtljažnik njenih kola i nije dozvolio da se telegram pročita na svadbi.

52.

Avelj je sedeo za svojim stolom u njujorškom *Baronu*, čekajući osobu za prikupljanje novca za Kenedijevu kampanju. Taj čovek je kasnio već dvadeset minuta. Avelj je nestrpljivo lupkao prstima po stolu kad je ušla njegova sekretarica.

– Gospodin Frenk Hogan, gospodine.

Avelj je ustao sa stolice. – Uđite, gospodine Hogane – rekao je, tapšući konzervativno odevenog muškarca po leđima. – Kako ste?

– Izvinite što kasnim, gospodine Rosnovski – kazao je taj nepogrešivo bostonski glas.

– Nisam primetio – rekao je Avelj. – Želite li da popijete nešto?

– Ne, hvala, gospodine Rosnovski. Trudim se da ne pijem kad imam tako mnogo sastanaka.

– U pravu ste. Nadam se da vam neće smetati da ja popijem nešto – rekao je Avelj. – Ne nameravam danas da imam mnogo sastanaka.

Hogan se nasmejao kao čovek koji je znao da ga čeka celodnevno slušanje tuđih šala.

Avelj je sipao sebi viski. – Dobro, šta mogu da uradim za vas, gospodine Hogane?

– Pa, gospodine Rosnovski, u Partiji smo se nadali da možemo ponovo računati na vašu podršku.

– Uvek sam bio demokrata, kao što znate, gospodine Hogane. Podržavao sam Frenklina D. Ruzvelta, Harija Trumana i Adleja Stivensona, mada u pola slučajeva nisam razumeo šta Stivens govori. – Obojica su se neiskreno nasmejala. – Takođe sam pomogao starom drugu Diku Dejliju u Čikagu, a podržavao sam i mladog Eda Maskija – sina poljskog imigranta, znate – od njegove kampanje za guvernera Mejna 1954.

– Bili ste odani pristalica Partije u prošlosti, to ne mogu poreći, gospodine Rosnovski – kazao je Hogan, tonom koji je nagoveštavao da je vreme za ćaskanje gotovo. – A mi iz Demokratske partije, da ne pominjem bivšeg kongresmena Ozborna, uzvratili smo vam uslugu. Mislim da nije potrebno da detaljno opisujem mali incident sa *Interstejt ervejzom*.

– To je davna prošlost – rekao je Avelj – i najbolje je da je zaboravimo.

– Slažem se – kazao je Hogan. – Ali iako shvatam da većina milionera ne želi da njihovo poslovanje bude pod lupom, razumete da je posebno važno da budemo oprezni pred izbore. Nikson bi voleo neki skandal u ovoj fazi trke.

– Jasno se razumemo, gospodine Hogane. Sad kad smo popričali o tome, koliko očekujete da uplatim za vašu kampanju?

– Potreban mi je svaki novčić koji možete da izdvojite. – Hogan je zvučao odsečno i samouvereno. – Nikson ima veliku podršku širom zemlje i izbori će biti neizvesni, posebno u vašoj matičnoj državi Ilinois.

– Dobro – kazao je Avelj. – Podržaću Kenedija ako on podrži mene. Jednostavno.

– Biće mu drago da vas podrži, gospodine Rosnovski. Svi znamo da ste vi stub poljske zajednice, a senator Kenedi je svestan hrabrog stava koji ste zauzeli u ime svojih zemljaka koji su u radnim logorima iza Gvozdene zavese, da ne pominjem vašu službu u ratu. Ovlašćen sam da vas obavestim kako je kandidat već pristao da otvori vaš novi hotel u Los Anđelesu prilikom sledećeg boravka u Kaliforniji.

– To su dobre vesti – kazao je Avelj.

– Senator je takođe potpuno svestan vaše želje da se Poljskoj obezbedi status najpovlašćenije nacije u međunarodnoj trgovini sa Sjedinjenim Državama.

– To je ono što zaslužujemo zbog žrtava u ratu – kazao je Avelj. Nakratko je zaćutao. – A šta je s drugim problemčićem?

– Senator Kenedi se raspituje na tu temu kod Amerikanaca poljskog porekla, ali zasad nismo čuli nikakve prigovore. Naravno da ne može da donese odluku pre nego što bude izabran.

– Naravno. Da li će mu dvesta pedeset hiljada dolara pomoći da donese tu odluku?

Frenk Hogan se osmehnuo, ali nije odgovorio.

– Dvesta pedeset hiljada dolara, dakle – rekao je Avelj. – Novac će vam biti uplaćen do kraja nedelje, gospodine Hogane.

Posao je završen, pogodba je sklopljena. Avelj je ustao iza stola. – Molim vas, prenesite senatoru Kenediju moje najlepše želje i kažite mu da ću uraditi sve što mogu da postane naredni predsednik Sjedinjenih Američkih Država. Prezirem Ričarda Niksona nakon odvratnog ponašanja prema Helen Gahagan Daglas, a imam lične razloge što ne želim da Henri Kabot Lodž postane potpredsednik.

– Sa oduševljenjem ću preneti vašu poruku – kazao je Hogan. – Hvala vam na trajnoj podršci Demokratskoj partiji i, posebno, ovom kandidatu. – Ispružio je ruku, a Avelj ju je stegnuo.

– Čućemo se, gospodine Hogane. Ne želim da se rastanem od tolikog novca bez ikakve nadoknade.

– Potpuno vas razumem.

Avelj ga je otpratio do lifta i vratio se u svoju kancelariju sa osmehom na licu. Podigao je slušalicu telefona.

– Pozovite gospodina Novaka da mi se pridruži.

Džordž je došao iz svoje kancelarije na drugoj strani hodnika, nekoliko minuta kasnije.

– Ako Džek Kenedi postane predsednik, mislim da je sve rešeno, Džordže.

– Čestitam, Avelju, oduševljen sam. To će biti ispunjenje jednog od tvojih najvećih snova. Koliko će se Florentina ponositi tobom.

Avelj se osmehnuo kad je čuo ćerkino ime. – Znaš li šta je mala nadžak-baba smislila? – rekao je, smejući se. – Jesi li video *Los Anđeles tajms* od petka?

Džordž je odmahnuo glavom, a Avelj mu je dao primerak novina. Fotografija na pola strane bila je zaokružena crvenom bojom. Džordž je pročitao naslov: – *Florentina Kejn otvara treću prodavnicu* Florentina *u Los Anđelesu.* Sjajna fotografija – kazao je Džordž.

– Nada se da će otvoriti četvrtu do kraja godine – rekao je Avelj. – *Florentina* brzo postaje za Kaliforniju ono što je *Balensijaga* za Pariz.

Džordž se nasmejao dok mu je vraćao novine.

– Jedva čekam da otvori *Florentinu* u Njujorku, verovatno na Petoj aveniji – rekao je Avelj. – Kladim se da će uraditi to u roku od pet godina, najviše deset. Želiš li da se kladimo i u to, Džordže?

– Nisam se kladio ni prvi put, ako se sećaš, Avelju. Inače bih već ostao bez deset dolara.

Avelj je podigao glavu i progovorio tiše. – Misliš li da će doći da vidi kako senator Kenedi otvara novi *Baron* u Los Anđelesu, Džordže?

– Ne, osim ako i njen muž ne bude pozvan.

– Nikad – rekao je Avelj. – Taj momak je ništarija. Pročitao sam tvoj poslednji izveštaj. Napustio je *Američku banku* da radi s Florentinom; nije mogao da zadrži dobar posao.

– Postaješ vrlo površan čitalac, Avelju. Znaš da nije bilo tako. Kejn je zadužen za finansije kompanije, a Florentina vodi prodavnice. Ne zaboravi da mu je *Vels Fargo* ponudio posao da vodi njihovo odeljenje nabavke, ali Florentina ga je preklinjala da odbije i pridruži joj se. Avelju, moraćeš da se pomiriš sa činjenicom da im je brak uspešan. Znam da ti je teško da svariš to, ali zašto ne bi sišao s pijedestala i upoznao momka?

– Ti si mi najbliži prijatelj, Džordže. Niko na svetu se ne usuđuje da tako razgovara sa mnom. I niko ne zna bolje od tebe da ne mogu da siđem, ne dok taj prokletnik Vilijam Kejn ne pokaže da je spreman da popusti. Neću ponovo da puzim dok je on živ da uživa u tome.

– Šta ako umreš prvi, Avelju? Ti i on ste vršnjaci.

– Onda ću izgubiti, a Florentina će naslediti sve.

– Rekao si mi da joj nećeš ostaviti ništa. Trebalo je da izmeniš testament u korist unuka.

– Nisam mogao da uradim to, Džordže. Kad je došlo vreme da potpišem taj dokument, nisam mogao. Dođavola... taj prokleti unuk će na kraju naslediti bogatstvo obojice.

Izvadio je novčanik iz unutrašnjeg džepa, pregledao nekoliko starih Florentininih fotografija, izvadio jednu skorašnju i dodao je Džordžu.

– Zgodan momčić – kazao je Džordž.

– Nego šta – rekao je Avelj. – Isti je majka.

Džordž se nasmejao. – Nikad ne odustaješ, Avelju?

– Šta misliš, kako su ga nazvali?

– Kako to misliš? – rekao je Džordž. – Vrlo dobro znaš kako su ga nazvali.

– Mislim, kako ga zovu svakog dana?

– Kako da znam? – rekao je Džordž.

– Saznaj – kazao je Avelj. – Meni je stalo do toga.

– Kako da saznam to? – pitao je Džordž. – Da ih neko prati dok guraju kolica po parku?

– Siguran sam da ćeš pronaći način, Džordže – kazao je Avelj. – Dobro, jesi li se nedavno čuo s Piterom Parfitom?

– Da, malo je zainteresovaniji da se rastane sa svoja dva procenta *Lestera*, ali ne bih prepustio pregovore Henriju. Uz tu dvojicu koja dogovaraju prodaju, svi bi zaradili osim tebe, pa sam mislio da ja možda završim to za tebe?

– Ne radi ništa trenutno – rekao je Avelj. – Koliko god mrzeo Kejna, ne želim nikakve nevolje dok Kenedi ne bude pobedio na izborima. Ako Nikson pobedi, nameravam da kupim Parfitova dva procenta istog dana i sprovedem plan o kojem smo razgovarali. I ne brini se za

Henrija... skinuo sam ga s Kejnovog slučaja. Odsad ću se sâm baviti time.

– Brinem – rekao je Džordž. – On duguje polovini kladioničara u Čikagu i ne bi me iznenadilo da uskoro dođe u Njujork da žicka pare.

– Henri me neće više gnjaviti. Sasvim sam mu jasno rekao kad sam ga poslednji put video da neće izvući ni paru od mene. Ako dođe da moljaka, izgubiće mesto u odboru, a to mu je jedini izvor prihoda.

– To je upravo ono što me brine – rekao je Džordž. – Šta ako postane toliko očajan da ode kod Kejna po novac?

– To je nemoguće, Džordže. Henri mrzi Kejna više nego ja.

– Kako možeš da budeš siguran u to?

– Kejnova majka je bila druga Henrijeva žena – kazao je Avelj – a kad je Kejn imao svega šesnaest godina, izbacio je Henrija iz kuće.

– Dragi bože, kako si saznao tu informaciju?

– Ne postoji ništa o Vilijamu Kejnu što ja ne znam – rekao je Avelj – ili o Henriju Ozbornu. Baš ništa. I bio bih spreman da se kladim u zdravu nogu da ne postoji ništa što on ne zna o meni. Samo moramo trenutno da budemo strpljivi, ali ne postoje izgledi da Henri propeva. Pre bi umro nego priznao da mu je pravo ime Vitorio Tonja i da je bio u zatvoru zbog prevare.

– Da li Henri zna sve to?

– Ne. Krio sam to godinama. Ako misliš da bi neko mogao da ti zapreti u budućnosti, Džordže, saznaj sve o njegovoj prošlosti. Nikad nisam verovao Henriju, još od dana kad je predložio da prevarimo *Grejt vestern osiguranje* dok je on radio kod njih, mada moram da priznam da mi je bio koristan tokom godina. Ali takođe sam uveren da mi neće praviti probleme u budućnosti. Zaboravimo na Henrija i budimo optimističniji. Kad se očekuje završetak *Barona* u Los Anđelesu?

– Sredinom septembra.

– Savršeno. Samo nekoliko nedelja pre izbora. Kad Kenedi otvori hotel, to će biti na svim naslovnim stranama u Americi.

Kad se Vilijam vratio u Njujork, nakon bankarske konferencije u Vašingtonu, zatekao je poruku na stolu, u kojoj ga Tadeus Koen moli da mu se odmah javi. To ime mu je uvek izazivalo strepnju, jer je Koen retko prenosio dobre vesti.

Vilijam nije razgovarao s njim neko vreme, jer Avelj Rosnovski nije pravio probleme od prekinutog telefonskog razgovora uoči Ričardovog i Florentininog venčanja, pre četiri godine. Naredni kvartalni izveštaji samo su potvrđivali kako Rosnovski ne pokušava da kupi ili proda deonice banke. Vilijam je ipak pozvao Koena na privatni broj. Advokat ga je obavestio da je otkrio informaciju o kojoj ne želi da priča preko telefona. Vilijam ga je pozvao da dođe u banku kad mu bude zgodno.

Koen je stigao u Vilijamovu kancelariju četrdeset minuta kasnije. Vilijam ga je pažljivo saslušao.

Kad je Koen završio, Vilijam je rekao: – Vaš otac nikad ne bi odobrio takve metode.

– Ne bi ni vaš – odgovorio je Koen – ali oni nisu morali da se nose s ljudima kakav je Avelj Rosnovski.

– Zašto mislite da će taj plan upaliti?

– Setite se slučaja Šermana Adamsa. Samo hotelski računi na hiljadu šeststo četrdeset dva dolara i jedna krznena bunda, ali to je sigurno postidelo administraciju, jer je Adams bio predsednikov sekretar. Znamo da Rosnovski cilja mnogo više od toga. Tako da će biti lakše oboriti ga.

– Koliko će me to koštati?

– Otprilike dvadeset pet hiljada, ali možda uspem i za manje.

– Kako ćete se pobrinuti da Rosnovski ne shvati da sam ja umešan?

– Upotrebiću posrednika, a on neće znati vaše ime.

– A ako se ispostavi da je vaša informacija tačna, šta preporučujete da uradimo s njom?

– Poslaćemo sve pojedinosti kancelariji senatora Kenedija, a onda je predati medijima. To će okončati ambicije Rosnovskog za sva vremena. Čim mu ugled bude uništen, biće ispušena lula i neće moći da aktivira Član sedam *Lesterovog* Statuta, čak i ako bude imao osam odsto deonica.

– Možda, ali samo ako Kenedi postane predsednik – rekao je Vilijam. – Šta će se dogoditi ako Nikson pobedi? Trenutno vodi u anketama. A možete li zamisliti da Amerika stavi katolika u Belu kuću?

– Ko zna? – kazao je Koen. – Ali ako to uradi, za ulog od dvadeset pet hiljada imaćete realne izglede da dokrajčite Rosnovskog.

– Ali samo ako Kenedi postane predsednik...

Koen je klimnuo glavom i zaćutao.

Vilijam je otvorio fioku stola, izvadio veliku čekovnu knjižicu s natpisom „Privatni račun“ i ispisao cifre dva, pet, nula, nula, nula. To je bio prvi put da je poželeo demokratu u Beloj kući.

* * *

Aveljova predviđanja da će Kenedijevo otvaranje losanđeleskog *Barona* biti na svim naslovnim stranama ispostavila su se kao previše optimistička, jer je kandidat imao desetak drugih događaja u Los Anđelesu tog dana, pre nego što ode na televizijsku debatu s Niksonom naredne večeri. Ipak, otvaranje hotela je dobro propraćeno, a Frenk Hogan je privatno uverio Avelja da Kenedi nije zaboravio na onu sitnicu.

Dok je Kenedi govorio, hvaleći Čikaškog Barona, Aveljove oči pretraživale su publiku u potrazi za ćerkom, ali nije je video.

53.

Kad su glasovi iz Ilinoisa prebrojani, Džon F. Kenedi je bio siguran da će postati trideset peti predsednik SAD. Avelj je nazdravio gradonačelniku Dejliju prilikom slavlja u štabu Demokratske partije na Tajms skveru. Nije se vratio kući do pet ujutro.

– Dođavola, imam mnogo razloga za slavlje – rekao je Džordžu. – Biću sledeći... – Zaspao je pre nego što je završio rečenicu. Džordž se osmehnuo i pokrio ga je.

Vilijam je gledao rezultate izbora u miru svoje radne sobe u Istočnoj šezdeset osmoj ulici. Nakon prebrojavanja glasova iz Ilinoisa, Volter Kronkajt je objavio da se sad sve zna. Vilijam je uzeo telefon i pozvao kućni broj Tadeusa Koena.

Samo je rekao: – Izgleda da sam dobro uložio dvadeset pet hiljada dolara, Tadeuse. Hajde sad da se pobrinemo da Rosnovski nema medeni mesec. Najbolje vreme za naš potez je kad otputuje u Tursku.

Vilijam je spustio slušalicu i otišao u krevet. Razočarao se što Nikson nije uspeo da pobedi Kenedija, i što njegov rođak Henri Kabot Lodž neće biti potpredsednik. Ali, mislio je, u svakom zlu ima i dobra.

Kad je Avelj dobio poziv za inauguracioni bal predsednika Kenedija u Vašingtonu, postojala je samo jedna osoba s kojom je želeo da podeli tu čast. Ali nakon što je razgovarao sa Džordžom, morao je da prihvati da Florentina nikad ne bi pošla s njim osim ako ne okonča svađu s Ričardovim ocem. I zato je morao da ide sâm.

Avelj je odložio putovanje u Evropu i na Bliski istok. Nije mogao da propusti inauguraciju, ali uvek je mogao da pomeri otvaranje istanbulskog *Barona*.

Imao je novo, prilično konzervativno tamnoplavo odelo sašiveno posebno za tu priliku, i rezervisao je *Dejvis Liroj apartman* u vašingtonskom *Baronu* za dan ceremonije. Gledao je kako mladi predsednik održava inauguracioni govor, pun nade i obećanja za budućnost.

– *Nova generacija Amerikanaca, rođena u ovom veku* – Avelj je jedva spadao tu – *iskaljena u ratu* – Avelj je sigurno spadao tu – *disciplinovana teškim i gorkim mirom* – Avelj je i te kako spadao tu. – *Ne pitajte šta vaša zemlja može da uradi za vas. Pitajte šta možete da uradite za svoju zemlju.*

Svi su ustali, ignorišući sneg koji nije ublažio utisak sjajnog govora novog predsednika.

Avelj se vratio u hotel sav oduševljen. Istуširao se i obukao belu košulju i frak, takođe specijalno sašivene za tu priliku. Kad je pogledao krupno telo u ogledalu, morao je da prizna da nije baš maneken. Njegov krojač je dao sve od sebe (sašio je tri nova i sve šira odela za Avelja u poslednjih pet godina). Florentina bi ga prekorila zbog gojaznosti, a on bi se potrudio zbog nje. Zašto je uvek razmišljao o Florentini? Pogledao je svoja odlikovanja. Prvo Odlikovanje poljskih veterana, a zatim njegova kuvarska odlikovanja, kako ih je nazivao, za istaknutu službu uz upotrebu viljušaka i noževa.

Sve u svemu, u Vašingtonu je te večeri održano sedam inauguracionih balova, a Aveljova pozivnica usmerila ga je u dvoranu *Armori* u Vašingtonu. Sedeo je u delu rezervisanom za poljske demokrate iz Njujorka i Čikaga. Imali su mnogo razloga za slavlje. Edmund Maski je bio u Senatu, a još deset poljskih demokrata izabrano je u Kongres. Niko nije pominjao dva novoizabrana poljska republikanca. Avelj se srećno prisećao s nekim starim prijateljima koji su bili među osnivačima Poljsko-američkog kongresa. Svi su pitali za Florentinu.

Iznenada, svi u prostoriji su skočili na noge i počeli da kliču i viču. Avelj je ustao da vidi kakva je to galama i ugledao je Džona F. Kenedija i njegovu glamuroznu ženu kako ulaze u balsku dvoranu. Ostali su petnaestak minuta, razgovarajući s pažljivo odabranim gostima, a onda otišli dalje. Mada Avelj nije razgovarao s predsednikom, iako je ustao od stola i stao strateški na njegov put, uspeo je da privuče pažnju Frenka Hogana, koji je odlazio s Kenedijevom svitom.

– Gospodine Rosnovski. Kakva srećna slučajnost.

Avelj bi voleo da objasni dečaku da kod njega nema ničeg slučajnog, ali ovo nije bilo ni vreme niti mesto. Hogan ga je uhvatio za ruku i odveo brzo iza jednog velikog mermernog stuba.

– Ne mogu da vam previše kažem u ovom trenutku, gospodine Rosnovski, jer moram da ostanem s predsednikom, ali mislim da možete uskoro očekivati naš poziv. Naravno, predsednik trenutno ima mnogo obaveza.

– Naravno – rekao je Avelj.

– Ali nadam se – nastavio je Hogan – da će u vašem slučaju sve biti potvrđeno krajem marta ili početkom aprila. Dozvolite mi da vam prvi čestitam, gospodine Rosnovski. Uveren sam da ćete se istaći u predsednikovoj službi.

Avelj je gledao kako Hogan bukvalno trči da bi sustigao Kenedijevu svitu, koja je već ulazila u flotu limuzina.

– Izgledaš zadovoljan sobom – kazao je jedan od Aveljovih poljskih prijatelja kad se vratio za svoj sto i seo da pojede jedan žilav odrezak, koji ne bi smeo da bude poslužen u hotelu *Baron*. – Da li te je Kenedi pozvao da budeš ministar spoljnih poslova?

Svi su se nasmejali.

– Nije još – odgovori je Avelj. – Ali državni sekretar bi mogao biti moj novi šef – dodao je tiho.

Vratio se u Njujork narednog jutra nakon što je posetio Poljsku kapelu Naše Gospe od Čestohove u Nacionalnom hramu. Zbog toga je pomislio na obe Florentine.

Nacionalni aerodrom u Vašingtonu bio je u haosu, i Avelj se na kraju vratio u njujorški *Baron* tri sata kasnije nego što je nameravao. Džordž mu se pridružio na večeri i znao je da je sigurno sve prošlo dobro kad je Avelj naručio veliku bocu *dom perinjona*.

– Večeras ćemo slaviti – kazao je Avelj. – Video sam Hogana na balu i moje imenovanje će biti potvrđeno u narednih nekoliko nedelja. Zvanično će to objaviti verovatno nakon mog povratka s Bliskog istoka.

– Čestitam, Avelju. Niko nije više zaslužio tu čast.

– Hvala ti, Džordže. Mogu da te uverim da te nagrada ne čeka u raju, jer kad se sve ozvaniči, imenovaću te za vršioca dužnosti predsednika *Baron grupe* u svom odsustvu.

Džordž je sipao sebi čašu šampanjca. Već su popili pola boce.

– Koliko dugo ćeš biti odsutan, Avelju?

– Samo tri nedelje. Želim da proverim da me na Bliskom istoku ne pljačkaju pre nego što odem u Tursku da otvorim istanbulski *Baron*. Mislim da ću usput svratiti u London i Pariz.

Džordž je sipao Avelju još jednu čašu šampanjca.

* * *

Avelj je u Engleskoj ostao tri dana duže nego što je nameravao, trudeći se da reši probleme u londonskom *Baronu* s menadžerom koji je izgleda za sve probleme krivio britanske sindikate. Londonski *Baron* je bio jedan od retkih Aveljovih neuspeha, mada nije mogao da utvrdi zašto hotel stalno gubi novac. Razmišljao je da ga zatvori, ali *Baron grupa* je morala da bude prisutna u glavnom gradu Engleske, makar i po cenu gubitka. Ponovo je otpustio direktora, imenovao novog i odleteo u Pariz.

Francuska prestonica predstavljala je zaprepašćujuć kontrast. Pariski *Baron* u Bulevaru Raspaj bio je jedan od najuspešnijih u lancu, i jednom je priznao Florentini, kao roditelj koji priznaje da ima omiljeno dete, da mu je to omiljeni hotel. Tu je sve bilo kako je želeo, i ostao je svega dva dana pre nego što je odleteo na Bliski istok.

Avelj je sad imao lokacije za hotele u državama u Persijskom zalivu, ali samo je rijadski *Baron* bio u izgradnji. Da je bio mlađi, ostao bi na Bliskom istoku nekoliko godina i sredio stvari. Ali nije mogao da podnese pesak i vrućinu, ili teškoće nabavljanja viskija zbog straha od hapšenja, tako da je ostavio stvari u rukama jednog od svojih mlađih potpredsednika, i odleteo u Tursku.

Avelj je posetio Tursku nekoliko puta tokom poslednjih godina da bi nadgledao napredak istanbulskog *Barona*. Za njega je uvek postojalo nešto posebno u Konstantinopolju, jer se sećao drevnog grada. Radovao se otvaranju *Barona* u zemlji iz koje je isplovio ka novom životu u Americi.

Pre nego što je počeo da vadi stvari iz kofera u još jednom predsedničkom apartmanu, Avelj je zatekao petnaest pozivnica koje čekaju na njegov odgovor. Bilo je uvek isto u vreme otvaranja hotela: gomila grebatora, koji su se nadali da će biti pozvani na zabavu povodom otvaranja, pojavljivala se kao čarolijom. Ovom prilikom, međutim, dve pozivnice predstavljale su prijatno iznenađenje za Avelja, jer su bile od ljudi koji se nisu mogli opisati kao grebatori, konkretno od ambasadora Amerike i Britanije. Pozivnica iz starog britanskog konzulata bila je posebno neodoljiva, jer nije bio u toj zgradi četrdeset godina.

Te večeri je Avelj večerao kao gost ser Bernarda Barouza, ambasadora Velike Britanije u Turskoj. Na svoje iznenađenje, Avelj je video da je smešten desno od ambasadorove žene, što je čast kakvu nije dobijao ranije. Kad se večera završila, poštovao je starinsku englesku tradiciju da dame napuste prostoriju dok gospoda ćaskaju o ozbiljnijim temama uz cigare i porto ili brendi.

Avelj je pozvan da se pridruži Flečeru Vorenu, američkom ambasadoru, u privatnosti ser Bernardove radne sobe. Ser Bernard je dao
Vorenu zadatak da pozove Čikaškog Barona na večeru pre nego što
večera u svojoj ambasadi.

– Britanci su uvek bili nadmeni – kazao je Voren, paleći veliku
kubansku cigaru.

– Reći ću jedno za Amerikance – rekao je ser Bernard – ne znaju
kad su poraženi.

Avelj je slušao ćaskanje dvojice diplomata, pitajući se zašto je deo
tako privatnog okupljanja. Ser Bernard mu je ponudio čašu starog
porta, a Voren je nazdravio.

– Za Avelja Rosnovskog.

Ser Bernard je takođe podigao čašu. – Čuo sam da je došlo vreme
za čestitke – kazao je.

Avelj se zacrveneo i brzo pogledao ka Vorenu, nadajući se da će mu
ovaj pomoći.

– O, jesam li se izleteo, Flečeru? – kazao je ser Bernard. – Rekli ste
mi da svi znaju za to imenovanje, stari moj.

– Gotovo svi – rekao je Voren. – Mada Britanci nikad nisu umeli
da dugo čuvaju tajnu.

– Da li vam je zato trebalo toliko vremena da otkrijete da smo u
ratu s Nemačkom? – pitao je ser Bernard.

– A onda smo se uključili da osiguramo pobedu?

– I prigrabili sve zasluge – rekao je ser Bernard.

Američki ambasador se nasmejao. – Rečeno mi je da će zvanična
objava uslediti za nekoliko dana.

Obojica su gledala Avelja, koji je ćutao.

– Dobro, dakle, smem li da vam prvi čestitam, vaša ekselencijo? –
rekao je ser Bernard. – Želim vam uspeh na novom položaju.

Avelj se zacrveneo kad je čuo titulu koju je sebi tako često šaputao
pred kupatilskim ogledalom poslednjih nekoliko meseci. – Moraćete
da se naviknete da će vas zvati vaša ekselencijo, znate – nastavio je
britanski ambasador. – I na mnogo gore stvari. Posebno na sve proklete prijeme na koje ćete morati da idete danonoćno. Ako sad imate
problem s težinom, to nije ništa u odnosu na onaj koji ćete imati kad
završite mandat. Možda ćete doživeti da budete zahvalni zbog Hladnog rata. Hrana u Istočnom bloku je tako grozna da možda i smršate.

Američki ambasador se osmehnuo. – Vrlo dobro, Avelju, i želim
vam sve najbolje i uspešnu karijeru. Kad ste poslednji put bili u Poljskoj?

– Bio sam jednom, nakratko, pre nekoliko godina – rekao je Avelj. – Otad sam želeo da se vratim.

– Pa, vratićete se pobedonosno – rekao je Voren. – Poznajete li našu ambasadu u Poljskoj?

– Ne poznajem – priznao je Avelj.

– Nije na lošem mestu – kazao je ser Bernard – ako se uzme u obzir da vi iz kolonija niste kročili u Evropu do kraja Drugog svetskog rata. Ali smeštaj je grozan. Očekujem da uradite nešto povodom toga, gospodine Rosnovski. Jedino rešenje za to je da izgradite *Baron* hotel u Varšavi. To je najmanje što bi očekivali od zemljaka.

Avelj je oduševljeno sedeo, smejući se i uživajući u trapavim šalama ser Bernarda. Znao je da je popio previše porta, zbog čega se osećao pomireno sa sobom i svetom. Jedva je čekao da kaže Florentini vesti, sad kad će njegovo imenovanje uskoro postati zvanično. Biće tako ponosna na njega. Odlučio je da će, čim sleti u Njujork, odleteti u San Francisko i pomiriti se s njom. To je želeo sve vreme i napokon je imao izgovor. Nekako će naterati sebe da zavoli malog Kejna. Mora da prestane da misli o njemu kao o malom Kejnu. Kako se ono zvaše... Ričard? Da, Ričard. Avelj je osetio olakšanje što je konačno doneo odluku.

Nakon što su se njih trojica pridružila damama u glavnom salonu, Avelj je rekao domaćinu: – Treba da se vratim, vaša ekselencijo.

– Natrag u *Baron* – kazao je ser Bernard. – Dozvolite mi da vas otpratim do kola, dragi kolega.

Kad se Avelj pozdravio sa ambasadorovom ženom na vratima, osmehnula mu se i rekla: – Shvatam da ne bi trebalo da znam, gospodine Rosnovski, ali čestitam vam na imenovanju. Mora da ste ponosni što se vraćate u rodnu zemlju kao predstavnik zemlje koja vas je prihvatila.

– Jesam – odgovorio je jednostavno Avelj.

Ser Bernard ga je otpratio niz mermerne stepenice do auta koji ga je čekao. Šofer je otvorio vrata.

– Laku noć, Rosnovski. I srećno u Varšavi. Uzgred, nadam se da ste uživali u prvom obroku u britanskom konzulatu.

– Jeo sam ovde mnogo puta, ser Bernarde.

– Bili ste ranije ovde, staro momče? Kad smo pregledali spisak gostiju, nismo videli vaše ime.

– Ne – rekao je Avelj. – Uglavnom sam jeo u kuhinji s kuvaricom. Mislim da dole nisu imali knjigu gostiju.

Avelj se osmehnuo dok je sedao na zadnje sedište auta. Video je da ser Bernard nije siguran može li da mu veruje.

Dok se vozio natrag u *Baron*, dobovao je prstima po prozoru i pevušio tiho. Voleo bi da se vrati u Ameriku sutra ujutro, ali nije mogao da otkaže večeru s Flečerom Vorenom u američkom konzulatu sutra uveče. To nije stvar kakvu radi budući ambasador, staro momče, čuo je glas ser Bernarda.

Večera sa američkim ambasadorom bila je još jedno neprijatno iskustvo. Avelj je morao da objasni okupljenim gostima kako to da je jeo u kuhinji britanskog konzulata, a oni su ga slušali sa iznenađenim divljenjem. Nije bio siguran koliko njih je poverovalo u priču da je gotovo izgubio šaku, ali divili su se srebrnoj narukvici, a te večeri su ga svi zvali „vaša ekselencijo".

54.

Avelj je sutradan ustao rano, jedva čekajući da se vrati u Ameriku.

Avion DC-8 odleteo je do Beograda, gde je čekao šesnaest sati. Nešto nije bilo u redu sa sistemom za sletanje, rekli su mu. Sedeo je u aerodromskom salonu, pijuckajući groznu jugoslovensku kafu, tražeći neki časopis na engleskom. Razlika između britanskog konzulata u Istanbulu i snek-bara u komunističkoj zemlji bila je jasno vidljiva. Napokon je DC-8 uzleteo, da bi se ponovo zaustavio u Amsterdamu. Ovog puta su putnici morali da pređu u drugi avion.

Kad je konačno sleteo na *Ajdlvajld*, Avelj je putovao gotovo trideset šest sati. Bio je toliko umoran da je jedva hodao. Kad je završio carinski pregled, iznenada se zatekao okružen novinarima i foto-aparatima koji bleskaju i škljocaju. Odmah se osmehnuo. *Mora da je objavljena vest*, mislio je; sad je zvanično. Stajao je što je pravije mogao i hodao je polako i dostojanstveno, prikrivajući hramanje. Nije bilo ni traga Džordžu dok su se foto-reporteri gurali da naprave što bolju sliku.

Zatim je video Džordža kako stoji iza gomile, izgledajući kao da je na sahrani a ne na dočeku prijatelja koji se pobedonosno vraća. Kod barijere mu je jedan od novinara, umesto da ga pita kako izgleda biti prvi Amerikanac poljskog porekla koji je postavljen za ambasadora u Varšavi, doviknuo: – Kako odgovarate na te optužbe?

Foto-aparati su nastavili da sevaju, kao i pitanja.

– Jesu li optužbe tačne, gospodine Rosnovski?

– Koliko ste platili kongresmenu Ozbornu?

– Da li poričete optužbe?

– Jeste li se vratili u Ameriku na suđenje?

Viknuo je Džordžu: – Vodi me odavde!

Džordž je krenuo napred i uspeo da stigne do njega, a onda se probio kroz gomilu i ugurao ga na zadnje sedište kadilaka. Avelj se sagnuo i zario lice u šake dok su blicevi sevali. Džordž je viknuo vozaču da krene.

– Do *Barona*, gospodine Novače?

– Ne, do stana gospođice Rosnovski u Istočnoj pedeset sedmoj ulici.

– Zašto? – pitao je Avelj.

– Jer je *Baron* pun novinara.

– Ne razumem – rekao je Avelj. – U Istanbulu su se ponašali prema meni kao da sam imenovan za ambasadora, a kad se vratim kući, otkrijem da sam kriminalac. Šta se, dođavola, događa, Džordže?

– Želiš li da to čuješ od mene ili želiš da prvo razgovaraš sa svojim advokatom?

– Advokatom? Već si našao nekog da me zastupa?

– H. Traforda Džilksa, najboljeg.

– I najskupljeg.

– Mislim da u ovom trenutku ne treba da se brineš za novac, Avelju.

– U pravu si. Izvini. Gde je on sad?

– Ostavio sam ga u sudnici, ali rekao je da će doći u stan čim završi.

– Ne mogu da čekam toliko dugo, Džordže. Zaboga, reci mi šta se događa.

Džordž je duboko udahnuo. – Postoji nalog za tvoje hapšenje.

– Koja je optužnica?

– Podmićivanje vladinih zvaničnika.

– Nikad u životu nisam podmitio nijednog vladinog zvaničnika – pobunio se Avelj.

– Znam, ali Henri Ozborn jeste i šta god da je radio, sad tvrdi da je to radio u tvoje ime ili za tvoj račun.

– O bože – rekao je Avelj. – Nije trebalo da zaposlim tog čoveka. Dozvolio sam da me zaslepi činjenica da obojica mrzimo Kejna. Ali ne mogu da poverujem da im je Henri išta rekao, jer bi umešao i sebe.

– Henri je nestao – kazao je Džordž. – A veliko iznenađenje je da je iznenada isplatio sve dugove.

– Vilijam Kejn – kazao je Avelj ljutito.

– Nismo našli ništa što bi ukazivalo na to – rekao je Džordž.

– Kako su onda vlasti došle do pojedinosti?

– Izgleda da je anonimno poslat paket s velikim dosijeom u Ministarstvo pravde u Vašingtonu.

– Poslat iz Njujorka, bez sumnje – rekao je Avelj.

– Ne. Iz Čikaga.

Avelj je ćutao nekoliko trenutaka. – Nemoguće je da je Henri poslao taj dosije – rekao je konačno. – To nema smisla.

– Kako možeš biti tako siguran? – pitao je Džordž.

– Jer si rekao da su mu svi dugovi plaćeni. Ministarstvo pravde ne bi platilo toliko novca osim ako ne misle da će uhvatiti Ala Kaponea.

Henri mora da je prodao svoje podatke nekom drugom. Ali kome? Jedino mogu biti siguran da nikad ne bi dao nikakve podatke direktno Kejnu.

– Direktno? – rekao je Džordž.

– Direktno – ponovio je Avelj. – Možda ih nije prodao direktno. Kejn je mogao da nađe nekog posrednika da se bavi time, ako je već znao da Henri duguje i da mu kladioničari prete.

– To je možda istina, Avelju, a sigurno nije potreban vrhunski detektiv da se otkrije ozbiljnost Henrijevih finansijskih problema. To su znali svi posetioci barova u Čikagu. Ali ne brzaj sa zaključcima dok ne čujemo šta advokat ima da kaže.

Kadilak se zaustavio ispred Florentininog starog stana, koji Avelj nije prodao, u nadi da će se njegova ćerka vratiti jednog dana. H. Traford Džilks ih je čekao u predvorju. Kad su ušli u stan, Džordž je sipao Avelju veliki viski. Popio ga je u jednom gutljaju i dao praznu čašu Džordžu, koji ju je ponovo napunio.

– Kažite mi ono najgore, gospodine Džilkse – rekao je Avelj. – I ne štedite me.

– Žao mi je, gospodine Rosnovski – počeo je. – Gospodin Novak mi je ispričao za Varšavu.

– To je davna prošlost – rekao je Avelj – tako da ne treba više da se bavimo „vašom ekselencijom“. Možete biti sigurni da se Frenk Hogan neće setiti mog imena. Hajde, gospodine Džilkse, šta me čeka?

– Optuženi ste za sedamnaest slučajeva podmićivanja i korumpiranja zvaničnika u četrnaest država. Napravio sam okviran dogovor s Ministarstvom pravde da budete uhapšeni ovde u stanu sutra ujutro, a oni se neće protiviti puštanju uz kauciju.

– Vrlo lepo – kazao je Avelj. – A šta ako dokažu optužbe?

– O, mislim da će moći da dokažu neke od njih – rekao je H. Traford Džilks bez ustezanja. – Ali sve dok je Henri Ozborn u bekstvu, biće im vrlo teško da vas osude za većinu. Ali bojim se da je prava šteta već naneta, gospodine Rosnovski, bili vi osuđeni ili ne.

– I ja to shvatam – kazao je Avelj, gledajući svoju sliku na naslovnoj strani *Dejli njuza*. – Želim da otkrijete, gospodine Džilkse, ko je kupio taj dosije od Henrija Ozborna. Angažujte koliko god ljudi je potrebno. Ne marim za troškove. Ali saznajte, i to brzo, jer ako se ispostavi da je to Vilijam Kejn, dokrajčiću ga zauvek.

– Nemojte da upadate u nove nevolje, gospodine Rosnovski – rekao je odlučno H. Traford Džilks. – Već ste do grla u govnima.

– Ne brinite – rekao je Avelj. – Kad dokrajčim Kejna, sve će biti legalno i po propisima.

– Sad me pažljivo slušajte, gospodine Rosnovski. Zaboravite na Vilijama Kejna u ovom trenutku i počnite da se brinete zbog suđenja koje vas čeka, osim ako ne želite da provedete deset godina u zatvoru. Ne možemo mnogo toga da uradimo večeras. Nekoliko ljudi već traži Ozborna, a izdaću kratko saopštenje za medije u kojem poričete optužbe i kažete da imamo objašnjenje koje će vas osloboditi u potpunosti.

– Imamo li? – pitao je Džordž, pun nade.

– Nemamo – rekao je Džilks – ali dobiću malo vremena da spremim odbranu. Kad gospodin Rosnovski bude imao priliku da pogleda spisak zvaničnika koje je navodno podmitio, ne bi me iznenadilo da nikad nije bio u direktnom kontaktu ni sa kim od njih. Moguće je da je gospodin Ozborn uvek radio kao posrednik bez konkretnog mešanja gospodina Rosnovskog. Moj posao će biti da dokažem da je Ozborn zloupotrebio ovlašćenja direktora *Baron grupe*. Podsećam vas, gospodine Rosnovski, ako ste ikad upoznali ljude sa spiska, recite mi, zaboga, jer možete biti sigurni da će tužilaštvo izvesti sve njih da svedoče. Ali sad idite u krevet i pokušajte da odspavate. Mora da ste iscrpljeni. Vidimo se rano ujutro.

Avelj je uhapšen u ćerkinom stanu u osam i trideset narednog jutra i savezni maršali su ga odvezli do Saveznog suda u Južnom okrugu u Njujorku. Šareni ukrasi povodom Dana Svetog Valentina u izlozima prodavnica samo su naglasili njegovu usamljenost. Džilks se nadao da će čitanje optužnice biti toliko diskretno da novinari neće saznati za nju, ali kad je stigao do zgrade suda, Avelj je ponovo bio okružen fotografima i novinarima. Prošao je kroz tog toplog zeca i ušao u zgradu suda sa Džordžom pred sobom i Džilksom iza. Sedeli su ćutke u hodniku i čekali da ih prozovu.

Mada su čekali nekoliko sati, kad su konačno prozvani, čitanje optužnice je trajalo svega nekoliko minuta i delovalo je neobično antiklimaktično. Sudski službenik je pročitao sedamnaest optužbi, a H. Traford Džilks je odgovorio „Nije kriv“ na svaku od njih, u ime svog klijenta. Zatim je zatražio puštanje uz kauciju. Tužilaštvo se, prema dogovoru, nije protivilo. Džilks je zatražio od sudije Preskota tri meseca za pripreme odbrane. Sudija je zakazao početak suđenja za sedamnaesti maj.

Avelj je ponovo bio slobodan; slobodan da se suoči s novinarima i još njihovih zajedljivih pitanja i bliceva. Vozač ga je čekao u kolima u podnožju stepeništa suda, sa otvorenim zadnjim vratima i upaljenim motorom. Morao je vešto da manevriše kako bi izbegao novinare koji su i dalje tražili priču. Kad se auto zaustavio u Istočnoj pedeset sedmoj ulici, Avelj se okrenuo prema Džordžu i prebacio mu je ruku preko ramena.

– Slušaj me sad, Džordže, ti ćeš voditi grupu dok se ne završi suđenje. Nadajmo se da nećeš morati da je vodiš nakon toga – kazao je, pokušavajući da se našali.

– Naravno da neću, Avelju. Gospodin Džilks će te osloboditi, videćeš. Ne kloni duhom – rekao je i ostavio njih dvojicu nasamo kad su ušli u stambenu zgradu.

– Ne znam šta bih radio bez Džordža – rekao je Avelj Džilksu, kad su seli u Florentininu dnevnu sobu. – Došli smo istim brodom pre četrdeset godina i prošli smo kroz pakao otad. Sad izgleda da imamo pred sobom još mnogo briga, pa hajde da se pozabavimo time, gospodine Džilkse. Jeste li pronašli Ozborna?

– Ne, ali šestorica se bave time, a čuo sam da Ministarstvo pravde ima još najmanje šestoricu, tako da možemo biti sigurni da će ga neko od nas pronaći. Mada ne želimo da ga druga strana pronađe pre nas.

– Šta je sa osobom kojoj je Ozborn prodao dosije? – pitao je Avelj.

– Imam poverljive ljude u Čikagu koji se bave time.

– Dobro – kazao je Avelj. – Sad je vreme da se pozabavimo tim spiskom imena koji ste mi sinoć ostavili.

Džilks je počeo da čita optužnicu, a onda da analizira svaku optužbu. Avelj je pravio beleške.

Nakon gotovo tri nedelje uzastopnih sastanaka, Džilks je konačno bio uveren da Avelj nema šta više da mu kaže. Tokom te tri nedelje nije bilo informacija o tome gde je Henri Ozborn, od Džilksovih ljudi ili Ministarstva pravde. Niti se saznalo kome je Henri prodao svoje informacije, a Džilks je počeo da se pita da li je Avelj bio u pravu. Ali nisu mogli da pronađu nikakvu direktnu vezu s Vilijamom Kejnom.

Kako se suđenje bližilo, Avelj je počeo da razmišlja o mogućnosti da će ići u zatvor. Imao je pedeset četiri godine i bojao se izgleda da će provesti poslednje godine života onako kako je proveo prve. Kao što je H. Traford Džilks istakao, ako vlada uspe da dokaže svoje optužbe, u Ozbornovom dosijeu ima dovoljno dokaza da Avelj ode na izdržavanje duge kazne. Avelj je mislio kako nijedna nova firma ne može da napreduje bez takvih sitnih podmićivanja raznih ljudi, koja su bila opisana s mučnom tačnošću u Džilksovom dosijeu. Mislio je ogorčeno o mirnom, bezizražajnom licu mladog Vilijama Kejna, koji sedi u svojoj bostonskoj kancelariji na hrpi nasleđenog novca čije je sumnjivo poreklo bezbedno skriveno ispod generacija ugleda.

Usred Aveljove nesreće, ukazao se tračak svetlosti. Florentina je napisala dirljivo pismo prilažući neke fotografije svog sina, govoreći kako i dalje voli i poštuje svog oca i veruje u njegovu nevinost.

Tri dana pre početka suđenja, Ministarstvo pravde je pronašlo Henrija Ozborna u Nju Orleansu. Nikad ga ne bi pronašli da se nije pojavio u lokalnoj bolnici slomljenih nogu, nakon što je izbegao da plati neke kockarske dugove. U Nju Orleansu ne vole takve stvari. Nakon što su u bolnici stavili gips na Ozbornove noge, Ministarstvo pravde ga je letom *Istern erlajnza* prebacilo u Njujork.

Henri Ozborn je optužen sutradan za zaveru za izvršenje prevare i odbijeno mu je puštanje uz kauciju. H. Traford Džilks je zatražio od sudije dozvolu da ga ispita. Sudija je odobrio zahtev, ali Džilks nije mnogo saznao nakon jednočasovnog razgovora. Bilo je jasno da se Henri Ozborn nagodio sa tužilaštvom i pristao je da svedoči protiv Avelja u zamenu za blažu kaznu.

– Nema sumnje da će optužnica protiv gospodina Ozborna biti vrlo blaga – jetko je rekao advokat.

– Dakle, to je njegova igra – kazao je Avelj. – Ja da robijam, a on da se izvuče. Sad nikad nećemo saznati kome je prodao taj prokleti dosije.

– Ne, to je jedina stvar o kojoj je želeo da govori. Uverio me je da to nije bio Vilijam Kejn. Rekao je da nikad ne bi prodao dosije Kejnu, koliko god da mu je ponudio. Neki Hari Smit iz Čikaga mu je dao 25.000 dolara za dosije. Verovali ili ne, Hari Smit je lažno ime; ima na desetine Harija Smitova u Čikagu, ali nijedan od njih ne odgovara opisu.

– Pronađite ga – rekao je Avelj. – I to pre nego što počne suđenje.

– Radimo danonoćno na tome – kazao je Džilks. – Ako je i dalje u Čikagu, pronaći ćemo ga. Ozborn je rekao da mu je takozvani Hari Smit kazao kako samo želi informacije iz privatnih razloga i nema nameru da otkriva njihov sadržaj vlastima.

– Zašto je onda želeo taj dosije?

– Verovatno zbog ucene. Zato je Ozborn nestao: želeo je da vas izbegne. Ako razmislite o tome, gospodine Rosnovski, možda govori istinu. Napokon, sadržaj tog dosijea je izuzetno štetan za njega, i mora da se uznemirio kad je čuo da je u rukama Ministarstva pravde. Nije ni čudo što se pritajio, a onda pristao da svedoči protiv vas kad su ga uhvatili.

– Znate li – pitao je Avelj – da je jedini razlog što sam zaposlio Ozborna bila njegova mržnja prema Vilijamu Kejnu, ravna mojoj, a sad je Kejn to okrenuo u svoju korist.

– Nema dokaza da je gospodin Kejn umešan u ovo – rekao je Džilks.

– Ne treba mi dokaz.

Suđenje je odloženo na zahtev tužilaštva, koje je reklo da im je potrebno više vremena da saslušaju Henrija Ozborna, koji im je sad bio krunski svedok. Traford Džilks je oštro protestovao i obavestio je sud da zdravlje njegovog klijenta, koji više nije tako mlad, propada pod teretom lažnih optužbi protiv njega. Ta molba nije dirnula sudiju Preskota, koji je odobrio zahtev optužbe i odložio suđenje za još četiri nedelje.

Za Avelja je tih dvadeset osam dana bilo beskrajno dugo i dva dana pre početka suđenja pomirio se sa sudbinom i prihvatio da ga čeka duga zatvorska kazna. Zatim je Džilksov istražitelj u Čikagu pronašao čoveka po imenu Hari Smit. Ispostavilo se da je lokalni privatni detektiv koji je koristio lažno ime na osnovu strogih uputstava klijenta, neke advokatske firme iz Njujorka. Džilksu je bilo potrebno hiljadu dolara i još dvadeset četiri sata pre nego što je „Hari Smit" otkrio da je pomenuta firma *Koen, Koen i Jablonson*.

– Tadeus Koen je Kejnov lični advokat. Poznaju se sa Harvarda – rekao je Avelj. – A davno, kad sam kupio hotelsku grupu od Kejnove banke, neka od dokumenata pripremio je izvesni Tomas Koen. Iz nekog razloga banka je koristila dva advokata za tu transakciju.

– Šta želiš da uradim? – pitao je Džordž.

– Ništa – umešao se Traford Džilks. – Ne želimo dodatne nevolje pre suđenja. Razumete li, gospodine Rosnovski?

– Da – rekao je Avelj. – Pozabaviću se Kejnom kad se suđenje završi. Sad me slušajte, gospodine Džilkse, i to pažljivo. Morate odmah da odete kod Ozborna i kažete mu da je „Hari Smit" predao dosije Vilijamu Kejnu i da ga Kejn koristi da se osveti obojici, i naglasite „obojici". Obećavam vam, kad Ozborn čuje to, neće otvarati usta na suđenju, šta god da mu je obećalo tužilaštvo. Henri Ozborn je jedini živi čovek koji mrzi Kejna više nego ja.

– Ako je to vaša želja – rekao je Džilks, koji očigledno nije bio uveren – izvršiću je, ali moram da vas upozorim, gospodine Rosnovski, da je Ozborn prebacio svu krivicu na vas i do danas nam nije nimalo pomogao.

– Možete mi verovati oko ovog, gospodine Džilkse. Njegov stav će se promeniti čim mu pomenete Kejnovu umešanost.

H. Traford Džilks je dobio dozvolu da provede još deset minuta u ćeliji Henrija Ozborna. Ozborn ga je slušao, ali nije ništa rekao. Izgledalo je da Džilksove vesti nisu ostavile nikakav utisak na njega, ali odlučio je da sačeka do sutra ujutro pre nego što obavesti Avelja. Želeo je da se njegov klijent naspava pre početka suđenja.

Četiri sata pre početka suđenja stražar koji je donosio doručak pronašao je Henrija Ozborna obešenog u ćeliji.

Upotrebio je svoju harvardsku kravatu.

Suđenje je počelo bez krunskog svedoka tužilaštva i tužilac je zamolio sudiju za dodatno odlaganje. Nakon što je čuo strastvenu molbu H. Traforda Džilksa povodom zdravlja klijenta, sudija Preskot je odbio zahtev.

Javnost je pratila svaku reč sa suđenja Čikaškom Baronu na televiziji i u novinama – i na Aveljovu nevericu, Zafija je sedela u prvom redu galerije, očigledno uživajući u svakom trenutku njegove nelagode. Nakon devet dana suđenja tužilac je znao da slučaj nije ubedljiv i ponudio je nagodbu. Tokom pauze, Džilks je obavestio Avelja o njihovom predlogu.

– Odbaciće glavnu optužbu za podmićivanje ako priznate krivicu za dva manja prekršaja pokušaja nedoličnog uticaja na javne zvaničnike.

– Kako procenjujete moje izglede da me proglase nevinim ako odbijem taj predlog?

– Pedeset-pedeset, rekao bih – kazao je Džilks.

– A ako me osude?

– Preskot je strog. Kazna ne bi bila kraća od šest godina.

– A ako pristanem na nagodbu i prihvatim krivicu za dva prekršaja, šta onda?

– Visoka novčana kazna. Iznenadio bih se ako bi bilo išta više od toga.

Avelj je sedeo ćutke nekoliko trenutaka, razmišljajući o mogućnostima.

– Prihvatiću krivicu. Hajde da završimo sa ovim.

Državni tužilac je obavestio sudiju da povlači petnaest optužnica protiv Avelja Rosnovskog. H. Traford Džilks je ustao i rekao sudu da njegov klijent želi da se izjasni krivim za dve preostale optužnice za prekršaje. Porota je raspuštena. Sudija Preskot je bio nepopustljiv u obrazloženju presude i rekao je otvoreno Avelju da pravo na obavljanje posla ne podrazumeva podmićivanje zvaničnika. Mito je krivično delo, a još gore je kad ga počini inteligentan i sposoban čovek koji ne bi trebalo da padne tako nisko. U drugim zemljama, kazao je oštro, zbog čega se Avelj ponovo osetio kao bedni imigrant, mito je možda uobičajena stvar, ali to nije slučaj u Sjedinjenim Američkim Državama. Izrekao je Avelju šest meseci uslovne kazne, novčanu kaznu od 25.000 dolara i naknadu sudskih troškova.

Džordž je vratio Avelja u *Baron* i sedeli su u potkrovlju pijući viski duže od sat vremena, pre nego što je Avelj progovorio.

– Džordže, želim da pozoveš Pitera Parfita i platiš mu traženih milion dolara za dva odsto *Lestera*. Kad budem u rukama imao osam odsto deonica banke, pozvaću se na Član sedam i oboriću Vilijama Kejna na kolena u njegovoj sali za sastanke.

Džordž je tužno klimnuo glavom, svestan da je druga bitka počela čim se prva završila.

Nekoliko dana kasnije Ministarstvo spoljnih poslova objavilo je da je Poljska dobila status najpovlašćenije nacije u spoljnoj trgovini sa Sjedinjenim Državama i da će naredni američki ambasador u Varšavi biti Džon Murs Kabot.

55.

Jedne ledene februarske večeri, Vilijam Kejn sedeo je u svojoj fotelji i čitao izveštaj Tadeusa Koena.

Henri Ozborn je predao dosije u kojem su bile sve informacije potrebne da se dokrajči Avelj Rosnovski, uzeo je 25.000 dolara i nestao. *To baš liči na njega*, mislio je Vilijam, dok je stavljao primerak izveštaja u sef. Tadeus Koen je poslao original Ministarstvu pravde u Vašingtonu.

Kad su uhapsili Rosnovskog nakon povratka iz Turske, Vilijam je čekao da se ovaj osveti, očekujući da će odmah prodati akcije *Interstejta*. Ovog puta je bio spreman. Upozorio je svog brokera da bi na tržištu mogao da se pojavi veliki broj akcije *Interstejta* i instrukcije su bile jasne. Te akcije treba kupiti odmah kako cena ne bi pala. Bio je spreman da uloži novac iz svoje zadužbine kao kratkoročnu meru, kako bi izbegao neprijatnosti za banku. Takođe je poslao dopis svim deoničarima *Lestera* i zamolio ih je da ne prodaju akcije *Interstejta* bez konsultacija s njim.

Kako su nedelje prolazile i Rosnovski nije ništa pokušao, Vilijam je počeo da veruje kako je Tadeus Koen bio u pravu kad je procenio da se to ne može povezati s njim. Rosnovski mora da krivi Ozborna.

Koen je predvideo da će, uz Ozbornovo svedočenje, Rosnovski dobiti dugu zatvorsku kaznu, zbog čega će mu biti nemoguće da se pozove na Član sedam i ponovo bude pretnja Vilijamovoj banci. Vilijam se nadao da bi osuda mogla da urazumi Ričarda i navede ga da se vrati kući. Sigurno će ga takva otkrića o tastu postideti i shvatiće da je njegov otac sve vreme bio u pravu. Razvod će biti Vilijamova poslednja osveta.

Vilijam bi rado primio Ričarda. Postoje dva upražnjena mesta u odboru *Lestera*, nakon penzionisanja Tonija Simonsa i nedavne smrti Teda Liča. Tadeus Koen je takođe izvestio da je Ričard napravio niz genijalnih kupovina u ime *Florentine*, ali prilika da postane naredni predsednik *Lestera* sigurno bi mu značila više od rada za prodavnicu odeće.

Vilijamu je smetalo što se nije slagao s novom generacijom direktora koji su radili u banci. Džejk Tomas, potpredsednik, i dalje je bio favorit da nasledi Vilijama na mestu predsednika. Možda je bio obrazovan na Prinstonu i diplomirao s najvišim ocenama, ali bio je razmetljiv – previše – mislio je Vilijam, i previše ambiciozan, nimalo pogodan za narednog predsednika upravnog odbora *Lestera*. Vilijam će morati da izdrži još jedanaest godina, do šezdeset petog rođendana, u nadi da će uspeti da ubedi Ričarda da se vrati u Njujork i pridruži mu se u banci znatno pre toga. Znao je da bi Kejt pristala da se Ričard vrati pod bilo kakvim uslovima, ali kako su godine prolazile, bilo mu je sve teže da se ponaša razumno. Hvala nebesima što je Virdžinijin brak cvetao; a sad je bila trudna. Ako Ričard odbije da se odrekne ćerke Rosnovskog i vrati se kući, Vilijam će ostaviti sve Virdžiniji... ako mu rodi unuka.

Vilijam je sedeo za svojim stolom u banci kad je dobio prvi srčani udar. Nije bio ozbiljan i lekar mu je rekao da bi mogao da poživi još dvadeset godina ako malo uspori.

Vilijam se oporavljao kod kuće, nevoljno dozvoljavajući Džejku Tomasu da preuzme kompletnu odgovornost za odlučivanje u banci u njegovom odsustvu. Ali uskoro je postao nemiran, zanemario je preporuke lekara i vratio se na posao. Brzo je povratio položaj predsednika, iz straha da je Tomas stekao previše uticaja u njegovom odsustvu.

Povremeno je Kejt skupljala hrabrost predlažući mu da se obrati direktno Ričardu, ali Vilijam je ostao nepopustljiv. – Zna da može da dođe kući kad god poželi. Samo treba da okonča vezu s tom ženom.

Onog dana kad je Henri Ozborn izvršio samoubistvo, Vilijam je imao drugi srčani udar. Kejt je sedela kraj njegovog kreveta čitave noći, a njegova opsednutost suđenjem Avelju Rosnovskom nekako ga je održala u životu. Pratio je tok suđenja u *Njujork tajmsu*, mada je znao da je Ozbornova smrt znatno ojačala položaj Rosnovskog.

Kad je Rosnovski kažnjen samo uslovno i novčano, Vilijam je bio toliko uznemiren da se Kejt uplašila da će dobiti još jedan infarkt. Nije bilo teško pretpostaviti da je tužilaštvo napravilo nagodbu sa advokatom Rosnovskog. Ali nakon nekoliko dana, Vilijam se iznenadio što je osećao malo krivice i malo olakšanja, što Rosnovski nije otišao u zatvor.

Kad se suđenje završilo, Vilijam nije mario da li će Rosnovski prodati akcije *Interstejta*. Ovog puta je bio spreman. Ali ništa se nije dogodilo, a kako su nedelje prolazile, Vilijam je počeo da gubi interesovanje za Čikaškog Barona i misli samo na Ričarda, koga je očajnički želeo ponovo da vidi. „Starost i strah od smrti dozvoljavaju iznenadnu promenu mišljenja“, jednom je pročitao.

Jednog septembarskog jutra, rekao je Kejt da se predomislio. Nije ga ništa pitala; bilo joj je dovoljno što je Vilijam konačno želeo da se pomiri sa sinom.

– Pozvaću ga odmah telefonom i reći im oboma da dođu u Njujork – kazala je i prijatno se iznenadila kad pominjanje njih dvoje nije razbesnelo njenog muža.

– Dobro – tiho je kazao Vilijam. – Molim te, reci Ričardu da želim da ga vidim pre nego što umrem.

– Ne budi lud, dragi. Lekar je rekao da ćeš poživeti dvadeset godina ako usporiš.

– Samo želim da okončam predsednički mandat i da me Ričard nasledi. To će mi biti dovoljno. Zašto ne bi ponovo odletela tamo i rekla Ričardu koliko želim da ga vidim... – oklevao je pre nego što je dodao – oboje.

– Kako to misliš, ponovo? – pitala je nervozno Kejt.

Vilijam se osmehnuo. – Znam da si išla u San Francisko nekoliko puta tokom godina, draga. Kad god sam išao na neki duži službeni put, ti si uvek govorila kako ideš da posetiš majku. Kad je umrla prošle godine, tvoji izgovori su postajali sve neverovatniji. I dalje si lepa kao kad sam te upoznao, ali verujem da u pedeset četvrtoj godini nisi našla ljubavnika. Tako da nije bilo teško zaključiti da si posećivala Ričarda.

– Zašto mi ranije nisi pomenuo da znaš?

– U duši mi je bilo drago – kazao je Vilijam. – Mrzeo sam pomisao da oboje izgubimo kontakt s jedinim sinom. Kako je on?

– Oboje su dobro i imaš sad i unuku pored unuka.

– Unuka – ponovio je Vilijam.

– Da, zove se Anabel – rekla je Kejt.

– A moj unuk? – pitao je Vilijam.

Kad mu je Kejt rekla njegovo ime, morao je da se osmehne. To je bila samo napola laž.

– Dobro – rekao je Vilijam. – Dobro, nadajmo se da Ričard nije bandoglav kao ja, i da će pristati da me vidi. Kaži mu da ga volim. – Jednom je čuo kako je drugi muškarac rekao to kad su mu kazali da će izgubiti sina.

Kejt je bila srećnija nego godinama unazad. Pozvala je Ričarda te večeri da mu kaže kako će ubrzo doći kod njih i da ovog puta nosi dobre vesti.

Kad se Kejt vratila u Njujork tri nedelje kasnije, kazala je Vilijamu da su Ričard i Florentina pristali da ih posete za Novu godinu. Bila je mnogo priča o tome koliko su uspešni, kako je unuk Vilijamova slika i prilika, kako je lepa nova unuka, Anabel, i koliko se Ričard raduje povratku u Njujork da vidi oca, i upozna ga sa svojom suprugom. Vilijamu se svidelo sve što je čuo o Florentini. Počeo je da se boji da, ako se Ričard ne vrati uskoro kući, nikad i neće, i onda će predsednik banke postati Džejk Tomas. Vilijam nije želeo da misli o tome. Dok ju je slušao, Vilijam je shvatio da je srećan i zadovoljniji nego što je bio godinama.

Vilijam se vratio na posao narednog četvrtka, nakon što se dobro oporavio od drugog srčanog udara, osećajući sad da ima razloga za život.

Kad je stigao u banku, pozdravio ga je vratar koji mu je rekao da ga Džejk Tomas čeka. Vilijam se zahvalio najstarijem radniku banke – jedinoj osobi koja je radila u *Lesteru* više godina nego on.

– Ništa nije tako važno da ne može da sačeka, Hari – odgovorio je.

– Ne, gospodine.

Vilijam je polako hodao hodnikom do predsednikove kancelarije. Kad je otvorio vrata, zatekao je Džejka Tomasa kako sedi u njegovoj stolici.

– Jesam li bio tako dugo odsutan? – pitao je Vilijam smejući se. – Zar više nisam predsednik upravnog odbora?

– Naravno da jeste – odgovorio je Tomas, ustajući sa stolice. – Dobro došli, Vilijame.

Vilijamu je bilo nemoguće da se navikne da mu se mlađi obraćaju po imenu. On i Tomas su se poznavali svega nekoliko godina, a taj čovek nije imao više od četrdeset godina.

– U čemu je problem? – pitao je Vilijam.

– Avelj Rosnovski – rekao je Tomas, bezizražajno.

Vilijamu se smučilo.

– Šta želi ovog puta? – pitao je umorno. – Zar mi neće dozvoliti da umrem na miru?

– Namerava da se pozove na Član sedam Statuta banke, i zakaže sastanak odbora sa ciljem da vas smeni s mesta predsednika.

– Ne može. Nema potrebnih osam odsto, a bančin Statut jasno kaže da predsednik mora da bude odmah obavešten ako neka osoba spolja kupi osam odsto deonica banke.

– Kaže da će imati dodatna dva procenta do kraja radnog vremena.

– To je nemoguće – kazao je Vilijam. – Pažljivo sam pratio sve deonice. Niko ne bi želeo da proda Rosnovskom. Niko.

– A Piter Parfit?

Vilijam se pobedonosno osmehnuo. – Kupio sam njegove akcije pre godinu dana, preko posrednika.

Džejk Tomas je izgledao zaprepašćeno i obojica su ćutala neko vreme.

Vilijam je prvi put shvatio koliko Tomas želi da bude novi predsednik *Lestera*.

– Dobro – kazao je Tomas kad se oporavio – činjenica je da Rosnovski tvrdi kako će imati osam odsto do kraja radnog vremena, a to će mu omogućiti da izabere tri direktora u odbor i odloži sve značajne odluke najmanje za tri meseca – to su odredbe koje ste uneli u Statut kako biste zaštitili svoje dugoročne interese. Takođe namerava da održi konferenciju za novinare u ponedeljak ujutro da bi izneo svoje planove za budućnost banke. Za svaki slučaj je zapretio da će dati ponudu za preuzimanje kompanije ako mu se neko usprotivi. Jasno je rekao da bi samo jedna stvar mogla da ga navede da se predomisli.

– A to je? – pitao je Vilijam.

– Da podnesete ostavku na mesto predsednika.

– To je ucena! – rekao je Vilijam, gotovo vičući.

– Moguće je. Ali ako ne podnesete ostavku do ponedeljka u podne, on namerava da piše svim deoničarima i zahteva vašu ostavku. Već je rezervisao prostor u četrdeset dnevnih listova i časopisa.

– Da li je poludeo? – pitao je Vilijam, vadeći maramicu iz džepa sakoa i brišući čelo.

– To nije sve – nastavio je Tomas. – Takođe zahteva da vas nijedan Kejn ne zameni u odboru narednih deset godina i da ne opravdate ostavku bolešću ili bilo kojim razlogom.

Tomas je dao Vilijamu dugačak dokument sa zaglavljem *Baron grupe*.

– Ludak – ponovio je Vilijam, kad je pregledao sadržaj.

– Ipak, sazvao sam odbor za deset sati sutra ujutro – rekao je Tomas. – Ne možemo više da odlažemo raspravu o njegovim zahtevima. – Bez ijedne reči napustio je prostoriju, zatvarajući tiho vrata za sobom.

Niko drugi nije prekidao Vilijama tokom dana. Sedeo je za svojim stolom pokušavajući da kontaktira neke manje važne direktore, ali uspeo je samo da razgovara s nekim od njih, i brzo je shvatio da više ne može biti siguran u njihovu podršku, i da će sutrašnji sastanak biti napet. Pogledao je spisak deoničara i još je bio uveren da niko od njih neće prodati svoje deonice. Nasmejao se sebi. Rosnovski će se saplesti na prvoj prepreci.

Vilijam je tog popodneva ranije otišao kući kako bi u svojoj radnoj sobi spremio taktiku za poslednju pobedu nad Aveljom Rosnovskim. Legao je tek u tri ujutro, a tad je tačno znao šta namerava da uradi.

56.

Vilijam je stigao dobro pripremljen za sastanak odbora i sedeo je u svojoj kancelariji, pregledajući beleške. Bio je uveren da je predvideo sve mogućnosti. Sekretarica ga je pozvala u pet do deset. – Gospodin Rosnovski vas zove, gospodine predsedniče.

– Šta?

– Gospodin Rosnovski.

– Gospodin Rosnovski? – Vilijam je ponovio to ime s nevericom. – Prebacite ga – rekao je, dok mu je glas podrhtavao.

– Da, gospodine.

– Gospodin Kejn? – Taj glas s jedva čujnim naglaskom koji Vilijam nije mogao da zaboravi.

– Da. Šta pokušavate da postignete ovog puta? – pitao je umorno.

– Po Statutu vaše banke, moram da vas obavestim kako posedujem osam odsto deonica *Lestera* i nameravam da se pozovem na Član sedam Statuta ako ne ispunite moje zahteve do ponedeljka u podne.

– Ko vam je prodao preostala dva procenta? – promucao je Vilijam.

Veza se prekinula. Vilijam je pogledao spisak deoničara, pokušavajući da shvati ko ga je izdao. I dalje je drhtao kad je telefon ponovo zazvonio.

– Članovi odbora vas čekaju, gospodine.

Vilijam je ušao u salu za sastanke u deset i tri minuta. Dok je gledao oko stola, shvatio je koliko malo mlađih direktora dobro poznaje. Ali poslednji put kad je morao da se bori za mesto predsednika, nije poznavao nikog od njih, a ipak je pobedio. Osmehnuo se, prilično uveren da može da otkrije blef Rosnovskog. Kad je ustao da se obrati odboru, njegov govor je bio dobro pripremljen.

– Gospodo, ovaj današnji sastanak je sazvan jer je banka dobila zahtev gospodina Avelja Rosnovskog iz *Baron grupe*, osuđenog kriminalca, koji je imao drskosti da mi otvoreno preti, da će upotrebiti svojih osam odsto deonica moje banke da nas postidi. Ako ta taktika propadne, pokušaće s preuzimanjem, osim ako ne podnesem ostavku na mesto predsednika odbora, bez obrazloženja. Ostalo mi je još svega devet godina predsedničkog mandata, a ako odem pre toga, Vol strit će pogrešno protumačiti moju ostavku.

Pogledao je beleške.

– Spreman sam, gospodo, da stavim na raspolaganje svoje deonice banke, i dodatnih deset miliona dolara iz porodične zadužbine na raspolaganje odboru, kako bi se odbio svaki pokušaj gospodina Rosnovskog i tako osiguram da *Lester* ne pretrpi finansijski gubitak. Nadam se, gospodo, da mogu da računam na vašu punu podršku. Uveren sam da nećete podleći grubom pokušaju ucene Rosnovskog.

Svi su ćutali. Vilijam je bio siguran da je pobedio, dok Džejk Tomas nije upitao da li odbor želi da ispita Vilijama o njegovom odnosu s Rosnovskim. Taj zahtev je iznenadio Vilijama, ali pristao je bez oklevanja. Džejk Tomas ga nije uplašio.

– Ta zavada između vas i gospodina Rosnovskog – počeo je Tomas – traje duže od trideset godina. Verujete li da će se to okončati ako prihvatimo vaš predlog?

– Šta još može da uradi taj čovek? Šta još može da uradi? – promucao je Vilijam, tražeći podršku direktora.

– Ne možemo da predvidimo njegov naredni potez – kazao je Tomas.

– A sa osam procenata deonica banke, može da nas ucenjuje – dodao je Hamilton, novi sekretar kompanije, koji nije bio Vilijamov izbor, pričao je previše. – Samo znamo da nijedan od vas nije spreman da okonča tu zavadu. Mada ste ponudili deset miliona dolara svog novca kako biste zaštitili finansijsku poziciju banke, ako će Rosnovski stalno ometati rad banke, sazivati sastanke i organizovati preuzimanja, ne mareći za dugoročne interese banke, to bi moglo da izazove paniku među investitorima i da ide u korist naših suparnika. Banka i povezane kompanije, prema kojima imamo obavezu kao direktori, biće u najboljem slučaju veoma postiđene, a u najgorem mogu da propadnu.

– Ne, ne – rekao je Vilijam. – Uz moju ličnu podršku možemo da mu se suprotstavimo.

– Moraćemo danas da donesemo odluku – nastavio je sekretar kompanije, zvučeći dobro pripremljeno kao Vilijam – da li postoje okolnosti pod kojima je ovaj odbor spreman da se suprotstavi gospodinu Rosnovskom, ako to znači da ćemo izgubiti na duže staze.

– Ne ako ja pokrijem troškove iz privatne zadužbine – kazao je Vilijam.

– To nije samo pitanje novca – rekao je Tomas. – Sad kad Rosnovski može da se pozove na Član sedam, banka može da gubi vreme pokušavajući da predvidi njegov sledeći potez.

Tomas je čekao da svi razmisle o tome pre nego što je nastavio: – Dobro, moram da vam postavim vrlo ozbiljno lično pitanje, gospodine predsedniče, koje se tiče svih nas. Nadam se da ćete biti podjednako iskreni kad budete odgovarali na njega, koliko god bilo neprijatno.

Vilijam ga je pogledao, pitajući se koje bi to pitanje moglo biti. O čemu li su razgovarali iza njegovih leđa? – Odgovoriću na sva pitanja odbora – rekao je Vilijam. – Nemam šta da krijem i nikog se ne plašim. – Oštro je pogledao Tomasa.

– Hvala vam – rekao je Tomas ne trepnuvši. – Gospodine predsedniče, da li ste uključeni u slanje dosijea Ministarstvu pravde u Vašingtonu, zbog kojeg je gospodin Rosnovski uhapšen i osuđen za prevaru, iako ste znali da je veliki deoničar ove banke?

– Da li vam je on to rekao? – odlučno je pitao Vilijam.

– Jeste. Tvrdi da ste vi jedini razlog zbog koga je uhapšen.

Vilijam je razmišljao o odgovoru nekoliko trenutaka. Nikad nije slagao odbor za dvadeset tri godine i nije nameravao da sad počne.

– Da, jesam – kazao je prekidajući tišinu. – Kad je ta informacija dospela u moje ruke, smatrao sam da je moja dužnost da je prosledim Ministarstvu pravde.

– Kako je ta informacija dospela u vaše ruke?

Vilijam nije odgovorio.

– Mislim da svi znamo odgovor na to pitanje, gospodine predsedniče – rekao je Tomas. – Štaviše, odlučili ste o tome bez obaveštavanja odbora, dovodeći nas sve u opasnost. Naše uglede, naše karijere, sve za šta se ova banka zalaže... sve zbog lične osvete.

– Ali Rosnovski je pokušavao da me uništi! – rekao je Vilijam svestan da viče.

– I kako biste uništili njega, rizikovali ste dugoročnu stabilnost i ugled banke.

– To je moja banka – rekao je Vilijam.

– To nije vaša banka – rekao je odlučno Tomas. – Vi posedujete osam odsto deonica, kao i gospodin Rosnovski. Možda ste sad predsednik, ali banka nije vaša da je koristite kako vam se ćefne bez konsultacija sa ostalim direktorima.

– Onda ću zamoliti odbor da glasa o poverenju – rekao je Vilijam. – Zamoliću vas da me podržite protiv Avelja Rosnovskog.

– To nije ono o čemu ćemo glasati – rekao je sekretar kompanije. – Glasaćemo da li ste prava osoba da nastavite da vodite ovu banku u trenutnim okolnostima. Zar ne shvatate, gospodine predsedniče?

– Neka bude tako – kazao je Vilijam. – Odbor mora da odluči da li želi da završim karijeru posramljen, nakon gotovo četvrt veka službe, ili da odbijemo pretnje osuđenog kriminalca.

Džejk Tomas je klimnuo glavom sekretaru kompanije i glasački listići su podeljeni svim članovima odbora. Vilijamu je počelo da izgleda kao da je sve bilo isplanirano pre održavanja sastanka. Pogledao je dvadeset devet ljudi za stolom. Mnoge od njih je lično izabrao. Neki od njih sigurno neće dozvoliti Rosnovskom da ga izbaci iz sopstvene sale za sastanke. Ne sad. Ne ovako.

Gledao je kako članovi odbora predaju glasačke listiće sekretaru. Kad su ih svi predali, Hamilton je počeo da ih polako otvara, temeljno beležeći svako „da“ ili „ne“ u dva stupca na listu papira ispred sebe. Vilijam je video da je jedna kolona osetno duža od druge, ali nije mogao da zna koja je koja.

Na kraju je sekretar objavio da su svi glasovi prebrojani. Zatim je ozbiljno rekao da je Vilijam Kejn izgubio glasanje rezultatom sedamnaest prema dvanaest.

Vilijam nije mogao da poveruje šta je upravo čuo. Avelj Rosnovski ga je porazio u sopstvenoj sali za sastanke. Uspeo je da ustane bez upotrebe štapa, ali niko nije govorio dok je napuštao salu za sastanke. Otišao je u svoju kancelariju i uzeo kaput, zastajući samo da pogleda portret Čarlsa Lestera poslednji put, pre nego što je polako otišao dugačkim hodnikom prema glavnom ulazu.

Hari mu je otvorio vrata i rekao: – Drago mi je što ste se vratili, gospodine predsedniče. Vidimo se sutra, gospodine.

Vilijam je shvatio da više nikad neće videti Harija. Okrenuo se i rukovao sa čovekom koji mu je, pre dvadeset tri godine, rekao gde se nalazi sala za sastanke.

Hari je izgledao iznenađeno. – Laku noć, gospodine – kazao je i gledao kako Vilijam seda na zadnje sedište svog auta i odlazi kući.

Kad je Vilijam izašao iz auta u Istočnoj šezdeset osmoj ulici, srušio se na trotoar ispred kuće. Šofer i Kejt su mu pomogli da se popne stepenicama i uđe u kuću. Kejt je videla da je plakao kad ga je zagrlila.

– Šta je bilo, Vilijame? Šta se dogodilo?

– Izbačen sam iz banke – zaplakao je. – Moj odbor više nema poverenja u mene. Kad je bilo važno, podržali su Rosnovskog.

Kejt je uspela da ga odvede u krevet, i sedela je kraj njega tokom noći. Nije rekao ni reč više. Nije spavao.

Objava u *Vol strit žurnalu* narednog ponedeljka ujutro bila je kratka: „Vilijam Louel Kejn, predsednik i direktor *Lester banke*, podneo je ostavku u petak nakon sastanka odbora“. Nije bilo objašnjenja za njegov iznenadni odlazak i nije bilo nagoveštaja da će sin zauzeti njegovo mesto u odboru. Vilijam je sedeo u krevetu svestan da će tog jutra glasine kružiti Vol stritom i da će pretpostaviti najgore. Više nije mario za ovaj svet.

Nakon što je Avelj Rosnovski pročitao istu objavu, uzeo je telefon, pozvao *Lester banku* i zamolio da ga spoje s novim predsednikom. Nekoliko trenutaka kasnije, javio se Džejk Tomas.

– Dobro jutro, gospodine Rosnovski.

– Dobro jutro, gospodine Tomase. – Samo zovem da potvrdim da ću jutros prodati sve svoje akcije *Interstejt ervejza* banci po tržišnoj ceni, a svojih osam odsto deonica *Lestera* vama lično, za dva miliona dolara.

– Hvala vam, gospodine Rosnovski, to je vrlo velikodušno.

– Nema potrebe da mi se zahvaljujete, gospodine predsedniče – kazao je Avelj. – To je ono što smo se dogovorili kad ste mi prodali svoja dva procenta.

Osmi deo

1963–1967.

57.

Avelj se iznenadio kad je video koliko je malo uživao u konačnoj pobedi. To je bila Pirova pobeda.

Džordž je pokušao da ga ubedi da otputuje u Varšavu i pogleda moguće lokacije za novi hotel, ali to ga nije zanimalo. Kako je stario, počeo je da se boji da će umreti u inostranstvu, i više neće videti Florentinu, i mesecima se nije zanimao za poslovanje *Grupe*.

Kad je Džon F. Kenedi ubijen dvadeset drugog novembra 1963, Avelj je postao još utučeniji, i počeo je da se boji za svoju novu zemlju. Na kraju je Džordž uspeo da ga ubedi da mu neće škoditi da otputuje u inostranstvo, i da će se možda vratiti obodren.

Avelj je prihvatio Džordžov savet i odleteo pravo u Varšavu, nešto što nikad nije mislio da će uraditi. Njegovo poznavanje jezika i duga istorija borbe za poljske interese omogućili su mu poverljiv ugovor s vladom za izgradnju prvog *Barona* u komunističkoj zemlji. Bio je zadovoljan što je pobedio Konrada Hiltona i Čarlsa Fortea i postao prvi međunarodni hotelski lanac iza Gvozdene zavese. Ali morao je da razmišlja... i nije mu nimalo pomoglo kad je Lindon Džonson imenovao Džona Gronovskog za prvog američkog ambasadora poljskog porekla. Ali ništa mu više nije pružalo pravo zadovoljstvo. Možda je porazio Vilijama Kejna, ali izgubio je ćerku, i pretpostavljao da je da Kejn ima isti problem sa sinom.

Nakon što je potpisao ugovor u Varšavi, putovao je svetom, odsedajući u svojim hotelima, nadgledajući izgradnju novih i birajući lokacije na kojima možda neće doživeti da vidi hotele. U Kejptaunu je otvorio prvi *Baron* u Južnoafričkoj Republici, a onda je odleteo u Nemačku da otvori još jedan u Diseldorfu. Onda je ostao šest meseci u svom omiljenom pariskom *Baronu*, lutajući ulicama danju i odlazeći u operu i pozorište uveče, u nadi da će oživeti uspomene na dane provedene s Florentinom.

Na kraju je napustio Pariz i vratio se u Ameriku. Dok je silazio metalnim stepenicama *Er Fransovog* boinga 707, na međunarodnom aerodromu *Kenedi*, pogrbljen i sa crnim šeširom na ćelavoj glavi, niko ga nije prepoznao. Džordž je, kao i uvek, bio tu da ga dočeka; odani, pošteni Džordž, koji je izgledao znatno starije.

Dok su se vozili do Menhetna, Džordž ga je obavestio o novostima. Dobit je nastavila da raste jer su sposobni mladi direktori dobro radili u svim zemljama sveta. Sedamdeset dva hotela s preko dvadeset dve hiljade zaposlenih. Avelj kao da ga nije slušao. Samo je želeo vesti o Florentini.

– Dobro je – rekao je Džordž. – Dolazi u Njujork početkom godine.

– Zašto? – pitao je Avelj, iznenada uzbuđen.

– Otvara jednu od svojih prodavnica na Petoj aveniji.

– Peta avenija? Sreća je što nisi prihvatio onu opkladu, Džordže. Džordž se osmehnuo. – Jedanaesta *Florentina*.

– Jesi li je video, Džordže?

– Jesam – priznao je.

– Da li je dobro, da li je srećna?

– Oboje su dobro i srećno, i veoma uspešni. Avelju, treba da budeš ponosan na njih. Tvoj unuk je prava momčina, a što se tiče unuke... slika i prilika Florentine u njenim godinama.

– Hoće li da se sastane sa mnom?

– Hoćeš li pristati da upoznaš njenog muža?

– Ne, Džordže. Nikad ne mogu da vidim tog momka, ne dok mu je otac živ.

– Šta ako ti umreš prvi?

– Ne smeš da veruješ svemu što si pročitao u *Bibliji* – rekao je Avelj. Ćutke su se odvezli do hotela, a Avelj je večerao sâm u svom apartmanu.

Narednih šest meseci, retko je napuštao apartman.

58.

Kad je Florentina Kejn otvorila butik na Petoj aveniji, u martu 1967, svi u Njujorku su došli da proslave, osim Vilijama Kejna i Avelja Rosnovskog.

Kejt je ušuškala Vilijama i ostavila ga da mrmlja u krevetu dok su ona, Virdžinija i Lusi otišle da prisustvuju otvaranju. Džordž je ostavio Avelja samog u apartmanu i krenuo Petom avenijom. Pokušao je da ga nagovori da pođe s njim. Avelj je progunđao da je njegova ćerka uspela da otvori deset prodavnica bez njega i da jedna neće ništa promeniti. Džordž mu je rekao da je tvrdoglava stara budala i krenuo sâm prema Petoj aveniji. Avelj je znao da je u pravu.

Džordž je stigao pred prodavnicu i zatekao veličanstven savremeni butik s debelim tepisima i najnovijim švedskim nameštajem – to ga je podsetilo na način na koji je Avelj radio. Florentina je bila odevena u dugačku zelenu haljinu sa sad poznatim dvostrukim F na okovratniku. Dodala je Džordžu čašu šampanjca i upoznala ga s Kejt i Lusi Kejn, koje su razgovarale sa Zafijom. Kejt i Lusi su bile očigledno vrlo srećne, a Virdžinija je iznenadila Džordža pitajući ga za gospodina Rosnovskog.

– Rekao sam mu da je tvrdoglava stara budala što propušta ovako dobru zabavu. Da li je gospodin Kejn ovde? – pitao je.

– Nije – odgovorila je Kejt. – Bojim se da je i on tvrdoglava stara budala.

Vilijam je i dalje besno mrmljao zbog članka u *Njujork tajmsu*, o Džonsonu koji je napao Vijetnam, kad je presavio novine i ustao iz kreveta. Obukao se polako, vrlo polako, pre nego što se oglednuo. Izgledao je kao bankar. Namrštio se. Kako drugačije da izgleda? Polako je sišao niza stepenice. Navukao je debeo crni kaput i stari polucilindar, uzeo crn štap sa srebrnom drškom – onaj koji mu je ostavio Rupert Kork Smit – i nekako izašao na ulicu. To je bio prvi put da je

izašao sâm nakon tri godine. Služavka se toliko iznenadila kad je vide-
la gospodina Kejna da napušta kuću bez pratnje.

Bilo je neuobičajeno toplo prolećno veče, ali Vilijam je i dalje ose-
ćao jezu nakon što je tako dugo bio u kući. Bilo mu je potrebno mnogo
vremena da stigne do Pete avenije i Pedeset šeste ulice, a svaki korak je
trajao malo duže, i kad je konačno stigao, video je da se gomila ispred
Florentine pruža do trotoara. Nije osećao da ima snage da se probije i
zato je stajao na trotoaru i gledao. Mladi ljudi, srećni i uzbuđeni, ula-
zili su u pomodni butik Florentine Kejn. Neke od devojaka su nosile
nove mini-suknje iz Londona. *Šta li je sledeće?*, pomislio je Vilijam. A
onda je uočio Ričarda kako razgovara s Kejt. Odrastao je u tako zgod-
nog muškarca – visokog, samopouzdanog i opuštenog; delovao je au-
toritativno i podsetio je Vilijama na oca. Ali u toj gužvi, nije mogao da
odredi ko je Florentina. Stajao je tamo gotovo sat vremena uživajući u
dolascima i odlascima, žaleći zbog tvrdoglavih godina koje je odbacio.

Martovski vetar počeo je da duva Petom avenijom. Zaboravio je
koliko vetar može da bude hladan. Podigao je okovratnik. Mora da
se vrati kući, jer svi dolaze na večeru i upoznaće Florentinu i unuke, i
ujediniće se s voljenim sinom. Rekao je Kejt kakva je budala bio i pre-
klinjao ju je za oproštaj. Ona je samo rekla: – Uvek ću te voleti. – Flo-
rentina mu je pisala. Bilo je to vrlo ljubazno i velikodušno pismo. Bila
je tako puna razumevanja zbog prošlosti i završila je sa „jedva čekam
da vas upoznam“.

Mora da se vrati kući. Kejt će biti ljuta na njega ako otkrije da je
izlazio sâm po hladnoći. Mogli su da mu ispričaju sve o otvaranju to-
kom večere. Neće im reći da je bio ovde... to će uvek biti njegova tajna.

Kad se okrenuo da se vrati kući, video je jednog starca nekoliko
metara dalje, u crnom kaputu, sa šeširom natučenim na glavu i šalom
oko vrata. *To nije noć za starce*, mislio je Vilijam dok je išao ka njemu.
A onda je video srebrnu narukvicu na njegovom zglavku. U trenu mu
se sve vratilo i sve je došlo na svoje mesto. Čaj u *Plazi*, kasnije njegova
kancelarija u Bostonu, a onda bojno polje u Nemačkoj, a sad Peta ave-
nija. Taj čovek mora da je tu stajao već neko vreme, jer mu je lice bilo
crveno od vetra. Zagledao se u Vilijama onim prepoznatljivim plavim
očima. Bili su udaljeni nekoliko koraka. Kad je Vilijam prošao kraj
njega, pozdravio je starca podizanjem šešira. Uzvratio mu je pozdrav i
bez reči je svako otišao svojim putem.

*   *   *

Moram da se vratim kući pre njih, mislio je Vilijam. Radost što će videti Ričarda i unuke biće vredna svega toga. Mora da upozna Florentinu, da je zamoli za oproštaj i veruje da će ona razumeti nešto što ni sâm nije mogao da shvati. Ona je tako dobra devojka, svi su mu to rekli.

Kad je stigao do Istočne šezdeset osme ulice, potražio je ključeve i otvorio ulazna vrata. – Upalite sva svetla – rekao je služavki – i zapalite vatru da se osećaju prijatno. – Osećao se vrlo zadovoljno i vrlo, vrlo umorno. – Navucite zavese i upalite sveće na trpezarijskom stolu. Imamo mnogo razloga za slavlje.

Jedva je čekao da se svi vrate. Seo je u staru kestenjastu kožnu fotelju kraj ognjišta i srećno razmišljao o večeri koja ga čeka. Unuci oko njega, godine koje je propustio. Kad je njegov unuk naučio da broji? Vilijam je napokon imao osećaj da ima priliku da zakopa prošlost i zasluži oproštaj u budućnosti. Soba je bila tako prijatna i topla nakon onog hladnog vetra...

Nekoliko minuta kasnije, čula se uzbuđena galama u prizemlju i služavka je došla da obavesti gospodina Kejna da je njegov sin stigao. On je u predvorju s gospođom Kejn i svojom suprugom i dvoje najlepše dece koje je ikad videla. Zatim je otrčala da se pobrine da večera bude spremna na vreme. On je želeo da sve te večeri bude savršeno.

Ričard je ušao u sobu, s Florentinom. Izgledala je blistavo.

– Oče – rekao je. – Voleo bih da upoznaš moju suprugu.

Vilijam Louel Kejn bi ustao da je pozdravi, ali nije mogao. Bio je mrtav.

59.

Avelj je spustio koverat na noćni stočić. Nije se još obukao. U poslednje vreme je retko ustajao pre podneva. Pokušao je da spusti poslužavnik s doručkom na pod, ali taj pokret je zahtevao previše pokretljivosti od njegovog ukočenog starog tela da bi mogao da ga izvede. Neizbežno bi ispustio poslužavnik uz tresak. Ni danas nije bilo drugačije. Više mu nije bilo stalo. Podigao je koverat još jednom i pročitao poruku po drugi put.

– Dobili smo uputstvo od pokojnog gospodina Kertisa Fentona, nekadašnjeg direktora *Kontinental trast banke* u Ulici Lasal u Čikagu, da vam pošaljemo ovo pismo kad se ostvare izvesne okolnosti. Molim vas da potvrdite prijem ovog pisma potpisivanjem priloženog primerka i pošaljite nam ga na adresu ispisanu na kovertu.

– Prokleti advokati – rekao je Avelj i pocepao koverat.

Dragi gospodine Rosnovski,
Ovo pismo je bilo u posedu mojih advokata do danas, iz razloga koji će vam postati jasni kad ga pročitate.
Kad ste 1951. zatvorili svoje račune u Kontinental trastu nakon preko dvadeset godina, bio sam vrlo uznemiren i zabrinut. Moju brigu nije izazvalo gubljenje jednog od najvrednijih klijenata banke, koliko god bilo tužno, nego to što sam se poneo nepošteno. U to vreme niste bili svesni da sam imao određena uputstva od vašeg finansijera da vam ne otkrijem izvesne činjenice.
Kad ste prvi put došli u moju banku 1929, tražili ste zajam da biste isplatili dug koji je napravio gospodin Dejvis Liroj, kako biste mogli da preuzmete hotele iz Ričmond grupe. Lično sam se zainteresovao za vaš slučaj, jer sam verovao da imate izuzetan dar za taj posao. Bio sam vrlo zadovoljan kad sam u starosti primetio da je moje poverenje opravdano. Ali istina je bila da nisam mogao da pronađem finansijera, uprkos obraćanju mnogim vodećim finansijerima. Moram da dodam da sam osećao i izvesnu odgovornost za vaše probleme, jer sam vam savetovao da kupite dvadeset pet odsto Ričmond grupe od mog klijenta,

gospođice Ejmi Liroj, iako tad nisam znao za finansijske probleme gospodina Liroja. Vratiću se na temu.

Odustao sam od svake nade da ću pronaći finansijera kad ste došli kod mene u ponedeljak ujutro. Pitam se da li se sećate tog dana dobro koliko i ja? Samo trideset minuta pre sastanka pozvao me je finansijer koji je bio spreman da uloži potreban novac. Kao i ja, imao je veliko poverenje u vašu sposobnost. Njegov jedini uslov, kao što sam vam tad rekao, bio je da ostane anoniman, zbog mogućeg sukoba njegovih poslovnih i privatnih interesa. Uslovi koje je ponudio, i koji su vam dozvolili da preuzmete kontrolu nad Ričmond grupom, bili su po mom mišljenju izrazito velikodušni, i vi ste ih s pravom iskoristili. Uistinu, vaš finansijer je bio oduševljen kad ste uspeli, svojom marljivošću i vrednim radom, da mu vratite pozajmicu s kamatom.

Izgubio sam kontakt sa obojicom nakon 1951, ali čim sam se penzionisao, pročitao sam uznemirujuću priču o vašem finansijeru, što me je navelo da napišem ovo pismo, za slučaj da umrem pre ijednog od vas.

Pišem vam ne da bih vam iskazao svoje dobre namere nego da ne nastavite da živite u zabludi da je vaš dobročinitelj bio gospodin Dejvid Makston iz hotela Stivens. Gospodin Makston vas je mnogo cenio, ali nikad se nije obratio banci u tom svojstvu. Gospodin koji je verovao u vas i budućnost Baron grupe, bio je Vilijam Louel Kejn, bivši predsednik Lester banke, iz Njujorka.

Preklinjao sam gospodina Kejna da vas obavesti o ličnoj uključenosti, ali odbio je da prekrši odredbu svoje zadužbine koja zahteva da niko ne bude finansiran iz njegove porodične zadužbine, zbog mogućeg konflikta s bankom. Nakon što ste otplatili zajam, a on saznao za povezanost Henrija Ozborna s Baron grupom, postao je još odlučniji da vas ne obavestim.

Ostavio sam uputstva da se ovo pismo uništi ako umrete pre gospodina Kejna. U tim okolnostima, on bi dobio slično pismo, u kojem se objašnjava vaše potpuno neznanje o njegovoj ličnoj darežljivosti.

Koji god da dobije moje pismo, bila mi je čast što sam sarađivao sa obojicom.

Sluga pokorni,
Kertis Fenton

Avelj je podigao slušalicu telefona kraj kreveta. – Pronađite mi Džordža – kazao je. – Moram da se obučem.

<h1 style="text-align:center">60.</h1>

Baba Kejn bi bila zadovoljna brojem ljudi koji su došli na sahranu Vilijama Louela Kejna. Tri senatora, pet kongresmena, dva biskupa, većina predsednika vodećih banaka i izdavač *Vol strit žurnala* bili su tu. Džejk Tomas i svi direktori iz *Lesterovog* odbora bili su takođe tu, pognutih glava moleći se bogu u koga Vilijam nikad nije verovao. Ričard i Florentina stajali su s jedne Kejtine strane, a Virdžinija i Lusi s druge.

Retki ožalošćeni su primetili dva starca kod ulaza u katedralu, takođe pognutih glava, koji kao da nisu bili bliski sa ostalima. Stigli su s nekoliko minuta zakašnjenja i otišli brzo nakon službe. Florentina je prepoznala hramanje dok je niži muškarac žurno odlazio i rekla je Ričardu. Ali nisu ništa rekli Kejt.

Kejt je pisala i zahvalila se toj dvojici muškaraca sutradan. Niko nije morao da je podseća na to.

Nekoliko dana kasnije, viši od dvojice muškaraca je otišao da poseti Florentinu u prodavnici na Petoj aveniji. Čuo je da se vraća u San Francisko i morao je da je vidi pre nego što ode. Pažljivo ga je saslušala i s radošću pristala na njegov zahtev.

Ričard i Florentina Kejn stigli su u hotel *Baron* sledećeg popodneva. Džordž Novak ih je čekao u predvorju da ih otprati do četrdeset drugog sprata.

Nakon deset godina Florentina je jedva prepoznala oca. Sedeo je na krevetu, s polukružnim naočarima na vrhu nosa, bez jastuka, ali prkosno se osmehujući. Razgovarali su o srećnijim danima, i oboje su se malo smejali i mnogo plakali.

– Morate nam oprostiti, Ričarde – rekao je Avelj. – Mi Poljaci smo sentimentalni.

– Znam. Deca su mi polu-Poljaci – rekao je Ričard.

Kasnije su večerali zajedno – veličanstvenu teletinu, prikladnu za povratak bludne ćerke.

Pričao je o sadašnjosti, izbegavao je prošlost i rekao joj je kako vidi budućnost grupe.

– Treba da otvorimo po jednu tvoju prodavnicu u svakom hotelu – rekao je Florentini.

Nasmejala se i pristala.

Ispričao je Ričardu za svoju tugu zbog dugotrajne zavade s njegovim ocem i da mu nikad, ni na tren, nije palo na pamet da je Vilijam Kejn bio njegov dobročinitelj, i kako bi voleo da je imao jednu priliku, samo jednu, da mu se zahvali lično.

– Razumeo bi vas – kazao je Ričard.

– Vaš otac i ja smo se sreli, znate, onog dana kad je umro – kazao je Avelj.

Florentina i Ričard su zaprepašćeno pogledali u njega.

– O, da – rekao je Avelj. – Mimoišli smo se na Petoj aveniji... došao je da gleda otvaranje vaše nove prodavnice. Podigao je šešir i pozdravio me je. To je bilo dovoljno, sasvim dovoljno.

Avelj je od Florentine zahtevao samo jedno: da ona i Ričard pođu s njim na putovanje u Varšavu za nekoliko meseci, zbog otvaranja novog *Barona*.

– Možete li zamisliti? – kazao je, ponovo uzbuđeno, dobujući prstima po stolu. – Varšavski *Baron*. E, to je hotel koji može da otvori samo predsednik *Baron grupe*.

Tokom narednih meseci, Kejnovi su redovno posećivali Avelja i Florentina se ponovo zbližila s ocem.

Avelj je počeo da se divi Ričardu i zdravom razumu koji je obuzdavao ambicije njegove ćerke. Obožavao je unuka. A mala Anabel je bila – kako glasi onaj grozni moderni izraz? – nešto posebno. Avelj se nije sećao kad je bio srećniji i počeo je da pravi detaljne planove za pobedonosni povratak u Poljsku, gde će otvoriti varšavski *Baron*.

Predsednik *Baron grupe* otvorio je varšavski *Baron* sa šest meseci kašnjenja. Graditelji su kasnili u Varšavi, kao i u svim drugim delovima sveta.

U svom prvom govoru na funkciji predsednice grupe, Florentina Kejn je rekla gostima da je ponos zbog veličanstvenog hotela pomešan s tugom zbog toga što njen otac nije mogao da bude prisutan i lično otvori varšavski *Baron*.

U svom testamentu, Avelj je ostavio sve Florentini, uz izuzetak jedne stvari. U spisku je taj dar opisan kao masivna gravirana srebrna narukvica, retka i nepoznate vrednosti, s natpisom „Baron Avelj Rosnovski“.

Naslednik narukvice bio je njegov unuk, Vilijam Avelj Kejn.

Beleška o autoru

Džefri Arčer je jedan od najprodavanijih i najčitanijih pisaca na svetu, sa preko 275 miliona prodatih knjiga u devedeset sedam zemalja. Poznat je po posvećenosti i metodičnosti u svom pisanju, jer svaki njegov roman ima i do četrnaest verzija do one konačne. Takođe, Džefri u svoje knjige unosi ogromno insajdersko poznavanje stvari. Bilo da je u pitanju njegova sopstvena politička karijera, njegova strast prema umetnosti ili čitavo bogatstvo pozadinskih detalja – inspirisanih neverovatnom mrežom prijatelja koju je izgradio tokom čitavog života provedenog u srcu britanskog establišmenta – njegovi romani nude fascinantan uvid u mnoge zatvorene svetove.

Ovaj autor je član Doma lordova, oženjen je ledi Meri Arčer, i imaju dvojicu sinova, dve unuke i tri unuka, a vreme provodi između Londona, Grančestera u Kembridžu i Majorke, gde uvek piše prvu verziju svakog svog sledećeg romana.

**Knjige Džefrija Arčera u izdanju
Izdavačke kuće TEA BOOKS d.o.o.
(digitalna i/ili štampana izdanja)**

Pismo-glava
Kain i Avelj (Kain i Avelj 1)